Der Autor
Stefan Bouxsein wurde 1969 in Franfurt/Main geboren.
Studium der Verfahrenstechnik und des Wirtschaftsingenieurwesens an der FH Frankfurt.
Seit 2000 als Dipl.-Wirtschafts-Ing. bei einem Frankfurter Unternehmen beschäftigt.

Romane
Das falsche Paradies, Traumwelt Verlag 2006
Die verlorene Vergangenheit, Traumwelt Verlag 2007
Die böse Begierde, Traumwelt Verlag 2008

STEFAN BOUXSEIN

# Die böse Begierde

KRIMINALROMAN

traumWELT

Inh. Stefan Bouxsein

Johanna-Kirchner-Strasse 20
D-60488 Frankfurt/Main

Internet: www.Traumwelt-Verlag.de
E-Mail: info@Traumwelt-Verlag.de



Gestaltung, Satz und Typographie:
Nuisol & Nuilani, Ralf Heller

ISBN 978-3-939362-02-9
1. Auflage

Bücher von Stefan Bouxsein mit Signatur/Widmung können versandkostenfrei unter www.traumwelt-verlag.de bestellt werden.

# 1

Er war allein im Oratorium. Allein mit Gott. Seine Knie sanken auf den kalten, kahlen Boden. Seine Stirn presste sich auf den nackten Beton. Seine Hände waren gefaltet, die Arme ausgestreckt. Er spürte weder den harten Boden noch die Kälte. Er war hin- und hergerissen zwischen Schuld und Vergebung, zwischen Sünde und Buße. Er versuchte sich zu beruhigen, ging in sich, wie so oft in seinem Leben. In seinem Inneren brannte ein Feuer. Schluchzend flüsterte er sein Gebet.

Vater unser im Himmel, geheiligt werde dein Name.
Dein Reich komme.
Dein Wille geschehe, wie im Himmel, so auf Erden.
Unser tägliches Brot gib uns heute.
Und vergib uns unsere Schuld, wie auch wir vergeben
unseren Schuldigern.
Und führe uns nicht in Versuchung, sondern erlöse uns
von dem Bösen.
Denn dein ist das Reich und die Kraft und die Herrlichkeit
in Ewigkeit.
Amen.

Er fühlte sich nun in der Lage, endlich den braunen Ledereinband zu öffnen. Vor drei Tagen war dieser eingetroffen und in der Obhut des Abtes geblieben. Drei Tage Bedenkzeit hatte er vom Abt auferlegt bekommen. Drei Tage, die er mit innigem Gebet verbringen sollte. Danach musste er entscheiden, ob er den Einband in Empfang nehmen wollte oder ob der Abt das Geheimnis seiner Herkunft mit ins Grab nehmen sollte. Er hatte gebetet und gefasstet. Dann hatte er seinen Entschluss gefasst.

Das Anschreiben, das auf dem braunen Ledereinband gelegen hatte, hatte er schon vor drei Tagen gelesen. So viel hatte ihm der Abt zugestanden. Es waren nur ein paar Zeilen. Zeilen, die seinen Glauben auf das Tiefste erschüttert hatten. Eine Ahnung hatte er schon immer gehabt. Eine Ahnung, die tief in ihm verankert war. Nun sollte aus der Ahnung Gewissheit werden. Er hatte die Wahrheit in den Händen und er fürchtete sich davor. Noch einmal faltete er seine Hände. „Gott steh mir bei“, flüsterte er. Dann öffnete er den braunen Ledereinband und fing an zu lesen.

*Mein Leben, Wilhelmine Arenz*

*Heute ist der 15. Februar des Jahres 2007. Es ist mein 87. Geburtstag und es drängt mich, mein Leben niederzuschreiben. Viel Zeit habe ich nicht mehr, vielleicht noch ein halbes Jahr, vielleicht noch ein Jahr, vielleicht aber auch nur noch wenige Tage oder Wochen. Das Schreiben fällt mir schwer, die Finger gehorchen nicht mehr, es ist nicht die Gicht, die mir zu schaffen macht, es ist einfach das Alter.*

*Ich will nicht jammern, will mich nicht beklagen und will auch keine Anklage erheben mit der Niederschrift meines Lebens. Ich will nur ein wenig Klarheit in das Dunkel bringen, will meinen Nachkommen die Chance geben, das Schlechte zu meiden und das Gute zu leben.*

*Je älter ich werde, desto deutlicher erscheinen mir wieder meine Kindheit und meine frühe Jugend vor meinem geistigen Auge. Geboren wurde ich als Wilhelmine Güttlicher in einem kleinen Dorf in Ostpreußen als viertes von sechs Kindern. Das Leben zu jener Zeit war hart und voller Entbehrungen und doch war es rückblickend eine wunderbare Zeit gewesen. Eine Zeit der Unschuld und eine Zeit der Hoffnung. Es war eine Zeit der Umwälzungen, der große Krieg war vorüber, die Menschen suchten nach Orientierung und waren froh, wenn sie die hungrigen Kinder in der Familie ernähren konnten.*

*Seit meinem zwölften Lebensjahr war ich das Arbeiten vom frühen Morgen bis in die Abendstunden gewöhnt. Als ich älter wurde, wuchs mein Verlangen, das Haus, den Hof und meine Familie zu verlassen und ein neues Leben zu beginnen. Mein eigenes Leben.*

*Ich war 16 Jahre alt, als ich Fritz kennen lernte. Fritz war zwei Jahre älter als ich und kam aus dem Nachbardorf. Sein erster zärtlicher Kuss begleitete mich nächtelang in meinen Träumen. Ich konnte es kaum erwarten, meine kindliche Unschuld zu verlieren. Meine Hoffnungen auf ein neues glückliches Leben an der Seite von Fritz wuchsen mit jedem geträumten Traum.*

*Im Mai 1938 gab ich Fritz das Versprechen, ihm treu zu sein bis in den Tod. Ich war neunzehn und sah in den strahlenden Augen meines Bräutigams eine rosige Zukunft. Auch ein anderer Mann nährte meine Hoffnung auf ein besseres Leben. Adolf Hitler ging in großen Schritten voran und wir folgten ihm bedingungslos.*

## 20. Dezember 2007, 11:55 Uhr

Siebels saß rauchend hinter dem Steuer und fuhr auf der Friedensbrücke über den Main. Zu seiner Linken ragten die gläsernen Bankentürme in den klaren blauen Himmel. Sein Kollege Till saß neben ihm und faselte etwas von Glühwein und Weihnachtsmarkt, aber Siebels hörte nur mit halbem Ohr zu. Eigentlich wäre heute sein erster Urlaubstag gewesen und eine Fahrt mit Sabine in die Rhön stand auf dem Programm. Eine Woche Urlaub abseits der Stadt, vielleicht mit etwas Schnee, war durch den Anruf von Staatsanwalt Jensen vor einer halben Stunde zunichte gemacht worden. Till hatte zur gleichen Zeit mit seiner Freundin Johanna vor dem Computer gesessen und sich die Last-Minute-Angebote für einen Trip auf die Kanarischen Inseln angeschaut. Jetzt saßen beide missmutig nebeneinander. Siebels schwieg eisern und Till versuchte die Situation mit Galgenhumor zu meistern.

„Klären wir halt schnell noch einen Mord auf, kippen uns anschließend auf dem Weihnachtsmarkt ein paar Glühwein rein und hauen dann ab, ich zum Strand und du in die Rhön."

Siebels fuhr Richtung Commerzbank-Arena und bog dann auf der Kennedyallee links ab. Sein Ziel war die Villa Liebig, deren Einfahrt er gerade passierte. Zwischen der Einfahrt und der Villa lag noch ein weitläufiges, parkähnliches Grundstück. Am

Eingang der Villa standen zahlreiche Streifenwagen. Polizisten warteten dort und tranken heißen Tee aus Thermoskannen. Weißrote Absperrbänder waren rings um die Villa angebracht, ein Leichenwagen stand mit geöffneter Heckklappe auf der Zufahrt. Jensen brachte seinen BMW zwischen zwei Streifenwagen zum Stehen und betrachtete sich die Szenerie, bevor er endlich seinen optimistischen Beifahrer eines Besseren belehrte.

„Erstens: Wenn Jensen uns in allerletzter Sekunde aus dem Urlaub zurückpfeift, handelt es sich wieder mal um einen ganz heiklen Fall. Zweitens: Leiche in Villa bedeutet Ermitteln mit Fingerspitzengefühl. Das wird uns Meister Jensen bestimmt gleich höchstpersönlich erörtern. Und drittens: Sowie das Ding aufgeklärt ist, buche ich mit Sabine was Nettes auf Kuba oder Jamaika. In der Rhön sind wir nämlich auf keinen Fall sicher genug vor Jensen und neuen Fällen."

Die beiden stiegen aus dem Wagen, zeigten den frierenden Polizisten ihre Ausweise und gingen Richtung Villa, von wo ihnen plötzlich Jensen entgegeneilte.

„Da sind Sie ja endlich meine Herren. Es tut mir leid, dass aus Ihrem Urlaub jetzt nix geworden ist, aber hier handelt es sich wirklich um einen sehr heiklen Fall. Da kann ich unmöglich auf meine besten Leute verzichten."

Siebels und Till tauschten einen vielsagenden Blick aus.

„Was ist denn passiert?", brummte Siebels.

„Ein Mord!", entfuhr es Jensen.

„Wie schrecklich", amüsierte sich Siebels. „Daher haben Sie uns herbestellt, weil wir von der Mordkommission sind. Und ich habe mir schon wer weiß was gedacht."

Siebels erntete einen bösen Blick vom Staatsanwalt. „Was da drin passiert ist, das ist eine böse Sauerei. Die Lage ist ernst und Sie sollten es auch sein. Bevor Sie reingehen, schlüpfen Sie aber in die Überzieher. Die Kollegen von der Spurensicherung sind noch mit der Sicherung von Spuren beschäftigt."

Siebels verkniff sich jeden weiteren Kommentar, was ihm nicht leicht fiel, und ließ sich die Plastikhüllen reichen, die er und Till sich über die Schuhe zogen, bevor sie die Villa betraten.

„Die Leiche liegt im ersten Stock", klärte Jensen sie auf. „Bevor Sie sich das anschauen, lassen Sie sich besser erst mal von dem

Gerichtsmediziner erklären, was passiert ist. Oben wimmelt es noch von Kriminaltechnikern und Spurenleuten. Hier unten müssten sie aber bald fertig sein."

Siebels betrachtete sich die kleinen Blutspritzer auf den Bodenfließen im Eingangsbereich. Fotos wurden geschossen, Proben von den Fließen gekratzt, auf Türklinken nach Fingerabdrücken gesucht.

„Guten Tag, Herr Kommissar", meldete sich eine vertraute Stimme.

„Ach nee", entfuhr es Siebels, als er den Gerichtsmediziner die Treppe vom ersten Stock herunterkommen sah. „Der alte Doktor Petri treibt immer noch sein Unwesen."

Petri kam Siebels mit ausgestreckter Hand entgegen und begrüßte ihn mit einem kräftigen Händedruck.

„Ich bin noch gar nicht so alt, ich sehe nur so aus. Kommen Sie, gehen wir in die Küche und trinken erst mal einen Tee mit Rum. Die Haushälterin wartet dort, sie hat die Leiche gefunden." Bevor sie in die Küche eintraten, begrüßte Petri auch Till, den er noch gar nicht zur Kenntnis genommen hatte.

„Guten Tag, junger Mann. Wie ich höre, sind Sie immer noch der schlechteste Schütze im ganzen Revier."

„Ja, aber ich übe viel, es kann nur besser werden", entgegnete Till.

Siebels verdrehte gespielt genervt seine Augen. „Ständig ruft Schneider bei mir an und beschwert sich über den Kerl", verriet er Petri. Schneider war Ausbilder auf dem Schießstand im Polizeipräsidium. Bei den regelmäßigen Schießübungen mussten die übenden Beamten auf Leinwände zielen, die plötzlich aus dem Nichts aufzutauchen schienen. Auf den Leinwänden waren Motive abgebildet, die es zu treffen galt oder auch nicht. Mal erschien ein harmloses Reh am Waldrand, mal ein vermummter Bankräuber, mal ein kleines Kind auf einem Spielplatz. Der Schütze musste blitzschnell erkennen, ob es einen Grund zum Schießen gab oder nicht. Wenn es einen gab, musste er möglichst zielsicher einen Schuss abfeuern. Till hatte eine Lieblingsleinwand. Sie zeigte eine ältere grauhaarige Frau, die von zwei bewaffneten Männern in Schach gehalten wurde. Sowie diese Leinwand vor Till hochschnellte, jagte er der Oma ein paar Kugeln in den Kopf. Er nannte sie Oma bin Laden, die Mutter aller Terroristen. Schneider hatte allerdings keinen Sinn für den Humor von Till und beschwerte sich regelmäßig bei Siebels über dessen schießuntauglichen jungen Kollegen.

In der Küche saß die Haushälterin und wurde von einem Sanitäter betreut. Man sah ihr an, dass sie unter Schock stand. Trotzdem ging Petri auf sie zu und fragte, ob sie einen Tee mit Rum für ihn und die beiden Beamten von der Kriminalpolizei zubereiten könnte. Sie nickte stumm und stand auf.

„Für uns beide bitte ohne Rum", bat Siebels.

„Der kann jetzt nicht schaden, Dienst hin oder her", widersprach Petri.

„Na gut", gab Siebels nach. „Dann bitte auch für mich mit Rum. Eigentlich bin ich ja auch im Urlaub."

„Wenn schon kein Glühwein auf dem Weihnachtsmarkt, dann wenigstens Rum im Tee", warf Till dazwischen, um das Gewissen des gewissenhaften Siebels zu beruhigen.

Die Haushälterin servierte den Tee. „Das ist Frau Bromowitsch", stellte Petri sie vor. „Vielleicht sollten Sie sich einen Moment hinlegen, Frau Bromowitsch. Meine Kollegen von der Mordkommission werden nachher bestimmt noch Fragen an Sie haben."

Frau Bromowitsch nickte wieder stumm und der Sanitäter führte sie aus der Küche.

Petri, Siebels und Till schlürften ihren Tee und betrachteten sich durch das Küchenfenster die frierenden Streifenbeamten.

„Was ist hier eigentlich passiert?", wollte Till endlich wissen.

Petri nickte und fing an zu erzählen. „Vielleicht ist Ihnen der Name Liebig ein Begriff?"

„Klar", sagte Till. „In Frankfurt gibt es eine Liebigstraße, ein Liebig-Gymnasium und ein Liebieg-Café. Wird ein berühmter Dichter oder Maler gewesen sein."

„Da ist unser junger Kriminalist auf der falschen Spur", gab Petri zurück. „Die Örtlichkeiten, von denen Sie sprechen, wurden entweder nach dem deutschen Chemiker Justus von Liebig oder nach dem Fabrikanten Heinrich Baron von Liebieg benannt. Letzterer ist Namensgeber für das Liebieghaus am Schaumainkai Die Villa Liebig, in der wir uns hier befinden, hat ihren Namen von seinen Bewohnern. Hermann und Eva Liebig. Die beiden haben weder mit dem Chemiker noch mit dem Baron etwas zu tun. Sie befinden sich übrigens im Urlaub. Man versucht gerade, sie ausfindig zu machen."

„Und wer ist jetzt ermordet worden?", wollte Siebels wissen.

„Magdalena Liebig, die Tochter."

„Und warum sollte uns der Name Liebig ein Begriff sein?", kam Till wieder auf den Ausgangspunkt zurück.

„Nun ja", begann Petri nachdenklich. „Vielleicht fangen wir anders an. Arenz. Sagt Ihnen dieser Name etwas?"

„Die Arenz-Werke?", fragte Siebels.

„Volltreffer. Die Arenz-Werke. Eines der größten deutschen Unternehmen, das noch in Familienbesitz ist. Wahrscheinlich erinnern Sie sich, dass Wilhelmine Arenz erst vor einigen Wochen gestorben ist. Das ging durch alle Medien."

„Ja, jetzt dämmert es mir", gab Siebels zurück. „Hermann Liebig ist der Sohn aus erster Ehe von Wilhelmine Arenz. Ist er nicht der oberste Mann bei den Arenz-Werken?"

Petri schüttete sich noch etwas Rum in seinen Tee. „Hermann Liebig leitet die Arenz-Werke. Aber er ist nur Angestellter. Jedenfalls war er es bis zum Tod seiner Mutter. Bis dahin hat das Unternehmen mehrheitlich Wilhelmine Arenz und deren Kindern aus zweiter Ehe, Peter und Klara Arenz, gehört."

„Wir haben es hier also mit Millionären zu tun?", fragte Till.

„Sagen wir besser mit Milliardären. Oder noch besser mit Multi-Milliardären."

„Da wird uns Jensen keine einzige ruhige Minute über Weihnachten lassen", stöhnte Siebels.

„Das glaube ich auch", pflichtete Petri ihm bei.

„Na, dann schießen Sie doch endlich mal los."

„Nun ja", begann Petri zögerlich. Die Leiche von Magdalena Liebig liegt im Schlafzimmer ihrer Eltern. Sie wurde mit einem Messerstich getötet. Das war eine blutige Angelegenheit. Der Stich ging genau in die Halsschlagader. Das Blut muss nur so gespritzt haben. Sie werden es ja gleich sehen."

„War es ein Einbruch? Hat es einen Kampf gegeben?"

„Nach meinen Kenntnissen gibt es keine Einbruchsspuren. Ob es zum Kampf kam, muss noch geprüft werden. Und wenn es einen gegeben hat, bleibt noch die Frage, wer mit wem gekämpft hat."

„Was soll das denn wieder heißen?"

Petri räusperte sich. „Die Haushälterin hat nicht nur die Leiche gefunden. Neben der Leiche saß ein Mann auf dem Fußboden in ihrem Blut."

„Der Täter? Warum sagen Sie das denn erst jetzt?"

„Es ist eher unwahrscheinlich, dass er der Täter ist. Jedenfalls hatte er kein Messer."

„Vielleicht hat er sie umgebracht, ist dann spazieren gegangen, hat das Messer entsorgt und ist wieder zurückgekommen?", warf Till ein.

„Auch eher unwahrscheinlich. Aber das müssen Sie mit der Spurensicherung klären. Die waren sich jedenfalls ziemlich sicher, dass er das Haus zwischenzeitlich nicht verlassen hat. Er saß übrigens nackt in ihrem Blut. Sie war auch nackt, als sie abgestochen wurde."

„Wo ist er denn? Und was sagt er?" Siebels war ziemlich durcheinander.

„Er ist zur Untersuchung im Krankenhaus. Gesagt hat er nichts. Er war völlig apathisch. Es könnte sein, dass er einfach nur unter Schock stand, als ich eingetroffen bin. Aber ich befürchte, der Kerl hat tiefergreifende psychische Störungen. Er hatte einen völlig irren Blick. Deswegen habe ich veranlasst, dass er schnellstmöglich in der Psychiatrie unter die Lupe genommen wird."

„Ist ja gleich um die Ecke", besänftigte Till Siebels, der gerade anfangen wollte, sich über das Vorgehen in diesem Fall aufzuregen.

Die Psychiatrie war tatsächlich nur einige hundert Meter von der Villa entfernt. Trotzdem hätte Siebels sich gerne am Tatort ein Bild von dem Mann gemacht.

„Der läuft Ihnen nicht weg und gesagt hätte er ohnehin nichts, darauf mein Wort", versprach Petri. „Vier Streifenbeamte haben ihn begleitet und passen auf ihn auf. Und jetzt sollten wir nach oben gehen. Ach ja, das hätte ich fast vergessen. Eine Botschaft wurde auch hinterlassen. Ob sie vom Täter stammt oder von dem Mann, der jetzt in der Psychiatrie ist, klären die Kollegen von der Spurensicherung. Natürlich vorausgesetzt, der Kerl ist wirklich nicht der Täter."

# 2

Der Abt hatte ihm eine Einzelzelle zugewiesen, damit er sich in aller Abgeschiedenheit mit dem auseinandersetzen konnte, was ihm so unverhofft zuteil geworden war. Sein Körper sollte rein sein, damit er einen klaren Geist habe, hatte der Abt verordnet. Und er sollte viel beten. Beten und fasten.

Er trank einen Schluck Wasser, aß ein trockenes Stück Brot und schlug seinen braunen Ledereinband auf.

*Mein Leben, Wilhelmine Arenz*

*Nach unserer Hochzeit zogen Fritz und ich in das nahe gelegene Königsberg. Fritz fand dort eine Wohnung und Arbeit in einer Fabrik. Abends saßen wir gemeinsam vor dem Radio, dem Hochzeitsgeschenk seiner Eltern. Wir lauschten den Stimmen, die aus dem Radio kamen. Man sprach über uns. Über Ostpreußen, das seit dem Versailler Vertrag mitten in Polen lag und keine direkte Verbindung zum Deutschen Reich mehr hatte. Hitler wollte Danzig zurückhaben. Hitler wollte Ostpreußen mit einer exterritorialen Eisenbahn an das Reich anbinden. Fritz war begeistert von Hitler und seine Begeisterung übertrug sich auf mich. Wir lauschten den Stimmen aus dem Radio und wussten, dass die ganze Welt auf uns schaute. Als die deutsche Armee im September 1939 endlich die polnische Grenze überschritt, lagen Fritz und ich uns jubelnd in den Armen. Nur wenige Wochen später berichteten die Stimmen aus dem Radio aus Warschau, wo am 3. Oktober die deutsche Siegesparade stattfand. Sie beschrieben uns die siegreichen deutschen Soldaten, die zwischen zerschossenen Häusern, umgestürzten Straßenbahnwagen und anderen Barrikaden im Gleichschritt marschierten, den Arm zum Gruß erhoben. „Heil Hitler!“ ertönte es tausendfach in unserem bescheidenen Wohnzimmer. Mir machte das beschriebene Bild der Verwüstung Angst. Bei Fritz hatte es eine vollkommen andere Wirkung. Er wollte Polen brennen sehen und beschwor das neue Deutsche Reich. An diesem Tag beschloss Fritz, Soldat zu werden.*

*Alles war gut. Das Deutsche Reich hatte Ostpreußen wieder in sich aufgenommen. Die deutsche Armee war unbesiegbar, der Führer unsterblich und Fritz voller Tatendrang und Manneskraft. Die Nacht nach der Siegesparade in Warschau war die Nacht, in der Fritz mich schwängerte.*

## 20. Dezember 2007, 12:05 Uhr

Im Schlafzimmer der Eheleute Liebig tummelten sich drei Kollegen von der Spurensicherung mit übergezogenen Plastikanzügen. Siebels blieb am Türrahmen stehen. Das Erste, was ihm auffiel, war die Botschaft, von der Petri gerade gesprochen hatte. Mit blutverschmiertem Finger war sie auf die Spiegelfront des Kleiderschrankes geschrieben worden.

> Cavendum ergo ideo malum desiderium quia mors secus introitum delectationis posita est.

„Mein Latein beschränkt sich leider auf das medizinische", bedauerte Petri. Das hier klingt auf jeden Fall religiös."

„Ein religiös motivierter Mörder?" Siebels drehte sich zu Petri um. „So was gibt es entweder im Kino oder in Amerika, aber doch nicht mitten in Frankfurt."

„Jetzt anscheinend schon. Irgendwann kommt ja alles mal von den Amis hier drüben an", sinnierte Petri. „Am besten fragen Sie mal einen Fachmann aus der Kirche, da wird Ihnen bestimmt geholfen."

„Schreib das mal auf", wies Siebels Till an.

„Wir haben sie!" Die Stimme kam von unten und war die von Jensen.

„Wen haben wir?", brüllte Siebels zurück.

Hastig kam Jensen die Treppe herauf. „Na, die Liebigs natürlich. Sie befinden sich auf einer Reise in Kalifornien. Jetzt machen sie sich aber unverzüglich auf den Rückweg."

„Das kann ja noch etwas dauern", antwortete Siebels. „Jetzt rede ich erst mal mit der Haushälterin und dann fahren wir in die Psychiatrie. Ich kann es kaum erwarten, mir diesen Kerl anzuschauen, der seelenruhig mit irrem Blick im Blut der Toten gesessen haben soll."

Die Blicke von Siebels und Till wanderten von dem blutbeschmierten Spiegel des Kleiderschrankes durch den Raum. Die tote Magdalena Liebig lag auf dem elterlichen Bett. Der dunkelbraune Parkettboden war überall mit Blut verschmiert. Siebels schätzte sie auf Mitte vierzig. Er fragte sich, warum eine Frau in diesem Alter nackt auf dem Bett der Eltern getötet wurde. Sie war etwas mollig, aber nicht dick.

„Wo sind denn ihre Klamotten?", fragte Till den Chef der Spurensicherung.

„Die waren im ganzen Haus verteilt. Darum haben wir uns zuerst gekümmert. Alles genau dokumentiert und fotografiert. Unten vor der Eingangstür lag der Rock. Die Bluse fanden wir auf der untersten Treppenstufe. Strumpfhose im Flur, Slip im Schlafzimmer unter dem Fensterbrett."

„War etwas zerrissen?"

„Nein. Sieht nicht so aus, als hätte sie einer gegen ihren Willen ausgezogen."

„Hatte sie Geschlechtsverkehr?"

„Das fragen Sie besser Petri."

Siebels drehte sich um, Petri stand am anderen Ende des Flurs und schaute aus dem Fenster. Siebels gesellte sich zu ihm. Von hier aus hatte man freien Blick auf die Pferderennbahn.

„Geschlechtsverkehr?"

„Ja."

„Vergewaltigung?"

„Eher nein."

„Danke."

„Gerne."

Siebels ging zurück zur Leiche und zur Spurensicherung. „Habt ihr hier noch was von dem Mann gefunden, der in ihrem Blut gesessen hat?"

„Nee, der war schon weg, als wir eintrafen."

Siebels fluchte innerlich. Wenigstens auf die Spurensicherung hätte der alte Petri warten können, bevor er den Kerl in die Klapse verfrachtet hatte. Er ging wieder den Gang zurück zu Petri.

„Der Mann, der war nackt?"

„Ja."

„Wo waren seine Klamotten?"

„Keine Klamotten."

„Keine Klamotten? Sicher?"

„Wir haben nichts gefunden. Es sei denn, er hat seine Kleider in den Kleiderschrank ihrer Eltern gehängt. Das wurde noch nicht überprüft, soweit ich weiß."

„Sehr merkwürdig. Haben Sie ihn nackt in die Klinik einliefern lassen?"

„Mein Mantel. Ich habe ihm meinen Mantel gegeben."

„Sie sind ein Samariter."

„Ich weiß. Tut mir leid, dass ich Ihnen die Arbeit erschwere mit meiner eigenmächtigen Entscheidung, den Kerl einliefern zu lassen. Aber Staatsanwalt Jensen hat darauf bestanden, dass Sie und Ihr Kollege Krüger den Fall übernehmen. Und Sie beide waren ja offiziell schon im Urlaub. Es ist bereits ein paar Stunden her, dass wir den Mann oben aufgefunden haben. Er saß da, als die Haushälterin kam. Das war so gegen neun. Die ersten Polizeibeamten kamen zehn Minuten später. Sie waren nicht in der Lage, den Mann vom Fußboden wegzuholen. Sie hatten Angst vor ihm. Stellen Sie sich vor, die Beamten stehen mit gezogenen Waffen vor einem Mann, der regungslos im Blut von Frau Liebig sitzt. Er nahm von den Beamten gar keine Notiz. Angeblich hat er etwas vor sich hin gebrummt. Aber niemand verstand, was er sagte. Wenn sie ihn anfassen wollten, bekam er Schreianfälle. Ich musste ihn fortschaffen lassen. Das ging erst, als ich ihm eine Beruhigungsspritze gegeben hatte. Vier Mann mussten ihn dazu festhalten."

Siebels nickte nachdenklich. „Vielleicht kann uns ja die Haushälterin etwas über ihn erzählen. Kommen Sie mit nach unten, wenn ich sie befrage?"

„Ja, gerne. Anschließend möchte ich Sie sowieso begleiten, wenn Sie in die Klinik fahren. Der Mann interessiert mich."

Siebels beauftragte Till, herauszufinden, was auf dem Spiegel im Schlafzimmer geschrieben stand, bevor er sich mit Petri nach unten zu Frau Bromowitsch begab. Till schaute den beiden ratlos hinterher und dann noch ratloser auf seinen Zettel, auf dem er die Wörter notiert hatte.

# 3

Er saß in seiner Zelle und betrachtete sich den braunen Ledereinband. Vorsichtig berührte seine Hand das Leder und strich sanft darüber. Er konnte sich diesem Buch nicht entziehen. War es Teufelswerk, das er so zärtlich streichelte? Er verwarf den Gedanken und öffnete den Band.

*Mein Leben, Wilhelmine Arenz*

*Seit Dezember 1939 war ich als Aushilfsschwester im Krankenhaus tätig. Oberschwester Hildegard hatte sich meiner angenommen und mich dazu ermutigt, die Ausbildung zur Krankenschwester anzutreten. Ich stimmte zu.*

*Im Januar 1940 erlebte ich das erste Mal, wie Fritz von einem Krampfanfall heimgesucht wurde. Am Tag zuvor war er schriftlich bis auf Weiteres vom Einsatz bei der Wehrmacht befreit worden. Man hatte ihn auf eine Liste gesetzt und wieder zurück in die Fabrik geschickt. Die Fabrik war jetzt wichtig für den Führer und Fritz war wichtig für die Fabrik. Fritz war Schlosser und hielt die Maschinen in Gang. Mit den Maschinen wurden früher Blechdosen hergestellt, seit Dezember 1939 produzierte die Fabrik allerdings nur noch Munition für die Truppen. Die Maschinen liefen Tag und Nacht. Wenn eine Maschine ausfiel, musste Fritz sie reparieren. Der Bedarf war enorm. Fritz erzählte mir manchmal, wie viel sie an einem Tag fabrizierten und ich fragte mich im Stillen, wo diese ganzen Patronen verschossen werden sollten.*

*An jenem Januartag kam Fritz erst spät abends von der Fabrik nach Hause. Er ging erst ins Bad und dann ins Schlafzimmer. Ich wartete in der Küche mit der fertigen Kartoffelsuppe auf ihn und da er nicht kam, rief ich nach ihm. Als er nicht antwortete, schaute ich nach. Mein Schrecken war groß, als ich ihn auf dem Bett entdeckte. Er lag auf dem Rücken, die Augen starr an die Decke gerichtet. Seine Arme und Beine zuckten schnell und unkontrolliert. Ich sprach ihn an, flehte ihn an, fragte ihn, was er habe. Er nahm mich nicht zur Kenntnis. Lag da und zuckte wild. Etwas zwei Minuten lang ging das so, dann beruhigten sich seine Beine und Arme langsam wieder. Bis er ganz ruhig im Bett lag. Seine Augen bewegten sich wieder. Er drehte seinen Kopf zu mir und sah mich an. Ich fragte ihn, was sei. Nichts, gab er mir zur Antwort. Ich solle mir keine Gedanken machen. Er blieb noch einen Moment liegen, dann kam er und aß seine Suppe. Erst viel später habe ich erfahren, dass der Vorgesetzte von Fritz, Eduard Propofski, Himmel und Hölle in Bewegung gesetzt hatte, um Fritz vom Dienst bei der Wehrmacht fernzuhalten.*

## 20. Dezember 2007, 12:45 Uhr

Während Till vor die Tür ging, um frische Luft zu schnappen und sich zu überlegen, wie er die lateinische Botschaft am schnellsten übersetzt bekam, setzten sich Siebels und Petri in einem der Gästezimmer der Villa mit der Haushälterin Frau Bromowitsch zusammen. Sie schien sich vom ersten Schock etwas erholt zu haben, es war wieder Farbe in ihr blasses Gesicht zurückgekehrt.

„Geht es Ihnen wieder etwas besser?", erkundigte Siebels sich rücksichtsvoll. Erneut antwortete sie nur mit einem stummen Nicken.

„Wie lange arbeiten Sie schon für die Familie Liebig?", erkundigte sich Siebels.

„Seit über vierzig Jahren."

„Das ist eine lange Zeit. Was genau sind Ihre Aufgaben? Sind Sie jeden Tag hier?"

„Von Montag bis Samstag, ja. Sonntags habe ich frei. Ich mache viel. Kümmere mich um den Haushalt. Ich putze, sauge, wasche und kaufe ein."

„Der Mann, den Sie heute Morgen im Zimmer gesehen haben, kennen Sie den?"

„Nein. Den habe ich noch nie gesehen."

„Wohnte Magdalena Liebig hier bei ihren Eltern im Haus?"

Frau Bromowitsch nickte wieder stumm zur Bestätigung.

„Wie alt war sie?"

„Magdalena war fünfundvierzig Jahre alt." Frau Bromowitsch fing leise an zu schluchzen.

„Hat sie immer hier gewohnt? Ist sie ledig?"

„Ja, sie ist ledig und sie hat immer hier bei ihren Eltern gewohnt."

„Hatte sie einen Freund?"

„Nein, keinen Freund. Sie war krank. Deswegen wohnte sie auch noch in ihrem Elternhaus. Hier fühlte sie sich sicherer. Nicht so einsam. Ihre Eltern sind zwar selten zu Hause, aber wenigstens in den Nächten war Magdalena unter ihrer Obhut. Am Tag war ich da und Dr. Breuer kam auch regelmäßig und schaute nach ihr. Dr. Breuer ist der Hausarzt der Familie."

„Was für eine Krankheit hatte Magdalena?"

Wieder schluchzte Frau Bromowitsch und Petri reichte ihr ein Taschentuch. Sie schniefte in das Tuch, schaute dann mit Tränen in den Augen zu Siebels. „Magdalena litt unter epileptischen Anfällen. Früher war es ziemlich schlimm. In den letzten Jahren ist es besser geworden. Sie bekam neue Medikamente. Aber trotzdem wurde sie immer wieder von schlimmen Anfällen heimgesucht."

Siebels schaute verwundert zu Petri. Laut Petri hatte der unbekannte nackte Mann epileptische Anfälle gehabt, als die Polizei eintraf.

„Hatte Magdalena Kontakt zu anderen Menschen, die unter der gleichen Krankheit litten?"

Wieder ging der Antwort ein stummes Kopfnicken voraus. „Ja, Magdalena besuchte seit Jahren eine Selbsthilfegruppe. Einmal im Monat ging sie dorthin. Das tat ihr gut. Dort konnte sie über ihre Probleme sprechen. Nicht nur über die Krankheit."

„Könnte der nackte Mann aus dieser Gruppe stammen?"

Jetzt schaute sie Siebels stumm an, ohne dabei zu nicken. Nach einer Weile zuckte sie mit den Schultern. „Es wäre möglich. Ich habe im Laufe der Jahre einige ihrer Freunde aus dieser Gruppe kennen gelernt. Aber diesen Mann nicht. Ich kann es aber nicht ausschließen."

„Es gab keine Einbruchsspuren im Haus. Wir gehen zunächst davon aus, dass Magdalena den Mann kannte und hereingelassen hat. Spricht Ihrer Meinung nach etwas dagegen?"

„Magdalena war ängstlich und scheu. Sie hätte keine fremden Männer ins Haus gelassen. Wenn er nicht gewaltsam eingedrungen ist, muss Magdalena ihn gekannt haben. Vielleicht gehört er wirklich zur Gruppe. Das fragen Sie am besten Dr. Breuer."

„Ja, das werden wir tun. Sie haben sicherlich seine Telefonnummer und Adresse?"

„Ja, natürlich."

„Erzählen Sie mir aber zuerst bitte ganz genau, wie das heute Morgen war, als sie hergekommen sind."

„Ich kam kurz vor neun. Alles war normal. Ich habe erst geläutet. Drei Mal kurz hintereinander. Das mache ich immer so, wenn Magdalena allein im Haus ist. Sie weiß dann, dass ich es bin. Ich warte immer noch einen Moment und schließe dann mit meinem Schlüssel auf. Nachdem ich heute aufgeschlossen hatte, habe ich meinen Mantel an die Garderobe gehängt und laut guten Morgen gerufen. Normalerweise kommt dann von irgendwoher im Haus eine fröhliche Antwort. Heute Morgen blieb es aber still. Ich dachte, sie wäre vielleicht im Bad. Aber dann sah ich die Kleidungsstücke von ihr herumliegen. Sie ist eigentlich sehr ordentlich. Das machte mich stutzig. Ich rief wieder nach ihr. Es kam keine Antwort. Erst dann entdeckte ich die roten Flecken. Ich sah mich genauer um. Ich hatte keine Zweifel daran, dass es Blutspuren waren. Ich schaute erst in das Zimmer von Magdalena. Aber das war leer und das Bett unbenutzt. Dann ging ich nach oben. Ich machte Licht im Flur und sah dann deutlich, die Blutspuren aus dem Schlafzimmer ihrer Eltern. Die Tür war zu. Ich öffnete sie. Zuerst sah ich Magdalena auf dem Bett liegen. Ich schrie. Dann erst entdeckte ich diesen nackten Mann. Zuerst sah ich ihn im Spiegel. Oben auf dem Spiegel standen diese Wörter und unter diesen Wörtern sah ich das Spiegelbild des Mannes. Er saß neben dem Bett an die Wand gelehnt. Ich schrie wieder. Er saß mit weit aufgerissenen Augen da und starrte auf den Spiegelschrank. Ich glaube, er starrte auf das, was da geschrieben stand. Dann bin ich runter gerannt. Fast wäre ich die Treppen herabgestürzt. Ich hatte Angst, dass der Mann mir hinterher rennt. Aber er blieb im Zimmer. Ich wählte die Notrufnummer und rannte mit dem schnurlosen Telefon aus dem Haus. Bis nach vorne zur Straße. Dort habe ich auf die Polizei gewartet und das Haus im Auge behalten. Die Polizei war schnell da. Erst ein Wagen, dann kam noch einer. Dann kamen viele. Alle mit Sirene und Blaulicht. Es war wie in einem Film. So unwirklich. Verstehen Sie das?"

„Ja, das verstehe ich sehr gut. Seit wann sind Herr und Frau Liebig außer Haus?"

„Seit zehn Tagen. Herr Liebig hat einen geschäftlichen Termin in den USA. Anschließend wollte er mit seiner Frau über Weihnachten und Sylvester seinen Urlaub dort verbringen. Die beiden machen ja selten Urlaub. Immer sind sie für die Firma da. Außerdem wollten sie Magdalena nicht über einen längeren Zeitraum alleine lassen. Manchmal sind sie mit Magdalena verreist. Aber immer nur für ein paar Tage, meistens an die Ostsee. Das Klima dort tat Magdalena gut. Ihren Eltern natürlich auch."

„Erzählen Sie mir bitte etwas mehr über die Familie. Über die Familie Liebig und die Familie Arenz. Wer gehört alles dazu? Wer hat welche Aufgaben im Unternehmen?"

Till hatte sich zu den Streifenbeamten vor der Villa gesellt und noch einen heißen Tee ohne Rum mit ihnen getrunken. Nach einer kurzen Unterhaltung betrachtete er sich wieder den Zettel, auf dem er die Worte vom Spiegel notiert hatte. Kurz entschlossen rief er seine Freundin Johanna an. Johanna hatte ihr Medizinstudium vor einigen Wochen beendet. Ihr musste er jetzt sowieso schonend beibringen, dass der geplante Trip in die Sonne auf unbestimmte Zeit verschoben werden musste. Da konnte er sie gleich nach ihren lateinischen Kenntnissen fragen. Er hielt sein Handy einige Minuten reglos in der Hand, bevor er ihre Nummer wählte. Das schlechte Gewissen plagte ihn. Nachdem er und Johanna in der Vergangenheit einige Krisen durchlebt hatten und die Beziehung eigentlich schon gescheitert war, hatten die beiden sich nach einer kurzen Trennung doch noch einmal zusammengerauft. Seit einem halben Jahr waren sie wieder ein Herz und eine Seele und Till spielte mit dem Gedanken, seiner Johanna an Weihnachten auf einer sonnigen Insel einen romantischen Heiratsantrag zu machen. Immerhin war sie angehende Ärztin und er könnte auch bald befördert werden. Jedenfalls wenn Schneider vom Schießstand bald in den vorzeitigen Ruhestand ging und seine Beurteilungen dort wieder besser wurden. Auf keinen Fall würde er aufhören, Jagd auf Oma bin Laden zu machen. So viel stand für ihn fest. Das war eine Frage der Ehre. Er rief Johanna an und kam ohne Umwege auf den Spiegelspruch zu sprechen. Mühsam las er ihr die Worte auf seinem Notizblock vor. Johanna hatte keine Ahnung, wovon er sprach. Till erzählte von Dr. Petri, nach dessen Meinung es etwas Religiöses sein müsste.

„Etwas Religiöses?" fragte Johanna zweifelnd nach. „Und warum fragst du dann mich?"

„Ich dachte, du hast Abitur und kannst Latein. Mediziner müssen doch Latein können. So wie Polizisten die Verkehrsregeln kennen müssen."

„Wie du bereits richtig erkannt hast, bin ich Medizinerin. Bauchspeicheldrüse kann ich vielleicht auf Latein, aber dein kavendum Dingsbums ist weder eine Drüse noch ein Knochen noch sonst was Medizinisches. Probiere es mal in der katholischen Kirche, da spricht man auch Latein."

„Danke für den Tipp. Urlaub wird übrigens ausfallen müssen. Jedenfalls für dieses Jahr. Aber den holen wir so schnell wie möglich nach. Versprochen."

„Dein Versprechen in Jensens Ohr. Wenn ich den Job im Krankenhaus bekomme, wird das so schnell nix. Würde es dich stören, wenn ich jetzt ohne dich fliege?"

„Wie jetzt? Wieso ohne mich?"

„Mit einer Freundin. Ihr Mann kann auch nicht. Frauenurlaub."

„Du willst mich über Weihnachten alleine hier lassen? Bei der Kälte?"

„Exakt. Du musst doch wieder einen Mörder jagen und hast sowieso keine Zeit. Wahrscheinlich bist du mit Steffen die ganzen Feiertage auf Achse. Oder etwa nicht?"

„Na ja. Schaut leider nicht gut aus. Tote in Villa. Reiche Leute, heikler Fall."

„Also buche ich den nächsten Flug. Das wird jetzt eh schon schwierig genug, noch etwas Erschwingliches zu bekommen."

„Na gut. Du hast es dir verdient. Erzähle mir heute Abend, was du gebucht hast. Wahrscheinlich wird es spät. Bye."

„Ich mache Spaghetti, wenn du kommst. Ciao."

Heiratsantrag ade, dachte Till und hatte im gleichen Moment eine Idee, die ihn gedanklich wieder voll auf den Fall Liebig zurückkatapultierte. Er tippte die Nummer der Auskunft in sein Handy und ließ sich mit der katholischen Telefonseelsorge in Frankfurt verbinden. Kurz darauf sprach er mit einer Frau, die ihn nach seinem Problem fragte.

„Cavendum ergo ideo malum desiderium quia mors secus introitum delectationis posita est", las er stockend von seinem Zettel ab.

„Do you speak German?", fragte die Frau am anderen Ende der Leitung.

„Yes. Only German. This is my problem."

"Why is this your problem?"

"Weil ich kein Latein kann. Ich dachte, Sie sind die katholische Kirche und können mir helfen."

„Ich bin Frau Lehmann. Bitte blockieren Sie nicht die Leitung, wenn Sie keine Hilfe benötigen. Andere Menschen haben wirklich Probleme und hoffen auf ein offenes Ohr. Gerade jetzt um die Weihnachtszeit."

Till sprach daraufhin Klartext, stellte sich als Kriminaloberkommissar Krüger vor und fragte, wo er mit seinem lateinischen Text vorstellig werden könnte.

„Da gehen Sie am besten in die Innenstadt, in die Liebfrauenkirche. Dort fragen Sie nach Bruder Jakobus. Er ist dort im Kapuzinerkloster tätig. Er kann Ihnen bestimmt weiterhelfen."

Till bedankte sich und ging zurück in die Villa. Er war mittlerweile bis auf die Knochen durchgefroren und bemitleidete die Polizisten, die untätig herumstanden. Anscheinend wurden sie nicht mehr benötigt, bekamen aber auch keinen Befehl zum Abmarsch. Vielleicht befürchtete Jensen noch einen Presseauflauf, der abgewehrt werden musste.

# 4

Nach Tagen der Einsamkeit verspürte er das Verlangen nach Gemeinschaft. Er suchte die Nähe zu Gott in seinen Brüdern. Der Abt hatte das Zeichen schon gegeben, die Brüder versammelten sich und er schloss sich ihnen an, so wie er es seit Jahrzehnten Tag für Tag hielt. Bruder Johannes empfing ihn mit einem wohlwollenden Lächeln auf den Lippen. Er reihte sich ein. Stand wieder dort, wo sein Platz war. Die Brüder stimmten die Feierlichkeiten an. Die Vigil, die erste Gebetszeit des Tages, hatte begonnen. Die Brüder ließen ihre Stimmen ertönen und priesen den Herrn mit einem Lied Davids, dem dritten Psalm.

„Herr, ich kann sie nicht mehr zählen, so viele sind es, die sich gegen mich stellen, so viele, die schadenfroh von mir sagen: Dem hilft auch Gott nicht mehr! …"

Eine Träne lief ihm die Wange herunter, während seine Stimme im Chor der Mönche den Schutz Gottes herbeiflehte. Der Gottesdienst nahm seinen Verlauf, die Brüder sangen „Ehre sei dem Vater" und fuhren fort mit Psalm 94 mit Antiphon. Weiter mit einem Hymnus des Ambrosius, dann sechs Psalmen mit Antiphonen, anschließend der Versikel. Dann sprach der Abt den Segen und alle Brüder setzten sich auf die Bänke. Der erste Bruder unter ihnen erhob sich zur Lesung. Der Abt hatte zuvor das Buch aufgeschlagen. Danach folgte die zweite Lesung, dieses Mal durch Bruder Johannes. Danach die dritte und letzte Lesung. Zwischen den Lesungen sangen die Brüder drei Responsorien. Nach den Lesungen folgten sechs weitere Psalme, die mit „Halleluja" gesungen wurden. Jetzt war er an der Reihe. Er war eins mit sich und den Brüdern und den altehrwürdigen Mauern, die ihn umgaben. Auswendig trug er seine Lesung aus den Apostelbriefen vor. Der Gottesdienst endete mit dem Bittgebet der Litanei.

Nach dem Gottesdienst nahm der Abt ihn beiseite. Wie er selbst hatte dieser fast sein ganzes Leben in den Mauern des Klosters verbracht, war ohne Eltern unter der Obhut Gottes aufgewachsen.

Nachdem sie ein paar Schritte gegangen waren, sprach der Abt zu ihm. „Du weißt, mein lieber Bruder, man soll der Schweigsamkeit zuliebe bisweilen sogar auf gute Gespräche verzichten. Es steht geschrieben, dass vollkommenen Jüngern das Reden nur selten erlaubt sei, wegen der Bedeutung der Schweigsamkeit. Doch sind wir weit davon entfernt, vollkommen zu sein. Darum bitte ich dich, komm zu mir, wenn deine Seele nach einem aufbauenden Gespräch verlangt. Du warst noch ein Säugling, als du zu den Schwestern in das Kloster gekommen bist und ein Knabe von vier Jahren, als wir dich in unserer Mitte aufgenommen haben. Jetzt bist du ein gottesfürchtiger Diener des Herrn und erfährst all das, wonach die Seele des Waisen sich ein Leben lang sehnt. Nimm es als Geschenk Gottes und sieh in mir den Vater, den du nie hattest. Den Vater, dem der Sohn die Fragen stellt, die er im Herzen trägt. Du bist mir willkommen zu jeder Zeit, sei es am Tag oder in der Nacht."

Wortlos nahm er die Hand des Abts und küsste sie. Dann ging er seines Weges. Zurück in seine Zelle. Zurück zu dem braunen Ledereinband. Zurück zu seinen Wurzeln.

## 20. Dezember 2007, 14:00 Uhr

Till fand Siebels und Petri mit Frau Bromowitsch in einem der vier kleineren Zimmer im Untergeschoss. Frau Bromowitsch fing gerade an, über die Familie zu erzählen.

„Das Unternehmen, die Arenz-Werke, wurde von Walter Arenz in der Nachkriegszeit gegründet. Die Werke gingen aus einer Schlosserei hervor, die der Vater von Walter Arenz bereits betrieben hatte. Nach dem Krieg sammelte Walter Arenz Schrott aus den Trümmern im zerbombten Frankfurt und verarbeitete ihn in seiner Schlosserei weiter. Als Schmied und Schlosser stellte er her, was gebraucht wurde. Bald schon vergrößerte er sein Geschäft und spezialisierte sich auf Fahrradrahmen, die er in großen Stückzahlen produzieren ließ. 1950 heiratete Walter Arenz Wilhelmine Liebig. Sie war Kriegswitwe und hatte einen Sohn, Hermann, den Walter Arenz aber nicht adoptierte. So blieb der Name Liebig erhalten. 1952 brachte Wilhelmine Peter zur Welt und ein Jahr später die Tochter Klara. Hermann

Liebig wuchs mit seinen Halbgeschwistern auf. Peter und Klara kamen später in ein Schweizer Internat, als sie etwa fünfzehn Jahre alt waren. Das Unternehmen von Walter Arenz wuchs in den fünfziger Jahren rasant. Er verarbeitete Blech in großen Mengen und belieferte bald die Industrie in ganz Deutschland. Ende der Fünfziger beschäftigte er bereits 300 Leute in mehreren Fabriken. In den sechziger und siebziger Jahren avancierte er zu einem Hauptlieferanten der Automobilindustrie. Hermann Liebig war nach seinem Studium in das Unternehmen eingetreten und entpuppte sich als tüchtiger Geschäftsmann. Bereits als junger Student arbeitete er in der Firmenleitung mit. Außer ihm waren seine Mutter Wilhelmine und Walter Arenz mit der Führung des Unternehmens befasst. Wilhelmine kümmerte sich in erster Linie um die Buchhaltung und die Finanzen. Hermann war maßgeblich für die fortschreitende Automatisierung in den Werken zuständig und schaffte somit den Grundstein für weiteres Wachstum. Er war die treibende Kraft im Unternehmen, trotzdem bevorzugte Walter Arenz seine eigenen Kinder und hatte oft Streit mit Hermann. Peter Arenz studierte auf Drängen seines Vaters Betriebswirtschaft, Klara Arenz setzte ihren eigenen Kopf durch und studierte Journalistik. Walter Arenz starb 1973 im Alter von 58 Jahren. Die Firma gehörte fortan Wilhelmine sowie Peter und Klara. Hermann wurde geschäftsführender Direktor, erbte aber keine Unternehmensanteile von seinem Stiefvater. Wilhelmine kümmerte sich weiter um die Finanzen und gründete eine Holding, in der die Firmenaktivitäten gebündelt wurden. In den achtziger und neunziger Jahren investierte Hermann Liebig in Indien. Gemeinsam mit seiner Mutter verbrachte er ein halbes Jahr in Bombay. Sie bauten dort eine große Fabrik und kauften später mehrere Unternehmen in Europa und in den USA auf. Das erwies sich als sehr klug. Das Unternehmen wuchs ständig weiter. Heute ist es ein weltweiter Konzern mit einem internationalen Management, an dessen Spitze Hermann und Eva in der Holding sitzen."

„Sie wissen aber viel über die geschäftlichen Dinge", staunte Siebels. Frau Bromowitsch lächelte verlegen. „Ja, ich weiß das meiste von Magdalena. Sie hat oft mit mir darüber gesprochen, wenn wir die Zeit miteinander hier im Haus verbracht haben. Sie war von Wilhelmine als ihre Nachfolgerin vorgesehen worden. Aber die Krankheit ließ das nicht zu."

„Seit wann arbeitet Eva Liebig im Unternehmen mit?", fragte Siebels weiter.

„Schon sehr lange. Kurz nach Magdalenas Geburt stellten die Ärzte fest, dass sie an einer schweren Form von Epilepsie litt. Eva Liebig konnte mit der Krankheit ihrer Tochter nicht umgehen. Sie fühlte sich überfordert. Wilhelmine stellte mich damals als Kindermädchen für Magdalena und deren Halbschwester Sarah ein. Sarah war zwei Jahre älter als Magdalena und stammte aus der ersten Ehe von Hermann Liebig. Sarahs Mutter war bei der Geburt gestorben und Hermann hatte nach einer kurzen Trauerzeit Eva geheiratet. Sarah und Magdalena waren ein Herz und eine Seele. Aber Eva fühlte sich zunehmend nutzlos im Haus. Wilhelmine nahm Eva eines Tages mit in die Firma. Sie wollte ihr einfach mal etwas Abwechslung bieten. Eva war aus dem gleichen Holz geschnitzt wie Wilhelmine, sie lernte viel von ihr und bildete sich in Abendkursen weiter. Gegen den Willen von Walter setzte Wilhelmine Eva einige Jahre später offiziell als Mitglied der Firmenleitung ein. Eva wurde dann Anfang der siebziger Jahre Personalchefin und wechselte zirka zehn Jahre später in das Marketing. Walter Arenz blieb zwar bis zu seinem Tod 1973 die oberste Instanz im Unternehmen, konnte sich aber selten durchsetzen, wenn Wilhelmine, Eva und Hermann anderer Meinung waren als er. Die Familie Liebig war immer dominierend bei den Arenz-Werken. Das ist bis heute so geblieben."

„Das ist sehr interessant", murmelte Siebels und überlegte, ob das alles etwas mit dem Mord an Magdalena Liebig zu tun haben könnte.

„Wie sind denn die Verhältnisse im Unternehmen seit dem Tod von Wilhelmine Liebig?", wollte Siebels wissen.

„Schwierig", seufzte Frau Bromowitsch. „Hermann und Eva führen die Geschäfte. Aber Peter und Klara Arenz halten fast die Hälfte der Anteile am Unternehmen. Und die Liebigs sind jetzt beide 67 Jahre alt. Es gab viel Streit in der Zeit nach Wilhelmines Ableben. Aber über die jüngsten Ereignisse kann ich Ihnen leider nicht mehr viel erzählen. Da sprechen Sie am besten mit Dr. Jürgens. Er ist der Anwalt der Familie. Seine Kanzlei kümmert sich auch um die Vermögensverhältnisse der Familie."

Siebels bedankte sich vorerst für die ausführlichen Informationen und notierte sich noch die Adressen des Anwalts und des Hausarztes Dr. Breuer, sowie die von Sarah Liebig und Peter und Klara Arenz.

„Was macht eigentlich Sarah Liebig?", erkundigte sich jetzt noch Till.

„Sarah ist Künstlerin. Sie malt."

„Das schwarze Schaf der Familie?", erkundigte sich Siebels.

„Oh nein. Sarah ist eine sehr begabte Malerin und wird von allen sehr geschätzt. Als Malerin und als Mensch."

Die Spurensicherung hatte ihre Arbeit beendet und die Männer vom Bestattungsunternehmen kamen ins Haus.

„Auf direktem Weg in die Gerichtsmedizin", gab Dr. Petri ihnen Anweisung.

„Ich hätte noch eine Bitte", kam Siebels nochmals auf Frau Bromowitsch zu. „Könnten Sie bitte mit unseren Kollegen von der Spurensicherung noch einmal alle Räume nach der Kleidung des fremden Mannes absuchen? Sie wissen doch sicherlich, was Herrn Liebig gehört und was eventuell zu dem nackten Mann gehören könnte?"

„Ja, natürlich", versicherte die Haushälterin, die wieder zu schluchzen anfing, als der Leichnam die Treppe heruntergebracht wurde.

In der Jackentasche von Siebels erklang eine Mundharmonika. Die Melodie von „Spiel mir das Lied vom Tod" ertönte genau in dem Moment, als der Sarg mit Magdalena Liebig an ihm vorbeigetragen wurde. Das Handy war nagelneu. Sabine hatte es ihm gestern geschenkt, weil sein altes den Schleudergang bei der Kochwäsche nicht vertragen hatte. Der Klingelton mit der Bonanza-Melodie auf seinem alten Handy hatte bei den Kollegen immer für Erheiterung gesorgt. Jetzt starrte sogar Till ihn entsetzt an. Dummerweise stand auch Jensen nur zwei Meter von ihm entfernt und schaute mit offenem Mund abwechselnd zu Siebels und zu dem Sarg, der gerade durch die Villa der Eingangstür getragen wurde. Frau Bromowitsch schluchzte daraufhin noch lauter. Siebels stammelte eine Entschuldigung, fischte umständlich nach dem Handy und nahm verärgert den Anruf entgegen. Es war Sabine.

Jensen ging kopfschüttelnd davon und Petri reichte der Haushälterin ein frisches Taschentuch.

„Hallo mein Schatz“, meldete sich Sabine fröhlich.

„Vielen Dank für den pietätlosen Klingelton“, brummte Siebels missgelaunt.

„Gefällt er dir nicht?“

„Doch doch. Suuuper. Vor allem, wenn im gleichen Moment ein Mordopfer an mir vorbeigetragen wird. Das macht Eindruck auf die Angehörigen.“

„Ups. Sorry. Sollte ein Witz sein. Hätte ich das geahnt ...“

„Vergessen wir es“, schlug Siebels vor. „Weihnachtsurlaub ist leider gestrichen. Das Mordopfer. Du weißt schon. Ein heikler Fall.“

„Ja. Deswegen rufe ich auch an. Ich habe gerade gebucht. Sieben Tage Teneriffa.“

„Ja, wie jetzt? Ich kann nicht, sagte ich doch eben.“

„Eben. Deswegen habe ich gebucht. Morgen früh um fünf geht der Flieger. Ich fliege zusammen mit Johanna.“

„Aha.“ Siebels kratzte sich am Kopf und schaute zu Till hin. „Ist das eine Verschwörung? Polizistenfrauenweihnachtsboykott? Nehmt ihr Frau Jensen auch mit?“

„Nee, Frau Staatsanwalt bleibt hier. Ist ja keine Polizistenfrau. Vielleicht backt sie euch ein paar Plätzchen, wenn Johanna und ich am Pool liegen und uns von muskulösen Animateuren die Rücken eincremen lassen.“

„Baby, dein Rücken gehört mir. Und der Rest auch.“

„Wow. Mein kleiner Brummbär verwandelt sich in einen Supermacho. Ich sollte öfter mal mit Johanna was unternehmen.“

„Vielleicht sollte ich mich doch besser auf meine alten Tage noch mal umorientieren und Till heiraten. Der steht mir wenigstens immer treu zur Seite“, säuselte Siebels.

Till stand neben ihm und hörte neugierig zu. Mit zwei auf die Schläfe ausgestreckten Fingern deutete er an, dass er sich lieber erschießen würde.

„Ich muss Schluss machen. Schreibt uns mal eine Postkarte. Frohe Weihnachten, meine Süße."

„Hallo? Was heißt hier ‚Frohe Weihnachten'? Morgen früh fahrt ihr zwei uns gefälligst zum Flughafen. Dann kannst du mir eine frohes Fest wünschen."

„Um fünf?"

„Nein. Um vier. Um fünf geht doch schon der Flieger."

„Na dann. Bis später." Siebels steckte sein Handy wieder ein und wendete sich Petri zu. „Unsere Weiber hauen ab. Die fliegen in die Sonne und wir haben einen nackten Mann am Hals. Ist das gerecht?"

„Tut mir wirklich leid, dass der nackte Mann keine Frau ist", gab Petri sein Bedauern kund.

„Du musst morgen früh unsere Frauen um vier Uhr zum Flughafen bringen", gab Siebels Till Anweisung.

„Ach, Johanna fliegt mit Sabine?"

„Jepp."

„Ich bringe sie zum amerikanischen Militärflughafen nach Wiesbaden. Da können sie eine Maschine nach Afghanistan nehmen."

„Manchmal hast du richtig gute Ideen. Hattest du auch schon eine zum Spiegelspruch?"

„Logisch. Bruder Jakobus. Der ist Mönch, der kann Latein, den finden wir in der Innenstadt, in der Liebfrauenkirche."

„Wir nicht. Du. Ich fahre mit Dr. Petri zum nackten Mann. Wir treffen uns später im Präsidium. Lass dich von einer Streife hinfahren."

# 5

Er hatte sich nach dem Gottesdienst und dem Gespräch mit dem Abt wieder in seine Zelle zurückgezogen. Ganz bewusst hatte er eine der kleinen Kammern gewählt. Nur ein schmales Bett und ein kleiner Tisch standen in dem Raum. Auf dem Tisch lag der braune Ledereinband, den er auf dem Bett sitzend anstarrte. Durch das kleine Fenster fiel das Sonnenlicht. Er versuchte sich das Gesicht der Frau vorzustellen, die diese Zeilen für ihn verfasst hatte. Das Gesicht der Frau, wie es im Jahr 1940 ausgesehen haben mochte. Als sie 20 Jahre alt und schwanger war. Er versuchte sich vorzustellen, wie sie am Abend mit ihrem Mann Fritz vor dem Radio saß und den Stimmen lauschte, die vom Krieg berichteten.

Er spürte eine Veränderung in sich. Sein Körper fing an, sich zu verkrampfen. Viele Jahre hatte er dieses Leiden nicht mehr gespürt. Nun war es anscheinend mit dem braunen Ledereinband zurückgekommen. Er verließ seine Zelle und machte sich auf die Suche nach Bruder Thimotheus. Schlurfend ging er durch die Gänge des Klosters und trat in den Klostergarten ein. Wie er es sich gedacht hatte, fand er den alten Mönch in dessen Kräutergarten. Bruder Thimotheus war mittlerweile fast 90 Jahre alt und kannte die Heilwirkung Hunderter von Kräutern. Für jedes Leiden wusste er den heilenden Tee zu kreieren. Es gab keine Kranken im Kloster dank des Kräutergartens, in dem er nun vor dem alten Mönch stand.

„Die Krämpfe kommen wieder“, sagte er nur.

Der Alte schaute auf. „Hast du es schon mit Beten versucht, lieber Bruder?“

Er schüttelte traurig den Kopf. „Was soll ich Gott anrufen, wenn er mich doch zu dir schickt.“

„Gottes Wege sind unergründlich“, gab der Alte zur Antwort. „Es wundert mich, dass dein Leiden nach so langer Zeit erneut auftritt. Ist etwas geschehen? Betrübt etwas deine Seele? Hast du dein Gleichgewicht verloren?“

„Ja, Bruder. Es ist etwas geschehen. Ich habe das Gefühl, als wäre ich plötzlich wieder dort, wo ich einst herkam. Draußen in der Welt."

„Nun gut. Komm mit mir. Die Kräuter sind bereits in meiner Kammer. Ich will dir deinen Tee bereiten. Aber trinke ihn mit Bedacht. Nur eine kleine Dosis der heilenden Kraft für den Anfang."

Die beiden Mönche gingen langsamen Schrittes zurück hinter die Mauern des Klosters. Er hatte große Angst, dass es wieder schlimmer werden würde. So wie früher, als er noch ein Knabe war. Als er zuckend auf dem Boden lag und keine Kontrolle über seinen Körper mehr hatte. Einige der alten Mönche hatten damals Angst vor ihm. Sie sahen den Teufel in seinem Leib. Manchmal verlor er sein Bewusstsein. Bruder Thimotheus nahm sich seiner an und probierte verschiedene Kräuter an ihm aus. Keines schien zu helfen. Doch eines Tages kam Thimotheus mit einer großen Kanne Tee, die eine neue Kräutermischung enthielt. Nachdem er die ganze Kanne ausgetrunken hatte, fühlte er, wie seine Muskeln sich etwas entspannten. Er trank den Tee fortan jeden Tag und seine Anfälle wurden erträglicher, die Abstände zwischen den einzelnen Anfällen immer größer und größer. Bis sie gar nicht mehr auftraten. Thimotheus setzte die Dosis der heilenden Kräuter nach und nach zurück, bis der Tee gar nichts mehr von dem heilenden Kraut enthielt. Sein Patient blieb trotzdem fortan von weiteren Anfällen verschont. Er galt als geheilt.

Sie gingen in die Zelle von Thimotheus, wo zahlreiche getrocknete Kräuter an den Wänden hingen. Es roch wie in einem Zaubergarten. Der alte Mönch bereitete schnell den heilenden Tee und gab seinem Bruder zu trinken.

„Ich danke dir und danke Gott für die Weisheit, die er dir in die Wiege gelegt hat. Doch ich fürchte mich ein wenig. Du bist nun schon 90 Jahre alt und erfreust dich noch bester Gesundheit. Doch auch dein Leben ist nur von begrenzter Dauer. Darum möchte ich dich mit reinem Herzen bitten, mir das Rezept des heilenden Tees zu verraten."

„Nun trinke erst einmal, mein lieber Bruder. Werde gesund und stark und finde das Gleichgewicht deiner Seele wieder. Nur der Kranke benötigt die Medizin. So bete, dass du gesund bleibst und verlasse dich nicht auf die Kräuter, sondern allein auf Gott.

Aber fürchte dich nicht. Wenn Gott mich zu sich ruft, so bleibt das Geheimnis der heilenden Kräfte, die Gott in die Natur gelegt hat, in unserem Orden zurück. Hunderte Rezepte sind niedergeschrieben. Unser ehrwürdiger Abt ist in jedes Geheimnis eingeweiht. Er hat bereits einen treuen und gottesfürchtigen Bruder aus unserer Mitte auserkoren, der nach mir kommt und alles so hält, wie ich es gehalten habe. Nichts geht verloren."

„So soll es sein, denn es ist der weise Ratschluss des Allmächtigen", antwortete er und ging mit der Kanne zurück in seine Zelle.

Dort trank er noch eine Tasse des frisch gebrühten Kräutertees, bevor er den braunen Ledereinband zur Hand nahm und sich mit dem Niedergeschriebenen befasste.

*Mein Leben, Wilhelmine Arenz*

*Nun war er da, der Weltkrieg. Immer mehr junge Männer verwandelten sich in Soldaten und zogen an die Front. Im Mai nahmen sie Holland, Belgien und Luxemburg ein, wir hörten es im Radio. Die deutsche Armee kämpfte tapfer und siegreich, zerschlug die neunte französische Armee bei Giraud. Die Stimme von Hitler wurde lauter und lauter in unserem Radio. Und tausendfach erschallte die Antwort des deutschen Volkes. Heil Hitler. Auch Fritz wollte endlich an die Front, wollte kämpfen und siegen. Ich sah ihn immer traurig an, wenn er mit großen Augen davon schwärmte, endlich mit der Wehrmacht gegen den Feind zu marschieren. Heil Hitler. Niemand konnte die Deutschen aufhalten. Nur das Zucken, von dem Fritz jetzt häufiger befallen wurde, beeinträchtigte ihn. Doch davon wollte er nichts wissen. Es dauerte ja nie länger als ein paar Minuten. Ich hatte bei meiner Arbeit im Krankenhaus Schwester Hildegard davon erzählt und um Rat gefragt. Schwester Hildegard hatte sich entsetzt umgesehen, als ich ihr die Symptome schilderte. Sie gab mir zu verstehen, dass ich kein Wort mehr davon sagen sollte. Dann nahm sie mich mit in eine Kammer, abseits von dem normalen Krankenhausbetrieb, wo uns niemand hören konnte. Mein Fritz habe Epilepsie, verriet sie mir. Ich nickte nur, ich hatte schon davon gehört. Doch was sie mir dann erzählte, traf mich bis ins Mark. Die SS-Oberärzte hätten vom Führer den Auftrag bekommen, Epilepsie-Erkrankte zu sterilisieren. Sie würden der Rassenreinheit schaden und dürften sich nicht vermehren, denn es sei eine erbliche Krankheit. In meinem Bauch wuchsen die Zwillinge heran. Die Kinder von Fritz, die er nach Hitlers Willen gar nicht hätte zeugen dürfen. Schwester Hildegard beschwor mich, alles Menschenmögliche zu tun, um das Leiden von Fritz geheim zu halten. Auf keinen Fall dürfe er zur Wehrmacht. Wenn er dort einen Anfall bekäme, würden sie ihn fortschaffen.*

*Ich ahnte, dass der Chef von Fritz von diesen Anfällen wusste und Fritz nur deshalb unentbehrlich war für die Fabrik. Doch wie lange konnte das gut gehen? Und wie sollte ich ihm erklären, dass sein geliebter Führer ihn zur Zwangssterilisation verdammen wollte? Die Rassengesetze waren streng. Nicht nur Fritz war in höchster Gefahr. Auch das beginnende Leben in meinem Leib wurde von dieser Krankheit und unserem Führer bedroht. Ich musste meine Familie schützen. Ich ging heimlich in die Fabrik und sprach mit Propofski, dem Chef von Fritz. Es war riskant, doch ich musste das Risiko eingehen, wenn ich Fritz vor sich selbst und vor dem Führer beschützen wollte.*

## 20. Dezember 2007, 15:10 Uhr

Die Stationen der Uni-Klinik für Psychiatrie und Psychotherapie lagen in der Nähe des Niederräder Mainufers, nicht weit von der Villa Liebig entfernt. Petri hatte sich auf der Fahrt bereits telefonisch angekündigt. Nun stand er mit Siebels am Empfang, sie warteten auf Professor Dr. Rübsam. Petri klärte Siebels über die Arbeit der Stationen auf. „Man ist hier in der Lage, alle psychiatrischen Störungen medizinisch und diagnostisch zu erfassen. Die verschiedenen Stationen haben unterschiedliche Schwerpunkte. Gerontopsychiatrische Störungen werden auf Station 93-1 behandelt, depressive Störungen auf der 93-5. Die 93-11 kümmert sich um Alkoholabhängigkeiten, auf der 93-3 wird überwiegend psychotherapeutisch behandelt. Auf Station 93-13 werden schizophrene Psychosen behandelt. Unser nackter Freund wurde auf

Station 93-7 gebracht, eine Aufnahmestation zur Intensiv- und Notfallbehandlung psychiatrischer Patienten aller Diagnosen. Dort wird man ihn unter die Lupe nehmen und dann entscheiden, wie es mit ihm weitergeht."

„Eine Aussage auf dem Präsidium wäre eine tolle Sache", erwiderte Siebels. „So wie es aussieht, war er dabei, als Magdalena Liebig abgestochen wurde. Wir können auch noch nicht ganz ausschließen, dass er sie ermordet hat. Ich hoffe, Ihr Psycho-Kollege beeilt sich mit seiner Diagnose und verfrachtet ihn dann direkt weiter zu meinen Händen."

„Da kommt Professor Rübsam." Petri ging dem Mann im weißen Kittel entgegen. Er stellte dem Professor den Hauptkommissar vor und erkundigte sich nach dem Befinden des Patienten. Siebels schätzte den Professor auf Anfang fünfzig. Er hatte eine hohe Stirn, trug eine goldumrandete Brille auf seiner dünnen Nase und war von schlaksiger Gestalt.

„Da haben Sie uns ja ein Prachtexemplar geschickt", stöhnte Rübsam. „Der Mann hat schwerwiegende Probleme. Ich habe ihn erst mal in die Neurologie rüberbringen lassen. Bevor ich ihn hier behandele und ihm Medikamente verabreiche, will ich die neurologischen Befunde vorliegen haben. Wahrscheinlich werden ihn die Kollegen aber dort in der Epilepsie-Spezialambulanz behalten."

„Epilepsie?", erkundigte sich Siebels.

„Ja. Und zwar in einer sehr ausgeprägten Form. Ich gehe davon aus, dass er schon lange darunter leidet und noch nicht in fachmännischer Behandlung war. Darüber hinaus hat er aber auch noch andere Probleme. Probleme psychischer Art. Er hat auf der Station einen schweren epileptischen Anfall erlitten. Als wir ihn unter Kontrolle gebracht hatten, fing er an, seine Stirn gegen die Wand zu schlagen. Zum Glück waren die Polizisten, die ihn gebracht haben, noch anwesend. Drei Mann mussten ihn auf das Bett drücken, bis wir ihn dort anbinden konnten. Er hat sich die Stirn blutig geschlagen und ich vermute, er hat es nicht zum ersten Mal getan."

„Ich hoffe, die Beamten sind noch bei ihm?", erkundigte sich Siebels.

„Davon gehe ich aus", bestätigte Rübsam.

„Hat er was gesagt?"

„Ja. Aber fragen Sie mich nicht, was. Er spricht in verschiedenen Sprachen, aber meist nur in kurzen Satzfetzen. Er erregt sich sehr schnell und fällt dann urplötzlich wieder in eine Art Trance. Deswegen ist er auch für uns ein interessanter Fall. Aber die Behandlung der epileptischen Anfälle hat jetzt Vorrang."

„Deutsches war nicht dabei?", erkundigte sich Siebels und sah Schlimmes auf sich zukommen.

„Doch, einen Ihrer Kollegen beschimpfte er als Hurensohn, als wir ihn ans Bett gebunden haben. Haben Sie seine Identität schon klären können?", wollte Rübsam wissen.

„Nein. Leider nicht. Vielleicht frage ich ihn einfach und hoffe, dass er auf Deutsch antwortet."

„Falls er das nicht tut, habe ich noch einen Hinweis. Ich weiß aber nicht, ob Ihnen das weiterhilft."

„Im Moment nehme ich jeden Hinweis dankbar entgegen."

„Auf seinem Oberarm hat er eine Tätowierung. Sieht aus wie selbstgemacht, auf keinen Fall von einem professionellen Tätowierer. Es sind vier Buchstaben: O-C-S-O.

Siebels notierte sich die vier Buchstaben. Rübsam verabschiedete sich. Siebels und Petri entschlossen sich, den Weg von der Psychiatrie zur Neurologie zu Fuß zurückzulegen.

## 20. Dezember 2007, 15:40 Uhr

Der Streifenwagen, der Till zur Liebfrauenkirche gefahren hatte, parkte direkt an der Hauptwache. Im vorweihnachtlichen Einkaufstrubel ging es im Zentrum von Frankfurt zu wie in einem Ameisenhaufen. Zu Tausenden strömten die Menschen auf die Zeil. Die Einkaufsmeile war das Mekka der Konsumenten aus dem Rhein-Main-Gebiet und sie pilgerten in Scharen herbei. Kaufhof, Karstadt, Woolworth und all die anderen hatten die Pforten geöffnet und die Schaufenster dekoriert. Aus den oberen Etagen der Bankentürme schauten die Herren des Geldes dem Treiben zu und rieben sich die Hände. Die Konsumenten waren wieder da, zusammengepfercht in Herden strömten sie durch die Konsumtempel. Die Kassen klingelten, aus den Lautsprechern rieselte leise der Schnee, der Aufschwung war auch unten angelangt und prallte zurück nach oben. Die Wirtschaft florierte und die Obdachlosen froren. Till liebte dieses Durcheinander von Arm und Reich. Der Unternehmensberater auf dem Weg zum Delikatessengeschäft, der Obdachlose mit einem Schild in der Hand. Habe Hunger. In der anderen Hand eine Flasche Weinbrand. Dazwischen der Mann aus Afrika, der lauthals in die Menge schrie. Glaube an Jesus und du wirst gerettet werden. Menschen in grünen Uniformen mit baumelnden Schlagstöcken an den Hüften mischten sich unter das Volk. Junge Mädchen trotzten der Kälte und zeigten nackte Hüften, Tierschützer rollten Plakate von verunstalteten Hunden aus. Männer mit schwarzen langen Bärten priesen islamische Schriften an, Frauen mit blonden Rastalocken ihre selbstgemalten Bilder von Frankfurt und New York. Die Hauptwache pulsierte, das Herz der Stadt schlug wild. Die U-Bahnen brachten minütlich Nachschub an Konsumenten, an den Parkhäusern leuchteten rote Schilder. Besetzt. Taxifahrer luden Leute in ihre Taxen und vollgepackte Tüten in die Kofferräume. Die Rolltreppen aus den U-Bahn-Schächten brachten die Neuankömmlinge ans Tageslicht, die Früheinkäufer standen bereits hoch oben auf den Aussichtsterrassen und tranken einen Glühwein.

Zwischen dem Kino und dem Sportpalast stand still und erhaben die Liebfrauenkirche. Till blieb einen Moment vor der braunen Holztüre stehen. Plakate gaben Termine für Orgelkonzerte und Gottesdienste bekannt. Die Tür öffnete sich. Eine alte, gekrümmte Frau kam heraus aus dem Haus der Stille. Till ging hinein. Die Holztür schlug langsam hinter ihm zu. Überrascht stellte er fest, dass er eine Schwelle übertreten hatte. Die Grenze zwischen Hektik und Ruhe. Still und andächtig saßen und standen die Menschen im Inneren des Gotteshauses. Kerzen brannten im Dunkeln, während auf der anderen Seite der Grenze bunte Leuchtreklamen die Stadt auch am Tag erhellten. Till fand eine Frau im Eingangsbereich, die anscheinend zum Personal gehörte. Katholische Schwesterntracht statt zu enger Hüfthosen. Sie gehörte zu den Nonnen, die sich hier um die Grenzgänger kümmerten. Obdachlose bekamen Mahlzeit, Geisteshungrige besuchten Bibelkurse, Katholiken aus dem Ausland fühlten sich hier zuhause, Sünder bereuten im Beichtstuhl, und mittellose Witwen gaben ihren Beitrag zum Opferstock.

Till näherte sich behutsam der Schwester und fragte leise nach Bruder Jakobus.

„Bruder Jakobus befindet sich im Turmzimmer. Er führt ein seelsorgerisches Gespräch“, flüsterte die Schwester.

Till zeigte seinen Ausweis, der ihn als Beamten der Kriminalpolizei auswies. „Wird es lange dauern?“, fragte er. „Ich benötige eine Auskunft.“

„Warten Sie einen Moment. Ich sehe, was sich machen lässt.“

Fünf Minuten später kam sie mit einem vielsagenden Lächeln zurück. „Kommen Sie. Bruder Jakobus hat sein Gespräch gerade beendet. Er hat jetzt ein paar Minuten Zeit.“

Till folgte der Ordensschwester durch die Kirche. Die Schwestern hier entstammten dem Orden der Franziskanerinnen, die Brüder allerdings waren Kapuziner.

# 6

In der heilenden Kraft des Kräutertees erkannte er Gottes Nähe nun intensiver denn je. Voller Dankbarkeit brachte er dem Herrn ein Gebet entgegen. Er betete ehrfürchtig das große Dankgebet von David, den 103. Psalm.

Ich will dem Herrn von ganzem Herzen danken,
den heiligen Gott mit meinem Lied besingen!
Ich will den Herrn mit allen Kräften preisen
und niemals seine Freundlichkeit vergessen!
Er hat mir meine ganze Schuld vergeben,
von aller Krankheit hat er mich geheilt,
dem Grabe hat er mich entrissen
und mich mit Güte und Erbarmen überschüttet.
Durch seine Gaben sorgt er für mein Leben
und schenkt mir neue, jugendliche Kraft,
gleich einem Adler schwinge ich mich auf.

Er betete auch die restlichen Verse des Psalms und wiederholte sein Gebet drei Mal. Dann endlich fühlte er sich in der Lage, den braunen Ledereinband wieder zur Hand zu nehmen.

*Mein Leben, Wilhelmine Arenz*

*Heimlich hatte ich mich in die Fabrik geschlichen. Fritz durfte von meinem Besuch bei Propofski nichts erfahren. Ich musste mich durchfragen, war erst beim Pförtner, dann bei der Materialbeschaffung und landete schließlich im Büro des Produktionsleiters. Propofski war älter, als ich ihn mir vorgestellt hatte. Ich schätzte ihn auf Ende fünfzig. Er war gut einen Kopf kleiner als ich, dafür von beachtlicher Leibesfülle. Er rauchte eine Zigarre und als ich ihm erzählte, wer ich war, führte er mich in einen anderen Raum. Propofski war froh, dass ich gekommen war. Bevor ich ihm mein Anliegen vortragen konnte, kam er* schon darauf zu sprechen. Fritz hatte diese Anfälle auch schon in der Fabrik gehabt. Nicht oft, vielleicht zwei oder drei Mal. Zu meinem Erstaunen erfuhr ich von Propofski, dass Fritz gar nicht mehr mit der Wartung der Maschinen betraut war. Das schrieb er nur an die SS, um Fritz vor ihnen zu schützen. In Wirklichkeit arbeitete Fritz seit geraumer Zeit im Archiv. Dort war er allein, dort wurde er aber auch beim besten Willen nicht wirklich gebraucht. Propofski erzählte mir von seinem Bruder Helmut, der schon als Kind unter epileptischen Anfällen gelitten habe. Propofski wusste einiges über die Krankheit zu erzählen, weil sein Bruder schon früh im Krankenhaus behandelt worden war. Epilepsie, so berichtete er mir, sei die häufigste chronische Krankheit des zentralen Nervensystems. Man schätzte, dass etwa fünf Prozent der Bevölkerung an epileptischen Anfällen litten. Die meisten Patienten wurden nur vorübergehend von solchen Anfällen heimgesucht. Dann verriet Propofski mir mit Tränen in den Augen, was mir auch schon Schwester Hildegard anvertraut hatte. Nur war es noch schlimmer, was ich aus seinem Mund vernahm. Die SS hatte seinen Bruder vor einigen Monaten im Krankenhaus abgeholt, als er wegen eines Anfalls in Behandlung war. Seitdem hatte er nichts mehr von ihm gehört. Er hatte nachgefragt und Briefe geschrieben. Niemand gab ihm Antwort. Bis er vor einigen Wochen über mehrere Ecken mitgeteilt bekam, dass sein Bruder nicht mehr leben würde. Klassifiziert als Untermensch, nicht lebenswürdig, den Rassengesetzen nicht genügend, hatte man ihn als medizinisches Versuchskaninchen missbraucht und anschließend entsorgt. Propofski flehte mich an, Fritz vor diesem Schicksal zu schützen. Auf keinen Fall durfte er der Wehrmacht beitreten. Ich fragte ihn, wie ich das verhindern könne. Propofski sah mich traurig an. Solange er in der Lage war, es zu verhindern, sollte ich nur dafür sorgen, dass Fritz von sich aus keine Dummheiten machte, bedrängte er mich.

Es war meine erste und letzte Begegnung mit Propofski. Noch heute verspüre ich eine tiefe Dankbarkeit, wenn ich an ihn denke. Ich wünschte, mir wären in meinem Leben mehr Menschen von seinem Schlag begegnet.

## 20. Dezember 2007, 16:00 Uhr

Bruder Jakobus empfing Till in einem kleinen, spartanisch eingerichteten Raum. Nur zwei Holzstühle und ein kleiner Tisch standen dort. Von der Decke baumelte eine nackte Glühbirne. Lächelnd begrüßte er Till und nahm mit beiden Händen dessen Rechte, um sie ausgiebig zu schütteln.

„Junger Mann, was kann ich für Sie tun?"

Till kramte seinen Zettel aus der Hosentasche und las ohne Umschweife vor, was er sich darauf notiert hatte. „Cavendum ergo ideo malum desiderium quia mors secus introitum delectationis posita est."

Bruder Jakobus schaute ihn amüsiert an. „Das klingt nach Latein. An Ihrer Aussprache müssen Sie aber dringend noch arbeiten. Möchten Sie den Beruf wechseln, junger Mann?"

Till schaute ihn irritiert an.

„Nun, auch der liebe Gott benötigt dringend Beamte in seinem Staat. Sprachkenntnisse in Latein sind schon mal ein guter Anfang für eine höhere Laufbahn."

„Bevor ich auch nur zwei Sätze unfallfrei auf Latein dahersagen könnte, wäre ich schon drei Mal am Zölibat gescheitert", gab Till dem lustigen Mönch zu bedenken. Der klopfte ihm lachend auf die Schulter.

„Na, dann zeigen Sie mal Ihren Zettel her." Melodisch summend überflog Bruder Jakobus die Wörter. „Hm, ich bin auch ein wenig aus der Übung. Kommen Sie mal mit in mein Büro."

Das Büro des Bruders war ebenfalls sehr klein, aber vollgestopft mit Büchern und Akten. Es gab nur einen Platz am Schreibtisch, an dem der Mönch sich niederließ. Till blieb im Türrahmen stehen und beobachtete den über seinem Zettel brütenden Mönch. Nach einigem Grübeln nahm er Bleistift und Papier und fing an, drauflos zu kritzeln.

„Nein, so macht es keinen Sinn", stammelte er, stand auf und fischte ein Buch aus dem Regal. Er schlug es auf, notierte etwas, schlug eine andere Seite auf, notierte wieder etwas und wiederholte diesen Vorgang, bevor er wieder zu kritzeln anfing. „Ja, so macht es Sinn", verkündigte er nach einigen Minuten freudig.

„Und, was sagt es uns?", fragte Till ungeduldig.

„Dass das Zölibat gar nicht so schlecht ist", entgegnete der Mönch.

„Das steht auf dem Zettel?"

„Na ja, sinngemäß. Wortwörtlich heißt es wie folgt: Nehmen wir uns also vor jeder bösen Begierde in Acht; denn der Tod steht an der Schwelle der Lust."

„Böse Begierde ... der Tod steht an der Schwelle der Lust", murmelte Till gedankenverloren und hatte das Bild der erstochenen Magdalena Liebig im Kopf. „Eine Frau wurde ermordet", erklärte Till dem Bruder. „Sie wurde erstochen, man hat sie nackt auf dem Bett gefunden. Können Sie mir etwas mehr zu dieser bösen Begierde sagen? Gibt es eine Quelle für diesen Spruch? Etwas, das uns mehr über das Motiv des Täters verraten könnte?"

Der Mönch zuckte hilflos mit den Schultern. „Nun, ich bin mir sicher, dass es sich um ein Zitat handelt. Um ein Zitat aus einem religiösen Text. Es kommt mir sogar bekannt vor, aber auf Anhieb kann ich es keiner Quelle zuordnen. Aber warten Sie, lassen Sie mich telefonieren." Kaum hatte Bruder Jakobus seinen Satz beendet, hielt er auch schon ein schnurloses Telefon in der Hand. Kurz darauf begrüßte er einen Bruder Johannes. Man unterhielt sich ein wenig, erkundigte sich nach dem Wohlbefinden des anderen, erzählte von manchen Sorgen und Nöten. Endlich nahm sich Bruder Jakobus seinen Zettel zur Hand und las vor, was darauf stand, erst auf Latein, dann auf Deutsch. Dann war es minutenlang still.

„Aha", kam es plötzlich aus dem Mund des Mönchs. „Ja, die müsste ich hier irgendwo haben. Habt tausend Dank, mein lieber Bruder Johannes. Gottes Segen mit Euch." Ohne ein Wort zu sagen, suchte Bruder Jakobus etwas in seinem überfüllten Regal. „Aha", sagte er wieder, als er einen schmalen Band zwischen den Büchern hervorzog. „Da haben wir sie ja."

„Ja, was haben wir denn da?", fragte Till neugierig.

„Die Quelle. Ihr Spruch stammt aus der Benediktusregel."

„Was für eine Regel?"

„Die Benediktusregel. Kennen Sie nicht den Orden der Benediktiner?"

„Mönche?", fasste Till sein Wissen kurz und bündig zusammen.

„Mönche, exakt", bestätigte der gut gelaunte Mönch. „Es gibt ja verschiedene. Ich bin zum Beispiel ein Kapuziner. Dann gibt es da noch die Jesuiten oder auch die Benediktiner und viele andere. Die Benediktiner gehen auf Benedikt von Nursia zurück. Er gründete im Jahr 529 das Kloster bei Montecassino und verfasste dafür die Regula Benedicti, also die Benediktusregel, die auf anderen klösterlichen Regeln basiert. Die Regel verlangt im Wesentlichen Gehorsam gegenüber dem Abt, Schweigsamkeit, Beständigkeit und Demut. Ihr Spruch entstammt aus den Vorgaben zur Demut." Der Mönch hatte eine Seite aufgeschlagen und ließ seinen Finger über das Papier wandern. „Aha", sagte er wieder. „Hier haben wir es doch schwarz auf weiß. Im siebten Kapitel der Benediktusregel, das Kapitel befasst sich mit der Demut, finden wir Ihren Satz im 24. Absatz. Hier schauen Sie selbst."

Till nahm die aufgeschlagene Seite zur Hand. „Nehmen wir uns also vor jeder bösen Begierde in Acht; denn der Tod steht an der Schwelle der Lust", las er noch einmal vor. „Sollen wir den Täter jetzt in einem Benediktiner-Kloster suchen?", fragte Till zweifelnd.

„Es sieht fast so aus. Aber wie ich bereits erwähnte, Benedikt verfasste seine Regel auf Grundlage bereits vorhandener klösterlicher Regeln. Das war vor vielen hundert Jahren. Es könnte ebenso gut aus einer Regel eines anderen Ordens stammen. Aber die Benediktusregel erlangte eine Sonderstellung und wird bis heute praktiziert. Mehr kann ich Ihnen dazu leider auch nicht sagen."

„Wo finde ich denn das nächste Benediktiner-Kloster?"

Bruder Jakobus blätterte wieder in seinem Heft. „Nun, in Bayern werden Sie einige finden. Insgesamt gibt es heute noch 34 Männerklöster in Deutschland und etliche mehr im Ausland. Die Benediktinerabteien sind eigenständige Gemeinschaften. Also keine zentral geführte Organisation. Die meisten Klöster sind allerdings in Kongregationen zusammengeschlossen und die sind wiederum in der Benediktinischen Konföderation vereint, der der Abtprimas vorsteht. Vielleicht sollten Sie den mal interviewen."

„Das werden wir wohl machen. Ich hoffe, da geht das mit der Audienz genauso schnell wie bei Ihnen hier."

„Das weiß ich nicht, aber wenn Sie dann wieder weitergeleitet werden, sind Sie bald beim Heiligen Vater in Rom. Der Abtprimas sitzt nämlich auch in Rom, er leitet die Primatialabtei Sant' Anselmo. Aber wie gesagt, er hat keine zentrale Leitungsfunktion. Vielleicht fangen Sie doch besser erst in Bayern an, ich gebe Ihnen auf alle Fälle eine Liste der deutschen Klöster mit."

Bruder Jakobus kopierte Till außerdem noch die wesentliche Stelle aus der Benediktusregel und begleitete ihn dann wieder hinaus in die Hektik der Großstadt.

## 20. Dezember 2007, 16:20 Uhr

In der Neurologie wurden Siebels und Petri von Professor Doktor Blei empfangen. Siebels wurde immer unruhiger. Er wollte endlich einen Blick auf den Mann werfen. Eine Begegnung wollte der Professor aber frühestens in zwei Tagen zulassen, was Siebels gewaltig gegen den Strich ging. Aber er konnte es nicht ändern. Hier waren die Ärzte die Könige.

„Was können Sie denn über ihn berichten?", fragte Siebels und fügte hinzu, dass er gerne einen Bericht hätte, möglichst frei von neurologischem Fachchinesisch.

Der Professor nickte und begann zu erzählen. „Wir haben mit der Erstdiagnoseerstellung begonnen und werden, soweit möglich, eine differentialdiagnostische Abklärung mittels Anamneseerhebung und neurologischer Untersuchung durchführen. Des Weiteren bedienen wir uns zusatzdiagnostischer Methoden wie EEG, Provokations-EEG, Kernspintomographie und einem funktionellen MRT in Zusammenarbeit mit dem Institut für Neuroradiologie."

„Aha", entfuhr es Siebels. „Anscheinend ist der Mann privat versichert."

Der Professor ging nicht darauf ein und fuhr mit seinen Ausführungen fort. „Der Patient steht unter Dauerbeobachtung. Bis jetzt habe ich nur die Ausführungen von meinem Kollegen Professor Rübsam. Anscheinend hatte der Patient einen Epilepsie-Anfall. Das können wir aber erst nach Abschluss der Erstdiagnoseerstellung bestätigen. Falls sich der Verdacht erhärtet, werden wir im nächsten Schritt eine geeignete Medikation für den Patienten aufstellen und schauen, wie er darauf reagiert. Es wäre natürlich nützlich, wenn wir wüssten, ob er schon in

Behandlung war und mit welchen Medikamenten er behandelt wurde. Ich habe Professor Rübsam gefragt, wie der Mann sich bei dem Anfall verhalten hat. Was er schilderte, lässt darauf schließen, dass der Patient häufig von Anfällen heimgesucht wird. Das wundert mich. Das Risiko, an Epilepsie zu erkranken, ist nämlich in den ersten Lebensjahren eines Kindes oder bei älteren Menschen ab dem 60. Lebensjahr am höchsten. Ich schätze den Patienten auf 45 bis 50 Jahre. Es ist also wahrscheinlich, dass er schon als Kleinkind unter der Krankheit litt. Etwa 0,5 bis ein Prozent der Bevölkerung haben Epilepsie. Über 70 Prozent der Patienten bleiben aber bei optimaler medikamentöser Behandlung dauerhaft anfallsfrei. Unser Patient hatte wohl einen Anfall, als er von Doktor Petri heute Morgen aufgefunden wurde und kurz darauf einen weiteren in der Psychiatrie. Das ist ungewöhnlich und ich befürchte, er wurde nie medizinisch versorgt."

„Welche Ursachen hat Epilepsie?", wollte Siebels wissen.

„Die Ursachen können vielfältig sein. Epilepsie an sich bedeutet eine andauernde abnorme Erregbarkeit der Hirnnervenzellen. Das heißt, es ist eine chronische Krankheit. Schuld sind im Allgemeinen Veränderungen von Bau und Funktion der Nervenzellen, besonders der Zellwände und ihrer Ionenkanäle, Störungen im Stoffwechsel der Zelle oder in der Verfügbarkeit besonderer Substanzen für die Erregungsübertragung. Für solche Veränderungen oder Störungen gibt es wiederum viele besondere Ursachen. Schädigungen des Gehirngewebes können durch Hirnentzündung oder Hirnblutung auftreten. Sauerstoffmangel unter der Geburt kann genauso Ursache sein wie eine Hirnverletzung durch einen Unfall. Bei älteren Menschen ist ein Schlaganfall oft die Ursache. Ebenso können Stoffwechselstörungen des Gehirns oder ein Tumor oder sonst eine Fehlbildung zu einer Epilepsie-Erkrankung führen. Daher ist es wichtig, dass wir eingehende Untersuchungen durchführen und abschließend optimale Medikamente verabreichen, um den Patienten schlussendlich zu therapieren."

„Verstehe", sagte Siebels und fragte sich doch nur, wann er den Mann endlich in die Mangel nehmen konnte. „Ihr Kollege aus der Psychiatrie sagte, dass der Mann in diversen Sprachen gesprochen habe. Hat er das hier auch getan?"

„Nein. Er schläft. Sie haben ihn drüben erst ruhig gestellt, bevor sie ihn hergebracht haben. Der epileptische Anfall war nicht das einzige Problem, er hat sich auch den Kopf blutig geschlagen. Und das hat nichts mit Epilepsie zu tun. Ich hoffe, er hat sich dabei nicht noch eine Gehirnerschütterung oder Schlimmeres zugezogen."

Petri räusperte sich, bevor er sich nun auch zu Wort meldete. „Könnte es sein, dass er sich öfter mal den Schädel gegen die Wand haut und das die Ursache für das Auftreten der Epilepsie ist?"

„Das ist Spekulation, aber nicht auszuschließen. Wie gesagt, Hirnverletzungen sind eine Ursache für die abnorme Erregbarkeit der Hirnnervenzellen, was wiederum Auslöser epileptischer Anfälle sein könnte."

„Können Sie das feststellen bei Ihren Untersuchungen?", wollte Siebels wissen.

„Wir werden es bei den Auswertungen der Untersuchungsergebnisse berücksichtigen. Mehr kann ich Ihnen im Augenblick leider nicht anbieten."

Siebels überlegte, wie es mit dem großen Unbekannten weitergehen sollte. „Er steht unter Mordverdacht. Ich muss ihn unter ständige Polizeiüberwachung stellen."

„Ja, das dachte ich mir schon. Ich habe veranlasst, dass er ein Zimmer bekommt, aus dem er nicht ausbüchsen kann. Sie können Ihre Beamten vor dem Zimmer platzieren. Während der Untersuchungen können Ihre Leute auch dabei sein. Aber zwei Polizisten sollten genügen."

„Ja, viel mehr werde ich auch kaum abstellen können. Ich hoffe, Sie können die notwendigen Untersuchungen schnellstmöglich durchführen. Wann werde ich mich mit dem Mann unterhalten können?"

„Rufen Sie mich doch morgen Mittag an, dann sehen wir weiter. Hier ist meine Karte."

Siebels nahm die Karte des Professors entgegen und gab ihm im Gegenzug seine. Mit einem mulmigen Gefühl verließ er mit Petri das Krankenhaus.

„Was denken Sie über die ganze Sache?", fragte Siebels den Gerichtsmediziner.

„Ich bin mir unschlüssig. Die Herkunft des Mannes scheint ein

Rätsel zu sein. Wir wissen noch nicht einmal seine Nationalität. Magdalena Liebig litt seit frühester Kindheit an der Krankheit und er anscheinend auch. Die Krankheit scheint das Bindeglied zwischen den beiden zu sein. Finden Sie erst mal heraus, ob er Täter oder Opfer ist."

„Wahrscheinlich müsste man ihn nur mal fragen. Aber Sie haben ihn ja vor mir in Sicherheit gebracht."

„Das nagt immer noch an Ihnen", gab Petri zurück. „Es ging nicht anders. Stellen Sie sich vor, Sie hätten ihn zur Befragung mit ins Präsidium genommen und er hätte in Ihrem Büro erst einen epileptischen Anfall erlitten und sich anschließend seinen Schädel auf Ihrem Schreibtisch zu Brei geschlagen. Hätten Sie sich dann besser gefühlt?"

„Nein", musste Siebels zugeben. Die Vorstellung ließ ihm sogar einen kalten Schauer den Rücken herunter laufen. Auf dem Weg zum Wagen rief er Till an. Der kam nach seinem Gespräch mit Bruder Jakobus gerade aus der Liebfrauenkirche. Man verabredete sich im Präsidium.

# 7

Sein Blick glitt aus dem Fenster seiner kleinen Zelle. Er schaute nach den Vögeln, aber er sah keine. Einen Moment überlegte er, wie oft er schon jeden einzelnen der 150 Psalme gesprochen und gesungen hatte. Unzählige Male waren sie ihm schon über die Lippen gekommen. Sie brachten ihn so nah zu Gott. Aber sie brachten ihn nicht nah genug. Wie gern würde er jetzt sein Haupt in Gottes Schoß legen und vergessen, dass er ein Menschenkind war. Doch drängte es ihn, das zu erfahren, was er nicht wissen wollte. Er wollte es wissen und er wollte es nicht wissen. Der Anfang war getan, es gab kein Zurück mehr. Der Abt hatte seinen Segen gegeben. Wenn er erst alles wusste, gab es keinen Weg mehr, das neue Wissen wieder zu verbannen. Kein Kraut war gewachsen, um es vergessen zu machen. Er schlug den braunen Ledereinband auf.

*Mein Leben, Wilhelmine Arenz*

*Am 20. Juli 1940 wurden Litauen, Estland und Lettland zu Sowjetrepubliken, Hitler veranlasste daraufhin die Ausarbeitung eines Operationsplanes für den Angriff auf die Sowjetunion. Der 20. Juli war auch der Geburtstag meiner Kinder. Die Zwillinge hatte ich unter großen Schmerzen zur Welt gebracht. Erst erblickte Karl das Licht der Welt, fünf Minuten später folgte ihm Hermann.*

*Stolz hielt Fritz seine Söhne in den Händen. Nun hatte er es zum Glück nicht mehr so eilig, zur Wehrmacht zu kommen. Er erzählte mir noch immer von seiner Arbeit als Schlosser und hatte keine Ahnung, dass ich von seinem Arbeitsplatz im Archiv wusste. Die Anfälle waren in letzter Zeit nicht mehr aufgetreten. Jedenfalls nicht in unserer Wohnung. Schwester Hildegard hatte mir heimlich ein Medikament zugesteckt, ein Antiepileptika. Ich mischte es Fritz jeden Morgen in seinen Tee und es schien zu wirken. Der Nachteil an dieser Vorgehensweise war, dass Fritz sich gesund wähnte. Und so betete ich jeden Tag, dass Propofski auch weiterhin seine schützenden Hände über Fritz halten würde. Bei meiner Arbeit als Krankenschwester hatte ich zwei Mal am Rande mitbekommen, wie Patienten mit einer körperlichen Behinderung von der SS abgeholt wurden. Niemand wusste, was mit ihnen geschah. Niemand wollte es wissen. Man stellte der SS keine Fragen. Das Thema der Rasse wurde immer offener angesprochen. Auch Fritz stieß in das Horn seines Führers. Der Deutsche war zu Höherem geboren und er gehörte dazu. Wie sollte ich ihm erklären, dass er nicht dazugehörte? Die Zwillinge waren drei Wochen alt und ich ahnte, dass der Tag sich näherte, an dem ich Fritz die Wahrheit sagen musste.*

## 20. Dezember 2007, 18:05 Uhr

In der Eingangshalle des Präsidiums stand ein großer Weihnachtsbaum. Zuhause hatte Siebels einen kleinen stehen. Zum ersten Mal seit Jahren hatte er sich wieder einen angeschafft. Nachdem seine erste Frau mit seiner Tochter das Weite gesucht hatte, hatte er für sich allein keinen gebraucht. Jetzt wohnte er mit Sabine zusammen und dieser kleine Weihnachtsbaum war ein Symbol von Familienglück. Aber Sabine würde an Heiligabend unter Palmen liegen. Siebels fluchte und brachte in Gedanken Staatsanwalt Jensen um. Er erwürgte ihn unter dem großen Baum im Präsidium. Als der kleine hektische Mann leblos unter dem Baum lag, rieb sich Siebels die Hände. Ein fast perfekter Mord. Die Pförtner in dem Häuschen direkt hinter ihm ließ er in seinem Gedankenspiel kurz einschlafen. Die Videoüberwachung ließ ihn auch kalt. Der Traum wurde jäh beendet, Jensen kam an den Pförtnern in der Lobby vorbeigestürmt. Er lebte und nervte wie eh und je.

„So, Herr Siebels, auf geht's zur Lagebesprechung."

„Wo findet die statt?"

„Na, in Ihrem Büro, wo denn sonst?"

Siebels trottete missmutig dem vorauseilenden Staatsanwalt hinterher. Treppe rauf, Gang runter, Tür auf, rein ins Büro. Till saß schon da. Tippte an seinem Bericht.

„Was ist denn das?", fragte Jensen und hielt ein Blatt Papier hoch, das er auf dem Schreibtisch von Till vorfand.

Till schaute ihn unschuldig an. „Trefferquote vom Schießstand. Hat Herr Schneider persönlich vorbeigebracht."

Jensen studierte das Papier. „Noch so ein Bericht und Sie tauschen Ihre Dienstwaffe gegen einen Revolver mit Zündplättchen ein", drohte ihm Jensen.

„Ich weiß, was der Spruch auf der Spiegelwand bedeutet", wechselte Schneiders Lieblingsschütze das Thema.

„Haben Sie etwa eine Spiegelwand zerschossen?", fragte Jensen ungläubig.

„Spiegelwand in Villa Liebig. Blut. Latein."

„Ah so. Na und? Was hat uns der Täter mitgeteilt?"

Till las seine neue Erkenntnis direkt von seinem Bericht ab, den er gerade verfasste. „Nehmen wir uns also vor jeder bösen Begierde in Acht; denn der Tod steht an der Schwelle der Lust."

„Aus der Bibel?", fragte Siebels.

„Nein. Aus der Benediktusregel." Till klärte Siebels und Jensen über sein Gespräch mit Bruder Jakobus auf.

„Ich habe noch etwas", ging Siebels darauf ein. „O-C-S-O."

„Auch Latein?", erkundigte sich Jensen vorsichtig.

„Keine Ahnung. Die Buchstaben hat unser nackter Mann auf dem Oberarm tätowiert. Vielleicht weiß Bruder Jakobus da auch etwas zu berichten?"

„Ich kümmere mich drum", versprach Till.

Siebels ging zum Flip Chart, das neuerdings im Büro stand. Dort schrieb er mit schwarzem Filzschreiber die Namen der Leute auf, mit denen noch zu sprechen war. Als Überschrift wählte er den Namen des Opfers. Magdalena Liebig. Darunter notierte er weitere Namen und deren Beziehung zum Fall.

Dr. Rübsam, Psychologie
Dr. Blei, Neurologie
Dr. Breuer, Hausarzt, Mitglieder Epilepsie-Selbsthilfegruppe?
Dr. Jürgens, Familienanwalt, Erbschaft?
Frau Bromowitsch, Haushälterin, Abgleichung der
gemachten Aussagen mit denen der Familienangehörigen
Bruder Jakobus, Liebfrauen, Hintergrundinformationen

Sarah Liebig, Halbschwester, Malerin
Peter Arenz, Bedeutung im Unternehmen, Erbschaft?
Klara Arenz, Bedeutung im Unternehmen, Erbschaft?
Hermann und Eva Liebig, Eltern, Ankunft?

„Die aufgeführten Personen sollten wir so schnell wie möglich befragen", stellte Siebels fest. „In der Neurologie schauen wir morgen Nachmittag zusammen vorbei. Ich unterhalte mich vorher mit Peter und Klara Arenz. Till, du klärst mit deinem Mönch die Tätowierung unseres großen Unbekannten. O-C-S-O steht auf seinem Arm. Wir müssen ihn identifizieren, vielleicht hilft uns das weiter. Vielleicht verrät er uns ja morgen aber auch selbst, wer er ist? Außerdem gehst du zu dem Hausarzt Dr. Breuer. Lass dir etwas über die Krankheitsgeschichte von Magdalena Liebig erzählen und besorge die Namen aus der Selbsthilfegruppe. Sarah Liebig können wir dann nach der Neurologie zusammen besuchen. Die Eltern werden bis übermorgen dann hoffentlich aus den USA zurück sein und uns zur Verfügung stehen. Ich versuche, diesen Anwalt Dr. Jürgens noch dazwischen zu klemmen. Noch Fragen?"

„Hast du schon von der Spurensicherung was Neues gehört? Können wir den nackten Unbekannten definitiv als Täter ausschließen?"

„Von denen habe ich nur gehört, dass im Haus definitiv keine Kleidung des Nackten gefunden wurde. Das untermauert die Theorie, dass er nicht der Täter ist. Jemand muss seine Sachen mitgenommen haben."

„Dieser Jemand muss aber nicht der Täter sein. Der Nackte könnte sie getötet haben. Ein möglicher Zeuge ist vielleicht abgehauen und hat die Kleider mitgenommen, damit der Mörder ihm nicht so schnell folgen kann."

„Möglich. Glaube ich aber nicht. Angenommen, der nackte Mann ist der Mörder. Er hat weder seine Kleider noch die Tatwaffe und es gab nur blutige Spuren von Schuhen, die nach draußen führten. Er könnte Magdalena erstochen haben, als er noch angezogen war, dann wäre seine Kleidung höchstwahrscheinlich blutverschmiert gewesen. Er verlässt nach dem Mord das Haus, entledigt sich der blutigen Kleidung und des Messers und kommt dann nackt zurück, um sich neben die Leiche zu setzen? Das ist die einzige Möglichkeit. Er wird bei der Kälte nicht ohne Kleider in der Öffentlichkeit herumgelaufen sein. Aber das Grundstück liegt einsam und ist von außen nicht einzusehen. Du hast Recht, Kollege. Wir müssen diese Möglichkeit in Betracht ziehen und das Grundstück gründlich absuchen. Am besten mit Hunden."

„Warum sollte er das tun? Sich nackt neben die Leiche setzen und auf die Haushälterin warten?" Jensen war etwas irritiert.

„Warum knallt er sich nach einem epileptischen Anfall die Stirn an der Wand blutig?", fragte Siebels und gab sich und dem Staatsanwalt die Antwort gleich mit. „Weil er einen Dachschaden hat."

„Wie auch immer, veranlassen Sie so schnell wie möglich die Suche auf dem Grundstück."

Siebels hatte den Hörer schon in der Hand und tippte die Durchwahl der Spurensicherung. Er wollte den Hörer schon wieder auflegen, als doch noch jemand abnahm.

„Siebels hier. Wegen des Falls Liebig, da muss das Grundstück noch beackert werden. Kleidung und Tatwaffe. Wie bitte? Mit wem spreche ich denn? Sind Sie neu in der Abteilung? Seit fünfzehn Jahren? Putzen? Ach, Sie sind die Putzfrau. Sagen Sie das doch gleich. Niemand mehr da, aha. Na denn, auf Wiederhören."

„Nix Spuren, alles sauber geputzt!" Till prustete vor Lachen.

„Feierabend", beschied Siebels. „Alle daheim, gehen wir auch."

„Benötigen Sie noch Unterstützung?", erkundigte sich Jensen.

„Im Moment nicht. Wir führen erst mal die Gespräche und warten, wie sich unser nackter Mann entwickelt, dann sehen wir weiter."

Als Jensen gegangen war, ließ Siebels seine Füße auf dem Schreibtisch nieder und lehnte sich entspannt zurück.

„Bleibst du noch?", fragte Till, der sich gerade seine Jacke überzog.

„Unsere Mädels wollen morgen in aller Herrgottsfrühe zum Flughafen. Bringen wir sie zusammen hin?"

„Das hätte ich jetzt fast wieder vergessen. Soll ich mit Johanna bei euch vorbeikommen? So gegen halb vier?"

„Ja, dann fahren wir zu viert mit einem Wagen zum Flughafen, schmeißen die Mädels raus und machen dann bei uns ein anständiges Frühstück."

Till hob den Daumen und verdrückte sich.

Eine Stunde später stand Siebels in seinem Schlafzimmer und beobachtete Sabine beim Koffer packen.

„Ohne dich wird das ein blödes Weihnachten."

Sabine packte ohne schlechtes Gewissen weiter ihren Koffer.

„Dabei hätte ich dir so gerne ein schönes Geschenk unter den Baum gelegt", sagte er trotzig.

„Ich habe ein Geschenk für dich", lächelte Sabine ihn verschmitzt an.

„Und das soll ich ganz alleine auspacken?"

„Auf gar keinen Fall", gab sie zurück. Dann kam sie langsam auf ihn zu, nahm seine Hand und legte sie auf ihren Bauch.

„Ein kleiner Siebels ist unterwegs", hauchte sie ihm ins Ohr.

Siebels brauchte ein paar Sekunden, bis er begriff, was er gehört hatte.

# 8

Seine Gedanken kreisten immer um die eine Frage. Wollte er wirklich wissen, was noch alles in dem braunen Ledereinband geschrieben stand? Würde es ihm Frieden geben oder sein Herz zerreißen? Hatte er nicht all die Jahre im Frieden mit sich selbst und mit Gott gelebt? Hatte er nicht alles, was er brauchte, hinter den Mauern des Klosters? Würde er nicht mit jeder Zeile, die er las, ein Stück seiner heilen Welt für ein Stück der Wahrheit opfern? Hatte er jemals ein Verlangen nach dieser Wahrheit verspürt? Jetzt spürte er sie. Der braune Ledereinband zog ihn magisch an. Er konnte sich diesem Dokument nicht entziehen. Jetzt nicht mehr. Was dort geschrieben stand, das war seine Prüfung. Die Prüfung Gottes. Er trank einen Schluck des Kräutertees. Er sollte nicht zu viel davon trinken, ermahnte er sich selbst. Seit er den Tee wieder trank, war er von weiteren Attacken verschont geblieben. Er schlug den braunen Ledereinband auf.

*Mein Leben, Wilhelmine Arenz*

*Die Zwillinge waren gesund und munter und Fritz ein stolzer Vater. Im Juni 1941 begann der deutsche Angriff auf die Sowjetunion. Drei Millionen Mann waren in der Armee für den Angriff bereitgestellt und Richtung Osten gezogen. Fritz blieb daheim bei Frau und Kindern. Am Tag saß er im Archiv, nutzlos für die Firma und nutzlos für den Führer. Den Feldzug gegen den Bolschewismus verfolgte Fritz am Radio. Abends, wenn die Zwillinge schliefen und ich das Essen bereitete. Dann saß er in seinem Sessel und lauschte dem Sieg. Die vierte sowjetische Armee bei Brest-Litowsk war schneller zerschlagen, als die Stimme im Radio berichten konnte. Fritz war stolz, ein Deutscher zu sein. Heil Hitler. Es ging voran. Die deutsche Armee eilte von Sieg zu Sieg und Fritz wollte nicht mehr im Archiv und nicht mehr im Sessel sitzen. Er wollte an die Front. Wollte seinen Söhnen später von seinen Heldentaten berichten. Mit jeder weiteren Eroberung von russischem Boden nahm sein Wunsch nach Heldentum zu und sein Verlangen nach Familienglück ab. Abend für Abend saß er vor dem Radio. Abend für Abend schwärmte er mir vor, wie tapfer er kämpfen würde, wäre er nur schon an der Front. Jeden Abend öffnete ich meine Lippen, doch meine Zunge konnte die Worte nicht formen. Menschen wie dich braucht der Führer nicht. Zuckende Soldaten schießen schlecht, weißt du das nicht, Fritz? Epilepsie ist eine Krankheit. Eine Krankheit, die ein Deutscher nicht hat. Ohne die Tropfen in deinem Tee bist du kein Soldat, sondern ein Risiko.*

*Ich konnte ihm das nicht sagen. Ich hatte den Gedanken, ihm keine Tropfen mehr in den Tee zu geben. Wenn er wieder diese Anfälle bekommen würde, wäre es vielleicht einfacher, ihm sein Schicksal begreiflich zu machen. Aber auch das wollte ich nicht riskieren. Ich entschied mich für einen anderen Weg. Fritz sollte noch einmal Vater werden. Neues Leben in meinem Bauch war das Mittel, mit dem ich Fritz an sein Heim zu binden gedachte.*

*Ich ließ ihm keine Ruhe mehr, zog ihn jeden Abend vom Radio weg und in unser Ehebett hinein. Fritz war ein guter Mann. Es war nicht immer aufregend, aber es war schön mit ihm. Die Zwillinge hatten gerade ihren ersten Geburtstag gefeiert, da hatte ich Gewissheit. Ich war wieder schwanger.*

## 21. Dezember 2007, 5:45 Uhr

Siebels stand am Herd und machte Rührei und Till saß gedankenverloren am Küchentisch. Der Flug von Sabine und Johanna war planmäßig gestartet. Die beiden hatten ein Hotel in Strandnähe gebucht und sich wie zwei kleine Kinder auf ein paar erholsame, sonnige Tage gefreut. Siebels kippte das Rührei auf zwei Teller und goss frischen Kaffee in die Tassen.

„Wie läuft es denn zwischen dir und Johanna?“

„Och, lief eigentlich noch nie besser.

„Habt ihr schon mal an Nachwuchs gedacht?“, fragte Siebels wie beiläufig.

„Wie? Du meinst ein Kind?“

„So nennt man das auch, ja."

„Also, ich denke schon manchmal drüber nach. Aber Johanna will kein Kind. Sie ist jetzt bald Ärztin und hat andere Pläne."

„Ihr habt ja auch noch Zeit", wiegelte Siebels ab.

„Ja eben. Wie geht's denn deiner Tochter?"

„Die bekommt bald ein Brüderchen."

Till brauchte einen Moment, bis er begriff. „Sabine ist schwanger?"

„Vielleicht wird es auch ein Schwesterchen. Aber Sabine meinte, es sei ein kleiner Siebels. Sie hat es mir gestern erst verraten."

„Gratuliere. Das ist ja eine tolle Überraschung. Ich kann es gar nicht glauben. Der alte Siebels legt sich noch mal ins Zeug. Wow."

„Hey, Vorsicht, Kleiner. Der alte Siebels steht noch voll im Saft."

„Oh je, vielleicht ist dieses Muttergefühl ansteckend und Johanna will plötzlich einen kleinen Till, wenn sie zurückkommt."

„Sie hat doch schon einen kleinen Till. Der muss erst mal groß werden. Also iss endlich dein Rührei."

„Ja, Papa Siebels. Und dann fangen wir den Mörder. Wann wollen wir denn los?"

„So gegen sieben können wir zum Präsidium fahren. Dann versuchen wir telefonisch ein paar Termine zu machen. Ich hoffe, die Leute auf unserer Liste sind nicht alle Langschläfer."

„Warum hast du gestern eigentlich nicht Charly ins Team geholt, als Jensen nach Verstärkung fragte?"

„Den können wir immer noch anfodern. Früher oder später landet der eh wieder bei uns. Ich wollte Jensen das Gefühl geben, dass wir alles im Griff haben."

„Aha. Du manipulierst den Staatsanwalt. Wenn der das merkt, dann ist was los."

„Der merkt nix. Komm jetzt, fahren wir los. Dann kann ich im Präsidium noch einen Blick in die Zeitungen werfen."

Um kurz nach acht hatte Siebels die Frankfurter Lokalzeitungen nach Berichten über den Mord an Magdalena Liebig durchgesehen und drei weitere Tassen Kaffee getrunken. Jensen schien erfolgreich den Mantel des Schweigens über die Villa Liebig gelegt zu haben. Siebels hatte keine einzige Zeile über den Fall gefunden. Aber bald würde sich das ändern, da war er sich sicher. Bis dahin hatten sie einigermaßen Ruhe vor dem Staatsanwalt. Jensen liebte gut durchorganisierte Presseveranstaltungen und hasste neugierige Reporter, die Fragen stellten, auf die er noch keine Antworten hatte. Till hatte einen Versuch gestartet, im Internet etwas über die Buchstaben O-C-S-O herauszufinden. Seine Suchanfrage ergab dermaßen viele Treffer, dass er gar nicht erst versuchte, sich im Dschungel des Netzes voranzukämpfen. Stattdessen griff er gegen halb acht zum Hörer und probierte sein Glück in der Liebfrauenkirche. Tatsächlich bekam er Bruder Jakobus an den Apparat und gab ihm die Buchstaben durch. Bruder Jakobus versprach, sich schlau zu machen, und Till kündigte an, im Laufe des Tages vorbeizukommen. Zuerst aber wollte er Dr. Breuer, dem Hausarzt der Familie, einen Besuch abstatten.

Siebels nahm derweil Kontakt zum Anwalt der Familie Liebig auf. Hermann Liebig hatte Dr. Jürgens von den USA aus angerufen, Siebels wurde in der Kanzlei bereits erwartet.

## 21. Dezember 2007, 8:50 Uhr

Dr. Jürgens und Partner stand unscheinbar auf dem Schild. Die Kanzlei war im südlichen Sachsenhausen angesiedelt. Eine ruhige Gegend an der Stadtgrenze, wo erfolgreiche Menschen unter sich waren und doch nur einen Katzensprung von der pulsierenden Innenstadt entfernt.

Jürgens und Partner residierten in einer rosa gestrichenen Stadtvilla, die von weiß glänzenden Gittern mit goldenen Köpfen umrundet war. Der Zaun hat wahrscheinlich schon mehr gekostet, als ein Polizeikommissar in einem Jahr verdient, dachte Siebels und drückte auf den Klingelknopf. Ein leises Summen ertönte, das Tor zum Grundstück öffnete sich und Siebels schritt auf Marmorplatten zum rosafarbenen Haus. Eine Dame, die sich als Frau Mahlberg und Notariatsfachgehilfin vorstellte, begrüßte ihn. Sie war eine resolute Frau im dunkelblauen Kostüm, mit hochgesteckten Haaren und langen Absätzen, die Siebels mit

„Herr Hauptkommissar" ansprach, bevor dieser auch nur einen Ton gesagt hatte. Wahrscheinlich würden alle weiteren Gäste des Tages in Nadelstreifenanzügen erscheinen, überlegte er sich und gab seine Jacke Frau Mahlberg, die darum gebeten hatte. Seine Jacke verschwand hinter einer chromglänzenden Schranktür, seinen fünften Kaffee an diesem Morgen bekam er auf einem silbernen Tablett serviert. Herr Dr. Jürgens würde jeden Moment zu ihm stoßen, versicherte Frau Mahlberg und ließ Siebels allein in einem Besprechungszimmer, wo er in weiches schwarzes Leder sank und Bilder von Kaminski an den Wänden betrachtete. Sein Blick suchte den Raum ab, in dem er sich nicht wohl fühlte. Alles war blitzblank, hier wurde jeden Tag geputzt, und zwar gründlich. Auf dem Tisch in der Mitte des Raumes stand ein Aschenbecher aus Kristallglas, der nicht den Eindruck machte, als hätte er jemals die Asche von verbranntem Tabak in sich aufgenommen. Siebels verspürte große Lust, das zu ändern, als die Tür mit Schwung geöffnet wurde. Dr. Jürgens stellte sich vor und hielt Siebels seine braungebrannte Hand zur Begrüßung hin. Siebels fragte sich, ob der Mann aus dem Urlaub kam oder Stammgast im Sonnenstudio war, als er dessen Hand schüttelte.

„Schrecklich, was da passiert ist", eröffnete Dr. Jürgens das Gespräch. „Die arme Magdalena. Ihr ganzes Leben lang war sie mit dieser Krankheit belastet und jetzt findet sie so ein tragisches Ende. Ich habe übrigens eben noch mit Hermann Liebig telefoniert. Er und seine Frau befinden sich gerade in Houston und warten auf ihren Anschlussflug. Heute am späten Nachmittag werde ich sie vom Flughafen abholen. Ich hoffe, Sie sind damit einverstanden, dass die beiden dann erst ab morgen für die polizeilichen Ermittlungen zur Verfügung stehen. Natürlich werde ich jetzt Ihre Fragen, so gut es mir möglich ist, beantworten. Gibt es denn schon einen Tatverdächtigten?"

Siebels verneinte diese Frage. Den nackten Mann wollte er zu diesem Zeitpunkt noch nicht erwähnen. Er erzählte Dr. Jürgens, dass es keine Einbruchspuren gegeben habe und nach Aussage der Haushälterin anscheinend auch nichts aus der Villa Liebig gestohlen wurde.

„Handelt es sich Ihrer Meinung nach um einen Bekannten von Magdalena Liebig?", fragte der Anwalt und zog seine

Augenbrauen hoch, um sein Misstrauen gegenüber diesem Aspekt deutlich zu machen.

„Es deutet alles darauf hin", antwortete Siebels knapp und schielte dabei zu dem jungfräulichen Aschenbecher.

„Nun, ich kenne nur die engsten Familienangehörigen von Magdalena. Über ihre Freunde und Bekannte kann ich Ihnen leider nichts mitteilen."

„Deswegen bin ich hier, erzählen Sie mir doch bitte etwas über die Familie und über die Arenz-Werke. Wie sind die Besitzverhältnisse im Unternehmen?"

Der Anwalt griff in die Innentasche seines dunkelblauen Jacketts und zauberte einen Zigarillo daraus hervor.

„Stört es Sie, wenn ich rauche?", fragte er höflich.

Siebels blickte wieder zu dem kristallenen Aschenbecher, der so nutzlos auf dem Tisch herumstand, dann zu dem schmalen braunen Zigarillo zwischen den fast genauso braungebrannten Anwaltsfingern und fragte sich, ob er jetzt in der Lage wäre, auf eine Zigarette zu verzichten. Er brauchte nicht lange, um sich diese Frage mit einem deutlichen Nein zu beantworten.

„Ich bin immer froh, in Gesellschaft von Rauchern zu sein. Eine Zigarette würde mir jetzt auch gut tun."

Kurz darauf stiegen kleine Rauchkringel auf und Siebels freute sich diebisch, als er seine erste Aschespitze in das glänzende Kristallglas des Aschenbechers schnippte.

Dr. Jürgens schnippte etwas Asche hinterher, bevor er auf die Frage von Siebels einging.

„Die Arenz-Werke sind bis heute in Familienbesitz. Walter Arenz, der Firmengründer, hatte großen Wert darauf gelegt, dass das auch nach seinem Ableben so bleibt. Ob das auch in Zukunft so sein wird, ist allerdings fraglich. Etwa zwei Jahre vor seinem Tod hatte Walter Arenz seine diversen Firmen in eine Aktiengesellschaft, die Arenz-Werke AG, umgewandelt. Die Aktienanteile blieben zunächst zu 100 Prozent in seinen Händen. Nach dem Tod von Walter Arenz wurden die Unternehmensanteile unter Wilhelmine Arenz und den Kindern Peter und Klara Arenz aufgeteilt. Wilhelmine bekam 55 Prozent der Anteile zugesprochen, Peter 25 Prozent und Klara 20 Prozent. Testamentarisch hatte Walter Arenz festgelegt, dass Hermann Liebig bis zu seinem freiwilligen Ausscheiden aus dem Unternehmen als Vorstandsvorsitzender fungieren solle. Würde er gegen seinen Willen, also auf Betreiben der Eigentümer Wilhelmine, Peter und Klara ausscheiden, hätte er ein Anrecht auf 30 Prozent der Aktienanteile. Das heißt, dass jeder der Eigentümer 10 Prozent von seinen Anteilen an Hermann Liebig abgeben müsste. Damit war auch sichergestellt, dass diese 30 Prozent nicht anderweitig veräußert werden können, solange Hermann Liebig als Firmenchef tätig ist. Unter diesen Umständen mussten sich die Eigentümer natürlich mit Hermann Liebig auch über dessen Gehalt einigen. Aber das war kein Problem."

„Welchen Wert hat das Aktienvolumen des Unternehmens denn?", erkundigte sich Siebels.

Dr. Jürgens lächelte. „Es handelt sich um einen mehrstelligen Milliardenbetrag. Wobei sich der Wert des Unternehmens unter der Führung von Hermann Liebig vervielfacht hat."

„Und was ist mit den Anteilen von Wilhelmine Arenz nach deren Tod geschehen?"

Dr. Jürgens antwortete nicht gleich. Er schien nach den richtigen Worten zu suchen. Siebels kam es so vor, als sei sein Gegenüber bei dieser Frage nervös geworden. Der Anwalt griff an seinen Hals und lockerte seinen Krawattenknoten, bevor er nachdenklich antwortete.

„Wilhelmine Arenz hat etwa vier Monate vor ihrem Tod ihr Testament geändert. Sie besaß neben ihren Unternehmensanteilen mehrere Immobilien und ein Barvermögen von etwa zwanzig Millionen Euro. Ihrem Sohn Peter vererbte sie Immobilien im Rhein-Main-Gebiet, ihrer Tochter Klara hinterließ sie Häuser und Grundstücke in Paris, Lissabon und New York. Hermann, ihr Sohn aus erster Ehe und Vorstandsvorsitzender der Arenz-Werke, erbte etwa 80 Prozent des Barvermögens. Mit den restlichen 20 Prozent hat sie eine Stiftung gegründet, die dem Wohle epilepsieerkrankter Kinder gewidmet ist."

„Den größten Teil ihres Vermögens haben aber die 55 Prozent Anteile an der Firma ausgemacht", rekapitulierte Siebels. „Was ist mit diesen Anteilen geschehen?"

„Das Aktienvermögen sollte nach dem Willen von Wilhelmine in der Familie bleiben. Wilhelmine hatte mit ihren 55 Prozent den größten Anteil und die Stimmenmehrheit besessen. Sie müssen wissen, dass sich etliche Finanzinvestoren die Finger nach Anteilen an diesem Unternehmen lecken. Peter Arenz ist schon seit Jahren mit einem solchen Investor im Gespräch. Wilhelmine und Hermann haben aber immer gegen einen Einstieg von Fremdinvestoren gestimmt. Die Frage nach der Erbschaft von Wilhelmines Unternehmensanteilen beantwortet sozusagen auch die Frage nach der Zukunft der Arenz-Werke. Solange Hermann und Eva Liebig sich noch aktiv um die Geschäfte kümmern, wird das Unternehmen auch weiterhin in der Familientradition geführt. Aber die beiden gehen auf die siebzig zu. Wilhelmine hat eine Entscheidung getroffen, die einige offene Fragen gelassen hat."

„Und die wäre?", fragte Siebels ungeduldig.

„Nun ja. Sie hat die Anteile auf ihre Enkelkinder verteilt. Von den 55 Prozent bekam Sarah Liebig einen Anteil von sechs Prozent. Vier Prozent erbten Freunde der Familie. Dabei handelt es sich um den Hausarzt Dr. Breuer sowie um meine Wenigkeit. Jeder von uns hält zwei Prozent. Die restlichen 45 Prozent sollten unter den Enkelkindern aufgeteilt werden, die bis zum 31. März 2009 ihren Anspruch geltend machen würden. Bis zu diesem Zeitpunkt ist Hermann Liebig so eine Art Treuhänder der Anteile. Sollte er vor dem 31. März 2009 sterben, übernimmt seine Frau Eva diese Funktion. Die Anteile sind bis dahin nicht verkäuflich."

„Gibt es denn noch Enkel? Meines Wissens nach war Magdalena die einzige Enkelin. Oder haben Peter bzw. Klara Arenz noch Kinder?"

„Es gibt noch Sarah. Aber die wurde ja schon bedacht, sie ist von dieser Regelung ausgenommen. Weder Peter noch Klara haben Kinder."

„Und wenn Peter oder Klara Arenz bis dahin ein Kind bekommen, hat das Kind Anspruch auf die 45 Prozent?"

„Nein. Es ist klar festgelegt, dass der Erbe oder die Erben zu diesem Zeitpunkt volljährig sein müssen."

„Ist eine solche Regelung denn nicht gesetzeswidrig?"

„Nun ja, Peter Arenz klagt zurzeit dagegen. Aber ich rechne ihm wenige Chancen auf Erfolg zu. Das Testament wurde von mir so formuliert, dass es allen juristischen Ansprüchen genügt."

„Hat Magdalena ihre Ansprüche denn schon geltend gemacht?"

„Ja, das hat sie."

„Und was passiert jetzt mit den 45 Prozent, die Magdalena im nächsten Jahr bekommen hätte?"

„Zunächst nichts. Rein rechtlich könnten sich noch weitere Erben melden. Die Anzahl der Enkel wurde von Wilhelmine nicht festgelegt. Wenn bis zum Ablauf der Frist niemand Ansprüche erhebt, bekommt Magdalena die freie Verfügung über die Anteile zugesprochen und da sie nun tot ist, kommen ihre Erben zum Zuge."

Siebels grübelte. Es schien ihm fast logisch, dass der Mord an Magdalena etwas mit diesem Testament zu tun hatte. Aber er sah noch keinen Nutznießer.

„Und was hat Magdalena in ihrem Testament verfügt?"

„Das kann ich Ihnen frühestens bei der Eröffnung des Testamentes mitteilen. Wann das sein wird, kann ich erst klären, wenn ich mit ihren Eltern und den anderen Familienmitgliedern gesprochen habe. Ich werde Ihnen dann natürlich Bescheid geben."

„Rechnen Sie denn noch mit weiteren Enkeln von Wilhelmine? Gibt es da noch unbekannte Erben?"

„Wenn sie unbekannt sind, kenne ich sie auch nicht. Von daher kann ich diese Frage nicht beantworten. Ich habe mir natürlich auch meine Gedanken gemacht. Wilhelmine hat sich etwas gedacht bei der Verfassung ihres Testamentes. Es gibt nur zwei Möglichkeiten. Entweder haben Peter Arenz oder seine Schwester ein uneheliches Kind, das schon erwachsen ist, oder es gibt außer Hermann Liebig, Peter Arenz und Klara Arenz noch ein Kind von Wilhelmine."

„Und dieses Kind müsste ein erwachsenes Kind haben, das als rechtsmäßiges Enkelkind von Wilhelmine Arenz bis März 2009 seine Ansprüche auf die Erbschaft geltend macht", ergänzte Siebels die Überlegung. „Halten Sie das für realistisch?"

Der Anwalt schmunzelte. „Nein. Ich war sehr überrascht, als Wilhelmine mir ihren letzten Willen diktierte. Aber sie wusste genau, was sie tat. Sie war Kriegswitwe, als sie Walter Arenz kennen lernte. Wer weiß, was in den Wirren des Krieges alles passiert ist? Ich kann jedenfalls nicht ausschließen, dass es noch Enkel geben könnte."

„Und wie wahrscheinlich ist die Variante eines unbekanntes Kindes von Peter oder Klara Arenz?"

„Diese Variante ist genauso unwahrscheinlich und genauso möglich. Mehr kann ich Ihnen dazu leider nicht sagen."

„Wie alt sind denn Peter und Klara Arenz?"

„Peter ist Jahrgang 1952 und Klara 1953."

Siebels rechnete nach und machte sich seine Gedanken. „Die Haushälterin der Liebigs beschrieb Peter Arenz als so eine Art Playboy. Wenn das stimmt, wäre es doch durchaus möglich, dass er als junger Mann ein Kind gezeugt hat, von dem nie jemand aus der Familie erfahren hat, oder?"

„Natürlich wäre das möglich. Das Gleiche gilt für seine Schwester Klara. Auch sie war kein Kind von Traurigkeit und hat als Studentin zwei Jahre in den USA verbracht. Eine unbemerkte Schwangerschaft wäre durchaus möglich gewesen. Aber ich bin mir sicher, dass sie mir spätestens ein paar Tage nach dem Ableben von Wilhelmine einen Enkel präsentiert hätten, wenn es einen gäbe. Das haben sie aber nicht und mir ist auch nicht bekannt, dass sich einer von beiden auf die Suche nach unbekannten Erben gemacht hätte."

Siebels dachte an verschollene Enkel, auf die Unternehmensanteile im Wert von mehreren Milliarden Euro warteten. Und dann dachte er an den nackten Mann, der anscheinend an Epilepsie litt, so wie Magdalena.

# 9

Mit schweren Schritten ging er zum stillen Gebet ins Oratorium. Er hatte gewartet, bis die Brüder die gemeinsame Gebetszeit beendet hatten. Er wollte alleine sein mit seinen Gedanken und mit Gott. Zeit seines Lebens war er ein Koinobit gewesen. Ein Mönch in der klösterlichen Gemeinschaft. Sein Leben verlief in einem festen Gefüge, geschützt hinter dicken Mauern. Die Stunden am Tage und die Stunden der Nacht hatte er stets gemäß der Regel der Benediktiner und des Wortes des Abtes auszufüllen gehabt. Die Gebetszeiten, die Tischzeiten, die Arbeitszeiten, sie wiederholten sich Tag für Tag. Es blieb kein Raum für Taten, die dem Willen Gottes widersprachen. Nun schien es ihm, als würde die Welt Kopf stehen und die Zeit rückwärts laufen. Er mied die Gemeinschaft und suchte die Einsamkeit. Er versuchte sich die Vergangenheit vorzustellen, und dachte zum ersten Mal über die Zukunft nach. Sein ganzes Leben hatte aus Gegenwart bestanden. Er hatte sich nicht für Fisch oder Fleisch entscheiden müssen, weil doch nur Brot zu haben war. Noch stand er ganz am Anfang. Noch lag der größte Teil der Vergangenheit verschlossen vor ihm in dem braunen Ledereinband. Noch konnte er auch den Rest seines Lebens in der Allgegenwart des Klosters verbringen. Aber er ahnte, dass es eine Zukunft für ihn geben würde, wenn er die Vergangenheit erst kennen gelernt hatte. Eine Zukunft, zu der er nur gelangen konnte, wenn er die schützenden Mauern des Klosters verlassen würde. Wenn seine Schritte und seine Gedanken sich an die Zeit anpassen würden. An die Zeit der Welt. Die Zeit, die den Menschen mit sich trieb, immer der Zukunft entgegen. Der Zukunft, die dem Menschen immer einen Schritt voraus war. Was dann hinter einem lag, war verlorene Zeit und Vergangenheit, und die Zukunft war wieder einen Schritt voraus. Kein Tag würde mehr wie der andere sein und was gestern wahr erschien, war morgen nur noch Illusion. Ihm graute vor diesen Gedanken und er fühlte eine tiefe Leere in sich aufsteigen. Er ging auf die Knie, versank im Gebet.

Mit der Gewissheit, nicht alleine zu sein, sondern vereint mit Gott, ging er zurück in seine Zelle. Dort wartete die Vergangenheit auf ihn im braunen Ledereinband. Noch wusste er das bereits Gelesene nicht zu deuten. Noch war die Vergangenheit ein Rätsel. Doch mit jeder Seite, die er las, kam die Vergangenheit ein Stück näher.

*Mein Leben, Wilhelmine Arenz*

*Der Winter 1941/1942 war hart und kalt und mein Bauch wurde dicker. Die Fabrik musste immer mehr Munition liefern und Fritz durfte wieder aus dem Archiv. Nun wurde er tatsächlich gebraucht. Propofski war eines Tages nicht mehr in der Fabrik erschienen. Niemand wusste, wo er geblieben war. Es gab Gerüchte, die SS hätte ihn abends aus seiner Wohnung geholt. Ich schloss ihn noch stärker in meine Gebete ein und bestärkte Fritz in dem Gefühl, dass die Fabrik ohne ihn die Munition nicht liefern könne, die an der Front so dringend benötigt wurde. Die deutschen Soldaten saßen noch immer an der Ostfront im russischen Winter fest. Fritz saß abends im warmen Sessel und lauschte der Stimme im Radio. Die von den Russen im Schnee und Eis eingeschlossenen Verbände ließ der Führer von der Luft aus versorgen. Fritz bekam seine Kartoffelsuppe von mir immer ins Wohnzimmer getragen. Er freute sich auf sein drittes Kind und spielte mit den Zwillingen. Karl und Hermann entwickelten sich prächtig. Zwei gesunde Jungs hatte Fritz dem Führer geschenkt, war er sich sicher. Ich hatte da meine Bedenken. Heimlich hatte ich mir im Krankenhaus, wo ich als Schwester noch immer stundenweise tätig war, medizinische Fachliteratur angeschaut. Viel konnte ich nicht herausfinden. Was mich beruhigte, war die Erkenntnis, dass Epilepsie nicht vererbbar war. Die schlechte Nachricht war, dass es Ausnahmefälle gab. Diese waren aber anscheinend Grund genug, Epilepsieerkrankte im Hitlerdeutschland entweder sterilisieren oder ganz verschwinden zu lassen. Ich wollte kein Risiko eingehen und mischte die Tropfen fortan nicht nur in den Tee von Fritz, sondern auch in die Milch der Zwillinge.*

*Im März 1942 brachte ich ein gesundes Mädchen auf die Welt. Wir nannten sie Erika. Ich war froh, dass es ein Mädchen geworden war. Auch sie bekam fortan die Tropfen. Nun hatte ich schon vier in der Familie, die ich mit der Medizin versorgte. Als mir Schwester Hildegard im Mai 1942 mitteilte, dass sie mir die Tropfen nicht mehr geben könnte, brach meine kleine heile Welt zusammen. Die Kranken wurden ausgerottet, die Medizin war überflüssig geworden. Fritz war mittlerweile wieder der festen Überzeugung, dass die Frühjahrsoffensive der Ostfront ohne ihn nicht stattfinden konnte. Nun hatte ich weder Propofski noch die Medizin, dafür drei Kinder, von denen ich nicht wusste, ob sie früher oder später von Krampfanfällen heimgesucht werden würden, und einen Mann, der eher früher als später wieder die Kontrolle über seine Muskeln verlieren würde.*

## 21. Dezember 2007, 8:55 Uhr

Dr. Breuer empfing Till in Bademantel und Hausschuhen. Er war bereits 79 Jahre alt, wie er Till nicht ohne Stolz mitteilte, und praktizierte nur noch sporadisch. Er kümmerte sich nur noch um einige spezielle Patienten. Magdalena Liebig war die Jüngste gewesen, die noch zu dem erlauchten Kreis seiner Kundschaft gehört hatte. Dr. Breuer besaß ein gepflegtes Zweifamilienhaus im Frankfurter Stadtteil Goldstein. In seiner Praxis im Erdgeschoss praktizierte ein junger Arzt aus Jordanien, der in absehbarer Zeit zurück in die Heimat wollte. Dann musste sich Dr. Breuer überlegen, ob er die Praxis ganz schließen oder einen neuen Kollegen ins Haus holen wollte. Das alles erzählte er Till auf dem Weg von der Haustür zur Wohnung in der ersten Etage. Dr. Breuer war ein gesprächiger Mann, der nach jeder zweiten Treppenstufe eine kleine Pause einlegte und Till ein wenig von sich preisgab. Als sie das Wohnzimmer betraten, nahm Till auf der Couch Platz.

„Seit wann war Frau Liebig denn bei Ihnen in Behandlung?", erkundigte sich Till, der bisher noch gar nicht zu Wort gekommen war.

Der alte Arzt kratzte sich nachdenklich am Kopf. „Seitdem sie ein Kleinkind war. Wie lange ist das eigentlich her?"

„Sie wurde 1965 geboren“, half Till ihm auf die Sprünge.

„Wann wurden Sie denn geboren?“, erkundigte sich Dr. Breuer.

Till schaute ihn mit großen Augen an. Entweder war der Mann völlig verwirrt oder ziemlich neugierig. Aber da sein Alter kein Staatsgeheimnis war, verriet er dem Arzt, dass er 1972 das Licht der Welt erblickt hatte.

„Aha. Genau wie Abdul.“

Till befürchtete, dass die Verwirrung bei seinem Gesprächspartner deutlich größer war als die Neugierde. „Abdul?“

„Abdul. Der junge Mann, der in meiner Praxis arbeitet. Der aus Jordanien. Das habe ich Ihnen doch erst vor fünf Minuten erzählt. Sie scheinen mir etwas verwirrt zu sein, junger Mann. Sind Sie überarbeitet?“

Till kam sich vor wie ein Boxer, der in der ersten Runde k.o. gegangen war. „Entschuldigung. Abdul aus Jordanien. Natürlich. Ich war mit meinen Gedanken ganz bei Magdalena Liebig. Sie war doch in so einer Art Selbsthilfegruppe, wissen Sie etwas darüber?“

„Oh, die Selbsthilfegruppe. Ja natürlich, ich habe Magdalena dringend empfohlen, sich dieser Gruppe anzuschließen. Das arme Mädchen hatte ja kaum Kontakte zur Außenwelt. Sie ging als Kind nicht zur Schule, sondern wurde von Privatlehrern unterrichtet. Wenn Sarah, ihre Halbschwester, nicht gewesen wäre, hätte sie gar keine Gleichaltrigen gekannt. Weder als Kind noch als Jugendliche. Mit sechszehn hat Sarah das Haus verlassen. Ich glaube, sie ging nach Berlin und studierte dort. Magdalena bekam daraufhin Depressionen. Ihre Mutter war drauf und dran, sie zusätzlich noch in psychiatrische Behandlung zu geben. Da habe ich die Selbsthilfegruppe empfohlen. Möchten Sie einen Kaffee?“

„Ein Tee wäre gut. Mein Bedarf an Kaffee ist für heute schon gestillt.“

Dr. Breuer schlurfte im Bademantel in die Küche und ließ sich Zeit beim Tee kochen. Till blieb auf der Couch sitzen und studierte die Wohnungseinrichtung. Altdeutsche Eiche dominierte das Zimmer. Ein mächtiger Schrank und ein Sideboard mit aufwändigen Intarsien zeugten von wenig Veränderungswillen des Bewohners. Das Pendel einer Kuckucksuhr pendelte unbestechlich im Takt, auf dem Tisch lag die aktuelle Zeitschrift der Ärztekammer.

„Möchten Sie auch was zum Knabbern?", rief Dr. Breuer aus der Küche.

Till verneinte und kurz darauf kam der Freund altdeutscher Eiche mit einer Tasse Tee ins Wohnzimmer zurück.

„Warum fragen Sie nach der Selbsthilfegruppe?"

„Weil wir einen Mörder suchen. Einen, den Magdalena Liebig wahrscheinlich gekannt und sorglos ins Haus hereingelassen hat."

„Warum sollte jemand aus dieser Gruppe Magdalena ermorden? Das sind alles kranke Menschen, die froh sind, dass sie sich gegenseitig haben."

„Erzählen Sie mir etwas über die Krankheitsgeschichte von Frau Liebig. Ich habe von Epilepsie keine Ahnung."

Der Arzt nickte bedächtig. „Epilepsie heißt auf Deutsch so viel wie Fallsucht oder Krampfleiden. Man unterscheidet zwischen verschiedenen Anfallsformen. Zum einen kennt man den partiellen Anfall, der auch fokaler oder Herdanfall genannt wird. Diese Anfallsform ist dadurch gekennzeichnet, dass es ein Zeichen für einen Beginn des Anfallsgeschehens in einer umschriebenen Region des Gehirns gibt. Ausschlaggebend für das Entstehen einer Epilepsie sind die Nervenzellen im Hirn. Die Nervenzellen haben die Aufgabe, Informationen weiterzugeben. Deswegen besitzen die Nervenzellen in ihrem Inneren eine elektrische Spannung gegenüber dem Zelläußeren. Diese elektrische Spannung wird durch eine Ansammlung elektrisch geladener Teilchen, sogenannter Ionen, hervorgerufen. Bei einem normalen Menschen kommt es bei einer Reizübertragung zu einer Entladung dieser Spannung. Es entsteht ein elektrischer Impuls, der über Zellausläufer an benachbarte Zellen oder über Nervenfasern an weiter entfernte Zellen weitergegeben wird. Auf diese Weise funktioniert unser Gehirn. Natürlich spielen dabei viele Millionen Nervenzellen eine Rolle, die in unseren Köpfen die Informationen verarbeiten. Bei einem Epilepsieerkrankten passiert nun aber Folgendes: Von einigen Nervenzellen werden anstatt der normalen, sehr kurzen Impulse längere Serien von Impulsen ausgesendet. Dadurch werden benachbarte Zellen übermäßig gereizt und ebenfalls zum Aussenden abnormer Impulsserien veranlasst. Auf diese Weise kann sich eine Kettenreaktion wie eine Explosion ausbreiten. Millionen von zusammenhängenden Nervenzellen werden erfasst und zu einem Kurzschluss gebracht. Man spricht dabei von einem gleichzeitigen abnormen Entladungsvorgang größerer Nervenzellverbände der Hirnrinde. Ein Erkrankter erleidet aber erst einen Anfall, wenn solche abnormen Entladungsvorgänge der Nervenzellen sich ausbreiten und gegenseitig verstärken. Haben Sie das so weit verstanden?"

Till nickte. „Ich glaube schon. Wenn man also die Region im Gehirn eingrenzen kann, wo diese abnormen Entladungsvorgänge stattfinden, dann spricht man von einem partiellen Anfall, richtig?"

„Korrekt. Ob die Anfälle partiell sind, lässt sich mittels einer EEG, einer Elektroenzephalografie anzeigen. Dazu bekommt der Patient eine Art Kappe mit Elektroden in definierten Abständen aufgesetzt, von denen die elektrische Oberflächenaktivität der Hirnrinde abgeleitet wird. Es gibt aber auch noch andere Methoden, um eine Diagnose zu stellen."

„Magdalena Liebig litt unter solchen partiellen Anfällen?"

„Nein. Dann wäre die Behandlung einfacher gewesen. Magdalena wurde von sogenannten generalisierten Krampfanfällen heimgesucht. Bei diesen Anfällen ist immer die gesamte Hirnrinde von der elektrischen Anfallsaktivität betroffen. Man hat im Laufe der Zeit verschiedene Formen und Erscheinungen dieser generalisiert auftretenden Anfälle klassifiziert und den Anfallstypen bestimmte Namen zugeordnet. In Magdalenas Fall wurde eine juvenile myoklonische Epilepsie diagnostiziert, die auch unter dem Begriff Janz-Syndrom bekannt ist."

Till hörte den Ausführungen des Doktors nicht nur neugierig zu, er machte sich auch eifrig Notizen. Die juvenile myoklonische Epilepsie ließ er sich buchstabieren, bevor er Dr. Breuer weitersprechen ließ.

„Diese myoklonischen Anfälle zeigen sich in plötzlichen, kurzen Muskelzuckungen der Schultern und Arme. Vom Patienten werden diese Zuckungen bewusst als elektrischer Schlag wahrgenommen. Magdalena litt unter den Anfällen seit ihrer frühesten Kindheit. Ab ihrem vierzehnten Lebensjahr wurden die Anfälle häufiger und heftiger. Zu allem Überfluss reagierte sie allergisch auf die am besten geeigneten Medikamente und es hat seine Zeit gedauert, bis die optimale Medikation für sie gefunden war. Ab ihrem zwanzigsten Lebensjahr traten zusätzlich tonisch-klonische Krämpfe auf. Dabei handelt es sich um eine krampfhaft gesteigerte Spannung der Muskulatur. Rhythmische Zuckungen beider Arme und Beine sind die Folge dieser Krämpfe. Einige Jahre später traten dann auch noch Absencen auf, wenn Magdalena von Anfällen betroffen war."

„Absencen?", fragte Till nach.

Dr. Breuer buchstabierte den Begriff, bevor er ihn erklärte. „Absencen sind Abwesenheitszustände mit Bewusstseinsverlust, die einige Sekunden andauern. Oft hat der Patient Erinnerungslücken, wenn er wieder zu sich kommt. Das war bei Magdalena häufig der Fall. Die tonisch-klonischen Anfälle treten im Laufe der Zeit bei fast allen Patienten auf, bei denen die juvenile myoklonische Epilepsie diagnostiziert wurde, die Absencen nur etwa bei einem Drittel der Erkrankten. Magdalena litt nicht nur unter allen Symptomen, die bei der Krankheit auftreten können, sie hatte zudem diese Unverträglichkeit einer Vielzahl von Medikamenten, die hierbei normalerweise zum Einsatz kommen. Daher litt sie gerade als Kind und in ihrer Jugend besonders unter der Krankheit. Erst in den letzten Jahren war es gelungen, ihre Anfälle mittels geeigneter Medikamente in den Griff zu bekommen. Und jetzt, wo sie ihr Leben vielleicht noch ein wenig hätte genießen können, wird sie umgebracht. Das ist eine Tragödie."

Till überflog seine Gesprächsnotizen. Ganz oben stand sein Stichwort, das der Hauptgrund für seinen Besuch war. Selbsthilfegruppe!

„Ich benötige noch die Namen der Leute aus dieser Selbsthilfegruppe", kam Till wieder auf den Anfang des Gespräches zurück.

Dr. Breuer nickte. „Richtig, Sie suchen ja einen Mörder und ich langweile Sie mit Krankheitsgeschichten. Ich kann Ihnen aber nicht sagen, wer alles zu dieser Gruppe gehört. Ich kannte ja nur Magdalena. Aber warten Sie einen Moment." Dr. Breuer ging zu seinem Sideboard und zog eine Schublade auf. Er kramte darin herum, fand nicht, was er suchte, und öffnete die nächste

Schublade. „Aha, hier habe ich sie also hingelegt", triumphierte er und hielt eine Visitenkarte in der Hand, die er Till überreichte.

Dr. Margarete Münzberg, Fachärztin für Neurologie, Alle Kassen.

Till schaute den Arzt fragend an.

„Frau Dr. Münzberg ist eine Kollegin, die sich auf Epilepsie spezialisiert hat. Sie hat diese Selbsthilfegruppe ins Leben gerufen. Die meisten Leute aus dieser Gruppe stammen aus ihrem Patientenkreis. Ihre Frage stellen Sie besser ihr. Aber wenn ich Ihnen einen Tipp geben darf, dann erzählen Sie ihr nicht gleich, dass Sie in der Gruppe einen Mörder vermuten. Die gute Frau Dr. Münzberg behandelt ihre Patienten nämlich wie ihre eigenen Kinder."

„Warum wurde Magdalena von Ihnen und nicht von ihr behandelt?", fragte Till nach.

„Ich war der Hausarzt der Familie Liebig. Ich habe schon Magdalenas Großmutter Wilhelmine behandelt, Gott habe sie selig, und ihre Mutter Eva. Großmutter und Mutter bestanden darauf, dass ich auch Magdalena behandele. Natürlich musste ich in Magdalenas Fall Spezialisten hinzuziehen, aber ich war der Arzt ihres Vertrauens. Die Männer der Familie haben sich allerdings nie in meiner Praxis blicken lassen. Weder der alte Walter Arenz, noch dessen Sohn Peter oder Hermann Liebig. Fragen Sie mich aber nicht, woran das lag."

„Woran lag es?", fragte Till spitzbübisch und der alte Doktor lächelte.

„Ich kann Ihnen wirklich keinen vernünftigen Grund nennen. Manche Dinge werden bei Millionärsfamilien halt eigentümlich behandelt. Man hat seine Geheimnisse und ein Arzt weiß oft sehr viel."

Till beließ es dabei, speicherte diese Information aber in seinem Gehirn ab. Dabei stellte er sich vor, wie seine Gehirnzellen Spannungen entluden. Kleine Blitze zuckten durch sein Gehirn, Dr. Breuer nur für die Frauen der Familie zuständig. Warum? Bei Gespräch mit Hermann Liebig gespeicherte Information aus Nervenzelle entladen und nachfragen. Zur Sicherheit schrieb er es sich auch noch auf seinen Notizblock, seinen Nervenzellen in der Hirnrinde traute er nicht so richtig.

# 10

Er hatte sich entschieden. Er würde nicht davonlaufen und sich nicht verstecken. Was der Herr zuließ, konnte er nicht zurückweisen. Er war verzweifelt und doch voller Zuversicht. Er wusste nicht mehr zu unterscheiden zwischen dem, was er in den Nächten träumte und dem, was sich aus den Tiefen seines Unterbewusstseins an die Oberfläche seiner Erinnerungen hervorschlängelte. Gefühle tobten in ihm, von denen er geglaubt hatte, sie hinter den dicken Mauern des Klosters für alle Zeiten begraben zu haben. Er hatte Mutter und Vater gehabt, bevor er sich dem Herrn verschrieben hatte.

Ein tiefer Friede breitete sich in ihm aus. Er war aus dem Schoß seiner Mutter gekommen und dem Herrn als Geschenk dargereicht worden.

*Mein Leben, Wilhelmine Arenz*

*Im Frühjahr 1942 begannen meine Albträume Realität zu werden. Es war im Mai, ich lag schlafend in unserem Bett, als ich unsanft geweckt wurde. Fritz hatte wieder einen Anfall. Seine Augen waren starr an die Decke gerichtet, seine Arme zuckten unkontrolliert und stießen mir in die Rippen. Ich schrie ihn an, er solle damit aufhören. Ich war verzweifelt und kam mir so hilflos vor. Ohne die Medizin konnte ich nichts für ihn tun. Der Anfall dauerte vielleicht zwei Minuten, dann beruhigten sich seine Gliedmaßen und er lag wieder still im Bett. Ich flehte ihn an, dass er niemandem davon erzählen solle. Er meinte nur, er hätte schlecht geträumt, ich solle mir keine Sorgen machen. Wenigstens bei den Kindern hatte ich noch keine Anzeichen von derartigen Anfällen erlebt, doch ich wusste, dass das nicht so bleiben musste.*

*In der Fabrik wehte ein anderer Wind, seit Propofski nicht mehr da war. Kriegsgefangene kamen und mussten arbeiten.*

*Sie wurden schlecht behandelt und bekamen nicht viel zu essen. Fritz erzählte nicht gern davon. Er saß lieber vor dem Radio und vereinte sich im Geiste mit den Frontsoldaten. Als der Mai sich verabschiedete und die Junisonne uns verwöhnte, bekam Fritz endlich den Befehl, sich bei der elften Armee einzufinden. Er freute sich und ich sah dem Unglück direkt ins Auge. Schon am nächsten Tag begutachtete sich Fritz voller Stolz in seiner neuen Uniform vor dem Spiegel und kurz darauf sagte ich ihm Lebewohl. Er würde für die Kinder und für mich in den Krieg ziehen, ließ er mich wissen. Mit unseren drei kleinen Kindern blieb ich zurück und wusste nicht, was Fritz mehr fürchten musste. Die Geschosse der Russen oder die Rassengesetze des Führers.*

*Im Juli bekam ich einen Brief von Fritz. Er war noch am Leben. Seine Zeilen strotzten vor deutschem Heldentum und Siegeswillen. Die elfte Armee hatte den Sommerfeldzug siegreich begonnen und Sewastopol erobert. Von seinen Anfällen fand ich kein Wort in seinem Brief. Am nächsten Morgen wurde ich Zeuge, wie einer der Zwillinge in seinem Bettchen einen Krampfanfall erlitt. Die Beinchen und Ärmchen von Karl zuckten so unkontrolliert, wie ich es zuvor bei Fritz erlebt hatte.*

## 21. Dezember 2007, 11:45 Uhr

Peter Arenz arbeitete offiziell als Immobilienmakler. Seine Firma Arenz-Immobilien war im Frankfurter Westend angesiedelt, wo außer anderen Immobilienmaklern auch etliche Steuerberater, Anwälte und Banken aus aller Welt ihre Geschäftsräume in bester City-Lage unterhielten. Peter Arenz hatte sich als Immobilienmakler niedergelassen, nachdem klar war, dass er bei den Arenz-Werken an seinem Halbbruder Hermann Liebig nicht vorbeikam. Das war 1977 gewesen, als er nach seinem Studium der Betriebswirtschaft in den Arenz-Werken verschiedene Funktionen durchlaufen hatte. Dr. Jürgens hatte Siebels noch erzählt, dass Wilhelmine Arenz oft Streit mit ihrem Sohn Peter gehabt hatte, als dieser noch im Unternehmen tätig gewesen war. Bei keiner Entscheidung hatten Mutter und Sohn an einem

Strang gezogen. Bei ihrem Sohn Hermann aus erster Ehe war das genaue Gegenteil der Fall und vier Jahre nach dem Tod von Walter Arenz hat Peter Arenz das Feld geräumt und sich seine eigene Firma aufgebaut. Finanziert hat er sich durch die Gewinnanteile der Arenz-Werke, die ihm jährlich ausgezahlt wurden und die Dank der Geschäftstüchtigkeit von Hermann Liebig jedes Jahr größer wurden. Ob Peter mit seinen Immobiliengeschäften auch Geld verdiente, konnte Dr. Jürgens nicht sagen. Da ihm seine Mutter einige hochwertige Immobilien im Rhein-Main-Gebiet vererbt hatte, saß er als Immobilienmakler auf einer kleinen Goldgrube. Unter anderem besaß er einen Wohnblock mit acht Mietwohnungen in Darmstadt, eine repräsentative Villa in Eschborn, die ursprünglich für angeworbene Top-Manager aus dem Ausland gedacht war, aber niemals benötigt wurde, sowie mehrere Eigentumswohnungen in Frankfurter Neubauten auf dem Rebstockgelände und ein stillgelegtes Firmengelände in einem nordhessischen Industriegebiet, wo früher eine Tochterfirma der Arenz-Werke angesiedelt gewesen war.

Siebels hatte auf der Suche nach einem Parkplatz bereits drei Mal den Häuserblock umrundet. Als er zum vierten Mal an den Büroräumen von Peter Arenz vorbeifuhr, sah er endlich das Schild, das auf die Besucherparkplätze von Arenz-Immobilien im Innenhof hinwies. Einer von den zwei Plätzen war sogar frei, auf dem anderen stand ein Maserati Quattroporte. Siebels genehmigte sich einen Blick durch das Seitenfenster. Nobles beiges Leder und Edelhölzer zierten den italienischen Traumwagen. Für einen Augenblick sah sich Siebels in diesem Gefährt an einer kurvenreiche Küstenstraße entlang brausen, neben ihm genoss Sabine den Ausblick über den blauen Atlantik. Dann kam er wieder zu sich, ein kleiner Siebels war unterwegs, nix Maserati, ein Kombi musste demnächst her. Den Gedanken an einen kleinen Siebels im Kindersitz auf der Rückbank fand der große Siebels allerdings noch schöner als den Gedanken an den brausenden Maserati und so ging er hüpfenden Schrittes in Richtung Büro von Peter Arenz. Das Marmortreppenhaus passte zum Wagen vor der Tür, dachte sich Siebels, fand dann aber etwas noch viel Passenderes, als ihm die Tür zu den Büroräumen von Peter Arenz' Sekretärin geöffnet wurde, die sich ihm als Petra Schneider vorstellte.

Blonde lange Haare fielen der jungen Frau über die Schultern, lange Beine steckten in hochhackigen Schuhen und wurden durch einen engen Minirock nur spärlich bedeckt. Die piepsige Stimme, mit der sie Siebels begrüßte, machte das Bild vom blonden Dummchen perfekt. Als Siebels sich als Hauptkommissar der Mordkommission auswies, verriet sie ihm, dass er von Herrn Arenz schon erwartet würde. Mit wackelndem Hintern ging sie den Gang bis zum letzten Zimmer entlang und klopfte zaghaft an. Gleich darauf wurde die Tür von innen geöffnet. Peter Arenz sah so ganz anders aus, als Siebels ihn sich vorgestellt hatte. Erwartet hatte er einen in die Jahre gekommenen Playboy, der sich seine Zeit als Immobilienmakler vertrieb, wenn er sich nicht gerade auf dem Tennisplatz oder auf einer Jacht vor Malibu mit jungen Frauen wie Petra Schneider amüsierte. In der Vorstellung von Siebels war der Mann mindestens so sonnengebräunt wie der Anwalt Dr. Jürgens, hatte einen Körper, dem man die vielen Stunden im Fitnessstudio ansah und protzte mit einer Rolex am Arm und einer Goldkette am Hals. Dazu hätte auch der Maserati gut gepasst. Jetzt stand Siebels aber einem Mann gegenüber, der mindestens zwanzig Zentimeter kleiner war als er, dafür aber bestimmt zwanzig Kilogramm mehr auf die Waage brachte. Ein dunkler Haarkranz umrandete das lichte Haupt, auf das Siebels mühelos herunterschauen konnte. Manschettenknöpfe waren der einzige Schmuck, den Peter Arenz trug.

„Danke, Petra, die nächste halbe Stunde stellst du bitte keine Anrufe durch." Und zu Siebels gewandt. „Kommen Sie bitte, ich habe Sie schon erwartet. Mein Halbbruder Hermann hat mich informiert. Er wird ja in einigen Stunden wieder hier sein."

Peter Arenz war Kettenraucher, sein Aschenbecher randvoll mit Kippen gefüllt. Das Büro war schlicht, ein großer Schreibtisch mit zwei Besucherstühlen davor und einem überdimensionalen Ledersessel dahinter auf dem sich Peter Arenz niedersinken ließ.

„Ich hatte nie viel Kontakt mit Magdalena und kann Ihnen wahrscheinlich keine große Hilfe sein", fing er an zu erzählen und suchte dabei nach seinen Zigaretten. Ein Päckchen auf seinem Schreibtisch war leer und flog in den Papierkorb. Das nächste fingerte er aus seiner Hemdtasche, es war ebenfalls leer und flog dem ersten hinterher. Dann öffnete er eine Schreibtischschublade, wo er erneut ein leeres Päckchen für den Papiereimer fand, bevor er schließlich in der nächsten Schublade fündig wurde. Siebels bezweifelte, dass der Mann mit zwei Päckchen am Tag auskam.

„Haben Sie denn schon einen Verdacht?", fragte Arenz und begann mit der Suche nach seinem Feuerzeug.

„Noch tappen wir völlig im Dunkeln. Es sieht so aus, als hätte Magdalena ihrem Mörder die Tür geöffnet. Wahrscheinlich hat sie ihn gekannt und ihm vertraut."

„Dann können Sie den Kreis der Verdächtigen ja eingrenzen." Die Zigarette qualmte endlich und Peter Arenz lehnte sich in seinem Sessel zurück. „Darf ich Ihnen etwas anbieten? Einen Kaffee? Ein Wasser?"

Siebels entschied sich für ein Wasser und fand nun ebenfalls ein leeres Päckchen Zigaretten in seiner Jackentasche. Allerdings hatte er keine Reserven und griff dankbar zu, als sein Gegenüber ihm sein Päckchen hinhielt. Danach griff Arenz zum Telefon und orderte bei Petra eine Flasche Wasser und zwei Gläser.

„Mittlerweile kommt ein Raucher ja schneller in den Knast als ein Mörder", bemerkte Arenz.

„Ja, die Zeiten sind hart. Aber Sie haben Glück, ich bin bei der Mordkommission und nicht bei der Rauchkommission."

Petra brachte mit wackelndem Hintern das Wasser und verabschiedete sich wieder mit einem unschuldigen Lächeln.

„Na ja, reden wir über Magdalena", beschied Arenz. „Brauche ich ein Alibi?"

„Wenn Sie eins haben, dürfen Sie mich gerne einweihen."

„Für welche Zeit?"

„Genau weiß ich es auch noch nicht. Auf jeden Fall für die vorletzte Nacht."

Arenz überlegte nicht lange. „Ich war die Nacht im Bett, so wie jede Nacht."

„Gibt es Zeugen?"

„Ja. Petra."

Siebels musste sich einen allzu überraschten Gesichtsausdruck verkneifen und das fiel ihm schwer. Petra war vielleicht Mitte zwanzig und ein Püppchen wie aus einer Modezeitschrift. Arenz dagegen ein unförmiger, rauchender Schlot von 55 Jahren. Aber er war Millionär und musste nichts dafür tun, um sein Vermögen ständig zu vergrößern. Das besorgte sein Halbbruder Hermann.

„Sie sind liiert?"

„Ich kümmere mich um Petra und sie kümmert sich um mich. Nennen wir es eine Zweckgemeinschaft ohne Trauschein. Wir leben zusammen und wir arbeiten zusammen. Sie ist schön und ich bin reich, das passt."

Jedenfalls war er ehrlich. Der Maserati hatte mit Sicherheit auf der Wunschliste von Petra gestanden. Siebels versuchte sich die beiden als Paar vorzustellen, aber es wollte ihm nicht so recht gelingen. Das Alibi war auf jeden Fall finanziell abhängig von Arenz. Dieser Petra würde Siebels bei nächster Gelegenheit auf den Pelz rücken, beschloss er beim gemeinsamen Rauchen mit Arenz.

„Haben Sie außer Petra noch andere Angestellte?"

„Ja, selbstverständlich. Petra kümmert sich um den administrativen Ablauf im Büro. Ansonsten habe ich noch vier festangestellte Makler, die die meiste Zeit im Außendienst verbringen, und einige freiberufliche Mitarbeiter, die ich bei diversen Projekten hinzuziehe. Dazu gehören ein Architekt und ein Bauunternehmer. Meine Schwester Klara arbeitet auch für mich. Sie begutachtet interessante Objekte in Feriengebieten, vornehmlich auf den Kanarischen Inseln. Sie hält sich gern im Warmen auf und verbindet so das Angenehme mit dem Nützlichen."

Siebels dachte an seine Sabine, die auch gerade die kanarische Sonne genoss. Wenn er hier fertig war, würde er sie anrufen.

„Ich hatte heute Vormittag ein Gespräch mit Dr. Jürgens. Er erzählte mir einige interessante Details aus der Hinterlassenschaft Ihrer Mutter. Haben Sie eine Ahnung, was sie mit ihrem Testament bezweckt hat?"

Arenz lächelte süffisant. „Ja, der letzte Wille meiner Mutter hat uns alle nachdenklich gemacht. Entweder war sie nicht mehr ganz klar im Kopf, oder sie wusste etwas, von dem wir nichts wissen."

„Und das wäre?", erkundigte sich Siebels.

„Es gibt ja nicht viele Möglichkeiten. Weder ich noch meine Schwester haben Kinder. Die einzigen bekannten Enkelkinder sind Sarah und Magdalena. Sarah wurde von der Regelung ausgenommen, sie bekam direkt sechs Prozent der Unternehmensanteile vererbt. Wenn sich bis März nächsten Jahres keine Enkel melden, gehen die 45 Prozent in den Nachlass von Magdalena. Sollte es weitere Enkel geben, muss meine Mutter außer Hermann, Klara und mir noch weitere Kinder gehabt haben, die mittlerweile auch wieder volljährige Kinder haben. So einfach ist das."

„Halten Sie das für möglich?"

„Irgendeinen Grund muss meine werte Frau Mama ja gehabt haben, als sie ihr Testament aufsetzte. Sie war Kriegswitwe, als sie meinen Vater kennen lernte. Mit Hermann kam sie 1945 als Flüchtling aus Ostpreußen. Sie war damals 25 Jahre alt, Hermann war vier. Niemand weiß etwas aus ihrem Leben vor dieser Zeit. Eine junge Frau in den Wirren des Krieges. Da ist schnell ein Kind in die Welt gesetzt. Aber es ist auch egal. Ich bezweifle, dass sich jemand melden wird. Was aus dem Unternehmen in Zukunft wird, werden wir bei Magdalenas Testamentseröffnung erfahren. Ich befürchte jedenfalls das Schlimmste."

„Und das wäre?"

„Das wäre der Untergang der Firma. Wer soll sie denn führen? Hermann und Eva sind Mitte sechzig und nicht mehr auf der Höhe der Zeit. Die beiden sind konservativ und engstirnig, es wird Zeit, dass sie das Ruder abgeben. Aber an wen?"

„Vielleicht an Sie?", fragte Siebels vorsichtig.

„Das wäre das einzig Vernünftige", polterte Arenz los. „Aber der Liebig-Clan hat das bisher erfolgreich verhindert."

„Ihre Mutter war eine Arenz und hat Ihnen keine Aktien vermacht", warf Siebels ein.

„Meine Mutter war eine Liebig, bevor sie meinen Vater geheiratet hat. Sie kam aus dem Nichts, zusammen mit ihrem kleinen Liebling Hermann. Nachdem sie meinen Vater geheiratet hatte, war sie die starke Frau in der Firma und ihren Hermann hat sie systematisch aufgebaut. Aber soll ich Ihnen etwas sagen? Hermann ist ein Schwächling. Er ist eigentlich das Abbild meines Vaters, obwohl die beiden nicht blutsverwandt sind. Ohne seine Eva würde er nämlich überhaupt nichts zustande bringen. Meine Mutter hat die Firma regiert wie eine Königin und Eva war die Prinzessin. Jetzt ist Eva die Königin und Hermann ist nur der Hofnarr."

„Aber Sie fahren doch ganz gut mit dieser Lösung, oder?"

Arenz winkte ärgerlich ab und suchte wieder nach seinen

Zigaretten, die er schließlich in seinem Sakko fand. Diesmal bot er Siebels keine an.

„Ich bekomme jedes Jahr eine ordentliche Summe aus dem Unternehmensgewinn. Aber wie lange noch? Außerdem könnte es auch viel mehr sein, wenn das Unternehmen effizienter aufgestellt wäre."

„Sie würden einen Teil der Aktien gerne an einen Finanzinvestor verkaufen?"

„Korrekt. Das hat Ihnen der rührselige Dr. Jürgens erzählt, vermute ich. Und wahrscheinlich hat er mich dabei als geldgeilen Nichtsnutz dargestellt. Dr. Jürgens ist nämlich aus dem gleichen Holz geschnitzt wie Hermann. Eigentlich nicht aus Holz, eher aus Wachs." Arenz schnaubte verächtlich.

„Was hindert Sie daran, Ihre Anteile zu verkaufen? Es ist doch immerhin ein Viertel des Unternehmens."

„Was mich daran hindert? Das dämliche Testament meiner Mutter hindert mich daran. Kein Investor würde bei den Arenz-Werken investieren, solange Hermann auf dem Chefsessel sitzen bleibt. Und wenn er gegen seinen Willen von diesem Sessel gejagt wird, bekommt er zehn Prozent und mir bleiben nur noch fünfzehn. Diese Regelung lasse ich im Übrigen gerichtlich überprüfen. Aber die Mühlen der Justiz mahlen ja bekanntlich langsam. Bis da etwas entschieden ist, ist sowieso alles zu spät."

„Wie sollten die Unternehmensanteile Ihrer Meinung nach verteilt sein, um die Firma in eine gesicherte Zukunft zu führen?", erkundigte sich Siebels neugierig.

„Das ist ganz einfach", antwortete ein mittlerweile leicht genervter Peter Arenz. „Die 45 Prozent, die jetzt mit Magdalenas Tod brach liegen, sollten an einen Investor gehen. An einen Investor, der das Management stellt, welches die Arenz-Werke wieder auf Vordermann bringt. Normalerweise findet ein solches Investment über einen Zeitraum von fünf bis sieben Jahren statt. Anschließend verabschiedet sich der Investor wieder und verkauft seine Anteile. Wenn es gut gelaufen ist, hat sich der Wert des Unternehmens in dieser Zeit um etwa 20 Prozent erhöht. Da die restlichen 55 Prozent in der Familie geblieben sind, haben auch alle Familienmitglieder mit Aktienanteilen davon profitiert. Dr. Jürgens hält übrigens auch ein paar Anteile und gehört somit auch zur Familie. Darum ist es auch verwunderlich, dass er Hermann und Eva so tatkräftig unterstützt bei der Ablehnung von Fremdinvestoren."

Siebels hätte jetzt zu gerne noch eine geraucht, aber sein Stolz hinderte ihn daran, Peter Arenz nach einer weiteren Zigarette zu fragen. Stattdessen befragte er ihn weiter zu dem Unternehmen.

„Die Arenz-Werke stehen doch gut da, wenn ich den Worten von Dr. Jürgens glauben darf. Was ist so schlecht an der Führung von Eva und Hermann Liebig?"

„Die Arenz-Werke könnten viel besser dastehen", ereiferte sich Arenz. „Was glauben Sie, wie viele Investoren sich die Finger nach dem Kuchen lecken? Die Firma wird noch nach den Regeln der Nachkriegszeit geführt. Aber die Zeiten ändern sich nun mal. Die Welt ist globalisiert und die Deutschland AG hat ausgedient. Als die deutschen Unternehmer und die deutschen Banken noch eine verschworene Clique waren, da tickten die Uhren noch langsamer. Meine Mutter hatte sich in kürzester Zeit vom mittellosen Flüchtling zu einer schillernden Figur in dieser Clique entwickelt. Wenn sie einen Kredit benötigte, ging sie nicht zur Bank. Sie veranstaltete stattdessen eine kleine Feier in unserem Haus, wo natürlich auch der Bankdirektor mit Gattin anwesend war. Erst wurde fürstlich diniert, dann unterhielt man sich bei Klaviermusik und dabei ließ sie im richtigen Moment mal anklingen, dass für neue Investitionen ein paar Millionen Mark benötigt würden. Am nächsten Tag rief ein Bankangestellter an und erkundigte sich nach den Einzelheiten der gewünschten Transaktion. Nie im Leben hätte damals ein ausländischer Finanzier seine Füße in die Tür der deutschen Wirtschaft bekommen. Man blieb unter sich und man hatte Erfolg. Aber dieses System war typisch deutsch. Es funktionierte auch nur deshalb so gut, weil der deutsche Arbeiter mit seiner gesetzlichen Rente abgesichert war. Bei den Amerikanern herrschte ein anderes System. Dort musste der Arbeiter bereits früh für seine Altersvorsorge Eigenverantwortung übernehmen. Die Amerikaner stecken ihr Geld in Fonds. Die Fonds werden von Investoren eröffnet und wenn genug Geld drinsteckt, wird investiert. Das System ist riskanter, aber mittlerweile hat es sich durchgesetzt. Seit Mitte der neunziger Jahre werden mehr und mehr deutsche Unternehmen von Investoren übernommen. Die

Banken ziehen sich nämlich zurück und ohne Mittelzuflüsse von ausländischen Investoren verdursten die deutschen Unternehmen. Die einzige Möglichkeit, ohne solche Fremdfinanzierer langfristig zu überleben, ist eine vorzügliche Nachfolgeregelung und eine gesicherte Kapitalzufuhr. Weder das eine noch das andere ist bei den Arenz-Werken gegeben. Wenn Hermann und Eva und Dr. Jürgens etwas anderes behaupten, dann stellen sie sich blind. Mehr möchte ich zu diesem Thema nicht mehr sagen."

Siebels nickte nachdenklich und fluchte innerlich, weil er keine Zigaretten mehr hatte. Andererseits war er ein wenig stolz auf sich, weil er es immer noch aushielt, ohne seinen Gesprächspartner um eine Zigarette anzubetteln. Peter Arenz hatte ihm soeben klipp und klar erklärt, dass er die 45 Prozent aus Magdalenas Erbe unbedingt haben musste. Er hatte bereits einen Rechtsstreit heraufbeschworen. Er hatte ein Motiv. Solange Magdalena am Leben war, waren die Aktien für ihn unerreichbar. Das könnte sich nun bald ändern. Da es aber noch keine Klarheiten aus der Testamentseröffnung von Magdalena gab, wollte Siebels vor Peter Arenz keine Schwäche zeigen. Und seine einzige Schwäche waren die Zigaretten. Je länger er darüber nachdachte, desto größer wurde sein Verlangen nach Nikotin. Er musste hier raus. Aber vorher musste er noch eine Frage loswerden, die seit einigen Minuten in seinem Kopf herumschwirrte.

„Was macht Sie so sicher, dass nicht Ihr Vater außer Ihnen und Ihrer Schwester noch ein Kind gezeugt hat? Vielleicht bevor er Ihre Mutter kennen gelernt hat? Oder ein heimliches Verhältnis? Vielleicht wusste Ihre Mutter davon, als sie dieses Testament aufgesetzt hat?"

Peter Arenz öffnete seinen Mund, ohne etwas zu sagen. Dann schloss er ihn wieder und zündete sich eine Zigarette an.

„Vergessen Sie die unbekannten Enkel", sagte er schließlich. „Es gibt keine."

Und wenn es welche gibt, bringst du sie um. Siebels gefiel der Gedanke. Allerdings traute er diesem kleinen dicken Kettenraucher keinen Mord zu. Nicht den an Magdalena und auch keinen an unbekannten Enkeln. Arenz war ein Mann, der die Drecksarbeit von anderen erledigen ließ. Er gehörte auf jeden Fall in den Kreis der Verdächtigen. Und wenn seine Schwester Klara kein hieb-

und stichfestes Alibi aufweisen konnte, galt für sie das Gleiche. Siebels war schon gespannt auf diese Frau. Bevor er sich von Arenz verabschiedete, erkundigte er sich nach dem Aufenthaltsort von Sarah Liebig.

„Sarah lebt in Berlin. Aber sie reist heute an und wird die nächsten Tage im Haus ihrer Eltern wohnen. Dann haben Sie die übrig gebliebenen Liebigs alle zusammen."

„Das vereinfacht die Sache ungemein", stellte Siebels zufrieden fest und reichte Arenz zum Abschied die Hand. Er verließ das Zimmer und schlenderte am Schreibtisch von Petra Schneider vorbei. Sie schien nicht viel zu tun zu haben. Jedenfalls saß sie hinter einem aufgeräumten Schreibtisch und lackierte sich die Fingernägel.

„Winke, winke", säuselte Siebels und wedelte dabei freundlich mit der linken Hand, als er an ihr vorüberging.

„Ciao, Kommissario", piepste Petra mit einem aufgesetzten Lächeln.

Draußen betrachtete er noch mal den Maserati, während er seinen Gedanken freien Lauf ließ. In dieser Familie hatten anscheinend traditionell die Frauen die Hosen an. Wilhelmine war die graue Eminenz gewesen, ihr zweiter Ehemann Walter Arenz spielte nur die zweite Geige. Später leitete Hermann die Firma, aber seine Mutter Wilhelmine bestimmte die Familien- und die Firmenpolitik. Und diese Rolle schien nach dem Tod von Wilhelmine nun Eva Liebig auszufüllen. Und an der Seite von Peter Arenz wandelte Petra Schneider. Hatte Siebels das Püppchen vielleicht unterschätzt? Kurzentschlossen nahm er sein Handy und rief bei Staatsanwalt Jensen an. Er verlangte, dass Charly Hofmeyer in den Fall eingebunden werden sollte. Er brauchte mehr Informationen. Mehr Informationen aus dem Leben der Familienmitglieder. Charly war EDV-Spezialist im Präsidium. Keiner kam schneller an Informationen ran als er. Charly wusste, in welche Datenbanken man musste und wie man reinkam. Außerdem war er ein Kumpel von Siebels und Till. Ohne ihn hätten die beiden viele ihrer Fälle nicht aufklären können.

„Herr Hofmeyer ist im Urlaub", widersprach Jensen dem Ansinnen von Siebels.

„Er war im Urlaub. So wie ich und Kollege Krüger auch.

Holen Sie ihn zurück." Siebels legte auf, ohne auf Antwort seines Vorgesetzten zu warten. Er wusste, dass Charly Junggeselle geblieben war und sich zuhause doch nur langweilte. Das würde Charly zwar nie zugeben, dafür aber Siebels schwere Vorwürfe machen, weil er wegen ihm seinen Urlaub gestrichen bekam, aber das machte Siebels nichts aus. Charly würde fünf Minuten lang so tun, als wäre er stocksauer und sich dann mit Elan auf die neue Aufgabe stürzen.

# 11

Beim Lesen der Zeilen griff er unbewusst zu seinem Kräutertee. Von Tag zu Tag trank er mehr davon. Er wusste noch nicht, wie die Geschichte, die für ihn niedergeschrieben worden war, enden würde, doch er wusste, dass er ein Teil dieser Geschichte war. Der braune Ledereinband war ihm bald wertvoller geworden als die Bibel. Je mehr er las, desto fester wurde seine Überzeugung, dass eine Aufgabe auf ihn wartete. Es war weder Zufall noch ein böses Omen, dass ihm dieser braune Ledereinband so unverhofft zuteil geworden war. Es war göttliche Vorhersehung. Teil eines Plans, der schon entworfen worden war, lange bevor er das Licht der Welt erblickte. Von Tag zu Tag, von Zeile zu Zeile, spürte er die Last der Verantwortung schwerer werden, die mit dem Inhalt des braunen Ledereinbandes auf seine Schultern gelegt wurde. Die Jahre im Kloster waren Jahre der Vorbereitung gewesen. Er hatte Gott kennen gelernt und Gott hatte seine Seele geformt wie feuchten Lehm. Gott hatte ihm in Bruder Thimotheus einen Mann zur Seite gestellt, der mit der Heilkraft der Kräuter vertraut war. Mit den Kräutern war er stärker als die Krankheit. Gott war mit ihm, zu jeder Stunde, an jedem Tag.

*Mein Leben, Wilhelmine Arenz*

*Am 5. September 1942 erreichte mich die Nachricht, dass Fritz gefallen war. Ich war nicht in der Lage, eine einzige Träne zu vergießen. Ich saß nur still da und wusste nicht, wie das Leben weitergehen sollte. Ich war zweiundzwanzig Jahre alt, Witwe und dreifache Mutter. Die Zwillinge litten beide an der Krankheit ihres Vaters. Drei Wochen, nachdem ich bei Karl den ersten Anfall entdeckt hatte, erlebte ich das Gleiche bei Hermann. Erika zeigte noch keine Anzeichen, aber das konnte sich jeden Tag ändern. Ich war verzweifelt und ohne Hoffnung. Der Krieg ging weiter und immer mehr Frauen wurden zu Witwen oder verloren ihre Söhne. Andere bekamen ihre Männer und Söhne als Krüppel zurück. Dem einen fehlte ein Bein, dem anderen ein Arm. Anfang Oktober stand so ein Krüppel auf Krücken plötzlich vor meiner Wohnungstür. Er war noch keine zwanzig, man hatte ihm ein Bein amputiert. Sein Name war Georg. Im Gepäck hatte er einen Brief von Fritz. Er enthielt die letzten Gedanken vor seinem Tod. Ich lud Georg zu einem Tee ein und erfuhr von ihm die Wahrheit. Es war nicht der Russe, der Fritz erschossen hatte. Georg erzählte mit leiser Stimme und Tränen in den Augen. Fritz hatte am Maschinengewehr gestanden, seine Einheit musste einen Angriff der Russen abwehren. Aber die Salven aus dem Maschinengewehr flogen in den Himmel anstatt zum Feind. Mit zuckenden Armen stand Fritz an dem Maschinengewehr und feuerte unkontrolliert um sich. Sein Vorgesetzter schrie ihn an, seine Kameraden um ihn herum konnten dem russischen Angriff ohne das Maschinengewehr nichts entgegensetzen. Fritz feuerte weiter in den Himmel und der Russe schoss auf die Kameraden von Fritz. Nur ein gezielter Schuss aus der Waffe des Vorgesetzten in den Kopf von Fritz hatte dem Spuk ein Ende bereiten können. Georg übernahm das Maschinengewehr und die Einheit konnte den Angriff in letzter Minute abwehren. Der Vorgesetzte von Fritz war bei dem Gefecht von einer eingeschlagenen russischen Granate getötet worden und so machte niemand Meldung über den Vorfall. Georg liefen die Tränen, als er mir versicherte, dass Fritz offiziell einen heldenhaften Tod für das Deutsche Reich gestorben war. Ich nickte nur. Wenigstens etwas.*

*Am Tag darauf nahm ich die Kinder, packte das Nötigste zusammen und verließ Königsberg. Keine fünf Jahre waren vergangen, seit ich den Hof meiner Eltern verlassen hatte, um ein neues Leben zu beginnen. Nun kam ich wieder zurück und es kam mir vor, als läge ein ganzes Leben zwischen diesen paar Jahren. Es hatte sich viel verändert im Dorf und auf dem Hof. Die Männer waren alle fort. Sie kämpften an den Fronten. Die Arbeit auf den Höfen und den Feldern wurde von Fremdarbeitern bewältigt. Auf unserem Hof arbeiteten Polen. Meine Mutter behandelte sie gut und das Leben war erträglich. Boris hatte auch in seiner Heimat einen Hof bewirtschaftet. Im Haus half uns Jelena, eine junge Polin in meinem Alter. Sie konnte auch gut mit den Kindern und war nach kurzer Zeit nicht nur Haushälterin, sondern auch Kindermädchen. Sie reagierte gelassen, wenn Karl oder Hermann einen Krampfanfall erlitten und langsam vergaß ich all meine Sorgen und Nöte. Das Leben auf dem Hof war fast wieder so schön wie in den Tagen meiner frühen Kindheit. Jelena wurde mir nicht nur eine große Hilfe, sondern auch eine gute Freundin. Abends, wenn die Arbeit getan war und die Kinder schliefen, brachte sie mir ein paar Wörter auf Polnisch bei und bald schon sprach ich ganze Sätze. Im Dezember 1942, drei Tage vor Heiligabend, erreichte uns die nächste Todesnachricht. Auch mein Vater war gefallen. Mutter wurde in dieser Nacht von Boris getröstet und ich fand das in Ordnung.*

## 21. Dezember 2007, 12:05 Uhr

Die Innenstadt lief wieder auf Hochbetrieb, der Weihnachtscountdown trieb seinem Höhepunkt entgegen, die Kassen klingelten im Takt und die Einzelhändler waren besorgt. Keiner konnte es einem Recht machen, das Jahr neigte sich dem Ende zu, es wurde Zeit, Bilanz zu ziehen. Es war ein gutes Jahr, es war ein schlechtes Jahr, wer wusste schon noch zwischen gut und schlecht zu unterscheiden. Einen gab es, sein Name war Bruder Jakobus und er kaufte selten was ein, weil er alles hatte. Bruder Jakobus war mit der Tafel für die Bedürftigen beschäftigt, als Till die Liebfrauenkirche betrat. Die, die sich weder um Wirtschaftswachstum noch um Konsumentenverhalten scherten, weil sie doch nur Brotkrumen aufsammelten; die, die regelmäßig die Abfallkörbe durchsuchten, sammelten sich um Bruder Jakobus. Es gab Linsensuppe für ungefähr einhundert obdachlose Männer und Frauen und wer wollte, bekam auch seelischen Beistand oder ganz konkrete Hilfe beim Ausfüllen von Formularen. Bruder Jakobus bat Till, noch eine halbe Stunde zu warten, und kümmerte sich voller Enthusiasmus um seine Klientel. Seinen gerechten Lohn würde er im Himmel empfangen. Till nahm die Gelegenheit wahr und stürzte sich ins Getümmel der Einkaufswütigen. Ein Weihnachtsgeschenk für Siebels wollte er besorgen. Er hatte seinem Kollegen noch nie etwas geschenkt. Zielorientiert steuerte er das Tabakgeschäft an der Hauptwache an. Ein Feuerzeug, das immer zündete, bei Wind und Wetter, ein Zippo, das war das Richtige. Dazu fand er eine hübsche Schachtel, sie war aus Metall und in der gleichen Form wie ein normales Zigarettenpäckchen. Doch befand sich vorne weder eine Warnung drauf, dass man vom Rauchen Krebs bekam, noch dass man davon impotent werden könne. Stattdessen stand dort: Raucher sind die besseren Liebhaber. Till war sicher, dass Siebels keinen Zweifel daran haben und fortan seine Zigaretten ausnahmslos in dieser Verpackung mit sich tragen würde. Er bezahlte, verließ das Geschäft und ließ sich mit der Menge auf die Einkaufsmeile treiben, auf die Zeil, wo er eine Dönerbude ansteuerte. Bevor er bestellte, rief er die Nummer von Johannas Handy an. Die Mailbox ging an. Till rechnete nach. Eine Stunde Zeitunterschied und vier Stunden Flug. Entweder war es bei ihr jetzt morgens acht oder zehn Uhr. Er rechnete noch mal, entschied sich dafür, dass es eigentlich egal sei, und bestellte seinen Döner. Hungrige Tauben saßen und flogen um ihn herum und hofften auf ein paar Krumen, aber Till war geizig und gab nichts her. Erst als sein Handy klingelte und er es umständlich wieder aus der Tasche ziehen musste, wo er es eben erst verstaut hatte, fiel ihm der Inhalt seines Döners vor die Füße und die Tauben gurrten triumphierend. Siebels meldete sich und hörte amüsiert zu, wie Till über die Tauben und den verlorenen Döner fluchte.

Die beiden tauschten sich kurz über die geführten Gespräche aus und kamen überein, sich erst im Präsidium zu treffen, um von dort gemeinsam in die Uniklinik zu fahren. Das Rätsel des nackten Mannes wollten sie so schnell wie möglich gelöst wissen. Till steckte sein Handy wieder weg, verscheuchte die Tauben und lief zurück zur Liebfrauenkirche.

Er fand Bruder Jakobus in seinem kleinen Zimmer, wo er über einigen Papieren saß.

„Ah, der Mann, der seine Lateinkenntnisse aufbessern möchte“, begrüßte er Till. „Es tut mir leid, dass Sie etwas warten mussten, aber die Speisung der Armen duldet keinen Aufschub.“

„Meine Speisung haben sich die Tauben geschnappt“, erwiderte Till.

„Die Taube ist das Symbol des Friedens, sehen Sie es also als ein gutes Zeichen an.“

„Diese fetten Stadttauben kacken alles zu und fressen der Polizei das Mittagessen weg. Ich hätte die Viecher erschießen sollen. Die hatten nur Glück, dass ich gerade am Telefonieren war."

Bruder Jakobus lachte und bot Till einen Apfel an. Till griff zu und fragte apfelkauend, ob die Suche nach den Buchstaben O-C-S-O etwas zu Tage gebracht hätte.

„Oh ja", freute sich der Mönch. „Ich bin fündig geworden. Es bedeutet: Orden der Zisterzienser von der strengeren Observanz. Und da Sie ja Latein so gerne haben, verrate ich Ihnen auch die buchstabengetreue Übersetzung. O-C-S-O steht für Ordo Cisterciensis Strictioris Observantiae."

"Aha. Und was ist das für ein Laden?"

„Das ist so ein ähnlicher Laden wie der Benediktinerladen, von dem ich Ihnen bei Ihrem letzten Besuch erzählt habe. Man nennt die Mönche vom Orden der Zisterzienser von der strengeren Observanz auch schlicht und einfach Trappisten. Die Trappisten formierten sich im 17. Jahrhundert als Reformzweig innerhalb des Zisterzienserordens. Der Zisterzienserorden wiederum ging um 1100 aus den Benediktinern hervor. Hintergrund war der erworbene Reichtum der Benediktiner, der so ganz im Gegensatz zu ihrer Philosophie der Enthaltsamkeit stand. Als die Benediktiner 1088 anfingen, die damals größte Kirche der Christenheit zu bauen, beschloss einer von ihnen, einen neuen Orden zu gründen. Es sollte wieder zurück zu den Wurzeln gehen, die Mönche wollten ausschließlich von ihrer Hände Arbeit leben und keine Reichtümer anhäufen. Im Laufe der Jahrhunderte lockerten aber auch die Zisterzienser ihre strengen Regeln und um 1650 entstand ein neuer Reformzweig, nämlich die besagten Trappisten. Sie stellen die Selbstverleugnung, die Demut und die Askese in den Vordergrund. Als Askese betrachten die Trappisten strenge Schweigeregeln, harte Handarbeit und strenge Abstinenzregeln. Wissenschaftliche Studien im Kloster lehnen sie ab. Der Name des Ordens, also die Buchstaben O-C-S-O, entstanden allerdings 1902. Im Laufe des 19. Jahrhunderts gründete der Orden Niederlassungen in Australien, Afrika, Palästina, im Kaiserreich China und in Japan. Heute gibt es weltweit 100 Männerklöster mit über 2.500 Mönchen und fast 70 Frauenklöster, wo etwa 1.900 Nonnen dem Herrn dienen."

„Die Nonnen interessieren mich zurzeit weniger. Wie viele Klöster dieses Ordens gibt es denn in Deutschland?"

„Da haben Sie Glück. In Deutschland gibt es nur ein Männerkloster. Die Abtei Mariawald in der Eifel. Sie wurde 1864 gegründet."

Till hatte sich eifrig Notizen gemacht und dabei seinen Apfel verspeist. Er bedankte sich bei dem Mönch für dessen Bemühungen und verabschiedete sich. Er war bereits gespannt auf den Besuch mit Siebels in der Neurologie.

## 21. Dezember 2007, 14:45 Uhr

Nachdem Siebels und Till die ersten Berichte der Spurensicherung gesichtet hatten, erstatteten sie Staatsanwalt Jensen telefonisch Bericht über den Stand der Dinge. Die Spurensicherung hatte keine Neuigkeiten. Weder die Tatwaffe noch die Kleider des nackten Mannes wurden im Haus oder auf dem Grundstück gefunden. Dass der nackte Mann der Täter war, konnte so gut wie ausgeschlossen werden. Er hätte nach dem Mord das Grundstück verlassen müssen, um das Messer und seine blutverschmierte Kleidung loszuwerden. Sicherheitshalber hatte man sich in der Nachbarschaft umgehört. Ein nackter Mann war niemandem aufgefallen. Die Temperatur war in dieser Nacht etwa fünf Grad unter Null gewesen und die Mülltonnen im Hause Liebig waren am Morgen der Mordnacht nicht geleert worden. Fingerabdrücke wurden haufenweise gefunden, ein Abgleich mit den Abdrücken des nackten Mannes war aber noch nicht vorgenommen worden. Das wollte Siebels jetzt in der Klinik erledigen. Jensen fand die Aussicht auf mordende und nackte Mönche gar nicht witzig und machte sich große Sorgen über die Reaktionen der Presse. Von dort kamen in den letzten Stunden gehäuft Anfragen zu den Vorgängen in der Villa Liebig. Wenn Siebels mit Hermann und Eva Liebig gesprochen hatte, sollte eine Pressekonferenz einberufen werden. Dafür hatte Jensen den Nachmittag des nächsten Tages eingeplant. Bis dahin wollte er noch ein paar Details geklärt wissen. Charly hatte er aus dem Urlaub zurückgepfiffen. Der würde sich bei Siebels melden, sobald er einsatzbereit war. Siebels wartete aber nicht ab, sondern rief Charly gleich an, um ihn zu instruieren. Siebels wollte alles über Petra Schneider und die Firma Arenz-Immobilien wissen. Außerdem sollte Charly versuchen, Informationen über Wilhelmine Arenz aus der Zeit vor 1945 auszugraben. Vor allem an Kindern außer dem Sohn Hermann war Siebels interessiert. Charly ließ durchblicken, dass das ein Scheißjob sei, weil es vor 1945 noch nicht so viele Computer gegeben hätte. Was in Datenbanken gespeichert war, wurde von Charly immer schnell gefunden. Siebels fragte selten nach, wie legal die Suche war, die Charly in den Datenbanken des Netzes betrieb. Wenn Charly aber in Archiven in staubigen Akten blättern musste, sträubte er sich immer. Das war nicht seine Welt und vor allem nicht sein Job. Zu seinem Leidwesen interessierte das weder Siebels noch Jensen. Man verließ sich einfach auf den guten Charly. Charly war ein Schnüffler und wenn er erst mal Blut geleckt hatte, fand er jede Information, egal wie alt sie war und wo sie sich versteckt hielt.

## 21. Dezember 2007, 15:30 Uhr

In der Neurologie empfing Dr. Blei die beiden Kommissare mit einer Mappe unter dem Arm. Darin befanden sich die ersten Untersuchungsergebnisse. Während sie die Krankenhausgänge zum Büro des Neurologen entlanggingen, berichtete dieser bereits von den ersten Diagnosen.

„Die Ursachen einer Epilepsie können vielfältig sein. Diese zu erkennen, ist ein wichtiger Schritt, um die Krankheit behandeln zu können. Bei unserem Patienten haben wir es mit einer sogenannten idiopathischen Epilepsie zu tun. Der Begriff kommt aus dem Griechischen und bedeutet so viel wie Eigenleiden. Man benutzt den Ausdruck bei Krankheiten, die selbstständig entstehen. Mit anderen Worten heißt das, dass für die Krankheit keine beweisbaren Ursachen durch äußere Einflüsse nachzuweisen sind. Daraus resultierend ist das Auftreten der Krankheit anlagebedingt, also erblich."

Dr. Blei unterbrach seine Ausführungen, als sie vor seiner Bürotür angekommen waren. Er öffnete sein Zimmer, setzte sich hinter seinen mit Akten überhäuften Schreibtisch und schlug die Mappe auf, die er die ganze Zeit unter seinem Arm geklemmt hatte. Siebels und Till nahmen vor seinem Schreibtisch auf zwei Plastikstühlen Platz und warteten gespannt auf weitere Ergebnisse.

„Grundsätzlich gehört die Epilepsie nicht zu den Erbkrankheiten", fuhr Dr. Blei fort. „Allerdings gibt es Ausnahmen, und zwar für einige seltene Krankheitsbilder. Ich muss dazu sagen, dass das Wissen über die Entstehung von Epilepsien in den letzten Jahren zwar deutlich zugenommen hat, die Zusammenhänge sind allerdings von der Forschung noch nicht vollständig aufgeklärt worden."

Till blätterte in seinen Notizen, die er am Vormittag bei Dr. Breuer gemacht hatte. Er unterbrach die Ausführungen des Doktors.

„Könnte der Mann an einer juvenilen myoklonischen Epilepsie erkrankt sein?"

Siebels schaute Till verwundert an und Dr. Blei zog erstaunt die Augenbrauen nach oben.

„Genau diese Form der Epilepsie haben wir diagnostiziert", pflichtete er Till bei. „Woher wissen Sie das?"

„Ja, woher weißt du das?", hakte auch Siebels nach.

„Das ist dieselbe Form, unter der auch Magdalena Liebig litt", lüftete Till sein Geheimnis.

„Und wo ist der Zusammenhang?", fragte Siebels nach. „Wenn es einen gäbe, könnten die beiden ja miteinander verwandt sein."

„Sie könnten die Krankheit natürlich auch unabhängig voneinander vererbt bekommen haben", gab Dr. Blei zu bedenken. „Es wäre gut, wenn ich so viele familiäre Informationen wie möglich über die beiden Personen bekommen könnte. Die Krankheit muss in der Familie auch anderweitig aufgetreten sein. Normalerweise ist das Risiko der Vererbung höher, wenn die Mutter an Epilepsie erkrankt ist, als wenn der Vater die Krankheit vererbt. Auf jeden Fall hat aber die diagnostizierte Art der Epilepsie ein sehr hohes Vererbungsrisiko im Vergleich zu anderweitig auftretenden Formen."

„Wir werden spätestens morgen früh mit den Liebigs sprechen", resümierte Siebels. „Jetzt will ich endlich den Mann sehen. Ich hoffe, er ist jetzt ansprechbar?"

„Ich denke schon", beruhigte ihn Dr. Blei.

„Hat er denn schon etwas gesagt? Wer er ist oder warum er nackt im Zimmer bei der Leiche gesessen hat?"

„Leider nein. Der Mann leidet auch unter psychischen Störungen. Möglicherweise handelt es sich um Angstzustände. Ich habe ihn auf Magdalena Liebig angesprochen. Als ich ihren Namen aussprach, bekam er eine Panikattacke. Wir mussten ihm eine Beruhigungsspritze geben. Behandeln Sie ihn also äußerst vorsichtig mit Ihren Fragen. Ich würde Ihnen raten, den Kollegen Rübsam aus der Psychologie hinzuzuziehen. Ihm werde ich auch vorschlagen, den Mann wieder in die Psychiatrie zu verlegen. Wir wissen erst mal genug. Er braucht auf jeden Fall Medikamente gegen die epileptischen Anfälle. Wenn er aber auch Psychopharmaka verschrieben bekommt, müssen wir einen Abgleich der Medikation vornehmen."

„Jetzt will ich ihn mir erst mal anschauen. Ich muss seine Fingerabdrücke nehmen und ich benötige ein Foto von ihm. Die nötigen Utensilien dazu habe ich dabei. Dann werde ich ihm ganz behutsam ein paar Fragen stellen und dann schauen wir mal weiter."

„Wie Sie wünschen, folgen Sie mir, ich bringe Sie zu ihm."

Der Mann lag mit geöffneten Augen im Bett. Man hatte ihn in ein Einzelzimmer gelegt. Er zeigte keinerlei Reaktion, als Siebels und Till das Zimmer betraten. Dr. Blei blieb im Türrahmen stehen. Unter der Bettdecke schaute ein kahler Schädel hervor. Die nachwachsenden Stoppeln zeugten davon, dass er sich seine Haare abrasiert hatte. Er war mager, hohle Wangenknochen und eine dünne, lange Nase bewirkten einen markanten Gesichtsausdruck. Über der Decke lagen seine Hände. Lange, dünne Finger, kurz geschnittene Nägel. Er war bestimmt 1,90 Meter groß, schätzte Siebels. Seine Füße berührten das Bettende. Er atmete ruhig und gleichmäßig.

„Guten Tag. Mein Name ist Siebels und das ist mein Kollege Herr Krüger. Wir sind von der Kriminalpolizei."

Der Mann zeigte immer noch keine Regung.

Siebels nahm sich einen Besucherhocker und setzte sich neben das Bett. Langsam holte er seine Utensilien zur Abnahme der Fingerabdrücke aus seiner Tasche. Er stellte das Mäppchen mit der Farbe auf seinen Knien ab, nahm langsam eine Hand des Mannes und wartete auf eine Reaktion. Es kam keine. Widerstandslos ließ der Mann sich die Fingerabdrücke nehmen. Als nächstes holte Siebels seine Digitalkamera hervor. Er machte mehrere Aufnahmen des Mannes. Dann packte er alles zusammen und setzte sich wieder neben das Bett.

„Wie heißen Sie?", fragte er freundlich.

Der Mann bewegte seine Pupillen unmerklich, reagierte aber ansonsten nicht.

„Sie sprechen doch deutsch, oder?", fragte Siebels nach.

Diesmal drehte er seinen Kopf leicht zu Siebels und nickte.

„Wären Sie dann so freundlich, mir Ihren Namen zu nennen?"

Es verstrichen ein paar Sekunden, bevor er wieder nickte.

„Lukas."

„Lukas. Aha. Und weiter? Ist Lukas ihr Vorname oder ihr Nachname?"

„Lukas. Nur Lukas."

Till kam zu Siebels und flüsterte ihm ins Ohr.

„Er ist wahrscheinlich ein Mönch. Bruder Lukas. Mönche haben keine Nachnamen."

Siebels verdrehte die Augen. Zumindest für die Behörden hatten auch Mönche Nachnamen zu haben.

„Sie kommen aus einem Kloster?", ging Siebels trotzdem auf den Einwurf von Till ein.

Der Mann nickte wieder.

„Aus welchem Kloster?", hakte Siebels nach.

Von Lukas kam diesmal keine Reaktion. Siebels blickte zu Dr. Blei. Der stand immer noch im Türrahmen und gab mit einem Nicken zu verstehen, dass der Patient ruhig weiter befragt werden konnte. Siebels wollte nun endlich mehr zum Tod von Magdalena Liebig wissen.

„Können Sie mir sagen, woher Sie Frau Liebig kannten?"

Schlagartig schnellte der Oberkörper des Mannes aus dem Bett hervor. Mit weit aufgerissenen Augen starrte er Siebels an. Sein Oberkörper wippte mechanisch vor und zurück, seine Augen suchten verzweifelt den Raum ab. Doktor Blei war mit zwei Schritten am Bett. Beruhigend sprach er auf seinen Patienten ein. Siebels schaute verdutzt zu Till. Till zuckte ebenso ratlos mit den Schultern, versuchte dann aber, die Situation in den Griff zu bekommen.

„Wie lange leiden Sie schon an diesen Krampfanfällen?", fragte er den Mann, der mittlerweile in ein wehleidiges Gewimmer verfallen war.

Lukas hörte abrupt auf zu wimmern und zu wippen. Langsam drehte er seinen Kopf zu Till. Er schien über dessen Frage angestrengt nachzudenken. Ganz still saß er nun im Bett. Dr. Blei zog sich erleichtert wieder zurück. Siebels ging ebenfalls ein paar Schritte zurück. Er hatte den Eindruck, dass es sinnvoller war, Till das Feld zu überlassen.

„Schon immer", antwortete Lukas.

„Waren Sie deswegen denn nie in ärztlicher Behandlung?", hakte Till nach.

Verwundert schaute Lukas Till an, bevor er antwortete.

„Mein Leben liegt in der Hand Gottes. Ich brauche keinen Arzt."

„Hatte Ihre Mutter auch solche Anfälle? Oder Ihr Vater?"

Wieder blickte Lukas Till unverständlich an. „Ich bin ein Kind Gottes. Gott lässt mich nicht mehr leiden, als ich es vertragen könnte. Warum bin ich hier?"

„Sagen Sie es mir", warf Till ihm den Ball zurück.

„Es ist Gottes Wille. Er führt mich. Wo er mich hinführt, da will ich ihn preisen."

„Er hat Sie ins Krankenhaus geführt. Wahrscheinlich will er dafür sorgen, dass Ihre Krampfanfälle geheilt werden."

Lukas nickte nachdenklich. „Mein Herr ist ein gütiger Herr."

„Warum hat Gott Sie vorher zu Magdalena geführt?"

Siebels und Dr. Blei hielten die Luft an, als Till den Namen Magdalena erwähnte. Doch Lukas blieb ruhig.

„Die Wege des Herrn sind unergründlich. Er hat mich zu ihr geführt, warum weiß nur er allein. Doch Magdalena hatte mich bereits erwartet. Als wir uns endlich gegenüberstanden, vereinten sich unsere Seelen. Wir waren eins geworden. Erst im Geiste, dann im Fleische. Was Gott zusammenführt, kann der Mensch nicht trennen. Niemand. Darum hat Satan eingegriffen. Satan hat Macht über ihn genommen. Satan hat seine Hand geführt, seine Hand mit dem Messer. Ich muss ihm vergeben und für ihn beten."

„Für wen müssen Sie beten?“, fragte Till energisch nach. Doch Lukas sank zurück in sein Bett, ohne ihn weiter zu beachten. Er faltete seine Hände, schloss seine Augen und schickte ein Gebet zum Himmel. Erst sprach er leise und undeutlich. Dann lauter und dringlicher. Er nahm nichts mehr von seiner Außenwelt wahr. Seine Stimme erfüllte den Raum. Mehrmals nannte er in seinem Gebet den Namen Magdalena. Erst klagend, dann anklagend. Dann wurde sein Körper von einem epileptischen Anfall heimgesucht. Seine Gliedmaßen zuckten erst langsam, dann immer schneller und unkontrollierter. Dr. Blei eilte herbei, gab dem Patienten eine Spritze und schickte Siebels und Till aus dem Raum.

# 12

In seinen Gebeten schloss er fortan den im Krieg gefallenen Fritz mit ein. In seinen Träumen sah er den jungen Mann am Maschinengewehr stehen, das Leben seiner Kameraden verteidigend. Dann kamen diese Krämpfe. Für Fritz gab es keinen heilenden Kräutertee, Fritz bekam eine Kugel in den Kopf, die sein Leiden ein für allemal beendete.

Er konnte fühlen, wie Fritz sich in den letzten Minuten seines Lebens gefühlt haben musste, kurz bevor er erschossen wurde. Mit diesem Gefühl sank er auf die Knie und betete als sprechender Mund für Fritz. Nach seinem Gebet schlug er sein Buch wieder auf.

*Mein Leben, Wilhelmine Arenz*

*Im Januar 1943 begann die sowjetische Offensive. Anfang Februar kapitulierte ein Teil der eingekesselten deutschen Armee. Jetzt saß ich abends mit Mutter, Boris und Jelena am Radio und lauschte. Wir hörten auch heimlich den polnischen Sender aus dem Widerstand. Von Tag zu Tag wurde mir schmerzlicher bewusst, dass Fritz den falschen Stimmen gefolgt war. Stimmen, die ihn in den sicheren Tod getrieben hatten.*

*Ich hatte nach wie vor große Angst um meine Kinder. Zweifelsohne hatten Karl und Hermann die Krankheit von Fritz geerbt. Mitte Februar fuhr ich mit dem Fahrrad auf den elterlichen Hof von Fritz. Ich musste wissen, ob auch die Schwestern von Fritz von dieser Krankheit befallen waren. Noch hatte ich die Hoffnung nicht aufgegeben, dass wenigstens Erika gesund bleiben würde.*

*Fritz' Mutter saß weinend vor mir, als ich ihr erzählte, wie Fritz gestorben war. Bis zu diesem Moment war sie noch davon ausgegangen, dass eine russische Kugel ihren einzigen Sohn getötet hatte. Erstaunt nahm ich anschließend zur Kenntnis, dass zwar auch der Vater von Fritz an Epilepsie erkrankt war, dass bei Fritz aber bis zu unserer Hochzeit keine Anzeichen einer Erkrankung aufgetreten waren. Seine Schwestern Gabriele und Simone schienen von der Krankheit verschont geblieben. Als ich wieder ging, schöpfte ich Hoffnung, dass auch Erika gesund bleiben würde und Fritz' Mutter bekam es mit der Angst, dass es auch Gabriele und Simone noch jederzeit treffen konnte. Gustav, der Vater von Fritz, hatte seit seiner frühesten Kindheit unter den Anfällen gelitten. Er war Jahre vor unserer Hochzeit gestorben. Friedlich war er in seinem Bett eingeschlafen und nicht mehr aufgewacht. Seine Frau hatte geglaubt, dass mit ihm auch die Krankheit gestorben sei. Nun wusste sie es besser. Zwei ihrer Enkelkinder trugen das Erbe von Gustav in sich.*

*Auf unserem Hof ging das Leben seinen Gang. Boris schlief mittlerweile regelmäßig im Bett meiner Mutter. Mir war es recht, aber es war gefährlich. Die SS verstand in solchen Dingen keinen Spaß. Am Anfang waren sie noch vorsichtig und zeigten sich nicht zusammen in der Öffentlichkeit. Doch je länger ihre Affäre anhielt, desto leichtsinniger wurden sie. Sie verbrachten bald nicht nur die Nächte gemeinsam, sondern zeigten sich auch am Tage unzertrennlich. Hier ein Kuss bei der Arbeit auf dem Feld und da eine Berührung beim Einkauf im Dorf. Kurz darauf fingen die Dorfweiber an zu tratschen. Der polnische Lump und die alte Güttlicher waren bald in aller Munde. Es wurde getuschelt und laut geschimpft. Eines Tages prangte in großen roten Buchstaben das Wort Polakenhure auf unserem Scheunentor. Die Sorge um das Wohl meiner Mutter war seither größer als die Sorgen, die ich mir tagtäglich um die Zwillinge machen musste. Wenigstens hatte ich noch Jelena an meiner Seite, die mir nicht nur bei der täglichen Arbeit eine wertvolle Hilfe war, sondern auch immer ein offenes Ohr für meine Sorgen hatte.*

## 21. Dezember 2007, 16:50 Uhr

Nachdem Lukas nach dem kurzen Gespräch nicht mehr ansprechbar gewesen war, besuchten Siebels und Till die Leiterin von Magdalenas Selbsthilfegruppe, Frau Dr. Münzberg. Ihre Praxis lag zwischen der Uniklinik und der Villa Liebig, nur einen Steinwurf von der Pferderennbahn entfernt. Wie bei Dr. Breuer befanden sich in ihrem Häuschen die Praxis im Erdgeschoss und die Wohnräume in der oberen Etage. Sie verabschiedete gerade eine Patientin, als Siebels und Till die Praxis betraten. Dr. Breuer hatte sie bereits informiert, dass sie in Kürze Besuch von einem jungen Kriminalbeamten bekommen würde, der in dem Mordfall Liebig ermittelte. Nun stand noch ein zweiter Kriminalbeamter vor ihr und hielt ihr eine Kamera unter die Nase. Im Display erschien das Gesicht von Lukas.

„Gehört dieser Mann zu Ihrer Selbsthilfegruppe?“, erkundigte sich Siebels.

Frau Dr. Münzberg musste erst ihre Brille suchen, die sie aber nirgends finden konnte. Während sie suchte, erzählte sie von ihren Patienten aus der Gruppe, die alle ein herzliches Verhältnis miteinander pflegten und sich keinesfalls gegenseitig ermorden würden. Da war Peter, ein arbeitsloser Ingenieur, die Buchhalterin Simone, die Apothekenhelferin Kerstin und der Softwareentwickler Thorsten. Die vier und Magdalena bildeten seit Jahren den harten Kern der Gruppe und trafen sich alle zwei Wochen.

Till hatte sich nun ebenfalls auf die Suche nach der Brille begeben und fand sie zwischen einigen Röntgenaufnahmen auf dem Schreibtisch der Frau Doktor. Bebrillt betrachtete sie sich nun Lukas und schüttelte den Kopf.

„Nein, den kenne ich nicht. Den habe ich noch nie gesehen.“

„Sind Sie sicher?“, hakte Siebels nach. „Stellen Sie sich ihn mit Haaren vor.“

„Mit Haaren?“, fragte Frau Dr. Münzberg unsicher. „Blond oder schwarz? Lange oder kurze Haare? Gelockt oder glatt?“

Da Siebels das auch nicht wusste, ging er nicht weiter darauf ein. „Der Mann liegt jetzt in der Uniklinik. Er leidet unter starken, oft auftretenden epileptischen Anfällen. Anscheinend wurde er nie behandelt.“

„Na sehen Sie, wenn er nie behandelt wurde, kann ich ihn ja nicht kennen. Ich kenne nur Patienten, die ich auch behandelt habe."

„Der Mann ist wahrscheinlich ein Mönch und kommt aus einem Kloster", warf Till dazwischen.

„Dann kenne ich ihn erst recht nicht."

„Hat Ihnen Magdalena vielleicht etwas von einem Mönch erzählt?", fragte Siebels. Frau Dr. Münzberg nahm die Brille von der Nase und rieb sich mit dem Bügel nachdenklich über die Oberlippe. „Nein, ganz sicher nicht. Daran würde ich mich erinnern."

„Hat Frau Liebig Ihnen gegenüber überhaupt mal etwas von einem Mann erzählt?"

„Sie meinen einen Liebhaber?"

„Exakt", erwiderte Siebels. „Immerhin war Frau Liebig Mitte vierzig, da wird es doch den einen oder anderen Mann in ihrem Leben gegeben haben, oder etwa nicht?"

„Natürlich hat es da Männer gegeben, auch wenn es mit der Krankheit nicht einfach war. Magdalena gehörte ja zu den schwierigen Fällen, es hat lange gedauert, bis sie durch geeignete Medikamente weitestgehend anfallsfrei war. In der Selbsthilfegruppe gehören übrigens alle zu den sogenannten schwierigen Fällen. Bei den meisten Patienten hat man die Anfälle ja durch Behandlung unter Kontrolle."

„Gibt es denn außer geeigneten Medikamenten noch andere Maßnahmen, um die Anfälle auszuschalten?", erkundigte sich Till.

„Ja, in den letzten Jahren hat die Epilepsiechirurgie große Fortschritte gemacht. Bei einem erfolgreichen Eingriff kann heute eine Epilepsie vollständig geheilt werden. Voraussetzung ist allerdings, dass das epileptogene Areal im Hirn genau identifiziert wird und operabel ist. Das war aber weder bei Magdalena noch bei den anderen Mitgliedern der Gruppe der Fall."

„Diese Patienten leiden unter generalisierten Epilepsien", prahlte Till mit seinem neu gewonnenen Fachwissen.

„So ist es, junger Mann. Bei diesem Krankheitsbild ist man auf eine geeignete Pharmakatherapie angewiesen. Magdalena zum Beispiel reagierte auf die meisten Medikamente allergisch. Alle möglichen Nebenwirkungen traten bei ihr besonders deutlich auf. In vielen Fällen genügt schon eine Monotherapie, das heißt, der Patient wird mit Valproinsäure, Carbamazepin oder einem anderen Epileptikum behandelt. Etwa bei zwei Dritteln aller Fälle kann man auf diese Weise die Anfälle kontrollieren. Magdalana war leider nicht nur pharmakaresistent, sie reagierte, wie ich bereits erwähnte, allergisch auf die Medikamente. Erst vor etwa zehn Jahren haben wir ein geeignetes Antiepileptikum gefunden, mit dem sie zwar nicht dauerhaft, aber immerhin über längere Zeiträume anfallsfrei gehalten werden konnte. Und nun, wo ihr Leben von Tag zu Tag lebenswerter wurde, wird sie umgebracht."

„Gab es denn nun einen Mann in ihrem Leben?", kam Siebels auf seine Frage zurück.

„Nun ja, wie ich bereits sagte, war Magdalena in ihrem Leben durch die Krankheit stark eingeschränkt. Das gilt natürlich auch für die Suche nach einem Partner. Wenn man gehandikapt ist, sucht man gerne unter seinesgleichen. Das galt auch für Magdalena. Sie war ziemlich eng mit Peter. Aber ob die beiden ein Liebespaar waren, kann ich nicht beschwören. Auf alle Fälle hat Peter nichts mit ihrer Ermordung zu tun."

„Peter ist der arbeitslose Ingenieur?"

„Genau. Bauingenieur ist er. Vor einigen Jahren wurde er von seiner Firma für ein Bauprojekt nach Afrika geschickt. Er hat das Klima dort nicht vertragen. Die Häufigkeit seiner Anfälle hatte wieder zugenommen, die ärztliche Betreuung in Afrika war mehr als mangelhaft. Also kam er wieder zurück nach Deutschland. Hier hatte die Firma aber keine Verwendung für ihn. Drei Monate später war er arbeitslos. Bis heute hat er leider keine neue Stelle gefunden. Er ist jetzt fünfzig und hat all seine Hoffnungen aufgegeben. Bei Magdalena fand er nicht nur Verständnis für seine Lage, er fand auch Trost bei ihr. Schließlich ging es Magdalena nicht viel besser. Sie konnte als Kind noch nicht einmal eine Schule besuchen und hat auch später nie in einem Beruf arbeiten können. Wenigstens hatte sie finanziell keine Probleme."

„Wurde Peter denn finanziell von ihr unterstützt?", wollte Siebels noch wissen.

„Da fragen Sie mich jetzt aber zu viel. Das weiß ich wirklich nicht. Vielleicht. Geld haben die Liebigs ja im Überfluss.

Freunde und Bekannte dagegen waren zumindest bei Magdalena Mangelware."

„Noch eine letzte Frage, Frau Doktor. Meines Wissens nach ist die Form der Epilepsie, unter der Frau Liebig litt, erblich. Haben Sie Hinweise darauf, dass Magdalena Liebig die Krankheit von Vater oder Mutter geerbt hat?"

Frau Dr. Münzberg spielte wieder nachdenklich mit dem Bügel ihrer Brille. „Das ist eigentlich anzunehmen, ja. Natürlich kam diese Frage auf, als man nach der Ursache für Magdalenas Erkrankung suchte. Aber weder Hermann noch Eva Liebig haben eine Erkrankung zugegeben. Sie seien nicht betroffen, nur Magdalena, war ihr hartnäckiges Statement. Das musste ich natürlich akzeptieren, wenn es mir auch nicht plausibel erschien. Aber es war auch nicht auszuschließen."

„Vielen Dank für Ihre Zeit. Jetzt bräuchten wir noch die Adresse und Telefonnummer von diesem Peter."

„Peter Zimmermann", ergänzte Frau Dr. Münzberg und suchte seine Adresse heraus.

## 21. Dezember 2007, 18:45 Uhr

Siebels und Till saßen müde im Wagen. Sie hatten einen langen Tag hinter sich und die nächsten Tage würden trotz des Weihnachtsfestes auch nicht kürzer werden. Schweigend fuhr Siebels am Niederräder Mainufer entlang, als aus seinem Handy die Melodie vom Tod erklang. Till grinste, hielt seine Hände vor den Mund und tat so, als würde er Mundharmonika spielen. Siebels stellte die Freisprechanlage an und im Wageninneren erklang die fröhliche Stimme von Sabine.

„Hallo Herr Hauptkommissar, wie geht's denn so?"

Augenblicklich wurde der müde Siebels wieder munter. Obwohl er sich erst am frühen Morgen von Sabine verabschiedet hatte, verspürte er schon Sehnsucht nach ihr. An diesem Abend würde er seit langer Zeit wieder einmal alleine sein, wenn er seine Wohnung betrat.

„Mir geht's prächtig. Zur Abwechslung haben wir mal einen Fall, in dem ein verrückter Mönch eine Hauptrolle zu spielen scheint. Leider ist er nicht sehr gesprächig. Aber egal, wie geht es euch zwei? Seid ihr gut angekommen?"

„Wir liegen gerade am Pool und lassen uns die Sonne auf den Pelz brennen. 25° C zeigt das Thermometer noch an. Und die Jungs an der Bar sind echt knackig."

„Knackige Jungs sind für dich aber leider passee, Madame. Ein kleiner Siebels sitzt in deinem Bauch und hält Wache, vergiss das nicht."

„Oh, habt ihr zwei euch schon gegen mich verbündet? Das ging aber schnell."

„Siebels und Siebels, ein Klasse Team. Till denkt seit heute Morgen übrigens auch schon angestrengt über einen kleinen Till nach."

Till schaute Siebels an, als hätte der ihn gerade bei etwas Verbotenem erwischt.

„Vom Nachdenken allein wird das aber nix", lachte Sabine.

„Till denkt?", ertönte plötzlich die Stimme von Johanna und kurz darauf kicherten zwei gut gelaunte Frauen aus der Freisprechanlage. Siebels überquerte gerade den Main auf der Friedensbrücke. Das beleuchtete Mainufer war ein wundervoller Anblick.

„Till denkt sogar schneller, als er schießt", gab Till leicht beleidigt zurück.

„Wenn ich an die Schießübungsprotokolle von Schneider denke, dann solltest du lieber damit aufhören."

„Mit dem Denken oder dem Schießen?", fragte Till unschuldig.

„Schluss jetzt", unterbrach Siebels die Albernheiten. „Wenn ihr sonst nix zu tun habt und die knackigen Jungs an der Bar mal für ein paar Minuten allein lassen könnt, könntet ihr zwei euch nützlich machen. Hört euch doch mal um, ob auf eurer Insel eine Klara Arenz im Immobiliengeschäft bekannt ist. In der Nähe von eurem Hotel gibt es bestimmt Maklerbüros, wo Touristen sich nach Ferienhäusern erkundigen können, oder?"

„Ach was, jetzt sollen wir hier ermitteln? Was zahlst du denn deinen Informanten so?"

„Kommt auf die Informationen an. Einen Kuss, zwei Küsse, bei richtig guten Informationen gibt es vielleicht sogar drei Küsse."

„Wow, ich bin schon unterwegs. Und was ist mit Johanna?"

Till beugte sich zur Sprechmuschel. „Johanna ist ja noch Spitzel-Azubi, die bekommt nur einen Kuss. Aber dafür bekommt sie den von Till!“

„Mensch, Johanna, hast du es gut“, schmachtete Sabine frech dahin.

„Wir machen jetzt besser Schluss“, meldete sich Johanna wieder zu Wort. „Das Buffet wird bald eröffnet und wir müssen uns noch hübsch machen.“

Die Jungs verabschiedeten sich von ihren Mädels und hatten auch schon das Präsidium erreicht. Im Büro wurden sie von Charly begrüßt, der seit zwei Stunden am Rechner saß und über die Datenautobahnen surfte, um Petra Schneider auf die Spur zu kommen.

## 21. Dezember 2007, 19:10 Uhr

„Einen schönen Gruß von Jensen soll ich bestellen“, richtete Charly seinen Kollegen aus. „Für morgen Nachmittag um 16:30 Uhr hat er zur Pressekonferenz geladen. Spätestens eine halbe Stunde vorher will er von euch zwei Hübschen einen ausführlichen Bericht über den Ermittlungsstand haben. Ein überführter Mörder wäre ihm am liebsten, hat er mir verraten.“

„Der soll bloß aufpassen, dass er nicht als Ermordeter endet“, brummte Siebels. „Die halbe Welt schmückt Weihnachtsbäume und wir zwei Deppen plagen uns mit Mönchen und nicht vorhandenen Enkeln rum, während unsere Damen sich am Pool amüsieren. Die Welt ist einfach ungerecht.“

„Deshalb hast du mir dann auch gleich meinen Urlaub vermiest?“, fragte Charly mit trauriger Stimme.

„Charly“, raunte Siebels übertrieben betont. „Wir brauchen dich! Ohne dich sind wir vollkommen hilflos, wie fast immer, wenn wir in verzwickten Fällen nicht weiter kommen.“

„Ich weiß“, stoppte Charly die hinterhältige Lobhudelei von Siebels. „Was machen eure Damen denn am Pool und was hat es mit den Mönchen und Enkeln auf sich?“

„Siehst du, Charly, du bist doch schon total heiß auf den Fall und glücklich, dass wir dich aus deiner Weihnachtslethargie gerissen haben, habe ich Recht?“

„Wenn ich mir überlege, dass du mir diese Petra Schneider als blondes Dummchen mit Wackelhintern beschrieben hast, muss ich sagen, dass du manchmal ziemlich daneben liegst."

„Ach, erzähl."

„Nix da, erst erzählt ihr mir alles über den Fall, dann erzähle ich euch vielleicht, was wirklich Sache ist."

„Früher warst du pflegeleichter", seufzte Siebels. „Till, kläre unseren großen Zampano mal auf, in der Zeit hole ich mir einen Kaffee am Automat."

„Für mich mit Milch und Zucker", bestimmte Charly. Als Siebels das Zimmer verlassen hatte, klärte Till Charly zuerst über den kleinen Siebels, dann über den Urlaub von Sabine und Johanna und schließlich auch über den Fall auf.

Siebels kam mit drei Bechern Kaffee zurück, Till berichtete gerade von Bruder Lukas, der unter der gleichen Epilepsie litt wie die ermordete Magdalena Liebig.

„Was höre ich da?", unterbrach Charly die Ausführungen von Till. „Ein kleiner Siebels ist unterwegs?"

„Na ja, vielleicht auch eine kleine Siebeline, so genau weiß ich das auch nicht", bestätigte Siebels und grinste übers ganze Gesicht. „Und jetzt erzähle mal was über diese Petra Schneider."

„Zunächst mal gibt es mehr als eine Petra Schneider, was die ganze Sache nicht gerade vereinfacht hat."

„Du bist der Beste, Charly, von so Kleinigkeiten lässt du dich doch nicht unterkriegen."

„Genau. Also pass auf. Dein kleines blondes Dummchen mit Wackelhintern hat nach dem Abitur BWL studiert und mit Prädikat abgeschlossen."

„Du hast doch die Falsche erwischt", unterbrach ihn Siebels.

„Die übernehme ich beim Verhör", schaltete sich Till ein.

„Ich habe die Richtige und jetzt haltet die Klappe und hört zu. Nach ihrem Studium hat Petra Schneider eine Stelle bei einer der großen Wirtschaftsprüfungsgesellschaften angetreten. Sie war damals Mitte zwanzig und hat sich schnell hochgearbeitet. Sie bekam bereits nach zwei Jahren verantwortungsvolle Jobs in New York und London. Zurück in Deutschland wurde sie als Teamleiterin bei einer umfangreichen Prüfung in den Arenz-Werken eingesetzt. Das war ihr letzter Job als Wirtschaftsprüferin.

Sie hat gekündigt und ist bei Arenz-Immobilien eingestiegen. Da hast du sie heute als blondes Dummchen kennen gelernt."

Siebels war sichtlich beeindruckt. Das hätte er nach seinem Besuch bei Peter Arenz heute Vormittag nicht gedacht. „Was heißt denn, sie ist dort eingestiegen?", hakte Siebels nach.

„Das heißt, dass sie an dem Unternehmen beteiligt ist."

„Na, schau einer an", wunderte sich Siebels immer noch. „Da haben die zwei heute aber eine äußerst merkwürdige Nummer abgezogen. Arenz hat mir eindeutig zu verstehen gegeben, dass diese Schneider seine Sekretärin ist und hauptsächlich für körperliche Dienste bezahlt wird."

„Die Frau lässt anscheinend auch nichts anbrennen", bestätigte Charly zumindest den letzten Punkt. „Ich habe vorhin bei der Wirtschaftsprüfungsgesellschaft angerufen und mich ganz unverfänglich nach der Dame erkundigt. Der Kerl, den ich in der Leitung hatte, war ziemlich gesprächig, nachdem ich mich als Kommissar vorgestellt hatte. Leider hat er nur ein paar Andeutungen gemacht. Ausgekochtes Biest und durchtriebenes Luder waren seine Lieblingstitulierungen für die Dame. Am Telefon wollte er keine Einzelheiten nennen. Aber er hat zugesagt, morgen Abend ein Bierchen mit mir trinken zu gehen. Ich denke, da werde ich noch ein paar frivole Details aus dem Leben der Petra Schneider erfahren. Sie hätte es in dem Laden weit bringen können und warum sie so plötzlich gekündigt hat, wusste sich auch mein Gesprächspartner nicht zu erklären. Arenz-Immobilien hielt er jedenfalls für eine ziemliche Nullnummer, einer Petra Schneider absolut unwürdig."

„Sie hatte Einblick in die Bücher der Arenz-Werke. Danach geht sie zu Peter Arenz." Siebels überlegte laut. „Die Arenz-Werke sind noch in Familienbesitz, allerdings gibt es bald ein Nachfolgeproblem. Die Finanzinvestoren lecken sich die Finger nach diesem Unternehmen und Peter Arenz würde gerne verkaufen. Allerdings stört ihn dabei sein Halbbruder Hermann Liebig, der die Geschäfte führt. Wenn dieser vor die Tür gesetzt wird, bekommt er Unternehmensanteile, das will Arenz verhindern. Und jetzt stirbt Magdalena Liebig. Mit ihrem Tod wechseln 45 Prozent der Anteile den Besitzer. Ich bin schon sehr gespannt auf ihr Testament."

„Und was hat das alles mit dieser Petra Schneider zu tun?“, rätselte Till, der seine fortgeschrittene Müdigkeit mit einem ausgedehnten Gähnen dokumentierte.

„Die Schneider hat anscheinend all das, was Peter Arenz fehlt, um an den großen Kuchen zu kommen“, formulierte Siebels seine noch nicht ganz ausgereiften Gedankengänge weiter. „Sie hat die Bilanz des Unternehmens geprüft, sie kennt alle Zahlen. Sie ist es gewohnt, erfolgsorientiert zu planen und zielstrebig dabei vorzugehen.“

„Vorhin war sie nur ein blondes Dummchen“, freute sich Charly.

„Sexappeal hat sie auch, und zwar nicht zu wenig“, bestätigte Siebels und nahm Charly den Wind aus den Segeln.

„Vielleicht ist sie ja die unbekannte Enkelin, die sich auf ihr Erbe vorbereitet?“, gab Till zu bedenken.

„Auf die Idee bin ich noch gar nicht gekommen“, gestand Siebels. „Die Tochter von Peter Arenz? Altersmäßig käme das hin. Aber ich kann mir nicht vorstellen, dass Arenz seine Tochter als seine Geliebte ausgibt.“

„Sie könnte auch die Tochter von Klara Arenz sein. Oder sie ist das Kind eines unbekannten Kindes von Wilhelmine Arenz. Die wird sich bei ihrem Testament schon etwas gedacht haben“, mutmaßte Till.

„Weißt du etwas über ihre Eltern?“, fragte Siebels den neugierig zuhörenden Charly.

„Nein, aber da kümmere ich mich drum, das dürfte schnell geklärt sein.“

„Sehr gut. Und wenn das geklärt ist, versuche mal etwas über das Leben von Wilhelmine Arenz aus der Zeit vor 1950 rauszufinden. Uneheliche Kinder wären toll.“

„Apropos, wird dein kleiner Siebels denn im sicheren Hafen der Ehe zur Welt kommen oder gibt's bei dir auch bald uneheliche Kinder?“

„Ich weiß es doch erst seit gestern. Mach mal keinen Stress. Wenn es eine Hochzeit geben sollte, bist du der Erste, der es erfährt. Für heute machen wir Feierabend. Morgen Vormittag besuchen wir Hermann und Eva Liebig. Ich hoffe, dass auch Sarah Liebig zur Verfügung steht, sie sollte ja aus Berlin anreisen.

Anschließend schauen wir noch mal nach unserem Mönch in der Uniklinik. Danach knöpfen wir uns diesen Peter Zimmermann aus der Selbsthilfegruppe vor und dann reden wir ein ernstes Wörtchen mit dieser Petra Schneider."

„Das Verhör mit der Schneider mache ich", schaltete sich Till ein und erntete ein mitleidiges Lächeln von Siebels und Charly.

„Die Frau ist eine Nummer zu groß für dich, Kleiner." Siebels schaute kampfeslustig zu Till.

„Wen hat sie heute denn verarscht?", fragte Till selbstbewusst zurück. „Blondes Dummchen, hä?"

„Die Frau ist gefährlich, die knöpfen wir uns gemeinsam vor", beendete Siebels den Disput. „Und jetzt machen wir Feierabend."

# 13

Seit Stunden saß er in seiner Kammer und betrachtete den braunen Ledereinband. Auch wenn er Zeit seines Lebens in der Abgeschiedenheit des Klosters gelebt hatte, so wusste er doch, dass die Verfasserin dieser Zeilen eine bedeutende Persönlichkeit in der Gesellschaft außerhalb der Klostermauern gewesen war. Die Arenz-Werke waren in der ganzen Welt bekannt und Wilhelmine Arenz war die Mutter aller Werke. Noch wusste er nicht, was er mit dieser Frau zu tun hatte. Bald würde er es wissen, denn es war extra für ihn niedergeschrieben worden. Er spielte mit dem Gedanken, den Einband mitsamt seines Inhaltes ins Feuer zu werfen. War es Gottes Wille, dass er erfuhr, was dort geschrieben stand? Er hatte den Segen vom Abt. Konnte der Abt fehlgeleitet sein? War es göttliche Vorhersehung, dass er im Kloster aufgewachsen war, um erst Jahrzehnte später mit den Wurzeln seiner Herkunft konfrontiert zu werden? Das Leben der Wilhelmine Arenz wuchs ihm von Tag zu Tag mehr ans Herz. Er schlug endlich den Ledereinband auf und las weiter.

*Mein Leben, Wilhelmine Arenz*

*Im Juni 1943 begannen die Bombenangriffe von Amerikanern und Briten auf die Städte. Im Laufe des Sommers kamen immer wieder Leute aus Berlin zu uns auf das Land, weil ihre Häuser zerbombt waren. Die Stimmung im Dorf wurde gereizter. Die Russen stellten im Osten noch keine wirkliche Bedrohung da, doch man tuschelte bereits hinter vorgehaltener Hand über einen Einmarsch der Roten Armee.*

*Das Leben auf dem Hof ging seinen gewohnten Gang. Die Feindseligkeiten gegen Mutter häuften sich, doch blieben ernsthafte Bedrohungen noch aus. Boris hielt sich fern vom Dorf und Jelena ging nur noch in meiner Begleitung zum Einkaufen.*

*Ludger machte mir seit einigen Wochen schöne Augen. Er wohnte auf dem Hof seiner Eltern, zirka zwei Kilometer von unserem entfernt. Er war zehn Jahre älter als ich. Ludger war ein mieser Typ, dem selten etwas gelang. Am liebsten hielt er sich in der Nähe der SS auf. Er machte Meldung über alles und jeden, der sich seiner Meinung nach nicht deutsch genug verhielt. Mir schauderte es immer, wenn ich ihn sah. Wenn er mich im Dorf traf, versuchte er auf seine unbeholfene Weise mit mir zu flirten. Ich konnte ihn nicht abweisen, er hätte umgehend Mutter als Polenhure und Heimatverräterin bei der SS denunziert. Es war Anfang August, als wir im Dorf unser Sommerfest feierten. Es war ein wunderschöner Abend, die Kapelle spielte Tanzmusik, es wurde gegrillt und viel getrunken. Mutter war mit Boris auf dem Hof geblieben, Jelena auch, sie passte auf die Kinder auf. Ich war alleine gegangen, hatte mich lange mit den Schwestern von Fritz unterhalten und wollte frühzeitig wieder zurück auf dem Hof sein. Ich blieb noch eine Stunde länger, als ich es eigentlich vorgehabt hatte, und ging dann vom Dorfplatz ein paar Schritte zu dem Platz, wo ich mein Fahrrad abgestellt hatte. Plötzlich stand Ludger vor mir, weit und breit war sonst kein Mensch mehr zu sehen. Panik überfiel mich, doch äußerlich blieb ich ganz ruhig. Ich durfte keine Schwäche zeigen, Mutter zuliebe. Ludger hatte viel getrunken, er konnte kaum noch gerade auf den Beinen stehen. Nüchtern hätte er sich nicht getraut mich anzufassen, doch in diesem Zustand hatte er alle seine Hemmungen über Bord geworfen. Er umkreiste mich wie ein Tier, das in der Falle saß. Ganz eng schlich er um mich herum, ich konnte seinen ranzigen Atem riechen, von dem mir übel wurde. Ludger lallte undeutliches Zeug. Ich blieb regungslos stehen. Ich rührte mich auch nicht, als er mir an die Brust fasste. Vielleicht hätte ich ihm eine Ohrfeige verpassen sollen oder um Hilfe rufen, doch ich tat nichts dergleichen. Auch als Ludger mir unter den Rock griff, wehrte ich mich nicht. Ich verspürte nur Ekel und Angst und hoffte, dass es schnell gehen würde. Im Kopf hatte ich die Bilder, vor denen ich mich schon seit Wochen fürchtete. Ich sah Ludger im Büro der SS, wo er in allen Einzelheiten Mutter denunzierte. Ich sah die Männer der SS auf den Hof kommen, sah, wie sie einfach die Tür zu Mutters Schlafzimmer aufschlugen. Ein Schuss fiel, ohne viele*

*Worte zu verlieren hatten sie Boris eine Kugel in den Kopf gejagt. Mutter nahmen sie im Morgenmantel mit.*

*Ich konnte es verhindern, ich musste nur still liegen bleiben, als Ludger mich ins Gras warf. Keuchend lag er auf mir, seine klobigen Hände betatschten mich überall. Brechreiz kam in mir auf, als er versuchte, mich zu küssen. Ich hielt die Luft an, konnte seinen Gestank nicht einatmen. Während er auf mir lag und grunzte, versuchte er seine Hose zu öffnen. Es kam mir vor wie eine Ewigkeit, bis er endlich so weit war. Ich sah hinauf in den Sternenhimmel. Es war eine klare Nacht, unzählige Sterne bevölkerten das Himmelszelt. Ich zählte die Sterne, spreizte meine Beine und ließ Ludger in mich eindringen. Ich hatte noch keine fünf Sterne gezählt, da blieb er schnaufend auf mir liegen. Ich stieß ihn von mir herunter, er rollte zur Seite und schlief erschöpft und betrunken im Gras ein. Ich lief zum Brunnen und wusch mich zwischen meinen Beinen. Es durfte nicht sein. Nicht von Ludger.*

## 22. Dezember 2007, 9:30 Uhr

Der Anwalt Dr. Jürgens öffnete in der Villa Liebig die Tür, als Siebels und Till dort auftauchten.

„Guten Morgen, meine Herren. Herr und Frau Liebig erwarten Sie bereits. Sie sind beide durch die Umstände noch sehr mitgenommen, bitte seien Sie etwas sensibel, wenn Sie Ihre Fragen stellen."

„Ja, natürlich", beruhigte ihn Siebels. „Ist Sarah Liebig denn auch schon eingetroffen?"

„Ja, gestern am späten Abend. Sie schläft noch. Möchten Sie auch mit ihr sprechen?"

„Auf jeden Fall", ließ Siebels keinen Zweifel aufkommen.

Dr. Jürgens begleitete die beiden in das große Wohnzimmer im Erdgeschoss der Villa. Hermann Liebig war zumindest äußerlich das Gegenteil von seinem Halbbruder Peter Arenz. Er war knapp einen Meter neunzig groß und von schlaksiger Figur. Er trug einen Trainingsanzug und Pantoffeln. Behäbig erhob er sich vom

Sofa, als sein Anwalt die Besucher hereinführte. Eva Liebig blieb in ihrem Sessel sitzen. Sie war elegant mit Rock und Bluse bekleidet. Siebels hätte sie auf den ersten Blick bestimmt zehn Jahre jünger geschätzt. Ihr schwarzes Haar hatte sie zu einem Knoten gebunden, ihre Lippen mit einem dezenten Rot untermalt.

Siebels sprach den Eheleuten sein Beileid aus, Till tat es ihm gleich. Dr. Jürgens schenkte Kaffee aus.

„Hat sie gelitten?", wollte Hermann Liebig dann wissen.

„Nur kurz", versuchte Siebels sich aus der Situation zu retten. Wenn jemand erstochen wird, wird das nicht schmerzlos sein, dachte er bei sich.

„Sie hat ihr ganzes Leben lang gelitten", hielt ihm Liebig mit brüchiger Stimme entgegen. Zusammengesunken saß er auf dem Sofa und sah Siebels mit traurigen Augen an.

„Hermann, bitte." Eva Liebig sprach mit fester Stimme. Alle Augen drehten sich zu ihr. Sie nutzte die Gelegenheit und zog das Gespräch an sich. „Haben Sie schon einen Verdacht, wer unserer Tochter das angetan hat? Und warum?"

Siebels ahnte, dass diese Frau unangenehm werden konnte. Er ahnte auch schon, dass sie Jensen bald so unter Druck setzten würde, dass dieser wieder in nervtötende Hektik verfallen würde.

„Ihre Tochter scheint ihren Mörder ins Haus gelassen zu haben. Wir gehen davon aus, dass sie ihn gekannt hat."

„Sie hat nur einen Mann gekannt, der zu so etwas in der Lage wäre."

„Eva, bitte." Hermann Liebig sprach mit Wehmut in der Stimme zu seiner Frau.

„Nein, Hermann. Unsere Tochter ist tot. Sie wurde auf bestialische Weise in unserem eigenen Haus abgestochen. Es kann nur er gewesen sein. Ich hatte Magdalena oft genug vor ihm gewarnt."

„Er war immer gut zu Magdalena", hielt Hermann weinend seiner Frau entgegen. „Magdalena mochte ihn. Er hätte sie nie getötet."

„Sprechen Sie von Peter Zimmermann?", erkundigte sich Siebels unsicher.

„Siehst du, die Polizei hat ihn auch schon auf dem Kieker."

„Halten Sie ihn für den Mörder?", fragte Hermann Liebig. Seine Gesichtsfarbe wurde immer blasser.

„Soll ich mal nach Sarah schauen?“, warf Dr. Jürgens dazwischen.

„Ja, hole sie bitte herunter“, bat ihn Eva Liebig und Siebels nickte zustimmend.

„Es gibt noch keinerlei Anhaltspunkte, die uns zum Täter führen“, kam Siebels wieder auf den verdächtigten Zimmermann zurück. „Wir haben erst gestern Abend von ihm erfahren. Von Frau Dr. Münzberg. Wir werden uns heute Mittag mit ihm unterhalten. Warum halten Sie ihn für den Täter?“

„Meine Frau kann ihn nicht leiden“, antwortete Hermann Liebig. „Peter hat weder Geld noch Arbeit noch Glück im Leben. Er leidet unter der gleichen Krankheit, unter der auch unsere Tochter gelitten hat. Eine besonders stark ausgeprägte Epilepsie, die nur schwer zu behandeln ist. Peter und Magdalena waren Verbündete im Kampf gegen die Krankheit. Sie hatten die gleiche Vergangenheit, sie hatten Verständnis füreinander. Peter hat Magdalena gut getan. Sie hatte doch sonst niemanden.“

„Sie hatte uns“, gab Eva Liebig zurück. „Hast du gewusst, dass er sie heiraten wollte?“

„Natürlich habe ich das gewusst.“ Hermanns Blick haftete zwischen seinen Füßen auf dem Fußboden.

„Er wollte nur an ihr Geld. Dass sie unter Epilepsie litt, war für ihn doch ein Glücksfall.“

„Eva, bitte! Warum sollte er sie umbringen?“

„Weil Magdalena erkannt hat, was für ein Mensch er wirklich ist.“

„Was für ein Mensch ist er denn?“, fragte Siebels.

„Er ist ein habgieriger Mann, der nichts hat. Ein Schmarotzer, der auf Kosten anderer leben wollte. Magdalena war seine letzte Chance, ein Leben in allen Annehmlichkeiten zu führen. Er hat sie gedrängt, ihn zu heiraten. Magdalena wollte ihn aber nicht. Sie mochte ihn vielleicht, mehr aber auch nicht. Sie liebte ihn nicht. Peter Zimmermann liebte sie auch nicht. Er liebte unseren Reichtum.“

„Kennen Sie einen Mann namens Lukas?“, fragte Siebels.

„Lukas als Vorname oder als Nachname?“, fragte Hermann Liebig.

„Einfach nur Lukas“, schaltete sich Till erstmals an diesem Morgen ein. „Oder Bruder Lukas. Wahrscheinlich ist er Mönch.“

„Ein Mönch?", fragte Eva Liebig ungläubig.

„Ein Mann, der im Kloster lebt", bestätigte Till.

„Fragen Sie das wegen des Geschmieres auf dem Spiegel?"

Die Frage kam von Sarah Liebig, die gerade in Begleitung von Dr. Jürgens das Wohnzimmer betrat. Sarah Liebigs Kopf wurde von einer ungezähmten dichtgelockten Löwenmähne umrahmt, sie trug einen ausgewaschenen Jogging-Anzug und hielt eine brennende Zigarette zwischen den Fingern. Sie wies keinerlei Ähnlichkeit mit ihrer Halbschwester Magdalena auf. Siebels glaubte in ihren Gesichtszügen die Gene von Hermann Liebig wiederzuerkennen, während Magdalena vom Typ her eher ihrer Mutter Eva nachgekommen war. Aber die Züge von Verstorbenen zu erahnen, wenn man sie lebend nie gesehen hatte, war schwierig.

„Unter anderem auch deswegen", beantwortete Siebels die Frage.

„Meine Tochter Sarah aus erster Ehe", stellte Hermann Liebig seine Tochter vor und stand dabei auf.

„Was bedeuten diese lateinischen Wörter?", wollte Sarah wissen. Dr. Jürgens setzte sich wieder auf einen der Sessel. Sarah nahm im Schneidersitz auf dem Fußboden Platz, vor sich stellte sie einen Aschenbecher.

„Du sollst hier doch nicht rauchen", mokierte sich Eva Liebig.

Sarah ignorierte den Kommentar ihrer Stiefmutter und wartete auf eine Antwort von Siebels, die sie dann aber von Till bekam.

„Nehmen wir uns also vor jeder bösen Begierde in Acht; denn der Tod steht an der Schwelle der Lust." Till konnte diesen Satz mittlerweile auswendig.

„Warum hat diesen Mist noch niemand vom Spiegel gewischt?", klagte Eva Liebig mit schriller Stimme. Siebels fragte sich, ob die Liebigs die Nacht in ihrem Schlafzimmer verbracht hatten, wo wenige Stunden zuvor ihre Tochter getötet worden war.

„Wer schreibt so etwas?" Hermann Liebig machte einen irritierten Eindruck. „Bestimmt nicht Peter Zimmermann. Magdalena war ein Gutmensch. Sie hat Zeit ihres Lebens gelitten, sie war ein einsamer und nachdenklicher Mensch. Sie hatte nie etwas Böses im Sinn. Sie war dankbar für jede Kleinigkeit, die ihr widerfuhr. Wer tötet so einen Menschen und hinterlässt solch eine Botschaft?"

„Da bringt jemand auf bestialische Weise unsere Tochter um

und hinterlässt den Eindruck, als hätte er im Bordell eine Nutte abgestochen. Widerlich. Warum soll es nicht Zimmermann gewesen sein? Wahrscheinlich wollte er ganz schlau sein und eine falsche Spur legen."

„Eva, bitte." Dieses Mal war es Sarah, die ihre Stiefmutter zu bremsen versuchte. „Magdalena hat mir am Telefon hin und wieder von diesem Zimmermann erzählt. Er war nicht ihre große Liebe, aber sie traf sich gern mit ihm. Sie konnte sich mit ihm austauschen, das war so wichtig für Magdalena."

„Austauschen nennst du das? Dieser Erbschleicher hat sich doch systematisch an Magdalena herangemacht. Als er einsehen musste, dass es für ihn nichts zu holen gab, ist er durchgedreht. Vielleicht hat er ja im Affekt gehandelt. Ich will ja gar nicht sagen, dass er es im Voraus geplant hatte."

„Wir werden Herrn Zimmermann genau überprüfen", beruhigte Siebels Eva Liebig, die immer aufgebrachter schien. „Ihre Tochter hat vor kurzer Zeit einen beachtlichen Anteil des Unternehmens geerbt", wechselte Siebels das Thema.

„Ihr gehören seit dem Tod meiner Mutter 45 Prozent des Unternehmens", bestätigte Hermann Liebig.

„Allerdings nur, wenn sich bis April 2009 keine erbberechtigten Enkel Ihrer Mutter bei Dr. Jürgens melden", gab Siebels sein Wissen preis.

„Das ist richtig. Bis zu diesem Datum verwaltet Dr. Jürgens die Unternehmensanteile."

„Ist das Unternehmen mit solch einer Regelung überhaupt zu führen? Wer trifft denn die notwendigen Entscheidungen?" Siebels hätte sich jetzt am liebsten zu Sarah Liebig auf den Boden gesetzt und eine Zigarette mit ihr geraucht. Sie zündete sich jedenfalls gerade wieder ungeachtet der bösen Blicke ihrer Schwiegermutter eine selbstgedrehte an.

„Ich bin der Geschäftsführer und treffe alle Entscheidungen im Sinne der Eigentümer", klärte Hermann Liebig Siebels auf. „Die Eigentümer sind die Familienmitglieder, zu denen ich allerdings nicht gehöre. Ich besitze keine Aktien am Unternehmen. Die Eigentümer sind zurzeit meine Halbgeschwister Peter und Klara Arenz und meine Tochter Sarah. Was mit den Anteilen von Magdalena geschieht, können wir erst wissen, wenn die Frist aus der Hinterlassenschaft meiner Mutter abgelaufen ist. Magdalena hatte nach ihrer Erbschaft ein eigenes Testament verfasst, in dem sie festgelegt hat, wer in ihrem Todesfall ihre Aktien erwirbt. Außerdem besitzen Dr. Jürgens und Dr. Breuer noch je zwei Prozent. Die Führung des Unternehmens unterliegt allein dem Management, dem ich vorstehe. Die Eigentümer können nur mit absoluter Mehrheit in die Geschicke des Unternehmens eingreifen. Mindestens 51 Prozent der Anteile müssen eine gemeinsame Stimme haben, um Einfluss auf die Geschäfte ausüben zu können."

Im Kopf von Siebels arbeitete es fieberhaft. Er fischte sein Notizbuch aus seiner Jackentasche. Gestern hatte er sich bei Dr. Jürgens notiert, wie die Anteile in der Familie verteilt waren. Er warf einen Blick darauf und schaute dann überrascht zu Sarah Liebig.

„Sie besitzen sechs Prozent der Anteile. Zusammen mit Ihrer Halbschwester hätten Sie zukünftig in die Firmenpolitik eingreifen können."

„Ich für meinen Teil habe kein Interesse, die Firmenpolitik zu ändern. Ich vertraue meinem Vater und Eva, die die Firma seit Jahrzehnten erfolgreich leiten. Ich habe ganz andere Interessen. Ich bin Künstlerin und verdiene als Malerin mein eigenes Geld. Dank der Dividende, die jedes Jahr an mich ausgezahlt wird, bin ich finanziell sowieso unabhängig," stellte Sarah Liebig klar.

„Und wie sah Magdalena das?", hakte Siebels nach.

Hermann Liebig beantwortete die Frage. „Meine Mutter hatte nie die Hoffnung aufgegeben, dass Magdalena eines Tages ihre legitime Nachfolgerin werden würde. Leider hat die Krankheit verhindert, dass Magdalena frühzeitig in das Unternehmen einsteigen konnte. Sie war aber immer an allem interessiert. In den letzten Jahren hatte sich ihr Gesundheitszustand verbessert. Wir hatten schon mit dem Gedanken gespielt, sie doch noch als Nachfolgerin von Wilhelmine aufbauen zu können."

„Das hätte ihrem Halbbruder aber nicht so gut gefallen, vermute ich", fragte Siebels vorsichtig.

„Was Peter gefällt oder nicht gefällt, ist für uns nicht relevant", schaltete sich Eva Liebig wieder ein. „Peter ist ein Nichtsnutz, es hat schon seinen Grund, dass er nur ein Viertel der Unternehmensanteile hält. Er wäre ja in der Erbfolge der Erste gewesen, allerdings hat sich schon Walter Arenz gescheut, seinem Sohn die Geschicke des Unternehmens zu überlassen. Walter hat die Verantwortung lieber auf Wilhelmine geschoben und ihr 55 Prozent der Anteile vererbt. Damit war es ihre Angelegenheit, die Firma auch für die Zukunft in der Familie zu halten. Und Wilhelmine hatte nie etwas anderes im Sinn, während Peter lieber heute als morgen alles verscherbeln würde."

„Ich nehme an, dass Klara Arenz die gleichen Ansichten wie ihr Bruder Peter vertritt und die beiden somit über 45 Prozent Stimmenanteil verfügen?", erkundigte sich Siebels.

„Da nehmen Sie richtig an", gab ihm Dr. Jürgens recht.

„Dann liege ich wohl auch damit richtig, dass es zwei verfeindete Lager in der Familie gibt, nämlich die Geschwister Arenz und die Familie Liebig."

„Goldrichtig", pflichtete Eva Liebig ihm bei.

„Sagen wir so", mischte Dr. Jürgens sich in das Gespräch ein. „Es gibt bei den Eigentümern zwei verschiedene Ansichten, was die Zukunft der Arenz-Werke betrifft. Peter und Klara Arenz sehen keine optimale Nachfolgeregelung, wenn Hermann und Eva sich aus der Geschäftsführung zurückziehen. Und das wird über kurz oder lang der Fall sein müssen. Bei den Liebigs ist man da zwar der gleichen Ansicht, man versucht aber eine andere Lösung zu finden, als die, die von Peter Arenz favorisiert wird."

„Spielt Petra Schneider bei diesen Unstimmigkeiten auch eine Rolle?", fragte Siebels aus dem Bauch heraus auf gut Glück in die Runde.

„Petra Schneider?", stieß Eva Liebig entsetzt hervor. „Haben Sie dieses kleine Miststück auch schon kennen gelernt? Dann wissen Sie ja auch, woher der Wind weht. Peter ist nicht nur ein unfähiger Immobilienmakler, der das sauer verdiente Geld der Arenz-Werke zum Fenster hinausschmeißt, er ist auch ein schwanzgesteuerter Schwachkopf. Wenn diese Schneider sagt: Peter hüpf, dann hüpft das kleine dicke Peterlein."

„Eva, bitte." Hermann Liebig war die Ausbreitung dieser Familieninterna sichtlich unangenehm, während Sarah Liebig sich eine weitere selbstgedrehte Zigarette ansteckte und sich über die kleinen familiären Zwistigkeiten zu amüsieren schien.

„Frau Schneider war von einer Wirtschaftsprüfungsgesellschaft bei den Arenz-Werken eingesetzt, ist das richtig?"

„Sie wissen schon sehr viel", bestätigte Dr. Jürgens. „Es ist in der Tat so, dass Frau Schneider in dieser Funktion tätig war und dabei tiefe Einblicke in die Struktur der Arenz-Werke genommen hat. Wir haben uns natürlich auch gewundert, dass sie plötzlich die Geliebte von Peter Arenz wurde. Ein Schelm, wer Böses dabei denkt, nicht wahr? Nun, wir gehen davon aus, dass Peter von Frau Schneider stark beeinflusst wird. Aber das ist nur eine Vermutung. Frau Schneider und Peter behaupten beide, dass die damalige Arbeit von Frau Schneider nichts mit ihrer Beziehung zu tun habe. Ich kann Ihnen aber versichern, dass Frau Schneider hervorragende Kontakte zur Wirtschaft hat und sich regelmäßig mit hochrangigen Vertretern von Investment-Gesellschaften trifft."

„Eine Verstrickung von Frau Schneider oder Herrn Arenz in den Todesfall von Frau Magdalena Liebig halten Sie aber nicht für möglich?", fragte Siebels vorsichtig nach.

„Ich sehe kein Motiv", antwortete Dr. Jürgens diplomatisch. „Sie hätten versuchen können, Magdalena auf ihre Seite zu ziehen. Aber jetzt, wo sie tot ist, wissen wir erst nach der Testamentseröffnung, wer der Nutznießer ihres Todes ist. Und die Geschwister Arenz werden es höchstwahrscheinlich nicht sein."

Till saß seit geraumer Zeit schweigend in seinem Sessel und hörte interessiert zu. Auch ihm war noch schleierhaft, warum Magdalena von jemandem aus der Familie getötet worden sein sollte. Plötzlich fragte er sich, ob dieser Dr. Jürgens wirklich ein Freund der Familie Liebig war oder ob er in Wirklichkeit nicht den Arenz-Geschwistern näher stand. Schließlich besaß auch er einen kleinen Anteil am Unternehmen. Für ihn wäre die Veräußerung an einen Investor vielleicht viel lukrativer als das Festhalten an einem Familienunternehmen, das keinen Nachfolger aufzuweisen hatte. Dr. Jürgens wusste, was im Testament von Magdalena stand. Vielleicht hatte er sie sogar beeinflusst, als sie ihr Testament verfasste. 45 Prozent der Anteile befanden sich in der Erbmasse Magdalenas. Die Arenz-Geschwister hielten zusammen ebenfalls 45 Prozent. Wenn die beiden nur vier Prozent aus Magdalenas Erbschaft erhalten würden, wäre der kleine Anteil von Dr. Jürgens vielleicht das Zünglein an der Waage, mit dem er die beiden Familiencliquen gegeneinander ausspielen konnte. Seine zwei Prozent könnte er dann wahrscheinlich für ein Vielfaches des eigentlichen Wertes an eine der beiden Parteien verkaufen. Ein Schelm, wer Böses dabei denkt, ja ja.

„Was hat es denn nun mit diesem Mönch auf sich?", fragte Sarah Liebig, die immer noch rauchend im Schneidersitz auf dem Fußboden saß.

Siebels berichtete den Angehörigen von dem nackten Mann, den man apathisch im Blut des Opfers sitzend im Schlafzimmer des Ehepaares Liebig gefunden hatte. Siebels erzählte weiter, dass dieser Mann an der gleichen Form von Epilepsie erkrankt war wie Magdalena. Eva Liebig wurde leichenblass, als Siebels das erwähnte und Hermann Liebig erhob sich zitternd von seinem Platz und fragte seine Tochter Sarah nach einer Zigarette. Die sah ihn verdutzt an und reichte ihm dann eine. Mit zittriger Hand zündete er sich die Zigarette an und ging dann zu einer im Wohnzimmerschrank integrierten Bar, wo er sich einen Cognac einschenkte. Mit einem Zug leerte er sein Glas, um sich sofort noch einen Drink zu genehmigen. Mit dem Rücken zu den Anwesenden stehend atmete er mehrmals hörbar aus und drehte sich dann abrupt um.

„Bitte lassen Sie uns jetzt alleine. Das ist alles zu viel für mich und meine Frau. Wir sollten uns eine Weile hinlegen. Sicherlich müssen wir unsere Tochter auch noch identifizieren. Dazu fehlt mir aber im Moment die Kraft."

„Das kann auch Ihre Tochter Sarah machen", schlug Siebels vor.

„Ja, das ist vielleicht das Beste", bejahte Sarah Liebig und erhob sich aus ihrem Schneidersitz.

Siebels und Till erhoben sich ebenfalls. Mehr konnten sie den Liebigs im Moment nicht zumuten.

„Eine Frage hätte ich noch", wandte sich Till noch einmal an Hermann Liebig. „Ihr Hausarzt Dr. Breuer erwähnte, dass er nur die Frauen in der Familie behandelt. Darf ich fragen, warum Sie einen anderen Arzt konsultieren?"

„Ich weiß zwar nicht, was Sie mit Ihrer Frage bezwecken, aber der Grund ist ganz einfach. Ich war Zeit meines Lebens kerngesund und wenn ich ärztliche Hilfe in Anspruch genommen habe, habe ich mich an unseren Betriebsarzt gehalten."

„Die Krankheit von Magdalena ist ihr höchstwahrscheinlich vererbt worden. Gab oder gibt es in Ihrer Familie noch andere Mitglieder, die von epileptischen Anfällen betroffen sind?"

„Ich wüsste nicht, was das mit dem Tod von Magdalena zu tun haben könnte", warf Eva Liebig schroff dazwischen. Dann ging sie zu ihrem Mann, nahm ihn am Arm und verließ mit ihm das Zimmer.

„Wann wird die Testamentseröffnung sein?", fragte Siebels den zurückgebliebenen Dr. Jürgens.

„Wahrscheinlich nach den Feiertagen. Die Familie will noch in diesem Jahr die Verhältnisse geklärt haben."

## 22. Dezember 2007, 12:15 Uhr

Nach dem Besuch bei Familie Liebig machten Siebels und Till einen kurzen Abstecher in die Uni-Klinik, um sich nach dem Befinden von Lukas zu erkundigen. Lukas war von Dr. Blei aus der Neurologie zurück zu Dr. Rübsam in die Psychologie verlegt worden. Ein Polizeibeamter hielt noch immer Wache vor seinem Zimmer. Dr. Rübsam erbat sich noch zwei bis drei Tage Zeit, in denen er sich intensiv mit dem Patienten beschäftigen wollte. Er vermutete, dass der Patient unter Angst- und Schuldgefühlen litt, die in ihm einen Drang zur Selbstbestrafung auslösen würden. Lukas neigte dazu, seinen Kopf gegen die Wand zu schlagen, bis er blutete. Das war einerseits ein psychisches Problem, andererseits förderte es unter Umständen seine epileptischen Anfälle. Sein Hintergrund als Mönch verstärkte wahrscheinlich noch sein Verhaltensmuster. Schweigen, Selbstbestrafung, Verweigerung von ärztlicher Hilfe. All das waren Aspekte, die eine psychologische Betreuung erschwerten. Siebels Frage, ob Lukas Zeuge des Mordes gewesen sein könnte, bejahte der Psychologe. Allerdings verneinte er, dass Lukas in seinem momentanen Zustand aussagefähig sei. Siebels ließ sich schweren Herzens überreden, dass er Lukas heute noch in Ruhe lassen würde. Aber spätestens morgen wollte er ihn erneut befragen.

Von der Uni-Klinik aus fuhren die beiden zurück zum Präsidium.

Charly stöberte bisher noch ergebnislos nach unbekannten Kindern von Wilhelmine Arenz. Aber er hatte erste Kontakte zum Roten Kreuz und anderen Hilfsorganisationen geknüpft, um Vermisstenmeldungen aus den Jahren 1944 bis 1950 zu überprüfen. Er suchte nach den Namen Güttlicher, dem Geburtsnamen von Wilhelmine Arenz, und Liebig. Auf Fritz Liebig war Charly immerhin schon gestoßen, seinen Namen fand er bei einer Auflistung von Gefallenen an der Ostfront. Und Siebels war sich sicher, dass er nicht eher ruhen würde, bis er auch Wilhelmine und deren Nachkommen auf die Spur gekommen war.

Gemeinsam mit Charly gönnten sich Siebels und Till eine Mahlzeit in der Präsidiumskantine. Beim Mittagstisch klärte Siebels die weitere Vorgehensweise.

„Wann triffst du dich mit dem ehemaligen Kollegen von Petra Schneider?", wollte Siebels von Charly wissen.

„Wahrscheinlich heute Abend noch. Falls das nicht klappt, erst nach den Feiertagen. Der gute Mann hat nämlich Familie."

„Und du hast uns", erwiderte Siebels und schlug Charly aufmunternd auf die Schulter. „Meinst du, wir können Till alleine auf Petra Schneider ansetzen?"

Siebels und Charly sahen sich an und taten so, als hätten sie eine schwerwiegende Entscheidung zu treffen.

„Ich weiß nicht, die Frau ist raffiniert", begann Charly laut zu zweifeln.

„Die hat sogar mich reingelegt", gab Siebels zu bedenken.

„Wir sollten jetzt aber nicht zu schlecht von ihr reden, sonst kommt Till noch zu der Überzeugung, dass sie eine leibhaftige Enkelin von Oma bin Laden ist und jagt ihr gleich ein paar Kugeln in den Kopf. Wenn dann die Schießprotokolle von Schneider irgendwo auftauchen, wird eure Abteilung dicht gemacht."

„Kann auch gut sein, dass ihr gleich was vor den Kopf kriegt", drohte Till seinen Kollegen.

„Petra Schneider gehört dir", beruhigte Siebels Till. „Aber halt den Ball flach, zumindest bis Charly das Gespräch mit diesem Ex-Kollegen geführt hat."

„Klar, Ball flach, was auch immer das heißen mag", gab Till mürrisch zurück.

„Das heißt so viel wie kontrollierte Defensive", flachste Charly.

„Wollen wir jetzt Fußball spielen oder einen Mord aufklären?"

„Wenn du so Fußball spielst, wie du schießt, dann klären wir lieber einen Mord auf", freute sich Siebels. „Ich besuche jetzt diesen Peter Zimmermann aus der Selbsthilfegruppe. Der wurde von Eva Liebig in so ein schlechtes Licht gestellt, bin mal gespannt, was er zu den Liebigs zu sagen hat."

„Vergesst die Pressekonferenz nicht", mahnte Charly. „Um 16:00 Uhr erwartet Jensen stichhaltige Informationen von euch."

# 14

Je mehr er aus dem Leben der Wilhelmine Arenz erfuhr, desto sinnloser erschien ihm sein Leben im Kloster. Er hatte angefangen, diese Frau zu bewundern. Sie hatte sich hingegeben, um das Leben ihrer Mutter nicht in Gefahr zu bringen. Sie war in jenen Tagen des Krieges eine junge Witwe mit drei kleinen Kindern und hatte Gottes harte Prüfungen mit Bravour bestanden. Er aber saß abseits von der Welt hinter den Mauern des Klosters. Suchte er hier wirklich die Nähe zu Gott? Oder war es vielmehr eine Flucht vor den Prüfungen Gottes, die draußen, außerhalb dieser schützenden Mauern, auf die Menschen warteten? Sollte das Testament der Wilhelmine Arenz der Wegweiser sein, der ihn vom Kloster hinaus in die Welt führte? In eine Welt, in der die Menschen allen Grausamkeiten ausgesetzt waren und trotzdem Gott loben konnten? Während er über diese Fragen nachdachte, wurde er plötzlich von einem heftigen Krampfanfall heimgesucht. Tausend elektrische Schläge ließen seine Schultern und Arme in unkontrollierbare Zuckungen verfallen. Es dauerte vielleicht eine Minute, danach verlor er sein Bewusstsein. Als er wieder zu sich kam, plagten ihn Kopfschmerzen. Er war mit dem Kopf auf den harten Zellenboden aufgeschlagen. Zögerlich griff er zu der Karaffe, in der er seinen heilenden Kräutertee verwahrte. Der Tee war kalt. Er stellte die Karaffe wieder zurück. Prüfungen Gottes. Er wollte keinen Tee mehr trinken. Er wollte leiden. Sein Schicksal war das von Fritz. Er hatte kein Recht, sich seinem Leiden zu entziehen. Er nahm den braunen Ledereinband zur Hand.

*Mein Leben, Wilhelmine Arenz*

*Immer mehr Menschen aus Berlin kamen im Spätsommer und Herbst 1943 zu uns auf das Land und suchten Zuflucht, nachdem britische Bomber ihre Häuser und Wohnungen dem Erdboden gleichgemacht hatten. Über unserem Hof wurden keine Bomben abgeworfen, aber Ludger kreiste seit jener Nacht unaufhörlich um unseren Grund und Boden. Wenn ich morgens aufwachte und aus dem Fenster sah, sah ich ihn am Wegesrand an einem Baum gelehnt stehen. Rauchend starrte er unverdrossen auf mein Fenster. Wie ein Gespenst tauchte er während des Tages plötzlich auf, starrte mich wortlos an und war kurz darauf wieder verschwunden. Die Nacht des Sommerfestes hatte ich überstanden, ohne schwanger zu werden. Doch es war nur eine Frage der Zeit, bis Ludger wieder über mich herfallen würde. Ich hatte Angst vor ihm. Ich traute mich kaum noch mit den Zwillingen aus dem Haus. Wenn Ludger Zeuge würde, wie Karl oder Hermann einen Anfall erlitten, hatte er einen weiteren Grund, bei der SS vorstellig zu werden. Behinderte Kinder hatten kein Recht zu leben. Ludger schon.*

*Aus Angst vor Ludger verbot ich Jelena immer öfter, mit den Zwillingen das Haus zu verlassen, während Erika nach Lust und Laune auf der Wiese vor dem Haus herumkrabbeln durfte. Bei Erika hatte es noch keine Anzeichen dieser Krankheit gegeben und ich flehte zu Gott, dass es dabei auch bleiben mochte.*

*Ende September passierte das, wovor ich mich seit Wochen gefürchtet hatte. Ich war mit dem Fahrrad zum Dorf gefahren, um ein paar Besorgungen zu machen. Auf dem Rückweg sprang plötzlich Ludger aus einer Böschung hervor und stieß mich vom Rad. Ich fiel unsanft auf den Feldweg, schrammte mir das Knie auf und blutete am Arm. Ludger stand vor mir und grinste mich an. Ich nickte nur, stand auf und lief ein paar Meter in das Maisfeld hinein, wo uns niemand sehen konnte. Ludger folgte mir. Hätte ich die Möglichkeit gehabt, ich hätte ihn ohne mit der Wimper zu zucken getötet. Doch ich hatte keine Waffe und Ludger war ein kräftiger Kerl. Wortlos legte ich mich in das Feld, hob meinen Rock hoch und wartete auf das Unvermeidliche. Ludger ließ mich nicht lange warten. Dieses Mal war er bei besserer Kondition. Er keuchte und schwitzte und rammte unaufhörlich seinen Schwanz in mich hinein. Ich ekelte mich, versuchte trotzdem, mich unter ihm zu bewegen, ihn schneller kommen zu lassen, um dem Albtraum ein Ende zu bereiten. Ich kam mir vor wie eine billige Hure und bekam Angst, dass Ludger glauben könnte, ich hätte*

*Spaß mit ihm. Als er endlich fertig war und sich schnaufend von mir heruntergerollt hatte, grinste er mich dämlich an. Er wäre doch besser als der polnische Bastard, der meine Mutter besteigt, brüstete er sich. Mit dem Polen hätte es eh bald ein Ende, der würde bald am Galgen baumeln, dafür würde er schon sorgen, redete Ludger sich in Rage. Ich schaute ihn angewidert an. Nie zuvor hatte ich einen solchen Hass in mir gespürt. Als er sich umdrehte und fröhlich pfeifend seines Weges zog, war ich fest entschlossen, ihn bei nächster Gelegenheit zu töten.*

## 22. Dezember 2007, 13:45 Uhr

Till hatte sich einen zivilen Opel Astra aus dem Fuhrpark genommen und war ins Westend zu dem Büroräumen von Arenz-Immobilien gefahren. Gerade als er nach einem Parkplatz Ausschau hielt, kam der Maserati aus der Einfahrt gefahren, von dem Siebels erzählt hatte. Die Blondine am Steuer musste Petra Schneider sein. Mit quietschenden Reifen beschleunigte der Maserati auf dem beschaulichen Kettenhofweg im gediegenen Westend und brauste Richtung Alte Oper. Till nahm die Verfolgung auf. Der Maserati fuhr direkt in die Innenstadt. Till blieb dicht dran. Die Verfolgung dauerte nur wenige Meter und endete in einem Parkhaus in der City. Till hatte Glück, Petra Schneider stellte den Maserati auf einem von zwei nebeneinander liegenden freien Parkplätzen ab. Gleichzeitig mit Petra Schneider stieg er aus dem Auto. Jetzt hatte er nicht viel Zeit, um sich einen Plan auszudenken.

„Tolles Auto", sprach er sie an.

„Yepp", kam die knappe Antwort verknüpft mit einem verspielten Lächeln. Petra Schneiders hohe Absätze klapperten auf dem Betonboden, als sie zwischen den parkenden Autos herauslief.

„Tolle Schuhe", legte Till einen drauf und deutete auf ihre high heels, als sie gerade an ihm vorbeilaufen wollte.

„Yepp", gab sie jetzt etwas energischer zurück. „Ist bei Ihnen auch irgendwas toll?", fragte sie und blieb vor Till stehen. Auf ihren hohen Absätzen war sie etwas größer als Till. Sie trug einen beigen Ledermantel mit Pelzkragen und Till fragte sich instinktiv, was unter dem Mantel zum Vorschein kommen würde.

„Toller Astra", gab Till selbstbewusst zurück und deutete auf das zivile Polizeifahrzeug. Dann deutete er auf seine Puma-Turnschuhe. „Tolle Schuhe habe ich auch", flunkerte er, ohne rot zu werden.

Petra Schneider lachte. „Anscheinend passen wir gut zusammen. Lust auf einen Kaffee?"

Die Frau fackelt nicht lange, dachte sich Till. „Haben Sie ein Stammlokal?", erkundigte er sich.

„Gehen wir ins Mövenpick", bestimmte die Blondine und klackerte auf ihren hohen Absätzen auch schon voran.

Während die beiden den Opernplatz überquerten und das Mövenpick ansteuerten, überlege Till fieberhaft, wie er aus der Nummer wieder unbeschadet rauskam. Als Kriminalbeamter konnte er sich jetzt schlecht vorstellen. Als er Petra Schneider die Tür zum Café öffnete, kam ihm die rettende Idee.

Im Café herrschte reger Betrieb, die meisten Tische waren besetzt und die Bedienungen hatten alle Hände voll zu tun. Die beiden ergatterten einen Tisch am Fenster mit Blick auf den Opernplatz, der gerade von zwei älteren Damen verlassen wurde. Till half seiner neuen Bekanntschaft aus dem Mantel. Seine Neugierde wurde endlich befriedigt. Das Objekt seiner Begierde trug ein anthrazitfarbenes Kostüm. Figurbetont, wie Till fachmännisch feststellte. Um ihren Hals baumelte eine Perlenkette. Die oberen Knöpfe der Bluse trug sie offen und Till konnte einen Blick auf ihren BH werfen, als sie sich für einen Moment nach vorne beugte.

Eine Bedienung fragte nach ihren Wünschen. Petra Schneider orderte einen Milchkaffee und ein Stück Kirschtorte. Till nahm das Gleiche.

„Ich heiße übrigens Petra", stellte sie sich vor.

„Till", gab Till zurück. Mehr fiel ihm im Moment nicht ein. Er betrachtete sein Gegenüber. Hellblonde Haare umrahmten ein fein geschnittenes Gesicht und fielen glatt und geschmeidig über den Stoff der Bluse. Graublaue Augen fixierten selbstbewusst die Umgebung. Als die Bedienung zwei Tassen Milchkaffee auf dem Tisch abstellte, fischte sich Petra einen Haargummi aus ihrer Handtasche und band ihr Haar zu einem Zopf. Fasziniert stellte

Till fest, dass ihre Gesichtszüge jetzt noch femininer wirkten.

„Was machst du in der Stadt? Weihnachtsgeschenke für die Kinder besorgen?“ Petra Schneider schaute Till bei ihrer Frage amüsiert an.

„Sehe ich aus wie ein Familienvater?“

„Opel Astra und Turnschuhe würde ich mit zwei Kindern im Alter von drei bis fünf Jahren assoziieren“, kam die spontane Antwort.

„Psychologin?“, fragte Till und zog dabei seine Augenbrauen weit nach oben. Petra lachte. „Hobbypsychologin, ja. Ich betrachte mir einen Menschen und versuche, mir ein Bild von ihm zu machen. Meistens klappt es ganz gut. Liege ich bei dir daneben?“

„Völlig daneben. Ich bin kinderloser Unternehmensberater.“

„Selbstständig?“

„Ja, seit zwei Jahren habe ich meinen eigenen Laden“, erzählte Till und hoffte, dass die studierte Blondine nun nicht auf die Idee kam, mit ihm im wirtschaftswissenschaftlichen Fachjargon zu plaudern.

„Und, wie laufen die Geschäfte?“, erkundigte Petra sich noch relativ harmlos.

„Ich kann mich nicht beklagen. Ich bin seit einigen Monaten bei den Arenz-Werken engagiert. Kennst du den Laden?“

Petra Schneider schluckte. Till glaubte förmlich zu sehen, wie es in ihrem Gehirn auf Hochtouren arbeitete. Sie schaute ihn einige Sekunden regungslos an, bevor sie wieder in ihr gewohntes Lächeln verfiel.

„Den Laden kenne ich wirklich“, gab sie zurück. „Aus einem früheren Leben.“

Jetzt stutzte Till für einen Moment. Jedenfalls tat er so als ob.

„Bist du eine von denen, die glauben, ständig wiedergeboren zu werden?“, fragte er mit einem ungläubigen Ton in der Stimme.

„Quatsch. In meinem früheren Berufsleben. Ich war mal als Wirtschaftsprüferin tätig und habe während dieser Zeit auch bei den Arenz-Werken die Bücher geprüft.“

Mittlerweile kamen auch die Kirschtorten mit einer Entschuldigung der Bedienung, die sie zwischenzeitlich vergessen hatte.

„Wie läuft es denn jetzt bei den Arenz-Werken?“, wollte Petra wissen. „Zu meiner Zeit hatten die ziemliche Probleme mit einigen Kennzahlen. Der Return of Investment war eine ziemliche Katastrophe. Zu viel Geld in zu kurzer Zeit in neue Produktionskapazitäten weltweit. Hat sich das mittlerweile gebessert?"

Till biss vorsichtshalber erst mal in sein Stück Kirschtorte und kaute genüsslich darauf herum. Während er kaute, versuchte er die Frage schon mal mit Körpersprache zu beantworten. Er wägte ab, legte seinen Kopf leicht nach links, dann nach rechts, summte nachdenklich beim Pseudokauen vor sich hin und zuckte nochmals seufzend mit den Schultern, bevor er Anlauf nahm, sich mit Worten zu artikulieren.

„Das läuft jetzt, der Cashflow ist in den letzten Jahren stetig gestiegen. Meine Hauptaufgabe ist es, den Laden für die Zukunft fit zu machen. Der alte Liebig hat seine besten Tage hinter sich und kein vernünftiges Nachfolgemodell aufgebaut. Ich prüfe gerade verschiedene Modelle für einen Umbau im oberen Management." Till schaufelte sich hastig noch ein Stück Torte in den Mund, mit vollem Mund erzählte es sich schlecht. Mit dem gerade Gesagten war er aber sehr zufrieden. Worte wie Cashflow benutzte sein Bruder gerne, der bei einer Bank beschäftigt war und dort die Kreditwürdigkeit kleinerer Unternehmen begutachtete. Bei seiner Gesprächspartnerin schienen seine Worte auch auf Interesse gestoßen zu sein. Ihre Augen funkelten ihn auf einmal neugierig an.

„Hast du noch was vor heute?", fragte Petra ihn und ihre Stimme klang plötzlich samtweich.

„Irgendwas habe ich meistens noch vor", brachte Till unsicher hervor. Die Blondine führte was im Schilde, funkte sein inneres Warnsystem.

„Kann ja nicht so wichtig sein", flunkerte Petra. „Komm, wir gehen noch zu mir, hier ist mir zu viel Betrieb."

Till hörte seinen Herzschlag pochen. Das Raubtier hatte die Beute ins Visier genommen. Er war die Beute. Petra winkte die Bedienung bei und verlangte die Rechnung. Sie zahlte alles und schwang sich in ihren Mantel. Für einen kurzen Moment dachte Till an Johanna. Gestern noch hatte er ernsthaft an einen kleinen Till gedacht. Sollte er sich jetzt tatsächlich von dieser windigen Schneider abschleppen lassen?

## 22. Dezember 2007, 13:30 Uhr

Peter Zimmermann lebte im Frankfurter Stadtteil Sossenheim in einer Wohnsiedlung, die in den siebziger Jahren erbaut und kurz darauf zu einem der sozialen Brennpunkte der Stadt avanciert war. In Reih und Glied standen die Häuser mit den Sozialwohnungen wie Betonbunker in der Landschaft. Wer hier wohnte, hatte es zwangsläufig schwer, als potenzieller Schwiegersohn bei Eva Liebig auf Wohlgefallen zu stoßen. Da prallten Welten aufeinander. Siebels lief eine Weile an den tristen Wohnblöcken entlang, bis er vor der richtigen Hausnummer stand. Er klingelte bei Zimmermann und kurz darauf öffnete sich die Tür. Im dritten Stockwerk erwartete ihn Peter Zimmermann in einem fleckigen Jogginganzug. Siebels hielt ihm seinen Ausweis vor die Nase.

„Sie haben schon gehört, was mit Frau Liebig geschehen ist?", fragte er vorsichtshalber. Zimmermann nickte und ließ Siebels eintreten.

„Frau Dr. Münzberg hat mich angerufen", erklärte er Siebels und führte ihn in ein spärlich eingerichtetes Wohnzimmer. Zwei Sessel, ein kleiner Glastisch, auf dem zwei leere Bierflaschen standen, ein Fernseher und ein tragbares Radio schmückten den ansonsten kahlen Raum. Keine Gardinen am Fenster, keine Bilder an den Wänden, nichts, was auf irgendwelche Vorlieben des Bewohners schließen ließ. Siebels setzte sich auf einen der Sessel, Zimmermann auf den anderen.

„Wann haben Sie Frau Liebig zuletzt gesehen?"

Zimmermann schaute Siebels mit leeren Augen an. „Wir haben uns gestritten", sagte er schließlich, ohne auf die Frage von Siebels einzugehen.

„Worüber, wenn ich fragen darf?"

„Worüber sich ein Mann und eine Frau halt so streiten. Ich liebte Magdalena. Ich wollte mit ihr zusammenziehen. Wir hatten schon oft über das Thema gesprochen und waren uns vor einiger Zeit einig geworden, dass wir es zusammen versuchen wollten. Aber als ich ernsthaft anfing, nach einer gemeinsamen Wohnung Ausschau zu halten, zeigte Magdalena plötzlich kein Interesse mehr. Ich glaube, es gab noch einen anderen Mann in ihrem Leben."

„Sie kommen aus ziemlich unterschiedlichen Verhältnissen", bemerkte Siebels. „Vielleicht stieß Frau Liebig ja auch auf Widerstand in ihrer Familie?"

„Mit Sicherheit stieß sie dort auf Widerstand. Und ich erst recht. Besonders bei ihrer Mutter. Aber das war nichts Neues, das Problem war uns von vornherein bewusst. Wir sind ja nun keine Teenager mehr."

„Sie waren eifersüchtig?", hakte Siebels nach.

„Eifersüchtig? Nein, das ist nicht das richtige Wort. Ich war enttäuscht. Magdalena und ich, wir waren nicht nur ein Paar, wir waren auch Leidensgenossen. Das wissen Sie ja bereits. Wer so lange Zeit wie wir ohne Partner lebt und gegen eine Krankheit ankämpft, der findet so schnell niemanden. Jedenfalls niemanden, der Verständnis für die vielen Probleme aufbringt, mit denen sich unsereins herumschlagen muss."

„Und doch gab es noch einen anderen Mann im Leben von Frau Liebig? Wissen Sie das oder vermuten Sie das nur?"

„Ich weiß es nicht mit Sicherheit. Ich habe sie darauf angesprochen, weil sie in letzter Zeit immer so kurz angebunden war. Sie sagte, es gäbe keinen anderen Mann, aber sie klang nicht sehr überzeugend."

„Wann haben Sie sie denn nun zuletzt gesehen?", wiederholte Siebels seine Frage.

„An dem Tag, an dem sie umgebracht wurde", flüsterte Zimmermann. Siebels bemerkte, wie schwer seinem Gegenüber das Sprechen fiel. Die Handflächen von Zimmermann rieben nervös über die gepolsterten Sessellehnen. Er bemerkte seine Nervosität, hielt seine reibenden Hände abrupt still, faltete sie schließlich vor seinem Bauch, um sie dann doch wieder nervös über die Sessellehnen zu reiben. Zimmermann war ein großer, stämmiger Mann mit Ansatz zu Bierbauch und Glatze. Ein Mann, der in seinem Leben keine Ziele mehr hatte und aus zu vielen Kämpfen als Verlierer hervorgegangen war. Arbeitsloser Ingenieur, Hartz IV-Empfänger, Epileptiker, noch mit Anfang fünfzig Single in einer charakterlosen Wohnung. Keine Aussicht auf Besserung, wäre da nicht Magdalena gewesen. Magdalena, Mitte vierzig, arbeitslos, aber reich, Epileptikerin mit Hoffnung auf Besserung, einsam und intelligent, ein Lichtblick im Leben von Peter Zimmermann. Nun war sie tot. Weil sie sich in einen anderen verliebt hatte und damit Zimmermanns letzten Lichtblick ausgelöscht hatte? Siebels dachte an den Spruch auf dem Spiegelschrank. Nehmen wir uns also vor jeder bösen Begierde in Acht; denn der Tod steht an der Schwelle der Lust. Hatte Magdalena Zimmermann einen Laufpass gegeben? Hatte sie ihren Leidensgenossen in seinem Leid allein gelassen und sich, statt mit ihm eine gemeinsame Zukunft aufzubauen, in eine Affäre einem Mönch gestürzt? War sie in den Augen von Zimmermann einer bösen Begierde aufgesessen? Einer Begierde, die Zimmermann zum Mörder werden ließ? War Zimmermann in der Lage, den Spiegel mit einer lateinischen Benediktinerregel zu beschriften? Oder hatte Lukas den Spruch geschrieben? Siebels versuchte, sich die Szene vorzustellen. Magdalena verführte Lukas, darauf ließen ihre im Haus zerstreuten Kleidungsstücke schließen. Lukas war ein Mönch, eine Frau war für ihn nicht vorgesehen. Er wehrte sich innerlich, erlag aber Magdalenas Bemühungen. Siebels ließ seine Gedanken weiter schweifen und blieb dabei stumm vor dem nervösen Zimmermann sitzen. Magdalena hatte ihre Kindheit und ihre Jugend verpasst, hatte mit der Halbschwester und der Haushälterin im goldenen Käfig der Villa Liebig gesessen. Sie war eine Frau mit Wünschen, Träumen und Fantasien. Nichts davon hatte sie in die Wirklichkeit umsetzen können. Zimmermann war der einzige Mann in ihrem Leben und Zimmermann war langweilig. Dann war Lukas in ihr Leben getreten. Ein Mönch, ein Epileptiker, ein Mann, der sein Leben im Kloster verbracht hatte. Allein mit seinen Wünschen, Träumen und Fantasien. Ein Mann, der sich nichts aus den Millionen der Familie Liebig machte und keine Vorstellungen von den Sorgen eines Hartz IV-Empfängers ohne Zukunft hatte. Ein Mann, der zwischen zwei Welten lebte, mit Gott und seinen Brüdern. Ein Mann mit Intellekt, der viel Liebe zu vergeben hatte. Ein Mann, der seine epileptischen Anfälle als gottgegeben hinnahm. Ein Mann, den Magdalena Liebig Peter Zimmermann vorzog. Sie verführte den Mönch und schlief mit ihm im Bett ihrer Eltern. Ein Akt der Rebellion gegen die Familie und die Gesellschaft, die sie Zeit ihres Lebens allein gelassen hatten? Oder einfach nur Obsession? Kam Zimmermann ins Haus, als Magdalena und Lukas sich liebten? Hatte er einen

Schlüssel? Sah er die Kleidungsstücke seiner Angebeteten auf den Treppenstufen liegen? Stieg er mit klopfendem Herzen die Treppe hoch, hörte er das Seufzen der Liebenden hinter der Tür des Schlafzimmers? Hatte er ein Messer dabei? Stürzte er sich als betrogener Mann auf seine Geliebte, um sie im Beisein von Lukas zu erstechen? Ließ er Lukas ungeschoren zurück? Stand er im Blut von Magdalena und sammelte die Kleidung von Lukas ein, um seinen Nebenbuhler nackt neben der Leiche von Magdalena sitzen zu lassen? Hatte Lukas vielleicht einen epileptischen Anfall erlitten, als Zimmermann auf Magdalena einstach? Unfähig, das Leben von Magdalena zu retten? Fühlte Lukas sich schuldig, als alles vorüber war? Er, der Mönch, saß im Blut der Frau, mit der er verbotenerweise geschlafen hatte. Er hatte gegen sein Gelübde verstoßen, hatte einem fremden Mann die Frau genommen, hatte nicht handeln können, als ein Mord geschah. Für einen gottesfürchtigen Mönch musste das ein psychischer Totalschaden gewesen sein. Hatte er die Schuld an allem auf sich genommen, den Spruch aus der Benediktusregel als Geständnis an Gott hinterlassen und sich in seiner Nacktheit den Mantel des Schweigens umgehängt?

Zimmermann saß wie ein Häufchen Elend in seinem Sessel und wartete geduldig auf weitere Fragen von Siebels.

„Was geschah an dem Tag, als sie umgebracht wurde?", fragte Siebels.

„Wir haben telefoniert. Ich wollte mich mit ihr treffen. Ich wusste, dass ihre Eltern in den USA sind. Wir hätten uns ganz ungezwungen bei ihr treffen können. Ich wollte mit ihr über unsere gemeinsame Zukunft sprechen. Eine Wohnung, vielleicht ein kleines Haus. Geld hatte sie schließlich genug. Aber sie wollte sich nicht mit mir treffen. Sie sagte, sie fühle sich nicht gut und wolle allein sein."

„Das haben Sie ihr aber nicht geglaubt?"

„Nein. Das ging schon seit Tagen so. Sie wich mir aus und wollte sich auch nicht auf einen anderen Tag festlegen, an dem wir uns hätten treffen können. Sie hatte mich seit Tagen nicht mehr angerufen und war in den letzten Wochen auch nicht mehr zu den Treffen unserer Selbsthilfegruppe gekommen."

„Seit wann blieb sie dort fern?"

Zimmermann überlegte einen Moment, bevor er zu der

Überzeugung kam, dass Magdalena seit Ende September nicht mehr bei der Gruppe erschienen war.

„Sind Sie nach dem Telefonat zur Villa Liebig gefahren?"

„Erst zwei Stunden später."

„Wann sind Sie dort eingetroffen?"

„Das war ungefähr nachmittags um halb vier. Magdalena war allein im Haus. Sie ließ mich herein und wir setzten uns in die Küche. Ich fragte sie, ob es Probleme gäbe und Magdalena verneinte. Sie bräuchte nur ein wenig Zeit, um über alles nachzudenken, sagte sie und bat mich dann, sie allein zu lassen. Eine halbe Stunde später verließ ich das Haus wieder."

„Ist Ihnen etwas aufgefallen? Jemand, der vor dem Haus gewartet hat? Vielleicht ein Auto, das in der Nähe des Hauses stand?"

„Nein, nichts. Darüber habe ich schon nachgedacht, als ich von dem Mord gehört habe. Mir ist nichts dazu eingefallen."

„Kann jemand bezeugen, dass Sie um die angegebene Zeit das Haus betreten oder verlassen haben?"

„Nein, das kann niemand bezeugen."

„Was haben Sie gemacht, nachdem Sie Magdalena verlassen haben?"

„Ich bin mit Straßenbahn und Bus zurück nach Hause gefahren und habe den Rest des Tages hier verbracht."

„Keine Zeugen?"

„Keine Zeugen! Verdächtigen Sie mich des Mordes?"

„Sie gehören zwangsläufig zum Kreis der Tatverdächtigen. Das ist Routine. Allein die Tatsache, dass Sie mit Magdalena eine Beziehung hatten, genügt, um Sie in diesen erlauchten Kreis aufzunehmen. Daher bitte ich Sie auch, morgen früh um neun Uhr auf dem Präsidium zu erscheinen. Wir müssen Ihre Aussage zu Protokoll nehmen und benötigen ihre Fingerabdrücke, da sie am Tag der Tat im Haus waren. Haben Sie eigentlich einen Schlüssel für die Villa Liebig?"

Zimmermann verneinte, aber Siebels war sich nicht sicher, ob er ihm das glauben sollte. Die Antwort von Zimmermann kam erst nach einer kurzen Denkpause und klang recht unentschlossen.

# 15

Wie ein Dieb in der Nacht schlich er sich aus dem Kloster. Niemand würde ihn vermissen. Seit er vom Abt für unbestimmte Zeit von allen klösterlichen Aktivitäten freigestellt worden war, damit er das Leben der Wilhelmine Arenz in aller Ruhe lesen konnte, hatte er fast nur noch in seiner Zelle gesessen. Er hatte ab und an ein paar Seiten gelesen und dann lange gebraucht, um das Gelesene zu verarbeiten. Er hatte viel gebetet und noch mehr nachgedacht, hatte mit Gott gehadert, ihn um Erleuchtung angefleht. Je mehr er las, je mehr er nachdachte, je mehr er um Erleuchtung betete, desto sinnloser erschien ihm sein Aufenthalt im Kloster. Hier war die Oase des Friedens, hier ging man allen Anfechtungen aus dem Weg, hier konnte man keine Kämpfe gewinnen, die draußen in der Welt geführt wurden.

Erst wollte er nur einen kurzen Ausflug machen. Sich die Welt betrachten, wie sie draußen war. Mit Menschen sprechen, die Schicksalsschläge zu verarbeiten hatten, Menschen, die wie Wilhelmine Arenz waren. Die sich dem Leben stellten und jeden Tag mit neuen Herausforderungen konfrontiert waren. Er hatte nur ein paar Münzen und den braunen Ledereinband mitgenommen. Und eine Flasche, in die er etwas von dem Kräutertee gefüllt hatte. Nur für den äußersten Notfall.

Als er die Pforte des Klosters durchschritt und die frische Abendluft einatmete, fühlte er sich plötzlich wie aus einem tausendjährigen Schlaf erwachend. Fest drückte er den braunen Ledereinband gegen seinen Körper. Es gab noch so viel darin zu lesen. Er lief die ganze Nacht hindurch. Er überquerte Felder, die nur schwach vom Mondschein beleuchtet waren. Manchmal war es so finster, dass er die Hand vor Augen nicht sah. Immer wieder stolperte er über Steine und Äste. Oft kam er vom Weg ab und musste dann querfeldein marschieren, über gefrorenen Ackerboden laufen und kleine, finstere Wälder durchqueren. Er stapfte durch Pfützen und über Pferdemist und als Stunden später die Sonne am Horizont aufging, sah er die Lichter der kleinen Stadt vor sich. Er lief weiter und erreichte sie nach weiteren Stunden mühsamen Fußmarsches. Ohne Rast zu halten, lief er erschöpft und hungrig bis zum Bahnhof. Er befand sich in Fürstenfeldbruck und wollte nach Frankfurt. Ohne Fahrkarte stieg er in den Zug und fuhr nach München. Dort stieg er um. Er fand einen freien Platz und schlief sofort ein. Erst als der Zug im Frankfurter Hauptbahnhof eintraf, erwachte er wieder. Niemand hatte ihn nach einer Fahrkarte gefragt. Er dankte Gott, stieg aus dem Zug und steuerte sein nächstes Ziel an. Eine Nonne empfing ihn freundlich bei der Bahnhofsmission. Sie gab ihm zu essen und zu trinken. Frisch gestärkt verließ er die Mission und suchte sich eine Sitzgelegenheit im Bahnhof. Er schlug den braunen Ledereinband auf und las ein paar Zeilen aus dem Leben von Wilhelmine Arenz, während Hunderte Menschen um ihn herum die eintreffenden Züge verließen und in die Stadt strömten oder mit den Zügen die Stadt verließen. Nun war er mittendrin in der Welt und der braune Ledereinband war alles, woran er sich festhalten konnte.

*Mein Leben, Wilhelmine Arenz*

*Auch das Jahr 1943 näherte sich seinem Ende, während der Krieg weiter tobte. Im November 1943 eroberten sowjetische Truppen Kiew, doch die Durchhalteparolen der deutschen Abwehrverbände wurden dem Volk weiterhin Tag für Tag über die Lautsprecher eingehämmert.*

*Ich hatte andere Probleme. Ich war wieder schwanger. Was nicht passieren durfte, war passiert. Ich wollte unter keinen Umständen ein Kind von Ludger. Ich kannte aber auch niemanden, den ich um Hilfe bitten konnte. Außer Ludgers Mutter, sie war bekannt als Engelmacherin. Am nächsten Abend saß ich bei ihr im Zimmer und erzählte ihr von meinem Problem. Sie nickte nur wissend, wollte nicht wissen, wer der Vater sei, und kam gleich zur Sache. Es war entsetzlich, sie fuhrwerkte mit einem Draht, den sie zuvor in eine Flüssigkeit getaucht hatte, in mir herum. Ihre Behandlung war schmerzhaft und entwürdigend. Mein Wunsch, ihren Sohn zu töten, wurde in diesen Minuten zu einer Besessenheit. Als sie ihr Handwerk vollbracht hatte, schickte sie mich sofort wieder aus dem Haus. Schwankend lief ich zurück zu unserem Hof. Blut lief mir an den Schenkeln herunter, mir war schlecht, ich musste alle paar Meter eine Pause einlegen und mich hinknien. Neben den körperlichen Schmerzen kroch auch die Angst in mir hoch, dass sie es nicht richtig gemacht hatte. Ein verkrüppeltes Kind von Ludger auf die Welt zu bringen, war mein größter Albtraum.*

*Ich schwankte weiter unserem Hof entgegen, als mir Jelena aufgeregt entgegengerannt kam. Sie hatte Erika auf dem Arm und schrie hysterisch. Ich war am Ende meiner Kräfte, wollte mich nur noch hinlegen und schlafen. Bis ich endlich verstand, was sie rief. Man hatte Mutter und Boris abgeholt. Ludger war auch dabei gewesen. Männer in Uniformen hatten die beiden mitgenommen. Sie hatten sie aus dem Haus geprügelt und in einen Wagen gezerrt. Jelena redete laut und wirr, aber ich verstand jedes Wort. Die Schmerzen in meinem Unterleib wurden unerträglich. Die Angst um Mutter schnürte mir die Kehle zu. Mein Hass auf Ludger schlug mir auf den Magen. Ich wurde ohnmächtig.*

## 22. Dezember 2007, 15:50 Uhr

Till war vom Parkhaus aus mit seinem Wagen dem Maserati gefolgt. Petra Schneider lotste ihn zum Westhafen, wo in den letzten Jahren das moderne Wohnen am Fluss entstanden war. Auf der früher industriell genutzten Mole zwischen Hafenbecken und Main standen seit Kurzem zwölf exklusive Wohngebäude. Er parkte neben dem Maserati und wurde beim Aussteigen auch schon von einer verschmitzt lächelnden Petra Schneider empfangen, die sich bei ihm unterhakte und ihn zielstrebig zu einem der luxuriösen Wohnblöcke führte. Mit dem Fahrstuhl ging es zum obersten Stockwerk, Petra Schneider öffnete die Tür zu einem Loft mit großer Fensterfront zum Main. Neugierig betrat Till das Reich der blonden Raubkatze. Dunkler, blank gewienerter Parkettboden klackerte unter den Absätzen von Petra. Die Wintersonne ließ das Loft in hellem Licht erscheinen. An den Wänden hingen Bilder, die Till sich betrachtete. Ein Picasso war dabei, wie Till an der

Signatur zu erkennen glaubte. Petra ließ ihren Mantel einfach zu Boden fallen, es gab in diesem riesigen Raum keinen einzigen Schrank. Nur ein französisches Bett stand in der Mitte des Raumes. Petra fragte Till, ob er einen Drink wolle. Er bejahte und sah sie dann in einem angrenzenden Raum verschwinden. Till sah auf die Uhr. Die von Jensen angesetzte Pressekonferenz fing gerade an. Irgendwie lief alles schief. Bevor er sich Gedanken machen konnte, wie er aus der Situation wieder herauskam, war Petra wieder da. Sie hatte Martinis dabei, die sie auf der Fensterbank abstellte. Till schaute aus dem Fenster. Ein Boot der Wasserschutzpolizei schipperte über den Main. Dicht hinter sich spürte er den Körper von Petra. Sie half ihm aus der Jacke und ließ sie achtlos neben ihrem Mantel zu Boden fallen. Sie schmiegte sich an Till, umfasste ihn und ließ ihre Hände über seine Schultern streifen. Bevor Till wusste, wie ihm geschah, stand er mit nacktem Oberkörper da und spürte die Fingerspitzen Petras sanft über seine Brust und seinen Bauch wandern. Eigentlich hätte er jetzt neben Siebels und Jensen bei der Pressekonferenz sitzen sollen. Stattdessen stand er reglos in diesem Loft und genoss die zärtlichen Berührungen von Petra Schneider. Er zuckte leicht zusammen, als ihre Finger spielend um seinen Bauchnabel kreisten und hörte sein Herz schneller schlagen, als eine neugierige Hand hastig seine Hose öffnete und gierig hineingriff. Die Frau ist gefährlich, hörte er Siebels im Geiste sagen. Dann war es um ihn geschehen und er vergaß Siebels und Charly und Jensen und Johanna. Nackt und erregt stand er in dem lichtdurchfluteten Raum, drehte sich um, schaute der begehrenswerten Petra in die Augen, nahm sie fest in die Arme, küsste sie wild und zog und zerrte dabei ungeduldig an ihren Kleidern, bis auch sie nichts mehr am Leibe trug. Seinen männlichen Trieben hilflos ausgeliefert, nahm er sie bei der Hand, zog sie zu dem Bett in der Mitte des Raumes und nahm sich die Frau, die sich ihm bereitwillig hingab.

## 22. Dezember 2007, 15:45 Uhr

Das Gespräch mit Zimmermann war aufschlussreich gewesen, hatte Siebels aber nicht wirklich weitergebracht. Zurück im Präsidium erwartete ihn bereits Staatsanwalt Jensen im Büro.

Auch Charly war anwesend, er saß am Computer und studierte die Internetseite des Deutschen Roten Kreuzes.

„Da sind Sie ja endlich", wurde er von Jensen begrüßt. „Wo ist denn Herr Krüger? Wir müssen uns doch noch absprechen, bevor wir vor die Meute treten."

Siebels zuckte nur mit den Schultern und schaute fragend zu Charly.

„Bei mir hat er sich nicht gemeldet."

„Der kommt bestimmt gleich", mutmaßte Siebels.

„Mittlerweile hat sich die Ermordung von Magdalena Liebig bei der schreibenden Zunft herumgesprochen", seufzte Jensen. Wir haben nicht nur sämtliche Klatschreporter aus der Region im Haus, sondern auch Journalisten von Rang und Namen. Die Finanzpresse ist angerückt, Frauenzeitschriften haben ihre Paparazzi hergeschickt und die TV-Sender ihre Kameras aufgebaut. Wir brauchen eine Strategie, wenn wir die Kontrolle nicht verlieren wollen. Haben wir denn schon Ermittlungsergebnisse?"

„Nicht wirklich", erwiderte Siebels.

„Nicht wirklich? Das ist keine Auskunft, die mir jetzt weiterhilft. Wie sieht es denn mit unwirklichen Ergebnissen aus?", fragte Jensen unwirsch.

„Den nackten Lukas sollten wir auf keinen Fall erwähnen", schlug Siebels vor.

„Unter keinen Umständen", bestätigte Jensen. „Wo ist der jetzt überhaupt?"

„In der Psychiatrie."

„Na, wunderbar. Wenn sich die versammelte Pressemeute auf den Weg in die Psychiatrie macht, um ein Interview mit diesem irren Mönch zu erhaschen, haben wir wirklich ein Problem. Also erzählen Sie mir besser, was wir erwähnen können und in welche Richtung wir das Interesse der Öffentlichkeit lenken sollen."

„Das wird schwierig. Außer dem irren Mönch haben wir noch einen unter Epilepsie leidenden Arbeitslosen, den Frau Liebig aus der Selbsthilfegruppe kannte. Den sollten wir besser auch nicht erwähnen, der steht auf Kriegsfuß mit den alten Liebigs. Wenn der vor die Presse tritt, gibt es Ärger mit Eva Liebig."

„Schweigen wir also auch zu diesem Punkt", stimmte Jensen zu.

„Ansonsten haben wir einige merkwürdige Familienangelegenheiten, die für den Fall relevant sein könnten. Das Testament der alten Arenz gibt einige Rätsel auf und die Rolle von Peter Arenz und seiner Geliebten innerhalb des Unternehmens müssen wir auch noch durchleuchten."

„Schmutzige Familiengeschichten werden wir selbstverständlich auch nicht vor der Presse ausbreiten", seufzte Jensen deprimiert. „Das wird anscheinend nur eine sehr kurze Pressekonferenz. Kein Kommentar zu nix, die werden mich steinigen."

„Das kommt einfach zu früh, wir hätten das nach den Feiertagen machen sollen", gab Siebels seine Meinung zum Besten.

„So geht das nicht, Herr Siebels. Wir müssen die Sache steuern und dürfen gar nicht erst zulassen, dass irgendwelche haarsträubenden Geschichten in den Medien auftauchen. Die Arenz-Werke sind auf der ganzen Welt bekannt und die Mitglieder der Familien Arenz und Liebig sind Söhne und Töchter unserer Stadt. Wir haben diesen Leuten viel zu verdanken und nun stehen wir in der Pflicht. Kommen Sie, wir sind spät dran." Kaum hatte er es ausgesprochen, lief Jensen auch schon aus dem Büro heraus. Der verdutzte Siebels trottete ihm hinterher.

„Wie ist denn nun unsere Strategie?", wollte Siebels wissen.

„Wir halten uns bedeckt. Ich halte eine kurze Ansprache und übergebe dann an Sie. Sie erzählen was von ersten Ergebnissen und einem baldigen Fahndungserfolg und dann wünschen wir der Meute ein frohes Weihnachtsfest und verschwinden wieder."

### 22. Dezember 2007, 16:50 Uhr

Die von Jensen groß angekündigte Pressekonferenz war für alle Beteiligten eine Enttäuschung. Jensen hielt eine langatmige Rede über die Verdienste von Walter und Wilhelmine Arenz, schwadronierte über den Unternehmergeist von Hermann und Eva Liebig und lobte Peter Arenz als großzügigen Mäzen der Frankfurter Kulturlandschaft. Arenz spendete regelmäßig an Museen. Schließlich beendete Jensen seine Ausführungen mit einigen Informationen über den Tod von Magdalena Liebig. Tatzeit, Tatort und Tatwaffe beschrieb er ausführlich und übergab das Wort dann, ohne auf Fragen einzugehen, an Siebels. Siebels gab bekannt, dass ein Raubmord auszuschließen sei und der Täter wahrscheinlich aus dem Bekanntenkreis von Magdalena Liebig stammte. Er gab sich zuversichtlich, dass der Fall noch bis Jahresende aufgeklärt sein würde und beendete dann abrupt die Konferenz. Gemeinsam mit Jensen verließ er fluchtartig den Saal.

Jensen verließ auch sofort das Präsidium, Siebels ging zurück in sein Büro. „Ist Till immer noch nicht aufgetaucht?", fragte er Charly.

Charly war gerade in ein Papier vertieft, das er aus dem Internet ausgedruckt hatte. „Wer ist aufgetaucht?", fragte er verwirrt.

„Till. Der Typ, der immer neben mir her läuft, du erinnerst dich?"

„Ach der." Charly lachte. „Du hättest ihn vielleicht doch nicht allein zu dieser Schneider schicken sollen?"

Siebels brummte nur etwas Undeutliches vor sich hin, ging dann wortlos aus dem Raum, um sich einen Becher Kaffee am Automat zu ziehen, und kam brummend wieder zurück.

„Was schimpfst du denn wieder vor dich hin? War die Pressekonferenz so schlecht?"

„Darüber will ich nicht reden. Was liest du da eigentlich?"

„Du wolltest doch wissen, ob Wilhelmine Arenz außer den uns bekannten Kindern noch weitere Nachkommen hatte. Das prüfe ich gerade. Sie wurde in Ostpreußen geboren und kam 1945 als Flüchtling nach Frankfurt, wo sie Walter Arenz kennen lernte. Damals war sie fünfundzwanzig, ihr Sohn Hermann war fünf Jahre alt. Falls es weitere Kinder gab, von denen nichts bekannt ist, hat sie die höchstwahrscheinlich vor oder während ihrer Flucht verloren. Das wäre jedenfalls nichts Ungewöhnliches. Als du die Presse beglückt hast, habe ich mit dem Leiter vom Suchdienst des Deutschen Roten Kreuzes gesprochen. Der Suchdienst wurde direkt nach dem Krieg im Oktober 1945 gegründet. Die suchen dort bis heute nach Vermissten und werden sogar noch regelmäßig fündig. Seit 1945 gingen dort immerhin über 17 Millionen Anfragen ein, das muss man sich mal vorstellen. Viele Fälle konnten erst in den letzten Jahren geklärt werden, weil man beim Roten Kreuz erst seit 1992 Zugang zu den Archiven aus Russland und anderen osteuropäischen Ländern bekommen hat. Mitte der Neunziger konnten die Mitarbeiter beim Roten Kreuz jährlich bis zu 20 000 Schicksale aufklären. 50 Jahre nach Kriegsende, das ist eigentlich kaum zu glauben. Selbst bis jetzt treffen dort pro Jahr noch einige Tausend Suchanfragen ein. Jetzt sind es meist die Enkelkinder, die ihre Familiengeschichte erforschen."

„Beeindruckend", gestand Siebels. „Hast du auch etwas zu unserem Fall herausfinden können?"

„Noch nicht. Aber die Leute vom Suchdienst nehmen sich der Sache an und melden sich nach den Feiertagen bei mir. Außerdem habe ich veranlasst, dass sie prüfen, ob es bereits Suchanfragen von Wilhelmine Arenz, deren Kindern oder von Dr. Jürgens und Petra Schneider gab."

Siebels strahlte. „Ach Charly, was wäre ich bloß ohne dich?"

„Ein jämmerliches Nichts."

„So schlimm?"

„Eigentlich noch schlimmer."

„Du stürzt mich in Depressionen. Erst verliere ich meinen Kollegen und jetzt noch meine Selbstachtung. Wolltest du dich heute Abend nicht mit einem ehemaligen Kollegen der Schneider treffen?"

„Das war aber ein schneller Themenwechsel. Aber ja, in einer Stunde treffe ich ihn im Irish Pub am Hauptbahnhof. Willst du mitkommen?"

„Eigentlich nicht. Ich würde gern noch mal mit der Haushälterin der Liebigs sprechen, mit Frau Bromowitsch. Andererseits will ich nicht noch einen Kollegen verlieren. Versprichst du mir, dass du auf dich aufpasst?"

„Ich verspreche dir, dass ich ein oder zwei Guinness trinke. Falls Till nicht wieder auftaucht, könnte ich mich ja mal um diese Schneider kümmern." Charly grinste über sein ganzes Gesicht.

„Das könnte dir so passen. Wenn die unseren Kleinen verspeist hat, schicke ich ihr eine Hundertschaft auf den Hals."

„Alles, was Schneider heißt, scheint Gift für unseren Till zu sein. Der Schießstand-Schneider macht ihm das Leben schon schwer und jetzt noch dieses gewiefte blonde Schneiderbiest."

„Falls er morgen früh wie gewohnt hier auftaucht, ist er jedenfalls erst mal aus dem Schneider."

„Oder aus der Schneider." Charly kriegte sich vor Lachen gar nicht mehr ein und Siebels machte sich kopfschüttelnd auf den Weg zu Frau Bromowitsch.

**22. Dezember 2007, 18:30 Uhr**

Kerzenlichter standen auf dem Fußboden des Lofts. Petra Schneider hatte sie rund um das Bett aufgestellt. Sie lag in den Armen von Till und schnurrte wie eine Katze. Till schwebte im siebten Himmel. Er hatte von dieser Frau alles bekommen, was sich ein Mann nur wünschen konnte. Mit geschlossenen Augen lag er im Bett und genoss die Wärme des weiblichen Körpers an seiner Seite.

„Hast du eine Ahnung, wie es bei den Arenz-Werken weitergeht, wenn die alten Liebigs sich zurückziehen?", fragte sie plötzlich und es klang wie nebensächlich. Aber bei Till läuteten alle Alarmglocken. Er hatte gerade den besten Fick seines Lebens erlebt und fing gerade an zu glauben, dass er das nur seiner männlichen Anziehungskraft zu verdanken hatte. Schlagartig wurde ihm klar, dass diese rassige Katze ihn wie ein wehrloses Mäuschen verspeist hatte. Der Frau war einzig und allein an Informationen gelegen, die sie zu ihrem Vorteil nutzen konnte. Und dafür war ihr jedes Mittel recht. Till hörte wieder die lästernden Stimmen seiner Kollegen. Die Frau ist gefährlich.

„Ich vermute mal, dass die Arenz-Geschwister das Unternehmen an einen Finanzinvestor verkaufen", sagte Till und versuchte, dabei möglichst gelangweilt zu klingen.

„Gibt es da nicht eine Klausel in den Verträgen, dass ein Verkauf des Unternehmens nur mit absoluter Mehrheit der Aktionäre stattfinden kann?"

„Das ist korrekt", bestätigte Till. „Du kennst dich ja ziemlich gut aus. Warum interessiert dich das?"

Petra beantwortete diese Frage nonverbal. Ihre Lippen gingen über Tills nackte Haut auf Wanderschaft. Seine Antwort schien sie davon überzeugt zu haben, dass es sich lohnen müsste, mit dem zappelnden Mäuschen noch ein wenig zu spielen.

„Ich bin geil auf Reichtum und Macht", flüsterte sie Till ins Ohr. „Die Arenz-Werke finde ich wahnsinnig sexy. Du nicht?"

„Ich bin geil auf dich", stöhnte Till und wappnete sich für die nächste Runde seiner neuesten Art der Zeugenbefragung.

## 22. Dezember 2007, 18:50 Uhr

Die Haushälterin der Liebigs wohnte alleine in einer Zweizimmerwohnung in der Niederräder Bruchfeldstraße. Von hier aus fuhr sie jeden Morgen mit der Straßenbahn zur Villa Liebig. Die Haltestelle der Bahn lag genau vor ihrer Haustür. Viele kleine Läden waren hier angesiedelt. Bäcker, Metzger, Discounter, Ramschläden, eine Buchhandlung und die überall präsenten Telefonshops prägten das Straßenbild. Frau Bromowitsch hatte hier alles, was sie zum Leben benötigte. Ihr Mann war vor über zehn Jahren bei einem Arbeitsunfall ums Leben gekommen. Nun pflegte sie sein Grab und erzählte ihm bei ihren Besuchen auf dem Friedhof von ihrem trostlosen Leben. Oft saß sie stundenlang auf der kleinen Holzbank am Rande des Wegs, wo der Grabstein mit ihrem Familiennamen stand. Manchmal war sie von Magdalena begleitet worden. Magdalena war für Frau Bromowitsch fast wie eine Tochter geworden. In Zukunft würde sie auch regelmäßig das Grab von Magdalena besuchen und sich darum kümmern, erzählte sie Siebels, der in ihrer Küche saß und von den selbstgebackenen Weihnachtsplätzchen naschte.

Als Frau Bromowitsch ihre traurige Geschichte erzählt hatte, fühlte sich Siebels eher wie ein Sozialarbeiter als wie ein Kriminalkommissar. Zuhören war eine Kunst, die er beherrschte. Dabei dachte er auch gern nach. Er hörte sich das Schicksal von Frau Bromowitsch an und dachte dabei an sein eigenes. Es war noch nicht so lange her, da saß auch er mutterseelenallein in einer kleinen Wohnung. Frau und Tochter hatten ihn verlassen und Geldsorgen machten ihm zusätzlich das Leben schwer. Mit Sabine kam die Wende. Seine Schulden hatte er im Griff und bald hatte er auch wieder eine kleine Familie. Er wünschte auch Frau Bromowitsch von Herzen, dass in ihrem Leben noch ein Mensch auftauchte, für den es sich zu leben lohnte.

„Haben Sie Herrn Zimmermann einmal kennen gelernt?", fragte er, nachdem er das letzte Plätzchen vertilgt hatte.

„Ja, aber nur flüchtig. Er ist auch ein einsamer Mann. Er war in Magdalena verliebt. Jedenfalls glaubte er das."

„Wie meinen Sie das?"

Frau Bromowitsch lächelte Siebels an. „Ach wissen Sie, Liebe ist etwas Großartiges. Liebe geht durch den Magen und wer verliebt ist, spürt die Schmetterlinge im Bauch."

Siebels nickte. Das hatte er bei Sabine erlebt. Die Schmetterlinge flogen noch immer wild in seinem Bauch umher.

„Weder Herr Zimmermann noch Magdalena hatten Schmetterlinge im Bauch", fuhr Frau Bromowitsch fort. „Sie waren Leidensgenossen. Beide waren einsam und litten unter Epilepsie. So haben sie sich ja auch kennen gelernt. In einer Selbsthilfegruppe für Epileptiker. Ich glaube, Herr Zimmermann sah in Magdalena seine letzte Chance, noch eine Frau zu finden. Diese Gelegenheit wollte er unbedingt nutzen. Herr Zimmermann ist ein eigenartiger Mann. Ich kann nichts Schlechtes über ihn sagen, aber auch nichts Gutes. Er hat weder Charme noch Humor und sieht auch nicht besonders gut aus. Dazu kommt seine Krankheit und seine Arbeitslosigkeit. Kein Mann, der so leicht eine Frau findet. Ich vermute, er ist in seinem Leben schon oft enttäuscht worden. Er hatte Angst, dass er auch von Magdalena enttäuscht werden könnte."

„War das denn so?"

„Oh, das weiß ich nicht. Ich denke, es war eher umgekehrt. Anfangs war Magdalena ganz Feuer und Flamme. Sie wollte mit ihm in eine Wohnung ziehen und endlich ein eigenes Leben führen. Weg von ihren Eltern, wo sie sich nicht als eigenständiger Mensch entfalten konnte. Aber Herr Zimmermann machte dann alles falsch. Anstatt sie auf Händen aus der Villa herauszutragen und ihr die Freiheit in einer Partnerschaft zu schenken, schnürte er sie noch enger ein, als ihre Eltern es schon getan hatten. Anstatt mit ihr glücklich zu werden, wurde er von Tag zu Tag unglücklicher. Ihm saß die Angst vor einer Enttäuschung im Nacken."

„Gab es Schwierigkeiten mit Magdalenas Eltern?"

„Oh ja. Eva Liebig hielt Herrn Zimmermann für einen Hochstapler und Erbschleicher. In ihren Augen war er ein Taugenichts, der seine Krankheit nur als Vorwand nahm, um an Magdalenas Geld heranzukommen."

„Hatte Herr Zimmermann einen Schlüssel zur Villa?"

„Magdalena hatte ihm einen Schlüssel gegeben, als es noch gut zwischen ihnen lief. Sie mochte es, wenn er zur Tür hereinkam, als würde er zur Familie gehören. Er kam aber immer nur, wenn

Magdalena allein im Haus war und er sichergehen konnte, dass das auch eine Weile so bleiben würde. Ihre Eltern sind ja von früh bis spät in der Firma. Mir hat Magdalena manchmal freigegeben, wenn Herr Zimmermann vorbeikommen wollte. Erst war es mir unangenehm, weil ich ja für meine Zeit bezahlt werde. Aber dann kam ich zu der Überzeugung, dass es gut für Magdalena wäre. Die freie Zeit habe ich dann immer bei meinem Mann auf dem Friedhof verbracht. Ich habe Magdalena auch dazu geraten, ihm einen Schlüssel zu geben. Sie sollte nicht zu lange allein sein, falls sie einen Anfall bekommt. Ich weiß aber nicht, ob er immer noch einen Schlüssel hat. In letzter Zeit kam er immer weniger vorbei. Magdalena fand immer neue Ausreden, um ihn nicht zu treffen."

„Hat sie vielleicht einen anderen Mann kennen gelernt?"

„Einen anderen Mann?" Frau Bromowitsch schaute Siebels mit großen Augen an. „Nicht, dass ich wüsste. Sprechen Sie von dem Mann, der neben ihrer Leiche gesessen hat? Hat er sie umgebracht?"

„Wahrscheinlich hat er sie nicht umgebracht. Es muss noch jemand im Haus gewesen sein. Jemand, der die Kleider dieses Mannes mitgenommen hat. Ich glaube nicht, dass er schon nackt dort aufgetaucht ist. Haben Sie ihn nie zuvor gesehen?"

„Nein. Ganz sicher nicht. Er sah so sonderbar aus, wie er auf dem Fußboden saß. Als wäre er verrückt."

„Er ist auch Epileptiker", klärte Siebels sie auf. „Er leidet unter der gleichen Krankheitsform wie Magdalena. Er wurde wahrscheinlich nie behandelt. Wir gehen davon aus, dass er Mönch ist."

„Ein Mönch?"

„Ja. Und wir glauben, dass er eine Affäre mit Magdalena hatte. Magdalena hat kurz vor ihrem Tod mit einem Mann geschlafen. Wahrscheinlich mit ihm."

„Wurde sie vergewaltigt?" Die Frage kam leise.

„Dafür gibt es keine Anzeichen. Sie waren als Erste am Tatort. Sie haben gesehen, wie die Kleidung von Magdalena im Haus zerstreut war. Das deutet eher darauf hin, dass Magdalena ihn verführt hat."

„Einen Mönch?" Frau Bromowitsch hielt sich erschrocken eine

Hand vor den Mund. „Wenn das wahr ist und ans Licht kommt, das ist ja ein Skandal für die Familie."

„Nehmen wir einmal an, es wäre so gewesen. Nehmen wir weiter an, Herr Zimmermann besitzt noch einen Schlüssel zur Villa und kommt unangemeldet vorbei. Er erwischt die beiden im Bett von Magdalenas Eltern. Könnten Sie sich vorstellen, dass er Magdalena umbringen würde?"

Frau Bromowitsch schwieg eine Weile. Dann nickte sie nachdenklich. „Das wäre möglich. Wie furchtbar. Was sagt denn dieser Mönch dazu?"

„Der sagt leider noch nichts. Ich hoffe, das ändert sich bald."

# 16

Ausgeruht verließ er am Vormittag die Bahnhofsmission. Er hatte keine Ahnung, wohin ihn seine Füße tragen würden. Er dachte an Wilhelmine, sie war sein Vorbild. Sie hatte Tag für Tag gekämpft, für sich und für ihre Anvertrauten. Er musste nur für sich kämpfen. Er lief durch die Stadt und betrachtete sich die Menschen. Nie zuvor hatte er eine solche Hektik und Betriebsamkeit erlebt. Niemand schenkte ihm Beachtung. Schnellen Schrittes liefen die Menschen mit ausdruckslosen Gesichtern an ihm vorbei. Autos hielten vor roten Ampeln und warteten ungeduldig, bis es wieder auf Grün schaltete. Straßenbahnen waren mit Menschen überfüllt, an der Haltestelle drängten sich noch mehr Menschen hinein. Er sog das Leben um ihn herum in sich auf. Jeder dieser Menschen war ein Kämpfer, der im Dschungel der Großstadt um sein täglich Brot zu ringen hatte. Er ging an Obstläden und Bäckereien vorbei, betrachtete sich die Auslagen und studierte die Preise. Er hatte Hunger, aber kein Geld. Er hatte keine Kleidung und fror. Er musste seine Mönchstracht gegen einen warmen Mantel tauschen und ein Bett für die Nacht finden. Er hielt den braunen Ledereinband fest in der Hand. Er brauchte ein ruhiges und warmes Plätzchen, wo er in Ruhe darin lesen konnte. Er ging zurück in die Bahnhofshalle, wo der Wind nicht so kalt wehte. Er wusste, dass für ihn gesorgt worden war. In dem Ledereinband befand sich der Umschlag und in dem Umschlag der Schlüssel. Auf dem Schlüssel stand die Nummer. Den Schlüssel zum Himmelreich kann ich dir nicht geben, aber den Schlüssel zur Welt, hatte sie in dem Brief geschrieben, der dem braunen Ledereinband beigelegen hatte. Nun war er in der Welt. Er ging zu den Schließfächern und suchte die richtige Nummer heraus. Langsam steckte er den Schlüssel in das Schloss und drehte ihn herum. Er öffnete das Fach. Zwei Umschläge waren darin hinterlegt. Er öffnete den ersten und fand ein dickes Bündel Banknoten. In dem zweiten Umschlag lagen ein Reisepass und ein Personalausweis. Sein Bild prangte auf beiden

Dokumenten. Er erinnerte sich an den Fotografen, der dieses Bild im Kloster gemacht hatte. Ein Journalist, der eine Reportage über das Leben im Kloster schreiben wollte. Der Abt hatte diesen Journalisten eingeladen. Eine Woche war er geblieben und hatte am Leben der Mönche teilgenommen.

Er verließ wieder die Bahnhofshalle und ging in die Stadt. Jetzt hatte er Geld, viel Geld. Er lief an Spielhallen vorbei, an Bordellen und Bankfilialen. Er fand einen Friseursalon und ging hinein. Dort ließ er sich seinen Haarkranz abrasieren. Mit spiegelnder Glatze verließ er den Salon und lief weiter durch die Stadt. Er fand einen Herrenausstatter, ging hinein und erregte in seiner Mönchskutte und seinen abgelaufenen und verdreckten Schuhen großes Aufsehen. Heraus kam er mit einem teuren Anzug auf dem Leib, mit Hemd und Krawatte, aber noch ohne neues Schuhwerk. Bevor er sich Schuhe kaufte, besorgte er sich Socken und Unterwäsche. Als er das Schuhgeschäft betrat, hatte er drei volle Einkaufstüten in der Hand. Er verließ das Geschäft in italienischen Lederschuhen und ging sich einen Mantel kaufen. Er betrachtete sich in einem Spiegel, staunend und zufrieden. Er war ein neuer Mensch geworden. Das Einkaufen hatte ihn hungrig gemacht, er suchte ein Restaurant und fand ein Steakhaus, wo er sich niederließ und ein argentinisches Rumpsteak verspeiste. Dazu trank er ein Bier. Beim Bezahlen fragte er den Ober nach einem Hotel. Nach einem Hotel, das er zu Fuß erreichen konnte. Er folgte dem Rat des Obers, verließ das Restaurant und spazierte die Straße hinunter. In seinem neuen Mantel spürte er die Kälte nicht mehr. Er lief am Palmengarten vorbei und nahm sich vor, ihn bei Gelegenheit zu besuchen. Einen Palmengarten in einer winterlichen Großstadt konnte er sich nicht recht vorstellen. Er kam an die Kreuzung, hier sollte er sich links halten, hatte der Ober ihm gesagt. An der Ampel wartete er, bis für die Fußgänger das Grünzeichen erleuchtete. Nicht alle Fußgänger waren so geduldig wie er. Er überquerte die Straße und erblickte auf der nun gegenüberliegenden Seite das Senckenbergmuseum. Auch dort wollte er hinein, nahm er sich vor. Er lief weiter, betrachtete sich beim Gehen die Fahrer der Autos, die an ihm vorbeifuhren. Das Hotel lag nun vor ihm. Ein Page in violetter Uniform stand vor dem Eingang. Er lief an dem Pagen vorbei, erklomm die

Steinstufen zum Eingang, ging zur Rezeption und checkte problemlos im Hotel Hessischer Hof ein. Er zahlte sein Zimmer für eine Woche im Voraus.

Sein Zimmer befand sich in der zweiten Etage. Er nahm die Treppe. Im Zimmer angekommen, legte er seinen Mantel ab und zog sich seinen Anzug aus. Vorsichtig betastete er mit seinen Händen die Matratze des Bettes. Nie zuvor hatte er in einem solchen Bett geschlafen. Er legte sich hinein, verharrte einen Moment ruhig darin und fing dann an, wie ein kleines Kind auf der Matratze herumzutollen. Dann blieb er wieder still liegen, nahm sich seinen braunen Ledereinband zur Hand und fing an zu lesen.

*Mein Leben, Wilhelmine Arenz*

*Mutter und Boris waren von den zwei Dorfpolizisten abgeholt und nach Königsberg gebracht worden. Ludger hatte sie begleitet und bei der SS in Königsberg Mutter als Heimatverräterin denunziert. Er sagte aus, dass Boris in unserem Hause Pläne zum Widerstand geschmiedet und Mutter ihn gedeckt habe. Boris, der polnischer Fremdarbeiter war, versuchte nach Ludgers Angaben den russischen Vormarsch mit der Verbreitung von Desinformationen in der Landbevölkerung zu begünstigen.*

*Drei Tage und drei Nächte wurde Mutter bei der SS verhört. Dann brachte man sie wieder nach Hause. Ihre Augen waren geschwollen, Blutergüsse verunstalteten ihre Arme und Beine. Von Boris haben wir nie wieder etwas gesehen oder gehört. Mutter saß fortan nur noch in der Stube und starrte gegen die Wand. Sie sprach nicht und aß kaum etwas. Jedes Mal, wenn ich sie in ihrem Sessel sitzen sah, loderte tiefer Hass in mir auf. Boris war ein guter Mensch gewesen. Er hatte Mutter gut behandelt und gute Arbeit auf dem Hof geleistet. Mit den Russen hatte er nichts zu tun gehabt. Im Gegenteil, einen Vormarsch der Russen hatte er genauso gefürchtet wie wir Deutschen.*

*Zu Beginn des Jahres 1944 marschierte der Russe weiter nach Westen. Anfang Februar hatten sie Luzk und Rowno erobert, einige Tage später besetzten sie Luga. Noch zweifelte aber in Ostpreußen niemand daran, dass die Wehrmacht den aufrückenden Russen wieder zurückdrängen und besiegen würde. Die Stimmen aus dem Radio verkündeten es jeden Tag aufs Neue.*

*Meine Sorgen galten aber Mutter, die nach wie vor wie versteinert in ihrem Sessel saß, und den Zwillingen. Karl und Hermann hatten sich zu zwei lebhaften Burschen entwickelt. Sie glichen sich wie ein Ei dem anderen und seltsamerweise wurden sie auch fast immer gleichzeitig von diesen Krampfanfällen heimgesucht. Meist geschah es am Morgen. Mit zuckenden Ärmchen und Beinchen lagen sie dann da und ich konnte ihnen nicht helfen. Manchmal vergingen mehrere Wochen, ohne dass etwas passierte. Dann kamen die Anfälle ganz plötzlich, mal waren sie stärker ausgeprägt, mal bemerkte man sie kaum. Für die beiden gehörten diese Anfälle zu ihrem Leben, sie kannten es ja nicht anders. Für mich war es jedes Mal schrecklich. Wenigstens Erika war bis jetzt verschont geblieben. Aber sie war ja noch keine zwei Jahre alt. Ich beobachtete sie ganz genau und dankte Gott für jeden Tag, an dem sie gesund geblieben war.*

*Jelena war mir eine noch größere Hilfe geworden, seitdem Mutter nicht mehr ansprechbar und Boris verschwunden war. Sie arbeitete bei Tag und bei Nacht, im Haus und auf dem Hof. Sie kümmerte sich um Mutter, gab Acht, dass sie regelmäßig aß und trank und ging ab und an ein paar Meter mit ihr spazieren. Jelena nahm es gelassen, wenn Karl und Hermann einen Anfall erlitten und beruhigte mich jedes Mal, wenn es geschah. Ich hatte nur noch Jelena zum Reden, aber zum Reden hatten wir nicht viel Zeit.*

*Anfang März 1944 geschah es dann. Draußen war es bereits dunkel, ich fütterte gerade die Kinder, da hörte ich den Schrei von Jelena. Er kam von draußen. Ich nahm das große Küchenmesser vom Tisch und lief damit hinaus. Erst sah ich nichts in der Dunkelheit. Aber ich hörte etwas. Ich lief zum Hoftor hinaus und da erkannte ich ihn. Ludger. Er machte sich an Jelena zu schaffen, hatte seine Hände unter ihrem Rock und versuchte sie zu küssen. Ich rannte auf ihn zu, hatte das Messer fest in der Hand. Ich dachte nicht darüber nach, ich warnte ihn nicht, ich stach einfach zu. Die Klinge des Messers bohrte sich seitlich in seinen Hals. Blut spritzte. Jelena schrie. Ich zog das Messer aus ihm heraus und stach erneut zu. Stach es ihm in den Nacken und in den Rücken. Ludger torkelte, röchelte, fiel um und blieb blutüberströmt liegen. Ich stand über ihm, zitternd, das Messer in der Hand, bereit erneut zuzustechen. Aber das war nicht mehr notwendig. Ludger starb vor unseren Augen.*

## 22. Dezember 2007, 20:05 Uhr

Till saß auf dem Beifahrersitz des Maseratis, der mit quietschenden Reifen von der Mole am Westhafen losfuhr. Petra fuhr mit ihm in ein Restaurant. Da Till mit seinen Turnschuhen in ihren Augen für ein gediegenes Abendessen in romantischer Atmosphäre gehandicapt war, hatte sie sich für eine Bar in Bornheim entschieden. Nach wenigen Minuten jagte sie den Maserati in das Parkhaus am Mousonturm und hakte sich dann beim Gang zum Sterntaler, einem alteingesessenen und mittlerweile auf modern getrimmten Laden, bei Till ein. Ein kalter Wind wehte durch die Straßen, die hohen Absätze von Petra klackerten auf dem Bürgersteig.

„Du bist ein toller Lover", hauchte sie Till ins Ohr.

Till dachte an Johanna und bekam ein schlechtes Gewissen. Dann dachte er an Siebels und fragte sich, wie er ihm seine neuesten Ermittlungsmethoden plausibel machen sollte. Zu guter Letzt fragte er sich, was Jensen mit ihm anstellen würde, wenn er von seinen Eskapaden erfuhr.

„Warum läuft so eine Frau wie du eigentlich allein durchs Leben?", erkundigte sich Till.

„Bin ich etwa allein? Bist du nur ein Geist? Vorhin hatte ich jedenfalls nicht den Eindruck."

„Jetzt mal im Ernst", bat Till. „Hast du keinen festen Freund?"

Mittlerweile hatten sie das Lokal erreicht. Petra hatte vor der Abfahrt aus dem Loft telefonisch einen Tisch reserviert, an den sie nun von einer Empfangsdame geführt wurden. Der Laden war proppenvoll, der Geräuschpegel hoch, das Publikum jung und ungezwungen. Einige männliche Besucher schenkten Petra einen aufmerksamen Blick, was dem geübten Auge von Till nicht entging. Als sie es sich an ihrem Tisch gemütlich gemacht hatten, wiederholte Till seine Frage nach einem festen Freund.

„Ich habe einen Geschäftsfreund, der ist aber nicht so gut gebaut wie du. Deswegen beschränke ich mich bei ihm hauptsächlich auf das Geschäftliche."

„Hauptsächlich? Und nebensächlich?"

„Nebensächlich ist nebensächlich und geht dich gar nichts an, mein Lieber. Kann es sein, dass du ein bisschen spießig bist?"

„Nee, das kann nicht sein. Ich will nur nicht als Pferdedieb erschossen werden. Rassige Stuten laufen nämlich selten in freier Wildbahn rum."

„Wow, gut gesprochen, Cowboy. Darauf trinken wir einen."

Petra bestellte zwei Bier. Till hatte bei ihr bereits einige Martini und mehrere Gläser Rotwein getrunken und spürte den Alkohol schon, den er nicht gewohnt war. Petra schien damit keine Probleme zu haben.

„Was für Geschäfte machst du denn mit deinem Partner?"

„Am liebsten lukrative Geschäfte. Wir sind in der Immobilienbranche tätig. Ich habe mich vor einiger Zeit bei meinem Partner eingekauft. Wir konzentrieren uns auf exklusive Projekte. Für die Wohnung, in der du mich gebumst hast, suche ich gerade einen Käufer. Ich bin da als Zwischenmaklerin tätig."

„Das ist gar nicht deine Wohnung?", fragte Till verdutzt.

„Ich benutze sie nur vorübergehend. Hast du dich nicht gewundert, dass außer dem Bett keine Möbel drin sind?"

„Doch, gewundert habe ich mich schon. Und warum steht das Bett drin?"

„Weil es sich auf dem Parkettboden so schlecht vögelt."

Till schaute sich um, Petra sprach in einer Lautstärke, die an den Nachbartischen problemlos gehört werden konnte. Er erntete auch einige belustigte Blicke. Die Bedienung brachte das Bier und Petra bestellte noch einen Salat. Till entschied sich für ein Rumpsteak.

„Und wenn sich Interessenten die Wohnung anschauen? Stört die das nicht, wenn da ein Bett rumsteht?"

„Das verrate ich dir ein andermal", zwinkerte Petra ihm zu. „Wie bist du eigentlich an den Job bei den Arenz-Werken gekommen? Ich hätte vermutet, dass die sich einen der Großen aus der Branche nehmen, wenn sie einen Berater unter Vertrag nehmen. McKinsey oder Berger. Aber doch keinen Turnschuh-Cowboy."

„Das verrate ich dir ein andermal", zwinkerte Till, trank sein Bier in einem Zug aus und verschwand dann auf Toilette. Als er wiederkam, stand sein Rumpsteak bereits auf dem Tisch. Als er zu essen anfing, spürte er Petras Fuß an seinem Unterschenkel spielen. Ihre Schuhe hatte sie ausgezogen. Ihr Fuß spielte an ihm, bis er sein Steak aufgegessen hatte. Dann zogen sie weiter.

Der Maserati beschleunigte, bremste, beschleunigte und bremste hart vor einer roten Ampel. Till saß wieder auf dem Beifahrersitz. Er war hundemüde und ihm war schlecht. Die Mischung aus Martinis, Rotwein und Bier war ihm nicht gut bekommen. Er sehnte sich danach, neben seiner Johanna im Bett zu liegen und friedlich einzuschlafen. Petra hatte aber andere Pläne gehabt, als friedlich einzuschlafen. Nachdem sie noch eine Weile im Sterntaler gesessen hatten, hatte sie Lust auf Disco bekommen. Noch ein bisschen abhotten, hatte sie gesagt. Auf der Hanauer Landstraße gäbe es einige Clubs, wo sich ein Besuch noch lohnen würde. Till hatte das Nein schon auf der Zunge gehabt, sich dann aber doch nicht zu kneifen getraut. Die Ampel schaltete auf Grün und Petra beschleunigte den Maserati. Till wurde in den Sitz gedrückt und musste sich ernsthaft anstrengen, nicht auf das Edelholz-Armaturenbrett vor ihm zu kotzen. Petra jagte den Maserati an der Eissporthalle vorbei, nahm mit quietschenden Reifen die Rechtskurve und schlitterte über die Straßenbahnschienen. Draußen war es unter null Grad und es hatte am Abend etwas genieselt. Unbeeindruckt gab Petra weiter Gas, fuhr auf die Hanauer Landstraße und bremste abrupt vor einem der Clubs. Unkonventionell stellte sie den Maserati auf dem Bordstein an einem Fußgängerüberweg ab. Till ließ sich schwerfällig aus dem Wagen fallen und folgte ihr leicht torkelnd zum Club. Petra lief zielstrebig an der auf Einlass wartenden Schlange vorbei und wurde liebevoll von zwei Türstehern mit Wangenküsschen empfangen. Die beiden Bodybuilder öffneten Petra die Tür und stellten sich Till in den Weg.

„Der gehört zu mir", rief sie und verschwand in der Dunkelheit des Clubs. Artig ließen die Bodyguards auch Till eintreten. Der ließ Petra Petra sein und folgte schnurstracks dem Wegweiser zur Toilette. Als er wieder herauskam, lief er durch den Club und suchte Petra. Nach einer Weile fand er sie auf der Tanzfläche, wo sie sich prächtig mit einem Latino amüsierte. Till ging zur Bar, bestellte sich eine Cola und stellte sich dann an den Rand der Tanzfläche. Petra rieb ihre Hüften mittlerweile an denen eines dunkelhäutigen Mannes im Muskelshirt. Dumpf dröhnten die Bässe, harte Technomusik ertönte aus den Boxen, Petra winkte ihn lachend zu sich. Die laute Musik ließ Till wieder nüchtern werden. Die Lebensgeister kehrten in ihn zurück. Die wilden, zur Musik zuckenden Bewegungen von Petra taten ihr übriges. Sie war heute Abend seine Braut. Er würde den Milchbubis schon zeigen, wie man mit so einer Frau zu tanzen hatte. Er trank die Cola in einem Zug leer, ließ das leere Glas einfach fallen und schritt kampfeswillig und siegesbewusst auf die Tanzfläche. Mit einem geschickten Hüftschwung katapultierte er den Mann im Muskelshirt zur Seite. Er tanzte vor Petra und hinter ihr und ließ seine Hände imaginär an ihrem Körper heruntergleiten. Petra schien es zu gefallen, sie heizte ihm mit ihren lasziven Gesten und Bewegungen noch kräftig ein. Nebenbei flirtete Petra auch mit dem Mann im Muskelshirt. Der kam Till immer näher und stand plötzlich zwischen ihm und Petra. Petra tanzte ungezwungen mit dem dunkelhäutigen Typen weiter. Till wurde das jetzt zu blöd. Er legte seine Hand auf dessen Schulter und zog ihn zu sich herum. Kaum hatte er das Gesicht seines Kontrahenten vor sich, holte er aus und schlug ihm seine Faust mit voller Wucht auf die Nase. Trotz der lauten Musik hörte Till das Knacken des Nasenknochens. Blut floss aus der gebrochenen Nase. Sein Widersacher hielt beide Hände vor seine Nase und versuchte so, das Blut zu stoppen. Petra hatte ihre Tanzeinlage eingestellt und zeigte Till einen Vogel. Bevor dieser etwas erwidern konnte, wurde er auch schon von den beiden Türstehern in die Zange genommen. Sie schleiften ihn von der Tanzfläche und beförderten ihn unsanft zum Ausgang. Draußen schneite es leicht. Er fror und wartete auf Petra, aber die kam nicht. Nach einigen Minuten stoppte er ein vorbeifahrendes Taxi und ließ sich nach Hause bringen.

# 17

Am nächsten Morgen erwachte er bereits früh in dem großen, weichen Hotelbett. Er schlug seine Augen auf und benötigte eine kurze Zeit, bis ihm einfiel, wo er sich befand. Ein Lächeln umspielte seine Lippen. Er hatte es tatsächlich gewagt. Er war hinaus in die Welt gegangen, hatte die schützenden Mauern des Klosters verlassen, den ersten Schritt getan. Wilhelmine hatte es schon lange vorher gewusst. Sie hatte alles geplant und dann war sie gestorben. Er fragte sich, ob sie an ihn gedacht hatte, als sie ihre letzten Atemzüge tat. Jetzt musste er die nächsten Schritte unternehmen. Gott würde bei ihm sein. Er faltete die Hände, um ein Gebet zu sprechen. Doch bevor er dazu kam, verlor er die Kontrolle über seinen Körper. Tausend elektrische Schläge ließen seine Muskeln erzittern. Zuckend lag er auf dieser weichen Matratze und ergab sich seinem Schicksal. Der Anfall war kurz, aber heftig. Als es vorbei war, blieb er noch eine Weile regungslos liegen. Wenn er in seinem Zimmer war, konnte er die Anfälle aushalten. Aber er fragte sich, was wäre, wenn er in der Stadt unterwegs war. Er hatte noch so viel zu erledigen. Er hatte noch einen Auftrag zu erfüllen. Er sprach sein Gebet und nahm sich dann wieder den braunen Ledereinband zur Hand.

*Mein Leben, Wilhelmine Arenz*

*Ludger war verschwunden. Wir hatten seine Leiche weggeschafft. Weder Jelena noch ich sprachen dabei ein Wort. Wir wussten, was zu tun war, und taten es. Danach verloren wir nie wieder ein Wort über ihn. Das Leben nahm wieder seinen gewohnten Gang.*

*Im Mai 1944 eroberten die sowjetischen Truppen Sewastopol und Hitler ließ die Krim räumen.*

*Der Zustand von Mutter besserte sich im Sommer 1944 wieder. Sie ging wieder öfter allein aus dem Haus, beschäftigte sich wieder mit ihren Enkeln und lachte sogar manchmal.*

*Für die Arbeit auf dem Feld benötigten wir dringend Ersatz für Boris. Immer wieder wurde ich vorstellig und bat bei der zuständigen Stelle um Hilfe. Ende April schickten sie uns endlich jemanden. Jaroslaw war Anfang dreißig, ein ungarischer Fremdarbeiter, den man aus der Fabrik in Königsberg abgezogen hatte, in der Fritz früher tätig gewesen war. Als Jaroslaw zu uns kam, war er stark abgemagert und hustete den ganzen Tag. Zum Arbeiten war er in diesem Zustand kaum zu gebrauchen. Während Jelena und ich auch weiterhin die Felder bewirtschafteten und die Tiere versorgten, kümmerte sich Mutter um Jaroslaw. Sie behandelte ihn gut und päppelte ihn wieder auf. Nach einigen Wochen war Jaroslaw wieder zu Kräften gekommen und übernahm die Männerarbeit. In der Fabrik in Königsberg hätte er nicht überlebt. Er dankte es uns mit guter Arbeit. Die ersten Wochen hatte er kaum gesprochen und wie ein verängstigtes Tier gewirkt. Mit misstrauischen Blicken hatte er mich und Jelena beobachtet. Zu Mutter fasste er schneller Vertrauen. Irgendwann fing er an zu erzählen. Wir saßen am Abend in der Küche und aßen. Jaroslaw erzählte von seiner Heimat in Ungarn, von seinen Eltern und Großeltern und von der Frau, die er einmal heiraten wollte. Dann kam der Krieg und Jaroslaw verlor alles. Er erzählte von der Fabrik, wo er harte körperliche Arbeit zu verrichten hatte und selten etwas zu essen bekam. Er berichtete von unzähligen Fremdarbeitern, die in den Fabriken arbeiteten, bis sie tot umfielen. Mit Haut überzogene Skelette mit gekrümmten Buckeln und leeren Augen.*

*In dieser Nacht schlief ich mit Jaroslaw. Ich beging den gleichen Fehler wie Mutter. Ich wusste, in welche Gefahr ich ihn und uns brachte, und konnte es doch nicht verhindern. Nach meinem kurzen Eheleben mit Fritz und den schrecklichen Zusammenstößen mit Ludger und seiner Mutter, der Engelmacherin, fühlte ich mich in den Armen von Jaroslaw zum ersten Mal in meinem Leben wie eine richtige Frau. In mir brannte ein Feuer der Leidenschaft. Nie werde ich diese Nacht vergessen, in der ich alles vergaß, was mir Kummer und Sorgen bereitete.*

## 23. Dezember 2007, 7:50 Uhr

Siebels saß allein an seinem Frühstückstisch und überlegte, ob er sich ein paar Eier in die Pfanne hauen sollte. Er war es nicht mehr gewohnt, alleine zu frühstücken und verzichtete auf die Eier. Lustlos schmierte er sich zwei Brote. Er ließ sich dabei den Fall durch den Kopf gehen. Peter Zimmermann hatte sich im Verlauf des gestrigen Abends zu einem Hauptverdächtigen entwickelt. Eine Gegenüberstellung mit Lukas könnte sehr aufschlussreich sein, überlegte er sich. Diesen Lukas musste er ohnehin noch einmal richtig befragen. Der war bei dem Mord höchstwahrscheinlich zugegen gewesen und ließ sich nun seelenruhig in der Psychiatrie die Seele tätscheln. Den musste er härter anpacken, der musste reden. Und zwar heute noch. Siebels griff zum Telefon und rief Till an. Der meldete sich nach dem fünften Klingeln und klang nicht gerade ausgeschlafen.

„Was war denn gestern los?“, wollte Siebels wissen.

„Gestern? Wie meinst du das denn?“

„Du hast die Pressekonferenz kommentarlos sausen lassen. Das meine ich. Hast du mit der Schneider gesprochen?“

„Bei der bin ich jetzt undercover in action“, kam es nach einigem Zögern zur Antwort.

„Aha. Ich habe ja auch Schlimmes befürchtet. Sitzt du sehr tief im Schlamassel?“

„Die Frau führt was im Schilde, die ist tatsächlich gefährlich. Mein Auto steht noch im Parkhaus in der Stadt. Könntest du mich da vielleicht hinfahren?“

„Oh je, erzähl mir lieber nicht, was du gestern so alles angestellt hast. Ich bin in einer Stunde bei dir. Dann holen wir deinen Wagen und fahren in die Klinik zu Lukas.“

„Heute ist Sonntag. Morgen ist Heiligabend. Wir könnten auch mal eine Pause einlegen, oder?“

„Bis nachher“, sagte Siebels süffisant und beendete das Gespräch. Er zündete sich eine Zigarette an. Die Abwesenheit von Sabine hatte auch was Gutes, stellte er zufrieden vor sich hin paffend fest und wählte die Nummer von Charly. Wie erwartet, riss er ihn aus dem Tiefschlaf.

„Morgen Charly. Ja, ich weiß, es ist noch früh. Hattest du einen schönen Abend gestern?“

Das Gespräch entwickelte sich nur langsam. Als die Lebensgeister bei Charly endlich zurückgekehrt waren, erinnerte er sich auch wieder. Über zwei Stunden hatte er mit dem ehemaligen Kollegen der Schneider im Pub gesessen. Rolf Leistner arbeitete bereits seit über zehn Jahren bei der Gesellschaft und hatte über seine ehemalige Kollegin nicht viel Gutes zu berichten. Er nannte sie auch nur „das Flittchen". Sie war anscheinend mit jedem männlichen Kollegen ausgegangen, mit den wenigsten aber ein zweites Mal. Sie war dort etwas über ein Jahr als Wirtschaftsprüferin beschäftigt, als sie die Gruppenleitung für die Prüfung bei den Arenz-Werken übertragen bekam. Das war äußerst ungewöhnlich. In ihrer Hierarchiestufe bekam man als Prüfer bei Kalibern wie den Arenz-Werken nicht die Leitung übertragen. Ursprünglich war auch Rolf Leistner für diese Aufgabe vorgesehen gewesen. Er war kurz zuvor befördert worden und somit Schneiders Vorgesetzter. Als er bei den Arenz-Werken als zuständiger Wirtschaftsprüfer vorstellig wurde, bekam er wie bei Klienten üblich ein Büro zugewiesen. Drei Tage lang durchforstete er die Bücher und prüfte die Bilanz. Dann bekam er Besuch vom Financial Manager der Arenz-Werke. Man teilte ihm mit, dass man im Unternehmen Vorbehalte gegen seine Arbeit hatte. Man wünschte sich Frau Schneider für diesen Job. Rolf Leistner reagierte empört. Am nächsten Tag wurde er vom Vorstandsvorsitzenden seiner Wirtschaftsprüfungsgesellschaft zurückgepfiffen. Kaum hatte er das Büro bei den Arenz-Werken verlassen, saß Petra Schneider darin. Leistner hatte bis heute keine Erklärung dafür, was da abgelaufen sein könnte. Erst als Charly durchblicken ließ, dass Petra Schneider und Peter Arenz ein Team in vielerlei Hinsicht bildeten, bekam er den leisen Schimmer einer Ahnung.

Siebels verabschiedete sich von Charly und schaltete den Fernseher ein. In den lokalen Nachrichten kam gerade ein Beitrag über die Ermordung von Magdalena Liebig. Siebels beschloss, zunächst den Liebigs einen Besuch abzustatten. Er schaltete den Fernseher aus, zog sich seine Schuhe an und vernahm beim Binden seiner Schnürsenkel den traurigen Ton der Mundharmonika. Irgendwo lag sein Handy und spielte das Lied vom Tod. Er musste unbedingt diesen Klingelton ersetzen. Er fand sein Handy in seiner Jackentasche. Dr. Petri war dran. Auch er arbeitete am

Sonntag, um die bevorstehenden Feiertage in Ruhe durchleben zu können. Die gerichtsmedizinische Untersuchung an Magdalena Liebig war abgeschlossen. Die Leiche konnte zur Beerdigung freigegeben werden. Die Familie musste sie allerdings noch ordnungsgemäß identifizieren. Neue Erkenntnisse gab es nicht. Der Messerstich war tödlich, das Opfer verblutet. Wie vermutet, hatte Magdalena Liebig kurz vor ihrem Tod Geschlechtsverkehr gehabt, eine Vergewaltigung konnte zu 95 Prozent ausgeschlossen werden. Einige Hämatome an Händen und Armen ließen den Schluss zu, dass sie sich gegen ihren Mörder zur Wehr gesetzt hatte. Petri hatte Blut- und Gewebeproben entnommen, die er im Labor noch eingehend untersuchen wollte. Für den Fall hatte das seiner Meinung nach aber keine dringliche Relevanz.

Siebels versprach, im Laufe des Tages mit den Familienangehörigen zur Identifizierung vorbeizukommen. Dann machte er sich auf den Weg zu Till.

Till stand bereits wartend am Straßenrand, als Siebels ihn abholte. Er nannte ihm das Parkhaus und hüllte sich ansonsten in Schweigen. Siebels berichtete von Charlys Gespräch mit Rolf Leistner und Till hörte aufmerksam zu.

„Sie ist eher der aufgeschlossene Typ", kommentierte Till dann Siebels Ausführungen.

„So kann man es auch nennen. Erzählst du mir noch, was gestern los war oder soll ich deinen schriftlichen Bericht abwarten?"

„Lief alles wie am Schnürchen. Ich habe sie angesprochen und dann waren wir Kaffee trinken. Ich habe ihr erzählt, dass ich Unternehmensberater und bei den Arenz-Werken engagiert bin. Kaum hatte ich das ausgesprochen, war sie hochinteressiert an mir. Wir waren dann noch in einer Kneipe in Bornheim zum Essen und sind anschließend in eine Disco gefahren. Da wurde ich dann rausgeschmissen und sie ist drin geblieben."

„Aha." Siebels wartete gerade an einer roten Ampel und schaute erstaunt zu Till. „Darf man fragen, wer dich warum rausgeschmissen hat?"

„Ist das wichtig? Ich war halt nicht der Einzige, der mit Petra tanzen wollte. Da war so ein Penner, der hat die angegraben wie blöd. Da gab es halt was auf die Nase."

„Nasenbeinbruch?"

„Jepp. Hat mächtig geblutet, die Nase. Erst geknackst und dann geblutet."

„Und die Schneider?"

„Hat weitergetanzt."

„Weiber", schnalzte Siebels genüsslich vor sich hin und malte sich bildlich den unrühmlichen Abgang von Till aus.

„Die Frau ist hemmungslos. Die hat Dreck am Stecken. Ich bleib an der dran!" Till klang trotzig und Siebels seufzte. Sie hatten das Parkhaus erreicht. Till steckte seine Karte in den Kassenautomaten und staunte. Dann pumpte er Siebels um fünfzig Euro an und erkundigte sich nach der Kostenerstattung. Schließlich hatte er ja dienstlich geparkt.

„Kein Problem. Wenn Jensen erfährt, dass du dienstlich wegen einer Prügelei aus der Disco geflogen bist, bekommst du das sofort erstattet."

„Ha ha."

Till bezahlte den vom Automaten geforderten Betrag und lief zu dem zivilen Polizeifahrzeug. Am Scheibenwischer war ein Umschlag befestigt. Neugierig öffnete er ihn und zog einen Zettel heraus.

Hey Boxer, ich erwarte dich an Heiligabend um 20 Uhr!
Westhafen.
Freue mich, Petra

Till steckte den Zettel ins Handschuhfach. Biest, brummte er vor sich hin, fuhr aus dem Parkhaus und folgte dem Wagen von Siebels zur Villa Liebig. Sarah Liebig öffnete ihnen die Tür und führte sie ins Haus. „Meine Stiefmutter ist oben, soll ich sie holen?"

„Im Moment nicht. Ich würde mich gerne mit Ihnen kurz unterhalten. Ihr Vater ist nicht anwesend?"

„Nein, der ist in die Firma gefahren. Er hat es hier nicht mehr ausgehalten. Kann ich Ihnen etwas anbieten?"

„Für mich nicht, danke", lehnte Siebels ab.

„Und Ihnen?" Sarah schaute Till an. Till hatte überhaupt nicht zugehört. Er war in Gedanken bei Petra Schneider und überlegte fieberhaft, wie er der Frau morgen gegenübertreten sollte.

„Ich?"

„Ob Sie etwas trinken möchten?" Sarah schaute ihn amüsiert an.

„Nein. Im Moment nicht."

„Wie kann ich Ihnen sonst weiterhelfen?", fragte sie wieder an Siebels gewandt und drehte sich eine Zigarette.

„Darf ich auch?", fragte Siebels und zeigte auf ihre Zigarette.

„Klar. Aber auf eigene Gefahr. Eva mag den Qualm im Haus nicht besonders."

Siebels zögerte, steckte sich dann eine an und rauchte schnell, damit er fertig war, bevor die Hausherrin ins Zimmer kam.

„Sie wohnen in Berlin?"

„Ja, seit fast dreißig Jahren. Ich bin zum Studieren nach Berlin und dann dort geblieben."

„Hatten Sie in den letzten Jahren noch Kontakt zu Magdalena?"

„Sporadisch, ja. Zu Familienfeiern war ich ja regelmäßig hier. Geburtstage, Weihnachten, als Großmutter gestorben ist. Mit Magdalena hatte ich noch den besten Kontakt. Wir haben auch häufiger telefoniert. Ich kann es immer noch nicht richtig fassen, dass sie umgebracht wurde."

„Hat sie Ihnen von Herrn Zimmermann erzählt?"

„Ja, natürlich. Ich war bei solchen Themen ja ihre einzige Ansprechpartnerin."

„Mit Frau Bromowitsch hat sie auch über ihn gesprochen", warf Siebels ein.

„Das stimmt. Aber bestimmt nicht so, wie sie mit mir gesprochen hat. Ich war nicht nur ihre Halbschwester, ich war auch ihre beste und einzige Freundin. Abgesehen von der guten Frau Bromowitsch, die war mehr eine Ersatzmutter für Magdalena. Dafür wurde sie von Eva ja auch engagiert."

„Ich dachte, ihr Job wäre es, sich um den Haushalt zu kümmern?"

„Um den kümmert sie sich auch. Priorität hatte aber immer Magdalena. Eva und Vater waren ja die meiste Zeit außer Haus. Magdalena brauchte jemanden, der im Notfall zur Stelle war. Frau Bromowitsch hat immer ein Auge auf sie geworfen, ohne sie dabei einzuengen. Sie war ein echter Glücksgriff für Magdalena."

„Gut, kommen wir zurück zu Herrn Zimmermann. Er wäre gern mit Magdalena zusammengezogen. Magdalena schien aber einen Rückzieher gemacht zu haben. Wissen Sie darüber Näheres?"

Sarah Liebig blies nachdenklich den Rauch aus ihrer Lunge. Siebels hatte den Eindruck, dass sie überlegte, ob sie mit der Sprache rausrücken sollte.

„Am Anfang war sie richtig glücklich. Sie hatte ja längst die Hoffnung aufgegeben, einmal einen Mann zu finden. Dann kam Peter Zimmermann und Magdalena schwebte auf Wolke sieben. Sie merkte aber schnell, dass Peter Zimmermann nicht der Prinz war, von dem wir als kleine Mädchen immer geträumt hatten. Wenn etwas nicht so lief, wie er sich das in seinem kleinen Köpfchen ausgedacht hatte, wurde er schnell unleidig. Kompromissbereitschaft gehört nicht zu seinen Stärken. Außerdem hat Eva nicht ganz unrecht, wenn sie sagt, dass er ein Erbschleicher ist. Magdalena wollte, dass er sich wieder einen Job sucht. Sie wollte nicht von dem Geld der Familie abhängig sein. Er war da anderer Meinung. Nicht, dass er nicht arbeiten wollte. Aber ein Job hatte nicht unbedingt Priorität bei ihm. Ich glaube, er sah Magdalena als seine letzte Chance, seinem Leben noch eine Richtung zu geben. Wenn ich nicht wüsste, wie schwer die Epilepsie einem Menschen das Leben machen kann, hätte ich Magdalena eindringlich vor ihm gewarnt. Aber ihr war es ja nicht anders ergangen als ihm. Beide galten lange Zeit als behandlungsresistent, was das Leben ziemlich schwierig gestaltet."

Siebels nickte nachdenklich und drückte seine Zigarette im Ascher aus.

„Hat es noch einen anderen Mann gegeben, neben Zimmermann?"

Sarah schaute ihn mit großen Augen an. „Nein, davon weiß ich nichts."

„Es war noch ein Mann im Haus, als Frau Bromowitsch die Leiche von Magdalena fand. Er leidet an der gleichen Form von Epilepsie wie Magdalena. Ihre Halbschwester hatte kurz vor ihrem Tod Geschlechtsverkehr und dieser Mann saß nackt neben ihr. Er ist bis jetzt noch nicht vernehmbar, er ist in der Klinik. Wir vermuten, dass er Mönch ist. Fällt Ihnen dazu etwas ein?"

Sarah Liebig starrte Löcher in die Luft und steckte sich eine neue Zigarette an.

„Ein Mönch? Warum auch nicht. Magdalena war immer das behütete Mädchen, auch als sie längst eine Frau war. Sie war immer vernünftig und wirkte nach außen ziemlich bieder. Was ja auch kein Wunder ist, sie ist nie in eine Schule gegangen und hatte selten mit Gleichaltrigen zu tun, als sie aufwuchs. Aber sie hatte eine blühende Fantasie. Als wir so sechzehn, siebzehn waren, haben wir uns immer gegenseitig erzählt, wen wir gerne verführen würden. Magdalena hatte da einige Ideen, die mir die Schamesröte ins Gesicht trieben. Und ich war auch kein Kind von Traurigkeit. Aber wo soll sie einen Mönch kennen gelernt haben? Vielleicht im Internet?"

Siebels schlug sich mit der Hand gegen die Stirn. Sie hatten sich überhaupt noch nicht mit Magdalenas Privatleben befasst. Er war nicht in ihrem Zimmer gewesen, hatte weder an ein Tagebuch noch an E-Mails gedacht. Wann auch, versuchte er sich selbst zu beruhigen.

„Sie hatte einen Computer?", fragte er sicherheitshalber nach.

„Ja, natürlich. Sie hat auch oft daran gesessen. Sie hat sich auch am Computer fortgebildet. Hat Fernstudiengänge absolviert. Sie hatte einen Abschluss als Betriebswirtin und als Ingenieurin. Sie hat immer an sich gearbeitet und nie die Hoffnung verloren, vielleicht doch noch in die Firmenleitung einzusteigen. In den letzten Jahren haben die Ärzte ihre epileptischen Anfälle ja auch immer besser in den Griff bekommen."

„Würden Sie uns zeigen, in welchem Raum sie hier gelebt hat?"

„Natürlich, kommen Sie. Sie hatte zwei Zimmer und ein Bad hier unten für sich allein zur Verfügung. Das eine Zimmer war früher mein Kinderzimmer gewesen."

Siebels und Till folgten Sarah Liebig in die hinteren Räume im Erdgeschoss der Villa. Eine Schiebetür trennte diesen Bereich des Hauses vom großen Wohnzimmer und der Küche. Till trottete Siebels und Sarah geistesabwesend hinterher. Seine Gedanken kreisten um Petra Schneider. Was er brauchte, war ein Plan. Aber alles, was er im Kopf hatte, war der Körper von Petra. Tief in ihm nagte sein schlechtes Gewissen gleich auf mehreren Ebenen.

Er betrog Johanna, erzählte Siebels nur die Hälfte der Wahrheit und wusste, dass er von Petra manipuliert wurde. Er wusste aber nicht, wie er aus dem Schlamassel wieder herauskommen sollte. Dafür spürte er diesen Drang, sich noch tiefer in seine Misere hineinzustürzen.

Magdalena hatte ein Zimmer als Schlafzimmer benutzt, das andere als Arbeitszimmer. Siebels warf nur einen kurzen Blick ins Schlafzimmer. Viel war dort nicht zu sehen. Ein breites Bett in der Mitte des Zimmers und eine Schrankwand gegenüber der Fensterfront. Das Zimmer war in hellen Farben gehalten. Weißes Holz, ockerfarben gestrichene Wände, weicher tiefer Teppich. Alles wirkte freundlich und einladend. Siebels fragte sich, warum Magdalena für ihr Schäferstündchen nicht ihr eigenes Zimmer benutzt hatte. Hatte sie den besonderen Kick gesucht oder war es eine Form der Rebellion gegen die Eltern? Oder war alles ganz anders als es den Anschein hatte? Siebels beschritt Magdalenas Arbeitszimmer. Drei Wände waren bis zur Decke mit Bücherregalen vollgestellt. Siebels betrachtete sich flüchtig, mit welcher Lektüre Magdalena sich beschäftigt hatte. Ihre Interessen schienen breit gefächert. Einige Regale beherbergten Kriminalromane, in anderen standen Biographien von Politikern, Unternehmern, Schauspielern, Musikern oder Sportlern. Er fand Bücher zur Garten- und Landschaftsgestaltung sowie Koch- und Bastelbücher. In einem anderen Regal standen die Werke von Brecht, Kafka, Hesse und anderen bedeutenden Schriftstellern, die Siebels zumindest vom Namen her geläufig waren. Er wandte sein Blick von den Büchern ab und setzte sich auf Magdalenas Bürostuhl vor ihren Computer. Er schaltete ihn an und seufzte enttäuscht, als kurz darauf auf dem Bildschirm die Eingabemaske für ein Passwort erschien. Fragend schaute er zu Sarah, aber die zuckte mit den Schultern. Charly musste her, Siebels rief ihn umgehend an und beorderte ihn zur Villa Liebig.

Till stand unruhig in Magdalenas Zimmer und schaute alle paar Sekunden auf seine Uhr. Er hatte keine Lust, jetzt noch auf Charly zu warten.

„Braucht ihr mich hier?“, fragte er vorsichtig. „Ich könnte ja schon mal in die Psychiatrie fahren und nach unserem Freund Lukas schauen.“

„Gute Idee", stimmte Siebels zu. „Zu dir scheint er ja auch einen besseren Draht zu haben als zu mir. Sprich mit ihm. Finde heraus, was wirklich passiert ist. Wenn der Herr Mönch kooperiert, sparen wir uns viel Arbeit. Wenn Charly hier ist, fahre ich mit Frau Liebig in die Gerichtsmedizin. Dr. Petri erwartet uns dort. Wenn das erledigt ist, melde ich mich bei dir."

# 18

Er saß im Frühstücksraum des Hotels. Es gab eine so reichhaltige Auswahl, dass er lange unentschlossen an dem Büfett auf und ab ging, ohne sich etwas auf seinen Teller zu nehmen. Er beobachtete verstohlen die anderen Gäste. Die meisten von ihnen schienen nicht viel Zeit zu haben, nahmen sich nur eine Kleinigkeit und verließen nach wenigen Minuten wieder den Saal. Er hatte Zeit, nahm sich ofenfrische Brötchen, griff nach der Marmelade, goss sich einen Hagebuttentee auf und sprach ein Tischgebet, bevor er sein Brötchen schmierte. Anschließend nahm er sich noch zwei weitere Brötchen und eine Schale Müsli. Im Kloster hatte er morgens nur wenig zu sich genommen. Hier in der Welt war er hungrig wie ein Bär. Eine Stunde ließ er sich Zeit, dann ging er auf sein Zimmer, schlüpfte in seinen neuen warmen Wintermantel und verließ das Hotel. Den braunen Ledereinband trug er in einer Plastiktüte bei sich. Er lief ein paar Schritte und fand einen Taxistand. Er wusste nicht, wie weit sein Ziel entfernt war. Er musste sich unbedingt noch einen Stadtplan besorgen. Er stieg ins Taxi und nannte dem Fahrer sein Ziel. Kennedyallee, Villa Liebig. Der Fahrer nickte und fuhr los. Neugierig betrachtete er sich die Stadt aus dem Seitenfenster. Der Taxifahrer fuhr in der Mitte einer mehrspurigen Fahrbahn, wie von Geisterhand schienen die vielen Autos gelenkt. Rechts von ihnen lag ein halbrundes Hotel mit spiegelnder Glasfassade, gleich daneben stand die altehrwürdige Festhalle. Große Plakate wiesen darauf hin, welche Konzerte dort in Kürze stattfinden würden. Sein Blick ging himmelwärts, als das Taxi weiterfuhr. Ganz dicht hielt er seinen Kopf an die Scheibe und ließ seine Augen an der Fassade des Messeturms emporwandern. Das Taxi beschleunigte. Nach wenigen Metern fuhren sie am Hauptbahnhof vorbei, wieder gab es eine Pause an einer roten Ampel. Menschen überquerten die Straße, neben ihnen quietschte eine bremsende Straßenbahn. Das Taxi fuhr wieder an, auf der rechten Seite erkannte er ein persisches Restaurant. Der Taxifahrer überquerte den Main. Von der Brücke aus sah man den Dom. Den musste er unbedingt besuchen. Auch die

Paulskirche und den Römer wollte er sich baldmöglichst betrachten. Es gab so viele interessante Dinge in dieser Stadt. Der Stadt, in der die Familie Liebig lebte. Das Taxi hatte den Main hinter sich gelassen und er studierte die Beschilderungen, die den Autofahrern den Weg wiesen. Sie fuhren in Richtung Commerzbank-Arena. Er fragte erst sich selbst und dann den Taxifahrer, wofür eine Bank eine Arena benötigte. Der Taxifahrer erzählte, dass die Arena bis vor Kurzem noch Waldstadion geheißen habe. Das Stadion im Stadtwald, in dem die Fußballmannschaft von Eintracht Frankfurt spielte. Ihm gefiel der Gedanke, dass es in dieser Stadt einen Wald gab. Vielleicht sollte er diesen mal besuchen und sich in der Arena ein Fußballspiel anschauen. Dunkel erinnerte er sich daran, wie er vor vielen Jahren heimlich im Klostergarten Fußball gespielt hatte. Ein wehmütiges Lächeln umzog seine Lippen. Der Taxifahrer hielt an. Die Villa Liebig, sagte er und deutete auf eine Hecke. Er bezahlte den Fahrpreis und verließ das Taxi. Unentschlossen stand er am Straßenrand. Autos fuhren in hoher Geschwindigkeit an ihm vorbei. Er lief ein paar Schritte an der Hecke entlang, hinter der angeblich die Villa Liebig lag, die er aber nicht einsehen konnte. Schließlich kam er zu einer Toreinfahrt. Das Tor war verschlossen, aber von hier konnte er einen Blick auf die Villa werfen. Sie lag ein ganzes Stück hinter der Hecke, er konnte nur die Umrisse des Hauses erkennen, in dem Wilhelmine Arenz gelebt hatte. Er drückte die Tüte mit dem braunen Ledereinband eng an seine Brust. Es gab noch so vieles, was er nicht wusste, was er aber bald erfahren würde. Er musste nur weiterlesen. Es drängte ihn, den Ledereinband wieder aufzuschlagen, zu erfahren, wie Wilhelmine vor vielen Jahren vom weit entfernten Ostpreußen hierhergekommen war. Wie sie den Krieg überstanden hatte, wie sie eine Arenz wurde und warum der Name Liebig bis heute eine so große Bedeutung hatte. Vor allem wollte er wissen, ob es für ihn tatsächlich einen Platz in dieser Familie Liebig gab. Er lief weiter die Kennedyallee entlang, bog dann in eine Seitenstraße ab und fand eine Parkbank, auf der er sich niederließ. In seinem warmen Mantel spürte er die Kälte nicht, er spürte nur die Nähe der Villa Liebig, die plötzlich der Mittelpunkt seines Lebens zu sein schien. Er nahm seinen Schatz aus der Plastiktüte und begann darin zu lesen.

*Im Sommer 1944 gab es seit langer Zeit wieder Tage, an denen ich glücklich war. Am 20. Juli feierten wir den vierten Geburtstag von Karl und Hermann. Jelena, Jaroslaw, Mutter und ich saßen im Garten und genossen den Tag. Es war ein Tag, der in die Geschichte eingehen sollte. Ein Tag, der unser Schicksal in eine andere Richtung hätte lenken können. Wir saßen an diesem Tag beisammen und vergaßen den Krieg, der um uns herum tobte. Wir hatten nur Augen für die Zwillinge, die ausgelassen im Garten herumtobten. Erika saß auf einer Decke und spielte mit ihrer Puppe. Jahrzehnte später denke ich noch an diesen Tag zurück und frage mich, wie mein Leben verlaufen wäre, wenn das geplante Attentat von Oberst Graf Stauffenberg auf Adolf Hitler gelungen wäre. Das Schicksal ging seinen Weg aber unbeirrt weiter. Hitler blieb an der Macht, die Russen rückten weiter vor. Ende Juli stieß die sowjetische Armee in die Rigaer Bucht vor, einen Tag später startete die Wehrmacht einen Gegenangriff auf die vorrückenden russischen Streitkräfte östlich von Warschau. Die Stimme aus dem Radio sprach von großen Siegen. Für uns war jeder Tag, den wir unbeschadet überstanden, ein Sieg. Man hatte in den letzten Wochen lange nach Ludger gesucht. Die Polizei war auch bei uns auf dem Hof gewesen und hatte Fragen gestellt. Ich war mit Jelena und Mutter in der Küche, als sie plötzlich auftauchten und uns befragten. Wir waren nicht darauf vorbereitet, hatten nie ein Wort über den Vorfall verloren. Und plötzlich stand die Polizei bei uns im Haus. Zuerst hatte ich Angst, dass Jelena oder Mutter alles preisgeben würden. Ich fing an zu zittern. Doch als die Polizisten den Namen von Ludger erwähnten, hob ich meinen Kopf und sah in die braunen Augen von Jelena. Seit Jahren waren wir wunderbare Freundinnen, in diesem Moment wurden wir zu Schwestern. Unsere Gedanken und unsere Gefühle wurden eins, als sich unsere Blicke trafen. Unsere Aussagen ergänzten sich lückenlos und als Mutter ebenfalls befragt wurde, schloss sich das von uns gezeichnete Bild zu einem wunderbaren Ganzen zusammen. Die Polizisten hegten nach der Befragung keinerlei Zweifel an unserer Unwissenheit über Ludgers Verbleib. Es war ein Wunder, dass wir an diesem Tag ungeschoren davongekommen sind und auch nach diesem Tag nie wieder mit dem Verschwinden von Ludger in Zusammenhang gebracht wurden.*

## 23. Dezember 2007, 13:15 Uhr

Dr. Rübsam hatte seinen Weihnachtsurlaub gestrichen. Sein neuer Patient faszinierte ihn. Er beobachtete den unbekannten Mann mit wachsender Faszination. Mal lag er in stoischer Ruhe in seinem Bett, mal wanderten seine Augen unruhig hin und her. Ein anderes Mal fand er ihn in einem Zustand höchster Konzentration vor. Lukas sprach viel mit sich und dem lieben Gott und wenig mit den Menschen um ihn herum. Er war an diesem Morgen schon vor fünf Uhr aufgestanden. Zwei Beamte, die immer noch zu seiner Bewachung abgestellt waren, harrten vor seiner Zimmertür aus. Als Lukas das Gebäude verlassen wollte, bei Dunkelheit und eisiger Kälte, versuchten die Beamten, ihn daran zu hindern. Lukas war barfuss und nur mit einem Nachthemd bekleidet. Er hatte sich mit Händen und Füßen gewehrt. Klagende Laute hatte er in verschiedenen Sprachen von sich gegeben. Nur zwei herbeigerufene Pfleger konnten verhindern, dass die Beamten ihrem Schutzbefohlenen mit körperlicher Gewalt zu Leibe rückten. Dr. Rübsam wurde zu Hause verständigt und kam sofort in die Klinik gefahren. Als er dort ankam, kniete Lukas in seinem Zimmer auf dem Fußboden und betete unaufhörlich und mit bebender Stimme das Vater Unser. Die beiden Beamten standen vor seinem Zimmer Spalier und zählten die Minuten bis zum Schichtende.

Als Till im Zimmer von Doktor Rübsam saß und sich die neuesten Entwicklungen anhörte, nahm er sich fest vor, bei seinem nächsten Besuch Bruder Jakobus mitzubringen. Ein Gespräch von Mönch zu Mönch konnte vielleicht mehr bewirken, als die psychologischen Fachkenntnisse des Professors.

„Ich habe den Patienten heute stundenlang beobachtet", klärte der Psychologe Till auf. „Selten war ich so von einem Patienten beeindruckt. Er ist voll und ganz auf sich selbst fixiert und nimmt andere Menschen nur als Hindernisse war. Es ist sehr interessant, wie er mit diesen Hindernissen umzugehen versucht. Solange er seinen Ritualen ungestört nachgehen kann, ignoriert er seine Umgebung vollständig."

„Von welchen Menschen sprechen Sie eigentlich? Soweit ich weiß, befindet er sich im geschlossenen Bereich der Psychiatrie." Till fand die Ausführungen des Professors ein wenig sonderbar.

„Da haben Sie natürlich recht. Er befindet sich in einer ihm unbekannten Umgebung. Da macht es aber keinen Unterschied, ob er sich in einem Kaufhaus oder in der geschlossenen Abteilung der Psychiatrie aufhält. Das Verhaltensmuster wäre an beiden Orten oder an jedem x-beliebigen anderen Ort ähnlich. Ich gehe davon aus, dass er einen langen Zeitraum abseits des gesellschaftlichen Lebens verbracht hat."

„Das ist bei einem Mönch meines Wissens so gewollt", resümierte Till und dachte an Bruder Jakobus, bei dem das gar nicht zutraf. Aber Mönch war auch nicht gleich Mönch, wie er mittlerweile gelernt hatte.

„Auch Mönche leben in der heutigen Zeit im Hier und Jetzt und nicht im Mittelalter", widersprach der Professor. „Unsere Patienten haben ja in der Regel Probleme mit einem angepassten Leben in der Gesellschaft. Lukas kommt hier mit diesen Menschen in Berührung, ebenso mit dem Pflegepersonal und mit Psychologen. Normalerweise passen sich Patienten, die bei uns aufgenommen werden, ihrer neuen Umgebung an. Je nachdem, ob es sich um schizophrene Patienten, Patienten mit emotional instabiler Persönlichkeitsstörung oder suchtkranke Patienten handelt, treten bestimmte Verhaltensmuster beim Umgang mit Ärzten, Pflegern und anderen Patienten auf. Eines haben sie alle gemeinsam. Sie erkennen das Personal als Autorität an. Die Art und Weise, wie sie das machen, ist in Abhängigkeit von der psychischen Störung natürlich sehr unterschiedlich. Unser Freund Lukas scheint aber in keines der typischen Krankheitsbilder zu passen. Einen Mann im weißen Kittel verbindet er keineswegs mit einer Autoritätsperson."

„Er ist ein Mann Gottes", versuchte Till den Professor aufzuklären.

„In der Tat. Aber im Moment scheint er auch mit Gott ein Problem zu haben."

„Ein Autoritätsproblem?", fragte Till neugierig nach.

„Exakt", bestätigte Dr. Rübsam. „Er befindet sich in einer enormen emotionalen Instabilität. Allerdings reagiert er in keiner Weise typisch auf dieses Krankheitsbild. Solche Patienten erleben ein Wechselbad der Gefühle in kurzen Zeitabständen. Eben noch euphorisch und voller Zuversicht, stürzen sie im nächsten Augenblick in

Selbstzweifel und Versagensängste. Bei Lukas ist es ähnlich, aber doch anders. Einerseits fühlt er sich schuldig, andererseits hält er sich für unschuldig. Etwas ist passiert, das er nicht einzuordnen vermag. Er spricht mit Gott und erhält keine Antwort. Statt Gott bin ich da. Ich habe aber keine Antworten, sondern stelle selber Fragen. Das bringt Lukas durcheinander. Er versucht in sich zu kehren, ist für längere Zeit hochkonzentriert und nicht ansprechbar. Dann setzt er sich wieder mit seiner Umgebung auseinander, spricht mit mir und versucht mich einzuordnen. Leider kann ich mich bis jetzt nur sehr verallgemeinert ausdrücken. Ich weiß noch zu wenig über ihn. Ich kann auch noch nicht abschätzen, ob es ein einziges Erlebnis war, das ihn traumatisiert hat oder ob es vielleicht ein ganzer Lebensabschnitt war, der ihn in diesen Zustand gebracht hat."

„Sie sagten, er fühle sich schuldig und doch wieder nicht. Schuldig am Tod von Magdalena Liebig?"

„Davon gehe ich aus. Schließlich haben Sie ihn bei ihrer Leiche gefunden, nicht wahr?"

„So ist es. Glauben Sie, er könnte sie getötet haben?"

„Das kann ich nicht mit Ja oder Nein beantworten. Ich tendiere eher zu Nein. Ich befürchte, er ist Zeuge der Tat gewesen."

„Und warum erzählt er dann nicht einfach, was passiert ist?"

„Weil Sie nicht der liebe Gott sind. Er betrachtet den Polizist genauso wenig als Autorität wie den Arzt. Er sucht nach einer Antwort für sein Problem."

„Was ist denn sein Problem?", fragte Till leicht gereizt.

„Was stand auf dem Spiegel, in den er geschaut hat, als er neben der Leiche saß?", fragte der Professor.

Till kramte den Zettel mit der Übersetzung aus seiner Geldbörse und las den Text leise vor. „Nehmen wir uns also vor jeder bösen Begierde in Acht; denn der Tod steht an der Schwelle der Lust."

„Das dürfte der Schlüssel zu seinem Problem sein", sinnierte Rübsam. „Er hatte sexuellen Kontakt mit ihr. Für einen Mönch hat er also einer bösen Begierde nachgegeben. Für Magdalena endete die Lust mit dem Tod. Lukas ist also schuldig. Nicht weil er sie getötet hat, sondern weil er mit ihr geschlafen hat. Er fühlt sich für ihren Tod verantwortlich."

Till dachte über die Worte des Professors nach. Das klang einleuchtend und war trotzdem unlogisch.

„Wenn Frau Liebig von einem eifersüchtigen Mann umgebracht wurde, der sie mit Lukas in flagranti erwischt hat, warum bleibt Lukas ungeschoren als Zeuge zurück? Warum sind seine Kleider verschwunden? Oder halten Sie es für möglich, dass er von wo auch immer nackt zur Villa Liebig gekommen ist?"

Rübsam zuckte mit den Schultern. „Auch das kann ich nicht ausschließen. Vielleicht hatte er nur eine Kutte an. Vielleicht hat der Mörder seine Kutte benutzt, um das Blut vom Boden aufzusaugen und hat sie dann mitgenommen?"

„Nein, das hätte die Spurensicherung bemerkt. Ich würde ihn das doch gerne selbst noch einmal fragen. Kann ich zu ihm?"

„Natürlich. Ich möchte aber dabei sein. Ich werde mich auch dezent im Hintergrund halten."

Dr. Rübsam verließ sein Büro in Richtung Krankenzimmer. Till folgte ihm. „Hatte er heute wieder epileptische Anfälle?"

„Nein, zum Glück nicht. Die Medikation vom Kollegen aus der Neurologie scheint anzuschlagen. Aber ein Anfall kann jederzeit auftreten. Wir beobachten ihn jedenfalls eingehend."

Sie erreichten das Krankenzimmer, Dr. Rübsam öffnete die Tür und ließ Till eintreten.

### 23. Dezember 2007, 12:50 Uhr

Charly saß summend am Computer von Magdalena Liebig. Sämtliche Passwörter, die der Rechner abfragte, waren auf einem Zettel notiert gewesen, der gut sichtbar neben der Tastatur lag. Außerdem standen auf dem Zettel auch die Zugangsdaten für Magdalenas Online-Banking, die PIN ihrer Kreditkarten und einige andere streng vertrauliche Informationen. Siebels saß neben Charly und hoffte auf neue Hinweise. Auch Sarah Liebig schaute Charly über die Schulter.

„War Magdalena in allen Dingen so vertrauensselig?", erkundigte sich Siebels bei ihr und deutete auf den Zettel.

„Ja, das war sie. Vertrauensselig ist genau das richtige Wort. Sie traute nie jemandem etwas Schlechtes zu."

„Das wurde ihr wohl zum Verhängnis", seufzte Siebels.

Eva Liebig betrat ebenfalls das Zimmer und begutachtete argwöhnisch die Aktivitäten von Charly. Der öffnete eine E-Mail nach der anderen, die meisten waren von Peter Zimmermann und belanglos. Charly überflog trotzdem den Inhalt sämtlicher Posteingänge.

„Hermann meldet sich nicht in der Firma", sagte Eva Liebig zu Sarah. „Hat er zu dir gesagt, ob er heute noch etwas vorhat? Er wollte mich doch in die Gerichtsmedizin begleiten."

„Wenn er nicht in der Firma ist, weiß ich auch nicht, wo er sein könnte. Wissen die Damen im Sekretariat denn nicht Bescheid?"

„Dann würde ich dich wohl kaum fragen", gab Eva Liebig gereizt zurück. „Die Damen sind entweder bereits im Urlaub oder glänzen durch Ahnungslosigkeit."

Sarah zuckte nur mit den Schultern. Sie wusste, dass Eva in der Firma als Drachen verschrien war. Bei ihrem Vater war das genaue Gegenteil der Fall. Er war allseits beliebt und bei seinen Angestellten immer gern gesehen.

„Vor drei Wochen wurde die Krise ernster", meldete sich Charly zu Wort.

„Welche Krise?", fragte Siebels verwirrt.

„Die Krise zwischen deinem Opfer und diesem Zimmermann. Ende November schrieb sie ihm, dass er ihr keine Luft mehr zum Atmen lasse. Sie bräuchte Zeit zum Nachdenken, wollte ihn ein paar Tage nicht sehen. Er antwortete nur fünf Minuten später, dass sie sich wie eine Zicke benehme. Darauf sie: Die Basis für ein gemeinsames Leben ist unter diesen Umständen wohl nicht mehr gegeben. Darauf er: Warum zerstörst du die Basis? Liebt er dich etwa mehr als ich? Darauf sie: Warum quälst du mich immer weiter? Ich werde vor Weihnachten keine E-Mails mehr von dir lesen. Ich brauche Zeit zum Nachdenken. Das war am 2. Dezember. Zwischen dem 2. und dem 20. Dezember sind dann nur noch ungelesene Nachrichten von ihm im Posteingang."

„Sie hat den Kontakt also vollständig abgebrochen", stellte Siebels nachdenklich fest. „Irgendwelche E-Mails von anderen Männern?"

„Ja, aber nicht von einem Liebhaber. Ein Thorsten aus der Selbsthilfegruppe fragte, wann sie sich mal wieder blicken ließe. Der schreibt aber auch, dass er sich in eine Heike verliebt hat. Den kannst du vergessen."

„Wenn dieser Lukas ihr Geliebter war, werden wir auch kaum

E-Mails finden. Der kommt wahrscheinlich aus dem Orden der strengeren Observanz. Ich vermute, dort schreibt man keine flammenden Liebesappelle per E-Mail."

„Meinst du, er hat ihr eine Brieftaube geschickt?"

„Mich interessiert vor allem, wo die beiden sich kennen gelernt haben. Zwischen Zimmermann und Magdalena kam es erst vor etwa drei Wochen zum Bruch. Zwischen Lukas und Magdalena hat es dann wahrscheinlich erst kurz vorher gefunkt. Was ist da passiert?"

„Frag das doch den Lukas und nicht mich", gab Charly ratlos zurück.

„Die einzige Verbindung zwischen Magdalena und Lukas ist die Epilepsie", dachte Siebels laut nach. „Schau dir doch mal an, mit welchen Internetseiten sie sich zuletzt beschäftigt hat."

„Mache ich. Aber wenn der Mönch keine E-Mails geschrieben hat, wird er auch keine Homepage betreiben."

„Hermann hat sich noch immer nicht gemeldet." Eva Liebig klang verärgert. „Fahren wir los, Herr Siebels. Sarah, kommst du mit?"

„Natürlich", beruhigte Sarah Eva.

„Ich packe die Kiste ein und beschäftige mich im Präsidium damit", beschloss Charly und nahm Magdalenas Rechner mit.

Kurz darauf fuhr Siebels mit Eva und Sarah Liebig in die Gerichtsmedizin. Auf der kurzen Fahrt fiel kein Wort. Im Rückspiegel beobachtete Siebels, wie sich Eva Liebig die feuchten Augen mit einem Taschentuch abtupfte. Sarah hielt ihre Hand. In wenigen Minuten musste Eva Liebig die Leiche ihrer Tochter identifizieren. Siebels hasste solche Momente.

# 19

Stundenlang hatte er in der Kälte auf der Bank gesessen. Der braune Ledereinband befand sich wieder in der Tüte. Er konnte immer nur ein paar Seiten lesen. Wenn er etwas gelesen hatte, stellte er sich vor, wie es gewesen sein musste. Er versetzte sich in Gedanken in die Küche, wo Wilhelmine und Jelena von der Polizei befragt worden waren. Er konnte förmlich die Atmosphäre spüren, die dort geherrscht haben musste. Die Polizisten verbreiteten mit ihrem Auftreten Angst und Schrecken, aber die Frauen hielten zusammen wie Pech und Schwefel. Sie hatten das Böse abgewehrt und vernichtet. Sie waren zu Mörderinnen geworden, doch der Allmächtige hatte seine schützende Hand über sie ausgebreitet. Wilhelmine hatte noch einen langen Weg vor sich. Einen Weg der Entbehrung, einen Weg, der Leid und Kummer für sie bereithalten sollte.

Er starrte stundenlang auf die Einfahrt zur Villa. Vor einiger Zeit kam ein Mann vorbei. Er blieb einige Minuten am Tor stehen und wartete. Dann kam eine Frau aus der Villa und lief zum Tor. Die beiden unterhielten sich erst und küssten sich dann. Plötzlich stritten sie sich, dann ging der Mann wieder und die Frau kehrte in die Villa zurück. Als es Stunden später schon lange dunkel war, kam ein Wagen. Er hielt vor dem Tor, das sich wie von Geisterhand öffnete. Am Steuer saß ein älterer Mann. Neben ihm eine Frau im gleichen Alter. Als das Tor die Einfahrt freigab, fuhr der Wagen zur Villa. Das Tor schloss sich wieder. Endlich stand er auf. Er lief in die Richtung, aus der er mit dem Taxi gekommen war. Er hatte eine gute Orientierung. Er lief zu seinem Hotel zurück.

Zurück in seinem Zimmer, stellte er sich unter die heiße Dusche. Am Duschkopf stellte er einen Massagestrahl ein. Es gab so viele nützliche Dinge, die er nicht kannte. Nach dem Duschen fühlte er sich wieder frisch. Er setzte sich in seinem Zimmer auf einen Stuhl und fing wieder an zu lesen.

*Im Herbst 1944 wurde immer offensichtlicher, dass der Krieg verloren war. Im Oktober erreichten die Russen nördlich von Memel die Ostsee, Memel wurde eingeschlossen. Die ersten Rotarmisten befanden sich auf ostpreußischem Boden. Hitler ließ sich nicht beirren, er errichtete den Volkssturm. Die letzten verbliebenen Männer in den Dörfern griffen zu den Waffen. Alte Männer, halb blind und halb taub, machten sich auf den Weg, um die Heimat zu verteidigen. Kinder, die erst noch Männer werden wollten, zogen an die Front. Es war ein jämmerliches Bild. Ein Volkssturm, der bestenfalls die Kraft eines lauen Lüftchens besaß.*

*Wir ahnten bereits, was später zur Gewissheit wurde. Zwischen Oktober 1944 und Mai 1945 wurde Ostpreußen zum erbarmungslosesten Kriegsschauplatz auf deutschem Boden. Ein Winter des Schreckens wartete auf uns. Mit jedem Tag, der verging, verschlimmerte sich unsere Lage. Das ostpreußische Grenzland war Ende Oktober bereits ein Schlachtfeld. Der Russe war bis Nemmersdorf gekommen. Von Nemmersdorf aus verbreiteten sich die Gerüchte über die Gräueltaten der russischen Armee in ganz Ostpreußen. Überall wurde hinter vorgehaltener Hand von Mord, Vergewaltigung und Folter an der Zivilbevölkerung gesprochen. Das verbotene Wort fiel immer häufiger. Flucht.*

*Der Reichsverteidigungsminister von Ostpreußen, Erich Koch, hatte zwar nach dem Massaker von Nemmersdorf die Evakuierung der Grenzlandbevölkerung veranlasst, stellte dann aber das unerlaubte Verlassen Ostpreußens unter Strafe. Weit über anderthalb Millionen Ostpreußen waren dazu verdammt, sich dem Vorstoß der russischen Armee auszuliefern.*

*Am 20. November 1944 verließ schließlich Adolf Hitler sein ostpreußisches Hauptquartier „Wolfschanze" bei Rastenburg.*

*Trotz des Fluchtverbots für die Zivilbevölkerung verließen auch immer mehr Menschen, hauptsächlich Mütter mit ihren Kindern, ihre Heimat. Heimlich brachen sie in den Nächten auf.*

*Zusammen mit Greisen und Fremdarbeitern zogen sie mit dem Allernötigsten in Richtung Westen.*

*Jeden Tag sprach ich mit Jelena und Jaroslaw über unsere Flucht. Wir trafen Vorbereitungen. Jaroslaw reparierte den Pferdewagen, Jelena packte Decken und Kleidung zusammen. Wenn es so weit war, musste es schnell gehen. Nur Mutter beteiligte sich nicht an unseren Planungen. Sie weigerte sich, die Heimat zu verlassen. Ich wollte sie nicht allein zurücklassen und konnte mich mit meinen Kindern nicht der drohenden Gefahr ausliefern. Der Winter kam näher und jeder Tag, den wir länger blieben, war ein verlorener Tag. Ich war verzweifelt. Mehr und mehr Menschen flüchteten aus den Dörfern, Jaroslaw und Jelena drängten mich täglich zum Aufbruch. Mutter blieb stur. Wir feierten Weihnachten auf gepackten Kisten. Ein harter und kalter Winter hatte sich angekündigt. Ich kam mit Jaroslaw überein, dass wir zum Jahresbeginn aufbrechen würden. Mit oder ohne Mutter. Die Kinder hatten Vorrang.*

*Nach dem Jahreswechsel verschärfte sich die Lage. Der Reichsverteidigungskommissar hatte nun nicht nur die Flucht, sondern schon die Vorbereitung zur Flucht unter Strafe gestellt. Wir waren schon lange vorbereitet. Die Angst saß tief. Sollten wir noch warten? Immer wieder kamen Gerüchte auf, dass gestellte Flüchtlinge erschossen wurden.*

*Am 13. Januar 1945 begann Stalins Vernichtungskrieg in Ostpreußen mit einer Wucht, die die Erde beben ließ. Ein Millionenheer von russischen Soldaten fiel in das schneebedeckte Ostpreußen ein. In den drei darauf folgenden Tagen machten sich anderthalb Millionen Ostpreußen auf die Flucht. Jeder Dritte von ihnen verlor dabei sein Leben in der ostpreußischen Hölle.*

*In der folgenden Woche wurden die Zwillinge täglich von schweren Anfällen heimgesucht. Mutter weigerte sich noch immer, die Flucht anzutreten. Wir verließen unseren Hof erst am 22. Januar. Mutter hatte sich an diesem Morgen die Pulsadern aufgeschnitten. Wir konnten sie in dem gefrorenen Boden nicht begraben. Dazu blieb auch keine Zeit.*

*Die russischen Panzer hatten bereits Elbing an der Westgrenze Ostpreußens erreicht. Der Weg nach Westen war für uns abgeschnitten, kein Treck und kein Eisenbahnzug kam mehr durch. Ein Entkommen war nur noch auf zwei Wegen möglich: über die Frische Nehrung in Richtung Danziger Bucht oder mit einem Schiff von Pillau über die Ostsee nach Westen. Auf Schiffen war der Platz begrenzt, Hunderttausende waren unterwegs. Wir entschieden uns für den Weg über die Frische Nehrung, den schmalen Landstreifen, der einen flachen Teil der Ostsee vom offenen Wasser abtrennt. Wir schlossen uns einem Treck an, der über den flachen zugefrorenen Teil der Ostsee, das Frische Haff, auf die rettende Nehrung zog. Ein Bild des Grauens bot sich uns auf der Flucht. Zurückgeschlagene Soldaten, Reste zerschlagener Divisionen und Militärfahrzeuge zwischen den Flüchtenden, die in einzelnen kleinen Gruppen mit Frauen, Greisen und Kindern auf kleinen Wagen sitzend oder laufend, sich Koffer oder Bündel nachziehend, vorwärts schleppten. Wir waren ein Teil dieses hoffnungslosen Bildes. Links und rechts von uns lagen die Reste der sich abspielenden Flucht. Kaputte Fuhrwerke, stinkende Pferdekadaver, aufgebrochenes Gepäck, vor Erschöpfung gestorbene Flüchtlinge. Zusätzlich drohte ständig die Gefahr von oben. Russische Flugzeuge machten Jagd auf die flüchtende Zivilbevölkerung. Mit ihren Bordkanonen schossen sie auf alles, was sich am Boden bewegte.*

## 23. Dezember 2007, 13:00 Uhr

Hermann Liebig saß seit über einer Stunde wie versteinert in seinem Büro. Er hatte heute nur ein paar Anweisungen geben und sich dann für den Rest des Jahres abmelden wollen. Dann stellte ihm seine Sekretärin den Anruf durch. Erst hielt er es für einen schlechten Scherz. Doch die Stimme des Anrufers ließ ihn aufhorchen. Eine Stimme, die ihm so seltsam vertraut vorkam. Der Mann sprach ihm sein Beileid aus. In den Morgennachrichten hätte er von der schrecklichen Tat erfahren und sich dann entschlossen, diesen Anruf zu tätigen. Als der Mann sich dann zögerlich vorstellte, traten Hermann Liebig Schweißperlen auf die

Stirn. Seine Stimme versagte, als er etwas erwidern wollte. In seinem Kopf tauchten plötzlich längst vergessene Erinnerungen auf. Erinnerungen aus seiner frühen Kindheit. Erinnerungen an einen Hof. Erinnerungen an seine Großmutter. Erinnerungen an Jelena, das polnische Mädchen, die Freundin seiner Mutter. Hermann Liebig knöpfte sein Hemd auf. Sein Herz raste, er schwitzte am ganzen Körper, seine Hände zitterten. Das waren Erinnerungen, die er Zeit seines Lebens verdrängt hatte. Das wurde ihm schlagartig klar, als der fremde Mann sich als Karl Liebig vorstellte. Hermann Liebig sprach mit seinem Zwillingsbruder, den er seit über 60 Jahren verstorben wähnte. Es kam ihm vor wie ein Traum. Er hatte es immer gewusst. Er hatte seinen Zwillingsbruder vor über 60 Jahren in seinem Unterbewusstsein begraben und nie wieder an die Oberfläche dringen lassen. Nun schossen die Bilder aus seiner Kindheit blitzartig und schmerzlich in sein Gehirn. Sie waren fünf Jahre alt, als sie auseinandergerissen wurden. Wilhelmine hatte seit jenem Tag in seiner Gegenwart kein Wort mehr über Karl erwähnt.

Jetzt wollte Karl sich mit ihm treffen. Es sei wichtig. Hermann Liebig stimmte zu, unfähig, auch nur einen klaren Gedanken zu fassen. Karl drängte ihn, schon am nächsten Abend in Sachsen zu sein. In Ostritz, direkt an der Lausitzer Neiße. Geistesabwesend sagte Hermann zu. Karl nannte ihm die Adresse. Das Zisterzienserinnenkloster Sankt Marienthal. Dort sollte Hermann nach Schwester Anna fragen.

Drei Stunden nach diesem Anruf stand Hermann Liebig am Ticketschalter im Frankfurter Hauptbahnhof. Er kaufte sich eine Fahrkarte erster Klasse. Um 20:05 Uhr fuhr der ICE planmäßig nach Dresden ab. Von dort musste er den Regionalzug nehmen. Hermann hatte seinem Zwillingsbruder Karl versprechen müssen, niemandem etwas von dieser Reise zu erzählen. Auch nicht seiner Frau oder seiner Tochter. Karl war es sehr ernst damit gewesen. Hermann Liebig schlenderte mit der neu erworbenen Fahrkarte über den belebten Hauptbahnhof. Er hätte jetzt seine Tochter in der Gerichtsmedizin identifizieren sollen. Er hätte jetzt bei seiner Frau sein müssen. Er hätte mit seiner Familie an Heiligabend in den Gottesdienst gehen sollen. Er hätte mit Eva um die verlorene Tochter trauern und die Feierlichkeiten für die

Beerdigung vorbereiten sollen. Er hätte mit Dr. Jürgens über die Testamentseröffnung sprechen müssen. Ziellos lief er zwischen den Menschenmassen im Hauptbahnhof umher, versuchte seine Gedanken zu ordnen und versank immer tiefer im Meer der Hilflosigkeit. Die Stimme des Bahnhofsprechers ertönte aus den Lautsprechern. Der ICE nach Köln fuhr in zwei Minuten ab. Hermann hatte noch fast fünf Stunden Zeit, bis sein Zug abfuhr. Er verließ den Bahnhof, nahm sich ein Taxi und gab dem Fahrer Anweisung zu fahren. Ohne Ziel. Quer durch die Stadt. Der Fahrer nickte nur und fuhr los. Hermann Liebig betrachtete sich im Vorbeifahren die Stadt. Sie überquerten den Main. Er schaute dem Lauf des Flusses nach, der die Stadt in zwei Hälften teilte. Mit Schaudern dachte er daran, wie er nach dem Gespräch mit seinem Zwillingsbruder den Telefonhörer aufgelegt hatte. Wie er starr auf seinem Stuhl gesessen hatte. Wie er langsam aufgestanden war, um sich ein Glas Wasser zu holen. Wie er nach zwei Schritten kurz vor seiner Bürotür stehen geblieben war. Seine Glieder hatten zu zittern begonnen. Seine Medizin lag in der Schreibtischschublade. Er hatte es nicht mehr zu seinem Schreibtisch geschafft. Er war einfach hingefallen. Seit Jahrzehnten war er von solch heftigen Anfällen verschont geblieben. Mit zuckenden Gliedern hatte er heute in seinem Büro gelegen, sich auf die Zunge gebissen, jegliche Kontrolle über seinen Körper verloren.

## 23. Dezember 2007, 13:45 Uhr

Lukas saß auf einem Stuhl neben dem Fenster und las in der Bibel, als Till das Krankenzimmer betrat. Till näherte sich ihm langsam, blieb in der Mitte des Zimmers stehen und begrüßte den kahlköpfigen Mann betont höflich. Lukas schlug die Bibel zu und legte sie auf den Tisch. Er trug einen weißen Bademantel. Er sah besser aus als die Tage zuvor. Seine Gesichtszüge erschienen Till weicher und freundlicher.

„Können wir uns unterhalten?", fragte Till.

„Ich bin es gewohnt zu schweigen", antwortete Lukas.

„Ich weiß", bestätigte Till. „Ich habe mich erkundigt, als ich Ihre Tätowierung gesehen habe." Till griff in seine Jackentasche und holte sein Notizbuch hervor. „Ordo Cisterciensis Strictioris

Observantiae", las er stammelnd von seinen Notizen ab, die er bei Bruder Jakobus gemacht hatte. „Sie sind Mitglied im Zisterzienserorden der strengeren Observanz."

Lukas lächelte. „Ich war dumm, als ich mir die Tätowierung machen ließ. Jung und dumm."

„Oder voller Überzeugung?", fragte Till.

„Ja, voller Überzeugung", bestätigte Lukas. „Aber man dient dem Herrn mit dem Herzen. Symbole sind unwichtig. Zahlen haben keine Bedeutung. Buchstaben sind überflüssig."

„Was ist mit Gesetzen?", fragte Till vorsichtig nach.

„Die Gesetze hat der Herr gemacht. Ich versuche, sie zu befolgen."

„Du sollst nicht töten, ist eines davon." Till ließ seine Worte einen Moment im Raum stehen. Er hatte von Religion nicht viel Ahnung, viel mehr Gesetze des Herrn als dieses würden ihm auf die Schnelle nicht einfallen. Aber dieses eine, das war wichtig, damit konnte er Lukas knacken, war seine Überlegung. Lukas' Reaktion schien die Gedanken von Till zu bestätigen. Er stand auf, ging zwei Schritte vor und wieder zurück und schaute verlegen auf den Boden.

„Magdalena Liebig wurde getötet", fuhr Till fort. „Ihr Mörder hat gegen Gottes Gesetz verstoßen. Sie wissen, wer Magdalena Liebig getötet hat. Warum decken Sie einen Mörder?"

Lukas fing an, sein Körpergewicht unruhig von einem auf den anderen Fuß zu verlagern. Till sprach weiter, er hatte gerade einen Faden gefunden, den er nicht verlieren wollte.

„Sie haben zugesehen, wie Magdalena Liebig ermordet wurde. Sie hätten sie beschützen können, haben es aber nicht getan. Warum nicht? Haben Sie einen Anfall gehabt, als es geschehen ist?"

Lukas wurde immer unruhiger. Er hielt seine Hände auf seine Ohren. Dr. Rübsam stand im Türrahmen und wollte Till stoppen, doch Till fuhr unbeirrt fort.

„Oder haben Sie sie umgebracht? Wo ist Ihre Kleidung abgeblieben? Warum saßen Sie nackt im Blut einer ermordeten Frau? Einer Frau, mit der Sie kurz zuvor geschlafen haben?"

Lukas rieb sich die Hände über die Ohren, sein eben noch freundlich wirkendes Gesicht verwandelte sich zu einer Fratze.

Dr. Rübsam kam näher, packte Till an der Schulter. Doch Till war dabei, sich in Rage zu reden.

„Sie reden von den Gesetzen Gottes? Sie wollen ein frommer Mönch sein? Sex und Mord, so was kenne ich aus der Rotlichtszene, aber nicht aus dem Kloster. Glauben Sie wirklich, dass Sie mit der Nummer durchkommen? Als heiliger schweigsamer Mönch? Haben Sie die Frau vergewaltigt und dann umgebracht? Oder haben Sie zugeschaut, wie sie erst geschändet und dann getötet wurde?"

Dr. Rübsam schüttelte Till heftiger an der Schulter. Lukas fing an zu schreien. Qualvolle Laute drangen aus seiner Kehle. Er fiel auf die Knie und hielt sich den Magen. Er übergab sich, kotzte auf den Boden und wimmerte. Dann sprang er auf und schlug seinen Kopf gegen die Wand. Mit Wucht hämmerte er seine Stirn gegen die Betonwand. Blut lief ihm über die Stirn. Er schlug sie fester gegen die Wand. Dr. Rübsam zerrte den erschrockenen Till aus dem Zimmer und rief zwei Pfleger zur Hilfe. Fassungslos schaute Till zu, wie die Pfleger den tobenden Lukas auf das Bett drängten, ihn festschnallten und seine blutenden Wunden versorgten. Dr. Rübsam gab Lukas eine Spritze, die ihn kurz darauf einschlafen ließ.

## 23. Dezember 2007, 13:30 Uhr

Eva Liebig hatte noch auf der Fahrt zur Gerichtsmedizin versucht, Hermann telefonisch zu erreichen, doch er meldete sich nicht. Gestützt von Sarah und Siebels trat sie den schweren Weg zur Leiche ihrer Tochter an.

„Ich bin jetzt siebenundsechzig Jahre alt", flüsterte Eva, bevor sie den Raum betraten, in dem Magdalena aufbewahrt wurde. „Wenn Magdalena den Einstieg in die Firma noch geschafft hätte, hätte sie das Unternehmen zwanzig oder fünfundzwanzig Jahre führen können. Vielleicht hätte sie sogar noch Kinder bekommen, die dann in ihre Fußstapfen getreten wären. Jetzt hört alles auf, wofür Hermann und ich ein Leben lang gearbeitet haben."

„Die Firma wird weiter existieren", beruhigte Sarah sie. „Du hast deine Tochter verloren, das ist schlimmer als der Verlust deiner Nachfolge in der Firma."

„Ja. Ich habe meine Tochter verloren und damit auch die

Firma. Ich habe alles verloren. Alles, wofür ich mein Leben lang gekämpft habe. Jetzt, wo wir ihre Krankheit endlich in den Griff bekommen hatten und die unglückselige Beziehung zu diesem Zimmermann ihr Ende gefunden hatte. Sie hätte es geschafft. Sie hätte alles geschafft. Sie wäre gesund geworden, hätte einen vernünftigen Mann gefunden und mir süße kleine Enkel geschenkt. Nun werde ich mich mit Hermann zurückziehen und Peter wird die Firma zugrunde richten."

„Vielleicht führt Peter die Firma ja auch erfolgreich weiter", sinnierte Sarah.

Eva lachte spöttisch. „Dazu fehlt ihm das Zeug. Außerdem lebt er mit seinen 56 Jahren jetzt schon wie ein Rentner und kann es kaum erwarten, die Firma zu verhökern. Dem traue ich sogar zu, dass er Magdalena überredet hat, ihn in ihrem Testament als Haupterben einzusetzen. Dann hat er dafür gesorgt, dass Zimmermann durchdreht und Magdalena in seinem Eifersuchtswahn tötet. Das hat er sich fein ausgedacht, unser kleiner dicker Peter."

„Vielleicht sollten wir die Testamentseröffnung abwarten, bevor wir solchen Verdächtigungen nachgehen", warf Siebels ein.

Dr. Petri kam nun endlich und nachdem er alle begrüßt hatte, ging die kleine Gruppe in den Raum. Der Leichnam von Magdalena lag auf einer Bahre, verdeckt von einem Tuch. Petri schaute noch einmal zu Eva Liebig und dann zu Siebels. Siebels nickte unmerklich, woraufhin Petri langsam das Leichentuch zurückschlug. Ohne eine Träne zu vergießen, starrte Eva Liebig auf das bleiche Gesicht ihrer Tochter. Sarah fing schluchzend an zu weinen. Siebels reichte ihr ein Taschentuch, betrachtete sich ihr verweintes Gesicht und verglich es mit dem von Magdalena. Es gab keine große Ähnlichkeit zwischen den Halbschwestern. Beide waren Mitte vierzig. Sarah, die ein Jahr älter war, sah jünger aus. Man sah der toten Magdalena an, dass sie es im Leben nicht einfach gehabt hatte.

Eva bestätigte die Identität von Magdalena und sie verließen den Raum.

„Hat die Obduktion noch etwas ergeben?", fragte Eva Liebig.

„Nein. Nichts, was wir nicht schon vorher gewusst hätten. Abgesehen von der Epilepsie war sie kerngesund. Gibt es in

Ihrer Familie oder in der Ihres Mannes noch mehr Fälle von Epilepsie?"

„Nein", Eva drehte sich von ihrem Gesprächspartner ab. Im selben Moment ertönte die Melodie von „Spiel mir das Lied vom Tod" in seiner Jackentasche. Der einer Mundharmonika nachempfundene Ton wurde bei jedem Klingeln lauter und Siebels kramte umständlich und peinlich berührt in seinen Taschen nach dem Handy. Als er es endlich in der Hand hielt, konnte sich Sarah ein verbissenes Lächeln nicht verkneifen. Till berichtete vom erneuten Ausraster des einzigen Zeugen. Siebels seufzte entnervt und fragte dann Sarah, ob sie wisse, wie man den Klingelton auf dem Handy ändern könne.

## 23. Dezember 2007, 16:15 Uhr

Nachdem Siebels Eva und Sarah Liebig zu Hause abgesetzt hatte, fuhr er ins Präsidium. Charly saß in seinem Büro, er hatte den Rechner von Magdalena angeschlossen und durchsuchte die Dateien nach relevanten Informationen.

„Hast du was für mich?", wollte Siebels wissen.

„Der Mann vom Roten Kreuz hat vor ein paar Minuten angerufen. Er wollte die Sache noch vor den Feiertagen vom Tisch haben. Der gute Mann hat heute Vormittag nur für uns gearbeitet."

„Das ist aber nett von ihm. Was muss ich machen, damit du mir erzählst, was dabei herausgekommen ist?"

„Kaffee", antwortete Charly, ohne dabei seinen Blick vom Bildschirm zu nehmen, auf dem Magdalenas Prüfungsaufgaben vom Fernstudium abgebildet waren. Siebels ging kopfschüttelnd aus dem Büro und zog am Automat zwei Becher Kaffee.

„Bitte schön, Kaffee." Siebels stellte den dampfenden Becher vor Charly auf den Schreibtisch.

„Milch und Zucker?"

„Schwarz schmeckt besser."

„Schwarz mag ich nicht."

Siebels drehte genervt seine Augen zur Decke, ging wieder raus zum Automat und zog einen weißen, gesüßten Kaffee.

„Bitte schön", sagte er mit einem Ton, der jede weitere Reklamation von vornherein ausschloss.

„Danke schön. Geht doch. Also pass auf. Wilhelmine Arenz hat bereits Anfang 1946 eine Suchanfrage nach ihren Kindern Karl und Erika Liebig gestellt. Damals hieß sie übrigens noch Wilhelmine Liebig. Die Kinder sind bei der Flucht aus Ostpreußen verloren gegangen. Wilhelmine hatte sich mit ihren Kindern Karl, Hermann und Erika einem Treck angeschlossen. Begleitet wurden sie von einer polnischen Fremdarbeiterin, die auf dem Hof von Wilhelmines Eltern gearbeitet hatte. Der Treck ist gemeinsam mit Tausenden von anderen Flüchtlingen im Winter 1944/1945 über das vereiste Frische Haff gewandert. Bei einem nächtlichen sowjetischen Fliegerangriff wurde der Treck bombardiert. Einige Wagen brachen im Eis ein und versanken, andere Wagen konnten sich vom Treck absetzen. Wilhelmine saß mit ihrem Sohn Hermann in einem dieser Wagen. Ihre anderen beiden Kinder, Karl und Erika, blieben mit dieser polnischen Frau, Jelena Dobrosnik, in einem der anderen Wagen zurück. Ob der Wagen versunken ist oder gerettet wurde, konnte nie geklärt werden. Jedenfalls hat Wilhelmine Liebig alias Arenz ihre beiden Kinder bei der Flucht verloren."

„Böse Geschichte", murmelte Siebels nachdenklich. Er dachte an das Testament von Wilhelmine Arenz. Hatte sie die Hoffnung bis zuletzt nicht aufgegeben, dass ihre beiden Kinder noch am Leben waren?

„Das war aber noch nicht alles", gab Charly kund. Vor etwas über zwei Jahren, im September 2005, hat Wilhelmine Arenz ihre Suchanzeige ohne Begründung zurückgezogen."

„Fünfzig Jahre später", flüsterte Siebels fassungslos.

„So ist es. Aber die Suchanfrage wurde erneut an den Suchdienst gestellt. Vor einem halben Jahr, kurz nach dem Tod von Wilhelmine Arenz, kam die Anfrage vom Anwalt der Familie. Dr. Jürgens ließ nach verlorenen Kindern aus Ostpreußen mit den Nachnamen Liebig und Güttlicher forschen. Natürlich blieb die Suche genauso erfolglos wie in den fünfzig Jahren zuvor."

„Der hat den Suchauftrag nach der Eröffnung von Wilhelmines Testament erteilt. Das klingt logisch. Hat er denn nicht die Vornamen der Kinder angegeben?"

„Nein, davon war bei seiner Anfrage nichts bekannt."

„Das ist aber komisch", murmelte Siebels. „Anscheinend hat

Wilhelmine Arenz nach ihrer Flucht nie etwas über die beiden verlorenen Kinder erzählt. Weder ihrem zweiten Mann, noch ihren Kindern aus der zweiten Ehe, noch dem Familienanwalt. Obwohl sie über fünfzig Jahre lang einen Suchauftrag für diese Kinder laufen hatte. Kannst du dir da einen Reim drauf machen?"

„Keine Ahnung. Vielleicht hatte Walter Arenz schon ein Problem damit, dass sie Hermann mit in die Ehe brachte. Wenn da die anderen Kinder noch aufgetaucht wären, hätte er vielleicht einen Rückzieher gemacht?"

„Möglich", murmelte Siebels. „Aber wenn die Kinder gefunden worden wären, was dann?"

„Sie wurden nicht gefunden. Die Frage ist also rein hypothetisch", wiegelte Charly ab.

„Vielleicht wurden sie doch gefunden. Fünfzig Jahre später, als Wilhelmine Arenz den Suchauftrag zurückgezogen und ihr merkwürdiges Testament aufgesetzt hat? Wir sollten herausfinden, wann sie das Testament formuliert hat. Bevor oder nachdem sie den Suchauftrag zurückgenommen hat, das ist jetzt die Frage."

„Was ist jetzt die Frage?" Jensen kam schnellen Schrittes durch die noch offen stehende Bürotür geeilt. „Was macht denn unser Fall?"

Charly grinste heimlich und tat so, als würde er hochkonzentriert die Dateien auf Magdalenas Rechner durchforsten. Sein Blick heftete sich starr auf den Bildschirm. Dort entdeckte er gerade einen Dateiordner, der Briefe von Magdalena an ihre Halbschwester Sarah enthielt.

Siebels klärte Jensen über die Ermittlungsarbeiten auf. Peter Zimmermann stand zurzeit ganz oben auf der Liste der Verdächtigen. Allein das Bauchgefühl von Siebels wehrte sich gegen Zimmermann als Täter. Lukas blieb weiterhin ein Problemfall. Selbst wenn er den Mörder benennen konnte, blieb es fraglich, ob er vor Gericht überhaupt als zurechnungsfähig durchgehen würde. Neben Zimmermann gehörten Peter Arenz und seine nebulöse Partnerin Petra Schneider noch zu den Verdächtigen.

„Was ist denn mit dieser Klara Arenz?", erkundigte sich Jensen.

Siebels zuckte mit den Schultern. „Die steht noch aus, um die müssen wir uns noch kümmern."

„Na, dann kümmern Sie sich mal. Ich würde den Fall gerne noch in diesem Jahr abschließen."

Anstatt zu antworten, zündete sich Siebels eine Zigarette an.

„Ist dieses Büro eigentlich als Raucherraum ausgewiesen?", fragte Jensen. Ohne auf eine Antwort zu warten, verließ er das Büro wieder.

Charly lachte schadenfroh. „Wenn der Fall dieses Jahr nicht mehr geklärt wird, macht Jensen hier offiziell einen Nichtraucherraum draus."

„Das traut der sich nicht", gab Siebels selbstbewusst zurück. „Aber mit dieser Klara hat er nicht ganz unrecht. Die ist bei unseren Ermittlungen bisher total untergegangen. Ich weiß gar nicht, wo die sich überhaupt aufhält. Ihr Bruder hat erzählt, dass sie nebenbei für ihn arbeitet. Angeblich begutachtet sie in seinem Auftrag Immobilien auf Ferieninseln. Sabine sollte sich ja mal erkundigen, vielleicht hat sie schon was rausgefunden. Ich ruf sie gleich an."

„Du lässt deine schwangere Freundin im Urlaub für dich ermitteln?"

„Logisch. Man muss die Frauen immer beschäftigen, sonst kommen sie nur auf dumme Gedanken." Siebels wählte Sabines Handynummer und nach längerem Gespräch pfiff er leise durch die Zähne.

„Was hat sie erzählt?", wollte Charly wissen.

„Johanna hat einen Sonnenbrand."

„Wo?"

„Auf den Schultern."

„Das müssen wir Till erzählen."

„Sag du es ihm. Ich bin es satt, immer die traurigen Nachrichten zu überbringen."

Charly lachte sich ins Fäustchen. „Jetzt erzähl schon, sie hat doch was über diese Klara rausbekommen, oder?"

„Klar. Unsere Klara ist auf der Insel anscheinend nicht sehr beliebt, aber durchaus bekannt. Sie kaufte in den letzten Jahren auf den Kanaren im Auftrag von Arenz-Immobilien große Grundstücke und veraltete Ferienanlagen auf. Dort wurden dann neue Hotelanlagen und moderne Appartements errichtet. Arenz-

Immobilien hat nach und nach auf Gran Canaria, Fuerteventura und Teneriffa neue Ferienanlagen geschaffen. Meistens auf Terrain, wo es noch keine Infrastruktur gab, die Grundstücke also noch vergleichsweise billig waren. Vor einem Jahr wurden sämtliche Anlagen im Paket an einen Finanzinvestor verkauft. An die LOOP-Group. Luchter, Ott, Orwell und Partner. Orwell ist ein Ire, Ott ein Deutscher und Luchter ein Schweizer. Die Arenz und dieser Luchter sind anscheinend auch privat ein Paar. Jedenfalls erscheinen sie öfters mal gemeinsam auf Partys und bewohnen zeitweise zusammen eine Villa auf Teneriffa."

„Wow, da war Sabine aber ganz schön fleißig."

„Ach woher. Sie hat sich mit der Managerin ihres Hotels angefreundet. Die beiden haben ein paar Stunden in der Hotelbar gesessen und sich amüsiert. Wenn Frauen erst mal quatschen, dann quatschen sie, bis alles ausgequatscht ist. Jetzt rate mal, was sie noch ausgequatscht hat."

Charly schaute erst etwas ratlos, dann hellte sich seine Miene auf. „Petra Schneider?"

„Volltreffer. Die treibt sich auch regelmäßig da unten rum. Und die Hotelmanagerin ist sich ziemlich sicher, dass die Schneider auch was mit diesem Luchter hat."

Charly schnippte mit dem Finger in die Luft. „Und dieser Luchter investiert wahrscheinlich nicht nur in Ferienanlagen, sondern auch in der Industrie. Eine Heuschrecke, die es auf die Arenz-Werke abgesehen hat. Oder?"

„Ich weiß es nicht, aber das bekomme ich raus. Die Schneider steckt jedenfalls ganz tief drin in der Geschichte. Über die will ich alles wissen, Charly."

„Ich dachte für die Frau ist jetzt Till zuständig."

Bei der Bemerkung bekam Siebels Bauchschmerzen. Er hoffte inständig, dass Till die Sache nicht verbocken würde.

„Über diesen Luchter und die LOOP-Group hätte ich auch gerne noch Infos", wies Siebels Charly an.

„Hast du die letzte Zeit mal auf den Kalender geguckt? Es weihnachtet, Herr Kollege."

„Ich weiß", seufzte Siebels. „Geht doch bestimmt ganz schnell, oder?"

„Klar, bis Ostern bekommst du einen lückenlosen Bericht."

Siebels reagierte nicht darauf. Er wusste, dass auf Charly stets Verlass war. Er nahm den Telefonhörer in die Hand und wählte die Nummer von Arenz-Immobilien. Als Petra Schneider sich meldete, atmete er erst mal tief durch.

„Guten Tag, Frau Schneider, Siebels hier, Kripo Frankfurt."

„Guten Tag, Herr Siebels, was kann ich für Sie tun?"

„Ist Ihr Chef zu sprechen?" Die Betonung lag bei seiner Frage auf dem Wort Chef.

„Herr Arenz ist in einer Besprechung. Kann ich ihm etwas ausrichten?"

„Vielleicht können Sie mir ja weiterhelfen? Ich möchte mich mit Frau Klara Arenz unterhalten. Können Sie mir sagen, wie ich sie erreichen kann?"

„Natürlich, warten Sie einen Moment. So, ich bin schon fündig geworden, haben Sie etwas zum Schreiben?"

Siebels notierte sich die Telefonnummer von Klara Arenz und ließ sich auch ihre Adresse geben. Sie wohnte in Bad Homburg, nur wenige Autominuten von Frankfurt entfernt. Petra Schneider berichtete noch, dass Klara Arenz um diese Zeit eigentlich auf Teneriffa lebe, wegen des Todes von Magdalena aber seit gestern wieder im Lande sei.

„Mit Ihnen möchte ich mich bei Gelegenheit auch noch unterhalten", ließ Siebels Petra Schneider wissen.

„Gerne, soll ich Ihnen noch meine Mobilnummer durchgeben?"

Siebels notierte sich auch noch diese Nummer und beendete das Gespräch.

„Ich hab was", meldete sich Charly.

Siebels lief um den Schreibtisch herum und stellte sich hinter Charly.

Neugierig las er ein Schreiben von Magdalena Liebig, in dem sie die Detektei „Licht ins Dunkel" aus der Innenstadt mit der Observierung von Peter Zimmermann beauftragte. Sie wollte wissen, an welchen Orten er sich regelmäßig aufhielt, ob er Frauenbekanntschaften pflegte und wie es um seine finanzielle Situation gestellt war. Am Ende Ihres Schreibens erkundigte sie sich, ob die Detektei im Fall Luchter noch tätig war und bezog sich dabei auf den Auftrag ihrer Großmutter Wilhelmine Arenz.

Siebels pfiff leise durch die Zähne. „So langsam verdichtet sich das ja alles. Bei dieser Detektei fahre ich gleich mal vorbei. Anschließend statte ich Klara Arenz noch einen Besuch ab. Falls Till sich bei dir meldet, richte ihm aus, dass er sich vor dieser Schneider in Acht nehmen soll."

Charly grinste. „Du kennst doch Till, der legt sich dann erst recht ins Zeug."

Siebels nickte zustimmend und seufzte dabei. Dann machte er sich auf den Weg.

# 20

Er hatte sich wieder ein Taxi genommen und dem Fahrer als Ziel die Arenz-Werke genannt. Der indische Fahrer schaute ihn verständnislos an. „Arenzwerkestraße?“ Der Fahrer zeigte auf das Navigationsgerät und wollte einen Straßennamen wissen. Er wusste nicht, was für ein Gerät das war. „Alt Fechenheim“, sagte er dann unsicher. Der Inder tippte es ein und nickte freudig. Er sah auf das Gerät, auf dem eine Landkarte erschien. Eine unsichtbare Stimme ertönte im Wagen. Die Stimme wies dem Inder den Weg. Es war eine angenehme Frauenstimme. Gebannt lauschte er den Anweisungen der Stimme, die von dem Inder ausgeführt wurden. Er fragte ihn, ob alle Taxifahrer so ein Gerät hätten. „Navi“, antwortete der Inder. Sie fuhren auf der Miquelallee und kamen im zähfließenden Stadtverkehr nur langsam voran. „Alle neuen Autos Navi. Ich Tomtom. Tomtom gut.“

Er verstand nicht und schaute aus dem Fenster. Links von ihnen lag ein riesiges kastenförmiges Gebäude. Er fragte sich, ob es sich bei dem Bau um die Zentrale der Arenz-Werke handelte.

„Arenz-Werke?“, fragte er den Inder und deutete auf das Gebäude.

„Polizei“, sagte der Inder.

Staunend betrachtete er sich den gigantischen grauen Kasten. Es musste viele Polizisten in dieser Stadt geben. Er wusste noch nicht viel über die Arenz-Werke. Er wusste nur, dass Wilhelmine Arenz als Mutter der Arenz-Werke berühmt geworden war. Er hatte keine Vorstellung von den Werken. Er wusste nur, dass es eine sehr große Firma sein musste. Eine Firma, in der Tausende von Leuten arbeiteten. Er hatte den braunen Ledereinband wieder in der Tüte, die er auch im Taxi eng an sich drückte. Er befand sich auf den Spuren von Wilhelmine Arenz. Es war ihm ein Bedürfnis, sich dort aufzuhalten, wo auch Wilhelmine sich aufgehalten hatte, wenn er in dem braunen Ledereinband blätterte und die Lebensgeschichte dieser Frau in sich aufsog. Er fühlte sich ihr dann noch näher.

Die Stimme hatte den Taxifahrer angewiesen, links abzubiegen. Kurz darauf ging es rechts um die Kurve. Wieder sah er auf der linken Seite ein großes Gebäude zum Vorschein kommen. Der Inder schaute nicht hin. Sicherheitshalber fragte er den Fahrer erneut und zeigte wieder auf das Gebäude. „Arenz-Werke?"

Der Inder schaute nach links. „Eissporthalle", antwortete er und klang sehr stolz ob seiner detaillierten Stadtkenntnisse. „Laufen auf glattes Eis mit spitzen Stangen unter Schuhen", fügte er hinzu, als er die Ratlosigkeit im Gesicht seines Fahrgastes erkannte.

Das Taxi fuhr an der Halle vorbei. Vor ihnen wies ein Schild den Weg nach Offenbach. Er fragte sich, ob die Stimme wirklich wusste, wo er hin wollte. Bevor es nach Offenbach ging, drehte der Taxifahrer aber nach links ab. Er betrachtete sich neugierig seine Umgebung. Hier gab es große Häuser, in denen Autos verkauft wurden. Er überlegte sich, ob er sich auch ein Auto kaufen sollte. Eines mit so einem Gerät, das einem den Weg wies. Er schaute wieder aus dem Fenster, mal nach links, mal nach rechts. Hier gab es auf beiden Straßenseiten viele große Gebäudekomplexe. Es konnte nicht mehr lange dauern, bis er bei dem Gebäude ankam, in dem die Arenz-Werke beheimatet waren. Das Taxi fuhr weiter geradeaus. Die Straße war lang. Sie fuhren über eine kleine Brücke, dann meldete sich wieder die Stimme. Nach dreihundert Metern sollte der Inder rechts abbiegen. Als das Taxi dem Befehl gefolgt war, meldete die Stimme, dass das Ziel erreicht sei. Der Inder hielt den Wagen an. Er sah aus dem Fenster und erkannte das Straßenschild. Alt Fechenheim. Hier war er richtig. Im Telefonbuch des Hotels hatte er die Adresse ausfindig gemacht. Er bezahlte den Fahrpreis und stieg aus dem Taxi. Hilflos blickte er sich um, als er allein am Straßenrand in einer menschenleeren Gegend stand. Nirgendwo entdeckte er einen Hinweis, dass hier die Arenz-Werke angesiedelt waren. Er stand vor einer Mauer, dahinter lagen alte Ziegelgebäude. Er lief los, an der Mauer entlang, die Plastiktüte eng an sich gedrückt. Nach ein paar Metern kam er an eine Einfahrt, die durch eine Schranke versperrt war. Neben der Schranke stand ein kleines Häuschen aus Glas, darin saß ein Mann. Er ging zu dem Glashaus und fragte den Mann darin nach den Arenz-Werken. Der Mann musterte ihn, fragte, ob er dort jemanden besuchen wolle. Er verneinte, sagte, dass er sich nur umschauen wolle. Das ginge nicht, er bräuchte einen Ausweis, sagte der Mann im Glashaus. Er holte seinen Personalausweis heraus und zeigte ihn vor. Der Mann schüttelte den Kopf. Er würde natürlich einen Firmenausweis benötigen. Wenn er hier nicht arbeiten würde, käme er auch nicht herein. Er nickte. Er wollte schon umkehren, überlegte es sich anders und fragte den Mann, ob Wilhelmine Arenz früher hier durch die Einfahrt in die Firma gekommen wäre. Der Mann im Glashaus schaute ihn lange an. Dann nickte er plötzlich. Das sei öfter vorgekommen, das letzte Mal 1979. Der Mann erzählte ihm, dass er damals noch ganz neu als Pförtner gewesen sei und Frau Arenz gar nicht erkannt hätte. Selbst ihrem Sohn Hermann habe er schon die Schranke geöffnet, erzählte der Mann weiter, 1985 oder 1986. Der Pförtner wurde immer redseliger, sprach von Auslagerungen und von Produktionsstätten in China und Indien. Hier sei nur noch ein winziger Teil der Werke verblieben, die meisten Gebäude und Fabriken auf dem Gelände seien verwaist oder an andere Firmen verkauft worden. Damals, als Walter Arenz noch am Leben gewesen sei, da hätten die Schornsteine geraucht, ereiferte sich der Mann in seinem Glashaus. Er unterbrach seine Ausführungen und öffnete die Schranke, als ein LKW auf das Gelände fahren wollte. Der käme regelmäßig, einmal die Woche, erläuterte er. Der LKW aus Slowenien liefere die Elektroden, die hier nur noch für den Verkauf gelagert würden, klagte der Mann. Früher sei das alles hier im Werk produziert worden, erzählte er und winkte dann resigniert ab. Noch zwei Jahre, dann könne er in den wohlverdienten Ruhestand gehen.

Er hatte sich bei dem Mann für das freundliche Gespräch bedankt und war dann noch ein Stück an der Mauer entlanggelaufen, hinter denen sich die Reste der Arenz-Werke erhoben. Die Arenz-Werke waren heute in der ganzen Welt verteilt, so viel wusste er jetzt. Er fand eine Bushaltestelle an der Mauer und setzte sich auf die Bank. Er nahm seinen braunen Ledereinband aus der Tüte und schlug ihn auf. Es war faszinierend, hier an diesem geschichtsträchtigen Ort zu sitzen und zu erfahren, wie alles angefangen hatte, damals, als für Wilhelmine und ihre Kinder das Ende so nahe schien.

*Eine bittere Kälte begleitete uns auf unserer Flucht. Fast dreißig Stunden auf dem vereisten Haff lagen vor uns. Die Angst vor dem Tod war unser ständiger Begleiter. Die verbliebenen Soldaten der Wehrmacht hatten Äste als Markierungen gesteckt. Dort, wo Wagen vor uns im Eis eingebrochen waren, konnten wir nicht mehr fahren. Überall säten Leichen unseren Weg. Ich konnte nicht verhindern, dass sich dieses Bild menschlichen Elends in die Köpfe meiner Kinder einbrannte. Unser Treck bestand aus fünf Wagen. Jaroslaw lenkte die Pferde, Jelena saß neben ihm. Ich kümmerte mich auf der Ladefläche um die Kinder. Reglos starrten ihre kleinen Kinderaugen auf die vielen alleinstehenden Menschen, die sich zu Fuß über das Eis quälten. Wir kamen an einer Gruppe Männer vorbei, die am Wegesrand rasteten. Jaroslaw hielt den Wagen an. Es waren Landsleute von ihm. Ungarn, die zurück in die Heimat wollten. Jaroslaw stieg vom Wagen, sprach mit den Männern, umarmte sie. Ich sah ihm an, wie glücklich er war. Er sah hoch zu uns. Unsere Blicke trafen sich. Ich sah ihn an und wusste, dass sich unsere Wege hier trennen würden. Ich hatte Tränen in den Augen, wünschte ihm viel Glück und setzte mich auf seinen Platz. Ich trieb die Pferde an, wir mussten weiter. Wieder hatte ich einen Menschen verloren, der mir viel bedeutete. Jelena saß neben mir und hielt meine Hand. Ich ließ meinen Tränen freien Lauf, heulte Rotz und Wasser und trieb die Pferde an.*

*Stunden später hörte ich Schreie aus dem Wagen, der vor uns fuhr. Es waren Frauen aus einem Nachbardorf. Eine von ihnen war hochschwanger. Ihre Wehen hatten eingesetzt. Ich verließ unseren Wagen, nahm Hermann mit mir und bat Jelena, auf Karl und Erika aufzupassen. Als ich damals in Königsberg als Hilfsschwester im Krankenhaus gearbeitet hatte, war ich bei einigen Geburten dabei gewesen. Helfen zu können, war in diesen Stunden der Hilflosigkeit ein gutes Gefühl. Ich stieg auf den vorderen Wagen. Hermann setzte ich neben die Frau, die die Pferde lenkte. Auf der Pritsche im Wagen kümmerten sich bereits zwei Frauen um die Schwangere, die schon am Pressen war. Sie musste richtig atmen. Ich redete auf sie ein. Sie schrie.*

*Die anderen Frauen redeten auf sie ein, sie schrie lauter. Wir hörten das Dröhnen der russischen Flugzeuge und kümmerten uns nicht darum. Das Kind kam zur Welt. Es hatte sich den denkbar ungünstigsten Zeitpunkt ausgesucht. Russische Bomben detonierten links und rechts von unseren Wagen, als wir das kleine Bündel Mensch auf die Welt brachten. Ich hielt den Winzling im Arm und wir lachten. Ich lachte und hielt den kleinen Knaben hoch, als die Bombe das Eis krachen ließ. Die Pferde, die den Wagen zogen, gingen durch. Die Frau an den Zügeln versuchte, sie zu bremsen, doch sie galoppierten in panischer Angst davon. Ich drückte der Frau ihr Kind in die Arme und schrie wie von Sinnen. Als ich aus dem Wagen zurückblickte, erkannte ich im Rauch der detonierten Bomben, dass unser Wagen im Eis eingebrochen war. Ich wollte aus dem Wagen springen, doch die Frauen hielten mich zurück. Ich schrie, schrie nach Jelena, nach Karl und Erika. Ich bekam keine Antwort. Ich konnte sehen, wie unser Wagen langsam unter dem Eis verschwand. Schemenhaft erkannte ich die Umrisse von Jelena. Ihre Arme ruderten in der Luft, dann war sie verschwunden. Lähmendes Entsetzen ergriff mich. Ich konnte nicht glauben, dass meine Kinder unter dem Eis verschwunden waren. Ich schrie ihre Namen und nahm um mich herum nichts mehr war. Die Frau versuchte die Pferde zu stoppen, doch es gelang ihr nicht, weil noch andere Wagen vor dem brechenden Eis davonrasten. Es war zu spät, ich konnte nichts mehr tun. Nur Hermann war mir noch geblieben.*

## 23. Dezember 2007, 19:30 Uhr

Till blies ein eisiger Wind um die Ohren. Er stand vor der Tür der Abtei Mariawald und klopfte heftig dagegen. Nachdem Lukas bei der Befragung wieder ausgerastet war, hatte sich Till kurzentschlossen ins Auto gesetzt und war in die Eifel gefahren. Zu dem einzigen Kloster, das der Orden der Zisterzienser der strengeren Observanz in Deutschland unterhielt, wie Bruder Jakobus ihm berichtet hatte. Die genaue Adresse hatte er zuvor im Internet recherchiert. Nun befand er sich in der Nordeifel, zwischen den Bergspornen Altenberg und Griesberg, wo der Wind um einiges kälter blies als in Frankfurt. Endlich wurde die schwere Holztür von innen geöffnet. Ein alter Mann in grauem Gewand und schwarzem Schulterkleid stand vor ihm und sah ihn fragend an.

„Till, Till Krüger aus Frankfurt. Kripo Frankfurt", stellte der frierende Till sich vor.

„Angenehm, ich bin Bruder Philippus. Wie kann ich Ihnen helfen?"

„Mich vor dem Kältetod bewahren und hereinlassen", stammelte Till.

Der Mönch lächelte und kurz darauf fand Till sich in der Abteikirche wieder. Er setzte sich auf eine der Holzbänke und blies seinen warmen Atem in seine kalten Hände. Philippus setzte sich neben ihn.

„Sie sind auf der Suche nach einem friedvollen Platz? Möchten Sie das Weihnachtsfest in Abgeschiedenheit verbringen?"

Till schaute ihn entgeistert an. „Nein, ich bin auf der Suche nach einem entlaufenen Mönch."

Jetzt schaute Philippus ihn entgeistert an. „Sie sind dienstlich hier?"

Till fischte seinen Ausweis aus der Jacke und hielt ihn seinem Gesprächspartner vor die Nase. Der bedauerte, dass er ohne seine Brille nichts damit anfangen könne.

„Ich bin bereits 92 Jahre alt, da lassen die Augen nach", klärte der Mönch ihn auf.

„Sind Sie hier der Chef?", erkundigte sich Till.

„Ich bin der Abt. Der Chef ist oben im Himmel. Hier leben außer mir nur noch zwölf weitere Brüder. Es werden immer weniger." Philippus seufzte bei diesen Worten.

„Der Chef wird mit dieser Entwicklung nicht sehr zufrieden sein", flachste Till.

„Nennen wir ihn vielleicht doch lieber Herr als Chef. Doch zurück zu Ihrem Anliegen. Sie sprachen von einem entlaufenen Mönch. Wie darf ich das verstehen?"

„Gab es denn vor Kurzem neben den zwölf noch einen dreizehnten Bruder in diesem Kloster?"

Philippus nickte. „In der Tat. Eigentlich sogar fünfzehn. Zwei Brüder hat der Herr zu sich gerufen. Der dritte hat uns verlassen."

„Handelt es sich dabei um Bruder Lukas?"

„In der Tat. Hat er Probleme? Bruder Lukas ist sehr krank, müssen Sie wissen."

„Ja, ich weiß. Er leidet unter Epilepsie. Er wurde in der Neurologie untersucht. Er bekommt jetzt Medikamente. Warum war er früher nicht in Behandlung?"

„Er hielt seine Anfälle für eine Strafe Gottes. Bruder Lukas ist ein sehr gottesfürchtiger Mann. Das sind wir alle. Wir haben uns der Abgeschiedenheit und der Askese verschrieben. Mein geliebter Bruder Lukas kam vor vielen Jahren von einem Benediktiner-Orden zu uns. Bei seiner alten Gemeinschaft hatte man ihn gedrängt, sich ärztlichen Beistand zu suchen. Lukas hatte das abgelehnt und sich unserer Gemeinschaft angeschlossen. Ich habe seinen Wunsch akzeptiert, auf ärztlichen Beistand zu verzichten. Hätte ich es nicht getan, hätte er auch uns wieder verlassen."

„Wo Sie doch jeden Mann gebrauchen können", entfuhr es Till.

„Seine Anfälle kamen und gingen. Im Lauf der Zeit haben wir uns daran gewöhnt und gelernt, damit umzugehen."

„Wann genau ist er denn Ihrer Gemeinschaft beigetreten?"

„Lassen Sie mich überlegen. Das ist schon so lange her. Lukas war damals zwanzig Jahre alt. Es könnte im Jahr 1980 gewesen sein, als er zu uns kam."

„Dann hat er das Kloster jetzt nach 27 Jahren verlassen! Warum hat er das getan?"

„Die Wege des Herrn sind unergründlich."

„Der Weg von Lukas hat bei einer ermordeten Frau geendet."

Erschrocken schaute Philippus Till an. „Lukas? Sie wollen mir aber nicht erzählen, dass er eine Frau getötet hat? Das ist unmöglich!"

„Wann hat er die Abtei denn verlassen?", wechselte Till das Thema.

„Das ist noch nicht lange her. Anfang November war er plötzlich verschwunden. Alles, was er zurückgelassen hat, war ein Zettel mit einer kurzen Nachricht. Habt Dank, Gott möge Euch beschützen. Lukas. Das war es. Nun sagen Sie mir aber bitte, was mit Lukas passiert ist. Ich mache mir große Sorgen um ihn."

Till erzählte dem alten Mönch in wenigen Sätzen, was passiert war, ohne dabei auf Einzelheiten einzugehen. Dass Lukas wahrscheinlich sexuellen Kontakt zu Magdalena Liebig hatte, verschwieg er genauso wie die Tatsache, dass man ihn nackt neben ihrer Leiche gefunden hatte.

„Wo kam Lukas damals her, vor 27 Jahren? Wissen Sie das?"

„Wie ich bereits sagte, er kam aus einem anderen Orden. Genauer gesagt aus der Abtei Neuburg bei Heidelberg. Das ist ein Benediktinerkloster aus der Beuroner Kongregation."

Till hatte einen Block gezückt und machte sich eifrig Notizen. Es ging voran, er kam Lukas allmählich auf die Spur. Ihm fiel wieder der Spruch ein, der auf dem Spiegel gestanden hatte. Er las ihn laut aus seinem Notizblock vor. „Nehmen wir uns also vor jeder bösen Begierde in Acht; denn der Tod steht an der Schwelle der Lust." Er sah den alten Abt neugierig von der Seite an. „Sagt Ihnen das etwas?"

„Natürlich, junger Mann. Es stammt aus der Regel des Heiligen Benedikt von Nursia. Auch wir Trappisten halten uns an seine Regeln. Jedenfalls versuchen wir es und richten unser Leben danach aus. Wie kommen Sie jetzt darauf?"

Till erklärte dem Mönch den Zusammenhang.

„Das ist ja furchtbar. Wo ist Lukas da nur hineingeraten? Kann ich ihm irgendwie helfen?"

Till fand die Idee gar nicht schlecht. Vielleicht wäre Lukas gesprächiger, wenn der alte Mönch ihn nach den Vorkommnissen in der Villa Liebig befragen würde. Er fragte Phillippus, ob das möglich sei.

„Ich bin ein alter Mann und habe unsere Klosteranlage seit vielen Jahren nicht mehr verlassen. Aber wenn es der Sache dienlich ist, will ich mich nicht sträuben. Ich bin ein Diener des Herrn und Lukas war mein Schutzbefohlener."

„Ginge es in den nächsten ein bis zwei Tagen? Ich würde Sie abholen und wieder zurückfahren."

„Eine kleine Reise zwischen den Messen, warum nicht? Der Heilige Vater reist ja auch sehr viel." Der alte Philippus schien sich mächtig zu freuen.

„Wie kann ich Sie erreichen?", fragte Till.

„Kommen Sie, ich gebe Ihnen eine Visitenkarte."

Der Mönch stand auf, verließ die Kirche durch einen Seiteneingang und öffnete in einem Nebenbau die Tür zu einem kleinen Zimmer. Till trottete ihm hinterher. Dass der alte Mönch Visitenkarten besaß, brachte Till zum Schmunzeln. Stolz reichte ihm der Mönch die kleine Karte, die er aus einer Schreibtischschublade entnommen hatte.

Verein der Freunde und Förderer der Abtei Mariawald e. V. stand darauf. Darunter eine Telefonnummer. Till steckte die Karte ein.

„Das Telefon ist meistens besetzt. Man wird mich dann informieren, wenn Sie angerufen haben“, erklärte Philippus.

„Haben Sie auch die Adresse und einen Ansprechpartner aus dem ehemaligen Kloster von Lukas?“ Till schaute auf seine Notizen. „Aus dem Kloster Neuburg in Heidelberg?“

„Aber ja.“ Philippus griff wieder in eine Schublade und zog eine Mappe heraus. Er diktierte Till die Adresse und nannte ihm Bruder Johannes als Ansprechpartner.

„Haben Sie einen Garten?“, fragte er Till.

„Einen Garten? Nein, ich habe keinen Garten.“

„Schade. Die Brüder von Neuburg sind bekannt für ihren Gartenbau. Durch seine Efeuzucht wurde das Kloster weltbekannt.“

Mönche, die Efeu züchteten, fand Till irgendwie suspekt, aber das behielt er für sich. Er verabschiedete sich und versprach, sich wegen Lukas bald wieder zu melden. In seinem Kopf arbeitete es auf Hochtouren, als er seinen Wagen zurück nach Frankfurt steuerte. Er musste die Sache mit Lukas so schnell wie möglich klären und durfte dabei Petra Schneider nicht vernachlässigen.

# 21

Er hatte noch lange auf der Bank an der Bushaltestelle gesessen. In seinem Rücken die Mauer, hinter der Wilhelmine lange Jahre das Unternehmen geführt hatte. Gelesen hatte er nur wenig. Das Wenige musste er erst verarbeiten. Er fragte sich, wie viel Leid und Elend ein Mensch ertragen konnte. Gottes Prüfungen waren hart. Wilhelmine hatte er besonders hart geprüft. Sie hatte kranke Kinder geboren, um kurz darauf ihren Mann zu verlieren. Sie wurde von Ludger verfolgt, um zur Mörderin zu werden. Sie hatte den Vater verloren und in der Stunde höchster Not auch die Mutter. Sie hatte ihre Heimat hinter sich lassen müssen und auf der Flucht zwei ihrer Kinder. Gott hatte ihr alles genommen, nur Hermann war ihr geblieben. Mit Hermann hatte sie ein neues Leben beginnen dürfen. Hermann hatte den Namen seines Vaters behalten. Hermann Liebig, der Sohn von Fritz Liebig. Fritz Liebig litt unter epileptischen Anfällen. Sein Sohn Hermann auch. Er griff in seine Tasche und nahm seinen neuen Personalausweis in die Hand. Den Ausweis hatte er Wilhelmine zu verdanken. War er ein Sohn von Hermann? Ein Enkel von Wilhelmine? Er würde es bald erfahren. Er musste nur weiterlesen. Er würde sich Zeit lassen, sich Schritt für Schritt in seine Geschichte hineinfinden. Er musste lernen zu begreifen. Zu begreifen, wie die Welt funktionierte, in die er von Wilhelmine mit jeder Seite ihres Lebens tiefer hineingezogen wurde. Je weiter er las, desto näher kam er seinen Wurzeln. Er hatte Angst davor. Er fühlte sich wie ein tiefverwurzelter Baum, dessen Wurzeln gekappt wurden, damit man ihn an einen anderen Ort verpflanzen konnte. Noch stand der Baum sehr unsicher in seiner neuen Umgebung. Seine Wurzeln suchten noch nach Halt im Erdreich. Ein starker Wind, ein kleiner Sturm, und der Baum war zum Kippen verurteilt. Viel Wasser war nötig, damit die Wurzeln sich wieder ins Erdreich gruben und dem Baum Standhaftigkeit verliehen. Das Lesen der Seiten von Wilhelmine war sein Wasser. Seite für Seite, Tropfen für Tropfen. Die Tropfen mussten langsam in sein Erdreich fließen, die Seiten langsam sein Bewusstsein füllen. Nur so konnte er nach der letzten Seite als starker Baum den Stürmen trotzen, die noch auf ihn zukamen.

Mit der Straßenbahn und dem Bus war er wieder zu seinem Hotel gefahren. Von Tag zu Tag wurde ihm die Stadt vertrauter. Sie war wie ein Wald, die Menschen waren die Bäume. Jeder einzelne war hier verwurzelt. Der eine tief, der andere locker, viele waren auch gefallen. Er sah Bettler und Prostituierte, Reiche und Arme, Einheimische und Zugezogene, Arbeitslose und Direktoren, Süchtige und Suchende. Jeder hatte seine Geschichte, er lernte seine gerade kennen.

Im Hotel setzte er sich in die Lobby. Er wollte sich die Menschen betrachten, die kamen und gingen. Gäste in der Stadt. Spaziergänger im Wald. Wenn er Wurzeln schlagen wollte, brauchte er eine Wohnung oder ein Haus. Er fragte sich, ob die Villa Liebig bald sein Zuhause sein würde. Als er genug Leute gesehen hatte, die kamen und gingen, nahm er sich seinen Ledereinband zur Hand. Es war wieder Zeit für ein paar Tropfen Wasser.

*Mein Leben, Wilhelmine Arenz*

*Im fremden Wagen überstand ich die Fahrt mit Hermann über das Frische Haff. Völlig erschöpft erreichten wir Narmeln auf der Frischen Nehrung. Auf der schmalen Landzunge zwischen der offenen Ostsee und dem zugefrorenen flachen Teil, in dem ich Karl und Erika mit Jelena verloren hatte, fanden wir ein Quartier zum Rasten. Besonders in der Nacht drangen vom Haffeis die Schreie von weiteren ertrinkenden Flüchtlingen zu uns herüber. Je mehr Wagen und Flüchtlinge einbrachen, desto schwieriger wurde es für die noch Nachfolgenden, unbeschadet das Haff zu überqueren. Mit jedem Aufschrei, der durch die eiskalte Nacht zu uns herüberdrang, hatte ich das Bild von unserem eigenen Wagen vor Augen. Die wild in der Luft fuchtelnden Hände von Jelena. Mit jedem Schrei von drüben sah ich meine Kinder erneut sterben. Ich drückte Hermann eng an mich. Die Wärme seines kleinen Kinderkörpers gab mir die Kraft, die wir beide zum Überleben benötigten. Wenigstens wurde er in diesen Stunden nicht von Anfällen geplagt. Ich dankte Gott dafür.*

*Auf der Nehrung hausten wir zwei Tage lang inmitten von unzähligen Flüchtlingen. Wir wurden mit warmer Suppe versorgt, dann wurden wir gruppenweise auf Lastwagen zu einem kleinen Hafen transportiert. Ein Schiff brachte uns weiter zu der Seestadt Pillau. Auch in Pillau herrschte ein unbeschreibliches Flüchtlingschaos. Tausende wollten auf eines der wenigen Schiffe, die die Flüchtenden in den Westen brachten. Drei Tage verbrachte ich mit Hermann in einem Lager, dann bekamen wir endlich den ersehnten Platz auf einem der Schiffe. Die, die nach uns kamen, erlebten noch Schrecklicheres. Ende Februar begann der russische Angriff auf Pillau. Bis Mitte April wurde die Stadt verteidigt, um den nicht nachlassenden Flüchtlingsstrom aus dem Osten über die Ostsee in den Westen zu lotsen. Ende April war der Kampf endgültig verloren. 8.000 deutsche Soldaten waren gefallen. Junge Männer, die ihr Leben geopfert hatten, damit Frauen wie ich mit ihren Kindern am Leben bleiben konnten.*

*Über eine halbe Million Flüchtlinge wurden aus den ostpreußischen Häfen über die Ostsee gerettet. Über 400 Schiffe waren im Einsatz gewesen. Als ich mich mit Hermann endlich auf der rettenden Ostsee befand, waren die Anlandehäfen Danzig, Gotenhafen, Swinemünde und Saßnitz bereits hoffnungslos von angeschwemmten Flüchtlingen überfüllt. Die nachkommenden Flüchtlinge wurden in dänische Häfen geschifft. Anfang April 1945 endete die Flucht von Hermann und mir zunächst in einem Flüchtlingslager in Kopenhagen.*

*In Kopenhagen stand ich wieder unter Tausenden von Heimatlosen, vorrangig junge Frauen mit ihren Kindern. Viele von ihnen hatten Bekannte oder Freunde im Westen und machten sich auf den Weg dorthin. Andere hatten niemanden und es gab keinen Weg, auf den sie sich machen konnten. Auch für Hermann und mich gab es kein Ziel.*

*Mehrere Wochen verbrachten wir in dem Lager, sahen Flüchtlinge gehen und neue kommen. Unter den Neuankömmlingen war ein Soldat, den ich in Pillau bereits kennen gelernt hatte. Er hatte sich um den Platz auf dem Schiff für Hermann und mich gekümmert. In Pillau hatte er noch seine Uniform getragen. Im Lager stand er mir in Lumpen gekleidet gegenüber. Ich freute mich so sehr, als ich ihn sah, dass ich ihn spontan in die Arme schloss. Tränen der Rührung liefen mir über die Wange. Da war ein Mensch, dem ich etwas zu verdanken hatte. Er war desertiert, hatte Pillau heimlich verlassen und die Angst saß ihm tief im Nacken. Ich schlug ihm vor, sich mir und Hermann anzuschließen. Als Fritz Liebig mit Frau und Kind hatte er vielleicht eine Chance, sich durchzuschlagen. Er stimmte zu. Seinen richtigen Namen erfuhr ich erst später. Walter Arenz.*

## 23. Dezember 2007, 19:40 Uhr

Siebels war auf gut Glück in die Innenstadt gefahren, wo die Detektei „Licht ins Dunkel" ihre Büroräume unterhielt. Die Detektei war auf der Zeil beheimatet, nur ein paar Meter vom Gericht entfernt. Tatsächlich fand er dort noch jemanden vor. Ein Mann Mitte vierzig stellte sich ihm als Jochen Kurz und Inhaber der Detektei vor. Eine ganze Etage nahmen die Detektive für sich ein, fünf Bürotüren zählte Siebels, als er auf dem Flur von Jochen Kurz empfangen wurde. Nur aus einem Zimmer drang noch Licht.

„Sie haben Glück, ich wollte gerade Feierabend machen", ließ Kurz ihn wissen. „Wie kann ich Ihnen behilflich sein?"

Siebels wies sich als Kripobeamter aus und erklärte Kurz, dass er im Fall Magdalena Liebig tätig sei.

„Früher war ich auch mal bei Ihrem Laden", klärte Kurz Siebels auf.

„Was hat Sie in die Selbständigkeit getrieben?", erkundigte sich Siebels. Kurz bat ihn in sein Büro, wo sie es sich auf einer kleinen Sitzgruppe bequem machten.

Er winkte mit einer Handbewegung ab. „Ich war unzufrieden mit meiner finanziellen Situation."

„Ja, das kann ich verstehen. Läuft Ihr Laden denn gut?"

„Mal mehr und mal weniger. Ich beschäftige zurzeit noch vier Mitarbeiter. Es waren auch schon mal sieben. Aber ich kann mich nicht beklagen und habe diesen Schritt nie bereut. Im Moment haben wir ganz gut zu tun und meine Mitarbeiter wollen über die Feiertage natürlich alle frei haben. Deswegen muss ich jetzt umso mehr arbeiten. So ist das, wenn man seinen eigenen Laden betreibt."

„Sie haben ja sicher vom Fall Magdalena Liebig gehört?", wechselte Siebels das Thema.

„Ja, natürlich. Frau Liebig gehörte zu meinem Kundenkreis. Deswegen sind Sie ja wahrscheinlich hier."

„Exakt. Sie hat Sie beauftragt, Peter Zimmermann unter die Lupe zu nehmen. Ich interessiere mich jetzt auch für Herrn Zimmermann. Haben Sie mir etwas anzubieten?"

Kurz lächelte versonnen. „Ein paar gestochen scharfe Fotos von der Tat vielleicht?"

Auf die Idee war Siebels noch gar nicht gekommen. Dass Kurz in dieser Richtung nichts zu bieten hatte, sah er ihm aber am Gesicht an.

„Die nehme ich gerne", sagte er trotzdem.

„Tja, da muss ich aber leider passen. Der Fall wurde vor einigen Wochen abgeschlossen. Möchten Sie auch ein Bier?"

Siebels bejahte. Ein Bier war genau das, was er jetzt nötig hatte. Dienst hin, Dienst her. Eigentlich war er ja auch im Urlaub.

„Seit wann trinken Kommissare im Dienst?" fragte Kurz lachend und verließ das Zimmer. Mit zwei Flaschen Bier kam er zurück.

„Wenn einer rund um die Uhr im Dienst ist, bleibt ihm ja nix anderes übrig", seufzte Siebels und nahm einen großen Schluck. Dann erkundigte er sich freundlich, ob Rauchen erlaubt sei. Kurz deutete auf den Aschenbecher auf dem Tisch, der Siebels natürlich schon ins Auge gesprungen war.

„Ich hole dann mal die Unterlagen über Peter Zimmermann", ließ Kurz Siebels wissen und verschwand für mindestens zehn Minuten. Als er wiederkam, zündete er sich auch eine Zigarette an. Siebels steckte sich daraufhin seine zweite an. Kurz blätterte mit der Kippe im Mundwinkel in seiner Akte. „Dieser Zimmermann ist eine arme Sau. Der ist notorisch unzufrieden und hat dazu auch allen Grund. Bauingenieur und Hartz IV-Empfänger. Wegen seiner Krankheit bekommt er kein Bein auf den Boden. Er ist Epileptiker. Er trinkt gern mal einen über den Durst. Es gibt verschiedene Trinkhallen, an denen er sich regelmäßig aufhält. Aber kein Alkoholiker der schlimmen Sorte. Er schmeißt sein Geld gern in Spielautomaten, ist aber nicht hochgradig spielsüchtig. Er raucht, treibt keinen Sport, ist ledig und geht ein bis zwei Mal im Monat in den Puff. Immer zu der gleichen Dame. Monika heißt sie, arbeitet im Bahnhofsviertel. Zimmermann hat also viele Laster, aber er übertreibt es in keiner der Verliererdisziplinen."

„Verliererdisziplinen?"

„Saufen, Spielen, Nutten. Er säuft sich nicht um den Verstand, verzockt nicht sein letztes Hemd und freit treu bei seiner Stammprostituierten. Ein Biedermann, der nix auf die Reihe bringt, der sich aber auch partout nicht auf die schiefe Bahn bringen lässt. Als Mörder kann ich ihn mir kaum vorstellen. Er streitet gern, vielleicht rutscht ihm auch mal die Hand aus, aber Mord? Nein."

„Wen kann man sich schon als Mörder vorstellen?", fragte Siebels. „So wie ich das sehe, war Frau Liebig sein einziger Hoffnungsschimmer auf ein besseres Leben. Er wollte mit ihr zusammenziehen. Sie hatte Geld im Überfluss. Alle seine Probleme wären mit einem Schlag erledigt gewesen. Doch dann macht Magdalena einen Rückzieher. Sie beauftragt Sie, Zimmermann auszuspionieren. Wahrscheinlich gab es einen anderen Mann in ihrem Leben. Einen, der den Platz beanspruchte, auf dem Zimmermann sich niederlassen wollte. Was, wenn Zimmermann die beiden in flagranti erwischt hat?"

„Wenn er in so einer Situation töten würde, dann ihn und nicht sie", widersprach Kurz der Theorie von Siebels.

„Vielleicht hat er es versucht?", überlegte Siebels laut. „Sie sagten selbst, dass er nix auf die Reihe bringt. Der Nebenbuhler haut ab, als Zimmermann auf ihn losgeht. Vielleicht haut er ihm sogar eins über die Rübe. Zurück bleibt ein gedemütigter Zimmermann, der seinen Zorn an Frau Liebig auslässt. Mit einem Messer. Vielleicht war es eine Handlung im Affekt? Ein falsches Wort von Frau Liebig und er stach zu?"

„Wenn Sie keine Beweise haben, ist das reine Spekulation."

„Beweise und Indizien sind bis jetzt leider noch Mangelware in diesem Fall."

„Dann hat der Mörder sauber gearbeitet. Zimmermann hätte Spuren hinterlassen."

„Ja, wahrscheinlich", gab Siebels zu und war nicht sehr glücklich mit dem Verlauf des Gesprächs. „Ich würde mich gern mit dieser Monika unterhalten. Verraten Sie mir, wo ich sie treffen kann?"

„Das ist eigentlich gegen die Regeln. Das ist ein diskretes Geschäft, die Damen reden für gewöhnlich auch nicht über ihre Kundschaft. Aber da sage ich Ihnen bestimmt nichts Neues."

„Ein Versuch ist es mir wert. Dass ich den Tipp von Ihnen habe, bleibt natürlich unter uns."

„Noch haben Sie keinen Tipp." Kurz sah Siebels prüfend an, dann nahm er einen Zettel und schrieb etwas drauf. „Vielleicht brauche ich ja auch mal einen von Ihnen", sagte er und gab Siebels augenzwinkernd den Zettel mit dem Namen des Etablissements. „Monika ist nicht mehr die jüngste. Sie ist mehr der mütterliche Typ. Vielleicht haben Sie ja Glück bei ihr."

„Ja, Glück braucht man auch in unserem Job. Ich hätte da übrigens noch eine Frage. Die Großmutter von Frau Liebig, Frau Wilhelmine Arenz, die gehörte doch auch zu Ihren Kunden?"

„So ist es", bestätigte Kurz. Sie war sogar eine meiner besten Kundinnen. Allerdings ging es bei Ihren Aufträgen immer um die Arenz-Werke, es waren nie persönliche Geschichten dabei. Warum fragen Sie?"

„Ich interessiere mich nicht nur für Herrn Zimmermann, sondern auch für den Herrn Luchter."

Kurz blickte erstaunt auf und griff dann erneut in seine Zigarettenpackung. „Der Luchter ist aber ein ganz anderes Kaliber als der Zimmermann. Wenn Sie den verdächtigen, schickt er Ihnen ein ganzes Heer von Anwälten auf den Hals."

„Unterhalten wir uns also noch kurz über den Herrn Luchter, Herr Kurz", freute sich Siebels über Auskünfte zu dem gesellschaftlichen Hochkaräter aus der LOOP-Group.

Jochen Kurz kratzte sich nachdenklich am Kinn. „Spielt Herr Luchter eine Rolle in Ihren Ermittlungen?"

„Sein Name taucht im Zusammenhang mit unseren Ermittlungen auf. Es gibt Verbindungen von ihm zur Familie Arenz sowie zu einer Petra Schneider, die wiederum mit Peter Arenz in Verbindung steht."

„Ach, Frau Schneider haben Sie auch schon im Visier?"

„Die kennen Sie auch?"

„Natürlich. Wie gesagt, ich habe im Auftrag von Wilhelmine Arenz Erkundigungen eingezogen. Sie war die Lenkerin und Denkerin bei den Arenz-Werken und sie hat mit Argusaugen über das Unternehmen gewacht. Wie Sie ja schon wissen, gibt es in der Familie zwei Parteien, die Liebigs und die Arenz-Geschwister. Was ich Ihnen jetzt erzähle, ist zum einen streng vertraulich und zum anderen zumindest teilweise spekulativ. Mit anderen Worten, ich habe es nie erzählt." Kurz hielt inne und schaute Siebels abwartend an.

„Einverstanden. Keine Notizen, kein Protokoll, keine Zeugenaussage. Sie denken laut und ich höre eigentlich gar nicht zu."

Kurz grinste. „Ich bin mir sicher, Sie werden sich bei Gelegenheit auch mal revanchieren."

„Ich habe ein ausgeprägtes Gerechtigkeitsgefühl, solange die Hände sauber bleiben, sollte man sie ruhig waschen."

„Eine Hand wäscht die andere, sagt man eigentlich." Kurz lachte und ging dann noch zwei Flaschen Bier holen.

„Also passen Sie auf", begann er, als zwei neue Bier auf dem Tisch standen. „Luchter hat sich vor etwa drei Jahren mit zwei andern selbständig gemacht. Sie gründeten die LOOP-Group. Ein Finanzinvestor, der Unternehmen ganz oder teilweise aufkauft, um sie einige Jahre später wieder mit Gewinn zu verkaufen."

„Prinzip Heuschrecke, schon klar", warf Siebels ein.

„Das ist ein negativ besetzter Begriff. Man muss aber unterscheiden. Die sogenannten Heuschrecken führen nicht immer Böses im Schilde. Luchter war früher für den amerikanischen Investor Blackstone tätig. Bevor er sich selbstständig machte, war er dort als Präsident für Europa in Amt und Würden. Blackstone sagt von sich selbst, nur freundliche Transaktionen durchzuführen. In Deutschland wurde von Blackstone zum Beispiel die Celanese AG aus dem Höchst-Konzern für über 3 Milliarden DM rausgekauft. Die Gerresheimer Glas oder die Wohnungsbaugesellschaft WCM wurden ebenfalls von Blackstone übernommen. Je größer der Streubesitz einer Aktiengesellschaft ist, desto weniger Anteile benötigt ein Investor, um seine Interessen durchzusetzen. Die Arenz-Werke sind vollständig im Besitz einer Handvoll

Aktionäre. Wenn ein Investor hier Fuß fassen will, benötigt er also das Einvernehmen der Familie. Wilhelmine hatte aber vor ihrem Tod noch einen Plan ausgearbeitet, in dem Magdalena doch noch in der Unternehmensspitze vorgesehen war."

„Die Arenz-Geschwister waren mit diesem Plan vermutlich nicht sehr glücklich?", vermutete Siebels.

„Man könnte sagen, sie waren sehr unglücklich damit. Peter und Klara Arenz sind etwa zehn Jahre älter als Magdalena. Mit Magdalena an der Firmenspitze wäre der Zug für die beiden endgültig abgefahren."

„Die leben aber doch ganz gut von dem Unternehmen", gab Siebels zu bedenken.

„Das kommt drauf an, was man unter ganz gut versteht. Wir beide wären mit den Millionen, die für die beiden jährlich als Dividende abfallen, bestimmt sehr zufrieden. Für die Arenz-Geschwister könnten aber ein paar Milliarden rausspringen."

Siebels pfiff leise durch die Zähne. „So viel?"

„Die Arenz-Werke sind eine Goldgrube. Dem Unternehmen gehören unzählige Tochtergesellschaften an, die zusammengenommen einen gigantischen Mischkonzern bilden. Der Konzern baut Maschinen, handelt mit Metallen, besitzt Stahlwerke, produziert für die Automobilindustrie und den Kraftwerksbau. Es gibt einen Know-how-Transfer quer durch den Konzern. Jedes konzerneigene Unternehmen profitiert davon. Wilhelmine Arenz hat dieses System aufgebaut und Hermann Liebig hat es fortgeführt und perfektioniert. Die Arenz-Werke sind damit extrem gut gegen Konjunkturschwankungen und andere äußerliche Einflüsse abgesichert. Der Nachteil dieser Firmenphilosophie ist der unterdurchschnittliche Profit. Viele Randaktivitäten werden gehalten, um die Hauptaktivitäten gegen äußerliche Einflüsse abzuschotten. Wenn ein neuer Eigentümer die Strategie wechselt, sich auf die Kerngeschäftsfelder konzentriert und die Randaktivitäten abstößt, kann er den Wert des Unternehmens kurzfristig vervielfachen. Wenn er das erreicht hat, verkauft er die verbliebenen Kernkompetenzen. Ich habe keine genauen Zahlen, aber mit folgenden Eckdaten sollten Sie sich vertraut machen. Wenn Luchter nach dem Tod von Magdalena mangels Nachfolger nun doch zum Zuge kommt, sollte er mit einer Milliarde Euro die Mehrheit der Anteile erwerben können. Wenn er das Unternehmen dann aufspaltet und in Einzelteilen verkauft, könnte er innerhalb von drei bis fünf Jahren schätzungsweise fünf Milliarden Euro einnehmen. Das hat jedenfalls ein von Wilhelmine beauftragter Wirtschaftsprüfer ermittelt. Das war vor drei Jahren, ich denke mittlerweile dürfte der Gewinn bei einer solchen Transaktion noch höher ausfallen."

Siebels nahm einen großen Schluck aus der Bierflasche und zündete sich noch eine Zigarette an. Vier Milliarden Euro waren ein verdammt gutes Tatmotiv. Mindestens genauso gut wie die unterstellte Eifersucht und vermutete Existenzangst des Peter Zimmermann.

„Woher hat Luchter die eine Milliarde für den Kauf der Unternehmensanteile?", wollte Siebels wissen.

„Eine Beteiligungsfinanzierung beginnt immer mit der Auflage eines Fonds", erläuterte Kurz. „Der Investor sammelt Kapital bei Anlegern und bündelt es. Normalerweise wird in Deutschland ein solcher Fonds in einer GmbH & Co. KG geführt. So macht es auch Luchter. Die Kapitalgeber sind an der GmbH als Kommanditisten beteiligt. Die Investoren haften also nicht mit ihrem Privatvermögen, sondern nur mit ihrer Kapitaleinlage, falls etwas schief läuft. Wenn alles nach Plan läuft, haben die Kapitalgeber am Ende der Story ordentlich profitiert."

„Die Reichen werden immer reicher", resümierte Siebels. „Wer zahlt denn in den Fonds ein, mit dem Luchter die Arenz-Werke kaufen will?"

Kurz zündete sich eine Zigarette an und blies nachdenklich den Rauch aus. „Wenn ich darüber Informationen habe, dann stammen sie nicht aus legalen Quellen."

„Was bei einem konspirativen Gespräch, das ja nie geführt wurde, völlig irrelevant ist", befand Siebels.

Kurz lächelte. „Arenz-Immobilien zahlt viel Geld in diesen Fonds. Hinter Arenz-Immobilien stehen Peter und Klara Arenz sowie Petra Schneider."

„Sehr interessant. Lassen Sie mich mal überlegen. Arenz-Immobilien investiert auf den Kanaren und baut ganze Feriengebiete auf. Die verkaufen sie dann gewinnbringend an Luchter. Das verdiente Geld steckt Arenz-Immobilien dann in den

Fonds, mit dem Luchter die Arenz-Werke erwerben will. Arenz investiert also kräftig, um bei einer Zerschlagung der Arenz-Werke zu profitieren?"

„Das ist natürlich nur die halbe Wahrheit", erwiderte Kurz. „Wenn der Plan Erfolg haben sollte, kauft Luchter mit dem Kapital aus dem Fonds die Unternehmensanteile von Peter und Klara Arenz. Die beiden erhalten also als Verkäufer das Geld aus dem Fonds, das zum Teil von ihnen selbst, zum Teil von anderen Kapitalgebern stammt. Sie erhalten demnach als Verkäufer das Fondskapital, das sie dann wieder dem Fonds zuführen. Der Fonds wird also zwei Mal mit dem gleichen Kapital gefüllt. Zwischen Auszahlung an die Arenz-Geschwister aus dem Fonds und Einzahlung dieses Geldes von Arenz-Immobilien zurück in den Fonds muss eine kleine Zeitspanne zwischenfinanziert werden. Das schafft Luchter, indem er Kredite in Höhe der Auszahlung an die Arenz-Geschwister aufnimmt. Die zahlt er kurzfristig zurück, wenn Arenz-Immobilien die Einnahmen aus dem Firmenverkauf in den Fonds zurückschüttet. Mit ein wenig Trickserei ist das machbar. Dann macht er schätzungsweise vier bis fünf Milliarden Euro Gewinn durch Aufspaltung und Veräußerung der Arenz-Werke und verteilt das zurückgeflossene Fondsvermögen an die Kapitalgeber. Die Arenz-Geschwister verkaufen das Unternehmen also zweimal und verdienen doppelt."

„Hätte ich dem kleinen dicken Arenz gar nicht zugetraut", gestand Siebels.

Kurz lachte. „Luchter traut Arenz auch nicht viel zu. Deswegen hat er Petra Schneider auf dem Spielfeld platziert."

„Ach, die gehört also zu Luchter?"

„Ja, die beiden sind ein Team. Angefangen hat das Teamwork der beiden, als Petra Schneider noch als Wirtschaftsprüferin tätig war. Sie hat Luchter mit vertraulichen Informationen aus Unternehmen versorgt, bei denen ihre Gesellschaft mit der Wirtschaftsprüfung beauftragt war, wenn Luchter Interesse an einer Übernahme hatte. Luchter hat sie dann mit Hilfe von Peter Arenz ganz gezielt als Prüferin bei den Arenz-Werken untergebracht und sie anschließend bei Arenz-Immobilien eingesetzt. Dort treibt sie Luchters Plan voran und passt auf, dass die Arenz-Geschwister bei der Stange bleiben. Außerdem unterstützt sie

Luchter bei der Suche nach weiteren Investoren, die in den Fonds einzahlen. Vornehmlich werben die beiden dafür in Saudi Arabien und Kuwait. Die Araber stehen auf Frauen wie die Schneider, die haben ja so was nicht bei sich."

„Wenn der Deal funktioniert, sind Luchter und die Schneider neben den Arenz-Geschwistern die Hauptnutznießer, vermute ich?"

„Da vermuten Sie richtig", bestätigte Kurz. „Die sind dann alle richtig reich. Für Luchter und Schneider dürften ein paar Millionen drin sein, die Arenz-Geschwister sind dann Milliardäre. Die saudischen Prinzen bekommen eine ordentliche Rendite auf ihr eingesetztes Kapital, wahrscheinlich um die fünfzehn bis zwanzig Prozent."

„Die gesundheitliche Besserung von Magdalena Liebig hätte aber alles zunichte machen können. Aber verraten Sie mir eins. Wenn Luchter, Schneider oder die Arenz-Geschwister für den Tod von Magdalena verantwortlich sind, dann müssen sie doch sicher sein, dass sie von ihrem Tod profitieren. Aber es ist doch völlig unklar, wer die Anteile von Magdalena erbt."

Kurz trank den Rest von seinem Bier, bevor er darauf einging. „Eigentlich ist es doch egal, wer die Anteile erbt. Mit dem Tod von Magdalena gibt es keine Nachfolgeregelung. Wer auch immer die Anteile von Magdalena erhält, die Familie wird jetzt früher oder später verkaufen müssen."

Siebels nickte nachdenklich. Kurz hatte recht. Allerdings gab es bei der ganzen Geschichte noch ein paar Ungereimtheiten. Das merkwürdige Testament der Wilhelmine Arenz. Hatte sie tatsächlich noch Enkel, von denen niemand wusste? Was hatte es mit Lukas auf sich? Wo kam er her und wie hatte er Magdalena Liebig kennen gelernt? Warum litt er unter der gleichen Krankheit wie sie? Siebels brummte der Schädel, er war müde und wollte in sein Bett. Den geplanten Besuch bei Klara Arenz verschob er auf den nächsten Tag.

## 23. Dezember 2007, 20:30 Uhr

Hermann Liebig saß im Zug nach Dresden. Er war nach seiner Fahrt mit dem Taxi quer durch die Stadt nur kurz zu Hause gewesen. Er hatte das Nötigste eingepackt und zu Eva gesagt, dass er verreisen müsse. Eva hatte einen ihrer kleinen Tobsuchtsanfälle bekommen. Die bekam sie ausschließlich bei privaten Auseinandersetzungen. In geschäftlichen Dingen war sie stets abgeklärt. Hermann Liebig ließ sich auf keine Diskussion ein. Er versprach, so bald wie möglich wieder daheim zu sein. Sarah hatte ihn zum Bahnhof gebracht. Als er aus ihrem Wagen gestiegen war, hatte sie ihn gefragt, ob alles in Ordnung sei. Er hatte nur genickt und war dann zum Bahnsteig gegangen. Nichts war in Ordnung. Seine Tochter war ermordet worden und sein seit 60 Jahren tot geglaubter Zwillingsbruder hatte bei ihm angerufen und ihm sein Beileid ausgesprochen. Was wollte Karl so Wichtiges mit ihm besprechen? Hermann Liebig ließ sich in seinem Sitz zurücksinken, schloss seine Augen und begab sich auf eine Reise in die Vergangenheit. Seine Mutter hatte ihn auf den anderen Wagen neben die Frau gesetzt. Es war bitterkalt gewesen, er hatte Hunger gehabt. Dann kamen die Flugzeuge. Die Menschen schrieen und liefen wild durcheinander. Die Bomben fielen vom Himmel. Er hatte Angst gehabt. Alle hatten Angst gehabt. Die Angst stand ihnen in den Augen. Die Angst vor dem Tod. Die Angst vor dem nächsten Tag. Er hörte plötzlich wieder deutlich das Lachen seiner Mutter. Mitten hinein in den Bombenlärm und die Todesangst schallte ihr lautes Lachen. Das Lachen seiner Mutter und das Schreien des Neugeborenen hatten ihm plötzlich die Angst genommen. Er saß neben der Frau und lächelte vergnügt. Sein Lächeln verschwand abrupt, als die Pferde durchgingen. In rasender Geschwindigkeit holperte der Wagen über das Eis. Und dann der markerschütternde Schrei seiner Mutter. Karl, hatte sie geschrieen. Karl war unter dem Eis versunken, hatte sie ihm Stunden später mit tränenerstickter Stimme erzählt und dann nie wieder den Namen seines Zwillingsbruders erwähnt.

Hermann Liebig wischte sich verstohlen eine Träne aus dem Auge. In wenigen Stunden würde er Karl gegenüberstehen. Er dachte an das Testament seiner Mutter. Wenn Karl Kinder hatte, dann gab es die Enkel, die Wilhelmine in ihrem Testament bedacht hatte. Dann wusste seine Mutter aber auch, dass Karl nicht unter dem Eis geblieben war. Hermann Liebig dachte angestrengt nach. Wilhelmine hatte ihr Testament kurz vor ihrem Tod geändert.

Der Passus mit den Enkeln wurde erst nachträglich von ihr testamentarisch verfügt. Sie hatte Karl damals schon gefunden. Aber warum hatte sie niemandem davon erzählt? Warum setzte sie die Kinder von Karl nicht namentlich als Erben ein? Hermann Liebig fand keine Antwort auf diese Fragen. Er lauschte dem Rattern des Zuges und hörte auf nachzudenken.

# 22

Er war an diesem Morgen früh aufgestanden, so wie immer. Nach einer ausgiebigen Dusche, bei der er vergnügt unter dem harten Massagestrahl stand, hatte er sich den flauschigen Bademantel angezogen. Er war ein anderer Mensch geworden. Anstatt sich morgens in die Mönchskutte zu begeben, zog er nun den flauschigen Bademantel vor. Trotzdem dachte er mit Wehmut an sein altes Leben zurück. Er setzte sich an den kleinen Tisch in seinem Hotelzimmer, nahm Stift und Papier zur Hand und wollte einen Brief an den Abt schreiben. Einen Dankesbrief für all das, was ihm zuteil geworden war. Er saß eine Stunde lang vor einem leeren Blatt Papier. Dann gab er es auf, verschob das Schreiben des Briefes auf den nächsten Tag. Er konnte sich nicht konzentrieren, dachte immer an das, was Wilhelmine ihm noch zu sagen hatte. An das, was er noch nicht gelesen hatte. Seine Hand streichelte über den braunen Ledereinband. Er wollte ihn in die Hand nehmen, bekam ihn aber nicht zu fassen. Plötzlich gehorchten ihm seine Glieder nicht mehr. Unkontrolliert zuckten seine Finger und Arme und kurz darauf auch seine Beine. Er kippte von seinem Stuhl und blieb zuckend wie ein Aal auf dem Trockenen auf dem Boden liegen. Der Anfall dauerte wenige Minuten. Minuten, in denen er jegliche Kontrolle über seinen Körper verloren hatte. Als die Krämpfe nachließen, blieb er auf dem Boden liegen. Er drehte seinen Kopf vorsichtig zu der Kommode. Darauf stand immer noch etwas von dem Kräutertee. Für eine kurze Weile würde es noch reichen. Danach war er immer der Gefahr ausgesetzt, mitten in der Stadt, im Taxi oder in der Hotellobby einem Anfall ausgeliefert zu sein. Er wusste nicht, was dann passieren würde. Wie fremde Menschen damit umgehen würden. Er hatte Angst davor. Er nahm sich vor, einen Arzt zu konsultieren. Als er diese Entscheidung getroffen hatte, erhob er sich vom Boden, setzte sich wieder auf den Stuhl und schlug seinen braunen Ledereinband auf.

*Gemeinsam mit Walter und Hermann machte ich mich von Kopenhagen auf den Weg nach Frankfurt. Walter hoffte, dort noch die Schlosserei seines Vaters vorzufinden. Sein Vater war 1943 gefallen und Walter hatte das Geschäft weitergeführt. Allerdings nur ein halbes Jahr, dann wurde er an die Ostfront geschickt. Beim Vormarsch der Russen war er einer der wenigen Überlebenden seiner Einheit. Im Chaos der großen Flucht hatte er sich bis nach Pillau durchgeschlagen.*

*Als wir nach langem Marsch in Frankfurt ankamen, fand Walter die Schlosserei noch vor. Auch die Maschinen waren einsatzbereit. Der Krieg war mittlerweile endgültig vorbei und die Amerikaner hatten in Frankfurt das Sagen. Walter beantragte eine Genehmigung, um seinen Betrieb wieder eröffnen zu können. Die Amerikaner waren skeptisch und zögerten die Erlaubnis heraus. Sie hatten Walter in Verdacht, kriegswichtiges Material produziert zu haben. Damit einher ging auch die Vermutung, dass in der Schlosserei jüdische Häftlinge unter menschenunwürdigen Bedingungen zum Arbeiten eingesetzt worden waren. Walter bekam über mehrere Monate keine Genehmigung. Stattdessen musste er den Amerikanern immer wieder Rede und Antwort stehen. Ich selbst habe nie erfahren, ob an diesen Vorwürfen etwas dran war. Trotzdem ging ich eines Tages mit Hermann im Schlepptau in das Büro der Amerikaner. Voller Überzeugung bürgte ich für Walter. Ich berichtete davon, wie er mir und Hermann in Pillau geholfen hatte und dass er bei der deutschen Armee desertiert war. Zwei Tage später bekam Walter die schriftliche Genehmigung zum Betrieb der Schlosserei.*

*Es gab viel zu tun, aber noch nicht viel zu verdienen. Deutschland lag in Trümmern. Walter arbeitete Tag und Nacht in der Schlosserei, er fertigte Blecheimer und Schaufeln und ließ sich mit Eiern und Schokolade bezahlen. Die Schokolade hatten die Amerikaner unter das Volk gebracht.*

*Im Januar 1946 ging ich zum Deutschen Roten Kreuz. Ich gab einen Suchauftrag für Karl und Erika ab. Die Hoffnung auf ein Wunder hatte ich nicht aufgegeben. So wie Hunderttausend andere auch nicht. Walter hatte nur traurig den Kopf geschüttelt. Auch er war über das Frische Haff gewandert und hatte die Flüchtenden sterben sehen. Wer ins Eis eingebrochen war, war verloren, hatte er mir zu verstehen gegeben. Ich wusste, dass er recht hatte, und betete jeden Tag für ein Wunder. Jeden Tag studierte ich die Listen der Namen, die beim Deutschen Roten Kreuz aufgehängt wurden. Endlose Namenslisten. Karl und Erika blieben verschollen.*

*Im Sommer 1946 wurde Hermann eingeschult. Das Leben nahm langsam, aber sicher wieder geregelte Formen an.*

*In der Schlosserei gab es von Tag zu Tag mehr zu tun. Walter stellte Leute ein und ich kümmerte mich um die Büroarbeit. Wenn Hermann von der Schule kam, machte er sich in den Trümmern der zerbombten Häuser auf die Suche nach verwertbarem Schrott. Hermann war ein findiges Kerlchen. Er hatte schnell begriffen, was Walter für die Arbeit in der Schlosserei benötigte. Die Zeiten des Wiederaufbaus brachen an und aus der Schlosserei wurde erst eine kleine und dann eine große Fabrik.*

## 24. Dezember 2007, 9:30 Uhr

Siebels war an diesem Morgen erst um kurz nach neun im Büro erschienen. Viel tun konnte er an Heiligabend und den darauf folgenden Feiertagen sowieso nicht. Till hatte gelangweilt vor seinem Schreibtisch gesessen, als Siebels fröhlich pfeifend eingetroffen war. Die Aussicht auf ein paar Tage, an denen er es gemütlicher angehen konnte, trug bei ihm zu einer angenehmen Entspannung bei. Ein Gespräch mit Klara Arenz wollte er heute noch führen und dann sein Glück in dem Bordell versuchen, wo Zimmermann regelmäßig seine Monika aufsuchte. Er bezweifelte zwar, dass er die Dame heute dort antreffen würde, wollte es aber auf einen Versuch ankommen lassen.

Auf seinem Schreibtisch lag ein hübsch verpacktes, kleines Weihnachtsgeschenk. Siebels betrachtete das Päckchen, nahm es neugierig in die Hand und schaute verwundert zu Till. „Von dir?“

„Mein Weihnachtsgeschenk für dich. Sonst ist ja niemand da, dem ich etwas schenken könnte.“

Gespannt packte Siebels sein Geschenk aus. Als er das Feuerzeug und die stabile Zigarettenschachtel sah, grinste er über beide Backen. „Raucher sind die besseren Liebhaber“, las er laut vor. Wird ja Zeit, dass von dir auch mal was Konstruktives kommt“, bedankte er sich auf seine Art bei Till.

„Der Glaube versetzt ja angeblich Berge“, kommentierte Till den Schriftzug auf der Schachtel.

„Apropos Liebhaber, wie läuft es denn mit Petra Schneider?“, fragte Siebels. Neugierig auf Antwort wartend, lehnte er sich in seinem Stuhl zurück und legte seine Füße auf den Schreibtisch.

„Wir treffen uns heute Abend. Ich muss mir noch ein paar Sachen ausdenken, wegen Unternehmensberater bei den Arenz-Werken und so. Die fragt mich bestimmt aus, die ist ganz heiß auf Informationen.“

Siebels schmunzelte in sich hinein. Till und Unternehmensberater passte so gut zusammen wie Che Guevara und Börsenmakler.

„Meinst du, du schaffst das?“

Till sah ihn mit gelangweilt aussehender Mimik an. „Logisch. Eigentlich bin ich ja der geborene Unternehmensberater. Ich weiß gar nicht, wie ich auf die Idee gekommen bin, Polizist zu werden.“

„Das frage ich mich allerdings auch manchmal“, erwiderte Siebels mit einem schelmischen Grinsen. Dann berichtete er Till von seinem gestrigen Gespräch mit Jochen Kurz.

„Du meinst, so ein saudischer Prinz gibt der Schneider mal eben ein paar Millionen für diesen Fonds von Luchter? Einfach so?“

„Einfach so“, bestätigte Siebels und schnippte dabei zur Bestätigung mit dem Finger.

„Die Frau hat Klasse, das habe ich gleich gewusst.“

„Was ist dein Eindruck? Würde sie Magdalena mit einem Mord aus dem Weg räumen, wenn es ihren Zielen dient?“

Till überlegte eine Weile. „Du meinst, ob sie einen Auftragskiller engagieren würde? Oder ob sie es selbst erledigen könnte?“

„Auftragskiller klingt besser“, befand Siebels. „Oder sie hat

Zimmermann manipuliert. Erst hat sie dafür gesorgt, dass Magdalena und Lukas eine Affäre beginnen und dann hat sie Zimmermann einen Spiegel vorgehalten, in dem er sich als gehörnten Verlierer sehen musste. Sie hat ihn zur Villa gelotst, als Magdalena sich dort mit Lukas amüsiert hatte und der Rest ging dann von allein."

„Tolle Theorie", bestätigte Till. „Ein echt ausgebufftes Luder, die Schneider. Aber was ist mit dem Spruch auf dem Spiegel? Und wie kam die Schneider an Lukas? Der ist nämlich tatsächlich aus dem Kloster ausgebüchst. Das muss ich dir ja noch erzählen."

Till berichtete Siebels von seinem Besuch in der Eifel und seinem Gespräch mit dem Abt der Abtei Mariawald.

„Schön, dass ich das auch schon erfahre", brummelte Siebels missmutig. „Dann schaffe diesen Abt mal schnellstmöglich zu seinem entlaufenen Schäfchen. Es wird Zeit, dass wir aus Lukas was herausbekommen."

„Geht klar, ich versuche das morgen über die Bühne zu kriegen. Soll ich dich zu Klara Arenz begleiten?"

„Ja. Komm, bringen wir es hinter uns. Vielleicht können wir anschließend auch Peter Arenz noch mal auf den Zahn fühlen. Ich vermute, der ist in der Kette Arenz, Luchter, Schneider das schwächste Glied."

## 24. Dezember 2007, 11:05 Uhr

Klara Arenz lebte in einer beschaulichen Villa nicht weit vom Bad Homburger Kurpark. Siebels hatte bei ihr angerufen, bevor er mit Till das Büro verlassen hatte. Sie erwartete die beiden bereits. Ein Dobermann stand neben ihr und betrachtete sich angriffslustig die Besucher. Als Siebels sich als Siebels von der Kripo Frankfurt vorstellte, schickte sie den Hund mit einem knappen Befehl ins Haus. Siebels und Till folgten dem Hund in ein mediterran eingerichtetes Wohnzimmer. Klara Arenz lotste sie in den angrenzenden Wintergarten. Dort machten sie es sich auf gepolsterten Rattansesseln bequem. Vor der Glaswand, die den Wintergarten von dem schneebedeckten Außengarten trennte, standen Palmen in Terrakotta-Töpfen. Dazwischen thronten Orchideen in weißen Porzellanschalen. Das Ambiente und die hohe Temperatur in dem Wintergarten ließ einen vergessen, dass im kalten Deutschland gerade das Weihnachtsfest vor der Tür stand. Die Glasfront, hinter der die kahle winterliche Landschaft lag, wirkte fast wie ein überdimensionaler Fernseher, in dem ein Film über Nepal lief. Siebels legte seine Jacke ab, Till tat es ihm gleich. Im Hintergrund lief klassische Musik. Klara Arenz schenkte Tee aus einer Thermoskanne in die für den Besuch schon bereitgestellten Tassen ein. Siebels beobachtete sie dabei. Sie schien sich hier ihre eigene Welt erschaffen zu haben. Eine Ersatzwelt, in der sie lebte, wenn sie sich nicht auf den Kanaren aufhielt. Sie trug eine weite, sommerliche Baumwollhose und eine kurzärmelige Bluse. Die blonden, strähnigen Haare hatte sie zu einem Pferdeschwanz gebunden, der Pony schloss kurz über den Augenbrauen ab. Ihre Haut verriet, dass sie sich viel in der Sonne aufhielt. Sie machte den Eindruck einer introvertierten Außenseiterin, die sich hauptsächlich mit ihrem Hund abgab. Den streichelte und tätschelte sie jedenfalls ausgiebig und erklärte ihm, dass die Herren von der Polizei seien und wegen Magdalena mit ihr sprechen wollten. Der Dobermann hörte seinem Frauchen interessiert zu. Als sie ihm die Sachlage geschildert hatte, bekam er als Belohnung für das brave Zuhören ein Leckerli. Damit legte er sich kauend vor Siebels' Füße. Klara Arenz entschuldigte sich für einen Moment, sie wollte ihre Zigaretten holen. Die Gesichtszüge von Siebels erhellten sich augenblicklich. Während Klara Arenz irgendwo im Haus ihre Zigaretten suchte, versuchte er sich ein Bild von der Frau zu machen. Till streichelte derweil den Dobermann. Dazu setzte er sich ebenfalls vor Siebels' Füße. Siebels war davon ausgegangen, dass es zwei verfeindete Parteien gab. Die Arenz-Geschwister und die Liebigs. Sein erster Eindruck von Klara Arenz widersprach diesem Bild. Er hatte eher den Eindruck, dass sie unfreiwillig Teil dieser Familienfehde war. Wenn sie gemeinsam mit ihrem Bruder einen Plan ausgeheckt hatte, um das Familienunternehmen zu verkaufen, dann eher aus biologischer Parteizugehörigkeit, denn aus Überzeugung. Für die Kanarischen Inseln schien sie jedenfalls ein Faible zu haben. Ihre dortige Geschäftstüchtigkeit entsprang wohl eher ihrem Ideal, als einer strategischen Ausrichtung, um sich für den Kampf um die Arenz-Werke zu wappnen. Die Strippenzieher bei dieser Geschichte mussten Luchter und Petra

Schneider sein. Die Arenz-Geschwister machten auf Siebels den Eindruck von manipulierten Marionetten. Marionetten, denen man in Aussicht stellte, bald in den Club der Milliardäre eintreten zu können. Bei den Liebigs waren weder Peter noch Klara Arenz beliebt. Die beiden hatten also keinen Grund, sich gegen Luchters Pläne zu wehren. So wie sich für Siebels die Sachlage darstellte, lebte Klara Arenz mit Luchter in einer Art losen Partnerschaft. Es war aber auch kein Geheimnis, dass Luchter mit Petra Schneider nicht nur geschäftlich verkehrte. Das musste auch Klara Arenz wissen. Sie war eine alternde, nicht sehr attraktive Frau mit viel Geld und wenig Einfluss. Petra Schneider war eine junge, sehr attraktive Frau mit wenig Geld und viel Einfluss. Wenn der Deal nach Luchters Plänen funktionieren würde, würden auch ein paar Millionen für Petra Schneider abfallen, war sich Siebels sicher. Dass Luchter dann an Klara Arenz kein großes Interesse mehr haben würde, musste ihr bewusst sein. Sie säße dann als Milliardärin allein in ihrer Villa auf Teneriffa, während sich Luchter und die Schneider vielleicht in der Karibik niederließen.

Als Klara Arenz mit ihren Zigaretten zurückkam, wälzte sich Till mit dem Dobermann auf dem Boden herum. Klara Arenz konnte sich ein Lächeln nicht verkneifen und ermahnte den Hund, es nicht zu toll zu treiben.

„Sagen Sie das lieber meinem Kollegen", entgegnete darauf Siebels. Till ließ von dem Hund ab und setzte sich pflichtbewusst wieder auf seinen Sessel. Der Dobermann folgte ihm und bettelte nach weiteren Streicheleinheiten, die er auch umgehend bekam.

„Eigentlich gehört der Hund meinem Bruder", erklärte Klara Arenz. „Über die Wintermonate lebe ich ja auf Teneriffa. Als ich von dem Mord an Magdalena erfahren habe, bin ich natürlich sofort hergeflogen und habe als erstes den kleinen Schatz bei Peter abgeholt. Wenn ich in Deutschland bin, macht er immer Urlaub bei mir."

„Wer hat Sie denn über den Tod von Magdalena Liebig unterrichtet?", wollte Siebels wissen.

„Mein Bruder. Ich konnte es erst gar nicht glauben. Eigentlich kann ich es immer noch nicht glauben. Als ich hier ankam, stattete mir der Anwalt der Liebigs einen kurzen Besuch ab. Erst nach diesem Gespräch habe ich wirklich registriert, was da

Schreckliches passiert ist. Haben Sie denn schon einen Verdacht, wer das getan hat?"

Klara Arenz lehnte sich zurück und zündete sich eine Zigarette an. Siebels hatte bei seinen Gedankenspielen über Klara Arenz ganz vergessen, dass er auch eine rauchen wollte. Nun war es ihm wieder eingefallen. Höflichkeitshalber fragte er, ob er auch dürfe. Klara Arenz schob ihm den Aschenbecher zu. Einen Aschenbecher aus schwarzem Lavastein, dessen Umfang von skelettartigen Fingern umschlossen wurde.

„Ein Mitbringsel aus Teneriffa", erklärte Klara Arenz.

„Vielleicht bringt dir Sabine ja auch so einen mit", gab Till seinen Kommentar dazu ab.

„Die einen haben gerne eine Zigarette zwischen den Fingern, die anderen ein Hundeohr", wiegelte Siebels ab, woraufhin Till den Dobermann noch inniger kraulte.

Als Siebels den irritierten Blick von Klara Arenz bemerkte, versuchte er sich wieder auf das eigentliche Gespräch zu konzentrieren. Die plötzlich aufspielende Melodie von Jingle Bells hielt ihn davon ab. Zweifelsohne machte sich gerade ein Handy bemerkbar. Siebels schaute Till an und Till schaute Klara Arenz an.

„Das kommt aus deiner Jacke", machte Till Siebels aufmerksam. Der klopfte sich mit der flachen Hand gegen die Stirn. Er hatte ja Sarah Liebig gebeten, ihm das Lied vom Tod aus seinem Handy zu löschen. Sie hatte ihm dafür ein Weihnachtslied ausgesucht. Sichtlich verwirrt durchsuchte Siebels seine Jackentasche und machte dem Spuk ein Ende. Sabine war am Apparat. Siebels versprach, sie umgehend zurückzurufen und beendete das Gespräch gleich wieder. Dabei fiel ihm das Gespräch mit ihr von gestern Abend wieder ein.

„Johanna hat übrigens einen Sonnenbrand", gab er intuitiv von sich.

„Dann jammert sie jetzt bestimmt den ganzen Tag Sabine die Ohren voll", lautete der Kommentar von Till zu dieser Neuigkeit.

Ein leises Räuspern von Klara Arenz beendete den internen Gedankenaustausch der ermittelnden Beamten.

„Wo waren wir stehen geblieben?", erkundigte sich Siebels.

„Sie versuchen die Umstände zu klären, die zum gewaltsamen

Tod von Magdalena geführt haben", klärte Klara Arenz ihn auf. „Ich vermute, Sie haben noch keine neuen Erkenntnisse gewinnen können. Würde es vielleicht helfen, wenn ich für hilfreiche Zeugenaussagen eine Belohnung aussetzen würde. Vielleicht 100.000 Euro?" Sie klang dabei etwas genervt, Siebels und Till tauschten einen schuldbewussten Blick aus.

„Davon verspreche ich mir nichts. Für gewöhnlich bekommen wir in solchen Fällen Hunderte von nutzlosen Hinweisen, denen wir allen nachgehen müssen. Das erschwert unsere Arbeit nur."

„Einen überarbeiteten Eindruck machen Sie mir eigentlich nicht", gab Klara Arenz überspitzt zurück.

„Oh, das täuscht." Mit einem süffisanten Lächeln nahm sich Siebels nun vor, Klara Arenz mit seinen bisher gewonnenen Erkenntnissen zu konfrontieren.

„Wir haben in den letzten fünf Tagen schon eine Menge Informationen zusammengetragen. Dabei sind wir auf einige interessante Zusammenhänge gestoßen, die uns nachdenklich gemacht haben. Stimmt es eigentlich, dass Sie auf Teneriffa mit einem Herrn Luchter liiert sind?"

Klara Arenz schaute ihn mit großen Augen an. „Das ist jetzt tatsächlich Inhalt Ihrer Ermittlungen? Ich bin erstaunt. Herr Luchter kann mir leider kein Alibi für die Tatzeit geben. Ich war die letzten zwei Wochen allein in dem Haus auf Teneriffa."

„Aber Sie kennen Herrn Luchter und wohnen zumindest zeitweise mit ihm zusammen in dem Haus auf Teneriffa?"

„Ja, das ist kein Geheimnis. Wir haben uns auf der Insel kennen gelernt. Wenn es sich einrichten lässt, verbringen wir dort etwas Zeit zusammen. Leider lässt es sich nur selten einrichten. Haben Sie noch mehr Fragen zu meinem Privatleben?"

„Herr Luchter ist hauptberuflich als Finanzinvestor tätig. Seine Firma, die LOOP-Group, hat einen Fonds eröffnet. Mit dem Kapital des Fonds will er die Arenz-Werke erwerben. Ihr Bruder und Sie gehören zu den Kapitalgebern. Das hat mich stutzig gemacht, muss ich gestehen."

Klara Arenz schaute Siebels erst eine Weile sprachlos an, dann lachte sie. „Anscheinend haben Sie mit diesem windigen Privatdetektiv gesprochen. Ich dachte, die Polizei unternimmt ihre eigenen Ermittlungen. Jetzt erfahre ich, dass Sie sich auf diesen

Kurz stützen. Da setzen Sie aber auf das falsche Pferd. Vielleicht sollte ich Sie aufklären?"

„Das wäre nett", antwortete Siebels leicht verdutzt über die Reaktion von Klara Arenz. Auch Till war gespannt, was sie zu sagen hatte, und ließ seine Finger von dem Hund.

„Kurz ist ein ehemaliger Kollege von Ihnen. Ende der neunziger Jahre hat er bei der Polizei den Dienst quittiert und sich mit seiner Detektei selbstständig gemacht. Er hat sich hauptsächlich um Bagatellen gekümmert. Seine Auftraggeber waren vernachlässigte Ehefrauen, die ihre Männer beschatten ließen, oder Firmen, die krankgeschriebenen Mitarbeitern hinterherspionierten. Mit solchen Geschichten hielt er sich zehn Jahre lang über Wasser. Dann kam eines Tages plötzlich meine Mutter ihn sein Büro marschiert. Sie war damals schon über achtzig und hielt immer noch alle Fäden im Unternehmen in der Hand. Kaum jemand wusste, dass sie langsam aber sicher von einer gewissen Altersdemenz heimgesucht wurde. Seit ihrem achtzigsten Geburtstag machte sich das bemerkbar. Sie verhielt sich in ihren letzten Jahren zunehmend paranoider und sah ihr Lebenswerk bedroht, die Arenz-Werke. Sie beschimpfte Hermann als unfähig und warf ihm vor, dass er die Firma in den Ruin treiben würde. Später, als sie schon Mitte achtzig war, fiel Eva, mit der sie ein Leben lang ein Herz und eine Seele gewesen war, von einem auf den anderen Tag bei Wilhelmine in Ungnade. Die abstrusesten Geschichten verbreitete Wilhelmine über Eva. Sie sei eine Schwindlerin, ließ Wilhelmine verschiedene Manager im Unternehmen wissen. Sie kam sogar auf die Idee, die Ehe von Hermann und Eva annullieren zu lassen."

„Warum das denn?", wollte Till wissen.

„Weil Eva ihre wahre Herkunft verheimlicht habe. Wilhelmine drückte sich leider immer nur sehr vage aus. Allerdings waren daraufhin im Unternehmen auf höchster Ebene wilde Gerüchte im Umlauf. Sie müssen wissen, dass bereits mein Vater starke Vorbehalte gegen Eva gepflegt hatte. Das war allerdings Anfang der sechziger Jahre gewesen, als die erste Frau von Hermann bei der Geburt von Sarah gestorben war. Kurz darauf war Eva auf der Bildfläche erschienen. Niemand wusste genau, wo sie eigentlich herkam und wer sie war. Hermann hat auch nicht lange gezögert und sie zur Frau genommen. Die beiden sind jetzt seit fast fünfzig Jahren ein harmonisches Paar. Während mein Vater bis zu seinem Tod Aversionen gegen Eva hegte, arrangierte sich meine Mutter sehr schnell mit ihr. Sie hat sie ins Unternehmen eingeführt und Eva hat sich dort schnell durchgesetzt. Die beiden waren aus dem gleichen Holz geschnitzt. Die letzten beiden Lebensjahre meiner Mutter waren dann aber plötzlich von deutlicher Abneigung gegen Eva gekennzeichnet. Wie bereits gesagt, hat Mutter im Unternehmen die wildesten Gerüchte gestreut. Im Management galt meine Mutter bis zum Schluss als oberste Instanz. Eva wurde von einigen Managern hintergangen, nachdem Mutter über sie hergefallen war. Das war keine tragbare Situation. Hermann musste einige von ihnen entlassen, weil keine vernünftige Zusammenarbeit mehr möglich war. Mutter hat sich daraufhin mehr und mehr aus dem Unternehmen zurückgezogen. In ihren letzten beiden Jahren hat sie das Unternehmen dann ganz Hermann überlassen und sich auf Peter und mich eingeschossen. Plötzlich waren wir die Bösen, die ihr Lebenswerk zerstören wollten. Mit dieser Überzeugung kreuzte sie bei dem mittellosen Kurz auf und heuerte ihn an. Ich glaube, sie ist über eine Zeitungsannonce auf ihn aufmerksam geworden. Als der erkannte, wer da in seinem Büro stand, nutzte er die Gunst der Stunde. Er bekräftigte Mutter in ihrer paranoiden Meinung über ihre verkorkste Familie und ließ sich einen ordentlichen Vorschuss bezahlen. Dann fing er an, überall rumzuschnüffeln. Am Ende kam die Geschichte raus, die er jetzt auch Ihnen aufgetischt hat. Alles völlig haltlose Spekulationen, die er sich aus den Fingern gesogen hat. Mutter hatte er allerdings überzeugt. Das Ergebnis seiner Berichterstattung war die Testamentsänderung, mit der das Unternehmen nun tatsächlich in ernste Schwierigkeiten geraten könnte. Wichtige Entscheidungen können nicht getroffen werden, weil Mutter mit ihrem letzten Willen alles geblockt hat. Ich nehme an, Sie sind mit dem Testament vertraut. Mein Bruder und ich sind gerichtlich dagegen vorgegangen. Dank der alten Seilschaften meiner Mutter sind die Aussichten auf Erfolg allerdings nur gering."

„Welche Seilschaften?", fragte Siebels nach. Ihm war zum Heulen zumute. Nun hatte er zwei völlig gegensätzliche Geschichten gehört, die beide plausibel klangen.

„Vornehmlich Mutters Anwalt Dr. Jürgens und ihr Hausarzt Dr. Breuer. Dr. Breuers Gutachten über Mutters geistigen Zustand zum Zeitpunkt ihrer Testamentsänderung wurde vom Gericht anerkannt. Seiner Meinung nach war Mutter bei vollem Besitz ihrer geistigen Kräfte. Dass er von ihr zwei Prozent der Unternehmensanteile überschrieben bekam, als Mutter schon in ihrem verwirrten Zustand war, möchte ich Ihnen an dieser Stelle auch nicht verheimlichen."

Siebels zündete sich noch eine Zigarette an. Sein geplanter Frontalangriff auf Klara Arenz war für das Erste niederschmetternd abgewehrt worden. Die Gedanken kreisten wild in seinem Kopf.

„Welche Rolle spielt dann bitte schön Petra Schneider?", fragte er und legte eine gewisse Aggressivität in seinen Tonfall.

Klara Arenz schenkte ihm einen verächtlichen Blick, bevor sie ihm ihre Sicht über Petra Schneider schilderte.

„Ich gebe zu, das Verhalten von diesem Flittchen wirft vielleicht ein schlechtes Licht auf meinen Bruder. Aber er ist ganz vernarrt in sie. Sie war auch früher einmal mit Herrn Luchter liiert, aber das ist Vergangenheit. Der hat sie durchschaut. Über ihn wollte sie die Eintrittskarte in die Welt der Schönen und Reichen ergattern. Das ist ihr misslungen, er hat sich von ihr getrennt. Als die beiden noch ein Paar waren und ich ausschließlich geschäftlich mit Herrn Luchter zu tun hatte, haben wir uns kennen gelernt. Das war auf einer kleinen Party auf Teneriffa, wo wir einen Geschäftsabschluss feierten. Dort lernte Petra Schneider auch meinen Bruder kennen. Als Herr Luchter ihr den Laufpass gab, heuerte sie bei einer Wirtschaftsprüfungsgesellschaft an und schmiss sich an meinen Bruder ran. Der sorgte dafür, dass sie bei den Arenz-Werken einen Job bekam, für den sie gar nicht qualifiziert war. Später stellte er sie bei Arenz-Immobilien ein. Er will sich mit ihr schmücken, der Arme. Sie haben ihn ja schon kennen gelernt. Er ist nicht gerade der Typ Mann, auf den die Frauen fliegen. Aber er hat Geld. Viel Geld. Das zieht Frauen wie Petra Schneider magisch an."

„Halten Sie es für möglich, dass sie in Magdalenas Ermordung verwickelt ist?" Siebels kam die Frage spontan in den Sinn und er war sich nicht sicher, ob es eine gute Frage war.

„Der traue ich zwar alles zu, aber ich wüsste nicht, warum sie darin verwickelt sein sollte. Was hat sie von Magdalenas Tod?"

„Die Karten über die Zukunft der Arenz-Werke werden nach dem Tod von Magdalena neu gemischt. Magdalena war anscheinend die Einzige, die für die Nachfolge ihrer Eltern und ihrer Großmutter in Frage kam. Nun scheint mittel- bis langfristig nur noch der Verkauf des Unternehmens eine Option zu sein. Das würde Ihnen und Ihrem Bruder sehr viel Geld einbringen. Ihr Bruder würde vom Millionär zum Milliardär werden und Petra Schneider ist die Frau an seiner Seite."

Klara Arenz nickte nachdenklich. „So habe ich die Sache noch gar nicht betrachtet. Sie haben recht. Für Petra Schneider wäre das ein Mordmotiv. Aber es macht trotzdem keinen Sinn. Nicht jetzt. Erst wenn die Frist aus dem Testament meiner Mutter abgelaufen ist, kann die Zukunft des Unternehmens geklärt werden. Wer auch immer nun die 45 Prozent von Magdalena erbt, kann erst nach Ablauf dieser Frist etwas damit anfangen. Also im März 2009."

Siebels nickte zustimmend. Aber in seinem Kopf arbeitete es weiter auf Hochtouren. Widersprüche waren nicht immer Widersprüche. Manchmal fehlte einfach ein Teil im Puzzle, um das Gesamtbild erkennen zu können. Im Moment war dieses Puzzleteil Lukas. Es war zwar da, aber es passte nirgendwo ins Bild hinein. Vielleicht war Lukas nur rein zufällig in die Sache hineingeraten. Vielleicht hatte Petra Schneider die Gunst der Stunde genutzt und Peter Zimmermann und Lukas als Kontrahenten um die Gunst Magdalenas aufeinander prasseln lassen. Wenn es ihre Absicht war, Magdalena als mögliche Thronfolgerin aus dem Weg zu räumen, dann wäre ein Mordmotiv im März 2009 viel offensichtlicher gewesen, als es jetzt der Fall war. Sein letzter Hoffnungsschimmer, durch das Gespräch mit Klara Arenz doch noch etwas Klarheit in den Fall zu bringen, war das Foto von Lukas. Er zog es aus seiner Jackentasche und hielt es Klara Arenz vor die Nase.

„Kennen Sie diesen Mann?"

„Nein, den habe ich noch nie gesehen", war sich Klara Arenz auf Anhieb sicher. Siebels steckte das Bild wieder ein und gab Till ein Zeichen, dass es Zeit zum Verschwinden war. Siebels verabschiedete sich von Klara Arenz und bat sie, ihn auf jeden Fall zu informieren, wenn sie das Land wieder in Richtung Kanaren verlassen wolle. Till verabschiedete sich von dem Dobermann.

# 23

Eine halbe Stunde hatte er bei dem Arzt im Wartezimmer gesessen. Nach einer weiteren halben Stunde hatte er vom Arzt die Diagnose erläutert bekommen. Juvenile myoklonische Epilepsie oder auch Janz-Syndrom. Für weitere Untersuchungen und zur Behandlung schickte der Arzt ihn zur Neurologie in der Uni-Klinik.

Dort traf er auf Dr. Holzhausen, der die Urlaubsvertretung von Prof. Dr. Blei übernommen hatte. Erstaunt nahm Dr. Holzhausen zur Kenntnis, dass der Patient seit frühester Kindheit an dem Janz-Syndrom litt und nie in ärztlicher Behandlung gewesen war. Noch erstaunter war er, als er von dem helfenden Kräutertee erfuhr. Der Patient wurde einer Elektroenzephalografie unterzogen. Das Ergebnis der Untersuchung zeigte deutlich die Bereitschaft seines Gehirns zu epileptischen Entladungen und bestätigte die Diagnose des Arztes. Er bekam Valproinsäure zur Dauerbehandlung verordnet. Das sei mindestens so hilfreich wie der Kräutertee, versicherte ihm Dr. Holzhausen.

Mit der verordneten Medizin fühlte er sich auf seinen Streifzügen durch die Stadt wieder sicherer. Er besuchte den Dom und verharrte dort lange im Kirchenschiff. Seinen braunen Ledereinband hatte er bei sich. Nach einem innigen Gebet, in dem er auch seinen Abt mit einschloss, schlug er den Einband auf. In der heiligen Stille des prachtvollen Doms versank er wieder in der Vergangenheit.

*Mein Leben, Wilhelmine Arenz*

*Die Jahre nach dem Krieg vergingen, aber es verging kein Tag, an dem ich nicht die Listen nach Karl und Erika absuchte. Tag für Tag versuchte Walter mir einzureden, dass es keine Hoffnung geben würde.*

*Die tägliche Arbeit lenkte mich von meinem Kummer ab. Abends sprach ich mit Engelszungen auf Walter ein, dass er Fahrradrahmen herstellen solle. Wenn es nach Walter gegangen wäre, hätte er bis zu seinem Lebensende Blecheimer gefertigt. Erst als ich einen Fahrradfabrikanten zum Abendessen einlud, ließ Walter sich überzeugen. Kurz darauf erhielten wir den ersten Auftrag. Walter baute gute Rahmen, die nächsten Aufträge folgten und die Bestellmengen wurden von Auftrag zu Auftrag größer.*

*1950 fragte mich Walter endlich, ob ich seine Frau werden wolle. Ich wollte. Es war nicht die große Liebe, die uns vereinte, es war das Geschäft. Ich bin darin aufgegangen.*

*Nach unserer Heirat lief das Geschäft noch besser. Deutschland war in einer seltsamen Aufbruchstimmung. Nur Walter bekam davon nichts mit. Er lieferte pünktlich seine Fahrradrahmen und war zufrieden. Hermann war ein aufgeweckter Bursche. Wenn er von der Schule heimkam, sprach ich mit ihm über die Dinge, mit denen sich eigentlich Walter beschäftigen sollte. Hermann sagte bereits als Zehnjähriger voraus, dass es bald einen hohen Bedarf an Blech geben würde. Die Idee gefiel mir. Ich sah mich nach Möglichkeiten um, Blech zu fertigen. Ich traf mich mit Ingenieuren und ließ mir erklären, wie man Blech herstellte. Als ich genug wusste, sprach ich mit Walter darüber. Er wollte nichts davon wissen. Immer öfter stritten wir uns deswegen. Bis ich begriff, was Walter wirklich wollte. Walter wollte Kinder. Er hatte sich zwar mit Hermann abgefunden, doch der Traum von eigenem Fleisch und Blut beherrschte seine Gedanken. Ich kämpfte einen harten Kampf mit mir. Noch einmal Mutter zu werden war mir ein Graus. Zu viel hatte ich mit meinen drei Kindern durchgemacht und dann doch nur eins davon durchgebracht. Dieses Mal musste ich aber nachgeben, zu stark war Walters Wunsch nach eigenem Nachwuchs. Im März 1952 brachte ich Peter zur Welt. Nur ein Jahr später folgte Klara.*

## 24. Dezember 2007, 14:20 Uhr

Siebels hatte Till nach dem Besuch bei Klara Arenz im Präsidium abgesetzt. Er sollte einen Termin mit dem Abt der Abtei Mariawald für einen Besuch in der Klinik bei Lukas organisieren. Möglichst noch während der Feiertage, hatte Siebels gedrängt. Die Bedenken von Till, dass Dr. Rübsam über die Feiertage nicht in der Klinik sein könnte, hatte Siebels abgetan. Rübsam war ihm egal, er wollte nur, dass Lukas redete. Wenn der Psychologe das nicht hinbekam, brauchte er auch nicht anwesend sein, wenn der Abt seinen Job übernahm, klärte Siebels Till auf und fuhr weiter ins Bahnhofsviertel. Unterwegs erledigte er den versprochenen Anruf bei Sabine. Er tippte ihre Nummer ein und stellte erschrocken fest, dass er vor lauter Ermitteln wieder ganz vergessen hatte, ein werdender Vater zu sein. Als Sabine sich meldete, stand diese Erkenntnis wieder ganz groß vor ihm.

„Hi Schatz, alles klar auf deiner Insel?"

„Ah, der Herr Kommissar. Die Insel ist toll, nur du fehlst mir ein wenig, wenn ich ehrlich bin."

Siebels saß stolz wie Oskar im Auto und grinste über beide Backen. „Stress mit Johanna?", fragte er neugierig.

„Ach Quatsch. Wir verstehen uns blendend. Die vielen Männer, die uns hier ständig anmachen, stören uns ein wenig. Aber da kommen wir schon klar mit."

Das breite Grinsen wich abrupt aus Siebels' Gesicht. Fast hätte er die auf rot umgesprungene Ampel übersehen. Mit quietschenden Reifen brachte er den Wagen zum Stehen und lächelte gequält der Frau mit dem Kinderwagen zu, die er fast über den Haufen gefahren hätte.

„Die Typen verhafte ich alle", brüllte er in die Freisprechanlage. Die Frau mit dem Kinderwagen schaute ihn erst kopfschüttelnd an und zeigte ihm dann einen Vogel.

„Die sind aber alle unschuldig. Das Betrachten schöner Frauen ist hier nämlich nichts Ungesetzliches", flötete Sabine erheitert zurück.

„Das Betrachten meiner Frau schon", redete sich Siebels in Rage. „Das ist das Siebel'sche Gesetz und wer dagegen verstößt, wird verhaftet und eingesperrt. Lebenslänglich."

Sabine lachte laut und wiederholte das Siebel'sche Gesetz für Johanna, die wohl neben ihr stand.

„Johanna fragt, ob es auch ein Till'sches Gesetz gibt?"

„Jepp. Frauen mit Sonnenbrand jammern viel und sind daher zu meiden."

„Da gefällt mir das Siebel'sche Gesetz viel besser", gestand Sabine.

„Was macht denn der kleine Siebels?", fragte Siebels, legte sein Grinsen wieder auf und gab Gas, als die Ampel wieder auf Grün schaltete.

„Ich denke, es wird doch eher eine Siebeline. Aber auf jeden Fall geht es uns gut. Wir liegen faul am Pool und denken an dich."

„Ob Siebeline oder kleiner Siebels, das diskutieren wir später noch aus. Sag mal, hast du noch was über die Arenz rauskriegen können?"

„Nee, was willst du denn noch wissen?"

„Ich möchte wissen, ob ihr Freund, dieser Luchter, sich immer noch mit der Petra Schneider vergnügt oder ob das Geschichte ist. Kannst du da noch mal nachhaken?"

„Na gut. Weil du es bist. So wie ich die Hotelmanagerin hier verstanden habe, läuft das mit der Schneider immer noch. Aber ich frage sie später noch mal."

„Danke, du bist wirklich ein Schatz. Ich muss jetzt Schluss machen, ich will noch mal schnell ins Bordell."

„Ist es schon so schlimm? Ich bin doch erst seit zwei Tagen weg."

„Haha. Dienstlich natürlich. Vielleicht erzähle ich dir morgen, wie es war."

„Na, lass mal. Du sprichst mit einer Frau von der Sitte. Schon vergessen?"

„Stimmt, da war ja mal was. Vielleicht kennst du Monika sogar, die will ich jetzt besuchen. Mütterlicher Typ, Anfang vierzig, arbeitet im Kontakthof."

„Möglich, eine Monika hat mal Anzeige gegen einen Zuhälter erstattet. Das ist aber schon ein paar Jahre her. Es war nicht ihr Zuhälter, er hatte ein Mädchen vom Straßenstrich grün und blau geschlagen. Monika hatte sich um die Kleine gekümmert. Die ist so was wie die gute Seele vom Strich. Sag ihr einen schönen Gruß von mir, dann ist sie vielleicht gesprächiger."

„Mache ich. Ohne dich wäre ich einfach völlig verloren."

„Gibt es auch was Neues?"

„Ich liebe dich, jeden Tag aufs Neue!"

„Hm, das klingt gut. Ich dich auch. Arbeite nicht so viel und mache dir ein schönes Weihnachtsfest."

„Ja, ich setze mich mit Till unter den Weihnachtsbaum und dann trinken wir Bier."

„Macht das, wir setzen uns unter eine Palme und trinken lecker Cocktails."

Siebels verabschiedete sich endgültig und parkte seinen Wagen in der Elbestraße im Rotlichtmilieu. Er lief ein paar Meter zur Arbeitsstelle von Monika und betrat das Haus, in dem sich am Heiligabend viele Freier herumtrieben. Beim Anblick dieser Männer wurde ihm seine Sabine noch viel wertvoller. Die Frauen standen spärlich bekleidet an den Schwellen zu ihren Zimmern oder hatten sich auf einem Barhocker in Position gebracht. Siebels lief auf der Suche nach einer Frau Anfang vierzig an den Zimmern vorbei. Die Frauen hier waren alle wesentlich jünger. Eine verhandelte mit einem Interessenten gerade den Preis, eine andere versuchte Siebels mit obszönen Gesten zu sich zu locken. Er ließ sich locken, betrachtete sie ausgiebig, ohne etwas zu sagen. Sie war höchstens Anfang zwanzig, trug Strapse, Höschen und BH und fragte Siebels nach seinen Vorlieben.

„Ich stehe auf ältere Frauen", antwortete er. „Sind hier alle so jung wie du?"

Enttäuscht zeigte sie mit dem Zeigefinger nach oben. „Die Muttis sind im dritten Stock. Hier unten gibt es nur Frischfleisch. Bist du sicher, dass du nicht lieber was Knackiges haben willst?"

„Ganz sicher", gab Siebels zurück und ging zielstrebig zum Treppenhaus. Je höher er kam, desto geringer wurde der männliche Besucherstrom. Im zweiten Stock traf er noch vereinzelte Freier, im dritten war er schließlich allein im Gang. Hier waren auch deutlich weniger Frauen im Einsatz. Er fragte eine der Damen nach Monika und wurde drei Zimmer weiter verwiesen. Dort saß sie im schwarzen Body, unter dem die kleinen Speckröllchen sich deutlich abzeichneten. Mit viel Schminke im Gesicht lächelte Monika ihn abwartend an.

„Du bist Monika?"

„Ja, mein Süßer, ich bin die Moni. Ich kenne dich gar nicht, bin ich dir empfohlen worden?"

„Ja, das bist du wirklich. Meine Freundin hat dich mir empfohlen."

Der lockende Gesichtsausdruck von Monika wich einem ärgerlichen.

„Da bist du bei mir an der falschen Adresse. Mit Frauen mache ich nix."

„Ich soll dich schön grüßen von ihr", fuhr Siebels unbeirrt fort. „Sie arbeitet bei der Sitte, du hast mal mit ihr gesprochen. Wegen einer Anzeige gegen einen Zuhälter."

Die Gesichtszüge von Monika hellten sich wieder auf. „Sabine Karlson?"

„Genau die."

„Das ist deine Freundin? Meinen Glückwunsch. Dann bist du bestimmt auch ein Bulle. Na, komm mal rein, das müssen wir ja nicht im Gang besprechen."

Siebels folgte Monika in ihr kleines Reich. Rote Vorhänge vor dem kleinen Fenster, ein Waschbecken an der Wand, ein Bett in der Mitte des Zimmers, eine kleine Kommode, auf der ein aufgeschlagenes Buch lag. Monika legte sich auf das Bett, Siebels setzte sich auf die Bettkante.

„Wo brennt es denn?", wollte Monika wissen.

„Tja, es geht um einen deiner Freier. Ich bin bei der Mordkommission und ermittle in einem Mordfall an einer Frau in deinem Alter. Sie kommt allerdings nicht aus dem Gewerbe, sie kommt aus einer reichen Familie."

„Magdalena Liebig?", fragte Monika verblüfft. „Ich habe davon in der Zeitung gelesen."

„Genau darum geht es", bestätigte Siebels.

„Ach. Sag bloß, ihr habt jetzt meinen Peter auf dem Kieker?"

„Peter Zimmermann, genau. Woher weißt du das?"

„Na, der Peter kommt doch schon seit Jahren zu mir. Der erzählt mir natürlich auch viel. Eigentlich erzählt er mehr, als dass er sonst was macht. Manche bezahlen mich, nur um sich mal bei einer Frau aussprechen zu können. Na ja, der Peter war früher mal ein wilder Bursche. Aber in den letzten Jahren hat er sich verändert. Verbissen ist er geworden. Verbissen und traurig. Kein Job, keine Frau, Epilepsie und keine Aussichten auf eine bessere Zukunft. Er hat mir natürlich von seiner Magdalena erzählt. Der war richtig glücklich und wollte nur noch mit mir reden. Seine Magdalena könne er nicht betrügen, hat er mir gesagt. Als er das letzte Mal hier war, war es aber auch schon wieder vorbei mit seinem Glück. Aber er hat sie doch nicht umgebracht, oder?"

„Um das rauszufinden, bin ich hier. Er hat keine Familie und keine Freunde. Wahrscheinlich kennt ihn niemand besser als du."

„Ja, das kann schon sein", seufzte Monika.

„Hast du ihn auch mal aggressiv erlebt?", erkundigte sich Siebels mit vorsichtiger Stimme. Er ahnte, dass Monika in Versuchung war, die schützende Hand über ihren Stammkunden zu halten.

„Sind wir nicht alle mal aggressiv?", gab sie ausweichend zurück.

„Der eine mehr, der andere weniger. Manche Menschen sind von ihrer Natur aus eher sanft, haben aber manchmal einen Aussetzer. Dann sind sie unberechenbar. Könnte es sein, dass Peter Zimmermann zu dieser Sorte Mensch gehört?"

Monika setzte sich auf das Bett, zog ihre Knie an ihren Oberkörper und wippte bedächtig vor und zurück. Siebels ahnte, dass er mit seiner Vermutung genau richtig lag und Monika kurz davor war, ihm das zu bestätigen. Aber noch rang sie mit sich.

„Du kennst ihn wohl schon sehr lange?", ging Siebels auf ihre Gefühlsregungen behutsam ein.

„Fast fünfzehn Jahre lang. Das ist eine lange Zeit. Besonders in meinem Beruf. Ich hatte viele Männer, das kannst du dir ja bestimmt denken. Aber keiner war mir so treu wie Peter."

„Gab es mal eine Situation, in der du Angst vor ihm hattest?"

Monika schaute Siebels nachdenklich an und nahm sich dann eine Zigarette aus der Schublade ihrer Kommode. Siebels frohlockte innerlich. Nicht weil er auch zur Zigarette greifen wollte, sondern weil Raucher meist zur Zigarette griffen, bevor sie sich zu einer wichtigen Entscheidung durchrangen. Siebels griff ebenfalls zu seinem Zigarettenpäckchen, gemeinsames Rauchen verband.

„Ja", sagte Monika beim Paffen. „Einmal gab es tatsächlich so eine Situation. Das war vielleicht vor fünf Jahren. Da war ich noch etwas attraktiver, musst du wissen. Hatte noch mehr Kundschaft, auch noch mehr Stammgäste. Es war gerade eine Messe in Frankfurt. Ein Geschäftsmann aus Kanada war in meinem Zimmer. Der Termin war eigentlich für Peter reserviert. Aber der Kanadier hat gut gezahlt, da habe ich ihn dazwischen geschoben. Peter musste eine halbe Stunde warten. Da war er schon etwas sauer. Als der Kanadier mein Zimmer verließ, stand Peter wartend vor der Tür. Der Kanadier sagte beim Rausgehen dann irgendeinen dummen Spruch zu Peter. Ich weiß bis heute nicht, was. Peter ist vor Wut fast explodiert. Er haute dem Mann ohne Vorankündigung eins in die Fresse. Hat ihm glatt die Nase gebrochen. Natürlich kamen sofort ein paar starke Jungs, die hier aufpassen und gingen auf Peter los. Ich habe das dann geklärt und ihn in mein Zimmer geholt. Da hat er seine Wut dann an mir ausgelassen. Das hört sich jetzt vielleicht blöd an, aber er hat mich vergewaltigt. So kannte ich ihn nicht und so habe ich ihn auch nie wieder erlebt. Später hat er sich entschuldigt, hat mir sogar Blumen geschickt. Na ja, ich habe ihm verziehen und er hat sich wirklich nie wieder daneben benommen."

Siebels paffte und nickte. „Danke, dass du mit mir gesprochen hast. Ich werde das absolut vertraulich behandeln, das verspreche ich dir."

„Glaubst du wirklich, dass er sie umgebracht hat?"

„Ich weiß es nicht. Er hätte ein Motiv. Das klassische Motiv. Eifersucht."

„Er hat sich so viel Hoffnung gemacht bei dieser Frau. Manche Menschen werden aber auch ihr Leben lang vom Pech verfolgt."

Siebels zog eine Visitenkarte aus seiner Hemdtasche. „Wenn du mal ein Problem hast und polizeiliche Unterstützung benötigst, dann melde dich bei mir. Oder bei Sabine."

Monika nahm die Karte und betrachtete sie sich eine Weile. „Ein echter Hauptkommissar, alle Achtung. Tu mir einen Gefallen, Herr Hauptkommissar. Prüfe bitte den Fall genau, Peter ist das geborene Opfer. Bei seinem Unglück geht der auch noch jahrelang als Unschuldiger hinter Gitter."

„Wenn er unschuldig ist, finde ich das raus. Wenn er schuldig ist, finde ich das allerdings auch raus. Wir wollen ihn aber nicht als Bauernopfer benutzen, das verspreche ich."

„Ich glaube dir. Dann zieh mal wieder los und kläre den Fall."

Siebels lief gerade im Erdgeschoss des Hauses an den auf Kundschaft wartenden Damen vorbei, als sich sein Handy mit der Melodie Jingle Bells bemerkbar machte. Damit zog er die Aufmerksamkeit der Damen auf sich. „Hey Mädels, der Weihnachtsmann ist da, ward ihr auch alle schön brav?", rief eine vollbusige Schwarzhaarige lautstark über den Flur. „Hat er auch eine hübsche Rute dabei?", kam es vom anderen Ende des Flures von einer Rothaarigen. Unter schadenfrohem Gelächter verließ Siebels das Etablissement. „Ja?", raunte er genervt in den Apparat.

„Ja, hier ich." Till klang nicht so, als hätte er gute Neuigkeiten.

„Was gibt's?"

„Lukas ist abgehauen."

„Verdammte Scheiße, wie konnte das denn passieren? Der hatte doch zwei Beamte vor der Tür oder etwa nicht?"

„Die sind ihm ja auch hinterhergerannt. Aber der war wohl ziemlich schnell. Vor allem scheint er eine gute Kondition zu haben. Er ist von der Klinik zum Main runter und dort am Ufer weitergelaufen. Schulz und Jakobi waren die Beamten. Die hat er halt abgehängt. Die sind ja auch nicht mehr die Jüngsten."

„Amateure sind das", schimpfte Siebels. „Warum haben die denn nicht von der Schusswaffe Gebrauch gemacht?"

„Jakobi hat wohl geschossen. Einen Warnschuss in den Himmel und einen zweiten hat er auch abgegeben. Damit hat er einen Dackel erlegt. Der war gerade Gassi und auf Höhe von Lukas. Das Frauchen des Dackels musste vom Rettungswagen abgeholt werden. Eine achtzigjährige Dame, die steht noch unter Schock."

„Oh Mann", stöhnte Siebels. „Das Abknallen von friedfertigen Subjekten ist doch eigentlich deine Spezialität."

„Nur auf dem Schießstand und da auch nur, wenn mir Schneider auf den Sack geht", rechtfertigte sich Till.

„Ist die Fahndung schon raus?"

„Klar, habe ich alles organisiert. Den Abt habe ich auch informiert. Falls Lukas wieder im Kloster auftaucht, gibt er uns Bescheid."

„Macht er das wirklich?"

„Keine Ahnung. Soll ich die Kollegen in der Eifel informieren, dass die ein Auge auf das Kloster werfen?"

„Gute Idee, mach das. Sehen wir uns nachher noch?"

„Ich glaube nicht. Ich bin heute Abend ja noch undercover unterwegs."

„Unternehmensberater in geheimer Mission, stimmt ja. Vermassele das nicht."

## 24. Dezember 2007, 19:00 Uhr

Hermann Liebig hatte sich in Ostritz in einer Pension ein Zimmer genommen. Er wusste nicht, wie lange er bleiben würde. Er plante nur eine Übernachtung. Er hatte noch etwas Zeit, ging spazieren und bestellte sich in einer kleinen Kneipe ein Bier. Er war der einzige Gast. Die Stille war ihm unheimlich, der Wirt stand hinter dem Tresen und starrte Löcher in die Luft. Hermann Liebig unterbrach die Stille, er erkundigte sich bei dem Wirt nach dem Weg zum Kloster Sankt Marienthal. Als Antwort bekam er nur ein stilles Nicken. Er fragte, ob er zu Fuß dorthin käme. Wieder nickte der Wirt. Hermann Liebig sah nervös auf seine Uhr und der Wirt fand seine Sprache wieder.

„Ein Nonnenkloster“, sagte er lapidar.

„Von welchem Orden?“, fragte Hermann Liebig, erstaunt, dass der Wirt mit ihm sprach.

„Ein Zisterzienserinnenkloster. Kunigunde hat es gegründet. Die Gemahlin von König Wenzel von Böhmen. 1234 war das. Seitdem leben da die Nonnen.“

Jetzt, wo der Wirt sprach, hörte man den starken sächsischen Akzent und Hermann Liebig hatte Mühe, ihn zu verstehen. Als sein Gehirn die Worte des Wirts ins Hochdeutsche übersetzt hatte, fragte er mutig weiter.

„Was machen die denn den ganzen Tag, die Nonnen?“

„Die sind ganz schön geschäftstüchtig. Die haben da eine Bäckerei, ein Sägewerk und eine Brauerei auf dem Klostergelände. Nach der Wende haben sie auch noch Gästehäuser errichtet. Da machen die Seminare. Ihnen gehört auch ein Bildungswerk, zu denen kommen Leute aus der ganzen Welt. Ein Weinberg gehört auch zum Kloster, der ist verpachtet.“

Das Gehirn von Hermann Liebig verarbeitete das Sächsische schon schneller. Es schien sich bei der Klosteranlage um einen größeren Komplex zu handeln. Vorsorglich ließ er sich von dem Wirt doch ein Taxi rufen.

Kurze Zeit später stand er vor den Mauern des Klosters. Unruhig lief er davor auf und ab. Er spielte mit dem Gedanken, unverrichteter Dinge wieder nach Hause zu fahren. Selten hatte er sich in seinem Leben so vor etwas gefürchtet. Sein Zwillingsbruder wartete hinter diesen Mauern auf ihn. Was konnte sein tot geglaubter und vergessener Bruder nach 60 Jahren wollen? Seinen Anteil am Unternehmen? Hermann Liebig glaubte nicht daran. Dann wäre Karl nach Frankfurt gekommen. Warum hatte er ihn in die Oberlausitz bestellt? In ein Nonnenkloster? Dieser Ort musste eine Bedeutung für Karl haben. Was war geschehen, damals auf dem Eis? Als sie beide noch Kinder waren und nicht wussten, was um sie herum passierte? Karl war plötzlich weg gewesen. Versunken im Eis. War es überhaupt Karl, der ihn angerufen hatte? Spielte ihm jemand einen bösen Scherz? Hermann Liebig zitterte in der Kälte. Und er zitterte vor Angst. Es war sein Bruder, das hatte er gefühlt. Ganz deutlich hatte er das gefühlt. Zwillinge sollen ja eine besondere Verbindung zueinander haben, hatte er oft gehört. Dabei hatte er aber nie an Karl gedacht. Was hatte Karl gemacht in den letzten 60 Jahren? Die Neugier in Hermann Liebig erhielt Oberhand über die Angst, die er vor den nächsten Minuten empfand. Er malte sich aus, wie Karl aussehen würde. Fragte sich, ob Karl ihm wie aus dem Gesicht geschnitten sei. Er überlegte, wie er seinen Zwillingsbruder begrüßen sollte. Er wusste keine Antworten auf die Fragen und betätigte den Klingelknopf an der Pforte. Kurz darauf erschien eine Frau in Ordenstracht. Hermann Liebig stellte sich vor und fragte nach Schwester Anna, die Karl ihm genannt hatte. Die Nonne bat ihn, ihr zu folgen und führte ihn in die Klosterkirche. Dort sollte er warten, Schwester Anna käme gleich. Hermann Liebig setzte sich auf eine der Bänke. Er bekreuzigte sich und sprach ein stilles Gebet. Das hatte er lange nicht mehr getan. Als er seine Augen wieder aufschlug, stand Schwester Anna vor ihm. Sie war alt, sehr alt.

„Guten Abend, Herr Liebig. Ich freue mich, dass Sie den Weg zu uns gefunden haben."

„Wo ist Karl?"

„Haben Sie noch einen Moment Geduld. Er kommt gleich. Er bat mich, mit Ihnen zu sprechen, bevor er Ihnen nach so langer Zeit unter die Augen tritt."

Hermann Liebig nickte bedächtig. Vielleicht war es besser so.

„Zunächst möchte ich Ihnen mein Beileid aussprechen. Es muss schwer für Sie gewesen sein, nach dem tragischen Tod Ihrer Tochter diese Reise anzutreten."

Wieder nickte Hermann Liebig bedächtig.

„Ihr Bruder hat davon aus der Zeitung erfahren. Er kam dann umgehend zu mir. Ich habe in den letzten Tagen viele Gespräche mit ihm geführt. Seine Geschichte ist nicht schön. Nicht für ihn und nicht für Sie. Karl hat stark gezweifelt, ob er Sie überhaupt kontaktieren soll. Aber er hat nicht mehr lange zu leben. Unheilbarer Krebs wuchert in ihm."

Hermann Liebig zuckte zusammen. Wenn sein Zwillingsbruder Krebs hatte, war es nur wahrscheinlich, dass es auch ihn bald treffen würde. Schwester Anna schien seine Gedanken erraten zu haben.

„Deswegen wollte er aber nicht mit Ihnen sprechen. Das, was er Ihnen zu sagen hat, will er nicht mit ins Grab nehmen."

„Warum Sie, warum hier?", unterbrach Hermann die Nonne.

„Weil ich vor vielen Jahren hier im Kloster zwei Babys aufgenommen habe. Zwei Jungs, die ich mit meinen Schwestern hier großgezogen habe. Als sie alt genug waren, haben wir sie an ein Männerkloster gegeben. Dort sind sie zu Mönchen herangewachsen. Es waren die Kinder Ihres Bruders Karl."

„Den Rest erzähle ich ihm besser selbst." Karl stand plötzlich vor Hermann. Stumm blickten sich die Zwillingsbrüder an.

## 24. Dezember 2007, 20:00 Uhr

Till war mit dem Aufzug zum Loft von Petra Schneider gefahren und betrat oben angekommen durch die offenstehende Tür das Loft. Es war dunkel, nur durch die Fenster drangen die Lichter der beleuchteten Stadt. Auf dem Parkettfußboden führte eine Reihe von brennenden Teelichtern zur Mitte des Raumes. Till folgte der romantischen Spur bis zum Bett. Mit jedem Schritt schlug sein Herz einen Takt schneller.

„Sei mir willkommen, fremder Mann", säuselte die Stimme von Petra. Till atmete den Duft ihres Parfums ein, der schwer im Raum hing. Seine Augen suchten sie, fanden sie aber nicht. Bis sie plötzlich aus der Dunkelheit wie aus dem Nichts auftauchte und sich verführerisch im schwachen Schein der Teelichter präsentierte. Till stockte der Atem. Sie trug ein langes, eng anliegendes Kleid aus rotem Samt. Der seitliche Schlitz zog sich bis zu ihrer

Hüfte. Till's Blick verharrte auf der blassen Haut ihres Beines, das aus dem geschlitzten Kleid hervortrat. Er schluckte schwer. Sein Blick wanderte von ihrem Bein zu dem tiefen Ausschnitt ihres Kleides und verfing sich in den Wölbungen ihrer Brüste.

„Ein aufregendes Kleid", stammelte Till.

„Was darunter ist, ist noch viel aufregender", flüsterte Petra und ein laszives Lächeln umrahmte dabei ihre rot geschminkten Lippen. „Heute ist Weihnachten, wenn du ein artiger Junge warst, darfst du das Geschenk später vielleicht auspacken."

Anstatt zu antworten, schluckte Till wieder schwer. In seinen abgelaufenen Turnschuhen und der verwaschenen Jeans fühlte er sich plötzlich gar nicht mehr so wohl wie sonst. Ein neuer Anzug musste her, fiel ihm spontan ein. Von Armani.

„Trinkst du ein Glas Champagner mit mir?"

Wieder ärgerte sich Till. Wenigstens den Schampus hätte er mitbringen können.

„Champagner ist gut, meine Kehle ist schon ganz trocken."

Petra verschwand für einen Moment und kam kurz darauf mit zwei Gläsern Champagner zurück.

„Auf ein fröhliches Weihnachten", prostete Petra Till zu.

Till fiel ein, dass er nicht mal Kondome dabei hatte.

„Hast du heute noch gearbeitet? Bei den Arenz-Werken?", wollte Petra wissen.

„Nein. Zurzeit ist da keine gute Stimmung. Die Tochter von den Liebigs wurde doch umgebracht. Hast du nichts davon gehört?"

„Doch, natürlich. Es stand ja groß in der Zeitung. Tragisch ist das. Gibt es schon Hinweise auf den Täter?"

„Bin ich die Polizei?", fragte Till mit zuckenden Schultern.

Petra stellte ihr Glas auf einer Fensterbank ab und nahm auch Till das Glas aus der Hand. Sie kam dicht an ihn heran, legte ihre Hände auf seine Brust und kraulte ihn sanft. „Ein guter Unternehmensberater ist doch immer über alles informiert, oder?"

„Fast immer, über fast alles."

Mehr konnte Till nicht sagen, die Lippen von Petra pressten sich auf seine. Till vergaß alles um sich herum, schloss seine Augen, gab ihrer fordernden Zunge nach und ließ seine Hände unter den roten Samt wandern. Petra zog ihn aus, spielend, lächelnd, zielbewusst. Ihre Berührungen brachten Till fast um den Verstand.

„Kannst du für mich etwas herausfinden?", fragte sie flüsternd, während ihre Fingerspitzen auf der Suche nach Tills erogenen Zonen waren.

Till öffnete den Reißverschluss ihres Kleides und ließ es zu Boden sinken. Petra trug nichts darunter.

„Bei den Arenz-Werken?", seufzte Till, der sich unter den Berührungen von Petra wand.

„Ja", hauchte sie ihm ins Ohr und hielt ihn mit einem langen Kuss von einer Antwort ab. Sie ließ sich aufs Bett fallen und zog Till mit sich.

„Was willst du denn wissen?", fragte Till schnaufend, als sie ihn für einen Moment Luft holen ließ.

„Alles. Vor allem, wie es dort in der Führungsetage weitergeht und wer die Anteile von Liebigs Tochter erbt." Wieder ließ sie Till nicht gleich antworten. Ihre Lippen küssten seinen Hals, wanderten über seine Brust und liebkosten seinen Bauch. Bevor sie ihre Lippen weiter an Tills bebendem Körper nach unten wandern ließ, fragte sie ihn mit mädchenhafter Stimme, ob er das für sie tun würde.

„Ja", stammelte Till. „Kein Problem. Mach weiter, nicht aufhören."

Petra erfüllte seinen Wunsch und beförderte ihn küssend und streichelnd in den siebten Himmel.

# 24

Vom Dom aus war er zur Zeil gelaufen. Die Einkaufsmeile hatte er nach wenigen Minuten erreicht. Er lief in die Zeilgalerie, schlenderte neugierig an den Schaufenstern der kleinen Geschäfte vorbei. Die Galerie schraubte sich Stockwerk für Stockwerk in die Höhe, er lief bis ganz nach oben. Dort angekommen nahm er die Tür hinaus auf das Dach, wo er eine Besucherterrasse vorfand. Ein kalter Wind blies ihm um die Ohren. Er schlug seinen Mantelkragen hoch und stellte sich dicht vor das Geländer. Sein Blick glitt über die Dächer der Stadt. Die Stadt, in der er seine Wurzeln suchte. Imposant ragten die Hochhäuser aus den Tiefen der City empor. Er fragte sich, wie man sich fühlte, wenn man jeden Tag so hoch oben in einem dieser Büros arbeitete. Er fühlte sich jedenfalls nicht wohl. Seine Finger klammerten sich an das kalte Geländer, als er einen Blick nach unten wagte. Wie Ameisen sahen die Menschen aus, die unten über die Zeil liefen. Er ließ seinen Blick noch einmal über die Stadt streifen und ging dann wieder zurück in die schützende Galerie. Er betrachtete sich wieder die Schaufenster und wunderte sich über all die sinnlosen Dinge, die dort zum Kauf angeboten wurden. Er blieb vor einem Café stehen. In großen Buchstaben war es als Internetcafé ausgewiesen. Auch im Kloster hatten sie einen Internetanschluss gehabt. Die meisten Klöster hatten heutzutage eine eigene Homepage. Er hatte schon gesurft, im Internet. Es hatte ihm sogar Spaß gemacht. Er war auf einem Seminar der katholischen Kirche gewesen, wo er mit dem Internet vertraut gemacht wurde. Er ging in das Café und setzte sich vor einen der Bildschirme. Erst traute er sich nicht, dann legte er seine Hand auf die Maus und beobachtete, was auf dem Bildschirm geschah. Eine junge Frau kam zu ihm und fragte, ob er etwas bestellen wolle. Er entschied sich für einen schwarzen Tee. Als die Bedienung ihm den Tee brachte, ließ er sich erklären, was er wissen wollte. Kurz darauf surfte er im Netz. Er suchte nach Informationen zu den Arenz-Werken und fand eine Menge. Über zwei Stunden verbrachte er vor dem Bildschirm. Wenn er eine interessante Information fand, notierte er sie auf einem Zettel. Neugierig studierte er die firmeneigene Homepage. Er betrachtete sich Bilder von Fabriken in Indien und studierte die Gesichter von leitenden Mitarbeitern. Gerade als er seine Reise durch die virtuelle Welt der Arenz-Werke beenden wollte, entdeckte er die Adresse vom Hauptsitz des Unternehmens. Dem Ort, von dem Hermann Liebig die weltweiten Geschäfte des Unternehmens steuerte. Sein Büro befand sich in einem Haus in der Bürostadt Niederrad. Er nahm sich vor, diese Adresse am nächsten Tag aus der Nähe zu besichtigen.

Wieder war er seinen Wurzeln einen Schritt näher gekommen. Zufrieden wendete er seinen Blick von dem Bildschirm ab und bestellte sich noch einen schwarzen Tee. Als der Tee serviert wurde, nahm er auch seine neue Medizin zu sich. Dann zog er seinen braunen Ledereinband aus der Tüte und schlug ihn auf.

*Mein Leben, Wilhelmine Arenz*

*Ich weiß nicht, woran es lag, aber diese innige Liebe, die ich Hermann, Karl und Erika als Mutter entgegenbrachte, konnte ich für Peter und Klara nicht mehr aufbringen. Ich zog sie auf, war ihnen auch eine gute Mutter und kümmerte mich um ihre Belange. Aber in meinen Gedanken war ich Tag für Tag bei Karl und Erika und schenkte Hermann die Liebe, die ich den anderen beiden nicht mehr geben konnte. Walter blieb das natürlich nicht verborgen. In unserer Familie entstand ein unsichtbarer Riss. Walter schenkte seine ganze Aufmerksamkeit Peter und Klara. Hermann gegenüber war er streng und unnachgiebig. Peter und Klara ließ er alles durchgehen. Ich hatte nie gewollt, dass unsere Familie sich entzweite. Aber ich konnte es auch nicht verhindern, obwohl diese Entwicklung von Anfang an abzusehen war.*

*Was ich Peter und Klara an Energie und Zuneigung nicht zu geben vermochte, steckte ich in die Firma. Als Hermann die Schule beendet hatte, ging er zur Universität. Die Betreuung von Peter und Klara überließ ich einem Kindermädchen. Mitte der fünfziger Jahre hatte ich nach vielen endlosen Diskussionen Walter endlich von meinen Plänen über die Zukunft der Firma überzeugt. Wir kauften ein Grundstück im Frankfurter Westen und errichteten dort das Walzwerk. 1956 lieferten wir die ersten Bleche. Der Grundstein für die rasante Entwicklung der Arenz-Werke war gelegt. Nur zwei Jahre später mussten die Produktionskapazitäten verdreifacht werden. Fast täglich stellten wir neue Leute ein. Walter wählte die Arbeiter und Angestellten aus, ich die Führungskräfte. Während Hermann als junger Student der Betriebswirtschaft das rasante Wachstum der Firma begleitete und sich fasziniert in alle Fragestellungen des Unternehmens einarbeitete, gingen Peter und Klara als Kinder vermögender Eltern zur Schule. Walter überhäufte sie mit Geschenken, ständig brachte er neue Spielsachen mit nach Hause. Doch wenn er nach Hause kam, lagen seine Kinder bereits schlafend im Bett. Die beiden bekamen ihre Eltern nur selten zu Gesicht.*

*Walter war so stolz auf Peter. Auf seinen Nachfolger. Dass Peter noch ein Kind war, das Zuneigung statt Zukunftspläne benötigte, ignorierte Walter genauso wie die Fähigkeiten von Hermann.*

## 25. Dezember 2007, 9:45 Uhr

Den ersten Weihnachtsfeiertag wollte Siebels mit einem ausgedehnten Frühstück beginnen. Außer zwei Scheiben Toast gab sein Vorrat an Lebensmitteln aber nichts mehr her. Er rief bei Till an, um sich bei ihm zum Frühstück einzuladen. Till ging aber nicht an sein Telefon. Auch über sein Handy war er nicht erreichbar. Siebels ahnte Schlimmes und weigerte sich, ernsthaft darüber nachzudenken. Stattdessen rief er bei Sarah Liebig an.

„Guten Tag, Frau Liebig. Ich würde mich gern noch mal mit Ihnen unterhalten. Darf ich Sie zu einem Frühstück in der Stadt einladen?"

„Normalerweise frühstücke ich nicht, aber ein Kaffee wäre wunderbar. Dann entkomme ich wenigstens Eva. Wo wollen wir uns treffen?"

„Kennen Sie das Café Metropol am Dom?"

„Ja, das kenne ich gut. Das hat heute vielleicht sogar geöffnet, gute Idee. Wann treffen wir uns?"

„In einer halben Stunde?"
„Ja, das passt. Bis gleich."
Siebels freute sich, dass er nun doch noch ein Frühstück bekam. Zwanzig Minuten später fand er sogar einen Parkplatz ganz in der Nähe des Doms und wartete am Eingang des Cafés rauchend auf Sarah Liebig. Die kam zwei Minuten später ebenfalls rauchend um die Ecke geschlendert. Im Café herrschte reger Betrieb, hauptsächlich junge Leute nutzten den Feiertag für ein Frühstück außerhalb der eigenen vier Wände. Die beiden fanden einen freien Tisch und Siebels studierte zunächst die reichhaltige Frühstückskarte. Er entschied sich für Rührei mit Speck, bestellte dazu zwei Brötchen mit Marmelade und eine Kanne Kaffee. Sarah Liebig beschied sich mit einer Tasse Kaffee.
„Gibt es etwas Neues?", fragte sie, nachdem sie ihre Bestellung aufgegeben hatten.
„Nichts Gutes. Lukas, der Mann den wir bei Magdalenas Leiche gefunden haben, ist aus der Uniklinik geflüchtet."
„Hat er Magdalena getötet?"
„Wir wissen es nicht. Er hat keine Aussage gemacht. Wir gehen immer noch davon aus, dass noch jemand am Tatort war. Jemand, der Lukas' Kleidung mitgenommen hat. Wir haben auch keinerlei Hinweise auf ein Motiv von Lukas. Wenn ich ehrlich sein soll, ich habe keine Ahnung, was es mit diesem Kerl auf sich hat. Aber wenigstens wissen wir, wo er herkam. Aus einem Kloster in der Eifel. Plötzlich war er von dort verschwunden und niemand wusste, was mit ihm geschehen war. Kurz nach seinem Verschwinden aus dem Kloster finden wir ihn neben der Leiche von Magdalena. Das Ganze ist mir ein Rätsel."
„Es gibt noch mehr Rätsel", sagte Sarah Liebig gedankenverloren.
„Welche denn?"
„Mein Vater. Er ist vorgestern ganz plötzlich abgereist. Er hat nicht gesagt, wo er hin will und wann er zurück sein wird. Eva ist außer sich. Die Beerdigung muss doch vorbereitet werden. Dr. Jürgens hat sich gestern Abend übrigens gemeldet. Er hat uns schon für morgen zur Testamentseröffnung eingeladen. Morgen Vormittag um zehn Uhr in seiner Kanzlei."
„Das ist gut", befand Siebels. „Dann wissen wir wenigstens,

wer von Magdalenas Tod profitiert."

Sarah Liebig schaute ihn entgeistert an. „Da gibt es nicht viele Möglichkeiten. Unsere Familie ist überschaubar. Neben mir sind noch Peter und Klara sowie Eva und Vater zur Testamentseröffnung eingeladen. Glauben Sie, jemand von uns könnte es gewesen sein?"

Siebels zuckte nur mit den Schultern. „Und Herr Zimmermann?"

Jetzt zuckte Sarah Liebig mit den Schultern. „Das weiß ich nicht. Ich weiß nicht, wann Magdalena ihr Testament aufgesetzt hat. Ich denke, dass war noch vor der Zeit mit Zimmermann."

„Wir werden sehen. Wird Ihr Vater denn von seiner Reise bis dahin wieder zurück sein?"

„Das will ich doch hoffen. Viel Gepäck hat er jedenfalls nicht dabei. Sie wissen nicht zufällig, wo er so dringend hinmusste?"

„Nein, tut mir leid. Wahrscheinlich wird es geschäftlich sein, oder?"

„Nein, ganz sicher nicht. Dann hätte er Eva den Grund seiner Reise nicht verschwiegen. Eva ist in alle geschäftlichen Dinge eingeweiht. Außerdem hätte er wegen einer Geschäftsreise nicht die Vorbereitungen für die Beerdigung kommentarlos auf Eva abgewälzt. Nein, da muss etwas ganz anderes dahinterstecken."

„Was ist eigentlich mit Ihnen? Sind Sie gar nicht an der Firma interessiert?"

Sarah Liebig lachte. „Doch, natürlich. Ich bekomme ja meine jährliche Dividende und das ist viel Geld. Aber ich bin Künstlerin und lebe ganz für meine Bilder. Mit wirtschaftlichen Dingen können Sie mich jagen."

„Wissen Sie, wie es mit der Firma nun weitergeht? Ihre Eltern hatten ja die Hoffnung, dass Magdalena in die Führung einsteigen kann. Gibt es einen Plan B?"

„Nein, es gibt keinen Plan B. Ich war einmal Plan B. Aber als ich nach Berlin zog und mich ganz der Malerei verschrieb, war das erst mal kein Thema mehr. Mein Vater hat damals gehofft, dass ich vielleicht den richtigen Mann heiraten würde. Leider habe ich ihn auch in dieser Richtung enttäuscht. Ich lebe mit einer Frau zusammen, müssen Sie wissen."

„Warum ist Peter Arenz kein Thema für das Unternehmen?"

„Oh, Peter. Der hat sich in seine Immobilien-Geschäfte verliebt. Wenn es nach ihm ginge, würde sich die ganze Familie komplett zurückziehen und das Unternehmen verkaufen. Nein, die Gräben zwischen Vater und Eva und Peter und Klara sind zu tief, als dass da noch eine Einigung möglich wäre."

„Wo stehen Sie denn? Mit Ihren sechs Prozent haben Sie ja einen ordentlichen Anteil. Sie und Magdalena hielten zusammen mehr als die Hälfte der Anteile. Somit waren Sie ja der Gegenpart zu Peter und Klara Arenz."

„Ja, allerdings war mein Anteil nur von Bedeutung, solange ich mit Magdalena eine Partei bildete. Ich habe mir für Magdalena gewünscht, dass sie in die Fußstapfen meines Vaters tritt. Das hätte sie verdient gehabt und sie hätte das auch geschafft. Sie kam ganz nach Wilhelmine. Ich gehe fest davon aus, dass Magdalena ihre Anteile an Vater und Eva vermacht hat. Für mich ändert sich dann nichts. Wenn die beiden einem Verkauf zustimmen, stelle ich mich nicht quer. In dem Fall wäre es sowieso egal. Meine sechs Prozent bräuchte dann niemand."

„Wenn Sie sich auf die Seite von Peter und Klara Arenz schlagen würden, hätte Ihr Vater das Nachsehen. Die beiden haben Ihnen doch bestimmt schon Avancen gemacht, oder?"

„Durch die Blume, ja. Aber Sie vergessen die Cleverness meiner Großmutter. Wenn Vater über die 45 Prozent von Magdalena verfügen würde, könnten die Eigentümer der restlichen 55 Prozent mit Klara, Peter und mir sowie Dr. Jürgens und Dr. Breuer trotzdem keine Entscheidung gegen Vater treffen. In diesem Fall bräuchte er nur von der Firmenspitze zurückzutreten und bekäme den testamentarisch festgelegten Anteil von zehn Prozent der Eigentümer, die für seinen Rücktritt verantwortlich sind. Somit würde er über 55 Prozent verfügen und könnte wieder entscheiden, wie es ihm in den Kram passt."

„Vorausgesetzt, er bekommt die 45 Prozent von Magdalena."

„Das werden wir morgen erfahren", seufzte Sarah Liebig und zündete sich eine selbstgedrehte Zigarette an.

„Findet die Testamentseröffnung auch statt, wenn Ihr Vater nicht rechtzeitig von seiner Reise zurückkehrt?"

„Das ist eine gute Frage. Ich weiß es nicht. Lassen wir uns überraschen."

„Hatten Sie in den letzten Jahren eigentlich Kontakt mit Wilhelmine Arenz?"

Sarah Liebig nickte nachdenklich. „Hin und wieder hat sie bei mir angerufen und sich nach meinem Wohlergehen erkundigt, ja."

„Hatten Sie den Eindruck, dass sie in den letzten Jahren ihres Lebens unter Altersdemenz gelitten hat?"

Sarah Liebig schaute Siebels überrascht an. „Wie kommen Sie denn darauf?"

„Zum Beispiel wegen der merkwürdigen Klausel in ihrem Testament. Die unbekannten Enkel, die noch Anspruch auf Magdalenas Anteile haben."

„Ja, das ist in der Tat sehr merkwürdig. Peter und Klara sind ja gerichtlich dagegen vorgegangen. Ach, daher weht der Wind. Die beiden haben Ihnen von der schwachsinnigen Wilhelmine erzählt. Na ja, ich will meine Hand nicht dafür ins Feuer legen, dass meine Großmutter im hohen Alter nicht vielleicht ein paar Gespenster gesehen hat. Andererseits war sie immer cleverer gewesen als alle anderen. Je oller, desto doller, das traf auf sie im Positiven zu. Jedenfalls bis sie so Anfang achtzig war. Mit den unbekannten Enkeln hat sie uns allerdings ein Rätsel aufgegeben. Wenn tatsächlich noch jemand auftaucht, der glaubhaft bestätigen kann, ein Enkel von Wilhelmine zu sein, würde ich mich aber auch nicht wundern. Ich glaube einfach, sie wusste genau, was sie tat und zwar bis zum Schluss!"

„War Ihnen bekannt, dass Wilhelmine direkt nach dem Krieg einen Suchantrag beim Deutschen Roten Kreuz gestellt hat?"

Sarah Liebig schaute Siebels verwundert an. „Nein, das ist mir neu. Was für einen Suchantrag?"

„Bevor sie aus Ostpreußen geflohen ist, war sie wohl Mutter von drei Kindern. Bei der Flucht sind ihr zwei verloren gegangen. Karl und Erika. Die beiden wurden nie ausfindig gemacht. Wahrscheinlich sind sie gestorben. Allerdings hat Wilhelmine diesen Suchantrag zurückgezogen. Ich werde das Gefühl nicht los, dass sie den Verbleib dieser Kinder aufklären konnte. Dann ergibt auch ihr merkwürdiges Testament einen Sinn. Morgen will ich von Dr. Jürgens wissen, wann sie die Klausel mit den Enkeln eingefügt hat. Wenn das nach der Rücknahme des Suchantrages war, gehe ich davon aus, dass sie die verlorenen Kinder fünfzig Jahre nach ihrer Flucht wiedergefunden hat. Und dass es weitere Enkel gibt."

„Wow", gab Sarah Liebig ihrem Erstaunen Ausdruck. „Aber warum haben sich bei uns dann weder diese Kinder noch die Enkel gemeldet?"

„Das wüsste ich auch gern. Wahrscheinlich gibt es einen plausiblen Grund, sonst hätte Ihre Großmutter nicht diese Frist bis März 2009 in ihrem Testament festgelegt."

„Ich habe meine Großmutter schon immer bewundert. Aber das übertrifft alles. Selbst im Grab zieht sie noch alle Fäden. Vielleicht werde ich eines Tages ein Denkmal für sie aufstellen."

Siebels war sich aber überhaupt nicht sicher, ob das alles etwas mit der Ermordung von Magdalena zu tun hatte. Er befürchtete, dass die ganze verworrene Familiengeschichte ihm den Blick auf die eigentliche Tat vernebelte. Da bis zur Testamentseröffnung am nächsten Morgen sowieso unklar war, wie es mit den Anteilsverhältnissen stand, nahm er sich vor, seinen restlichen Feiertag mit der Observierung von Peter Zimmermann zu verbringen.

## 25. Dezember 2007, 13:15 Uhr

Siebels war nach seinem Treffen mit Sarah Liebig direkt nach Sossenheim gefahren. Rauchend schlenderte er um den Wohnblock, in dem Peter Zimmermann zu Hause war. Mit Schal und Mütze schützte er sich vor dem kalten Wind, der durch die Reihen der Häuserblocks pfiff. Als er seinen Wagen am Rand der Wohnsiedlung geparkt hatte, rief er noch mal bei Till an. Dieses Mal meldete er sich. Petra Schneider sei ganz scharf auf Informationen über den Mord an Magdalena und der damit verbundenen Entwicklung in der Unternehmensführung, hatte Till ihm euphorisch mitgeteilt. Siebels stand nun vor dem tristen Wohnblock und schaute zu dem Wohnzimmerfernster von Zimmermann. Während er sich fragte, ob Zimmermann vor seinem Fernseher sitzen würde, nahm er sich vor, bei nächster Gelegenheit Petra Schneider ins Kreuzverhör zu nehmen. Till hatte vorgeschlagen, nach Heidelberg zu fahren und dem

Kloster Neuburg einen Besuch abzustatten. Nach den Angaben von Bruder Philippus war Lukas in diesem Benediktinerstift zu Hause gewesen, bevor er dem Zisterzienserorden Mariawald in der Eifel beigetreten war. Siebels hatte dem Vorschlag von Till zugestimmt. Jetzt wo Lukas flüchtig war, mussten sie so viel wie möglich über ihn erfahren.

Siebels fing trotz Schal und Mütze an zu frieren. Seine spontane Idee einer planlosen Observierung von Zimmermann kam ihm plötzlich ziemlich idiotisch vor. Wahrscheinlich würde er ihn überhaupt nicht zu Gesicht bekommen und sich nur eine Erkältung zuziehen. Er war gerade dabei, Zimmermanns Klingelknopf zu betätigen, als er aus der Ferne ein Motorengeräusch vernahm, das ihm bekannt vorkam. Er lief ein paar Meter in Richtung Straße und erkannte dort den Maserati von Peter Arenz. Der Fahrer parkte gerade ein. Kurz darauf stieg Petra Schneider aus dem Wagen und lief schnellen Schrittes Siebels entgegen. Siebels versteckte sich hinter Büschen, die einen Kinderspielplatz umgaben, der zwischen den Häuserreihen angelegt war. Gespannt beobachtete er die rasch näher kommende Petra Schneider. Vor dem Wohnblock von Zimmermann blieb sie stehen, studierte einen kurzen Augenblick die Namensschilder und drückte auf einen Klingelknopf. Die Haustür öffnete sich und Petra Schneider verschwand im Haus. Überrascht von der plötzlichen Wende seines langweiligen Wartens zündete sich Siebels eine Zigarette an. Krampfhaft überlegte er nach einem Grund für das Auftauchen der Schneider bei Zimmermann. Zu gerne hätte er gewusst, worüber die beiden nun sprachen. Er sah auf seine Uhr und nahm sich vor, noch eine Viertelstunde zu warten. Wenn die Schneider dann noch immer oben war, wollte er die beiden mit seinem Auftauchen überraschen.

### 25. Dezember 2007, 16:40 Uhr

Hermann Liebig saß im Zug zurück nach Frankfurt. Noch eine halbe Stunde, dann hatte er sein Ziel erreicht. Auf der Hinfahrt in die Oberlausitz hatte er sich viele Gedanken gemacht. Gedanken über seinen verschollenen und vergessenen Zwillingsbruder. Als er in dem Nonnenkloster Sankt Marienthal dann seinem Bruder

Karl gegenübergestanden hatte, war alles ganz anders gewesen, als er es sich vorgestellt hatte. Er hatte einen mittellosen Mann mit trauriger Vergangenheit erwartet, der von seinem reichen Bruder etwas einfordern wollte. Karl hatte nichts gefordert. Karl hatte Hermann umarmt und an sich gedrückt. Hermann hatte hemmungslos geweint, als er in den Armen seines Bruders lag. Dann hatte Karl seine Geschichte erzählt. Damals auf der Flucht, als der Wagen ins Eis eingebrochen war, waren sie alle gerettet worden. Jaroslaw war mit seinen Landsleuten dicht hinter dem eingebrochenen Wagen gewesen. Er hatte sie aus dem kalten Wasser gefischt. Ihn, Jelena und Erika.

Als Karl den Namen Erika ausgesprochen hatte, sah Hermann seine kleine Schwester plötzlich wieder vor sich. Wie sie über die grüne Wiese gekrabbelt war, während er mit Karl herumgetobt hatte. Jelena, das polnische Mädchen, die Freundin seiner Mutter, stand wieder vor ihm. Alles war so nah. Nur Bruchstücke seiner Kindheit traten in seiner Erinnerung wieder zum Vorschein, aber diese Bruchstücke tanzten in deutlichen bunten Farben durch sein Gehirn.

Karl berichtete, dass Jaroslaw ihn, Jelena und Erika bei sich im Wagen aufgenommen hatte. Sie hatten sich auf die Suche nach Wilhelmine und Hermann gemacht, sie im Chaos der Fluchtwelle aber nicht ausfindig machen können. Auch sie waren nach Pillau gelangt, dort hatten sich ihre Wege getrennt. Jelena hatte Karl und Erika mit sich genommen. Von Pillau aus hatte sie es nach Danzig verschlagen. Dort waren sie bei Verwandten von Jelena untergekommen. Nach Kriegsende waren sie in Danzig geblieben, Jelena hatte ihn und Erika aufgezogen und war ihnen eine gute Ersatzmutter gewesen. Immer wieder hatte sie versucht, den Aufenthaltsort von Wilhelmine ausfindig zu machen. Das war ihr aber in den Nachkriegsjahren nicht gelungen. Erst viel später, als Wilhelmine Arenz zu einer bedeutenden Persönlichkeit in der deutschen Wirtschaft avanciert war, erkannte Jelena in der Grand Dame des deutschen Aufschwungs ihre alte Freundin wieder. Da traute sie sich aber nicht mehr, mit Wilhelmine in Kontakt zu treten. Zu viel Schlimmes war passiert.

Karl hatte eine lange Pause gemacht, bevor er Hermann erzählte, was damals tatsächlich geschehen war. Als er seine Geschichte zu Ende erzählt hatte, war Hermann am Boden zerstört. Fassungslos hatte er seinen Zwillingsbruder angesehen und nur allmählich registriert, dass sein ganzes Leben auf einer Lüge aufgebaut war.

Jelena und Wilhelmine waren beide im letzten Jahr gestorben. Im hohen Alter hatte sich Jelena doch noch dazu aufgerafft, mit Wilhelmine in Kontakt zu treten. Die beiden hatten sich getroffen. Und Jelena hatte Wilhelmine die gleiche Geschichte erzählt, die nun Hermann von Karl zu hören bekommen hatte.

Als der Zug im Frankfurter Hauptbahnhof einlief, fasste Hermann Liebig einen Entschluss.

## 25. Dezember 2007, 16:45 Uhr

Till hatte für die Fahrt zur Abtei Neuburg in Heidelberg etwas über zwei Stunden gebraucht. Unterwegs war seine Euphorie über die erfolgreiche Undercover-Aktion in Petra Schneiders Bett einem schlechten Gewissen gegenüber Johanna gewichen. Johanna hatte heute schon zwei Mal versucht ihn anzurufen, aber er hatte die Anrufe nicht entgegengenommen. Bald war sie aus ihrem Urlaub zurück, dann musste er die Sache mit der Schneider beendet haben. Er zweifelte daran, dass ihm das gelingen würde, und bekam Bauchschmerzen. Als er seinen Wagen vor der Abtei am nördlichen Neckarufer abstellte, verdrängte er seine Gedanken an Johanna und Petra Schneider und konzentrierte sich wieder auf Lukas. Mittlerweile fühlte er sich in Klöstern schon fast wie zu Hause. Am Eingang des Klosters befand sich ein Hinweisschild. Gäste waren herzlich willkommen, solange sie männlich waren. Seine Männlichkeit hatte er seiner Meinung nach in der letzten Nacht deutlich unter Beweis gestellt. Zielstrebig betrat er die klösterliche Anlage. Vor einem Hofladen traf er auf einen Mann im Mönchsgewand. Er erkundigte sich bei ihm nach Bruder Johannes. Der Mann bat Till, ihm zu folgen und führte ihn in die Abtei. Sie durchschritten einen langen Gang und stoppten vor einer geschlossenen Tür. Der Mönch bat Till, einen Moment zu warten, und verschwand hinter der Tür. Kurz darauf kam er wieder heraus und forderte Till auf, in ein kleines Büro einzutreten.

„Guten Tag. Ich bin Bruder Johannes. Was kann ich für Sie tun?“

Johannes war mindestens so alt wie Philippus. Wahrscheinlich hatte er auch die gleichen Probleme mit schwindenden Mitarbeiterzahlen. Till stellte sich als Polizeikommissar aus Frankfurt vor und berichtete Bruder Johannes von seinem Besuch beim Zisterzienserorden in der Eifel.

„Ah, Philippus. Lebt der alte Haudegen auch noch?"

„Quicklebendig ist er", bestätigte Till. „Ich hätte ihn mindestens zehn Jahre jünger geschätzt, als er ist."

„Ja, wir Mönche werden alt", bestätigte Johannes. „Aber sagen Sie, warum fährt ein Polizeikommissar von Kloster zu Kloster? Möchten Sie sich beruflich verändern? Wir könnten noch einen jungen starken Mann in unserer Gemeinschaft gebrauchen."

Till hob abwehrend die Hände. „Das Angebot hat mir Bruder Philippus schon gemacht. In Ihren Geschäftsstellen gibt es mir aber eindeutig zu wenig Frauen."

Johannes winkte lächelnd ab. „Frauen, die machen doch nur Ärger. Was glauben Sie wohl, warum wir so alt werden?"

Till war sich nicht sicher, ob der Alte ihn veräppeln wollte oder ob da was dran sein konnte. Er wechselte das Thema und kam zu seinem Anliegen. Er berichtete von Lukas, der aus dem Zisterzienserkloster abgehauen war, um kurz darauf in den Mordfall Magdalena Liebig verwickelt zu sein.

„Philippus erzählte mir, dass Lukas 1980 in sein Kloster eingetreten ist. Damals sei er von diesem Kloster hier gekommen. Können Sie sich an ihn erinnern?"

„Oh ja. Natürlich, wie könnte ich Lukas vergessen? Es fällt mir schwer zu glauben, dass er in einen Mordfall geraten sein soll. Er war immer ein wenig frommer als die anderen."

„Wann ist er denn bei Ihnen Mitglied geworden?"

„Lukas kam bereits als Knabe zu uns. Das ist so lange her, da war sogar ich noch ein junger Mann."

„Können Sie mir etwas über seine Herkunft erzählen? Irgendwo muss er doch hergekommen sein. Man kommt doch nicht als Mönch zur Welt."

„Die meisten entscheiden sich für ein Leben im Dienste des Herrn, wenn sie Anfang zwanzig sind. Leider kommt das heute nicht mehr oft vor. Bei Lukas war das anders. Er ist in einem Kloster herangewachsen. Nicht bei uns, sondern in einem Nonnenkloster.

Dort wurde er als Baby abgegeben. Die Schwestern haben ihn aufgezogen und als er drei Jahre alt war, haben sie ihn uns übergeben. Wir Benediktiner legen unter anderem auch auf die Jugendarbeit viel Wert. Also haben wir uns seiner angenommen. Er war als Knabe schon sehr fromm und gottesfürchtig. Leider war er krank, er litt unter Epilepsie. Regelmäßig wurde er von schweren epileptischen Anfällen heimgesucht. Als er noch ein Knabe war, habe ich ihn im Krankenhaus untersuchen lassen. Die Ärzte haben ihm eine Medizin verordnet, doch die hat er nicht vertragen. Die Ärzte waren damals ratlos, so einen Fall hatten sie noch nicht gehabt. Sie gaben ihm verschiedene Medikamente, aber keines hat bei Lukas helfen können. Nach einer Weile gewöhnten sich die Brüder an die Krankheit von Lukas. Wir passten auf ihn auf, so gut es ging und lernten, damit umzugehen. Als Lukas zum Mann herangewachsen war, wurde er Mönch. Seine Krankheit hat ihn über all die Jahre begleitet. Je älter Lukas wurde, desto mehr zog er sich in Askese und geistige Übungen zurück. Manchmal lag er stundenlang im Gebet versunken auf den Knien. Als er zwanzig Jahre alt war, bat er mich um meinen Segen und die Erlaubnis, unsere Gemeinschaft zu verlassen. Er wollte sich lieber dem Zisterzienserorden der strengeren Observanz anschließen. Im Gegensatz zu uns Benediktinern verfolgen unsere Brüder von der strengeren Observanz ein weltabgeschiedenes Leben. Sie wollen frei sein für ihre Suche nach Gott. Um dort aufgenommen zu werden, benötigt man eine abgeschlossene Berufsausbildung oder Abitur und man muss bereit sein, sich ganz auf Gott einzulassen. Lukas hat bei uns im Rahmen unserer Jugendarbeit sein Abitur gemacht. Seine Gottesfürchtigkeit war mehr als vorbildlich. Ich habe ihn in seinem Entschluss also unterstützt und bin bei Bruder Philippus von der Abtei Mariawald für ihn eingetreten. Ich habe Philippus über seine Krankheit unterrichtet. Nun, wie Sie ja bereits wissen, hat Lukas uns dann verlassen."

Als der alte Mönch von seinem ehemaligen Schützling berichtete, dachte Till an seine Besuche bei Lukas im Krankenhaus. Je mehr er über diesen erfuhr, desto mehr leuchtete ihm sein merkwürdiges Verhalten ein. Er hatte sein ganzes Leben im Kloster verbracht und das klösterliche Leben konnte ihm nicht streng genug sein. Till fragte sich, aus welchem Grund Lukas so plötzlich aus dem Klosterleben ausgebrochen war. Wegen Magdalena? Oder hatte er sie erst kennen gelernt, nachdem er das Kloster hinter sich gelassen hatte? Till kam mit seinen Überlegungen nicht weiter. Bis vor Kurzem hatten sie noch keinerlei Hinweise auf die Herkunft von Lukas. Jetzt war Till schon im zweiten Kloster gelandet. Vielleicht musste er die Spur noch weiter zurückverfolgen, um das Geheimnis des gottesfürchtigen Mannes zu lüften.

„Aus welchem Kloster wurde Ihnen Lukas damals als Dreijähriger gebracht?", fragte Till.

Der alte Mönch sah wieder die Schwester vor sich, damals vor über vierzig Jahren, als sie ihm den kleinen Lukas übergab. Er wollte damals wissen, wer der Junge war. Die Schwester hatte geschwiegen.

„Schwester Anna hat ihn damals gebracht. Schwester Anna vom Kloster Sankt Marienthal in der Nähe von Ostritz in Sachsen. Das war 1965."

„Aus der DDR? Wie war das möglich?" Als ehemaliger DDR-Bürger war Till gespannt auf die Antwort.

„Genau weiß ich das auch nicht", gestand der Mönch. „Das Nonnenkloster bekam nach dem Krieg vom Ministerpräsidenten der DDR den Status des öffentlichen Rechts aufgrund seines ununterbrochenen Bestehens seit 1234 zuerkannt. Vielleicht war das ein Grund? Vielleicht reichte auch die Krankheit von Lukas für eine Ausreiseerlaubnis? Jedenfalls kam er nicht illegal."

Till ließ sich die genaue Adresse des Nonnenklosters in der Oberlausitz geben und bat Bruder Johannes eindringlich, ihn anzurufen, falls er von Lukas etwas hören sollte.

# 25

Er stand enttäuscht vor dem Bürohaus in der Niederräder Bürostadt. Vor der Eingangstür studierte er die Schilder der dort ansässigen Firmen. Nur ein kleines Messingschild mit der Aufschrift ‚Arenz Holding' wies darauf hin, dass hier die Zentrale der weltweit tätigen Arenz-Werke angesiedelt war. Er lief unschlüssig vor dem Gebäude auf und ab. Es wollte ihm einfach nicht gelingen, an diesem Ort die Atmosphäre einzufangen, die er auf den Spuren von Wilhelmine bisher so intensiv verspürt hatte. Er schaute an dem Gebäude empor und sah nur eine Glasfassade. Über ihm schwebte ein Flugzeug im Landeanflug. Es sank tiefer und tiefer und sah fast so aus, als würde es auf das Gebäude stürzen. Doch es flog weiter über ihn hinweg. Er hatte in den letzten Tagen den Stadtplan von Frankfurt und die Lage der Umgebung studiert und wusste, dass der Flughafen nur wenige Kilometer entfernt lag. Er betrachtete sich wieder das gläserne, seelenlose Gebäude und stellte sich vor, wie Wilhelmine hinter der Glasfassade das Unternehmen gesteuert hatte. Er bekam eine Ahnung davon, wie oft Wilhelmine und Hermann von hier aus zum Flughafen gefahren waren, um Geschäftsreisen in die ganze Welt zu unternehmen. Er wusste, dass sie in Amerika und in Indien gewesen waren, um in diesen fernen Ländern Zweigstellen und Niederlassungen des Unternehmens zu gründen.

Er stand unschlüssig vor dem Gebäude, trug den braunen Ledereinband in seiner Tüte und verspürte den Drang, ihn aufzuschlagen und ein neues Kapitel aus dem Leben von Wilhelmine zu lesen. Er beobachtete eine kleine Gruppe Menschen, die das Gebäude durch eine Drehtür verließen. Neugierig ging er zu der Drehtür, blieb erst davor stehen, beschritt sie dann und befand sich nach einer halben Umdrehung im Inneren des Bürohauses. Er stand in einem großzügig geschnittenen Foyer. Ein künstlich angelegter Bach floss zwischen glänzenden Marmorplatten über den Fußboden. Er erkannte mehrere kleine Sitzgruppen in den Ecken der Halle. Keine Menschenseele war hier auszumachen.

Er lief zu einer Sitzgruppe und setzte sich auf einen der Sessel. Gerade als er seinen braunen Ledereinband hervorholen wollte, öffnete sich eine der Aufzugstüren. Ein Mann und eine Frau kamen heraus und liefen in seine Richtung. Als sie sich näherten und er ihre Gesichter erkannte, erschrak er. Die Gesichter hatte er im Internetcafé beim Surfen auf der Firmenhomepage gesehen. Hermann und Eva Liebig liefen an ihm vorbei und verließen das Gebäude. Zufrieden stellte er fest, dass er von Tag zu Tag und von Seite zu Seite näher an die Liebigs heranrückte. Er nahm sich seinen braunen Ledereinband zur Hand.

*Mein Leben, Wilhelmine Arenz*

*Es war ein angenehmer Sonntag im Spätsommer 1959, als Hermann uns seine Freundin Marianne vorstellte. Wir hatten sie zu Kaffee und Kuchen eingeladen und saßen auf der Terrasse unseres neuen Hauses. Das Haus in der Kennedyallee hatte uns Gerhard Brommel vermittelt, der Direktor unserer Bank. Mit seiner Hilfe hatten wir unser Walzwerk finanziert, in dem nun rund um die Uhr Blech produziert wurde.*

*Marianne war ein bildhübsches Mädchen mit guten Manieren. Ihrem Vater gehörte ein florierendes Möbelhaus in der Frankfurter Innenstadt. Als Hermann uns angekündigt hatte, dass er uns seine Marianne vorstellen wolle, reagierte Walter zuerst abweisend. Wenigstens am Sonntag wolle er seine Ruhe haben, hatte er lapidar auf Hermanns Ansinnen geantwortet. In den darauf folgenden Tagen sprach ich in der Gegenwart von Walter regelmäßig das Thema an, tat dabei aber immer nur nebensächlich. Abends, wenn ich neben Walter im Bett lag, verlor ich ein paar Worte über neue Möbel. Das ein oder andere Stück benötigten wir nämlich auch noch für unser neues Haus. Walter gab sich meinen Anspielungen gegenüber sehr desinteressiert. Als ich ihm aber erzählte, dass auch der Bankdirektor Brommel seinen Arbeitstisch aus Mahagoniholz bei Mariannes Vater erworben und der Bürgermeister einen maßgefertigten Wohnzimmerschrank in Auftrag gegeben hatte, spitzte Walter seine Ohren. Am nächsten Tag erschien Walter im Büro von*

*Hermann, klopfte ihm väterlich auf die Schulter und schlug ihm vor, am kommenden Sonntag seine Marianne mitzubringen. Hermann studierte zwar an der Universität, verbrachte aber auch viel Zeit in der Firma und hatte auf mein Anraten hin von Walter ein eigenes Büro gestellt bekommen.*

*Als Hermann dann mit seiner Marianne auf unserer Terrasse saß, erlebte ich Walter von einer ganz neuen Seite. Freundlich und zuvorkommend präsentierte er sich als liebevolles Familienoberhaupt. Über Hermann hatte er nur Gutes zu berichten, ja richtig stolz war er plötzlich auf ihn. Neugierig erkundigte sich Walter bei Marianne nach dem neuesten Trend auf dem Möbelmarkt. Ich traute meinen Ohren nicht, als Walter erzählte, was er sich für unser Haus noch alles anschaffen wolle. Eine Kommode, ein Bücherregal, einen Küchenschrank, eine Garderobe und eine Couchgarnitur standen auf seiner Wunschliste ganz oben. Für all das, was ich ihm in den letzten Wochen erfolglos versucht hatte schmackhaft zu machen, zeigte er Marianne gegenüber plötzlich ein reges Interesse. Marianne verstand viel von Möbeln und wusste zu berichten, mit welchen Stücken sich die begüterte Frankfurter Prominenz einrichtete. Das war genau das, was Walter hören wollte. Als Marianne ihm vorschlug, bei ihrem Vater einen Termin für ihn zu vereinbaren, damit er sich außerhalb der regulären Öffnungszeiten in Ruhe und unter fachkundiger Beratung umschauen könne, strahlte Walter wie ein kleines Kind, dem man eine große Tafel Schokolade geschenkt hatte.*

*Der Sonntag verging wie im Flug und ich kann mich nicht erinnern, jemals zuvor mit Hermann und Walter gemeinsam so harmonische Stunden verbracht zu haben.*

*Wenige Tage später bekamen Walter und ich an einem Samstagabend in Begleitung von Mariannes Vater das Angebot im Möbelhaus vorgeführt. Nach dem dreistündigen Besuch gab Walter seine Bestellung auf. Wenn ich ihn nicht gebremst hätte, hätte er genug Möbel gekauft, um ein ganzes Schloss damit auszustatten.*

*Marianne besuchte uns fortan regelmäßig an den Sonntagen. Hin und wieder wurde sie von ihren Eltern begleitet, mit denen Walter und ich uns gut verstanden. Hermann und Marianne gaben ein wundervolles Paar ab und Anfang 1961 teilte Hermann uns mit, dass er um die Hand von Marianne anhalten wolle. Walter war außer sich vor Freude über die anstehende Hochzeit und ich schöpfte Hoffnung, dass Marianne in der Lage war, den unsichtbaren Riss in unserer Familie zu kitten.*

## 25. Dezember 2007, 15:15 Uhr

Siebels hatte fünfzehn Minuten vor der Haustür von Peter Zimmermann ausgeharrt und dabei noch zwei Zigaretten geraucht. Petra Schneider hatte das Haus nicht verlassen. Entschlossen drückte Siebels auf die Klingel, kurz darauf ertönte leise der Summer und die Tür ließ sich öffnen. Siebels stieg die Treppenstufen zu Zimmermanns Wohnung hoch und wusste nicht, was er oben angekommen sagen sollte. Wie so oft, verließ er sich auf seinen Instinkt. Zimmermann stand in der halb geöffneten Tür, als Siebels vor seiner Wohnung ankam. Er trug einen fleckigen Jogginganzug und war unrasiert. Mit verlegenem Gesichtsausdruck nahm er zur Kenntnis, wer ihn da besuchen kam.

„Ach, Sie sind das. Das ist jetzt aber ein schlechter Zeitpunkt. Ich habe gerade Besuch."

„Das macht doch nichts", winkte Siebels mit freundlicher Stimme ab. „Mit Frau Schneider wollte ich mich sowieso noch unterhalten, da schlage ich gleich zwei Fliegen mit einer Klappe."

„Frau Schneider?", fragte Zimmermann und stellte sich blöd.

„Sie ist doch bei Ihnen, oder etwa nicht?"

„Ich habe Damenbesuch und möchte jetzt nicht gestört werden", antwortete Zimmermann trotzig. Siebels betrachtete mitleidig seinen fleckigen Jogginganzug.

„Kommen Sie doch herein, Herr Siebels", ertönte die Stimme von Petra Schneider aus dem Hintergrund. Zimmermann sah sich erstaunt um und gab dann widerwillig den Weg in seine Wohnung frei.

„Einen schönen guten Tag", begrüßte Siebels Petra Schneider. „Hier hatte ich Sie ja überhaupt nicht erwartet. Darf ich fragen, was Sie mit Herrn Zimmermann verbindet?"

Petra Schneider steckte in engen Jeans, hohe braune Lederstiefel endeten knapp unter ihren Knien. Sie schlug die Beine übereinander und lehnte sich in dem Sessel lässig zurück.

„Herrn Zimmermann und mich verbindet eigentlich gar nichts. Ich bin wahrscheinlich aus demselben Grund hier wie Sie."

„Ach was", entfuhr es Siebels.

„Doch, so ist es. Der plötzliche Tod von Magdalena Liebig hat in den Familien Arenz und Liebig doch einiges durcheinandergeworfen. Die Zukunft der Arenz-Werke liegt ja nun wieder im Ungewissen. Für Herrn Arenz ist diese Situation äußerst pikant. Auf seinen Schultern liegt nun eine sehr hohe Verantwortung, jetzt, wo Magdalena Liebig nicht mehr unter uns ist. Der Kontakt zwischen Herrn Arenz und Magdalena Liebig war in den letzten Jahren sehr eingeschränkt, müssen Sie wissen. Da aber Herr Zimmermann einen guten Kontakt zu ihr gehabt hat, dachte Herr Arenz, dass er vielleicht über das eine oder andere informiert sei."

„Und da schickt er kurzerhand seine Sekretärin am Weihnachtsfeiertag, um da mal ganz diskret nachzufragen?"

„Ja, so ähnlich verhält es sich in der Tat. Natürlich ist der Begriff Sekretärin etwas unglücklich gewählt. Assistentin der Geschäftsführung wäre vielleicht ein passenderer Ausdruck für meine Tätigkeit."

„So so. Konnte Herr Zimmermann Ihnen denn behilflich sein?" Die Augen von Siebels wanderten von Petra Schneider zu Peter Zimmermann und wieder zurück. Zimmermann war seinem Blick ausgewichen, Petra Schneider hielt ihm stand.

„Nein, nicht wirklich. Magdalena hat mit ihm anscheinend nicht über Dinge gesprochen, die das Unternehmen betreffen."

„Zum Beispiel wer ihre 45 Prozent an den Arenz-Werken erbt?", fragte Siebels nach.

„Genau. Für Herrn Arenz ist das natürlich eine wichtige Information."

„Aber das erfährt er doch morgen bei der Testamentseröffnung."

„Der frühe Vogel fängt den Wurm." Petra Schneider unterstrich ihre Aussage mit einem breiten Lächeln.

Siebels wendete sich plötzlich von Petra Schneider zu Zimmermann hin. „Wann haben Sie Frau Schneider eigentlich kennen gelernt, Herr Zimmermann?"

„Wir sehen uns heute zum ersten Mal", antwortete Petra Schneider, bevor Zimmermann den Mund aufmachen konnte. „Wie gesagt, Herr Arenz wusste vom Hörensagen aus der Familie, dass Herr Zimmermann mit Magdalena befreundet war. Viele Freunde hatte Magdalena ja nicht. Darum kam er auf die Idee, dass ich Herrn Zimmermann besuche. Wenn man Eva und Hermann Liebig glauben darf, dann war Magdalena doch noch als Nachfolgerin von ihren Eltern an der Firmenspitze vorgesehen. Davon wusste Herr Arenz bis vor Kurzem auch noch nichts. Herr Zimmermann konnte mir aber wenigstens das bestätigen."

„Aber Herr Arenz muss als Miteigentümer solche Entscheidungen doch mittragen, oder sehe ich das falsch?"

„Wenn es so weit ist, darf er den Daumen hoch oder runter halten, das ist richtig. Wenn sich die Liebigs aber einig gewesen wären, hätte die Meinung von Herrn Arenz keine Rolle gespielt. Magdalena und Sarah Liebig halten zusammen 51 Prozent. Und Sarah Liebig traf keine Entscheidungen. Sie tat das, was Magdalena von ihr erwartete."

„Nun ja, Dr. Jürgens wird morgen ja den letzten Willen von Magdalena Liebig verkünden. Dann können sich die Parteien neu formieren. Mich interessiert aber noch etwas ganz anderes." Siebels machte eine künstliche Pause.

„Und das wäre?", fragte Petra Schneider dann auch neugierig.

„Das wäre Ihre Zusammenarbeit mit Herrn Luchter von der LOOP-Group. Man munkelt ja, dass Herr Luchter ein Auge auf die Arenz-Werke geworfen hat. Und Ihr Name taucht merkwürdigerweise auch ständig auf, wenn man sich mit diesem Herrn Luchter beschäftigt. Können Sie mich da vielleicht aufklären?"

„Die Welt ist halt klein", begann Petra Schneider und tat so, als wäre ihr die Frage in keinster Weise unangenehm. Das nahm ihr Siebels aber nicht ab. „Herr Luchter und ich, wir waren mal ein Paar. Kurz bevor wir uns trennten, hatte ich über ihn Herrn Arenz kennen gelernt. Herr Arenz suchte zu dieser Zeit eine Assistentin, die ihm bei allen geschäftlichen Belangen zur Seite steht. Ich habe mich angeboten und er hat mich eingestellt. Natürlich gab es bei den Liebigs daraufhin heftige Spekulationen über meine Person. Dass Herr Luchter als Finanzinvestor tätig ist, ist ja kein Geheimnis. Die Liebigs warfen mir vor, ich würde bei Arenz-Immobilien arbeiten, um Herrn Luchter für eine eventuelle Übernahme der Arenz-Werke mit wertvollen Informationen zu versorgen. Aber das ist natürlich völliger Blödsinn. Wir sind doch nicht im Wilden Westen."

„Und wie kam es, dass Sie vor Ihrem Einstieg bei Arenz-Immobilien einen Job als Wirtschaftsprüferin bei den Arenz-Werken ausübten?"

Für einen Moment glaubte Siebels im Gesicht von Petra Schneider einen Ausdruck von Hilflosigkeit erkannt zu haben. Auch die besten Geschichtenerzähler kamen ins Trudeln, wenn man sie mit immer neuen unangenehmen Fragen konfrontierte. Siebels hatte diese Erfahrung schon bei vielen Befragungen gemacht und achtete auf jede Kleinigkeit in der Gestik seiner Gesprächspartner, wenn er den Eindruck hatte, mit Lügen abgespeist zu werden. Aber wenn er Petra Schneider tatsächlich für einen Moment in die Enge getrieben haben sollte, hatte sie sich schnell wieder gefangen. Mit freundlicher Stimme erklärte sie ihm die Zusammenhänge.

„Das war eine kurze Zwischenstation. Da war ich noch mit Herrn Luchter zusammen. Ich war bei der Wirtschaftsprüfungsgesellschaft schon tätig, bevor ich Herrn Luchter kennen lernte. Damals war ich auf eine Karriere in dieser Firma aus. Als ich dann eine Beziehung mit Herrn Luchter anfing und mitbekam, dass er mit Peter und Klara Arenz zu tun hatte, habe ich ihn um den Gefallen gebeten. Die Teamleitung bei der Prüfung in den Arenz-Werken war eine tolle Sache für mich. Eigentlich war für den Job schon ein Kollege von mir vorgesehen. Ich gebe zu, ich habe meine Beziehungen spielen lassen und den Kollegen ausgebootet. Das war nicht fein. Kurz darauf habe ich den Job ja ganz hingeschmissen und bei Peter Arenz angefangen. So kam halt eins zum anderen. Die Verschwörungstheorie, die die Liebigs daraus gemacht haben, ist blanker Unsinn."

Siebels nickte bedächtig. Das klang alles nachvollziehbar. Was ihn irritierte, war ihr Interesse an Till. Er fragte sich, wie Petra Schneider reagieren würde, wenn Till sich bei ihr als sein Kollege outen würde. Doch den Gedanken schob er vorerst zur Seite. Er wandte sich wieder Peter Zimmermann zu. Der war viel eher zu knacken, als diese Schneider.

„Ich muss Ihnen noch etwas mitteilen, Herr Zimmermann."

Zimmermann sah ihn erschrocken an.

„Der Mann, den wir bei Frau Liebigs Leiche gefunden haben, der ist flüchtig. Theoretisch gesehen könnte er der Mörder sein. Wir glauben aber eher, dass er Zeuge des Mordes war. Falls dem so ist und er eine tiefere Beziehung zu Frau Liebig pflegte, kann ich nicht ausschließen, dass er sich an dem Mörder seiner Freundin rächen will."

Zimmermann wendete seinen Blick von Siebels ab hin zu Petra Schneider. Die schaute ihn neugierig an. Zimmermann senkte seine Augen und betrachtete seine Füße. Dann sah er wieder zu Siebels.

„Wollen Sie mich vor ihm warnen?"

„Wenn Sie mit dem Mord nichts zu tun haben, brauchen Sie sich darüber keine Gedanken zu machen."

„Dann ist ja gut," murmelte Zimmermann, ohne dass Siebels eine zu erwartende Erleichterung in seiner Stimme wahrnehmen konnte.

## 26. Dezember 2007, 11:05 Uhr

Seit knapp einer Stunde saß Siebels in seinem BMW, den er direkt vor der Kanzlei von Dr. Jürgens abgestellt hatte. Er saß im Wagen und überlegte. Er ging die Aussagen des Detektivs Kurz, von Klara Arenz und von Petra Schneider durch. Jeder hatte ihm eine einleuchtende Version der Dinge geschildert, jeder aus seiner Sichtweise. Dummerweise gab es keine eklatanten Widersprüche. Die Version von Klara Arenz mit der an Altersdemenz gehandicapten Wilhelmine, deren Verwirrtheit die letzte Chance auf lukrative Aufträge für Jochen Kurz war, konnte genauso stimmen wie die Version von Kurz. Die Frage war, ob es wirklich noch diese Enkel gab. Wenn ja, erschien die Geschichte von Kurz plausibel. Wenn diese Enkel nur ein Hirngespinst waren, klang die Version von Klara Arenz nachvollziehbar. Der zurückgezogene

Suchauftrag beim Roten Kreuz sprach für die Enkel. Die Frist, die die Enkel eingeräumt bekamen, sprach wieder dagegen. Siebels konnte keinen vernünftigen Grund für diese Frist erkennen. Entweder hatte Wilhelmine ihre verlorenen Kinder wiedergefunden und die hatten ebenfalls Kinder, oder eben nicht. Siebels kratzte sich am Kopf. Ihm fiel nichts mehr ein, worüber es sich nachzudenken lohnte. Alles verlief im Sand. Vielleicht ergab sich etwas Neues in Sachsen. Till war am frühen Morgen losgefahren, um dieser Schwester Anna einen Besuch im Kloster abzustatten. Von ihr erhofften sie sich endlich die Information, die das Auftauchen von Lukas erklärte. Siebels schaute auf die Uhr. Die Testamentseröffnung in der Kanzlei dauerte schon über eine Stunde. Er war gespannt, wie sich die Situation nun verändern würde. Er hoffte, mit Sarah Liebig über das verlesene Testament Magdalenas sprechen zu können. Sie war seiner Meinung nach die Neutralste in der ganzen Sippe.

Die Tür der Kanzlei öffnete sich. Peter Arenz kam heraus, kurz hinter ihm erschien seine Schwester Klara. Schnellen Schrittes liefen sie über das Grundstück. Klara redete auf ihren Bruder ein, aber der reagierte gar nicht. Peter Arenz stieg in einen Mercedes ein und fuhr los. Klara wartete unschlüssig auf dem Bürgersteig. Siebels fragte sich, ob der Maserati ausschließlich von Petra Schneider gefahren wurde. Dann sah er Dr. Jürgens und Eva Liebig aus der Kanzlei kommen. Eva Liebig hing an Dr. Jürgens Arm und schluchzte laut. Dr. Jürgens sprach beruhigend auf sie ein, schien aber keinen Erfolg zu haben. Eva Liebigs Fäuste trommelten auf seinen Rücken, als er sie in den Arm nahm. Sie machte einen verzweifelten Eindruck. Dr. Jürgens führte sie zu seinem Jaguar, der auf dem Grundstück stand. Als er Eva Liebig auf den Beifahrersitz untergebracht hatte, kam auch Sarah Liebig aus der Kanzlei. Auch sie machte einen verweinten Eindruck. Siebels fragte sich, was in Magdalenas Testament stand, wenn die ganze Familie einen so aufgelösten Eindruck machte. Er stieg aus dem BMW und lief auf Sarah Liebig zu. Als sie ihn erkannte, kam sie ihm entgegen.

„Was ist passiert?“, fragte Siebels vorsichtig.

„Eben kam ein Anruf aus dem Büro meines Vaters. Vom Sicherheitsdienst. Sie haben ihn gefunden. Er ist tot.“

„Was?" fragte Siebels ungläubig.

Dr. Jürgens war hinzugekommen. „Die Polizei brauchen wir ja nicht mehr zu verständigen. Fahren Sie hinter mir her."

„Was ist passiert?", wollte Siebels wissen.

„Hermann ist tot. Er hat sich aufgehängt."

Siebels nahm Sarah Liebig in seinem Wagen mit und folgte dem Jaguar des Anwalts.

„Mein Beileid", murmelte Siebels.

„Ich kann es einfach nicht fassen", stammelte Sarah. „Warum? Es muss etwas mit seiner Reise zu tun haben."

„Sie wissen immer noch nicht, wo er hingefahren ist?"

„Nein, ich habe keine Ahnung."

„Wurde das Testament von Magdalena verlesen?"

Sarah Liebig nickte stumm, bevor sie auf die Frage einging.

„Ja. Sie hat mehrere Hilfsorganisationen mit größeren Summen bedacht. Darunter eine Organisation, die sich um epileptische Kinder kümmert. Außerdem hat sie der Uni-Klinik eine Million für die Epilepsie-Forschung vermacht und Peter Zimmermann bekommt eine monatliche Rente, von der er gut leben kann."

„Und die Unternehmensanteile?"

„Die hat sie mir hinterlassen. Alle."

„Das wäre im Sinne Ihres Vaters gewesen, vermute ich."

„Ja. Ich hätte vermutlich seinen Willen gegen den von Peter und Klara durchgesetzt, wenn es dazu gekommen wäre."

Siebels beließ es dabei. Sarah Liebig hatte seine Fragen mit monotoner Stimme und starrem Blick nach vorne beantwortet. Die Nachricht vom Tod ihres Vaters war für sie ein Schock.

## 26. Dezember 2007, 11:55 Uhr

Die Büroräume, von denen Hermann und Eva Liebig mit ihrem Team die weltweiten Geschäfte der Arenz-Werke lenkten, waren in den oberen vier Etagen in einem der Bürohäuser der Niederräder Bürostadt untergebracht. Die ersten zwei Etagen waren von einer Telefongesellschaft angemietet, die zwei in der Mitte wurden von einem Touristikunternehmen beansprucht. Die Bürostadt erschien an dem Feiertag wie eine Geisterstadt. Außer einem Mann vom

„Wachdienst Meier" der bei seinem Firmenwagen wartete, war keine Menschenseele zu erkennen. Dr. Jürgens und Siebels parkten direkt neben dem Wachmann. Siebels ging auf ihn zu.

„Steht der Wagen von Herrn Liebig in einer Garage?"

Der Wachmann beäugte Siebels misstrauisch, bis dieser sich als Polizeikommissar auswies.

„Die Tiefgarage ist leer. Auch der Platz von Herrn Liebig. Ich habe vorhin meine Runde gemacht. In der Tiefgarage schaue ich immer zuerst nach. Dann bin ich durch alle Stockwerke. Als ich oben angekommen bin, sah ich Licht im Zimmer von Herrn Liebig. Ich dachte, er wäre vielleicht am frühen Morgen schon da gewesen und hätte vergessen es auszumachen. Die Tür war einen Spalt weit offen, müssen Sie wissen. Ich gehe also zur Tür und öffne sie ganz. Da sehe ich ihn hängen. Ich habe sofort in der Zentrale angerufen und die haben seine Frau verständigt."

Siebels hatte auf der Herfahrt die Spurensicherung und die Gerichtsmedizin angefordert. Beide kamen gleichzeitig vorgefahren, als sich die kleine Truppe gerade in das Bürohaus begab. Wenn Hermann Liebig sich selbst erhängt hatte, war die Spurensicherung nicht unbedingt notwendig. Siebels wollte sich erst ein Bild machen und versuchte, die Angehörigen noch vom Büro fernzuhalten. Er sprach Dr. Jürgens an und bat ihn, mit Eva, Sarah und Klara in der Eingangshalle des Gebäudes zu bleiben. Dr. Jürgens stimmte zu und Siebels fuhr mit den Leuten von der Spurensicherung und Dr. Petri im Fahrstuhl nach oben. Begleitet wurden sie nur von dem Mann vom Sicherheitsdienst.

„Sind Sie in dem Fall schon weitergekommen?", erkundigte sich der Gerichtsmediziner Dr. Petri, als sich die Aufzugstür in der obersten Etage öffnete. Der Wachmann ging voran und blieb an der Türschwelle zu Hermann Liebigs Büro stehen. Man sah ihm deutlich an, dass er auf keinen Fall das Zimmer betreten wollte.

„Weitergekommen sind wir schon, aber der Fall macht mir ziemliches Kopfzerbrechen. Und jetzt auch noch das hier. Dafür habe ich überhaupt keine Erklärung."

Dr. Petri betrat das Büro, Siebels folgte ihm. Sie blieben vor dem Aufgehängten stehen.

„Können Sie auf die Schnelle feststellen, ob Fremdeinwirkung auszuschließen ist?"

Dr. Petri nahm die Leiche näher in Augenschein. Er untersuchte Handgelenke und Hände von Hermann Liebig und betrachtete sich genau die Schlinge um dessen Hals. Dann bat er Siebels ihm zu helfen, den Leichnam von der Decke abzuhängen. Siebels forderte noch zwei Männer von der Spurensicherung zur Mithilfe auf. Gemeinsam legten sie Hermann Liebig auf den Fußboden.

„Auf den ersten Blick sieht alles nach einem Freitod aus. Keinerlei Spuren eines Kampfes."

Als Petri seine Vermutung geäußert hatte, fiel Siebels der Zettel auf dem Schreibtisch von Hermann Liebig auf. Neugierig trat er näher, es war ein Abschiedsbrief. Siebels las leise vor.

Liebe Eva,
ich habe mich gestern mit Karl getroffen.
Mit meinem Zwillingsbruder. Er hat mir alles erzählt.
Ich weiß nicht, ob du es verstehen kannst, aber ich kann
mit dieser Wahrheit nicht leben. Wie hätte es jetzt auch
weitergehen sollen?
Es tut mir so leid, dass du nun nach Magdalena auch mich
verlierst. Ich warte auf dich, dort wo ich nun hingehe.
Es werden wohl schwere Zeiten auf dich zukommen und
ich schäme mich, dich jetzt allein zu lassen. Aber ich sehe
keinen anderen Weg.
Ich habe dich immer geliebt und könnte nie aufhören,
dich zu lieben.
Dein Hermann

P.S. Karl ist schwer krank und hat nicht mehr lange zu leben.
Du solltest ihn nicht suchen. Er weiß, wo er dich findet.

Siebels las den Brief ein zweites Mal. Dann fing er an, im Büro auf und ab zu laufen und dachte dabei fieberhaft nach. Hermann Liebig hatte einen Zwillingsbruder, der noch lebte. Karl. Wahrscheinlich hatte auch Wilhelmine mit ihrem verloren geglaubten Sohn Karl noch vor ihrem Tod gesprochen. Sie hatte ihn gefunden und die Klausel mit den Enkeln in ihr Testament aufgenommen. Aber auch Eva Liebig schien von der Existenz Karls zu wissen. Siebels fragte sich, ob auch Wilhelmines verlorene Tochter Erika noch am

Leben war. Über sie hatte Hermann Liebig kein Wort in seinem Abschiedsbrief verloren. Seine Überlegungen wurden von Dr. Petri unterbrochen. Der hatte gerade die Schreibtischschubladen begutachtet und hielt etwas in der Hand.

„Schauen Sie mal hier." Er hielt Siebels eine kleine Packung vor die Nase.

„Was ist das?"

„Das ist ein Medikament für Epileptiker."

„Hermann Liebig litt also auch unter Epilepsie?"

„Es sieht ganz danach aus."

Siebels fing wieder an, im Kreis zu laufen. Er wies die Spurensicherung an, das Büro und auch die Medikamentenpackung auf Fingerabdrücke zu untersuchen. Er wollte sichergehen, dass niemand außer Hermann Liebig von der Packung Gebrauch gemacht hatte. Von Dr. Petri ließ er auf der Stelle Vergleichsabdrücke nehmen, denn der hatte seine Finger schon drauf gehabt.

„Das stinkt doch alles zum Himmel", rief Siebels in Richtung von Dr. Petri, der etwa drei Meter von ihm entfernt stand. „Jetzt machen wir DNA-Analysen, und zwar von allen, die mit dem Fall zu tun haben. Kümmern Sie sich bitte gleich bei Magdalena und Hermann Liebig darum, Doktor. Von Eva und Sarah Liebig nehmen wir auch gleich Proben."

„Was haben Sie vor?", erkundigte sich der Gerichtsmediziner.

„Ich löse den Fall. Die Form der Epilepsie, unter der Magdalena Liebig litt, ist unter anderem auch erblich bedingt. Lukas leidet genauso darunter wie Zimmermann. Wilhelmine Liebig hat wahrscheinlich ihre Enkel ausfindig gemacht. Ich gehe jede Wette ein, dass die auch von der Krankheit betroffen sind. Lukas und Zimmermann können mit den Liebigs verwandt sein. Selbst bei dieser Petra Schneider kann es sich um eine Enkelin handeln. Von der lassen wir auch eine DNA-Analyse machen. Wenn wir erst mal wissen, wer mit wem verwandt ist, dann lösen wir auch den Fall."

Im Flur vor dem Büro hielt der Aufzug. Dr. Jürgens hatte Eva Liebig nicht länger daran hindern können, zum Büro ihres Mannes zu gelangen. Den Leichnam von Hermann Liebig hatten die Männer vor dem Büro im Flur abgelegt. Laut schluchzend fiel Eva Liebig neben ihm nieder.

# 26

Er hatte mittlerweile die Orte in der Stadt besucht, an denen er auf den Spuren von Wilhelmine wandeln konnte. Er hatte die Villa Liebig kennen gelernt, die alte Fabrik in Fechenheim und die neue Konzernzentrale in der Niederräder Bürostadt. Es gab aber noch viele andere Orte in der Stadt, auf die er auch neugierig war. Für heute hatte er sich einen Besuch im Palmengarten vorgenommen. Von seinem Hotel aus waren es nur einige Minuten zu Fuß. Es schneite leicht, auf den Straßen lag schon eine dünne weiße Schneeschicht. Wie immer trug er seine Plastiktüte mit sich. Er hatte den Mantelkragen hochgeschlagen, um sich vor dem kalten Wind zu schützen, und es fiel ihm schwer sich vorzustellen, dass er in wenigen Minuten unter Palmen spazieren gehen konnte. Er nahm den Weg über die Beethovenstraße, die ihn direkt zur Palmengartenstraße führte. Am Eingang entrichtete er seinen Obolus. Nur wenige Menschen waren an diesem kalten Wintermorgen in diesem exotischen Teil der Stadt anzutreffen. Verblüfft stellte er fest, wie sich die Umgebung plötzlich verändert hatte. Hier fuhren keine Autos, es gab keine Reklametafeln und nirgendwo führte ein U-Bahn-Schacht in den Untergrund. Hier war es friedlich wie in dem Klostergarten, in dem er sich immer so gern aufgehalten hatte. Seine Schritte führten ihn direkt in das Palmenhaus. Außer ihm schlenderte nur noch ein älteres Pärchen in dem großen Glashaus. Langsam wanderte er unter den subtropischen Palmen entlang. Von überall drangen die Laute zwitschernder Vögel an sein Ohr. Warme Wassertropfen fielen auf ihn herab. Er bewunderte die Riesenstauden und Baumfarne, die den steinigen Weg durch das Palmenhaus säumten. Leise plätscherte das Wasser des Bachlaufs, der quer durch das Haus lief. Er kam zu dem grottenartigen Durchgang, der unter einem dichtbewachsenen Felsen verlief. Begeistert betrachtete er sich eine tropische Unterwasserwelt, die ihn hier in Aquarien erwartete. In dieser exotischen Umgebung fand er eine Bank, auf der er sich niederließ. Er kam sich vor wie ein Weltenreisender. Von seiner Abgeschiedenheit aus der Klosterwelt war er in die hektische Stadt gekommen und saß nun im Zentrum der kalten Stadt inmitten eines südamerikanischen Dschungels. Diese äußerlichen Gegensätze beeindruckten ihn, so wie ihn die Höhen und Tiefen, die schweren Schicksalsschläge und die beachtlichen Erfolge aus dem Leben der Wilhelmine faszinierten. Erfüllt mit einem tiefen inneren Frieden nahm er den braunen Ledereinband aus der Tüte und schlug ihn auf.

*Mein Leben, Wilhelmine Arenz*

*Im Mai 1961 war es endlich so weit, die Hochzeit von Hermann und Marianne wurde im großen Stil gefeiert. Walter hatte keine Kosten und Mühen gescheut und unzählige Gäste erlebten mit uns dieses freudige Ereignis. Monatelang hatte ich die Planungen vorangetrieben, geeignete Räumlichkeiten für die Feier ausgesucht, Einladungskarten verschickt, die kirchliche Zeremonie mit dem Pfarrer besprochen und tausend Kleinigkeiten mit dem Hochzeitspaar durchgesprochen. Das Verhältnis zwischen Walter und Hermann war von Tag zu Tag besser geworden. Seitdem Marianne in unser Leben getreten war und nun auch ein Mitglied unserer Familie werden sollte, war in Walter eine Veränderung vorgegangen. Er behandelte Hermann endlich wie seinen eigenen Sohn und involvierte ihn tagtäglich mehr in die Geschicke des Unternehmens. Mit Peter und Klara spielte er, wenn seine Zeit es zuließ. Er sah in Peter nun den zehnjährigen Jungen, der lieber Fußball spielte, anstatt sich von seinem Vater Monologe über die Vorzüge der Marktwirtschaft anzuhören. Er begleitete Klara zum Ballettunterricht und zur Klavierstunde und erfüllte den beiden weiterhin jeden Wunsch. Es waren anstrengende, aber glückliche Tage. Manchmal, wenn ich am Abend ein paar Minuten für mich alleine fand, zog ich mich in die Vergangenheit zurück. Dann dachte ich an meine Heirat mit Fritz, die nun schon über zwanzig Jahre zurücklag. Damals war ich auch glücklich gewesen. Ein glückliches Mädchen, das von der Welt nichts wusste. Von der Welt, die kurz darauf in Trümmern lag. Ich sah sie in solchen Momenten alle an mir vorüberziehen und betrachtete mir verwundert ihre Gesichter. Fritz, der so stolz auf seine Uniform gewesen war. Mutter, die sich lieber das Leben genommen hatte, als vor den Russen zu fliehen. Boris, der die Liebe meiner Mutter mit seinem Leben bezahlte. Ludger, den wir wie ein Schwein geschlachtet hatten. Jaroslaw, dem ich die schönste Nacht meines Lebens zu verdanken hatte. Jelena, die beste und einzige Freundin, die ich in meinem Leben haben durfte. Karl und Erika, die Kinder, die mir genommen wurden, als ich ein fremdes Kind ins Leben holte. Die Vernunft sagte mir, dass Karl und Erika unter dem Eis des Frischen Haffs begraben lagen. Auch Walter hatte es mir tausendmal gesagt. Aber tief in meinem Inneren keimte die Hoffnung. Die Hoffnung, die ich in unzähligen Gebeten dem Himmel entgegengetragen hatte. So viele vermisste Menschen waren in den letzten Jahren wieder aufgetaucht, so viele Gebete waren erhört worden, so viele Tränen des Glücks geflossen, dass ich einfach nicht aufhören konnte, an ein Wunder zu glauben.*

*Zwei Tage vor der Hochzeit führte ich ein Gespräch mit Marianne. Ich musste ihr sagen, was sie erwartete, wenn sie Hermann heiratete. Ich erzählte ihr zunächst von Fritz und unserer Hochzeit. Ich berichtete ihr, wie ich erst nach der Heirat von Fritz Krankheit erfahren hatte. Wie ich hilflos zusehen musste, als er zuckend am Boden lag. Ich erzählte ihr von Propofski aus der Fabrik in Königsberg, der es so lange geschafft hatte, Fritz vom Krieg fernzuhalten. Ich erzählte ihr, wie Fritz dann doch noch an die Front gelangte und dort von den Kugeln der eigenen Leute getötet wurde. Dann sagte ich ihr, warum ich ihr das alles erzählte. Weil Hermann die Krankheit von seinem Vater geerbt hatte. Weil er von Kindestagen an von diesen epileptischen Anfällen heimgesucht worden war. Erst nach dem Krieg, als ich mit Walter ein neues Leben aufbaute, konnte Hermann geholfen werden. Die Ärzte hatten ihn eingehend untersucht und ihm Medikamente verschrieben. Solange er seine Medizin regelmäßig einnahm, blieb er von den Anfällen verschont. Nur in seltenen Fällen brach noch ein Anfall über ihn herein. Aber er hatte die Krankheit in den Genen. Mittlerweile wusste ich, dass Epilepsie in den meisten Fällen nicht erblich war. Leider gehörte Hermann zu den wenigen anderen Fällen und auch seine Kinder würden höchstwahrscheinlich davon betroffen sein. Ich erzählte*

*Marianne aber nichts von Karl, den es genauso getroffen hatte wie Hermann, und ich erzählte auch nichts von Erika, an der der Kelch anscheinend vorübergegangen war. Auch gegenüber Hermann hatte ich seit jenem Tag im Haff nie wieder ein Wort über seine Geschwister verloren. Bis heute weiß ich nicht, wie seine Kinderseele damals den Verlust seiner Geschwister verarbeitet hat.*

*Marianne war im ersten Moment sehr verwirrt. Natürlich wollte sie mit Hermann Kinder haben. Nach einigen Minuten des Schweigens bedankte sie sich bei mir für das Gespräch und versprach mir, sich sofort um ärztlichen Beistand zu kümmern, wenn sie ein Kind auf die Welt brachte.*

## 26. Dezember 2007, 16:30 Uhr

Mit kleinen Pausen hatte Till sechseinhalb Stunden für die Fahrt zum Kloster Sankt Marienthal an der tschechischen Grenze benötigt. Mit Siebels hatte er vereinbart, dass er auf der Rückfahrt auf halber Strecke in Erfurt übernachten würde. Erfurt war Tills Heimatstadt, dort lebten seine Eltern, denen er bei dieser Gelegenheit noch einen Weihnachtsbesuch abstatten wollte.

Till war ohne Voranmeldung auf gut Glück losgefahren. Als er nach der langen Fahrt endlich angekommen war, überfiel ihn eine tiefe Müdigkeit. Er betrat das Nonnenkloster, das aus einem weitläufigen Gebäudekomplex bestand, und traf auf zwei jüngere Frauen in Ordenstracht, die auf dem Weg zur Klosterkirche waren. Gähnend ging er auf die Schwestern zu und erkundigte sich nach Schwester Anna.

„Schwester Anna ist unsere Äbtissin. Sie ist aber an Grippe erkrankt und liegt im Bett."

Till horchte auf. Diese Schwester Anna musste auch schon über neunzig Jahre alt sein. Er befürchtete, die lange Fahrt umsonst gemacht zu haben.

„Kann ich mich trotzdem mit ihr unterhalten? Ich bin extra aus Frankfurt angereist. Frankfurt am Main, nicht an der Oder."

„Oh, das ist aber ein weiter Weg. Ich werde mich erkundigen, ob die Äbtissin Sie empfangen kann. Was wünschen Sie denn?"

Till folgte den beiden Nonnen zu dem Wohnsitz von Schwester Anna und stellte sich dabei als Polizeibeamter vor. Er berichtete von seinen Besuchen bei der Abtei Neuburg in Heidelberg und der Abtei Mariawald in der Eifel.

„Und jetzt wollten Sie zur Abwechslung mal ein Nonnenkloster besuchen?", witzelte die Nonne, die bisher noch nichts gesagt hatte. Till verkniff sich im letzten Moment den Kommentar, der ihm schon auf der Zunge lag.

„Bruder Philippus von der Abtei Mariawald hat mich an Schwester Anna verwiesen. Er meinte, sie könne mir bei meinem Anliegen behilflich sein."

„Wir werden sehen. Warten Sie bitte hier." Eine der beiden Nonnen verschwand hinter einer Tür, die andere blieb neben Till stehen und schaute betreten zu Boden. Till wusste nichts zu sagen und starrte verlegen in den Himmel. Es dauerte mindestens zehn Minuten, bis die Schwester wieder aus dem Gebäude kam.

„Kommen Sie mit, Schwester Anna möchte Sie empfangen."

Till folgte ihr eine schmale Steintreppe hinauf und wurde in ein kleines Zimmer geführt.

„Setzen Sie sich, Schwester Anna kommt gleich."

Die Schwester schloss die Tür und ließ ihn allein. Nach einer weiteren Viertelstunde öffnete sich die Tür wieder. Auf einen Krückstock gestützt kam eine alte kleine Frau mit gebeugten Rücken herein. Till erhob sich und wartete, bis die Äbtissin auf einem Stuhl Platz genommen hatte. Ein krächzender Hustenanfall überfiel die alte Frau, als sie auf dem Stuhl saß.

„Danke, dass Sie sich trotz Ihrer Erkältung Zeit für mich nehmen", begann Till.

Schwester Anna nahm eine Flasche Wasser vom Tisch und schenkte sich ein Glas ein. Mit kleinen Schlücken bekämpfte sie ihren Hustenanfall.

„Wie ich hörte, haben Sie einen weiten Weg auf sich genommen, um mit mir zu sprechen. Wie kann ich Ihnen behilflich sein?"

Till kam ohne Umschweife zum Thema. Er berichtete von dem Fall und seinen bisherigen Ermittlungen in den Klöstern. „Ich muss wissen, wo Lukas herkommt", beendete er seine Erläuterungen.

Schwester Anna sah ihn lange und eindringlich an, bevor sie ihm eine Antwort gab.

„Ich wusste, dass irgendwann jemand kommt. Es ist so lange her und doch habe ich es nie vergessen. Als die Mauer in Berlin fiel und getrennte Familien aus Ost- und Westdeutschland wieder zueinander fanden, da habe ich wieder an jene Tage zurückgedacht und mich gefragt, ob auch die Waisenbabys von damals wieder auftauchen und nach ihrer Herkunft fragen würden."

„Babys? Es waren mehrere?"

„Es waren zwei Jungs. Ein Zwillingspärchen. Sie hatten noch keine Namen, da habe ich sie Lukas und Matthäus genannt."

Till war irritiert. Von einem Matthäus wusste er nichts.

„Lukas und Matthäus waren ungefähr drei Monate alt, als man sie zu mir brachte. Eine Frau hat sie mir gebracht. Eine strenggläubige Katholikin. Sie war aber nicht die Mutter." Schwester Anna machte eine kleine Pause und trank noch einen Schluck Wasser. Till überlegte fieberhaft, ob der Zwillingsbruder von Lukas in dem Fall auch eine Rolle spielte. Er bekam seine Gedanken nicht zusammen und hörte gespannt zu, als Schwester Anna weitersprach.

„Die Frau ließ keinen Zweifel aufkommen, dass die beiden auf keinen Fall bei ihren Eltern bleiben konnten. Ich glaubte ihr, stellte keine weiteren Fragen und versprach, die Zwillinge in unserem Kloster aufzuziehen. Das habe ich getan. Als sie kleine Knaben waren, übergab ich sie an ein Männerkloster. Bruder Johannes in der Abtei Neuburg hatte sich bereit erklärt, sich um die Jungs zu kümmern. Er war einer der wenigen aus dem Westen, mit denen ich noch schriftlichen Kontakt hatte. Ich habe einen Antrag an das Ministerium gestellt und um ihre Übersiedlung in ein westliches Kloster gebeten, da es in Ostdeutschland kein geeignetes Männerkloster gab. Es gab gute Gründe, diesem Antrag zuzustimmen."

„Welche Gründe? Wer war die Frau, die sie gebracht hat? Wer sind die Eltern?" Die Fragen platzten nur so aus Till heraus.

„Die beiden waren krank", seufzte Schwester Anna. „Sie litten unter Krampfanfällen, die regelmäßig auftraten. Ihre Eltern waren und blieben unbekannt. Es waren Findelkinder. In unserem Nonnenkloster konnten sie nicht bleiben. Unter diesen

Umständen hielt das Ministerium es für angebracht, die beiden in den Westen zu schicken."

„Können Sie mir noch etwas zu dieser Frau sagen, die die Kinder zu Ihnen gebracht hat? Wissen Sie, ob sie noch lebt oder wo sie herkam?"

„Sie sagte, dass sie in einem kleinen Dorf in der Nähe von Breslau wohne."

„In Polen?", fragte Till ungläubig nach. „Sprach sie polnisch oder deutsch?"

„Sie sprach deutsch mit polnischem Akzent." Ein krächzender Hustenanfall stoppte erneut die Ausführungen von Schwester Anna. Till wartete geduldig, bis er vorüber war.

„Vor etwa zwei Jahren kam diese Frau wieder und erkundigte sich nach dem Verbleib der Zwillinge. Ihr Deutsch hatte sich in den 45 Jahren etwas verschlechtert, meine ich mich zu erinnern. Aber vielleicht täusche ich mich auch. Sie sagte mir, dass sie bald sterben würde und ihr Wissen nicht mit ins Grab nehmen dürfe."

„Wie alt war die Frau?", wollte Till wissen.

Schwester Anna lächelte. „Bei unserer ersten Begegnung waren wir beide noch junge, bei unserer zweiten Begegnung schon sehr alte Frauen. Sie war nicht viel jünger als ich."

Till dachte an Wilhelmine Liebig und ihr merkwürdiges Testament. So langsam schlossen sich die Bruchstücke zu einem Bild.

„Hat die Frau die beiden wiedergefunden?"

„Sie war bei Bruder Johannes in der Abtei Neuburg. Aber soweit ich weiß, hat sie weder mit Lukas noch mit Matthäus gesprochen. Sie wollte nur wissen, wo die beiden zu finden sind."

Till dachte an sein Gespräch mit Bruder Johannes zurück. Mit keinem Wort hatte der den Zwillingsbruder Matthäus erwähnt oder die Frau, die sich vor zwei Jahren bei ihm nach den Zwillingen erkundigt hatte. Das konnte dieser freundliche Mönch unmöglich vergessen haben. Deprimiert nahm Till zur Kenntnis, dass er so bald wie möglich wieder nach Heidelberg in die Abtei Neuburg fahren und Bruder Johannes bei einem erneuten Gespräch etwas härter angehen musste.

## 26. Dezember 2007, 20:30 Uhr

Nach seiner Flucht aus der Klinik, war Lukas stundenlang in der Stadt herumgelaufen. Nur mit einem Jogginganzug bekleidet, den er von Dr. Rübsam bekommen hatte, war er frierend und planlos durch die Straßen geirrt. Er hatte seine Gedanken nicht geordnet bekommen, hatte nicht gewusst, wie er sich jetzt verhalten sollte. Als es dunkel geworden war, saß er am Opernplatz am Brunnen und betrachtete sich die angestrahlte Alte Oper. Beim Anblick dieses ehrwürdigen Gebäudes hatte er endlich eine innere Ruhe in sich einkehren gespürt. Er hatte die Kälte der anbrechenden Nacht gefühlt und eine Entscheidung treffen müssen. Stundenlang hatte er sich gesträubt, das Hotel zu betreten, in dem er ein Zimmer gemietet hatte. Er wusste nicht, ob die Polizei von diesem Zimmer wusste und ihn dort erwartete. Aber er hatte keine andere Wahl gehabt. Das Zimmer, das er für unbestimmte Zeit gebucht hatte, war sein einziger Zufluchtsort. Dort lagen sein Geld, sein Ausweis und seine Kleidung. Dort lag das Buch, dessen Inhalt ihn aus dem Kloster hatte fliehen lassen. Das Buch, dessen beschriebene Seiten ihn zur Villa Liebig und zu Magdalena geführt hatten.

Lukas saß mit dem Buch auf seinem Schoß in seinem Hotelzimmer. Niemand hatte ihn erwartet, als er spät am Abend dort angekommen war. Die kleine Karte, mit der er seine Zimmertür öffnen konnte, war ihm mit seinen Kleidern in der Villa Liebig abhanden gekommen. An der Rezeption des Hotels hatte er sie als verloren gemeldet. Er hatte nur einen Zettel ausfüllen müssen und kurz darauf eine neue Karte bekommen.

Endlich war er allein. Kein Arzt, keine Krankenschwester und kein Polizist störten seine flehenden Gebete zu Gott und seine Trauer um Magdalena. Er hatte sie geliebt. Sie hatte ihn geliebt. Nie zuvor hatte er eine so intensive Liebe gespürt. Er schloss seine Augen und sah sie wieder vor sich. Er atmete ihren Duft ein, hörte ihre Stimme, spürte ihre Nähe. Mit ihr hatte er sich stundenlang unterhalten können, ohne dabei ein Wort zu verlieren. Es war ihm vorgekommen, als hätten sich ihrer beiden Seelen zu einer vereint. Dann hatten sich auch ihre Körper vereint. Erst hatte er sich gesträubt, dann hatte er sich von Magdalena in die wunderbaren Geheimnisse der körperlichen Liebe einführen lassen.

Kein Denken war mehr möglich gewesen, kein Zögern mehr, kein Abwägen. Keinen Schritt hatte er zurückgehen können. Die Macht der Liebe hatte die Säulen, auf denen sein Leben aufgebaut war, mit tosender Gewalt hinweggerissen. Diese Liebe zu Magdalena war so groß und so mächtig gewesen, dass er sich weder vor Gott noch vor einem Menschen schuldig fühlte. Jetzt fragte er sich, ob das, was passiert war, Gottes Wille sein konnte. Konnte eine so tiefe Liebe auf Gottes Missfallen stoßen? Er wusste es nicht. Aber es war passiert. Er war gekommen und hatte Magdalena das Leben genommen. Vor seinen Augen hatte er sie erdolcht. Warum hatte er nicht ihn erdolcht? Liebe und Hass lagen für ihn nun so nah beieinander, dass es ihn innerlich fast zerriss. Vor Verzweiflung fing er an, seinen Kopf gegen die Wand zu schlagen. Tränen liefen ihm die Wange herunter. Er schlug seinen Kopf heftiger gegen die Wand. Verzweifelt versuchte er seinen inneren Schmerz mit äußeren Schmerzen zu überdecken. Es gelang ihm nicht. Urplötzlich und heftig kam der Anfall über ihn. Er fiel vom Stuhl. Mit zuckenden Gliedern lag er am Boden, hatte jedes Zeitgefühl und alle Kontrolle über seinen Körper verloren. Als es vorbei war, sah er plötzlich klar. Die Erkenntnis, dass er auf keinen Fall zurück ins Kloster gehen und sein altes Leben weiterleben konnte, stand plötzlich ganz deutlich in ihm. Er musste in der Stadt bleiben. Magdalenas Tod durfte nicht ungesühnt bleiben. Er wusste plötzlich, dass er erst wieder Frieden finden würde, wenn der Tod von Magdalena aufgeklärt war. Doch bevor er bei der Polizei seine Aussage machen würde, wollte er von Angesicht zu Angesicht mit dem Mörder sprechen. Ohne dieses Gespräch würde seine Seele niemals Ruhe finden.

## 26. Dezember 2007, 21:00 Uhr

Peter Zimmermann saß in seiner Wohnung und versuchte sich über seine Lage klar zu werden. In den letzten Tagen und Wochen war mehr geschehen, als er verkraften konnte. Mit Magdalena hatte er ein neues Leben beginnen wollen. Ein Leben in Unabhängigkeit. Ein Leben, in dem es nur Magdalena und ihn gab. Er war glücklich gewesen, so glücklich wie nie zuvor. Doch dann änderte sich seine Beziehung zu Magdalena abrupt.

Von einem auf den anderen Tag hatte sich ihre Zuneigung in Abneigung verwandelt. Sie hielt die Gespräche mit ihm so kurz und unverbindlich wie möglich und versuchte, den Kontakt zu ihm ganz abzubrechen. Erst hielt er es für eine kurzzeitige Laune, ausgelöst durch einen Streit mit ihren Eltern. Dass er dort nicht willkommen war, war für ihn kein Geheimnis. Besonders Magdalenas Mutter war nicht gut auf ihn zu sprechen. Ihrer Meinung nach hatte er es nur auf Magdalenas Geld abgesehen. Der Gedanke von Reichtum hatte ihm auch gut gefallen, aber er hätte Magdalena auch gewollt, wenn sie arm gewesen wäre. Da war er sich ganz sicher.

Als er vor sechs Tagen bei ihr angerufen hatte, hatte sie einfach aufgelegt. Erneut spürte er die Wut in sich aufsteigen, die er bei dieser Demütigung gefühlt hatte. Eine Wut, die sich aus Verzweiflung über seine Lage und Unwissenheit über die Ursachen von Magdalenas Verhalten zusammenbraute. Dann dachte er an den Besuch von dieser Petra Schneider und dem Auftauchen des Polizisten, als die Schneider in seinem Wohnzimmer saß. Bevor der Polizist gekommen war, hatte sie komische Andeutungen gemacht. Er wusste nicht genau, was sie wollte. Sie hatte von Magdalenas Erbschaft gesprochen. Natürlich wusste er, dass Magdalena ihn in ihrem Testament bedacht hatte. Das hatten sie erst vor wenigen Wochen besprochen, als noch alles in Ordnung war zwischen ihnen. Er wusste auch, dass sie deswegen bereits beim Anwalt ihrer Familie gewesen war. Was Petra Schneider von dieser Sache wusste und was sie von ihm wollte, konnte er sich aber nicht erklären. Als sie es ihm offenbaren wollte, war dieser Polizist gekommen und Petra Schneider hatte ihr Verhalten verändert. Er hatte das Gespräch zwischen dem Polizisten und dieser Schneider verfolgt und wusste nicht, was er davon halten sollte. Dann hatte der Polizist ihm von dem Mann erzählt, den man neben Magdalenas Leiche gefunden hatte. Der Polizist hatte ihn unmissverständlich gewarnt.

Zimmermann versuchte sich zu konzentrieren. In Gedanken war er wieder bei dem Anruf, den Magdalena beendet hatte, bevor er ein Gespräch mit ihr beginnen konnte. Er erinnerte sich wieder an die Wut, die in ihm gekocht hatte. Er hatte noch den Schlüssel zur Villa Liebig und er wusste, dass Magdalenas Eltern um diese

Zeit nicht anwesend waren. Geleitet von seinen Gefühlen hatte er sich ein Taxi gerufen und war zur Villa gefahren. Er hatte nicht geklingelt, hatte erst das Tor zur Einfahrt geöffnet und war dann auf leisen Sohlen in das Haus gegangen. Kaum war er im Haus gewesen, hatte es ihm auch schon die Kehle zugeschnürt. Vor der Eingangstür und auf der Treppe nach oben lagen zerstreut die Kleider von Magdalena. Leise stieg er in den ersten Stock hinauf. Auf dem Weg nach oben traf er auf abgelegte Kleidungsstücke eines Mannes. Instinktiv ging er weiter und vernahm leise die Geräusche aus dem Zimmer von Magdalenas Eltern. Erst befürchtete er, dass ihre Eltern doch im Haus waren. Aber dann erkannte er Magdalenas Stimme. Auf Zehenspitzen ging er bis vor die Tür, die halb offen stand. Er blickte hinein und wollte laut schreien, doch er bekam keinen Laut heraus. Wie angewurzelt blieb er stehen und beobachtete Magdalena beim Liebesspiel mit diesem Mann im Bett ihrer Eltern. Fassungslos stand er da und schaute den beiden zu. Magdalena offenbarte eine Leidenschaft, die er ihr nie zugetraut hatte. Hemmungslos gab sie sich diesem Mann hin.

Als Peter Zimmermann sich diese Bilder wieder vor Augen rief, kam es ihm vor, als würde er im Kino sitzen. Es erschien ihm alles so unwirklich. Als wäre das alles nur ein Traum gewesen.

Er rieb sich die Augen und griff nach einer neuen Flasche Bier. Es war die vierte Flasche des heutigen Abends. Er trank sie in wenigen Zügen aus.

## 27. Dezember 2007, 8:45 Uhr

Siebels saß in seinem Büro und telefonierte. Er wollte so schnell wie möglich die noch fehlenden DNA-Proben beschaffen und analysieren lassen. Als Erstes rief er in der Klinik an. Ob das Zimmer von Lukas schon gereinigt sei, wollte er wissen. Natürlich, bekam er zur Antwort. Ein neuer Patient bewohne bereits das Zimmer. Resigniert beendete Siebels das Gespräch. Dann erkundigte er sich bei der Spurensicherung , ob in der Villa Liebig Genmaterial von Lukas gefunden worden sei. Dort vertröstete man ihn auf das nächste Jahr. Die zuständigen Kollegen waren alle im Urlaub. Siebels fluchte und nahm sich vor, Staatsanwalt Jensen auf die Sache zu hetzen.

Die Probe von Magdalenas Leiche wollte Dr. Petri im Labor abliefern, zusammen mit denen von Hermann, Eva und Sarah Liebig, die er gestern noch im Büro von Hermann Liebig genommen hatte. Um Peter Zimmermann und Petra Schneider wollte Siebels sich selbst kümmern. Nervös schaute er auf die Uhr. Er hatte noch nichts von Till gehört. Auch wenn er Till heute freigegeben hatte, hatte er doch einen Bericht über dessen Besuch im Kloster bei dieser Schwester Anna erwartet. Genervt nahm Siebels sein Handy aus der Jackentasche. Es war nicht angeschaltet. Ihm fiel wieder ein, wie er gestern vor der Leiche von Hermann Liebig gestanden hatte. Eva Liebig war aus dem Aufzug gekommen, zu ihrem toten Mann gestürzt und schluchzend zu ihm herabgesunken. Das Weinen der trauernden Witwe war jäh von einem fröhlichen Jingle Bells aus dem Handy von Siebels unterbrochen worden. Siebels war die Situation noch tausendmal peinlicher gewesen, als die kurz zuvor im Puff. Da er in diesem Augenblick nicht in der Lage gewesen war, den Anruf entgegenzunehmen, schaltete er sein Handy kurzerhand unter dem strafenden Blick von Dr. Jürgens aus und danach nicht wieder ein. Till war also entschuldigt, er hatte bestimmt versucht anzurufen. Siebels wollte gerade dessen Nummer wählen, als Staatsanwalt Jensen sein Büro betrat.

„Ist das wahr?", rief er schon von der Türschwelle aus. „Hermann Liebig hat sich in seinem Büro das Leben genommen? Mensch Siebels, was ist denn da los?"

Siebels zuckte nur mit den Schultern. „Wenn ich das wüsste."

„Wissen Sie denn wenigstens sicher, dass es Selbstmord war?"

„Es deutet alles darauf hin. Es gab auch einen Abschiedsbrief. Wir lassen ihn natürlich noch untersuchen, um sicherzustellen, dass er von Hermann Liebig geschrieben wurde."

„Was stand denn drauf?"

„Dass er mit seinem Zwillingsbruder Karl gesprochen hat. Von dem hat er die Wahrheit erfahren. Eine Wahrheit, mit der er nicht leben wollte."

„Sein Zwillingsbruder? Davon weiß ich ja gar nichts. Wo kommt der denn her?"

„Das wüsste ich auch gern. Anscheinend tauchte der nach dem Mord an Magdalena aus der Versenkung auf." Siebels breitete vor Jensen noch einmal die Fakten aus. Er berichtete ihm von den auf der Flucht verloren gegangenen Kindern Karl und Erika, die Wilhelmine anscheinend am Ende ihres Lebens wiedergefunden hatte. Für die Existenz von Karl gab es nun einen Beweis. Ob Erika noch am Leben war, konnte Siebels nicht sagen. Dass sie von Hermann in seinem Abschiedsbrief nicht erwähnt worden war, wunderte Siebels.

„Wahrscheinlich ist sie schon lange tot. Deswegen spielte sie keine Rolle mehr", mutmaßte Jensen.

„Ich bin mir aber ziemlich sicher, dass es noch Enkel von Wilhelmine gibt, die laut ihrem Testament Ansprüche auf das Unternehmen haben. Entweder handelt es sich dabei um die Kinder von Karl oder es gibt noch Kinder von Erika", formulierte Siebels seine Schlussfolgerungen.

„Oder beide haben Kinder", setzte Jensen den Gedankengang fort.

„Oder so", bestätigte Siebels. „Deswegen benötige ich so schnell wie möglich eine DNA-Analyse von allen Beteiligten. Bis heute Mittag habe ich alle Proben zusammen. Aber mit der Analyse kann das lange dauern, vielleicht können Sie da mal etwas Druck machen."

„Da können Sie aber einen drauf lassen, dass ich da Druck mache." Kaum hatte Jensen die Worte ausgesprochen, hielt er auch schon den Telefonhörer von Siebels in der Hand und tippte hektisch eine Nummer ein.

„Jensen, Staatsanwaltschaft Frankfurt. Sie bekommen heute einige Proben für eine DNA-Analyse. Wir brauchen die Ergebnisse noch dieses Jahr." Jensen hörte sich an, was sein Gesprächspartner dazu zu sagen hatte. Dann holte er tief Luft. „Das ist mir so was von egal. Wir haben hier einen Mord aufzuklären und weitere Morde zu verhindern. Das hat jetzt oberste Priorität. Hauptkommissar Siebels bringt nachher die Proben vorbei und dann schütteln Sie im Akkord Ihre Reagenzgläschen und erzählen uns morgen, wer mit wem verwandt ist. Habe ich mich klar ausgedrückt?"

Zufrieden legte Jensen den Hörer auf. „Das wäre ja noch schöner. Da stirbt unsere letzte große Unternehmerfamilie weg und die Laborraten weigern sich, ein paar Analysen durchzuführen. Von wem wollen Sie denn alles Proben abgeben?"

„Von Magdalena und Hermann Liebig, von Sarah und Eva Liebig, von Peter Zimmermann und Petra Schneider."

„Und was soll das bringen?" Die eben noch so überzeugende Stimme von Jensen klang jetzt zweifelnd.

„Klarheit", antwortete Siebels lapidar.

„Glauben Sie etwas, dieser Zimmermann oder diese Schneider könnten Kinder von Karl oder Erika Liebig sein? Das ist doch Quatsch. Die würden doch lautstark ihre Ansprüche anmelden, anstatt Magdalena Liebig zu erstechen."

„Was mich an der ganzen Geschichte stört, ist diese Krankheit. Die Epilepsie. Magdalena litt genauso schwer darunter wie Peter Zimmermann. Unser entflohener Lukas leidet darunter, und auch Hermann Liebig hatte Epilepsie. Wir haben entsprechende Medikamente in seinem Schreibtisch gefunden. Er hatte uns aber weismachen wollen, dass Magdalena die Einzige in der Familie sei, die von Epilepsie betroffen war. Soweit wir wissen, handelt es sich bei allen Beteiligten um die gleiche Form der Epilepsie. Und zwar um eine vererbbare Form."

„Also ich sehe nicht, wie das mit dem Mord zusammenhängt. Was ist eigentlich mit diesem Lukas? Gibt es da was Neues?"

„Nein, leider nicht. Von dem habe ich auch kein Genmaterial. Eine Analyse von ihm wäre noch am interessantesten."

„Oh Mann", stöhnte Jensen. „Da mache ich so ein Theater und Ihnen fehlt das Material. Sehen Sie zu, dass Sie den Kerl ausfindig machen. Der wird sich wieder in seinem Kloster verkrochen haben."

„Wir arbeiten dran", versicherte Siebels.

„Wo sind eigentlich Ihre Kollegen?"

„Till hat heute frei, er ist in Erfurt bei seinen Eltern. Charly hat alles erledigt, er ist wieder in seinem wohlverdientem Urlaub."

„Das glaube ich ja alles nicht", rief Jensen entsetzt. „Ich hole die Laborraten wegen Ihnen aus dem Urlaub zurück und Sie geben Ihren Leuten frei. Wie stehe ich denn da? Wenn das rauskommt, brauche ich mich im Labor die nächsten zehn Jahre nicht mehr blicken zu lassen."

Siebels verzichtete auf eine Antwort. Er zündete sich eine Zigarette an.

„Wissen Sie was, Siebels? Ich gehe jetzt auch nach Hause und

Sie bleiben hier und lösen den Fall. Mit oder ohne Hilfe vom Labor. Ich komme am zweiten Januar wieder und dann will ich wissen, gegen wen ich Anklage im Fall Magdalena Liebig erhebe. Und sorgen Sie dafür, dass der Rest der Familie am Leben bleibt. Ein frohes neues Jahr wünsche ich." Ohne auf eine Reaktion von Siebels zu warten, wieselte der flinke Staatsanwalt aus dem Büro und verließ kurz darauf das Präsidium.

Siebels rauchte seine Zigarette fertig und rief dann bei Till an. Überrascht nahm er zur Kenntnis, dass auch Lukas einen Zwillingsbruder hatte, von dem bisher noch nichts bekannt war. Siebels genehmigte die erneute Reise von Till nach Heidelberg zur Abtei Neuburg, um dieser Sache auf den Grund zu gehen. Gleich am nächsten Morgen wollte Till direkt von Erfurt nach Heidelberg aufbrechen. Kaum hatte Siebels den Hörer aufgelegt, klingelte sein Telefon. Dr. Blei von der Neurologie war am Apparat.

„Guten Morgen, Herr Siebels. Ich bin da auf etwas gestoßen, das für Ihren Fall interessant sein könnte. Es ist die Krankenakte eines Patienten, die von einem Kollegen erstellt wurde, der vor einigen Wochen meine Urlaubsvertretung übernommen hatte. Er hat bei dem Patienten das Janz-Syndrom diagnostiziert. Also die gleiche Form von Epilepsie, unter der auch Ihr unbekannter Mann leidet. Mein Kollege hat Einiges notiert, was mich stutzig machte. Der Patient war etwa im gleichen Alter wie Ihr Flüchtiger. Anscheinend war auch er nie zuvor in ärztlicher Behandlung gewesen. Er gab an, dass er in seiner Kindheit und Jugend regelmäßig einen Kräutertee getrunken habe, mit dem er die Anfälle erfolgreich bekämpfen konnte. Der Tee wurde von einem Mönch kreiert, wenn ich die Notizen des Kollegen richtig lese. Als er keinen Zugang mehr zu diesem Tee hatte, kam er zu uns in die Klinik. Mein Kollege hat ihm dann eine Monotherapie mit Valproinsäure verordnet. Also, wenn Sie mich fragen, gibt es da eine Verbindung zu Ihrem Mann. Vielleicht handelt es sich auch um die gleiche Person und er hat die verordnete Medizin nicht eingenommen."

„Das ist sehr interessant", gab Siebels zurück. „Haben Sie einen Namen und eine Adresse für mich?"

„In der Krankenakte steht Matthäus Liebig. Ohne festen Wohnsitz. Keine Krankenkasse. Er wollte in bar bezahlen. Das ist ein teurer Spaß, so eine Untersuchung. Mein Kollege hat sich nicht weiter um die Rechnung gekümmert, wie ich das so sehe."

„Wann genau war das denn?"

„Lassen Sie mich sehen. Ah ja, das war am vierten Dezember."

„Haben Sie vielen Dank, Herr Professor. Das hilft mir ungemein. Und bitte informieren Sie mich unverzüglich, falls in dieser Sache noch weitere Hinweise auftauchen."

Im Kopf von Siebels überschlugen sich die Gedanken. Der Mann hatte sich als Matthäus Liebig ausgewiesen. Matthäus und Lukas. In einem Kloster in Sachsen wurde vor vielen Jahren ein Zwillingspärchen im Säuglingsalter abgegeben. Hermann Liebig hatte einen Zwillingsbruder gehabt. War Karl der Vater von Matthäus und Lukas? Hatte Wilhelmine ihren verlorenen Sohn Karl kurz vor ihrem Tod endlich wiedergefunden? Hatte sie dessen Zwillinge im Kloster aufgespürt und in ihrem Testament mit dieser merkwürdigen Klausel bedacht? Vieles ergab plötzlich einen Sinn. Nur das Motiv für Magdalenas Ermordung blieb Siebels ein Rätsel. Fieberhaft überlegte er, ob er etwas übersehen hatte. Ein Motiv konnte er bestenfalls in der Verbindung zwischen den Arenz-Geschwistern, diesem Luchter und Petra Schneider erkennen. Wenn diese Verbindung für den Tod von Magdalena verantwortlich war, dann mussten diese Leute auch darum bemüht sein, die anderen Erben auszuschalten. Diejenigen, die Anspruch auf Magdalenas Erbe hatten, wenn sie sich bis März 2009 als legitime Enkel von Wilhelmine Arenz meldeten. Die Zwillinge Matthäus und Lukas. Von Matthäus hatte er bisher noch gar nichts erfahren. War er vielleicht schon tot? War Lukas der letzte Überlebende? War er nicht vor der Polizei, sondern vor Magdalenas Mördern geflohen? Aber warum war er dann lebend neben Magdalenas Leiche zurückgelassen worden? Siebels schlug mit der flachen Hand auf den Tisch. Lukas sollte als Mörder von Magdalena festgenommen werden, kam es ihm in den Sinn. Dann hätte Lukas keine Ansprüche mehr geltend machen können und die Arenz-Luchter-Schneider-Verbindung wäre mit dem Fall nie in Zusammenhang gebracht worden. Siebels war sich plötzlich ganz sicher, einem perfiden Plan auf die Spur gekommen zu sein. Er ging zu dem Flipchart in der Mitte des Büros und schrieb mit großen Buchstaben darauf. Matthäus tot? Wo ist die Leiche?

Als Siebels seine Gedankengänge so weit geordnet hatte, fiel ihm ein, dass Sabine und Johanna morgen wieder aus dem Urlaub zurückkamen. Ihr Flieger landete abends um 19:00 Uhr. Bis dahin wollte er mit Till noch ein Wörtchen über diese Petra Schneider geredet haben. Vielleicht sollte er das besser mit Petra Schneider selbst besprechen, dachte er sich und zündete sich eine neue Zigarette an. Wenn Sabine wieder da war und mit ihr der kleine Siebels, würde er endgültig mit der Qualmerei aufhören, nahm er sich vor. Mit diesem guten Vorsatz machte er sich auf den Weg zu Peter Zimmermann. Die Gen-Analysen wollte er auf jeden Fall durchführen lassen.

# 27

Seitdem er auf den Spuren von Wilhelmine wandelte, war er bereits zwei Mal Hermann und Eva Liebig begegnet. Als er im Palmengarten saß, kam ihm die Idee, sich auch die anderen Familienmitglieder aus der Nähe zu betrachten. Peter und Klara Arenz wurden in seiner Lektüre noch als Kinder beschrieben. Mittlerweile mussten sie Mitte fünfzig sein. Er fragte sich, ob sie Ähnlichkeit mit Hermann oder gar ihm selbst hatten. Seiner Meinung nach konnte Hermann vor zwanzig Jahren ein Abbild seiner selbst gewesen sein. Selbst jetzt hatte er in dem zwanzig Jahre älteren Mann noch Züge erkannt, die er im Spiegel auch an sich wahrzunehmen glaubte.

Er suchte im Telefonbuch nach Klara und Peter Arenz und fand Arenz-Immobilen. Die Firma war nur einen Steinwurf von seinem Hotel entfernt im Westend angesiedelt. Mit seiner Plastiktüte in der Hand machte er sich kurzentschlossen auf den Weg dorthin. Er war mutiger geworden in den letzten Tagen. Je mehr er aus dem braunen Ledereinband erfuhr, desto intensiver fühlte er sich mit dieser Familie verbunden. Als er nach einem kurzen Spaziergang durch die kalte Winterluft im Kettenhofweg vor dem Eingang zum Büro stand, begnügte er sich nicht mehr mit der Rolle des heimlichen Beobachters. Er ging hinein. Er wollte mit Peter Arenz sprechen. Er nahm sich vor, sich als Interessent für eine Immobilie auszugeben. So ganz falsch war das ja auch nicht. Sein Wunsch, in dieser Stadt heimisch zu werden, wurde von Tag zu Tag größer.

Er lief in das Haus, stieg die Marmortreppen empor und öffnete die Tür, die mit Arenz-Immobilien beschriftet war. Kaum war er eingetreten, kam eine langbeinige Blondine im kurzen Rock auf ihn zu. Sie stellte sich ihm als Petra Schneider vor und fragte mit charmanter Stimme, ob sie ihm behilflich sein könne.

Das plötzliche Auftauchen dieser Frau brachte ihn völlig aus dem Konzept. Er konnte seine Augen nicht von ihr lassen. Sein Blick wanderte von ihren blauen Augen über ihre schmale Nase zu ihren roten Lippen. Er bestaunte die Wölbungen ihrer Brüste, die sich deutlich unter ihrer Bluse abzeichneten. Sie bemerkte seinen Blick und stellte sich ihm genüsslich zur Schau. Seine Augen wanderten über ihre Beine zu ihren hochhackigen Schuhen und wieder nach oben, vorbei an ihren Brüsten, bis er wieder in ihre blauen Augen schaute. Es waren nur Bruchteile von Sekunden, die er für seine Beobachtung benötigte. Sekundenbruchteile, die den brachliegenden Hormonhaushalt seines Körpers durcheinanderwirbelten. Jahrzehntelang hatte er als Mönch gegen diese aufkommenden Gefühlswallungen angekämpft. Stets hatte er alle Reize gemieden, die ihm als Mann Gottes zu falschen Gefühlen verleiten konnten. In diesem Augenblick waren alle Dämme gebrochen. Nur das plötzliche Auftauchen eines kleinen, dicken, rauchenden Mannes dämmte die heftige Erregung in ihm wieder ein. Peter Arenz stellte sich ihm vor und schüttelte seine Hand. Doch das war ihm plötzlich gleichgültig. Er wollte die Nähe dieser Frau genießen. Trotzdem folgte er dem Mann, der überhaupt keine Ähnlichkeit mit Hermann oder ihm selbst besaß, in dessen Büro. Dort formulierte er seinen Plan, sich nach einer Immobilie in seiner neuen Heimat Frankfurt umzusehen. Peter Arenz fragte ihn nach seinen Wünschen und gab ihm einige Prospekte zur Hand. Was dort angepriesen wurde, gefiel ihm alles ausnahmslos. Eine Penthouse-Wohnung im Westend, gleich um die Ecke. Ein Loft in einer ehemaligen Fabrik an der Bockenheimer Warte und eine Luxuswohnung am Westhafen fielen schließlich in seine engere Wahl. Peter Arenz vereinbarte für den nächsten Tag Besichtigungstermine mit ihm. Als er ihm mitteilte, dass seine Assistentin Frau Schneider ihm die Räumlichkeiten zeigen würde, klopfte sein Herz schneller.

Anschließend lief er eine Weile orientierungslos durch die Stadt und kam schließlich zum Mainufer. Er überquerte den Eisernen Steg, lief auf der anderen Seite des Flusses noch ein paar Schritte weiter und gelangte zum Städel, dem bekannten Frankfurter Kunstmuseum. Er ging hinein und sah sich um. Eine Ausstellung über die Werke von Cranach dem Älteren fand sein Interesse. Er erwarb eine Karte, die ihn in den Genuss einer Führung brachte. Mit einer Gruppe von etwa 25 Personen folgte er den Schritten und Worten der Gruppenführerin. Sie brachte allen mit viel Engagement und Fachwissen die Werke des Malers näher. Ihre Ausführungen ließen den Vulkan, der seit seinem Besuch bei Arenz-Immobilien in ihm brodelte, langsam abkühlen. Die Führung dauerte eine knappe Stunde. Anschließend ließ er sich auf einer Holzbank in der Mitte einer der Ausstellungsräume nieder und holte den braunen Ledereinband aus seiner Plastiktüte hervor. Umrahmt von bedeutenden Gemälden fing er an zu lesen.

*Mein Leben, Wilhelmine Arenz*

*Kurz nach der Hochzeit meldete sich bei Hermann und Marianne Nachwuchs an. In der ganzen Familie wurde das Ereignis freudig zur Kenntnis genommen. Walter behandelte Marianne wie seine eigene Tochter und verstand sich weiterhin blendend mit Hermann. Hermann brachte sich immer mehr in die Firma ein und studierte zügig weiter. Marianne kümmerte sich viel um Peter und Klara, die beiden kamen ausgezeichnet mit ihr zurecht. Das ließ mir wieder mehr Luft, um mich auch in die Firma einzubringen. Wir kauften zu dieser Zeit zwei Unternehmen auf, die uns bisher als Lieferanten bedient hatten. Die Idee dazu kam von Hermann, die Vertragsverhandlungen übernahm dann ich. Zur Unterstützung in juristischen Fragen suchte ich Rat bei einem jungen Anwalt. Dr. Jürgens war Mitte zwanzig und hatte gerade promoviert. Ich engagierte ihn und fand in ihm einen vorzüglichen Berater, der mir bis zum heutigen Tag mit Rat und Tat zur Seite steht.*

*Einen weiteren Freund und Helfer fand ich in Dr. Breuer. Der junge Arzt hatte gerade in Goldstein eine Praxis eröffnet, als Marianne schwanger wurde. Er war uns von Dr. Jürgens empfohlen worden, die beiden waren Freunde seit Kindestagen. Marianne konsultierte Dr. Breuer seit Beginn ihrer Schwangerschaft regelmäßig. Ihre Schwangerschaft verlief ohne Komplikationen. Bis zum Tag der Geburt. Sie brachte ein gesundes Mädchen zur Welt, Sarah. Die Eklampsie traf Marianne direkt nach der Geburt. Marianne wurde plötzlich bewusstlos, ihr Blutdruck stieg rasant an, die Ärzte zeigten sich äußerst besorgt. Kurz nachdem Sarah das Licht der Welt erblickt hatte, starb Marianne an einem plötz-*

*lichen Hirntod, ausgelöst durch ein Hirnödem. Wieder hatten Hermann und ich einen schweren Schicksalsschlag zu verkraften.*

## 27. Dezember 2007, 9:30 Uhr

Peter Zimmermann hatte darauf verzichtet, bei der Testamentseröffnung anwesend zu sein. Er brachte es nicht fertig, unter diesen Umständen den Eltern von Magdalena gegenüberzutreten. Als der Anwalt der Familie ihn angerufen und zur Testamentseröffnung eingeladen hatte, war ihm zunächst ein großer Stein vom Herzen gefallen. Magdalena hatte ihr Testament nicht mehr geändert. Aber Dr. Jürgens hatte ihm zu verstehen gegeben, dass er sein Erbe erst antreten könne, wenn die polizeilichen Ermittlungen abgeschlossen und alle Verdachtsmomente gegen ihn ausgeräumt seien. Nach dem plötzlichen Auftauchen des Polizisten und dessen unterschwelliger Warnung fühlte Zimmermann sich unbehaglich. Er konnte seine Situation nicht richtig einordnen. Die Aussicht auf die monatliche Auszahlung in Höhe von 3.500 Euro, die er auf Lebzeit aus Magdalenas Hinterlassenschaft erhalten sollte, spornte ihn zum Nachdenken an. Er musste aus der Sache unbeschadet rauskommen. Sonst erwartete ihn womöglich ein Leben hinter Gittern. Wenn er tatenlos zusah, wie sich die Dinge entwickelten, lief er Gefahr, alles zu verlieren. Er musste handeln. Er nahm sich einen Stift und ein Stück Papier und kritzelte darauf herum, versuchte, sich einen Plan auszumalen. Ganz oben schrieb er den Namen von Magdalena auf. Daneben malte er ein Kreuz. Ganz unten schrieb er die Summe auf, die jeden Monat auf sein Konto ausgezahlt werden sollte. 3.500 Euro. In die Mitte des Zettels malte er ein vergittertes Fenster. Die Türklingel riss ihn aus seinen Überlegungen. Gedankenlos öffnete er die Tür und erschrak, als dieser Polizist wieder vor ihm stand.

## 27. Dezember 2007, 11:00 Uhr

Lukas hatte sich in seinem Hotelzimmer eingeschlossen und stundenlang das Treiben auf der Straße von seinem Fenster aus betrachtet. Je länger er in seinem Hotelzimmer saß, desto unruhiger wurde er. Er, der sein Leben in Askese verbracht hatte, fühlte sich plötzlich wie ein gehetztes Tier. Er, der stets schweigsame Mönch, verspürte dieses unbändige Bedürfnis, jemandem sein Herz auszuschütten. Es gab niemanden, mit dem er reden konnte. Er sprach mit Gott, doch Gott antwortete ihm nicht. Er sehnte sich nach Magdalena. Magdalena war der erste und einzige Mensch gewesen, mit dem zu sprechen es sich gelohnt hatte. Ihr hatte er noch so viel zu erzählen gehabt. Sie war so einsam gewesen wie er, sie hatte unter der gleichen Krankheit gelitten wie er, sie hatte ihn geliebt. Mit Schaudern dachte er daran zurück, wie alles angefangen hatte.

Der Abt, Bruder Philippus, hatte diese alte Frau empfangen und mit ihr über ihn gesprochen. Sie wollte auch mit ihm sprechen, doch er verweigerte ein Gespräch. Er war es nicht gewohnt, mit Frauen zu sprechen. Sein ganzes Leben hatte er in der Abgeschiedenheit hinter den Klostermauern verbracht. Schweigen war die Grundvoraussetzung, um sein Leben allein dem allmächtigen Gott zu widmen. Seine Liebe zur Schweigsamkeit hatte ihn als jungen Mann in den einzigen deutschen Orden der Zisterzienser der strengeren Observanz getrieben. Hier fühlte er sich sicher und geborgen. Bis diese alte Frau erschien. Er sah ihr kurz in die Augen, als der Abt ihn in sein Zimmer bat. Er erkannte ein Funkeln in ihrem Blick und das jagte ihm schreckliche Angst ein. Auf der Stelle drehte er sich um und lief davon. In seiner Zelle fiel er zitternd auf die Knie und in ein tiefes Gebet.

Am nächsten Tag übergab der Abt ihm den braunen Ledereinband. Zögerlich fing er an, die Lebensgeschichte der alten Frau zu lesen. Je mehr er las, desto gieriger verschlang er die Seiten. Je mehr er aus dem Leben dieser Frau erfuhr, desto größer wurde der Drang in ihm, mehr über sich selbst zu erfahren. Je intensiver er sich mit ihrem Leben beschäftigte, desto sehnlicher wurde sein Wunsch, die Mauern des Klosters zu verlassen. Als er die letzten Seiten gelesen hatte und sein Geheimnis endlich gelüftet war, war er aufgebrochen. Als er dort ankam, wo sein Herz ihn hintrieb, wurde Wilhelmine Arenz gerade beerdigt. Abseits stand er auf dem Friedhof und betrachtete sich die Trauernden. Hermann und Eva, Sarah und Magdalena. Er konnte seinen Blick nicht von Magdalena wenden. Als der Pfarrer seine Rede beendet hatte, begegneten sich ihre Blicke für einen kurzen Moment. Es traf ihn wie ein Blitzschlag.

Nach der Beerdigung ging er zum Hauptbahnhof. Dort war das Schließfach, in das der Schlüssel passte, der dem braunen Ledereinband beigelegen hatte. In dem Schließfach fand er Geld, Kreditkarten und einen Ausweis. Als Lukas Liebig bekam er in dem Hotel problemlos ein Zimmer. Gleich am nächsten Tag brach er zur Villa Liebig auf. Er klingelte an dem Tor zur Einfahrt, ohne zu wissen, was er sagen sollte, wenn ihm geöffnet wurde. Kurz darauf stand er Magdalena gegenüber. Er stellte sich ihr als Lukas Liebig vor und saß kurz darauf mit ihr in ihrem Zimmer in der Villa. Über zwei Stunden lang saß er bei ihr und sprach mit ihr. Er redete in dieser Zeit mehr, als sein ganzes Leben lang zuvor. Er konnte sich später nicht mehr erinnern, über was er mit ihr gesprochen hatte. Die Worte flossen wie das Wasser in einem Flusslauf. In ihrer Nähe fühlte er sich so wohl wie nie zuvor. Als es Abend wurde, verabschiedete sie ihn mit einem Kuss auf die Wange. Ihre sanften Lippen brannten wie Feuer auf seiner Haut. Wie ein Feuer der Leidenschaft, dessen Glut nie wieder verlöschen sollte. Er traf sich fortan jeden Tag mit Magdalena, unterhielt sich mit ihr, genoss ihre Nähe, fühlte ihre Verbundenheit, gierte nach jeder kleinen Berührung, die unvorhersehbare Gefühlsstürme in ihm auszulösen vermochten. Bald küsste sie ihn zum ersten Mal auf den Mund und bald berührte seine Hand zaghaft ihre Brust. Bald streichelten sie sich mehr, als dass sie sich unterhielten und es dauerte nicht lange, da lagen sie nackt zusammen in ihrem Bett. Je mehr er sich dagegen wehrte, desto größer wurde sein Verlangen nach ihr. Er betete nicht mehr zu Gott und verabscheute es, alleine zu sein. Abends, wenn er wieder in seinem Hotelzimmer war, dachte er an die Stunden zurück, die er zuvor mit Magdalena verbracht hatte. Ihre Stimme ging ihm nicht mehr aus dem Kopf, ihr Geruch nicht mehr aus der Nase, ihr Geschmack nicht mehr von der Zunge. Es war die Liebe in ihrer reinsten Form, die ihn mit Magdalena verband.

Ein tiefer Schmerz bohrte sich in sein Herz, als Magdalena ihm von Peter Zimmermann erzählte. Nie wäre er auf die Idee gekommen, dass es einen anderen Mann in Magdalenas Leben geben könnte. Sie lagen nackt in Magdalenas Bett, erschöpft und glücklich, nachdem sie ihr Verlangen nacheinander gestillt hatten, als Magdalena anfing, ihm ihre Beziehung zu Peter Zimmermann zu beichten. Er kannte den Mann nicht, hörte zum ersten Mal von dessen Existenz und fühlte trotzdem einen unbändigen Hass in sich aufsteigen. Tränen der Verzweiflung liefen aus seinen Augen. Magdalena küsste sie ihm von der Wange und versprach, diesen Mann nie wieder sehen zu wollen.

Lukas weinte in seinem Hotelzimmer, als er in Erinnerungen an jene Stunden mit Magdalena schwelgte. Er dachte daran zurück, wie er sich von Magdalena für immer verabschieden musste. Wie er neben ihrer Leiche gesessen, ihre kalte Hand gehalten und wie in Trance auf die roten Buchstaben gestarrt hatte, die er für ihn niedergeschrieben hatte. Nehmen wir uns also vor jeder bösen Begierde in Acht; denn der Tod steht an der Schwelle der Lust.

Er konnte und wollte das nicht akzeptieren. Er musste Klarheit schaffen, bevor er innerlich von Liebe und Hass zerrissen wurde. Aber er wusste nicht, wo er ihn finden konnte. Er schloss seine Augen und dachte angestrengt nach und dann fiel es ihm wie Schuppen von den Augen. Ihre Wege konnten sich nur in der Villa Liebig wieder kreuzen. Dort hatte er Magdalena kennen und lieben gelernt, dort war sie ihm vor seinen Augen genommen worden. Dort würde Gott Gericht halten und die Schuldigen ihrer gerechten Strafe zuführen. Gott allein konnte wissen, was Recht und was Unrecht war, was aus Liebe geschah und was aus Hass geboren war.

Mit dieser Erkenntnis machte sich Lukas auf den Weg zur Villa Liebig.

## 27. Dezember 2007, 9:40 Uhr

Angriffslustig war Siebels an dem verdutzten Zimmermann vorbei in dessen Wohnung gelaufen. Die Haustür hatte offen gestanden, so dass er, ohne unten klingeln zu müssen, vor die Wohnungstür von Zimmermann gekommen war. Jetzt ließ sich Siebels auf den Sessel in Zimmermanns Wohnzimmer sinken und warf einen Blick auf die geleerten Bierflaschen, die auf dem kleinen Tisch standen. Zimmermann trug wieder einen Jogginganzug und roch nach Bier.

„Wir zwei sollten jetzt mal Klartext reden" begann Siebels seine Offensive. „Wissen Sie überhaupt, worauf Sie sich bei dieser ganzen Geschichte eingelassen haben?"

„Ich weiß nicht, was Sie meinen", stammelte der sichtlich nervöse Zimmermann.

„Sie sollten sich nicht auf Frau Schneider verlassen. Die ist nämlich gar nicht so klug, wie sie tut. Warum haben Sie sich eigentlich überhaupt mit ihr eingelassen? Was hat sie Ihnen denn versprochen? Wie groß sollte Ihr Anteil am Kuchen denn werden?"

Zimmermann zündete sich eine Zigarette an und öffnete sich eine neue Flasche Bier. Dass er nicht mehr ganz nüchtern war, war Siebels gerade recht. Er beobachtete jede Bewegung von Zimmermann und genehmigte sich auch eine Zigarette. Aus einem Gefühl der Überlegenheit heraus zelebrierte er es, sich genüsslich die Zigarette anzustecken und gelassen den Rauch gegen die vergilbte Zimmerdecke zu blasen.

„Ich habe mit dieser Schneider gar nichts zu tun", verteidigte sich Zimmermann. „Weder mit ihr noch mit sonst jemanden von denen."

„Von denen? Wen meinen Sie damit?"

„Den ganzen Clan. Die Liebigs und die Arenz-Geschwister. Diese Schneider steckt doch mit Peter Arenz zusammen. Das weiß ich von Magdalena."

„Da wären wir ja auch schon beim Thema", frohlockte Siebels. „Das Testament von Magdalenas Großmutter ist einigen Leuten anscheinend sauer aufgestoßen. Leuten, die an das ganz große Geld wollen. Leute, die in einer ganz anderen Liga spielen als Sie. Leute, denen Magdalena als Thronfolgerin ihres Vaters ein Dorn im Auge war. Magdalena musste weg, egal wie. Aber Magdalena war nicht das einzige Problem. Sie wissen ja sicherlich, dass Magdalena ihr Erbe erst antreten konnte, wenn bis März 2009 keine anderweitigen, bisher unbekannten Enkel von Wilhelmine Arenz Ansprüche anmelden würden. Diese Enkel gibt es tatsächlich. Wilhelmine hat sie kurz vor ihrem Ableben noch ausfindig machen können."

„Davon weiß ich nichts. Was hat das alles mit mir zu tun?"

„Das kann ich Ihnen sagen. Petra Schneider hat Sie benutzt. Sie hat Sie als Marionette genommen und dann die Fäden gezogen, damit die Marionette in die richtige Richtung läuft. Nicht nur Magdalena stand diesen Leuten im Weg, auch ihre Cousins, die in der Erbfolge noch vor ihr standen, mussten von der Bildfläche verschwinden. Das war am einfachsten, solange noch niemand wusste, dass sie überhaupt existierten."

„Ich habe nie einen Cousin von Magdalena kennen gelernt. Wovon sprechen Sie überhaupt?" Zimmermann konnte seine Verwirrung nicht verbergen.

„Sie wollten doch mit Magdalena ein neues Leben beginnen, mit ihr in ein Haus ziehen, sie sogar heiraten, habe ich recht?"

Zimmermann nickt gekränkt. „Wir haben darüber gesprochen, ja. Aber was soll das jetzt? Magdalena ist tot."

„Weil Sie sie getötet haben. Weil Sie in Ihrer rasenden Eifersucht genau der Mann waren, den Petra Schneider gebraucht hat, um ihre Pläne durchzusetzen."

„Nein. Ich habe sie nicht getötet. Ich weiß nichts von irgendwelchen Plänen." Zimmermann schrie Siebels an, sein Gesicht war rot angelaufen.

„Nein, Sie wissen natürlich nichts von den Plänen, die andere Leute hinter Ihrem Rücken geschmiedet haben. Wahrscheinlich wussten Sie auch nicht, dass der Mann, wegen dem Magdalena Sie verlassen hat, ihr Cousin war. Ein Sohn von Karl Liebig, dem Zwillingsbruder von Hermann Liebig."

Zimmermann starrte Siebels ungläubig an. „Magdalena hatte ein Verhältnis mit ihrem Cousin?"

„Geht Ihnen jetzt ein Licht auf? Der Liebhaber von Magdalena war ein legitimer Nachfolger von Wilhelmine Arenz. Er und sein Zwillingsbruder. Niemand hatte eine Vorstellung davon, was geschehen würde, wenn diese legitimen Nachfolger ihr Erbe antreten würden. Dass einer von ihnen in einem intimen Verhältnis zu Magdalena stand, machte die Sache für die Gegenseite noch schlimmer."

„Welche Gegenseite meinen Sie denn jetzt?" Zimmermann verstand die Welt nicht mehr.

„Wissen Sie wirklich nicht, dass die Arenz-Geschwister ihre Anteile an einen Finanzinvestor verkaufen wollen? An einen Mann, der mit Hilfe von Petra Schneider im Hintergrund die

Fäden zieht, um die Liebigs aus dem Unternehmen zu drängen? Haben Sie wirklich keine Ahnung? Wenn die Enkelkinder von Wilhelmine Arenz als Eigentümer gegen einen Verkauf gestimmt hätten, wäre ein fein säuberlich geplanter Milliardendeal geplatzt. Magdalena wurde als Nachfolgerin in der Firmenspitze gehandelt. Sie hätte einem Verkauf bestimmt nicht zugestimmt. Das wäre aber auch unwichtig gewesen, wenn ihre Cousins ihr Erbe angetreten hätten. Die hatten nämlich weder einen Bezug zum Unternehmen noch eine Ahnung davon, was sie mit ihrem Erbe anstellen sollten. Beste Voraussetzungen, um den geplanten Deal durchzuführen und Hermann und Eva Liebig endlich loszuwerden. Aber dann begann die Beziehung zwischen Magdalena und ihrem Cousin und die Sache stellte sich plötzlich wieder in einem ganz anderen Licht dar. Und jetzt kommen Sie ins Spiel, Herr Zimmermann."

Siebels fing an, sich in Rage zu reden. Je mehr er sprach, desto schlüssiger erschien ihm seine Theorie. Die Hilflosigkeit von Zimmermann bestärkte ihn noch in den Vorwürfen, die er gegen ihn erhob. Er wollte ihn jetzt knacken. Zimmermann war angetrunken, er musste ihn jetzt in die Enge treiben. In Gedanken spielte Siebels die Szene durch, die Zimmermann in seinen Augen zum Mörder von Magdalena machte.

„Sie, der eifersüchtige Ex-Liebhaber von Magdalena, kamen wie gerufen, um dem Spuk ein Ende zu bereiten. Das war doch kein Zufall, dass Sie Magdalena mit ihm in flagranti erwischt haben. Das wurde von anderen Leuten doch von langer Hand geplant. Da sollten zwei Fliegen mit einer Klappe geschlagen werden. Der Erste in der Erbfolge tötet die Zweite in der Erbfolge und verschwindet hinter Gittern. Noch wusste ja niemand, dass er ein Enkel von Wilhelmine Arenz war. Außer den Leuten, die die ganze Sache geplant hatten. Wie haben Sie es denn angestellt, dass wir ihn so apathisch neben der Leiche von Magdalena gefunden haben? Haben Sie ihm erst was in den Tee geschüttet, bevor Sie Magdalena erstochen haben? Wahrscheinlich war es so, sonst hätten Sie Magdalena in seiner Anwesenheit ja auch nicht erstechen können. Oder hat Petra Schneider Ihnen diesen Part abgenommen? Haben Sie die beiden friedlich schlafend im Bett vorgefunden und einfach nur zustechen müssen? Dann haben Sie seine Klamotten mitgenommen und sind verschwunden. Als er wieder zu sich kam, wusste er nicht, was geschehen war. Er fand seine Geliebte tot neben sich und war mit ihrem Blut besudelt. Sie wussten genau, wann die Haushälterin der Liebigs kommen würde. Sie haben alles minutiös geplant. Wahrscheinlich war er noch benommen und registrierte gar nicht, was genau geschehen war, als die Haushälterin ihn neben der toten Magdalena vorfand. Kurz darauf traf die Polizei im Haus ein. Er hatte keine Chance zu erklären, was geschehen war. Und dann dieser Spruch auf dem Spiegel. Das war doch auch eine Vorgabe von Frau Schneider, oder etwa nicht?"

Zimmermann reagierte überhaupt nicht mehr. Es kam Siebels fast so vor, als würde er sich tot stellen, um seinem Jäger zu entkommen. Als Siebels eine kurze Pause einlegte, schüttelte Zimmermann nur den Kopf.

„Natürlich war es die Idee von Frau Schneider gewesen", fuhr Siebels fort. „Der Mann war nämlich ein Mönch. Ein Mönch, der sexuellen Kontakt zu seiner Cousine pflegte. Für einen Mönch war das sicherlich eine böse Begierde. Er hatte sich nicht in Acht genommen vor dieser bösen Begierde. Es war nicht nur die Lust, die er nicht in den Griff bekommen hatte, es war sogar die Lust zu seiner eigenen Cousine. Gesetzlich ist das gar nicht verboten, aber für einen Mönch ist es ein schlimmes Vergehen. Und dann wacht er neben der blutüberströmten Leiche von Magdalena auf und muss lesen, dass der Tod an der Schwelle dieser Lust steht. Wahrscheinlich fühlte er sich schuldig. Er war schuld am Tod von Magdalena, weil er der Fleischeslust nicht widerstanden hatte. Er war in einem Kloster groß geworden und hatte immer nach den Regeln des Ordens gelebt. Einem strengen Orden, in dem alles Weltliche vermieden wird. Er musste einen schrecklichen Gewissenskampf mit sich gekämpft haben, als wir ihn verhaftet haben. Jetzt ist er verschwunden und ich befürchte, er wird Sie früher oder später aufsuchen. Dann werden Sie ihm Einiges zu erklären haben. Vielleicht wäre es besser, wenn Sie das jetzt tun. Wahrscheinlich haben Sie auch nicht nur ihn zu fürchten. Frau Schneider hat nämlich nicht damit gerechnet, dass wir so hartnäckig in diesem Fall ermitteln. Für sie und ihre Hintermänner sind Sie jetzt auch ein unkalkulierbares Risiko. Oder warum hat Frau

Schneider Sie gestern besucht? Mensch, Zimmermann, reden Sie, bevor es zu spät ist. Vergessen Sie die Rente, die Magdalena Ihnen vermacht hat, denken Sie an Ihr Leben. Ich kann Sie nicht beschützen, wenn Sie den Mund nicht aufmachen."

Zimmermann fing laut an zu schluchzen. „Sie brauchen mich nicht zu beschützen", jammerte er. „Ich kann selbst auf mich aufpassen." Jetzt klang er trotzig. „Ich will einen Anwalt sprechen. Ich habe das Recht auf einen Anwalt."

„Nehmen Sie sich einen Anwalt, ja. Aber einen guten, den werden Sie brauchen. Und jetzt hätte ich gerne noch eine Speichelprobe von Ihnen. Der leitende Staatsanwalt hat eine Genanalyse aller im Fall Beteiligten angefordert." Bevor Zimmermann reagieren konnte, stand Siebels auch schon mit dem Wattestäbchen vor ihm. Zimmermann öffnete überrascht seinen Mund und Siebels entnahm eine Speichelprobe. Dabei ließ er es bewenden. Er nahm sich vor, Zimmermann ab sofort observieren zu lassen. So schlüssig seine Theorie auch war, so lückenhaft war sie dennoch. Der Selbstmord von Hermann Liebig passte nicht ins Bild. Es sei denn, es war gar kein Selbstmord. Auf jeden Fall blieb sein Abschiedsbrief ein Rätsel. Die nächste unbekannte Variable in diesem verwirrenden Fall war Matthäus Liebig. Lebte er noch? Zu viele Fragen mussten noch geklärt werden, bevor er Zimmermann verhaften konnte. Eine Observierung war die bessere Alternative. Siebels verließ das Haus und forderte vom Wagen aus zwei Beamte an, die Zimmermann auf Schritt und Tritt verfolgen sollten. Er wartete, bis die Beamten eintrafen. Einer von ihnen war Kulmbacher, ein junger Mann, der ihm und Till bereits zur Hand gegangen war. Siebels wies die beiden in ihre Aufgabe ein. Er wollte über alle Schritte von Zimmermann umgehend unterrichtet werden. Das galt vor allem auch, wenn er Besuch bekam. Dann machte sich Siebels auf den Weg ins Westend, zum Büro von Arenz-Immobilien.

## 27. Dezember 2007, 11:20 Uhr

Der Maserati stand in der Hofeinfahrt, als Siebels bei Arenz-Immobilien eintraf. Siebels wusste nicht so recht, ob er gleich mit Peter Arenz oder mit Petra Schneider sprechen würde oder mit beiden zusammen. Er ließ es erst mal auf sich zukommen und betrat mit großen Schritten die Büroräume.

„Ah, der Herr Polizist ist wieder da", wurde er von Petra Schneider begrüßt. Sie trug ein enganliegendes weißes Kleid, das ihr bis zu den Fußknöcheln reichte. Sie sah sehr elegant aus.

„Guten Tag, Frau Schneider. Ja, der Polizist ist wieder da und hat ganz viele Fragen im Gepäck."

„Herr Arenz ist aber nicht da. Er ist bei den Liebigs und kümmert sich um Eva. Erst Magdalena und jetzt Hermann. Frau Liebig ist am Boden zerstört. Soll ich einen Termin für Sie vereinbaren?"

„Ach, lassen Sie mal, wir zwei können uns doch auch mal in Ruhe unterhalten, oder?"

„Aber natürlich. Kommen Sie, setzen wir uns in Peters Büro. Darf ich Ihnen einen Kaffee anbieten?"

„Mit Milch und Zucker bitte."

Während Petra Schneider sich um den Kaffee bemühte, machte Siebels es sich im Sessel von Peter Arenz bequem und zündete sich eine Zigarette an.

„So, da bin ich, hier ist Ihr Kaffee. Ah ja, auf eine Zigarette hätte ich jetzt auch Lust. Darf ich eine bei Ihnen schnorren?"

Siebels reichte ihr sein Päckchen. „Sagen Sie mal, Frau Schneider, was machen Sie hier eigentlich? Die Bezeichnung Sekretärin ist doch ein wenig untertrieben, oder?"

„Ach, wissen Sie, Herr Siebels, auf Titel und Anreden lege ich keinen großen Wert. Sekretärin, Assistentin, Teilhaberin, Mädchen für Alles, suchen Sie sich etwas aus."

„Was wollten Sie eigentlich bei Herrn Zimmermann?", wechselte Siebels spontan das Thema.

Petra Schneider genehmigte sich zwei Züge an der Zigarette und schien dabei angestrengt nachzudenken.

„Peter hat mich geschickt. Es ging um Magdalenas Testament. Herr Zimmermann ist ja Begünstigter, er bekommt aus Magdalenas Nachlass eine monatliche Rente ausgezahlt. Da müssen noch einige Formalitäten abgeklärt werden. Schließlich stammt dieses Geld aus den Dividenden, die das Unternehmen abwirft. Aber Genaueres kann ich Ihnen auch nicht dazu sagen. Da müssen Sie Peter oder Herrn Dr. Jürgens befragen. Meine Aufgabe war es nur, einen Termin mit ihm abzustimmen und abzuklären, ob er auch mit einer jährlichen Auszahlung einverstanden wäre."

„Was passiert jetzt eigentlich mit dem Unternehmen, nachdem Hermann und Magdalena Liebig nicht mehr da sind?"

„Oh, da fragen Sie mich aber zu viel. Ich vermute, dass Eva noch eine Weile alleine die Geschäftsführung betreibt und das ganze Unternehmen früher oder später veräußert wird."

„Nach dem Tod von Hermann stellt sich die Lage ja wieder ganz neu dar", überlegte Siebels laut. „Die zehn Prozent, die er bekommen hätte, wenn er unfreiwillig das Unternehmen hätte verlassen müssen, sind jetzt nicht mehr relevant. Jetzt hält Sarah Liebig 51 Prozent am Unternehmen. Sie hat mit wirtschaftlichen Dingen nichts am Hut und niemanden mehr in der Familie, dem sie die Geschäftsführung anvertrauen könnte. Optimale Bedingungen für einen Finanzinvestor, der das komplette Paket erwerben möchte."

Petra Schneider zog an ihrer Zigarette und drückte sie dann im Aschenbecher aus. „Kann sein, ja. Mit diesen Dingen beschäftige ich mich nicht. Aber ich könnte mir vorstellen, dass Peter diesen Laden hier aufgibt, wenn er seine Anteile veräußern kann. Dann muss ich sehen, wo ich bleibe."

„Vielleicht bei Herrn Luchter?", fragte Siebels provokativ.

„Nein, mit Sicherheit nicht. Wie kommen Sie denn auf die Idee?"

„Das kann ich Ihnen sagen. Ich glaube, dass Sie und Luchter nach wie vor ein Paar sind. Ein Paar mit großer krimineller Energie. Ein Paar, das auch über Leichen geht, wenn es dadurch seine Ziele erreicht. Ihr Ziel ist es, die Arenz-Werke an sich zu reißen. Dafür haben Sie doch den Laden als Wirtschaftsprüferin ausspioniert. Dafür haben Sie finanzkräftige Investoren in Saudi-Arabien und Kuwait konsultiert. Nur die Liebigs standen Ihrem Plan hartnäckig im Weg. Aber da haben Sie ja eine raffinierte Lösung gefunden. Peter Zimmermann hat Ihnen die Drecksarbeit abgenommen und Magdalena erstochen. Sie mussten ihn nur ein wenig lenken und den Zeitrahmen koordinieren, damit wir den Mörder auch gleich auf dem silbernen Tablett serviert bekamen. Aber ich muss Sie enttäuschen, Frau Schneider. Ihr Plan hat nicht geklappt. Ich werde auch im Fall Hermann Liebig einen Mord in

Betracht ziehen. Es wäre besser, Sie packen jetzt aus. Solange Sie als Zeugin wertvoll sind, kann Ihnen das viele Jahre hinter Gittern ersparen. Gegen Herrn Luchter habe ich nämlich noch nichts in der Hand. Wollen Sie wirklich alles auf Ihre Kappe nehmen?"

Petra Schneider war abrupt aufgestanden und im Raum hin und hergelaufen, als Siebels anfing, seine Vorwürfe gegen sie zu erheben. „Sie sind ja verrückt. Wo haben Sie denn diesen ganzen Quatsch her?", echauffierte sie sich.

„Ich komme gerade von Herrn Zimmermann. Dem geht so langsam ein Licht auf."

„Ich beende das Gespräch hiermit", fauchte Petra Schneider ihn an. „Ich werde jetzt meinen Anwalt besuchen und dann werden Sie von ihm hören. Ich wünsche Ihnen noch einen schönen Tag. Auf Wiedersehen."

„Etwas muss ich Ihnen aber noch sagen. Ihr neuer Freund, der ist gar kein Unternehmensberater. Das ist mein Kollege. Sie brauchen sich bei ihm also nicht weiter bemühen, um an Informationen zu kommen."

Petra Schneider zündete sich noch eine Zigarette an und setzte sich wieder. „Das ist doch alles Scheiße. Warum werde ich eigentlich immer von den Männern verarscht? Erst Luchter, dann Peter, jetzt sogar die Bullen. Ich habe die Schnauze voll. Was mache ich denn nur falsch?"

Siebels saß fassungslos vor Petra Schneider, die plötzlich anfing zu heulen und ihm dann ihr Herz ausschüttete.

„Ja, ich fand es spannend, als Ihr Kollege sich als Berater bei den Arenz-Werken vorstellte. Ich wollte mehr von ihm wissen. Aber ich habe mich für ihn als Mann interessiert. Ich hatte keine Hintergedanken. Ich dachte, das wäre endlich mal einer, bei dem ich nicht auf die Schnauze falle. So kann man sich irren. Sagen Sie ihm einen schönen Gruß von mir. Er soll sich nie wieder blicken lassen. Ich habe es satt, ständig benutzt zu werden. Leider bin ich nicht der mordende Vamp, für den Sie mich halten. Luchter hat mich ausgenutzt und für seine Zwecke missbraucht. Er hat dafür gesorgt, dass ich erst bei den Arenz-Werken unterkam und dann bei Arenz-Immobilien. Er hat mich in der Hand. Es gibt einige Pornofilme, bei denen ich als junge Studentin mitgemacht habe. Luchter hat mich damit erpresst. Ich sollte für ihn arbeiten. Ihn mit Informationen zu den Arenz-Werken versorgen. Das ist richtig. Aber dabei ging es nur um wirtschaftliche Zahlen und um Interna aus der Familie. Nicht um Mord. Ich habe weder etwas mit dem Tod von Magdalena noch mit dem ihres Vaters zu tun. Und jetzt lassen Sie mich bitte in Ruhe. Falls Sie Herrn Arenz treffen, richten Sie ihm aus, dass ich hiermit kündige."

„Das mache ich", sagte Siebels. „Jetzt benötige ich nur noch eine Speichelprobe von Ihnen, dann können Sie gehen. Vielleicht hilft das, Ihre Unschuld zu untermauern?" Siebels unternahm die gleiche Prozedur wie zuvor bei Zimmermann. Als er die Probe in einem neuen Röhrchen in seine Tasche steckte, machte Petra Schneider auf dem Absatz kehrt und verließ das Haus. Siebels blieb noch einige Minuten nachdenklich im Sessel von Peter Arenz sitzen. Damit hatte er nun gar nicht gerechnet. Entweder war Petra Schneider eine hervorragende Schauspielerin oder sie war tatsächlich mehr ein Opfer als die kühle Planerin in der ganzen Geschichte. Er musste Lukas finden und klären, was mit dessen Zwillingsbruder Matthäus geschehen war, sonst würde er den Fall nie lösen, kam es ihm in den Sinn. Vielleicht konnte ihm Eva Liebig in dieser Angelegenheit weiterhelfen. Immerhin war sie über ihren Schwager Karl im Bilde, das ging zumindest aus dem Brief von Hermann hervor. Er rief bei Till an und brachte ihn auf den neuesten Stand der Dinge, damit er morgen bei seinem erneuten Besuch im Kloster die richtigen Fragen stellte. Dann machte er sich auf den Weg ins Labor, um die Proben abzugeben, bevor er Eva Liebig in der Villa einen erneuten Besuch abstattete.

# 28

Er hatte sich die ganze Nacht schlaflos in dem Hotelbett herumgewälzt. Schon oft hatten ihn die Gedanken an die Fleischeslust gequält, aber noch nie war es so heftig über ihn gekommen. Selbst als junger Mann war er von solch gewaltigen lüsternen Gedankenspielen weitestgehend verschont geblieben. Auch bei aller Anstrengung gelang es ihm nicht, diese Frau aus seinem Kopf zu verbannen. Als er am nächsten Morgen müde, aber aufgekratzt beim Frühstück saß, bekam er keinen Bissen herunter. Er trank mehrere Tassen Tee und rang weiter mit sich. Er wünschte, dieses Mal den Kampf gegen seine Gefühle zu verlieren und mit dieser Frau all das zu erleben, was er sich in der Nacht vorgestellt hatte. Er kam zu dem Entschluss, dass er kein Mönch im Kloster mehr war, sondern ein Mann aus der Stadt. Er war nicht mehr Bruder Matthäus, sondern Matthäus Liebig. Das Leben barg so viel, von dem er noch nichts wusste, von dem er aber so viel gelesen hatte in seinem braunen Ledereinband. Liebe und Leid, Lust und Schmerz, Opfer und Verlust, all das, was Wilhelmine erlebt hatte, hielt das Leben auch für ihn parat. Er musste nur hinausgehen und sich dem Leben stellen.

Eine Stunde später stand er der Frau wieder gegenüber und sein Blut kochte, als sie ihm nur ihre Hand reichte. Er hielt sie in der seinen, schaute in ihre blauen Augen und brachte kein Wort über seine Lippen. Sie hatten sich in der ehemaligen Fabrikhalle getroffen, wo Petra Schneider ihm das 200 Quadratmeter große Loft zeigte. Sie durchschritten einen riesigen Raum ohne Zwischenwände mit hellem Parkett und breiter Fensterfront. Petra Schneider sprach von Lichtverhältnissen und Wärmedämmung, von Einkaufsmöglichkeiten auf der Leipziger Straße mit den vielen kleinen Geschäften und der Nähe zur City. Von der U-Bahn-Station direkt vor der Tür und von der Universität, die dem Viertel frisches Leben einhauchte. Er lauschte ihrer Stimme, ohne ihre Worte zu verstehen.

„Gefällt es Ihnen?“, fragte sie.

„Sie gefallen mir“, gab er unumwunden und geistesabwesend zu.

„Danke. Ich bin aber im Kaufpreis nicht inbegriffen.“ Petra Schneider lachte auf eine angenehme Art.

„Das ist schade“, sagte er. „Können wir uns noch die anderen Objekte anschauen? Ich möchte mir einen Überblick verschaffen.“

Mit dem Maserati fuhren sie zu dem Penthouse im Westend. Petra Schneider trug einen kurzen Rock, der ihm einen großzügigen Blick auf ihre Oberschenkel gewährte. Er ließ während der kurzen Fahrt seine Augen nicht von ihren Schenkeln. Es kostete ihn viel Anstrengung, seine Hände bei sich zu lassen. Er faltete sie, betete aber nicht.

Im Penthouse schwärmte Petra Schneider von dem überragenden Ausblick, den man von hier aus über die Stadt genießen konnte. Ihm gefiel der Ausblick auch gut, aber der Blick auf seine Führerin war ihm wichtiger. Sie zeigte ihm die moderne Einbauküche und den Kamin im gefliesten Wohnbereich.

„Entspricht das ihren Vorstellungen?“, fragte sie mit einem reizenden Ton.

„Das Schlafzimmer ist etwas klein geraten“, gab er forsch zurück und wunderte sich über seine Kühnheit.

„Sie hätten lieber eine große Spielwiese? Das habe ich mir fast gedacht. Vielleicht ist dann doch die Wohnung im Westhafen das Richtige für Sie? Kommen Sie, fahren wir zum Main runter.“

Auf der Fahrt starrte er wieder auf ihre Schenkel. „Sie sind eine sehr attraktive Frau“, sagte er leise und wendete seinen Blick von ihren Beinen hin zum Seitenfenster. Er hatte noch nie mit einer Frau geflirtet und hatte Angst, alles falsch zu machen.

„Danke. Sie sind ein sehr attraktiver Mann“, bekam er zur Antwort. „Darf ich fragen, wo Sie herkommen? Sie sind neu in der Stadt, oder?“

„Ja, ich bin neu in der Stadt. Ich komme aus einer anderen Welt. Aus einer Welt, in der es keine schönen Frauen und keine großen Betten gibt.“

„Das klingt interessant. Da haben Sie aber bestimmt viel Nachholbedarf. Willkommen in der neuen Welt.“ Petra Schneider lachte wieder und lenkte den Maserati auf die Mole am Westhafen.

Er folgte ihr in die Luxuswohnung im letzten Stock des Gebäudes. Die Wohnung hatte Ähnlichkeit mit dem Loft, das er als Erstes besichtigt hatte. Nur der Ausblick war ein völlig anderer. Von hier aus konnte er den Main beobachten, die Schiffe, die auf ihm unterwegs waren, und die Menschen, die sich schlendernd oder joggend an seinen Ufern bewegten. Das gefiel ihm außerordentlich gut.

„Ist das Bett groß genug für Sie?", hauchte Petra Schneider ihm plötzlich von hinten ins Ohr. Er drehte sich vom Fenster weg und blickte auf das große Bett, das als einziges Möbelstück mitten im Raum stand.

„Ja", sagte er und wusste nicht, was er sonst noch hätte sagen können.

„Wollen Sie es ausprobieren?" Petra Schneider stand dicht hinter ihm und flüsterte ihm die Worte ins Ohr. Ihre Hände berührten seine Hüfte, ihre Fingerspitzen wanderten an seinem Hemd entlang.

„Ja", sagte er, drehte sich ihr zu und kam nicht mehr dazu, noch mehr zu sagen. Ihre Lippen berührten seine, erst zaghaft, dann fordernd. Er erwiderte ihren Kuss, zog sie eng zu sich heran, schlang seine Arme um ihren Körper, küsste sie und ließ seiner Leidenschaft freien Lauf. Hastig zogen sie sich aus, er hatte so viel nachzuholen und keine Zeit zu verlieren. Sie ließ sich auf das Bett fallen und zog ihn zu sich, schenkte ihm das, wovon er in der Nacht geträumt hatte, und noch viel mehr. Endlich hatte er die Schwelle der Lust übertreten, endlich suhlte er sich in der Begierde, vor der er Zeit seines Lebens davongelaufen war. Im Rhythmus der Liebenden schenkte er ihr seine Manneskraft und sie dankte es ihm mit hemmungsloser Hingabe. Er wand sich auf ihr, in ihr, mit ihr und dachte dabei an die Liebesnacht, die Wilhelmine vor vielen Jahren mit Jaroslaw verbracht hatte. Er wollte diese Stunde für Petra Schneider so unvergesslich machen, wie Jaroslaw es für Wilhelmine getan hatte. Er labte sich an ihren zuckenden Bewegungen, an ihrem lauten Stöhnen, an ihren Händen, die sich tief in seinen Rücken gruben. Sein Körper, der die ganze Nacht wie ein aktiver Vulkan gebrodelt hatte, fühlte sich jetzt wie heiße Lava an. Er zerschmolz mit dem begehrten weiblichen Körper, explodierte tief in dem weiblichen Schoß, spürte die Wellen weiblicher Lust, die ihm im stürmischen Ozean der Begierde entgegenschlugen.

Er blieb noch eine ganze Weile in dem Bett liegen, seine Geliebte im Arm, das Gehirn ausgeschaltet. Er dachte nicht mehr, er fühlte nur noch. Er fühlte die weiche Haut, das flache Atmen, die kitzelnden Haare, die liebkosenden Fingerspitzen der Frau, die ihn über die Schwelle der Lust getragen hatte. Die Begierde der Liebenden war für ihn keine böse Begierde mehr. Er hatte die letzte Grenze aus seinem alten Leben überschritten und drückte sich begehrlich in sein neues Leben, in die Arme von Petra Schneider.

Petra Schneider hatte nach der stürmischen Begegnung den Westhafen ohne ihn verlassen. Er war zum Main gelaufen, wo er sich eine Parkbank suchte und dem Lauf des Flusses nachschaute. Sein Körper hatte sich wieder abgekühlt, seine Begierde hatte sich verflüchtigt, zurückgeblieben war ein Gefühl des Glücks. Er schaute hoch zum Himmel und glaubte einen Engel in der Gestalt von Wilhelmine zu erkennen. Einen Engel, der ihn auf seinem neuen Weg begleitete. Einen Engel, der seinen Weg bereitete, lange bevor er ihn beschritt. Er nahm sich seinen braunen Ledereinband zur Hand und fing an zu lesen.

*Mein Leben, Wilhelmine Arenz*

*Der plötzliche Tod von Marianne war für uns alle ein tiefsitzender Schock. Walter, der nicht fähig war, seine Trauer zum Ausdruck zu bringen, zog sich zurück. Er schwieg und ging allen Schwierigkeiten, die auf uns zukamen, aus dem Weg. Ich kümmerte mich um das Neugeborene, so gut es eben ging. Hermann versuchte zu vergessen, indem er sich in die Arbeit und sein Studium stürzte. Er arbeitete vom frühen Morgen bis tief in die Nacht hinein, an sieben Tagen in der Woche. Niemand kümmerte sich mehr um die Belange von Peter und Klara, die beiden wurden zusehends schlechter in der Schule und ihre Lehrer baten mich das ein oder andere Mal zum Rapport. Während im ersten Jahr nach Mariannes Tod die Probleme in der Familie immer größer wurden, entwickelte sich das Unternehmen weiter rasant. Walter und Hermann kauften in ganz Deutschland kleinere Unternehmen auf und integrierten sie in unsere Firma. Aber es lief nicht mehr so idyllisch zwischen den beiden wie zu Mariannes Lebzeiten. Wegen jeder Kleinigkeit bekamen sie sich in die Haare. In dieser Phase gab ich weitreichende Befugnisse an Dr. Jürgens, der in jener Zeit ausschließlich für mich arbeitete. Er prüfte alle Vorhaben von Walter und Hermann, setzte Verträge auf und hielt mich immer auf dem Laufenden.*

*Die kleine Sarah hatte sich als gesundes Kind prächtig entwickelt. Ich war ihr Mutter, so gut ich es sein konnte. Als wir ihren ersten Geburtstag feierten, stellte uns Hermann völlig überraschend seine neue Freundin, Eva Galinski, vor. Aufgewachsen in einem Waisenhaus, machte sie gerade eine Ausbildung zur Krankenschwester. Hermann hatte sie im Krankenhaus bei einer Routineuntersuchung, die wegen seiner Epilepsie regelmäßig vorgenommen wurde, kennen gelernt. Walter war außer sich, er wollte von dieser Eva nichts wissen. Auch ich war im ersten Augenblick nicht sehr angetan von diesem Mädchen. Wir wussten so wenig von ihr und sie erzählte nicht viel von sich. Hermann brachte sie auch nur ungern an den Sonntagen mit zu uns zum Kaffeetrinken, so wie er es mit Marianne getan hatte. Eva hatte etwas Geheimnisvolles an sich. Man wusste nie genau, woran man bei ihr war. Sie zeigte sich stets freundlich, blieb dabei aber immer sehr distanziert. Doch Hermann brauchte dringend eine Frau an seiner Seite und wenn es diese Eva sein sollte, wollte ich ihm nicht im Wege stehen. Nur drei Monate später gaben die beiden sich das Ja-Wort. Hermann und Eva bewohnten seitdem gemeinsam mit der kleinen Sarah das untere Stockwerk in unserer Villa. Aber Eva war kein Ersatz für Marianne. Für Peter und Klara interessierte sie sich überhaupt nicht und mit Sarah tat sie sich auch sehr schwer. Mit Walter bekam sie sich regelmäßig in die Haare. Hermann und Eva waren aber verrückt nacheinander. Allen Widerständen zum Trotz hielten die beiden wie Pech und Schwefel zusammen. Bald musste ich mir eingestehen, dass Hermanns Liebe zu Eva um ein Vielfaches größer war als die zu Marianne. Er verbrachte mit Eva auch viel mehr Zeit als mit Marianne. Er ging nicht mehr so oft in die Firma und wenn er da war, bekam er gleich Krach mit Walter. Drei Monate nach der Hochzeit eröffnete uns Hermann, dass Eva schwanger sei.*

## 27. Dezember 207, 14:45 Uhr

Wenn Blicke töten könnten, hätte Siebels das Labor nicht mehr lebend verlassen. Aber die Drohungen von Jensen hatten ihre Wirkung nicht verfehlt, eine Mitarbeiterin war aus dem Urlaub zurückgerufen und zu Überstunden verdammt worden. Siebels wies trotzdem noch einmal darauf hin, dass es eilig sei. Die Proben, die Dr. Petri von Hermann und Magdalena Liebig sowie von Eva und Sarah Liebig genommen hatte, befanden sich bereits im Labor. Siebels war schon drauf und dran zu verkünden, dass unter Umständen noch mehr Proben angeliefert würden, verkniff es sich aber unter dem eisigen Blick der Dame im weißen Kittel.

Nach einem kurzen Zwischenstopp bei McDonalds, wo er sich drei Hamburger mit einem Kaffee herunterspülte, machte er sich auf den Weg zur Villa Liebig. Das Tor stand offen, als er auf das Grundstück fuhr, sonst wäre ihm der kahlrasierte Mann in der Telefonzelle vielleicht aufgefallen. Lukas stand in der Zelle, keine fünfzehn Meter von der Toreinfahrt zur Villa entfernt. Von dort beobachtete er genau, wer kam und ging.

Als Siebels vor der Villa aus seinem Wagen stieg, kam Peter Arenz gerade aus der Tür heraus.

„Guten Tag, Herr Arenz. Mein aufrichtiges Beileid."

„Ach, Sie sind es. Ja, danke. Ich habe mal nach dem Rechten gesehen. Eva und Sarah sind ja völlig durcheinander. Besonders um Eva mache ich mir Sorgen. Wie konnte Hermann das auch nur machen, das ist mir völlig unbegreiflich."

„Ich werde auf alle Fälle eine Obduktion anordnen. Noch schließe ich Fremdeinwirkung nicht aus."

„Sie meinen, da hat jemand nachgeholfen? Sehen Sie etwa eine Verbindung zum Tod von Magdalena?"

„In der Tat. Und deswegen möchte ich mich auch so bald wie möglich mit Ihnen und mit Herrn Luchter unterhalten. Am liebsten gleich morgen. Können Sie das mit Herrn Luchter arrangieren?"

Peter Arenz kratzte sich nachdenklich am Kinn. „Was wollen Sie denn von Herrn Luchter? Der befindet sich auf Teneriffa."

„Wann wird er denn zurückerwartet?"

„Da bin ich überfragt. Wenden Sie sich lieber an meine Schwester."

„Das werde ich machen. Ach, einen schönen Gruß soll ich Ihnen von Ihrer Sekretärin ausrichten. Sie hat gekündigt. Fristlos, so wie ich das verstanden habe."

„Aha. Sehr interessant. Das ist jetzt bestimmt ihre fünfte oder sechste fristlose Kündigung in den letzten drei Monaten. Welche Laus ist ihr denn jetzt schon wieder über die Leber gelaufen?"

„Zu viele tote Liebigs. Das arme Mädchen steht nämlich unter Mordverdacht. Zusammen mit ihrem Chef und dem ehrenwerten Herrn Luchter."

„Das ist doch lächerlich", winkte Peter Arenz ab. „Was sind denn das jetzt für Possen?"

„Das sind die Ergebnisse mühsamer Ermittlungen. Ich darf Sie bitten, das Land nicht ohne meine Genehmigung zu verlassen. Ach, und wenn wir schon dabei sind, falls Sie demnächst Ihre Unternehmensanteile an Herrn Luchter verkaufen, wäre ich dankbar, wenn ich vorab informiert werden würde."

Peter Arenz schüttelte genervt den Kopf. „Wie Sie vielleicht mitbekommen haben, sind die Aktien der Arenz-Werke nicht an der Börse notiert. Es besteht also keine Mitteilungspflicht, wenn jemand größere Anteile am Unternehmen kauft oder verkauft. Ich wüsste auch nicht, was Sie das angeht. Ich wünsche Ihnen noch einen angenehmen Tag. Auf Wiedersehen."

„Ja, ich denke, wir werden uns schon bald wiedersehen."

Peter Arenz stieg in seinen Wagen und brauste mit quietschenden Reifen davon. Siebels ging in die Villa, wo er an der Eingangstür schon von Sarah Liebig erwartet wurde.

„Guten Tag, Herr Siebels. Was war denn los?"

„Guten Tag, Frau Liebig. Ich habe Herrn Arenz nur um ein klärendes Gespräch gebeten, weil er nach wie vor zum Kreis der Verdächtigen zählt."

„Peter? Sie glauben wirklich, dass er Magdalena getötet hat? Das kann ich mir nicht vorstellen. Er war zwar nicht sehr glücklich darüber, dass Magdalena einem Verkauf am Unternehmen nicht zustimmte, aber deswegen bringt er sie doch nicht um. Was ist denn mit dem Mann, den sie bei Magdalenas Leiche gefunden haben? Der wird sie umgebracht haben, alles andere ist doch an den Haaren herbeigezogen."

Siebels begleitete Sarah Liebig ins Haus. Sie gingen in die

Küche, wo Sarah Liebig Siebels einen Kaffee anbot. Sie steckte sich eine selbstgedrehte Zigarette an und setzte sich zu ihm auf die Eckbank. Siebels überlegte kurz, ob er auf die obligatorische Zigarette verzichten sollte, kam aber zu einem anderen Ergebnis. Kaffee schlürfend und rauchend saßen die beiden am Küchentisch.

„Der Mann, von dem Sie sprechen, heißt übrigens Lukas Liebig. Er ist ein Cousin von Ihnen und Magdalena."

„Wie bitte?"

„Sie haben ganz recht gehört. Jedenfalls sprechen alle Indizien dafür. Der Abschiedsbrief Ihres Vaters bestätigt diese Theorie. Er hatte sich anscheinend kurz vor seinem Tod mit seinem seit dem Krieg verschollenen Zwillingsbruder Karl getroffen. Wir gehen davon aus, dass dieser Karl der Vater des Mannes ist, den wir bei der Leiche Ihrer Schwester auffanden. Lukas Liebig. Das erklärt auch, dass er an der gleichen Krankheit litt wie Magdalena. Er ist als Findelkind in einem Kloster herangewachsen. Er und sein Zwillingsbruder. Es gibt Hinweise, dass sich auch sein Zwillingsbruder in der Stadt aufhält oder aufgehalten hat. Auch er leidet an Epilepsie."

„Das ist ja Wahnsinn", stammelte Sarah Liebig. „Das Testament meiner Großmutter ergibt dann ja wirklich einen Sinn."

„So ist es", pflichtete Siebels ihr bei. „Wilhelmine hat ihr Leben lang die Hoffnung nicht aufgegeben, dass ihre beiden Kinder Karl und Erika in den Kriegswirren überlebt haben. Zumindest Karl und dessen Kinder scheint sie am Ende doch noch aufgespürt zu haben. Sie hat herausgefunden, dass die beiden im Kloster aufgewachsen sind. Daher wahrscheinlich diese Frist im Testament. Sie wollte den beiden Zeit geben, sich zu entscheiden. Für das Kloster oder für das Erbe."

„Unglaublich. Aber warum melden die beiden sich nicht? Warum hat man den einen bei uns im Haus gefunden? Warum ist er jetzt geflüchtet? Sind Sie nicht davon ausgegangen, dass er der Liebhaber von Magdalena war? Ein Mann aus dem Kloster? Ihr eigener Cousin?"

„Beziehungen zwischen Cousin und Cousine sind in Deutschland nicht wirklich verboten. Es ist zwar unüblich, aber dieser Verwandtschaftsgrad fällt nicht mehr unter Inzest. Dass er

Mönch ist, war für die beiden vielleicht ein größeres Problem. Ich habe eine Theorie, die im Großen und Ganzen schlüssig klingt. Leider habe ich noch keine stichfesten Beweise dafür."

„Welche Theorie?", fragte Sarah Liebig neugierig.

„Ich befürchte, dass alle Erben, die sich gegen einen Unternehmensverkauf stellen könnten, ausgeschaltet werden sollen. Magdalena wurde getötet. Lukas haben wir als Bauernopfer vorgefunden. Hätten wir nicht gründlich ermittelt, wäre er jetzt schon wegen Mordes angeklagt. Von seinem Zwillingsbruder haben wir noch keine Spur, ich kann nicht ausschließen, dass auch er getötet wurde. Und schließlich Ihr Vater. Ich habe eine Obduktion angeordnet. Ein Selbstmord passt so gar nicht in das vorhandene Bild."

Sarah Liebig schluckte schwer. Sie drehte sich mit flinken Fingern eine neue Zigarette und steckte sie sich hektisch an.

„Und hinter all dem vermuten Sie Peter Arenz?"

„Nur indirekt. Meiner Meinung nach stecken andere Leute dahinter. Mächtige Leute, die Peter Arenz benutzen, um ihre Ziele zu erreichen."

„Das würde aber bedeuten, dass auch ich in Lebensgefahr schwebe. Immerhin gehören mir jetzt mehr als die Hälfte aller Aktien am Unternehmen."

„Ja, darüber habe ich auch schon nachgedacht. Das halte ich aber für unwahrscheinlich. So wie ich die Sache sehe, haben Sie niemanden mehr, der das Unternehmen führt. Sie müssten ein externes Management aufbauen und kontrollieren. Sie sind Malerin. Ihnen wird gar nichts anderes übrig bleiben, als zu verkaufen."

„Ja, da haben Sie wohl recht. Obwohl es mir in der Seele schmerzt, das Lebenswerk meiner Großeltern und meines Vaters aufzugeben. Diese Entscheidung hätte ich gern jemand anderem überlassen. Glauben Sie denn, meine Cousins haben die Absicht, ihr Erbe anzutreten? Mein Gott, wie sich das anhört, meine Cousins, das muss ich erst einmal verarbeiten."

„Das ist eine gute Frage, die kann ich Ihnen leider nicht beantworten. Wenn meine Theorie aber wenigstens ansatzweise richtig ist, besteht wohl die Möglichkeit. Man kann in einem Kloster eine sehr gute Ausbildung genießen. Es gibt Mönche, die äußerst erfolgreich als Berater für Unternehmensführer und gehobene Manager tätig sind."

„Wahnsinn", entfuhr es Sarah Liebig. „Sie sprachen vorhin davon, dass meine Großmutter ihre beiden verlorenen Kinder zeitlebens gesucht hat. Karl ist anscheinend wieder aufgetaucht. Was ist mit Erika?"

„Wenn ich das wüsste. Von ihr gibt es überhaupt keine Spur. Ich habe einen Verdacht, aber der ist bisher rein theoretischer Natur."

„Und der wäre?"

„Ich sage es Ihnen, aber behalten Sie es bitte für sich. Es ist zurzeit wirklich nur ein Hirngespinst. Aber ich würde mich nicht wundern, wenn Peter Zimmermann ein Sohn von Erika wäre. Vielleicht ist sogar Petra Schneider eine Tochter von ihr. Im Moment halte ich alles für möglich. Bald werden wir mehr wissen."

„Wahnsinn. Ich bekomme das alles nicht in meinen Kopf hinein."

„Wo ist denn Ihre Stiefmutter? Mit ihr würde ich mich gerne auch noch mal unter vier Augen unterhalten."

„Sie ist oben. Warten Sie, ich schicke sie herunter."

„Ach, einen Moment noch. Könnten Sie mir noch mal den Gefallen tun und den Klingelton auf meinem Handy ändern? Jingle Bells passt ja jetzt nicht mehr in die Zeit. Ich weiß immer noch nicht, wie man so etwas macht. Ich glaube, ich lerne es auch nicht mehr."

„Na, dann geben Sie mal her. Was darf es denn sein?"

„Weiß nicht. Irgendwas Neutrales, womit man sich nicht blamiert, wenn jemand anruft."

„Ich lade Ihnen etwas Passendes drauf", versprach Sarah und ging mit dem Handy nach oben zu Eva.

Eva Liebig ließ sich Zeit und Siebels vertrieb sich diese mit Rauchen. Als er die zweite Zigarette im Aschenbecher ausdrückte, vernahm er Eva Liebigs Stimme, die gerade die Küche betrat.

„Ich mag es nicht, wenn im Haus geraucht wird."

„Entschuldigung, ich vergaß."

„Seit Sarah hier ist, komme ich mir vor wie in einer Räucherkammer. Was möchten Sie? Ich habe gehört, Sie wollen

Hermann obduzieren lassen. Muss das sein?"

„Leider, ja. Ich will ganz sicher gehen, dass bei seinem Tod niemand nachgeholfen hat."

Eva Liebig wischte sich die Augen trocken. Sie sah schrecklich aus. Siebels hatte Mitleid mit ihr.

„Es geht um den Brief. Ihr Mann hat geschrieben, dass Sie nicht nach Karl suchen sollen. Falls es wirklich Ihr Mann war, der den Brief geschrieben hat. Wir lassen den Brief graphologisch untersuchen. Wussten Sie von der Existenz des Zwillingsbruders Ihres Mannes?"

Eva Liebig sah Siebels stumm und ausdruckslos an.

„Frau Liebig, verstehen Sie mich?"

„Das Testament von Wilhelmine. Wer bis drei zählen konnte, konnte sich auch ausmalen, dass da etwas dahintersteckt. Wilhelmine hat sich in den letzten zwei Jahren ihres Lebens sehr verändert. Klara wollte uns weismachen, dass es Altersdemenz wäre. Wilhelmine war klarer im Kopf, als wir alle zusammen."

„Ja", gab Siebels nachdenklich von sich. „Ihr Mann hat sich mit Karl getroffen. Karl hat ihm etwas erzählt. Eine Wahrheit, die Ihren Mann derart schockiert hat, dass er damit nicht mehr leben wollte. Welche Wahrheit, Frau Liebig?"

„Ich dachte, Sie bezweifeln seinen Selbstmord."

„Das ist richtig. Ich zweifele. Aber ich schließe es nicht aus. Im Moment spricht alles dafür. Und wenn tatsächlich jemand anderes den Brief geschrieben hat, hat er sich dabei etwas gedacht. Welche Wahrheit, Frau Liebig? Vielleicht ist Sarah auch in Gefahr? Was verheimlichen Sie mir?"

„Sie haben es gelesen, jemand hat es mit dem Blut meiner Tochter geschrieben." Eva Liebig flüsterte diese Worte, bevor sie in Ohnmacht fiel. Siebels rief nach Sarah, gemeinsam legten sie Eva Liebig auf die Couch im Gästezimmer. Sarah rief einen Arzt. Als der eingetroffen war, machte sich Siebels auf den Weg. Eva Liebig war nicht mehr ansprechbar, der Arzt hatte ihr ein Beruhigungsmittel gegeben.

Als Siebels im Wagen saß, flüsterte er die Worte, die auf dem Spiegel standen, unaufhörlich vor sich hin. Nehmen wir uns also vor jeder bösen Begierde in Acht; denn der Tod steht an der Schwelle der Lust.

War diese Botschaft gar nicht auf Magdalena gemünzt, sondern auf Eva? War Magdalena deshalb im Bett ihrer Eltern ermordet worden? Siebels bekam es einfach nicht auf die Reihe. Er fuhr nach Hause, er wollte sich einfach nur noch hinlegen und schlafen.

Siebels betrat gerade seine Wohnung, als aus seiner Jackentasche der Triumphmarsch aus Aida erklang. Es dauerte einen Moment, bis er registrierte, dass es sich um den neuen Klingelton seines Handys handelte. Die Melodie gefiel ihm, er ließ es noch ein wenig spielen, bevor er den Anruf entgegennahm. Kulmbacher, der die Wohnung von Zimmermann observierte, meldete sich. Zimmermann hatte Besuch bekommen. Der Besucher entsprach der Beschreibung des zur Fahndung ausgeschriebenen Lukas.

## 28. Dezember 2007, 8:15 Uhr

Till saß in seinem Wagen und fuhr in Richtung Heidelberg. Gegen die Mittagszeit wollte er die Abtei Neuburg erreicht haben. Der freie Tag bei seinen Eltern hatte ihm gut getan. Er hatte wieder einen klaren Kopf bekommen, nachdem Petra Schneider ihm diesen in den Tagen zuvor ziemlich verdreht hatte. Ihm war klar geworden, dass er Mist gebaut hatte und die Sache aus dem Ruder gelaufen war. Er drehte die Musik im Autoradio lauter und freute sich, dass Johanna heute wiederkam. Für einen kurzen Moment dachte er darüber nach, ob er ihr seinen Fehltritt beichten sollte. Ihm kam bei Tempo 190 eine bessere Idee. Wenn er jetzt schon ins Kloster fuhr, konnte er dort eine Beichte ablegen. Er war zwar nicht katholisch, aber das änderte seiner Meinung nach nichts am Tatbestand seines Fehltritts. Die Idee mit der Beichte gefiel ihm außerordentlich gut. Wenn er das erledigt hatte, konnte er Johanna heute Abend mit einem einigermaßen reinen Gewissen gegenübertreten. Irgendwie musste es mit seiner Beziehung zu Johanna jetzt vorangehen, überlegte er sich. Seitdem Siebels ihm eröffnet hatte, dass er noch mal Vater werden würde, spukte auch in seinem Kopf ein kleiner Till herum. Aber er wusste nicht, was Johanna von dieser Idee hielt. Sie sprach seit Wochen nur noch von ihren Zukunftsplänen als angehende Ärztin. Till drosselte sein Tempo und wechselte auf die rechte Fahrbahn. Er rief bei Siebels an, um sich nach dem neuesten Stand der Ermittlungen zu erkundigen.

„Guten Morgen, wie geht's, wie steht's?", fragte er heiter, als Siebels sich meldete.

„Guten Morgen. Hier geht alles drunter und drüber. Wird Zeit, dass du wieder auftauchst."

„Ich bin gerade auf dem Weg nach Heidelberg. Ich denke, so gegen Nachmittag bin ich wieder da. Was ist denn passiert?"

„Ich wollte gestern gerade Feierabend machen, als Kulmbacher mich anrief. Den habe ich zur Observierung vor Zimmermanns Haus platziert. Er hat Lukas erkannt, als der in das Haus von Zimmermann gegangen ist. Ich bin sofort losgefahren, Kulmbacher und sein Kollege haben vor dem Haus auf mich gewartet. Leider kam ich zu spät. Als wir in der Wohnung waren, fanden wir Lukas blutüberströmt in Zimmermanns Wohnzimmer liegen. Zimmermann hat ihm eine leere Bierflasche über den Schädel gezogen."

„Lebt er noch?"

„Ja, er lebt noch. Aber er ist nicht ansprechbar."

„Das ist ja nichts Neues", gab Till belustigt zurück.

„Stimmt auch wieder. Vielleicht haben wir ja Glück, und der Schlag auf den Kopf macht ihn gesprächiger, wenn er wieder zu sich kommt. Zimmermann schweigt auch beharrlich. Der sitzt jetzt in der Zelle. Das Schlimmste an der ganzen Sache ist, dass Jensen wieder aufgetaucht ist. Der hatte sich eigentlich für den Rest des Jahres verabschiedet."

„Den vermisse ich schon irgendwie. Sag ihm einen schönen Gruß von mir."

„Das kannst du selbst machen, wenn du dich beeilst, schaffst du es zur Lagebesprechung. 17:15 Uhr im Büro. Ich muss mich jetzt sputen, im Labor erwartet man die Probe von Lukas für die DNA-Analyse. Wir lassen gerade alle Beteiligten auf ihre Gene testen. Irgendwie habe ich das Gefühl, dass uns da noch eine Überraschung erwartet."

„Holen wir unsere Mädels heute Abend gemeinsam am Flughafen ab?"

„Ja. Deine Undercover-Aktion ist übrigens beendet. Ich habe Petra Schneider verraten, wer du wirklich bist."

Till war erleichtert, als Siebels ihm das mitteilte. „Wie hat sie reagiert?"

„Sie will dich nicht mehr sehen und sie hat die Schnauze von Männern jetzt voll. Sie wollte mir doch tatsächlich weismachen, dass sie ehrlich an dir interessiert war."

„Darauf kannst du einen lassen!"

„Mensch, Till. Wach auf. Die Frau ist eine wandelnde Katastrophe. Entweder ist sie hochgradig kriminell oder sie ist ein Fall für den Psychologen."

„Ich befürchte, du hast recht. Wir sehen uns später, bis dann."

„Lass dich von den Mönchen nicht an der Nase herumführen. Wir brauchen alle Informationen über Lukas und seinen Zwillingsbruder."

# 29

Er lag am frühen Morgen in seinem Hotelbett und kam sich einsam vor. Zeit seines Lebens hatte er die Einsamkeit gesucht. Er hatte immer geglaubt, sie im Kloster gelebt zu haben. Jetzt erst bemerkte er, dass das ein Trugschluss gewesen war. Einsamkeit konnte man erst dann erleben, wenn man sich nach Zweisamkeit sehnte. Diese Erkenntnis kam ihm wie eine Erleuchtung vor. Und er sehnte sich nach der Frau, die ihn gestern in die Geheimnisse der Liebe eingeführt hatte. Ein solch schmerzhaftes Verlangen nach körperlicher Liebe hatte er im Kloster nie verspürt. Er fragte sich, ob diese Frau sich jetzt auch so nach ihm sehnte. Niemand konnte ihm diese Frage beantworten. Er musste es selbst herausfinden. Er stand auf und nahm seine Medizin. Die Medizin wirkte bei ihm genauso gut wie der Kräutertee. Seit Tagen hatte er keinen Anfall mehr gehabt. Er ging ins Bad, duschte, rasierte sich den Schädel, legte ein Parfüm auf. Er mochte es, gut zu riechen. Er betrachtete sich gern im Spiegel, zog sich gerne teure Anzüge an, hatte eine Vorliebe für all das entwickelt, was er im Kloster immer verabscheut hatte. Seine größte Vorliebe galt nun der Frau. Dieser Frau. Er wollte sie wiedersehen. Er wollte sie küssen, im Arm halten, mit ihr spazieren gehen, sie ausziehen, ihren Duft einatmen, ihre sanfte Haut berühren, ihre Brüste bewundern, ihre intimsten Geheimnisse erforschen. Er nahm sich vor, sich an diesem Tag wieder einige Wohnungen oder Häuser von ihr zeigen zu lassen. Zuvor wollte er aber wieder ein Stück der Stadt erkunden. Nach dem Frühstück lief er zum Kettenhofweg und diesen quer durch das Westend bis zur Alten Oper entlang. Als er am Büro von Arenz-Immobilien vorbeikam, nahm er sich vor, am Nachmittag hineinzugehen. Er lief über den Opernplatz, die Freßgass hinab und gelangte auf die Zeil. Er betrat ein großes Kaufhaus, fuhr mit der Rolltreppe nach oben, lief in die Abteilung für Sport- und Bademoden. Er hatte noch nie eine Badehose besessen. Er wusste auch nicht, welche Größe er hatte. Er ließ sich von einem Verkäufer beraten. Mittlerweile machte es ihm

Spaß, auf die Leute zuzugehen und mit ihnen zu sprechen. Alle Hemmungen, die er als Neuankömmling in dieser Stadt gehabt hatte, hatte er abgelegt. Abgelegt bei der Frau, die ihm das Gefühl geschenkt hatte, ein Mann zu sein. Mit zwei Plastiktüten verließ er das Kaufhaus wieder. In der einen trug er wie immer seinen braunen Ledereinband. In der anderen befanden sich seine neue Badehose, ein paar Badeschlappen und ein Handtuch. Mit seinen neuen Errungenschaften fuhr er erst mit der U-Bahn und dann mit dem Bus zu seinem Ziel. Das Rebstockbad war in dem bunten Prospekt, das er in der Hotelhalle an sich genommen hatte, als Erlebnisbad beschrieben. Er war gespannt, was er erleben würde. In der Umkleidekabine zog er sich seine neue Badehose an. Seine Kleider und seinen braunen Ledereinband verstaute er in einem der Schließfächer. Er ging zum Schwimmbecken und verschaffte sich einen Überblick. Ihn zog es zu der Riesenrutschbahn, wo vergnügt schreiende Kinder hinunterrutschten und platschend im Wasser landeten. Er atmete tief den Chlorgeruch ein und stellte sich vor, der Vater von einem dieser Kinder zu sein. Der Gedanke gefiel ihm. Nach einer Weile des Beobachtens ging er zum Becken, wo die Sprungbretter standen. Ein junger Mann wippte auf dem Fünf-Meter-Brett und sprang kopfüber ins kühle Nass. Der Sprung ins kalte Wasser erinnerte ihn an seinen Sprung vom Kloster in die Stadt. Spontan ging er zu dem Sprungturm, stieg die Stufen hinauf und lief vorsichtig über das Brett, bis er am Ende stehen blieb und hinabsah. Das Wasser lag ruhig unter ihm. Er war allein, niemand schaute nach ihm. Von oben sah die Entfernung zum Wasser viel höher aus als von unten. Er zögerte. Dann sprang er. Als sein Kopf wieder an der Wasseroberfläche auftauchte, jauchzte er wie die Kinder auf der Rutschbahn. Er stieg aus dem Becken und ließ sich vor dem Schwimmerbecken auf einem der Liegestühle nieder. Er beobachtete die anderen Besucher, die aus dem Wasser stiegen oder ihre Runden im Wasser drehten. Seine Blicke blieben bevorzugt bei Frauen in knappen Bikinis hängen. Seine Gier nach dem Leben wuchs von Tag zu Tag. Er wurde unruhig und ging schließlich zu seinem Schließfach, holte sich seinen braunen Ledereinband und machte es sich damit wieder auf dem Liegestuhl bequem.

*Mein Leben, Wilhelmine Arenz*

*Eva brachte ihre Tochter Magdalena ohne Komplikationen zur Welt. Meine Befürchtungen, dass Hermann seine Krankheit weiter vererbt hatte, hielten sich in Grenzen. Ich war mir sicher, dass das Risiko bei einem Mädchen wesentlich geringer war als bei einem Jungen. Als ich die kleine Magdalena zum ersten Mal auf dem Arm hielt, hatte ich meine Erika vor Augen. Die Erinnerungen waren immer noch sehr schmerzhaft und meine Hoffnungen konnte ich einfach nicht begraben. Erika wäre jetzt zwanzig Jahre alt, so alt wie Eva.*

*Schon kurz nach der Geburt stelle sich heraus, dass Magdalena die Krankheit in sich trug. Die gleichen Symptome, die ich bei Hermann und Karl bereits im Säuglingsalter beobachtet hatte, traten auch bei ihr auf, nur noch schlimmer. Dr. Breuer überwies sie an einen Spezialisten, zahlreiche Untersuchungen musste die Kleine in den ersten Monaten ihres Lebens über sich ergehen lassen. Die Ergebnisse übertrafen meine schlimmsten Befürchtungen. Magdalena litt nicht nur unter der gleichen Krankheit wie ihr Vater und ihr Großvater, sie reagierte auch allergisch auf die Medikamente, die sie verordnet bekam. Ihr kleiner Körper wurde für die Ärzte zu einer Herausforderung, der sie nicht gewachsen waren. Auch ihre Mutter war mit der Situation überfordert. Eva, die es während der Schwangerschaft kaum erwarten konnte, endlich Mutter zu werden, kapitulierte vor den Problemen, die Magdalena mit in die Welt gebracht hatte. Sie zog sich zurück, wurde depressiv und fing an zu trinken. Mit Walter sprach sie gar nicht mehr, mit mir nur noch das Nötigste. Dafür war sie voll und ganz auf Hermann fixiert. Sie hing wie eine Klette an ihm und verfiel in Lethargie, wenn Hermann das Haus verließ.*

*Als Magdalena zwei Jahre alt war, gaben die Ärzte die Hoffnung auf. Mehrmals hatte sie wegen allergischer Reaktionen auf die verordneten Medikamente in Lebensgefahr geschwebt. Ihr kleiner Körper war es leid, als Versuchsballon missbraucht zu werden. Kein Arzt war mehr bereit, die Verantwortung für eine medikamentöse Therapie zu übernehmen. Magdalena musste mit den epileptischen Anfällen, von denen sie häufig heimgesucht wurde, leben.*

*Dr. Breuer untersucht sie seitdem regelmäßig und überwacht bis zum heutigen Tag ihren Gesundheitszustand.*

*Die epileptischen Anfälle begleiteten Magdalena durch ihre Kindheit und ihre Jugend. Der Zustand von Eva verbesserte sich wieder, aber sie war nicht in der Lage, sich ausreichend um ihre Tochter zu kümmern. Und Hermann fehlte die Zeit dazu. Er beendete sein Studium mit Bestnote und arbeitete anschließend wie ein Besessener für die Firma. Solange er seine Medikamente nahm, blieb er von den epileptischen Anfällen verschont. Geheilt war er aber nicht. Mehrmals hatte er seine Medikamente abgesetzt. Jedes Mal hatte er kurz darauf einen Anfall erlitten.*

*Magdalena konnten wir weder in einen Kindergarten noch zur Schule schicken. Ständig musste sie unter Aufsicht stehen. Ihr einziger Kontakt zu Gleichaltrigen blieb ihre Halbschwester Sarah. Die beiden verstanden sich ausgezeichnet. Sarah war der Lichtblick in Magdalenas dunkler Welt. Peter und Klara zeigten wenig Verständnis für die Probleme, die Magdalenas Krankheit mit sich brachte. Sie entwickelten sich zu rebellischen Pubertierenden, die ihren Vater als Goldesel und ihre Stiefmutter als böse Hexe betrachteten. Ich wollte die beiden auf ein Internat schicken, doch davon wollte Walter nichts wissen. Erst als die Polizei im Haus erschien, weil Peter und Klara mehrfach bei Diebstählen in Kaufhäusern erwischt worden waren, gab Walter seinen Widerstand auf. Klara war dreizehn und Peter vierzehn, als wir sie in einem Schweizer Internat anmeldeten. Dort blieben sie, bis sie ihr Abitur in der Tasche hatten.*

*Für Sarah und Magdalena stellte ich ein Kindermädchen ein. Ich schaute mir mehrere Bewerberinnen an und entschied mich für eine junge Frau, der ich diese schwierige Aufgabe zutraute. Sie hieß Maria Bromowitsch und erwies sich als wahrer Glücksgriff. Sarah und Magdalena hatten sie schnell in ihr Herz geschlossen. Sie wusste damit umzugehen, wenn Magdalena einen Anfall bekam, und erkannte instinktiv, ob Magdalena nach einem Anfall ärztlichen Beistand benötigte oder sich schnell wieder erholen würde. Es dauerte kein halbes Jahr, da genoss Maria schon unser vollstes Vertrauen. Ich beschloss, sie zusätzlich auch für Aufgaben im Haushalt einzusetzen und beschäftigte sie als Vollzeitkraft. Durch die ständige Präsenz von Maria Bromowitsch kroch auch Eva wieder aus ihrem Schneckenhaus hervor. Die Belastungen, vor denen sie kapituliert hatte, trug nun Maria. Und sie trug sie besser, als Eva das jemals gelungen wäre. Solange Maria im Haus war, konnte auch Eva plötzlich wieder eine Mutter sein, die sich um ihre Tochter kümmerte. Der psychische Druck, der mich seit Magdalenas Geburt ans Haus gebunden hatte, war endlich von mir gewichen. Langsam tastete ich mich wieder an das Geschäftsleben heran. Ich fing an, die Zahlen zu prüfen und musste erkennen, dass einiges im Argen lag. Erst waren es nur wenige Stunden am Tag, in denen ich mich der Firma widmete. Aber schon nach wenigen Monaten ließ ich mir ein eigenes Büro einrichten und bald verbrachte ich genauso viel Zeit im Unternehmen wie Walter und Hermann. Dem Erfolg war es nicht abträglich und zu Hause vermisste mich niemand mehr.*

## 28. Dezember 2007, 11:00 Uhr

Peter Zimmermann saß in seiner Zelle und starrte apathisch auf die Tür. Auf Veranlassung von Siebels war Frau Dr. Münzberg, die Leiterin seiner Selbsthilfegruppe, vor zwei Stunden bei ihm aufgetaucht. Sie hatte sich vergewissert, dass er seine Medikamente bei sich hatte und versucht, ihn in ein Gespräch über die Vorkommnisse zu verwickeln. Aber er hatte sich nicht darauf eingelassen. Er mochte die Ärztin, sie hatte in den letzten Jahren viel für ihn getan. Aber in seiner momentanen Situation konnte auch sie ihm nicht helfen. Siebels hatte ihn wegen versuchten Totschlags eingesperrt und ihn wissen lassen, dass er auch im Fall Magdalena noch unter dringendem Tatverdacht stand. Zimmermann starrte auf die Zellentür und versuchte zu rekonstruieren, wie tief er tatsächlich in der ganzen Sache drinsteckte. Als der Mann gestern bei ihm aufgetaucht war, war er in

Panik geraten. Er hatte noch die Worte von Siebels im Ohr. Der Liebhaber von Magdalena, höchstwahrscheinlich Zeuge der Tat, sei geflohen. Der Mörder von Magdalena müsse sich vor ihm in Acht nehmen. Zimmermann haderte mit sich, weil er dem Mann einfach die Tür geöffnet, ihn zu spät erkannt hatte. Der Mann, den er mit Magdalena im Bett ihrer Eltern beobachtet hatte, hatte sich einfach an ihm vorbeigedrängt und war in sein Wohnzimmer gegangen. Zimmermann hatte um sein Leben gefürchtet. Er sah den Mann in seinem Wohnzimmer auf und ab gehen, dabei blitzten in seinem Kopf Bilder auf, die ihm die Kehle zuschnürten. Er sah das lustverzerrte Gesicht von Magdalena, die sich unter dem Körper dieses Mannes wand und vor Erregung laut stöhnte. Er hatte die rhythmischen Bewegungen des Mannes vor Augen, der jetzt in seinem Wohnzimmer stand und mit ihm sprach. Plötzlich erwähnte er den Namen von Petra Schneider. Zimmermann hatte wieder die Worte von Siebels im Ohr, mit denen er ihn vor dieser Schneider gewarnt hatte. Ein Gefühl von unerklärlicher Angst und rasender Eifersucht überkam ihn. Instinktiv griff er zu der leeren Bierflasche auf dem Wohnzimmertisch und schlug sie dem Mann über den Schädel. Dieser sackte in sich zusammen und blieb mit blutendem Kopf vor seinen Füßen liegen, während im gleichen Moment die Polizisten in seine Wohnung stürmten. Zimmermann hatte keine logische Erklärung für seine Tat. In seiner Erinnerung fehlte eine Sequenz aus dem Film, der sich bei Magdalenas Tod abgespielt hatte. Er legte sich auf die Zellenliege und ließ den Film aus der Villa immer wieder von vorn in seinem Kopf ablaufen. Doch die Erinnerungslücke wollte sich partout nicht schließen.

## 28. Dezember 2007, 12:30 Uhr

Erneut saß Till Bruder Johannes in dessen engem Büro in der Abtei Neuburg gegenüber.

„Haben Sie Neuigkeiten von Lukas?“, erkundigte sich der alte Mönch, als Till ohne Voranmeldung bei ihm hereingeplatzt war.

„Ja, die haben wir. Deswegen bin ich schon wieder hier. Warum haben Sie mir nichts von seinem Zwillingsbruder erzählt? Schwester Anna hat Ihnen damals zwei Kleinkinder übergeben.

Zwillinge. Lukas und Matthäus. Lebt Matthäus noch hier?"

Bruder Johannes sah Till lange an, bevor er ihm antwortete. „Ja, es waren zwei. Entschuldigen Sie bitte, wenn ich das nicht erwähnt habe. Es ist so lange her und ich war in meinen Gedanken nur bei Lukas, als Sie mich so überraschend nach ihm gefragt haben. Was ist denn mit seinem Bruder?"

„Das möchte ich ja gerne von Ihnen wissen."

„Leider kann ich Ihnen das nicht beantworten. Matthäus blieb damals nur kurz bei uns. Er litt unter den gleichen Anfällen wie Lukas. Mit beiden Kindern waren wir hier überfordert. Die zwei waren etwa ein halbes Jahr bei uns, als ich zu einem Kongress der benediktinischen Konföderation eingeladen wurde. Dabei handelt es sich um ein Treffen von Brüdern aus den Klosterverbänden. Bei dieser Veranstaltung traf ich unter anderem auf einen lieben Bruder von der Klosterkirche Sankt Ottilien in Oberbayern. Ich erzählte ihm von den Zwillingen und ihrer Krankheit. Als ich ihm beichtete, dass wir mit zwei kranken Kindern überfordert seien, bot er mir an, einen der Knaben bei sich im Orden aufzunehmen. Ich haderte erst, wusste nicht, ob ich die Zwillinge in so jungen Jahren bereits auseinanderreißen sollte. Als ich von dem Kongress zurückkehrte, besprach ich die Angelegenheit mit meinen Brüdern. Wir kamen zu dem Entschluss, die Zwillinge erst einmal in unserer Abtei zu trennen und ihr Verhalten zu beobachten. Am Anfang gab es Schwierigkeiten, doch bald stellte sich heraus, dass die beiden nicht unzertrennlich waren. Sie gewöhnten sich an die neue Situation. Schließlich waren wir so weit, dass die beiden mehrere Wochen überhaupt keinen Kontakt mehr zueinander hatten. Wir beschäftigten jeden von ihnen mit allerlei Aufgaben. Es funktionierte gut. Jeder konzentrierte sich auf sich, beide gingen voll und ganz in unserem klösterlichen Leben auf. Nur die ständigen Krampfanfälle der beiden machten uns weiterhin zu schaffen. Man konnte weder den einen noch den anderen ohne Aufsicht lassen. Es kam immer so plötzlich, manchmal stürzten sie und verletzten sich. Manchmal bissen sie sich bei einem Anfall fast die Zunge ab. Die meisten Brüder waren überfordert, wenn sie Lukas oder Matthäus bei einem Anfall beiseite stehen mussten. Schließlich nahm ich wieder Kontakt mit dem Bruder aus Sankt Ottilien auf. Sein Angebot stand noch.

Wir entschieden uns, Matthäus nach Oberbayern zu bringen. Ich stand danach noch einige Jahre in regem Kontakt mit dem Abt von Sankt Ottilien. Matthäus bekannte sich wie Lukas als junger Mann zum Mönchtum. In den Jahren darauf wurde der Kontakt zwischen mir und Sankt Ottilien aber immer spärlicher. Aus den Knaben sind Männer geworden, die ihr Leben ganz dem Herrn verschrieben haben. Als Lukas uns verlassen hat, ist auch mein Kontakt zu seinem Bruder völlig abgebrochen. Das ist jetzt auch schon wieder über 25 Jahre her. Meine Güte, wie die Zeit doch vergeht."

„Die beiden hatten keinen Kontakt mehr zueinander?", fragte Till zweifelnd.

Bruder Johannes hob abwehrend seine Hände. „Natürlich haben wir in den ersten Jahren dafür gesorgt, dass die beiden sich regelmäßig zu Gesicht bekamen. Meist war es für eine Woche zu Ostern und zu Weihnachten. Entweder verbrachte Lukas diese Zeit in Sankt Ottilien oder Matthäus kam zu uns. Das ging solange, bis die beiden etwa zehn Jahre alt waren. Dann ließ es nach, sie lebten ihr Leben im Kloster bei den Mönchen. Ich weiß nicht, wann sie sich das letzte Mal zu Gesicht bekommen haben."

Till hatte gehofft, mit seinem erneuten Besuch in der Abtei Neuburg endlich etwas Klarheit in den Fall zu bekommen. Nun gab es schon wieder ein Kloster, das er aufsuchen musste. Bald hatte er die Klöster in der ganzen Republik abgegrast und Lukas saß irgendwo in Frankfurt und pfiff auf seine mühselige Ermittlungsarbeit.

„Haben Sie die Adresse von Sankt Ottilien für mich?", fragte er den alten Mönch seufzend.

Bruder Johannes gab ihm die Adresse. „Sankt Ottilien liegt im Landkreis Landsberg am Lech in Emming, nahe Eresing und dem Ammersee", gab er Till noch mit auf den Weg.

Till machte sich direkt auf den Weg nach Oberbayern. Erneut lag eine Fahrt von etwa dreieinhalb Stunden vor ihm. Da er an diesem Abend kaum noch in Frankfurt eintreffen würde, rief er Siebels an und unterrichtete ihn von der neuen Wendung bei seiner Klosterrallye.

# 30

Drei Stunden hatte er im Schwimmbad verbracht. Gelesen hatte er nur wenig. Nachdem er seinen braunen Ledereinband wieder im Schließfach verstaut hatte, wagte er sich in das Schwimmbecken. Das Schwimmen machte ihm Spaß, zehn Bahnen hatte er im Bruststil zurückgelegt. Anschließend war er durch den Außenkanal geschwommen. Er genoss es, im warmen Wasser die kalte Winterluft tief in seine Lunge einzuatmen. Er fühlte sich frei und stark. Der Anblick der Frauen in den knappen Bikinis weckte in ihm die Lust, die er Zeit seines Lebens verdrängt hatte. Eine Lust, die er jetzt in vollen Zügen auszuleben gedachte. Er ging zur Umkleide, zog sich an und verließ das Schwimmbad. Mit Bus und Bahn fuhr er wieder zum Opernplatz und lief von dort in den Kettenhofweg, direkt zu den Büroräumen von Arenz-Immobilien. Je näher er seinem Ziel kam, desto schneller klopfte sein Herz. Er wollte diese Frau wieder sehen, ihre weiche Haut fühlen, ihre liebliche Stimme hören, ihren betörenden Duft riechen.

Er ging in das Haus, betrat das Büro und stand plötzlich vor ihr. Sie sah ihn mit einem kühlen, abwertenden Blick an, drehte sich um und verschwand in einem der Räume. Verwirrt von ihrer Reaktion blieb er stehen und wartete. Nach einigen Minuten kam sie wieder.

„Sie wünschen?", fragte sie distanziert.

„Ich würde mir gerne noch einige Objekte ansehen", antwortete er unsicher.

„Aha", sagte sie nur.

„Nein, das stimmt nicht. Ich wollte Sie wiedersehen", stammelte er.

„Sind Sie sicher? Vielleicht sollten Sie es besser in einem Bordell versuchen. Die Damen dort nehmen es mit Ihren anderen Frauengeschichten nicht so genau."

Er schaute sie ungläubig an. Sie war die erste Frau in seinem Leben gewesen. „Ich verstehe nicht", sagte er und klang hilflos.

„Wirklich nicht? Wenn Sie ein Haus oder eine Wohnung haben wollen, kann Magdalena Liebig Ihnen bestimmt auch behilflich sein", giftete Petra Schneider ihn an.

„Magdalena Liebig? Wie kommen Sie darauf?" Er verstand nun überhaupt nichts mehr.

„Muss ich es jetzt wirklich noch erklären?", fauchte sie wild. „Ich habe Sie gesehen, als ich etwas für Herrn Arenz in den Briefkasten der Liebigs eingeworfen habe. Anscheinend küssen Sie sehr gerne und ausdauernd. Ich habe mir erlaubt, eine Weile zuzuschauen, als Sie am Hauseingang wie ein verliebter Teenager rumgeknutscht haben. Von mir aus, ich habe nichts dagegen. Aber ich werde mich mit Sicherheit nicht mit einem Mann einlassen, der es mit Magdalena Liebig treibt. Ich wünsche noch einen angenehmen Tag. Tschüss."

„Tschüss", sagte er, weil ihm sonst nichts einfiel. Mit betretener Miene verließ er das Büro von Arenz-Immobilien. Er wusste nicht, wie er die Sache einzuordnen hatte, und weil ihm nichts Besseres einfiel, nahm er sich ein Taxi und ließ sich zur Villa Liebig chauffieren. Dort angekommen setzte er sich auf die Bank der Bushaltestelle, die etwa fünfzig Meter von der Toreinfahrt entfernt lag. Er starrte auf die Einfahrt zur Villa. Als nach einer halben Stunde nichts geschehen war, nahm er sich seinen braunen Ledereinband und fing an zu lesen.

*Mein Leben, Wilhelmine Arenz*

*Trotz ständig aufkommender Differenzen zwischen Walter und Hermann bezüglich der Firmenpolitik wuchs der Erfolg unserer Firma in den darauf folgenden Jahren und Jahrzehnten stetig weiter. Meist schlichtete ich den Streit zwischen den beiden, in der Regel zu Gunsten von Hermann. Oft mit viel weiblicher Überredungskunst Walter gegenüber.*

*Seitdem Maria sich um die Kinder und das Haus kümmerte, blühte Eva richtig auf. Sie zeigte mir gegenüber ein reges Interesse an der Firma. Zu Hause langweilte sie sich, sie überließ Magdalena weitestgehend der Obhut von Maria. Eines Tages nahm ich Eva mit in die Firma, ich betraute sie mit einigen unwesentlichen Dingen und hoffte, sie damit von ihrer Langeweile abzulenken. Zu meinem Erstaunen zeigte sie viel Geschick und bald übertrug ich ihr verantwortungsvollere Aufgaben. Walter missfiel Evas Anwesenheit in der Firma. Ständig gab es Streit deswegen. Aber Eva hielt das nicht davon ab, sich in Abendkursen weiterzubilden und sich mit viel Elan in die Arbeit zu stürzen. Sie verstand sich gut mit den Angestellten und Arbeitern und studierte mit Vorliebe die Bewerbungsmappen von Leuten, die sich bei uns um einen Arbeitsplatz bewarben. Ich ließ sie einige Leute auswählen, die wir kurz darauf auch einstellten. Sämtliche von Eva ausgesuchte Mitarbeiter erwiesen sich als Glücksgriffe. Anfang der siebziger Jahre stellte ich sie als Personalchefin ein. Als Walter sich endlich damit abfand, dass Eva sich einen festen Platz im Unternehmen erkämpft hatte, starb er völlig überraschend 1973 an einem Herzinfarkt.*

*Nur ein Jahr zuvor hatte er die Firma in eine Aktiengesellschaft umgewandelt, die zu einhundert Prozent in seinem Besitz war. Testamentarisch hatte er festgelegt, dass ich 55 Prozent der Anteile überschrieben bekam, Peter erhielt 25 und Klara 20 Prozent. Ich setzte Hermann als alleinigen Geschäftsführer ein. Weder Peter noch Klara interessierten sich damals für die Belange der Firma. Peter studierte Betriebswirtschaft und Klara Journalistik. Mit ihren Unternehmensanteilen hatten sie fortan Anspruch auf eine Dividende, die von Hermann immer sehr großzügig bemessen wurde. Ich zog mich mehr und mehr von der aktiven Geschäftspolitik zurück, behielt aber im Hintergrund alle Fäden in der Hand. Dafür trat Eva immer mehr in den Vordergrund. Eva, die am Anfang von mir genauso abgelehnt worden war wie von Walter, wurde mir immer ähnlicher. Sie dachte wie ich und sie handelte wie ich. Sie erzählte nie viel aus ihrem früheren Leben. Als Hermann sie damals anschleppte, hielt ich sie für ein dummes Ding und ich glaube, das war sie auch. Nach der Heirat hatte sich die Raupe aber zu einem Schmetterling verwandelt.*

Er klappte den braunen Ledereinband wieder zu. Es tat sich etwas vor der Villa. Das Tor öffnete sich und ein Mann kam heraus. Er glaubte seinen Augen nicht zu trauen. Der Mann, der gerade die Villa verließ, war sein Ebenbild.

## 28. Dezember 2007, 11:15 Uhr

Siebels schaute sich in der Wohnung von Peter Zimmermann um. Die zerbrochene Bierflasche lag noch auf dem ohnehin fleckigen Wohnzimmerteppich. Siebels fragte sich, warum sich Magdalena mit diesem Mann eingelassen hatte. Außer der Krankheit hatten die beiden anscheinend keine Gemeinsamkeiten. Vielleicht war sie froh, dass sie überhaupt jemanden hatte. Die Haushälterin hatte erzählt, dass Männerbekanntschaften in Magdalenas Leben keine Rolle gespielt hätten. Von Zimmermann wusste sie allerdings nichts zu berichten. Sarah dagegen meinte, dass Magdalena es faustdick hinter den Ohren gehabt hätte. Jedenfalls als Teenager, wenn sie sich mit Sarah wilden Schwärmereien hingegeben hatte. Zwei Aussagen, die sich nicht unbedingt widersprachen, die sich aber auch nicht deckten. Siebels fragte sich, was für ein Mensch Magdalena gewesen war. Die schüchterne Frau, die erst spät angefangen hatte, ihr Leben zu genießen? Erst mit Zimmermann, dann mit ihrem Cousin. Oder gab es da noch mehr Männer? Männer, von denen niemand etwas wusste? Oder Männer, von denen niemand etwas erzählte? Gab es ein Geheimnis um Magdalena? War in Wirklichkeit Magdalena das durchtriebene Luder gewesen und Petra Schneider tatsächlich nur eine Frau, die bloß immer auf die falschen Männer hereinfiel? Hatte er sich zu sehr von Äußerlichkeiten ablenken lassen? Siebels schloss seine Augen und versuchte sich eine neue Version der Geschichte auszumalen. Er sah eine Magdalena vor sich, die kalt und berechnend war. Ihr Erbe war in Gefahr, wenn Lukas oder Matthäus ihre Ansprüche geltend machten. Sie suchte und fand Lukas und verführte ihn. Den Mönch. Ihren Cousin. Sie verführte ihn im Schlafzimmer ihrer Eltern. Das Messer hatte sie zuvor unter dem Kopfkissen versteckt. Als Lukas nach dem Liebesakt erschöpft neben ihr liegen blieb, griff sie zum Messer. Aber bevor sie zustechen konnte, erkannte Lukas den Ernst der Lage. Er wehrte sich, es kam zu einem Kampf. Magdalena fuchtelte wild entschlossen mit dem Messer herum. Lukas versuchte es ihr abzunehmen und erstach sie dabei. Fassungslos sah er zu, wie sie vor seinen Augen starb. Er hatte sie getötet. Er, der Mönch. Du sollst nicht töten. Die böse Begierde hatte ihn zum Mörder werden lassen. Er, der Mönch, der stets auf der Suche nach Reinheit und Wahrheit gewesen war, hatte sich von einem blutrünstigen Weib verführen lassen. Mit Magdalenas Blut schrieb er es auf den Spiegel. Nehmen wir uns also vor jeder bösen Begierde in Acht; denn der Tod steht an der Schwelle der Lust. Er hatte sich nicht in Acht genommen. Der Tod hatte die Schwelle der Lust überschritten.

Siebels dachte weiter nach. Was hätte Magdalena gemacht, wenn ihr Plan gelungen wäre? Es gab nicht viele Möglichkeiten. Sie hätte Zimmermann zu sich bestellen und dann die Polizei rufen können. Zimmermann als Bauernopfer. Zimmermann, der eifersüchtige Ex-Liebhaber. Mit ihrer Beziehung zu Zimmermann verfolgte sie von Anfang an das Ziel, ihn als Mörder von Lukas hinter Gittern verschwinden zu lassen. Zimmermann, ihr nerviger Verehrer, der niemanden hatte und den niemand vermissen würde. Dann hätte Aussage gegen Aussage gestanden. Der mittellose Zimmermann gegen Magdalena Liebig. Hätte sie das durchgezogen? Siebels bezweifelte es. Vielleicht hatte sie auch gemeinsam mit Zimmermann den Plan ausgeheckt, die Erbfolge so zu belassen, wie sie war. Zimmermann hatte die Aufgabe, Lukas abzustechen. Lukas, den fremden Mann, der sie im Haus ihrer Eltern vergewaltigen wollte. Zimmermann, ihr Liebhaber, kam ihr gerade noch rechtzeitig zu Hilfe und erstach den Vergewaltiger. Aber dann wehrte sich Lukas und alles lief schief. Zimmermann suchte das Weite. Wenn die beiden eine Vergewaltigung vortäuschen wollten, machte es Sinn, es im Bett der Eltern zu tun. Einem Vergewaltiger war das egal, einem Liebhaber weniger. Für Lukas änderte das nichts an der Sache. Er war in eine Geschichte geraten, die er nicht verstehen konnte. Verwirrt schrieb er seinen Spruch auf den Spiegel und blieb neben der Leiche sitzen. Als Zimmermann bemerkte, dass Lukas keine Gefahr mehr darstellte und apathisch in sich zusammensank, nahm er dessen Kleider und verschwand.

Siebels versuchte, seine neuen Theorien von der bösen Magdalena mit dem Tod ihres Vaters in Verbindung zu bringen. Er stellte sich Lukas vor, der seinem Vater Karl von dem misslungenen Komplott berichtete. Karl nahm daraufhin Kontakt mit seinem Bruder Hermann auf. Von Karl erfuhr Hermann, dass Magdalena Lukas töten wollte, um ihr Erbe zu sichern und dabei selbst ums Leben gekommen sei. Vielleicht drohte Karl seinem Bruder damit, die Geschichte an die Öffentlichkeit zu bringen. Das wäre ein gefundenes Fressen für die Presse gewesen. Hermann Liebig zog es daraufhin vor, sich zu erhängen.

Siebels hatte mit dieser Version zumindest einen Ansatz, um sich den Selbstmord von Hermann Liebig erklären zu können. Er nahm sich vor, Zimmermann mit seinen neuen Theorien zu behelligen. Wenn er ihn hart genug rannahm, würde er zusammenbrechen, falls an seinen Vermutungen etwas dran sein sollte. Mit diesem Vorsatz erhob sich Siebels aus dem Sessel und fing an, die Schränke in Zimmermanns Wohnung zu durchsuchen. Als er im Schlafzimmer einen Wäschekorb auf den Kopf stellte, entdeckte er eine blutbefleckte Hose. Er betrachtete sich die anderen Kleidungsstücke näher und konnte weitere Blutflecken auch auf einer Jacke ausmachen. Mit seiner Beute fuhr er geradewegs ins Labor.

## 28. Dezember 2007, 17:05 Uhr

Till war von Heidelberg aus ohne Pause bis ins oberbayerische Sankt Ottilien gefahren. In dem kleinen Städtchen hielt er nach dem Kloster Ausschau und fragte schließlich einen Passanten nach dem Weg. Er musste zweimal nachfragen, weil der Mann stark bayerisch sprach und es Verständigungsschwierigkeiten gab. Schließlich deutete der Bayer auf den gut sichtbaren Turm der Klosterkirche, der etwa 500 Meter entfernt lag. Till bedankte sich höflich und machte sich auf den Weg. Es fing leicht an zu schneien und Till betrat das Kloster in der Hoffnung, dass die hiesigen Mönche der hochdeutschen Sprache mächtig waren. Nach einigem Herumirren traf er auf einen Mann in Mönchskutte, den er nach dem Abt fragte. Der Abt sei im Exerzitienhaus, erklärte der Mönch mit sächsischem Dialekt. Till wusste nicht genau, von welchem Haus die Rede war und war sich auch nicht sicher, ob der Sachse versucht hatte, ein bayerisches Wort auszusprechen, aber er ließ sich nicht entmutigen. Seinen ratlosen Blick beantwortete der Mönch mit einem frommen Lächeln und bat Till schließlich, ihm zu folgen.

Kurz darauf stand Till erneut einem Mönch im biblischen Alter gegenüber. Der alte Mann sprach etwas leise, dafür aber in verständlichem Deutsch.

„Was kann ich für Sie tun, junger Mann?"

Till berichtete ihm von seinem Besuch in der Abtei Neuburg und von seinem Gespräch mit Bruder Johannes. Als er sich nach Matthäus erkundigte, verwandelte sich der gütige Gesichtsausdruck des Abts in eine nachdenkliche Miene.

„Kommen Sie, lassen Sie uns ein paar Schritte gehen." Till trottete neben dem Abt her, der nach einer Schweigeminute von seinem Schützling zu erzählen begann.

„Ja, es stimmt. Matthäus kam damals als vierjähriger Knabe zu uns. Er ist bei uns herangewachsen und hat mir als treuer Diener Gottes viel Freude bereitet. Wissen Sie, dass Gott ein Wunder an ihm getan hat?"

„Ein Wunder?", fragte Till ungläubig nach.

„In der Tat, ein Wunder. Er litt ja wie sein Bruder Lukas unter regelmäßig auftretenden epileptischen Anfällen. Das war ja auch der Grund, warum er überhaupt zu uns kam. Die Brüder in der Abtei Neuburg waren mit zwei kranken Kindern überfordert gewesen. Nun ja, einer meiner Brüder ist ein eifriger Sammler von Heilkräutern. Für jede Krankheit weiß er das rechte Mittelchen. Dank ihm erfreue auch ich mich in meinem hohen Alter noch bester Gesundheit."

Till nahm schweigend zur Kenntnis, dass bei seinen Mönchen anscheinend nicht nur der Verzicht auf den Kontakt zum weiblichen Geschlecht zu einem hohen Alter führte.

„Dieser Bruder kreierte einen heilenden Kräutertee, den er Matthäus verabreichte. Und was soll ich sagen, seitdem Matthäus täglich von diesem Tee trank wurden seine Anfälle schwächer und traten seltener auf. Nach einigen Jahren war er beschwerdefrei."

Till wusste bereits von Siebels, dass sich vor einigen Wochen ein Mann in der Uniklinik wegen seiner Epilepsie hatte untersuchen lassen. Matthäus Liebig. Er hatte dem Arzt von diesem Tee berichtet. Till wurde ungeduldig. Er wollte wissen, warum Matthäus das Kloster verlassen hatte. Aber er drängte den Abt nicht, sondern ließ ihn erzählen.

„Natürlich haben wir von diesem Erfolg auch unseren Brüdern in Heidelberg berichtet und den Tee dorthin geschickt. Auch Lukas hat ihn dann regelmäßig getrunken, aber bei ihm hat sich keine Besserung eingestellt. Deshalb spreche ich von einem Wunder. Nur bei Matthäus hat es geholfen. Der Herr war mit ihm."

„Und gegen Lukas?", fragte Till.

„Das wollte ich damit nicht sagen. Aber der Herr verteilt die Wunder auch nicht mit der Gießkanne. So sehr die beiden sich äußerlich auch ähnelten, so unterschiedlich waren sie doch in ihren Gemütern. Matthäus war stets voller Güte und Barmherzigkeit seinen Mitbrüdern gegenüber. Von Lukas habe ich gehört, dass er sich im Lauf der Jahre zu einem fast fanatischen Asketen entwickelt hat. Matthäus war immer bestrebt, streng nach unseren klösterlichen Regeln zu leben und zu handeln. Wenn einem seiner Brüder dieses nicht so gut gelang wie ihm, verzieh er das in seiner brüderlichen Liebe. Von Lukas hörte ich, dass er gegen seine Brüder oft zürnte, wenn diese sich aus menschlicher Schwachheit heraus Fehltritte leisteten. Aus diesem Grund zog es ihn auch zu den Brüdern von der strengeren Observanz. Nun ja, mir steht es nicht zu, ein Urteil über dieses oder jenes Verhalten zu fällen, aber Matthäus bekam den Segen des Herrn und Lukas blieb krank."

„Das ist wirklich sehr interessant", bestätigte Till. „Der Grund meines Besuches ist aber ein ganz anderer. Die Polizei sucht Matthäus und seinen Bruder und wir gehen davon aus, dass sich beide in Frankfurt aufhalten. Es stimmt doch, dass Matthäus nicht mehr hier ist, oder?"

Der Abt seufzte. „Ja, das stimmt. Er hat uns verlassen. Mitten in der Nacht, klammheimlich, ohne sich zu verabschieden. Ich erwarte ihn eigentlich täglich zurück. Und jetzt kommen Sie. Was ist passiert?"

Till berichtete in wenigen Sätzen von dem Mord an Magdalena Liebig und wollte dann von dem Abt wissen, was der Grund für die heimliche Flucht von Matthäus sein könnte.

„Seine Vergangenheit", antwortete der alte Mann. „Vor einiger Zeit erschien hier plötzlich Wilhelmine Arenz. Sie erkundigte sich nach Matthäus. Ich kannte ihren Namen, sie war ja eine bekannte Person. Umso erstaunter war ich, als sie mir den Grund ihres Besuches mitteilte. Sie war die Großmutter von Matthäus. In all den Jahren hatte es nie einen Hinweis auf seine Herkunft gegeben. Niemand wusste, wer die Eltern von Matthäus und

Lukas waren. Auch Wilhelmine Arenz hat erst im hohen Alter von ihren Enkeln erfahren. Natürlich war sie etwas irritiert, als sie erfuhr, dass ihre Enkelsöhne in Klöstern herangewachsen sind und nun als Mönche lebten. Das machte eine Zusammenführung der Familie natürlich schwierig. Aus diesem Grund hat sie etwas für Matthäus bei mir hinterlegt. Sie bat mich, ihm ein Buch zu überreichen. Ein Buch, in dem sie ihr Leben niedergeschrieben hatte. Matthäus sollte dann selbst entscheiden, wie er mit dem Wissen über das Leben seiner Großmutter umgehen wollte. Sie ließ mich wissen, dass sie alles in die Wege geleitet hätte, um ihre Enkel in den Schoß der Familie zu führen. Einen Tag nach ihrem Besuch habe ich mit Matthäus ein Gespräch geführt und ihm erklärt, was geschehen ist."

„Er hat nicht mit seiner Großmutter gesprochen?", fragte Till ungläubig.

„Nein. Seine Großmutter hielt das für keine gute Idee und ich habe sie darin auch bestärkt. Sie war so vorausschauend gewesen, ihr Leben für ihn niederzuschreiben. Auf diese Weise konnte er sich behutsam auf seine neue Lage einstellen. Das hat er dann auch getan. Ich habe ihn von allen seinen klösterlichen Pflichten befreit, damit er sich ganz auf das konzentrieren konnte, was nun über ihn hereinbrach. Das Wissen um seine Herkunft. Ich weiß nichts vom Inhalt dieses Buches, aber Frau Arenz hat angedeutet, dass es für Matthäus eine schwere Prüfung sein werde. Es sei aber die Wahrheit und sie wollte nicht sterben, ohne ihren Enkeln die Möglichkeit gegeben zu haben, diese Wahrheit zu erfahren. Sie tat es in Form dieses Buches. Auf diese Weise konnte Matthäus selbst entscheiden, ob und wann er sich damit auseinandersetzen wolle."

„Lukas hat das gleiche Buch bekommen?", fragte Till neugierig.

„Ja, das hat sie gesagt. Ich weiß aber nicht, ob er es gelesen hat. Matthäus hat sich jedenfalls zurückgezogen und sich mit diesem Buch beschäftigt."

„Und der Inhalt des Buches war der Grund, warum er das Kloster verlassen hat?"

„Davon gehe ich aus."

„Dann wird auch Lukas wegen dieses Buches sein Kloster verlassen haben", überlegte Till laut. „Hat sie denn mit ihm gesprochen?"

„Nein. Er hat sich geweigert. Im Orden der strengeren Observanz spricht man generell nur sehr ungern. Als sie uns besuchte, hat sie von sich aus darauf verzichtet, mit Matthäus zu sprechen. Die beiden werden doch nichts mit einem Mord zu tun haben?", seufzte der alte Abt.

„Wir müssten wissen, was in diesem Buch steht, dann wüssten wir wahrscheinlich auch, was es mit diesem Mord auf sich hat."

„Dann muss es wirklich eine schwere Prüfung für die beiden gewesen sein, die Wahrheit über ihre Herkunft zu erfahren. Dabei können sie ihre Großmutter doch gar nicht mehr kennen gelernt haben. Sie starb ja nur fünf Tage nach ihrem Besuch hier."

„Wusste Matthäus vom Tod seiner Großmutter?"

„Ja. Als ich davon erfuhr, hatte er bereits einige Seiten aus dem Buch gelesen. Ich habe ihm dann eines Abends davon berichtet. Er zeigte mir gegenüber aber keinerlei Reaktion. Er brach auch erst einige Tage später von hier auf."

„Können Sie mir sonst noch etwas Wichtiges erzählen?", fragte Till, als ihm keine Frage mehr einfiel.

Der Abt nickte traurig. „Als Matthäus sich zurückgezogen hat, um sich mit dem Buch zu befassen, da ist nach vielen Jahren seine Krankheit wieder ausgebrochen. Er ließ sich von unserem Bruder wieder diesen Kräutertee zubereiten, weil die Anfälle ihn erneut heimsuchten."

„Das Buch seiner Großmutter war also stärker als das Wunder Gottes", murmelte Till verwundert.

„Der Tee hat ihm wieder geholfen, so wie damals auch", widersprach ihm der Abt. „Die Krankheit hat jahrelang in ihm geschlafen, ohne sich bemerkbar zu machen. Der Inhalt des Buches muss sie wieder aufgeweckt haben."

Till bekam bei diesen Worten eine Gänsehaut. Der Fall wurde ihm immer unheimlicher.

# 31

Er verfolgte sein Ebenbild, das sich schnellen Schrittes von der Villa entfernte. Der Mann lief stadteinwärts an der Kennedyallee entlang und kam zu der großen Kreuzung, an der sich die Autofahrer entscheiden mussten, ob sie im südlichen Frankfurt bleiben oder über den Main wechseln wollten. Der Mann, den er verfolgte, hielt ein Taxi an und ließ sich über die Brücke fahren. Er sah dem Taxi hinterher, bis es verschwunden war. Er ging die paar Meter bis zur Bushaltestelle und setzte sich auf die Bank. Ihm war heiß, obwohl es unangenehm nasskalt war. Er überlegte, wann er seinen Zwillingsbruder das letzte Mal gesehen hatte. Sie waren noch Kinder gewesen. Es musste über fünfunddreißig Jahre her sein. Sie sahen sich immer noch zum Verwechseln ähnlich und er konnte nun nachvollziehen, was in Petra Schneider vor sich gegangen war. Seine Gedanken überschlugen sich und landeten immer wieder in seiner Kindheit. Das letzte Lebenszeichen von Lukas war der Brief gewesen, den er ihm geschrieben hatte, als er von den Benediktinern zu den Brüdern von der strengeren Observanz in die Eifel gezogen war. Das war vor 27 Jahren. In seinem Brief hatte Lukas mit bösen Worten über die Weltoffenheit der Benediktiner gewettert. Sein Weg zu Gott führe über die Askese, es sei der einzige Weg. Schweigsamkeit, Gebet und Bibelstudium seien die Grundpfeiler für ein Leben in Frömmigkeit. Matthäus hatte ähnliche Ansichten über das Leben eines Mönchs. Doch er sah auch die Welt um sich herum und er begrüßte, was die Benediktiner im sozialen Bereich alles taten und bewirkten. Er war zu dem Entschluss gekommen, dass der Mensch auf der Suche nach Gott seine Mitmenschen nicht ignorieren darf. Er folgte der Bitte seines Bruders nicht, es ihm gleichzutun und sich von allem Weltlichen zu trennen. Im Gegenteil. Nachdem er sich ausführlich mit dem Thema beschäftigt hatte, kam er zu dem Entschluss, sich noch mehr in die öffentlichen Aktivitäten des Klosters Sankt Ottilien einzubringen. Sankt Ottilien unterhielt nicht nur eine stattliche Landwirtschaft, sondern betrieb auch ein

Gymnasium mit 700 Schülern und verlegte Schriften im eigenen Verlag. In dem Gymnasium hatte er sein Abitur gemacht und in dem Verlag die Ausbildung zum Verlagskaufmann. Dort hatte er gelernt, wie ein Unternehmen funktionierte und dieses Wissen kombinierte er mit seinen Bibelstudien. Er hatte in den darauf folgenden Jahren dafür verantwortlich gezeichnet, dass katholisches Gedankengut in vielen Schriften publiziert und unter die Menschheit gebracht wurde. In seinen Augen war das der bessere Weg als der Weg in die schweigsame Einsamkeit, den Lukas genommen hatte. Er konnte noch immer nicht glauben, dass er Lukas hier nun wieder traf. In den Armen einer Frau. Seine Hände umfassten krampfhaft die Tüte, die er immer bei sich trug. Es gab nur eine Erklärung für das Auftauchen von Lukas. Auch er musste einen solchen braunen Ledereinband besitzen. Auch ihn hatte es aus dem Kloster getrieben, als er sich mit dem Leben von Wilhelmine Arenz beschäftigte. Auch Lukas schien sich nun mit einer Frau eingelassen zu haben. Mit Magdalena Liebig. Einer Frau, die den gleichen Namen trug wie er. Ein Bus hielt an der Haltestelle. Er stieg ein, löste beim Fahrer ein Tagesticket und setzte sich ins Heck. Dort nahm er seinen Ledereinband aus der Tüte und las in dem schaukelnden Bus noch einige Seiten aus Wilhelmines Leben.

*Mein Leben, Wilhelmine Arenz*

*In den achtziger und neunziger Jahren baute Hermann mit Evas Unterstützung die Firma zu einem globalen Unternehmen aus. Anfangs begleitete ich Hermann noch in die USA und nach Indien, wo wir weitere Standorte für unsere Fabriken errichteten. Wir blieben mehrere Monate vor Ort, kümmerten uns um die vielen zu klärenden Details und führten unzählige Gespräche mit Politikern, Behörden, Lieferanten und zukünftigen Mitarbeitern. In dieser Zeit führte Eva die Geschäfte von Deutschland aus ganz allein. Erst im Jahr 2000, an meinem achtzigsten Geburtstag, zog ich mich endgültig aus dem Geschäftsleben zurück. Meine letzte Handlung war die Zusammenführung unserer weltweiten Aktivitäten in einer Holding, an deren Spitze ich Hermann und Eva berief. Auch Peter und Klara hatten diesem Unterfangen zugestimmt. Ihre Dividende war von Jahr zu Jahr gestiegen. Sie waren reich geworden, ohne dafür einen Finger krumm gemacht zu haben. Klara hielt sich die meiste Zeit auf den Kanarischen Inseln auf und Peter versuchte sich als Immobilienmakler. All die Jahre hatten sie in ihrer Funktion als Eigentümer sämtliche strategischen Entscheidungen von Hermann und Eva abgenickt, wenn auch ich zuvor zugestimmt hatte. Sie brauchten nur zu nicken, um wie die Maden im Speck zu leben. Das änderte sich allerdings Mitte der neunziger Jahre. Als in Deutschland mehr und mehr inhabergeführte Unternehmen an Finanzinvestoren verkauft wurden, begann Peter sich für die Zahlen der Arenz-Werke zu interessieren. Als ich an meinem 80. Geburtstag verkündete, das Feld fortan Hermann und Eva allein zu überlassen, glaubte Peter, das Ende der Arenz-Werke wäre eingeläutet worden. Er hatte nicht ganz unrecht, auch Hermann war mittlerweile sechzig geworden und seine Tochter Sarah lebte als Malerin in Berlin. Die Arenz-Werke waren mein Lebenswerk, ein Verkauf ausgeschlossen, ein fremdes Management unerwünscht. Die letzte große Aufgabe in meinem Leben wartete auf mich. Der Fortbestand der Arenz-Werke unter der Führung der Familie. Ich setzte meine ganze Hoffnung auf Magdalena, denn nach über 50 Jahren glaubte ich nicht mehr daran, dass Karl oder Erika doch noch am Leben sein könnten.*

## 28. Dezember 2007, 17:15 Uhr

„Wo ist denn Ihr Kollege?", raunte Staatsanwalt Jensen unwillig, als er zu der von ihm einberufenen Lagebesprechung in Siebels Büro aufkreuzte.

„Der ist in Bayern."

„Was zum Kuckuck macht der in Bayern? Ich dachte, er hätte nur gestern Urlaub gehabt?"

„Ja. Jetzt ist er dienstlich in Bayern. Er hat das Kloster besucht, in dem Matthäus bis vor Kurzem noch lebte, der Zwillingsbruder von Lukas."

„Aha. Und?"

Siebels berichtete von seinem Telefonat mit Till. „Lukas und

Matthäus haben unabhängig voneinander von ihrer Herkunft erfahren und sich dann auf den Weg nach Frankfurt gemacht. Das war kurz nachdem Wilhelmine Arenz gestorben ist."

„Und kurz bevor Magdalena Liebig getötet wurde", schlussfolgerte Jensen.

„Exakt. Wenn wir die beiden finden, lösen wir den Fall."

Jensen winkte ab. „Diesen Lukas hatten wir ja, den Fall haben wir trotzdem noch nicht gelöst."

„Ich war heute Vormittag in der Wohnung von Zimmermann und habe dort blutbefleckte Kleidungsstücke gefunden. Bis morgen will das Labor uns mitteilen, ob es sich dabei um Blut von Magdalena Liebig handelt."

„Was sagt denn Zimmermann dazu?"

„Ich habe ihn nach meinem Fund befragt. Vorher kam mir allerdings die Idee, dass der Tod von Magdalena vielleicht nur ein Unfall war."

„Ein Unfall? Die Frau wurde erstochen!"

„Ja. Aber vielleicht sollte ursprünglich Lukas sterben."

Siebels berichtete Jensen von seiner Theorie, dass Magdalena eigentlich Lukas töten wollte, um die Erbfolge in ihrem Sinne zu belassen. Mit Zimmermann als Mittäter oder Zimmermann als Bauernopfer, der für den Mord in den Knast gehen sollte.

„Ich habe das Gespräch mit Zimmermann aufgezeichnet, hören Sie selbst." Siebels ließ das Aufnahmegerät laufen, das auf seinem Tisch stand.

„Herr Zimmermann, Sie sollten mir jetzt erzählen, warum Sie Ihren Besucher mit der Bierflasche niedergeschlagen haben. Der Mann ist immer noch bewusstlos. Wenn er stirbt, werden Sie wegen Mordes angeklagt. Wenn Sie in Notwehr gehandelt haben, sollten Sie besser mit mir reden."

„Ja, der Mann hat mich bedroht. Er ist in meine Wohnung eingedrungen."

„Wie hat er Sie bedroht? Mit einer Waffe?"

„Ich weiß nicht. Es ging alles so schnell. Er hatte so einen irren Blick. Ich hatte Angst."

„Angst, weil Magdalena ihn töten wollte? Weil Sie Magdalena dabei helfen wollten?"

„Magdalena ist tot. Er hat sie getötet."

„Warum hat er das getan? War es Notwehr? Hat er Magdalena das Messer entrissen, mit dem sie ihn töten wollte?"

„Wie kommen Sie darauf? Wie kommen Sie denn jetzt auf so was?"

„Es macht einfach Sinn. Es ist doch kein Zufall, dass Sie zur selben Zeit im Haus waren, als Magdalena starb."

Zimmermann schlug mit der flachen Hand auf den Tisch. „Ich weiß es nicht, ich weiß es doch wirklich nicht. Er war mit ihr im Bett. Sie haben es miteinander getrieben. Sie haben gestöhnt. Da war kein Messer."

Siebels stoppte die Aufzeichnung. „Da hat er sich verplappert. Er war im Haus, als es passierte. Als er das zugegeben hatte, versuchte ich, ihm den Mord aus Eifersucht nachzuweisen."

Siebels ließ das Gerät weiterlaufen.

„Sie haben Magdalena erstochen. In rasender Eifersucht. Als Sie die beiden im Bett erwischten, ist bei Ihnen eine Sicherung durchgeknallt. Sie sind in das Schlafzimmer gestürmt und haben Magdalena das Messer in den Hals gerammt. Das war eine blutige Angelegenheit. Magdalenas Liebhaber hat Todesängste ausgestanden. Er hat geschrieen. Da ist Ihnen erst klar geworden, was Sie angerichtet haben. Magdalena war tot. Sie haben sie vor den Augen ihres Liebhabers getötet. Sie waren aber nicht mehr in der Lage, auch ihn zu töten. Sie bekamen Panik. Sie hatten Angst, dass er Sie verfolgen würde. Deswegen sammelten Sie seine Kleider zusammen, solange er noch unter Schock stand, und verließen die Villa. Als er gestern bei Ihnen auftauchte, holten Sie das nach, was Sie in der Villa versäumt hatten. Jedenfalls versuchten Sie es, noch lebt er nämlich."

„Nein, so war es nicht. Wirklich nicht. Sie müssen mir glauben."

„Wie war es dann? Wenn Ihnen nicht bald was zu der Sache einfällt, sitzen Sie für die nächsten zwanzig Jahre in so einer gemütlichen Zelle. Allerdings mit Nachbarn, die Typen wie Sie zum Frühstück verspeisen."

„Er hat sie getötet. Ich weiß nicht warum. Er hat sie einfach erstochen."

„Das haben Sie beobachtet?"

„Ja."

„Wo hatte er das Messer her?"

„Er hatte es plötzlich in der Hand. Ich weiß es nicht, es ging alles so schnell."

„Warum waren Sie in der Villa, als es passierte? Hatte Magdalena Sie bestellt? Hatte sie auf Sie gewartet?"

„Sie war doch meine Freundin. Ich wollte sie besuchen." Die Stimme von Zimmermann klang jetzt jämmerlich.

„Sie wussten doch längst, dass Magdalena einen anderen Mann hatte." Siebels Stimme klang jetzt aggressiv. „Magdalena wollte sich von Ihnen trennen. Oder sollten Sie ihr helfen, diesen Mann loszuwerden, bevor er ihr das Erbe streitig machen konnte?"

Einige Sekunden Stille.

„Wovon sprechen Sie?"

„Vom Testament der Wilhelmine Arenz. Der Mann in Magdalenas Bett war Magdalenas Cousin. Er stand als Erster in der Erbfolge. Er brauchte sich nur bei Dr. Jürgens zu melden und Magdalena hätte keine Anteile am Unternehmen mehr besessen. Schlecht für die Zukunft, die Sie sich mit Magdalena erträumt hatten."

Einige Sekunden Stille.

„Er war ihr Cousin? Ich verstehe das nicht. Ich habe sie nicht getötet. Er muss es gewesen sein."

„Wie kommen die Blutspritzer auf Ihre Jacke und Ihre Hose, wenn Sie es nicht waren?"

Einige Sekunden Stille.

„Sie haben meine Wohnung durchsucht?"

„So ist es. Sie stehen unter Mordverdacht."

„Ich weiß es doch nicht. Ich war im Haus. Ich hatte noch den Schlüssel. Ich habe die beiden im Bett beobachtet. Dann war Magdalena tot. Er muss es gewesen sein. Ich sage nichts mehr ohne einen Anwalt."

Siebels hielt das Band an. „Er sagte dann wirklich nichts mehr."

„Das bringt uns doch auch nicht weiter. Wir brauchen die Aussage von diesem Lukas. Was sagen denn die Ärzte? Ist er wieder bei Bewusstsein?"

„Wenn wir Glück haben, können wir ihm morgen ein paar Fragen stellen. Ob er uns Antworten gibt, steht auf einem anderen Blatt."

„Und was ist mit seinem Zwillingsbruder? Diesem Matthäus?"

„Wenn ich das wüsste. Von ihm haben wir noch gar keine Spur. Wir wissen jetzt nur, dass er sein Kloster verlassen hat. Wenn die Theorie zutrifft, dass Lukas eigentlich in der Villa sterben sollte, dann gab oder gibt es auch gegen Matthäus Mordabsichten. Vielleicht wurde er schon getötet? Ich weiß es nicht."

„Solange wir keine Leiche haben, gibt es auch keinen Mord. Suchen Sie ihn. Haben Sie die Hotels schon abgefragt?"

„Wann denn?", mokierte sich Siebels.

„Das kann doch Herr Hofmeyer erledigen."

„Charly hat Urlaub. Der kommt erst nächstes Jahr wieder."

„Papperlapapp. Der hat seinen Urlaub doch schon unterbrochen. Da kommt es auf noch einen Tag auch nicht an. Haben Sie seine private Nummer?"

Siebels suchte in seinem Handy nach der Nummer von Charly, wählte ihn an und übergab Jensen das Gerät.

„Ja, der Herr Hofmeyer", begrüßte Jensen seinen Gesprächspartner. „Wir benötigen Sie ganz dringend im Büro. Wie wäre es denn, wenn Sie morgen kommen und dafür Ihren Urlaub um einen Tag nach hinten verschieben? Wir sind ganz nah dran, im Fall Liebig. Aber ohne Sie geht es jetzt nicht voran. Ja, um acht Uhr ist prima. Melden Sie sich dann gleich bei Herrn Siebels."

„Sehr schön", sagte Siebels. „Wenn das Labor dann morgen noch Ergebnisse abliefert, können wir den Fall vielleicht dieses Jahr noch zu den Akten legen."

„Vielleicht? Ich sehe da gar kein Problem. Ich verlasse mich auf Sie. Im Moment können wir noch ruhig arbeiten. Die Presse konzentriert sich auf Silvester. Im Januar braucht die Meute wieder Stoff, Sie wissen, was ich meine?"

„Ja, ich weiß. Es ist ein heikler Fall."

„Spätestens in zwei Tagen ist es ein gelöster Fall." Mit diesen Worten verließ Jensen das Büro.

Siebels musste sich beeilen, er wollte Sabine und Johanna vom Flughafen abholen. Till verbrachte die Nacht im Ottilienheim, einem zum Kloster gehörenden Gästehaus. Siebels fand ihn dort viel besser aufgehoben als im Bett von Petra Schneider. Pfeifend ging er zu seinem Wagen, er freute sich schon mächtig auf Sabine.

## 29. Dezember 2007, 8:30 Uhr

Charly saß mit der Bild-Zeitung auf Siebels Stuhl, als der im Büro erschien.

„Na, Charly, haben wir dich wieder mal vor der Langeweile gerettet?"

„Ihr seid so gut zu mir. Trotzdem müsst ihr irgendwann auch mal lernen, ohne mich auszukommen. Wo ist denn Till überhaupt? Macht er noch einen auf tapferes Schneiderlein?"

„Der kommt bestimmt gleich. Bei dem hat es sich ausgeschneidert. Er hat in einem Kloster übernachtet. In einem bayerischen Kloster."

„Unglaublich! Kaum bin ich mal einen Tag nicht da, schon passieren hier die merkwürdigsten Dinge."

Siebels brachte Charly auf den neuesten Stand der Ermittlungen und wies ihn in seine neue Aufgabe ein, nämlich Matthäus ausfindig zu machen. Als alles gesagt war, betrat Till das Büro.

„Ohne Kutte?", fragte Charly schelmisch.

„Nicht im Urlaub?", gab Till zurück.

„Ich gehe jetzt auf Mönchsjagd, das ist viel besser als Urlaub. Ihr zwei kriegt das mit den Mönchen ja nicht gebacken."

„Das werden wir ja sehen", schaltete sich Siebels kampfeslustig ein. „Wir fahren jetzt ins Krankenhaus und wenn Lukas nicht endlich die Klappe aufmacht, verhafte ich ihn."

„Der ist Askese gewohnt, dem gefällt es im Knast", freute sich Till.

„Schönen Gruß von Johanna soll ich ausrichten. Ich habe ihr von deinen vielen Klosterbesuchen erzählt. Sie war ein wenig verwirrt."

„Viele erfolgreiche Leute ziehen sich ab und an für ein paar Tage in ein Kloster zurück. Wenn man unter dem Burn-out-Syndrom leidet, wirkt ein Aufenthalt im Kloster wie ein Wunder."

„So was haben nur Leute, die viel arbeiten", meldete sich Charly zu Wort.

„An die Arbeit jetzt", befahl Siebels. „Charly, wenn du über Matthäus etwas herausfindest, gib sofort Bescheid. Wir zwei fahren jetzt ins Krankenhaus und anschließend zu Eva Liebig. Bei der müssen wir noch mal Druck machen. Ich hoffe, die fällt nicht gleich wieder in Ohnmacht. Anschließend nehmen wir Peter Arenz noch mal in die Mangel."

„Dessen Sekretärin wurde doch schon ordentlich rangenommen." Charly bekam einen Kicheranfall. Till wurde rot, tat aber so, als ginge ihn das gar nichts an.

## 29. Dezember 2007, 9:00 Uhr

„Das ist nicht Lukas", sagte Till.

Siebels betrachtete sich den Mann im Bett, dann sah er Till fragend an.

„O-C-S-O. Die Tätowierung auf seinem Oberarm. Sie ist nicht da."

Der Mann im Bett lächelte. „Mein Name ist Matthäus. Ich bin der Zwillingsbruder von Lukas. Und wer sind Sie?"

Siebels stellte sich und Till vor. „Wir ermitteln im Mordfall Magdalena Liebig. Schön, dass wir uns endlich treffen."

„Ganz meinerseits", erwiderte Matthäus. „Wissen Sie, wo Lukas sich aufhält?"

„Wir dachten eigentlich, er würde in diesem Bett hier liegen. Warum hat Herr Zimmermann Sie niedergeschlagen?"

„Das müssen Sie besser ihn fragen. Mein Erscheinen hat ihm wohl Angst eingeflößt."

„Warum? Weil er Sie auch mit Lukas verwechselt hat?"

„Das weiß ich nicht. Ich war auf der Suche nach Lukas. Ich dachte, Herr Zimmermann wüsste vielleicht, wie ich ihn finden kann."

„Wie kamen Sie darauf, dass Herr Zimmermann den Aufenthaltsort von Lukas wissen könnte?"

„Eine Frau Schneider hat mir den Tipp gegeben und mir seine Adresse genannt. Sie arbeitet in der Firma von Peter Arenz."

„Ja, das wissen wir. Was haben Sie mit Frau Schneider zu tun?"

Matthäus überlegte einen Moment, bevor er darauf antwortete. „Ich suche eine neue Unterkunft in der Stadt. Sie ist Immobilienmaklerin, sie hat mir einige Objekte gezeigt."

„Auch eine Eigentumswohnung im Westhafen?", fragte Till.

Matthäus schürzte die Lippen, schloss seine Augen, lächelte

zufrieden und nickte nur ganz leicht zur Bestätigung.

„Dieses Luder", flüsterte Till kaum hörbar vor sich hin.

„Können Sie uns etwas über den Mord an Magdalena Liebig erzählen?", fragte Siebels.

„Ja, das kann ich."

„Würden Sie das dann jetzt bitte machen?"

„Nein."

„Nein?" Siebels schrie und regte sich furchtbar auf. „Was heißt Nein? Wollen Sie mich verarschen?"

„Ganz ruhig", glättete Till die Wogen. „Ihr Bruder Lukas steht unter Mordverdacht. Wir haben ihn bei der Leiche von Frau Liebig gefunden. Wenn er unschuldig ist, kann er jede Unterstützung gebrauchen."

„Er ist unschuldig. Jedenfalls am Tod von Magdalena Liebig. Ich werde eine Aussage machen. Aber vorher muss ich mit Lukas sprechen."

Siebels holte tief Luft und prustete dann los. „Er ist aber nicht da. Sie können nicht mit ihm sprechen. Er ist abgetaucht. Glauben Sie vielleicht, ich habe nichts Besseres zu tun, als zu warten, bis Sie Ihre Familienangelegenheiten geklärt haben? Warum sind Sie überhaupt aus dem Kloster abgehauen?"

„Das ist eine lange Geschichte. Finden Sie Lukas, lassen Sie mich mit ihm sprechen, dann mache ich eine Aussage und gebe Ihnen das Buch, das alles erklärt."

Siebels stand wortlos auf und verließ das Zimmer. Als er draußen war, reichte Till Matthäus die Hand. „Ich war gestern in Sankt Ottilien und habe mit Ihrem Abt gesprochen. Er macht sich große Sorgen. Soll ich ihm etwas ausrichten?"

„Sagen Sie ihm, dass er sich keine Sorgen machen soll. Die Wege des Herrn sind unergründlich. Vielen Dank."

„Ich werde es ihm ausrichten."

Als die beiden wieder im Wagen saßen, rief Siebels Charly an. „Matthäus Liebig kannst du vergessen. Wir haben ihn. Er ist der Mann im Krankenhaus. Wir brauchen Lukas, aber pronto."

„Schade. Matthäus hätte ich euch schon bieten können. Der gastiert seit einigen Wochen im Hotel Hessischer Hof."

„Momentan wohnt er im Krankenhaus. Er will mit Lukas reden, bevor er mit uns redet."

„Aha, und jetzt hängt es wieder an mir. Wie war das eben? Pronto?"

Till sprach in die Freisprechanlage. „Da hast du dich verhört, Charly. Bitte, hat er gesagt. Bitte, bitte, bitte."

„Oh, das klingt natürlich viel, viel besser. Ich melde mich, wenn ich ihn habe. Jede Wette, dass er auch in einem Hotel logiert. Tschüss."

Kaum hatte Charly das Gespräch beendet, ertönte Verdis Triumphmarsch aus Aida. Siebels nahm das Gespräch an und schaltete wieder auf Freisprechanlage. Es war die Frau aus dem Labor, die wegen ihm und Jensen aus dem Urlaub zurückbeordert worden war.

„Die Ergebnisse der Genanalyse liegen vor. Es gibt eine sehr hohe Übereinstimmung zwischen den Proben von Hermann Liebig, Eva Liebig, Magdalena Liebig und Lukas Liebig. Was bei dem gemeinsamen Nachnamen eigentlich nicht sonderlich überrascht."

„Was heißt das genau, hohe Übereinstimmung?", hakte Siebels nach.

Die Frau aus dem Labor klang gereizt. „Sie sind alle miteinander verwandt. Familie, nennt man so was."

„Und die anderen beiden? Peter Zimmermann und Petra Schneider?"

„Völlig andere Gene."

„Danke. Gibt es auch schon etwas zu den Blutflecken auf der Jacke und der Hose?"

„Ja. Blut von Magdalena Liebig."

„Vielen Dank, Sie sind ein Schatz."

„Und Sie ein toter Mann, wenn Sie noch einmal so einen Aufstand machen, um rauszukriegen, ob Familienmitglieder miteinander verwandt sind."

„Hermann und Eva Liebig waren verheiratet", gab Siebels trocken zurück.

„Ups. Dann hatten sie ein Problem."

Siebels beendete das Gespräch. Er fing an, laut zu denken. „Das Blut auf Zimmermanns Klamotten stammt von Magdalena. Damit steht er ganz oben auf der Liste. Mit der Genanalyse komme ich aber nicht klar. Die Probe von Lukas war eigentlich von Matthäus.

Aber bei Zwillingen läuft das auf das Gleiche raus. Beide sind mit Hermann und mit Magdalena verwandt. So weit waren wir schon. Aber warum Eva? Das ergibt doch keinen Sinn."

# 32

Er verließ am frühen Vormittag sein Hotel und lief zu dem Taxistand um die Ecke. Auf seinem Programm stand der Besuch von mehreren Museen am Mainufer. Da er den ganzen Tag dafür eingeplant hatte, wollte er keine Zeit mit einem langen Fußmarsch vergeuden. Als er in das Taxi stieg, begrüßte ihn der Fahrer wie einen alten Bekannten. Es dauerte einige Sekunden, bis Matthäus die Verwechslung durchschaute. Sein Zwillingsbruder hatte wohl gestern mit diesem Taxi die Villa Liebig verlassen. Er dankte Gott für die Begegnung und wies den Fahrer an, ihn an der gleichen Stelle abzusetzen wie am Vortag. Der Taxifahrer fuhr ohne zu fragen los. Er lenkte das Taxi Richtung Hauptbahnhof und fuhr ins Rotlichtviertel. In der Kaiserstraße hielt er an. Matthäus bezahlte den Fahrpreis und stieg aus. Etwas ratlos stand er vor einer Spielhalle. Direkt daneben befand sich der Laden eines türkischen Obsthändlers. Auf der anderen Straßenseite leuchtete die Neonreklame eines Stundenhotels. Matthäus überquerte die Straße und betrat den Eingang zum Hotel. Ein Mann im dunklen Anzug verließ gerade das Hotel, dicht gefolgt von einer stark geschminkten Frau im ordinären Lederdress. Er lief an den beiden vorbei und blieb etwas ratlos am Empfang stehen. Ein unrasierter Mann mit starker Bierfahne und fleckigem Hemd sah ihn gleichgültig an und griff nach einem Schlüssel am Schlüsselbrett. Er überreichte ihn wortlos und widmete sich dann wieder einer Zeitschrift, in der nackte Frauen abgebildet waren. Matthäus betrachtete sich den Schlüssel. Er hing an einem Holzstück, auf dem eine Elf eingeritzt war. Neugierig stieg er die Treppe hoch und lief im ersten Stock an den verschlossenen Zimmertüren vorbei. An der vierten Tür fand er die gesuchte Zahl. Er steckte den Schlüssel ins Schloss, drehte ihn herum und öffnete die Tür. Das Bett im Zimmer war gemacht, die Vorhänge zugezogen, auf dem Brett über dem Waschbecken lag eine Zahnbürste. Er öffnete den schmalen Schrank. Die Schranktür quietschte. Im Schrank befanden sich einige Unterhosen, zwei Hosen und zwei Hemden. Und eine Mönchskutte der Zisterzienser.

Er stand im Hotelzimmer seines Zwillingsbruders. Er ließ die Tür einen Spalt weit offen, ging wieder hinunter und spähte um die Ecke. Der Mann am Empfang telefonierte gerade und hatte ihm den Rücken zugedreht. Auf Zehenspitzen schlich er zu der Holztheke, legte den Schlüssel darauf ab und stieg dann wieder die Treppe empor. Er schloss die Zimmertür hinter sich und setzte sich auf den Stuhl vor dem Fenster. Jetzt brauchte er nur zu warten, bis Lukas die Tür öffnen würde. Er war gespannt auf seinen Bruder. Es war der ideale Zeitpunkt, um die letzten Seiten aus dem Leben von Wilhelmine zu lesen.

*Mein Leben, Wilhelmine Arenz*

*Mit großer Sorge nahm ich das wachsende Interesse von Peter am Unternehmen zur Kenntnis. Ich beauftragte eine Detektei, um nähere Informationen über Peters geschäftliches Umfeld zu erhalten. Was dabei herauskam, bestätigte meinen Argwohn gegenüber Peter. Er traf bereits Vorbereitungen, um die Arenz-Werke zu verkaufen. Klara hatte anscheinend sogar ein Verhältnis mit dem Schweizer Investor, der hinter meinem Rücken mit Peter verhandelte. Ich nahm mir vor, Peter und Klara einen Strich durch die Rechnung zu machen. Der Gesundheitszustand von Magdalena hatte sich in den letzten Jahren verbessert. Ich setzte meine ganze Hoffnung in sie. Bis zu dem Tag, als der Brief mich erreichte. Der Brief von Jelena. Jelena lebte, sie war nicht auf der Flucht im Eis gestorben. Ich zitterte am ganzen Körper, als ich ihre Zeilen las. Sie lag im Sterben, aber sie wollte noch mit mir sprechen, bevor sie ihre Augen für immer schließen würde. Sie bat mich, mich zu beeilen. Schon am nächsten Tag reiste ich nach Polen, zu der Adresse, die sie mir in ihrem Brief genannt hatte. Es war ein kleines Dorf in der Nähe von Warschau.*

*Als ich an ihrem Sterbebett saß, hielt ich ihre Hand. Sie weinte und ich weinte auch. Das Sprechen bereitete ihr große Mühe. Ihre Tochter, die sie pflegte, ließ uns allein. Jelena bat mich, ihr zu verzeihen. Noch wusste ich nicht, was ich ihr verzeihen sollte. Jelena, die mich in den schwersten Jahren meines Lebens wie eine Schwester begleitet hatte, erzählte mir ihre Geschichte.*

*Ihre Geschichte begann an dem Tag, als unser Wagen im Eis eingebrochen war. Als sie mit meinen Kindern Karl und Erika dem sicheren Tod geweiht war. Sie berichtete mir, wie Jaroslaw sie und die Kinder in letzter Sekunde gerettet hatte. Wie sie mich in den Kriegswirren verzweifelt gesucht und doch nicht mehr gefunden hatte. Sie war nach dem Krieg in ihrer Heimat geblieben, in Polen. Karl und Erika wuchsen bei ihr auf. Sie war den beiden wie eine Mutter. Sie berichtete mir, dass Karl und Erika als Kinder unzertrennlich gewesen waren. Jelena schluchzte, als sie weitersprach. Als sie von dem Unglück sprach, dass sie nicht verhindern konnte. Es traf mich wie ein Schlag, als sie mir ihr Geheimnis anvertraute. Erika wurde als Siebzehnjährige schwanger. Von ihrem eigenen Bruder Karl. Sie brachte Zwillinge auf die Welt, zwei Jungs. Das passierte genau zu der Zeit, als Jelena über einen Zeitungsartikel erfahren hatte, was aus mir geworden war. Sie hatte einen Bericht über mich gelesen und ihre alte Freundin wiedererkannt. Aber sie traute sich nun nicht mehr, mit mir Kontakt aufzunehmen. Als Erika die Zwillinge zur Welt gebracht hatte, gab Jelena sie in einem Nonnenkloster im Osten Deutschlands ab, direkt hinter der polnischen Grenze. Kurz darauf verschwand Erika. Karl blieb in Polen. Er schlug sich jahrelang als Gelegenheitsarbeiter durch und ertränkte den Schmerz um den Verlust seiner geliebten Schwester im Alkohol. Zwanzig verlorene Jahre hing er an der Flasche und lebte ohne Sinn und Verstand in den Tag hinein. Jelena hatte ihn schon lange aufgegeben, als sich sein Leben doch noch zum Guten wendete. Er arbeitete auf einem Hof bei einem Milchbauern als Tagelöhner und schwängerte die Tochter des Hofbesitzers. Der Milchbauer war bereits in einem betagten Alter und hatte außer seiner Frau und der Tochter niemanden, der den Hof bewirtschaften konnte. Karl liebte dessen Tochter, er hörte von einem auf den anderen Tag mit dem Trinken auf und bekam den Segen des alten Milchbauers. Einige Jahre später starb der Milchbauer und Karl übernahm den Hof. Heute ist Karl einer der größten Milchbauern Polens, die Geschäfte führt aber mittlerweile sein Sohn Marek.*

*Jelena berichtete mir mit Tränen in den Augen von den weiteren Geschehnissen. Anfang der neunziger Jahre flog Karl wegen eines geschäftlichen Termins nach Frankfurt. Auf dem Terminal des Frankfurter Flughafens bemerkte er unter den vielen Reisenden ein Pärchen, das seine Aufmerksamkeit erregte. Wie er durchquerten auch die beiden die Ankunftshalle. Der Mann sah Karl zum Verwechseln ähnlich. Die Frau an seiner Seite erweckte in Karl auch nach dreißig Jahren noch schmerzliche Erinnerungen. Die beiden verließen das Terminal und nahmen sich ein Taxi. Karl folgte ihnen und beobachtete fassungslos, wie der Mann Arm in Arm mit Erika in der Villa Liebig in der Kennedyallee verschwand.*

*Als Karl wieder in Polen war, berichtete er Jelena von seiner Begegnung. Gemeinsam fanden sie dann heraus, dass Erika jetzt Eva Liebig hieß. Nachdem sie die Zwillinge von ihrem Bruder Karl geboren hatte, ging sie nach Frankfurt, fand dort ihren anderen Bruder, heiratete ihn und schenkte auch ihm ein Kind. Magdalena. Die tief religiöse Jelena konnte nicht fassen, dass Erika die gleiche Blutschande noch einmal begangen hatte und jetzt sogar mit ihrem eigenen Bruder verheiratet war. Jelena fühlte sich verantwortlich, weil sie Erika aufgezogen hatte. Karl musste ihr versprechen, Stillschweigen zu bewahren.*

*Ich verbrachte eine schlaflose Nacht im Haus von Jelena. Während ich im Bett lag und mir den Kopf zerbrach, warum ich in meiner Schwiegertochter meine eigene Tochter nicht erkannt hatte, schlief Jelena im Zimmer nebenan friedlich ein und wachte nicht mehr auf.*

*Ich blieb noch bis zu ihrer Beerdigung, die zwei Tage später auf einem kleinen Friedhof stattfand. An diesem Tag stand ich plötzlich Karl gegenüber. So wie ich auf Anhieb meinen Sohn erkannte, der Hermann tatsächlich noch immer zum Verwechseln ähnlich sah, so erkannte auch Karl sofort seine leibliche Mutter in mir. Wir nahmen uns in den Arm und weinten. Auch meinen Enkel Marek schloss ich in die Arme und in mein Herz. Nach den Feierlichkeiten unterhielten wir uns noch lange im Haus von Jelena. Es gab so viel zu erzählen, nur über Eva verloren wir kein Wort. Ich erfuhr, dass Marek die Epilepsie von seinem Vater Karl geerbt hatte, dass beiden aber mit Medikamenten geholfen werden konnte. Sie nahmen das gleiche Mittel wie Hermann.*

*Bevor ich Polen wieder verließ, sprach ich mit Karl auch noch über die Arenz-Werke und über mein Testament. Wir kamen überein, dass wir versuchen wollten, die Kinder aus seiner unglückseligen Beziehung mit seiner Schwester ausfindig zu machen. Wenn ich alle Familienmitglieder gefunden hatte, wollte ich meinen letzten Willen bei Dr. Jürgens zu Papier geben.*

*Am nächsten Tag fuhr Marek mich zum Kloster Sankt Marienthal an der Lausitzer Neiße. Er wartete im Wagen, während ich im Kloster mit Schwester Anna sprach, bei der Jelena die Zwillinge abgegeben hatte. Nach dem Gespräch war es nicht mehr schwer, meine Enkel ausfindig zu machen.*

*Meine lieben Enkel Lukas und Matthäus. Mein ganzes Leben lang habe ich nach meinen Kindern geforscht, die ich auf der Flucht im Jahr 1945 verloren habe. Jetzt, 67 Jahre später, habe ich euch beide gefunden. Ihr seid die Kinder meiner Kinder. Jahrzehntelang habe ich mit Hermann und Erika zusammengelebt und nicht bemerkt, dass mein Sohn meine Tochter zur Frau genommen hat. Nun habe ich nicht mehr lange zu leben, vielleicht noch ein paar Wochen, der Krebs wuchert in mir. Ich habe nicht mehr die Kraft gefunden, mit meiner Tochter und eurer Mutter über die Sünden zu sprechen, die sie begangen hat. Auch fehlt mir die Kraft, mit euch beiden über das zu sprechen, was ich nun für euch niedergeschrieben habe. Ich habe euch gesehen, im Kloster. Nun kann ich getrost sterben. Ich habe eurer Mutter vergeben und hoffe, dass auch ihr dazu in der Lage sein werdet.*

*Ich habe alles veranlasst, um euch ein Leben außerhalb des Klosters und innerhalb der Familie Liebig zu ermöglichen. Ob ihr davon Gebrauch macht, müsst ihr vor euch und vor Gott entscheiden. Ich gebe euch genügend Zeit, um eine Entscheidung zu treffen. Wenn ihr euch für ein Leben als Mitglied der Familie Liebig und als Eigentümer der Arenz-Werke entscheidet, müsst ihr euch bis März 2009 bei meinem Anwalt Dr. Jürgens melden.*

*Sagt ihm, dass ihr meine Enkel seid. Wie ihr euch auch entschei-det, ich bitte euch nur um eines. Betet für mich und für eure Eltern.*

*Eure Großmutter*

*Wilhelmine Arenz.*

Mit bebendem Herzen schlug Matthäus das Buch zu. Er wollte auf die Knie fallen und ein Gebet sprechen, aber er konnte es nicht. Er war ein Kind der Blutschande. Der Herr hatte zu Moses gesprochen, dass aus dem Volke ausgerottet werden soll, wer sich der Blutschande schuldig macht. Er war ein Mann Gottes, er hatte die Gesetze des Herrn zu befolgen. Er stützte seinen Kopf auf seinen Händen ab und fing an zu weinen. Plötzlich hatte er das Bild von Lukas im Kopf, wie er Magdalena umarmte, die Tochter seiner Mutter Eva, seine Schwester.

Matthäus hielt es nicht mehr aus, er stürmte aus dem Zimmer, aus dem Hotel, rannte auf die Straße, lief in Richtung Villa Liebig.

## 29. Dezember 2007, 10:45 Uhr

Eva Liebig öffnete die Tür, nachdem Siebels mehrere Male geläutet hatte.

„Ich leide unter einer schweren Migräne", begrüßte sie die beiden Beamten.

„Wir haben nur ein paar Fragen, dürfen wir hereinkommen?" Siebels wartete nicht auf Antwort und drängte sich an Eva Liebig vorbei. Er ging in die Küche und setzte sich. Till stellte sich vor das Küchenfenster und betrachtete das weitläufige Grundstück hinter der Villa.

„Was wollen Sie?", fragte Eva Liebig missmutig.

„Erzählen Sie mir von Karl, dem Zwillingsbruder Ihres Mannes."

„Nein."

Siebels und Till sahen sich erstaunt an.

„Das geht Sie nichts an."

„Sie wussten von Karls Existenz?"

„Ja."

„Seit wann?"

„Wilhelmine hat sich mit ihm getroffen, kurz vor ihrem Tod."

„Dabei hat sie von seinen Kindern erfahren", führte Siebels das Gespräch fort. „Wilhelmine hat ihr Testament entsprechend geändert. Die Kinder von Karl konnten Magdalena ihr Erbe streitig machen. Das passte Ihnen bestimmt genauso wenig in den Kram wie Ihrem Mann und Magdalena. Habe ich recht?"

„Was wollen Sie damit zum Ausdruck bringen?"

Siebels zündete sich eine Zigarette an. Eva Liebig ignorierte es.

„Der Mann, den wir bei der Leiche Ihrer Tochter gefunden haben, ist ein Sohn von Karl. Sein Name ist Lukas Liebig. Ich frage mich nun, ob Magdalena vielleicht ihn erstechen wollte und er den Spieß dann notgedrungen umgedreht hat?"

„Sie sind doch verrückt", empörte sich Eva Liebig. „Meine Tochter ist Opfer und nicht Täterin. Ich werde mich über Sie und Ihre Ermittlungsmethoden beschweren und zwar an oberster Stelle."

„Warum hat Ihr Mann sich das Leben genommen? Weil er wusste, dass Magdalena ihr Erbe mit allen Mitteln verteidigen wollte?"

„Hermann war durcheinander. Erst der Tod von Magdalena, dann das plötzliche Auftauchen von Karl, das war alles zu viel für ihn."

„Wir haben eine Genanalyse vorgenommen. Sie und Hermann sind demnach miteinander verwandt. Können Sie mir das erklären?"

Eva Liebig blieb für einen Moment völlig regungslos mit leerem Blick vor Siebels stehen. Sie schien wie weggetreten. Dann fasste sie sich an den Kopf und fing an, geistesabwesend vor sich hin zu murmeln. „Warten Sie bitte einen Moment. Ich muss mir eine Kopfschmerztablette holen." Eva Liebig verließ die Küche. Als sie nach zehn Minuten noch nicht zurück war, ging Siebels ihr nach. Er fand sie im oberen Stockwerk auf ihrem Bett. Dort, wo wenige Tage zuvor Magdalenas Leiche entdeckt worden war. Lautstark rief er nach Till, der sofort nach oben gerannt kam.

„Scheiße“, stammelte Till.

„Ruf den Notarzt“, flehte Siebels.

„Das bringt nichts mehr“, flüsterte Till.

Eva Liebig war tot, an ihren Mundwinkeln hatte sich Schaum gebildet. In ihrer offenen Hand lag eine kleine leere Kapsel.

„Zyankali“, sagte Till.

„Sie ist Erika“, murmelte Siebels. Plötzlich ging ihm ein Licht auf. „Eva ist Erika. Sie ist die Tochter von Wilhelmine. Sie hat ihren eigenen Bruder geheiratet.“

„Inzest in höchsten Kreisen“, murmelte Till.

„Auch Karl war ihr Bruder“, überlegte Siebels weiter.

„Hermann wusste nicht, dass er mit seiner Schwester verheiratet war. Karl hat es ihm erzählt. Deswegen hat Hermann sich das Leben genommen“, brachte Till es auf den Punkt.

Die beiden standen sprachlos vor Eva Liebigs Leiche, als der Triumphmarsch aus Aida einen Anruf ankündigte. Siebels nahm das Gespräch an.

„Ich habe ihn“, Charly klang fröhlich.

„Wen?“, fragte Siebels verwirrt.

„Na, wen schon? Den entlaufenen Mönch. Lukas Liebig. Er ist seit mehreren Wochen in einem Stundenhotel in der Kaiserstraße ansässig.“

„Gute Adresse für einen Mönch“, erwiderte Siebels und notierte sich den Namen und die genaue Adresse des Hotels. Dann erzählte er Charly von den neuesten Entwicklungen und bat ihn, alles Erforderliche zu veranlassen, allerdings erst in einer halben Stunde. In der Zeit konnte Siebels mit Till zu dem Hotel fahren und wieder zurück in der Villa sein, wenn dort die Streifenpolizisten, der Gerichtsmediziner und die Leichenbeschauer anrückten. Mit Till im Schlepptau rannte er aus der Villa. Sie ließen die Tür offen stehen, damit sie später wieder rein konnten.

## 29. Dezember 2007, 11:20 Uhr

Lukas hatte wieder in der Telefonzelle vor der Villa Stellung bezogen. Erneut beobachtete er die Polizisten, als sie die Villa betraten. Erstaunt stellte er fest, dass sie kurz darauf wieder hastig aus der Villa eilten, in ihren Wagen stiegen und mit Blaulicht auf dem Dach davonrasten. Als der Wagen hinter der nächsten Kreuzung verschwunden war, näherte sich Lukas vorsichtig der Einfahrt. Langsam betrat er das Grundstück und näherte sich mit unsicheren Schritten dem Hauseingang. Niemand rührte sich. Er betrat die Villa und schaute sich um. Niemand war zu sehen oder zu hören. Lukas spähte in die unteren Räume, überall war es totenstill. Sein Blick wanderte über die Treppenstufen nach oben. Etwas in ihm sträubte sich, diese Stufen noch einmal hochzusteigen. Er dachte an Magdalena, die ihn vor wenigen Tagen diese Stufen hoch gelockt hatte. Er war ihr gefolgt, willenlos und blind vor Liebe.

Lukas verdrängte seine Erinnerung und schob seine Ängste beiseite. Schritt für Schritt stieg er die Stufen empor. Oben angekommen, ging er direkt zu dem Zimmer, in das er auch mit Magdalena gegangen war. Die Tür stand einen Spalt weit offen und dieser Spalt schien ihn magisch anzuziehen. Vor der Tür hob er seine Hand, legte sie auf den Türknauf und öffnete sie langsam. Er ging zwei Schritte hinein und blieb vor dem Bett stehen. Er betrachtete sie sich lange, ohne dabei eine Gefühlsregung zu verspüren. Sie sah aus, als wäre sie glücklich. Lukas kniete sich neben das Bett und ergriff die kalte Hand seiner Mutter. Zum zweiten Mal in seinem Leben verspürte er eine tiefe Liebe. Das erste Mal hatte er dieses Gefühl für Magdalena empfunden. Er verzieh seiner Mutter die Schuld, die sie mit seiner Geburt auf ihn geladen hatte und betete für sie.

## 29. Dezember 2007, 11:30 Uhr

Siebels ließ den BMW mit laufendem Blaulicht auf der Kaiserstraße in zweiter Reihe stehen und lief mit schnellen Schritten in das Stundenhotel, das Charly ihm genannt hatte. Till folgte ihm auf den Fuß. Der Mann hinter dem Tresen sah die beiden erstaunt an. Siebels hielt ihm seine Polizeimarke unter die Nase.

„Lukas Liebig?" fragte er und ließ keinen Zweifel, dass die Sache ernst war.

„Zimmer elf", brummte der Portier.

„Ist er im Zimmer?"

„Nein. Er geht immer früh und kommt erst spät zurück."

„Schlüssel."

Der Mann reichte Siebels den Schlüssel. Zu zweit rannten sie die Treppe hoch. Vor Nummer elf blieben sie stehen. Siebels überlegte einen Moment, ob er die Schusswaffe in die Hand nehmen sollte. Er ließ sie im Halfter stecken. Sie öffneten die Tür und betraten das Zimmer. Es war niemand da.

„Lass uns zurück zur Villa fahren, ich habe ein ungutes Gefühl", raunte Siebels, als er den Schrank inspizierte und die Mönchskutte fand. „Charly soll einen Wagen zur Observation schicken."

Kaum hatte er es ausgesprochen, ertönte der Triumphmarsch. Charly hatte Neuigkeiten.

„Das Krankenhaus hat gerade angerufen. Immer das gleiche Spiel. Der Mönch ist abgehauen."

„Verdammt", brüllte Siebels. „Wie lange ist das her?"

„Vielleicht eine halbe Stunde, vielleicht eine Stunde, so genau wissen die das im Krankenhaus auch nicht."

## 29. Dezember 2007, 11:40 Uhr

Matthäus hatte sich aus dem Krankenhaus gestohlen und sich mit dem Taxi zur Villa Liebig fahren lassen. Sein Kopf war noch mit Verband umwickelt und auf seinem Hemd zeugten Blutrückstände von Zimmermanns heftigem Schlag mit der Bierflasche.

Wieder stand die Eingangstür offen. Er betrat die Villa, sah sich erst unten um und stieg dann die Treppen hoch. Zum zweiten Mal innerhalb weniger Tage näherte er sich lautlos dem Schlafzimmer. An der Türschwelle verharrte er. Als er das letzte Mal an dieser Türschwelle gestanden und in das Zimmer geblickt hatte, hatte ihn eine unsägliche Verzweiflung gepackt, als er seinen Zwillingsbruder beim Liebesakt mit seiner Schwester Magdalena ertappte. Jetzt empfand er ein Gefühl tiefster Ruhe, als er Lukas auf den Knien liegend vor der toten Mutter im Gebet versunken vorfand. Matthäus betrat das Zimmer und kniete sich neben seinen Bruder. Die beiden blickten sich kurz an, nickten sich stumm zu und beteten gemeinsam.

## 29. Dezember 2007, 11:50 Uhr

Siebels steuerte den BMW mit hoher Geschwindigkeit über die Friedensbrücke in Richtung Kennedyallee. Von der Kaiserstraße aus waren es nur wenige Minuten bis zur Villa Liebig.

„Wie zum Teufel passt Peter Zimmermann in die ganze Geschichte?", fragte ihn Till.

„Ich vermute, wir werden das bald erfahren. Wenn nicht Magdalenas Blut auf seinen Klamotten gewesen wäre, würde ich sagen, dass er mit der ganzen Sache gar nichts zu tun hat."

„War es aber", entgegnete Till. „Vielleicht hat die Schneider ihm was von der Inzestgeschichte gesteckt. Daraufhin ist er in die Villa gefahren, hat die beiden ertappt und zur Rede gestellt. Vielleicht hat er ihnen gedroht, alles auffliegen zu lassen, wenn Magdalena nicht zu ihm zurückkommt. Es kam zum Streit, Zimmermann ist auf Lukas losgegangen, Magdalena ging dazwischen und hat das Messer abbekommen."

„Klingt gut", bestätigte Siebels und bog auf das Grundstück der Liebigs ab. Sarah Liebig schlenderte gerade zum Eingang der Villa. Siebels fuhr an ihr vorbei, brachte den Wagen vor der Haustür zum Stehen und wartete auf Sarah.

„Bleiben Sie bitte hier, bis ich Sie rufe", bat er sie und lief dann mit Till ins Haus. Nachdem sie sich vergewissert hatten, dass sich im Erdgeschoss niemand aufhielt, gingen sie nach oben. Vor dem Schlafzimmer blieben sie stehen. Lukas und Matthäus knieten vor ihrer toten Mutter. Till wollte ins Zimmer, doch Siebels hielt ihn zurück. Er gab den beiden noch fünf Minuten, um sich von der Mutter zu verabschieden.

Siebels ging wieder hinunter und berichtete Sarah Liebig von Evas Selbstmord. Die Hintergründe behielt er noch für sich. Er brachte Sarah in die Küche und bat sie, dort auf ihn zu warten. Dann ging er wieder nach oben und beendete die Andacht. Matthäus erbat sich noch weitere zehn Minuten, um sich mit seinem Bruder auszusprechen. Siebels gestand sie ihm zu.

Als die zehn Minuten abgelaufen waren, setzte sich Matthäus mit Siebels und Till in das Wohnzimmer und erzählte ihnen, was sie wissen wollten.

„Nachdem unsere Großmutter uns in unseren Klöstern aufgespürt hatte, hat sie ihr Leben für uns niedergeschrieben. Ich hatte ja keine Ahnung, dass Lukas auch ein Buch von Wilhelmine bekommen hatte. Ich kam nach Frankfurt, weil ich mehr über meine Familie erfahren wollte. Ich lernte die Welt kennen und ich lernte eine Frau kennen. Petra Schneider. Frau Schneider warf mir eines Tages vor, dass ich ein Verhältnis mit Magdalena hätte. Ich war verblüfft und fand heraus, dass es Lukas war, den sie mit Magdalena gesehen hatte. Kurz darauf entdeckte ich durch einen Zufall, wo Lukas sich aufhielt. Zu diesem Zeitpunkt war mir bereits bewusst, dass Lukas und ich die Früchte einer verbotenen Beziehung waren und dass es sich bei Magdalena um unsere Schwester handelte. Ich hatte nur noch eines im Sinn, nämlich zu verhindern, dass Lukas und Magdalena sich noch mehr versündigten. Wir hatten unser Leben dem Herrn geweiht. Können Sie sich vorstellen, wie es in meinem Herzen aussah? Es war nur noch ein Trümmerfeld. Ich rannte von seinem Hotel hierher, die Tür stand offen. Ich fand die Kleider der beiden zerstreut im Haus herumliegen. Ich kam in die Küche und da lag das Messer auf dem Tisch. Ich nahm es in die Hand und ging nach oben. Da fand ich sie im Bett. Ich schrie sie an. Beschimpfte sie und lief mit dem Messer in der Hand im Schlafzimmer auf und ab. Als Lukas erkannte, dass er von seinem Zwillingsbruder erwischt worden war, blieb er völlig konsterniert im Bett liegen. Magdalena hatte natürlich keine Ahnung, wer ich war und was ich wollte. Sie kam auf mich zugestürzt und schrie ebenfalls. Aus panischer Angst. Eh ich mich versah, hatte ich ihr das Messer in den Hals gerammt. Sie fiel auf das Bett und starb vor unseren Augen. Ich konnte keinen klaren Gedanken mehr fassen. Ich sah meinen Bruder an und hatte nur noch diesen einen Satz aus unseren benediktinischen Regeln im Kopf, mit denen wir beide groß geworden sind."

„Nehmen wir uns also vor jeder bösen Begierde in Acht; denn der Tod steht an der Schwelle der Lust", ergänzte Siebels.

„Genau. Damit wollte ich Lukas erklären, warum ich so erzürnt war. Er zeigte ja überhaupt keine Reaktion mehr, als Magdalena tot war. Er lag neben ihrer Leiche und regte sich nicht. Ich schrieb es auf Latein, das war unsere Sprache."

„Mit dem Blut von Magdalena", kommentierte Till.

„Ja. Als ich Lukas nicht bewegen konnte, mit mir zu kommen, ging ich ohne ihn. Ich sammelte seine Kleider ein, um zu verhindern, dass er verschwindet. Ich hatte Angst, ihn sonst nie wiederzusehen. Ich hatte doch das Bedürfnis, mit ihm über das Geschehene noch einmal zu sprechen. Als ich im Erdgeschoss die letzten Kleidungsstücke aufhob, kam plötzlich ein Mann die Treppe hinunter."

„Peter Zimmermann?", fragte Siebels erstaunt.

„Ja. Er musste die ganze Zeit oben gewesen sein. Wahrscheinlich im Badezimmer. Ich vermute, er ist kurz vor mir in die Villa gekommen und hat die Tür nicht mehr geschlossen. Sonst wäre ich ja gar nicht hineingekommen. Seine Hose und seine Jacke waren blutverschmiert, er muss nach dem Mord Magdalena umarmt haben. Als er mich entdeckte, bekam er große Angst. Plötzlich fiel er die Treppe herunter. Unten blieb er liegen. Er hatte einen epileptischen Anfall. So wie Lukas und ich es auch oft erlebten. Als er da lag mit seinen Krampfanfällen, verschwand ich endgültig aus der Villa. Später hatte ich das Bedürfnis, Peter Zimmermann alles zu erklären, dann wollte ich mit Lukas sprechen und mich anschließend der Polizei stellen. So ähnlich ist es jetzt ja auch gekommen."

„Ja", sagte Siebels und war etwas zerknirscht. Seine ganzen Theorien hatten sich nun als Irrläufer erwiesen. Weder Petra Schneider noch dieser Luchter oder Peter Arenz hatten mit dem Mord etwas zu tun und Magdalena hatte auch keine bösen Absichten gehabt. Er war nun wirklich urlaubsreif. Siebels schoss die Idee geradezu in den Kopf. Er sah zu Till, überlegte kurz und ließ es dann heraus. „Lust auf eine Woche Teneriffa?"

„Jetzt gleich?"

„Wir warten auf Charly, der soll hier alles regeln, dann packen wir die Badehosen ein und nehmen den nächsten Flieger."

## 30. Dezember 2007, 16:30 Uhr

Siebels und Till lagen auf den Liegen am Pool und tranken Bier. Die Sonne ging langsam unter, als Siebels die entscheidende Frage stellte.

„Wie geht es jetzt eigentlich weiter mit dir und Johanna? Oder geht es mit der Schneider weiter?"

Till trank einen großen Schluck, bevor er darauf einging. „Das mit der Schneider ist bereinigt. Als ich in Sankt Ottilien war, habe ich alles gebeichtet, ganz offiziell, im Beichtstuhl. Vergeben und vergessen. Johanna heißt auf Deutsch übrigens: Gott ist gnädig. Das hat mir der Abt verraten. Klingt doch nach einer vielversprechenden Zukunft, oder?"

Siebels schaute Till verwundert an. „Du hast einen Sonnenbrand", sagte er dann und grinste über beide Backen.

**ISBN 978-3-939362-00-5**
**348 Seiten; 12,00 EURO**
**Autor: Stefan Bouxsein**

**Das falsche Paradies**

Eigentlich war sie eine attraktive Frau aus gutem Elternhaus und sah einer steilen Karriere im Bankenwesen entgegen. Doch dann wird sie ermordet. Die Polizei findet heraus, dass sie noch einen zweiten Namen hatte und ein Doppelleben führte.

Siebels und Till ermitteln in den beiden Leben der toten. Scheinbar gibt es aber keinen Zusammenhang zwischen den gläsernen Bürotürmen der Frankfurter Bankenlandschaft und den einschlägigen Kontaktbörsen im Internet.

---

**ISBN 978-3-939362-01-2**
**371 Seiten; 12,00 EURO**
**Autor: Stefan Bouxsein**

**Die verlorene Vergangenheit**

Eigentlich hatte sie im Leben alles erreicht. Nach der internationalen Karriere als Top-Model folgte die Heirat mit dem erfolgreichen Multi-Unternehmer. Dich dann wird sie entführt. Der Entführer treibt ein sonderbares Spiel mit ihrem Ehemann.

Siebels und Till ermitteln und stoßen dabei auf einen ungeklärten Mordfall aus dem Jahr 1975. Scheinbar gibt es aber keinen Zusammenhang zwischen dem alten Mordfall und der aktuellen Entführung.